Mario Giordano

# APOCALYPSIS

Thriller

Erstes Buch

BASTEI LÜBBE TASCHENBUCH
Band 27149

Vollständige Taschenbuchausgabe

Copyright © 2011 by Bastei Lübbe AG, Köln

Für diese Ausgabe:
Copyright © 2016 by Bastei Lübbe AG, Köln
Titelillustration © shutterstock: rsooll | Roobcio
Umschlaggestaltung: FAVORITBUERO, München
Satz: Dörlemann Satz, Lemförde
Gesetzt aus der Sabon
Druck und Verarbeitung: CPI books GmbH, Leck – Germany
Printed in Germany
ISBN 978-3-404-27149-8

5 4 3 2 1

Sie finden uns im Internet unter www.luebbe.de
Bitte beachten Sie auch: www.lesejury.de

Ein verlagsneues Buch kostet in Deutschland und Österreich
jeweils überall dasselbe.
Damit die kulturelle Vielfalt erhalten und für die Leser bezahlbar bleibt,
gibt es die gesetzliche Buchpreisbindung. Ob im Internet, in der Großbuchhandlung, beim lokalen Buchhändler, im Dorf oder in der Großstadt – überall
bekommen Sie Ihre verlagsneuen Bücher zum selben Preis.

# INHALT

Prolog
ZEICHEN 7

Kapitel 1
DÄMONEN 53

Kapitel 2
URALT 97

Kapitel 3
THOTH 145

Kapitel 4
BAPHOMET 195

Kapitel 5
INSEL DES LICHTS 239

Kapitel 6
EIN JAHR ZUVOR ...
ELIXIER 285

Kapitel 7
VISION 333

Kapitel 8
SETH 377

Kapitel 9
WEARILY ELECTORS 423

Kapitel 10
DIE SIEBEN SCHALEN
DES ZORNS 473

Kapitel 11
DAS DING UNTER DEM STEIN 519

Kapitel 12
KONKLAVE 567

Epilog 619

Prolog
# ZEICHEN

# I

*28. April 2011, Annapurnagebiet, Himalaja*

Den Rosenkranz hatte sie auch schon längst verloren. Er lag zweihundert Meter über ihr irgendwo im Schnee neben der Route. Aber auch die hatte sie ja längst verloren. Sie hatte überhaupt fast alles verloren. Ihre Handschuhe, ihr Team, die Steigeisen, das Wasser und auch das Funkgerät. Alles außer ihrem Leben und ihrem Glauben. Die Frage war, was sie als Nächstes verlieren würde.

Über ihr glühte der Gipfel des Annapurna im Licht der Nachmittagssonne. Zum Greifen nah, und dennoch hatten sie ihn nicht erreicht. Tracy, Laura, Betty und Susan waren tot, abgestürzt in einer Schneewehe über einer Gletscherspalte, von einem Moment auf den anderen vom Erdboden verschwunden. Der Annapurna hatte sie einfach verschluckt. Nun war sie allein.

Vor drei Wochen war Anna mit einer Gruppe Bergsteigerinnen aus den USA und Kanada zu einer Besteigung des Annapurna Himal, des zehnthöchsten Berges der Welt, aufgebrochen. Anna war eine erfahrene Bergsteigerin, es war nicht ihr erster Achttausender, und das Annapurnagebiet war eines der touristisch erschlossensten in ganz Nepal. Vor zwei Tagen war sie frühmorgens bei klarem Wetter mit vier Frauen vom Lager V zum Gipfel aufgebrochen. Alles schien gut zu laufen, trotz der Schmerzen und der Qual bei jedem Schritt. Sie waren zuversichtlich gewesen, ja euphorisch, den Gipfel mittags zu erreichen. Bis sie die Schneewehe überquerten.

Bei dem Sturz ihrer Kameradinnen war auch Annas Rucksack samt Steigeisen mit abgestürzt, den sie kurz zuvor für einen Moment abgelegt hatte, weil sie nicht mehr konnte. Das war ihr Glück gewesen. Wenn man davon absah, dass sie auch noch ihre Handschuhe bei dem vergeblichen Versuch verloren hatte, ihre Freundinnen in der Spalte zu orten.

Und ohne die Handschuhe hatte sie nun ein Problem: die Kälte. Die Temperatur in siebeneinhalbtausend Metern betrug selbst am Nachmittag höchstens minus dreißig Grad Celsius. Die Nacht würde Temperaturen bis zu minus vierzig bringen. Ohne Handschuhe kühlte Annas Körper nun rasch aus. Ihre Kerntemperatur betrug bereits nur noch knapp dreiunddreißig Grad Celsius. Sie zitterte heftig, eine unwillkürliche Reaktion des Körpers, um zusätzliche Körperwärme zu erzeugen. Doch hier oben kam auch noch die dünne Luft hinzu. Orientierungslos stolperte Anna bergab in die Richtung, in der sie Lager V vermutete. Ihre Bewegungen waren holprig und torkelnd, erste Anzeichen der Höhenkrankheit. Anna war zum Umfallen müde. Sie wollte schlafen, nur noch schlafen. Aber mit einem letzten Funken klaren Verstands wusste sie, dass dies das Ende sein würde. Sie musste weiter. Nach unten. Zum Lager. Was Anna jetzt noch antrieb, waren nur der uralte Überlebensinstinkt und ihr Glaube.

Sie hatte ihren Bergkameradinnen nicht erzählt, dass sie katholische Nonne war. Sie hatte ihnen auch nicht erzählt, was sie wirklich am Annapurna suchte. Sie hatte ihnen weder von ihrem Auftrag noch von ihrem Orden erzählt. Für die Frauen war sie einfach nur ein verlässliches, bergerfahrenes Landei gewesen, das bei den abendlichen Geschichten über Männer und Partys nicht viel beizutragen hatte. Viel mehr hatte Anna die großartige Landschaft genossen, die freundlichen Menschen und die safranfarben gekleideten Mönche, die ihr die Lehre Buddhas erklärten.

Anna hielt einen Moment inne, versuchte zu Atem zu kommen und murmelte ein Gebet. Der Herr würde ihr helfen. Die Jungfrau Maria würde ihr helfen.

Nach weiteren hundert Metern war ihre Kerntemperatur bereits auf neunundzwanzig Grad abgesunken. Die Nazi-Ärzte von Dachau mit ihren Eiswasserbecken kamen zu dem Schluss, dass ein Mensch nur bis zu einer Kerntemperatur von fünfundzwanzig Grad Celsius überleben könne. Man hatte aber auch schon Kinder im Schnee gefunden, die noch mit einer Körpertemperatur von vierzehn Grad überlebt hatten. In der Höhe herrschten andere Regeln. Anna hustete blutigen Schleim. Auch das ein Zeichen der Höhenkrankheit. Nach weiteren fünfzig Metern verließ sie zwar nicht der Glaube, dafür schwand die Kraft. Ohnmächtig sackte Anna in den Schnee, murmelte immer wieder die gleichen Gebete. Sie war nun bereit, der Jungfrau Maria gegenüberzutreten – als sie die Mönche sah.

Die zwölf Gestalten bewegten sich in einer geordneten Reihe und durch Seile gesichert bergaufwärts, direkt auf Anna zu. Die Höhenkrankheit hatte Annas Blick getrübt, deswegen erkannte sie nicht gleich, dass diese Bergsteiger nicht zu ihrer Expedition gehörten. Überhaupt wirkten sie seltsam, denn statt der üblichen knallbunten Hightechfunktionskleidung trugen sie braune Kutten wie katholische Mönche.

Als die seltsamen Mönche sie erreichten, schlug Anna noch einmal die Augen auf. Sie wunderte sich, dass die Mönche an ihr vorbeizogen, ohne sie zu beachten. Sie wollte etwas rufen, doch in der dünnen Luft versagte ihre Stimme. Erst die letzten beiden Mönche hielten bei ihr an. Einer von ihnen beugte sich über sie. Anna konnte sein Gesicht sehen. Ein freundliches, sanftes Gesicht, obwohl der Mann nicht lächelte. Die beiden Männer untersuchten Anna kurz und sahen, dass sie noch lebte. Sie wechselten einige Worte auf Latein, dann packten sie Anna unter den Armen, und Anna dankte der Jungfrau Maria für ihre Rettung.

Bis sie merkte, dass die Mönche sie nicht talwärts trugen – sondern bergauf! Anna hielt das zunächst für eine Halluzination, es konnte einfach nicht sein. Nicht bergauf! Aber ohne dass es sie besondere zusätzliche Anstrengung zu kosten schien, schleppten die Männer in den Mönchskutten die halb bewusstlose, halb erfrorene Nonne weiter bergauf bis zu der Gletscherspalte, in der Annas Kameradinnen abgestürzt waren. Anna erkannte die Stelle wieder. Das rote Sicherungsseil baumelte ja noch über der Kante. Und genau dorthin schleppten sie die beiden Männer nun. Das Letzte, was Anna spürte, war ein harter Stoß und ein eisiger Luftstrom im Gesicht. Dann wurde alles wunderbar blau und weiß um sie herum.

# II

*29. April 2011, Internationale Raumstation ISS*

Das Problem hätte kaum größer sein können und würde die ganze Mission, ja möglicherweise ihrer aller Leben bedrohen, wenn sie es nicht schleunigst in den Griff bekamen: Die Bordtoilette war defekt. Um 8.14 Uhr MEZ gab die Vakuumpumpe, die die flüssigen und festen Exkremente der ISS-Besatzung (die sich dazu in einer ganz bestimmten Haltung fest auf den kleinen Toilettensitz pressen und ziemlich gut zielen musste) abpumpte, ihren Geist auf. Eine defekte Bordtoilette ist ein ernstes Problem in dreihundert Kilometer Höhe über der Erde, da die Reste menschlicher Verdauung frei schwebend eine Gefahr für die empfindliche Elektronik darstellen. Grund genug für Pawel Borowski, sich des Problems anzunehmen. Außer der Durchführung einiger biologischer Experimente hatte der Jesuit ohnehin nicht viele Aufgaben an Bord und war froh, sich durch sein handwerkliches Geschick demütig ein wenig in den Dienst der Mannschaft stellen zu können.

Pawel war der erste Priester im All. Ein Traum war in Erfüllung gegangen. Im Zuge der geplanten Marsmissionen und auf Drängen des Papstes hatte sich die NASA dazu durchgerungen, auch Geistliche auf die lange Reise zum Roten Planeten zu schicken. Und dazu musste man eben anfangen, auch Priester als Astronauten auszubilden. Als er davon hörte, hatte sich der polnische Jesuit und promovierte Biologe sofort beworben und als einer von vier Priestern das harte Auswahlverfahren bestanden. Und nun war er, Pawel Borowski, der kleine rothaarige Junge aus Poznan, im All. Pawel verfiel durchaus nicht der Illusion, dass er hier im All seinem Schöpfer näher war als auf der Erde. Aber bevor er sich entschlossen hatte, ein Diener des

Herrn zu werden, hatte er immer Astronaut werden wollen. Nun war er beides.

Das Problem war, dass es für Priester nur wenig spezialisierte Aufgaben an Bord gab. Pawel war fast erleichtert, sich mit der Reparatur der Toilette um die Rettung der Mission verdient machen zu können.

Dabei hatte Pawel durchaus eine sehr konkrete Aufgabe an Bord, eine Aufgabe, die er allerdings nicht von der NASA erhalten hatte und von der die amerikanische Raumfahrtbehörde auch nichts wusste. Eine Aufgabe, die nichts weniger bedeutete, als die Welt vor dem Bösen zu schützen, wie der Erzengel Michael. Pawel hätte sich niemals mit dem Erzengel Michael verglichen, dennoch war ihm die Bedeutung seiner Aufgabe auf der ISS wohl bewusst, und niemand in der Kirche war besser ausgebildet und geeignet für diese Aufgabe als er. Tatsächlich hatte er gestern mithilfe der empfindlichen Antennen und Radarelektronik der Raumstation ein Signal empfangen, das die schlimmsten Befürchtungen bestätigte. Das Signal war schwach gewesen, dennoch hatte Pawel es innerhalb des neunzigminütigen Zeitfensters des Überflugs auf der Erde lokalisieren können. Im Moment war der Rechner noch mit der Auswertung der Daten beschäftigt. Pawel schätzte, dass er in etwa zwei Stunden eine komprimierte Datei über den verschlüsselten Kanal senden konnte. Und damit hätte er, der kleine Pawel aus Poznan, wirklich die Welt gerettet. Da konnte man sich in der Zwischenzeit auch mal um eine defekte Toilette kümmern.

Allerbester Dinge war Pawel gerade damit beschäftigt, die störrische Vakuumpumpe in der Schwerelosigkeit auszubauen – als die Havarie eintrat.

Der kleine Wettersatellit, der seine Umlaufbahn aus ungeklärter Ursache verlassen hatte und scheinbar steuerungslos durchs All trudelte, traf die Station ohne Vorwarnung. Der Satellit war nicht größer als eine Mülltonne, aber er rammte die Raumstation mit fünfundzwanzigtausend Stundenkilometern.

Er durchschlug die Segel der Solarpanels, die sich wie große Engelsflügel entlang der Station spreizten, zerfetzte die Auslegersegmente zwei bis sechs und riss das Columbusmodul ab. Von der Wucht des Treffers löste sich auch das Mannschaftsmodul, wo drei Besatzungsmitglieder schliefen. Die ganze Station kippte seitlich weg und begann, sich unaufhörlich zu drehen, was die Struktur der Station durch die enormen Fliehkräfte weiter belastete, bis weitere Module abrissen. Innerhalb weniger Sekunden verpuffte der gesamte Sauerstoff ins All und bildete durch die enthaltene Luftfeuchtigkeit eine schneeweiße Eiswolke um die zerstörte Station. Die überirdische Schönheit dieses Anblicks konnte Pawel nicht mehr bewundern. Ohne Raumanzug starb er sofort an einer schweren Form der Taucherkrankheit. Durch das Vakuum im All riss seine Lunge, und sämtliche im Blut gelösten Gase gingen wieder in den gasförmigen Zustand über. Sein gesamtes Blut begann schlagartig zu schäumen. Sämtliche Blutgefäße platzten auf einen Schlag. Der Tod trat sehr rasch ein. Durch die Embolie blähte sich das Gehirn auf und drückte den Hirnstamm in den Rückenmarkskanal. Gleichzeitig wurde Pawels Körper durch den rapiden Temperaturabfall schockgefroren. Nur wenige Sekunden nach dem Aufprall lebte kein einziges Besatzungsmitglied mehr. Die geborstene Station trudelte wie ein Geisterschiff im All, irgendwo über dem Indischen Ozean, und sackte auf ihrer Umlaufbahn nun langsam aber unaufhaltsam ab. In einigen Wochen würde sie in der Erdatmosphäre in tausend Teile zerbrechen und wie ein kurzer Meteoritenschauer verglühen.

Die Bordelektronik arbeitete noch volle drei Tage weiter. Der Rechner, dem Pawel die Daten zur Auswertung übergeben hatte, stellte pünktlich eine komprimierte Datei bereit, die jedoch niemand mehr zur Erde funken konnte. Nicht einmal der Erzengel Michael.

# III

*Courier Online, 1. Mai 2011*
*PAPST JOHANNES PAUL III. TRITT ZURÜCK!*
*Autor: Peter Adam*

Rom. Bei einer kurzfristig angesetzten Pressekonferenz um elf Uhr heute Vormittag verkündete Vatikansprecher Franco Russo, dass Papst Johannes Paul III. mit sofortiger Wirkung als Oberhaupt der katholischen Kirche zurückgetreten sei.

Diese äußerst knapp gehaltene Mitteilung kommt völlig überraschend. Selbst der routinierte vatikanische Pressesprecher Russo rang sichtlich um Fassung und schien von der Entscheidung des Papstes erst kurz zuvor informiert worden zu sein.

Der Rücktritt eines der wichtigsten Religionsführers der Welt wird nicht nur die weltweit über eine Milliarde Katholiken zutiefst verunsichern. Er dürfte die gesamte Weltordnung erneut erschüttern – mit unabsehbaren globalen Folgen.

Über die Gründe für den unerwarteten Amtsverzicht kann derzeit nur spekuliert werden. Russo machte auch auf Nachfragen der versammelten Journalisten keine weiteren Angaben. Hinweise auf Amtsmüdigkeit oder gesundheitliche Probleme des Papstes gab es im Vorfeld keine. Aber Rom ist verliebt in Intrigen. Hinter vorgehaltener Hand wurde in letzter Zeit immer wieder über Anzeichen von »geistiger Schwäche« des ansonsten robusten Papstes gemunkelt.

In der offiziellen Erklärung heißt es jedoch nur lapidar, Papst Johannes Paul III. habe seine Entscheidung aus »persönlichen Gründen« getroffen, sie sei unwiderruflich. Der Papst werde keinerlei Stellungnahmen abgeben und stehe auch für Interviews nicht zu Verfügung. Der apostolischen Verfassung folgend sei Kardinalstaatssekretär Menendez, zweiter Mann in der Kirchenhierarchie, ebenfalls unmittelbar darauf zurückgetreten. Das Kardinalskollegium, das heißt die in Rom anwesenden Kardinäle, werde bereits in den nächsten Stunden zusammentreten. Der päpstliche Kämmerer werde die Amtsgeschäfte des Papstes nun während der Sedisvakanz, also bis zur Wahl eines Nachfolgers, kommissarisch führen.

Dies alles regelt seit Jahrhunderten die Apostolische Konstitution *Universi Dominici Gregis* in allen Einzelheiten. Dieses apostolische Grundgesetz schreibt auch präzise das weitere Verfahren vor. Dabei wird prinzipiell nicht zwischen dem Tod des Papstes und seinem Amtsrücktritt unterschieden. Das päpstliche Siegel wird zerbrochen, die päpstlichen Gemächer versiegelt, und spätestens nach zwanzig Tagen muss nun das Konklave beginnen und ein neuer Papst gewählt werden.

Wann muss ein Papst überhaupt zurücktreten? Im Grunde gar nicht. Selbst ein schwer kranker Papst, der die Amtsgeschäfte nicht mehr führen kann, muss nicht zurücktreten, auch wenn dies, so Vatikanexperte Pater Gattuso, ein »kanonischer Albtraum« wäre.

Rücktritte von Päpsten waren in der zweitausendjährigen Kirchengeschichte äußerst selten. Papst Gregor XII. trat 1415 unter dem Druck eines Gegenpapstes zurück. Als einzig freiwilliger Rücktritt gilt der von Coelestin V. im Jahr 1294.

Ein Grund für die Seltenheit päpstlicher Amtsverzichte mag sein, dass die Rolle eines »Altpapstes«, insbesondere in Beziehung zu seinem Nachfolger, in keinster Weise geregelt ist. Allgemein wird davon ausgegangen, dass ein zurückgetretener Papst sich in ein Kloster zurückziehen werde. Umso spannender bleibt die Frage, was Johannes Paul III. tun und ob er sich ganz aus der Kirchenpolitik zurückziehen wird.

Franz Laurenz, Arbeitersohn aus Duisburg, war ein ebenso streitbarer wie beliebter Papst. Der Zeitpunkt seines Rücktritts kommt zum denkbar schlechtesten Zeitpunkt. Im nächsten Frühjahr wollte er mit dem Dritten Vatikanischen Konzil eine tief greifende Kirchenreform einleiten. Kirchlichen Hardlinern galt der »Rote Papst« längst als viel zu liberal. Zähneknirschend beklatschten sie seinen »Dialog mit dem Islam« und rügten hinter den Kulissen seine engen persönlichen Beziehungen zu ranghohen Mullahs und Imamen. Als der sportliche deutsche Papst bei seinem umjubelten Afrikabesuch im vergangenen Jahr schließlich erklärte, dass der Gebrauch von Kondomen nicht in Widerspruch zum katholischen Glauben stehe, löste er damit fast eine Kirchenspaltung aus. Gleichzeitig drohte er dem Bischof von Vancouver, ihn zu exkommunizieren, falls er seine Forderung nach einer Lockerung des Zölibats aufrechterhalte.

Seit seiner Wahl 2005 auf den Stuhl Petri hat Franz Laurenz polarisiert und wurde dennoch zum Hoffnungsträger vieler Katholiken für eine Erneuerung der Kirche. Mit zweiundsechzig Jahren einer der jüngsten Päpste überhaupt, hatte er sogar den Schneid, mit dem erzkonservativen und dem Opus Dei nahestehenden Kardinal Antonio Menendez seinen schärfsten Kritiker zum Kardinalstaatssekretär zu ernennen. Zwar musste Menendez nun laut Kirchengesetz ebenfalls zurücktreten, gilt vielen Beobachtern jedoch als Favorit bei der anstehenden Papstwahl.

Es liegt nahe, dass hinter dem Rücktritt Johannes Paul III. möglicherweise weitaus mehr steckt als seine angebliche Demenz. Man muss davon ausgehen, dass hinter den verschlossenen Türen des Apostolischen Palastes ein handfester Machtkampf tobt.

Ob und in welcher Form der kämpferische »Altpapst« Laurenz zukünftig dabei noch eine Rolle spielen wird, bleibt abzuwarten. Immerhin besitzt er aus seiner Zeit als Vorsitzender der Glaubenskongregation noch eine Wohnung in Rom.

# IV

*1. Mai 2011, Vatikanstadt, Apostolischer Palast*

Die gefalteten Hände auf dem dunklen Holz der Gebetsbank waren gut maniküirt. Dennoch waren es keine zarten Hände, im Gegenteil. Es waren regelrechte Pranken, grobe zerfurchte Hände, die zupacken konnten. Arbeiterhände. In ihrer Jugend hatten sie schwere Arbeit verrichtet und manches Mal hart zugeschlagen. Diese Hände hatten geboxt, geschweißt, geblutet und Segen gespendet. Hände, die nie zu ruhen schienen, außer im Gebet. Franz Laurenz war eine massige, männliche Erscheinung. Aber was Menschen, die dem Papst zum ersten Mal begegneten am meisten beeindruckte, waren immer seine Hände. Sie schienen ein eigenes Leben zu haben, diese Hände, begleiteten und verstärkten die Worte des Papstes, packten sie, rüttelten sie, klaubten Argumente auf wie reife Früchte, pressten sie zusammen, schleuderten sie seinen Gesprächspartnern entgegen oder ließen sie mit ungeahnter Zartheit fliegen. Und sie konnten zornig werden, diese Hände. Gestandene Kardinäle und Regierungschefs hatten schon gezuckt, wenn diese Hände sich in leidenschaftlicher Empörung plötzlich zu Fäusten ballten und der Zeigefinger des Papstes wie das Schwert des Erzengels Michael auf seinen Gesprächspartner herabfuhr.

Menschen im Umfeld des Papstes berichteten von seinem Händedruck, der einem Pferd den Huf hätte brechen können, von seinem jovialen Schulterklopfen, das einen fast umhaute. Alte Freunde berichteten von den herzlichen Umarmungen, die einem fast die Luft abpressten. Der Leiter der vatikanischen Gärten gestand auf Radio Vaticano einmal lachend, dass der Papst ihn wegen eines eingegangenen Rosenbuschs derart geschüttelt habe, dass er drei Tage die heilige Maria gesehen habe.

Kaum jemand jedoch wusste, wie zärtlich diese Hände sein konnten, wenn sie über Buchseiten oder uralte Pergamente in den Geheimarchiven des Vatikans strichen.

Papst Johannes Paul III. war ein Mensch, der die Welt ergreifen musste, um sie zu verstehen und zu gestalten. Seine Hände waren seine Antennen zu den Gefühlen der Menschen und das Geheimnis seiner Überzeugungskraft.

Nun ruhten diese Hände zum Gebet gefaltet auf der alten Gebetsbank der päpstlichen Privatkapelle im dritten Stock des Apostolischen Palastes und erschienen wie große schlafende Wesen.

Aber der ehemalige Papst schlief nicht. Er bat seinen Gott verzweifelt um Vergebung. Er hatte die päpstliche weiße Soutane bereits gegen einen schlichten schwarzen Anzug mit schwarzem Collarhemd getauscht und wirkte nun wie ein einfacher, liebenswerter Landpfarrer. Nur der schwere goldene Fischerring mit dem päpstlichen Siegel an seiner rechten Hand verriet, dass er wenige Stunden zuvor noch einer der mächtigsten Religionsführer der Welt gewesen war.

»Vergib mir, Vater, meine Schuld. Ich war nicht würdig, Dein Reich zu vertreten. Ich habe Dich enttäuscht und all die Menschen, die an mich geglaubt haben. Und dennoch sehe ich keine andere Wahl.«

Franz Laurenz sah übernächtigt aus. Die ganze letzte Nacht hatte er schon so im Gebet verbracht.

»Hilf mir, Vater, in dieser schweren Stunde. Gib mir Kraft für das, was ich nun tun muss. Denn das Böse steht vor der Tür, und niemand ist da, es zu bekämpfen.«

Er hatte gar keine andere Wahl mehr gehabt, das war ihm sofort klar geworden, nachdem er die Meldungen aus Nepal und Houston erhalten hatte. Keine andere Wahl, wenn er irgendwie noch aufhalten wollte, was er all die Jahre über hatte kommen sehen und doch nie hatte wahrhaben wollen: Der Antichrist, die Hure Babylon, das große Tier war erschienen, um die Pforten der Hölle zu öffnen. Und wie es aussah, waren bereits einige Pforten offen.

»Herr, ich bin schuldig. Ich habe gezögert, viel zu lange gezögert. Ich war meines Amtes nicht würdig. Herr, vergib mir meine Schuld und gib mir Kraft, dem Bösen nun entgegenzutreten.«

Laurenz war kein Mystiker, er hatte die Offenbarung des Johannes immer eher als orientalisch opulente Durchhalteparole an die frühchristlichen Gemeinden im Römischen Reich verstanden denn als eine reale Vision. Nach allem, was in den letzten zwölf Monaten geschehen war, dachte er jedoch anders. Der Antichrist war real. Er hatte eine Gestalt und einen Namen. Und sein Name war Seth.

Wer sich hinter dem Pseudonym des ägyptischen Gottes der Zerstörung verbarg, wusste er jedoch nicht. Laurenz war dem Mann im letzten Jahr zwar einige Male begegnet, doch Seth hatte immer eine schwarze Mönchskutte mit Kapuze getragen und sein Gesicht mit einem schwarzen Seidenschal verhüllt. Laurenz hatte ihn wegen dieser Maskerade anfangs nicht ernst genommen. Ein schwerwiegender Fehler, wie er nun wusste.

In der vergangenen Nacht hatte Laurenz dann die schmerzhafteste Entscheidung seines Lebens getroffen. Zwischen den Gebeten hatte er drei kurze Telefonate geführt und dann die Festplatte seines persönlichen Laptops formatiert und zerstört. Einen Moment lang hatte er überlegt, ob er einfach heimlich fliehen sollte, einfach so aus der Welt verschwinden, spurlos und endgültig. Das hätte ihm wenigstens einen Vorsprung verschafft. Aber das war weder seine Art noch sein Plan.

Gleich nach Sonnenaufgang hatte Laurenz sich kurz frisch gemacht. Er hatte erst den Kater gefüttert und freigelassen und dann Alexander Duncker, seinen Privatsekretär, angerufen. Wenig später war die Hölle über ihn hereingebrochen. Duncker hatte umgehend Menendez informiert, und bereits eine halbe Stunde später waren sie beide bei ihm gewesen. Der Staatssekretär des Vatikans hatte ihn angeschrien, ratlos und wütend. Laurenz konnte es ihm nicht verdenken. Sie kannten sich schon lange, noch aus ihrer Zeit in der Glaubenskongregation. Obwohl sie sich ein Leben lang bis aufs Blut über Kirchenfragen gestritten hatten, obwohl Menendez während des Konklaves damals gegen ihn angetreten war und ihn öffentlich als »Gefahr für die Kirche« gegeißelt hatte, mochte Laurenz den Spanier für seine Gradlinigkeit. Unter vier Augen duzten sie sich sogar. Was nicht bedeutete, dass sie Freunde waren. Im Gegenteil.

»Nenn mir verdammt noch mal einen vernünftigen Grund!«, hatte Menendez gebrüllt. »Einen gottverdammten Grund!«

»Fluch nicht in Gottes Namen!«, tadelte ihn Laurenz.

»Lenk nicht ab! Ich will einen Grund!«

»Ich kann ihn dir nicht sagen. Es ist persönlich.«

»Bist du krank?«

»Nein.«

»Bist du verrückt? Ist es das?«

»Nein, Antonio, ich bin bei vollkommen klarem Verstand.«

Der asketische Spanier stieß einen ungehaltenen Laut aus. »Du wirfst die Brocken hin, das ist es. Du hast verstanden, dass deine Reformpläne ins Chaos münden, dass du keine Antworten hast in dieser Zeit voller Fragen. Und jetzt schmeißt du alles hin, um dich aus der Verantwortung zu stehlen.«

»Ich kann verstehen, dass du das so sehen musst.«

»Du weißt, was ich von deinen Reformplänen halte, Franz. Sie sind Gift für die Kirche. Aber für einen Feigling habe ich dich nie gehalten. Bis heute.«

Laurenz schwieg, und das machte Menendez nur umso wütender.

»Das ist doch nur wieder eine schmutzige Taktik von dir«, fuhr ihn Menendez an. »Mit deinem Rücktritt zwingst du auch mich, zurückzutreten, und bist mich los.«

»Du kannst jetzt Papst werden, Antonio, vergiss das nicht.«

»Du weißt genau, dass in fünf Jahrhunderten nur drei Kardinalstaatssekretäre auch später Papst geworden sind. Aber hier geht es nicht um dich oder mich, hier geht es um das Amt des Stellvertreters Christi auf Erden.«

Für einen Moment bedauerte Laurenz, dass er und der Spanier nie Freunde hatten werden können, was schon daran lag, dass Menendez zum Opus Dei gehörte, der mächtigsten und gefährlichsten Gruppierung innerhalb der Kirche.

»Ich weiß das genauso gut wie du, glaub mir. Trotzdem kann ich nicht anders.«

»Und was wirst du machen? Willst du zur grauen Eminenz im Hintergrund werden? Zum Gegenpapst?«

»Glaubst du das wirklich, Antonio?«

»Ich will verstehen, warum! Warum?«

Laurenz schüttelte den Kopf. »Tut mir leid, Antonio.«

Menendez straffte sich zornig. »Ich glaube Ihnen nicht, Franz Laurenz. Ich kenne Sie besser.«

Laurenz war nicht entgangen, dass der Kardinalstaatssekretär ihn wieder siezte, um auf Distanz zu gehen.

»Sie sind nicht der Mann, der von heute auf morgen alles aufgibt«, fuhr Menendez fort. »Ich bin überzeugt, dass Sie einen Plan haben und dass dieser Plan die Kirche spalten wird. Sie haben mich zu Ihrem Staatssekretär gemacht und mich damit zur Loyalität verpflichtet. Aber damit ist es nun vorbei. Von jetzt an bin ich Ihr größter Feind. Ich werde Sie beobachten. Sie und Ihresgleichen. Ich werde Sie auf Schritt und Tritt verfolgen. Ich werde Sie bekämpfen, was auch immer Sie tun. Ich werde meine Kirche vor Ihnen schützen, so wahr mir Gott helfe.«

Mit diesen Worten und ohne einen letzten Gruß hatte der spanische Kardinal den Raum verlassen.

Ein vorsichtiges Räuspern schreckte Laurenz aus seinen Gedanken. Er beendete sein Gebet und wandte sich um. Duncker stand in der Tür zur Kapelle. Er trug eine schwarze Soutane mit violettem Gürtel, die ihn als Ehrenprälat seiner Heiligkeit auswies.

»Es ist so weit, Heiliger Vater.«

Laurenz nickte und erhob sich.

»Ich bin nicht mehr Papst, Alexander. Ich bin noch nicht einmal mehr Bischof. Von nun an reicht *Hochwürden*.«

»Mit Verlaub, Heiliger Vater«, erwiderte Duncker etwas steif. »Solange Sie den Fischerring tragen, sind Sie der Papst, und ich werde Sie so anreden.«

Laurenz verstand, dass dies Dunckers Art war, seine Missbilligung über den Rücktritt auszudrücken.

Im Gegensatz zu Menendez und allen anderen, die Laurenz an diesem Morgen bereits empfangen hatte, um die nötigen Schritte einzuleiten, hatte Alexander Duncker ihn bislang nicht nach Gründen gefragt. Diskret wie immer hatte der gebürtige Thüringer die Nachricht entgegengenommen, die Pressekonferenz organisiert und den Camerlengo, den päpstlichen Kämmerer, informiert, der von nun an bis zur Wahl des neuen Papstes das höchste Amt der Kirche verwalten würde. Mit siebenundvierzig Jahren war Duncker noch sehr jung für sein hohes Amt. Der gut aussehende Monsignore mit einer Vorliebe für Maßanzüge, edle Restaurants und moderne Kunst galt als Frauenschwarm in Rom und wurde von der italienischen Boulevardpresse gerne mit George Clooney verglichen. Nach außen weltoffen und ein beliebter Talkshowgast, war der hochintelligente Analytiker privat eher zurückhaltend und in Kirchendingen sogar äußerst konservativ. Als Theologiestudent hatte er den Kartäusern beitreten wollen, dem strengsten aller katholischen Orden, in dem absolutes Schweigegebot galt. Laurenz, der damals sein Doktorvater war, hatte ihn nach Rom an die Glaubenskongregation, der Nachfolgebehörde der heiligen Inquisition, berufen und ihn ein Jahr später zu seinem Privatsekretär ernannt. Er schätzte Dunckers diskrete und reibungslose Art, ihm den lästigen Büroalltag vom Leib zu halten, Interviewanfragen abzuwimmeln, E-Mails zu beantworten, verschwiegene Treffen zu organisieren und den Kontakt zu den verschiedenen Schaltzentren der Kurie zu halten. Und zu gewissen Kreisen, die im Verborgenen die Geschicke der Welt lenkten. Vor allem aber schätze Laurenz, dass Duncker schweigen konnte. Eine höchst seltene Eigenschaft im Vatikan.

»Der Kardinal Camerlengo erwartet Sie im Empfangszimmer«, sagte Duncker. »Ihr Gepäck ist bereits im Wagen verstaut, der Chauffeur wartet im Hof. Ein unauffälliger Wagen mit römischem Kennzeichen, wie Sie es angeordnet haben. Kloster Montecasino erwartet Sie.«

»Sehr gut.« Laurenz straffte sich. »Dann wollen wir mal, nicht wahr?«

Neben der Privatkapelle verfügte das *Appartamento*, die vierhundert Quadratmeter große Privatwohnung des Papstes, über fünf Zimmer und einen großzügigen Empfangsraum. Die Einrichtung war schlicht, gediegen und teuer. An den Wänden gelegentlich ein Giotto oder Tintoretto aus der Sammlung seiner Vorgänger. Dazwischen einige Privatfotos von Laurenz, einige davon zeigten ihn mit seinen Eltern und seinen beiden Geschwistern in Duisburg. Inzwischen lebte nur noch sein jüngerer Bruder.

Die Papstwohnung lag in der *Terza Loggia*, im dritten Stock des Apostolischen Palastes, gleich neben dem Petersdom. Einen Stock darunter befanden sich die Amtsräume, ein Stockwerk höher, unter dem Dach, die Wohnung des päpstlichen Privatsekretärs. Auf dem Dach des Apostolischen Palastes erstreckte sich eine begrünte Terrasse, auf der sich Laurenz vor allem abends gerne aufgehalten und den Blick über die Ewige Stadt genossen hatte.

»Tun Sie mir den Gefallen, Alexander, und erlösen Sie mich von Ihrem empörten Schweigen«, seufzte Laurenz.

Duncker blieb abrupt stehen und atmete durch. »Sie werden Ihre Gründe haben, Heiliger Vater. Sowohl für den Rücktritt als auch für Ihr Schweigen. Das muss ich respektieren.«

Laurenz legte seinem Sekretär die Hand auf die Schulter. »Ich möchte Ihnen für alles danken, Alexander. Darf ich Sie um einen letzten Gefallen bitten?« Laurenz zog einen kleinen Luftpolsterumschlag aus einer Jackentasche. Auf dem Umschlag stand in der ordentlichen und wie gehämmerten Druckschrift des Papstes eine Adresse außerhalb von Rom. »Würden Sie diesen Brief für mich überbringen? Persönlich. Und sofort.«

Laurenz legte Duncker den Umschlag in die Hand wie etwas Zerbrechliches und Kostbares. Dabei hielt er Dunckers Hände noch einen Moment fest.

»Am besten, Sie nehmen den Helikopter.«

Duncker warf einen Blick auf die Adresse, zog eine Augenbraue hoch.

»Das ist gegen die Anweisungen.«

»Deswegen bitte ich Sie ja um einen Gefallen.«

»Darf ich fragen, was der Umschlag enthält?«

Statt einer Antwort blickte Laurenz ihn nur unverwandt an. Ein Blick so schwer wie ein Fels. Seufzend steckte Duncker den Brief ein.

»Haben Sie sonst noch einen Wunsch, Heiliger Vater?«

»Nein. Das war alles. Gott segne Sie, Alexander.«

Kardinal Giovanni Sacchi erwartete den Papst bereits im Empfangszimmer. Bis ins Mittelalter hatte dem päpstlichen Kämmerer die Aufsicht über die päpstlichen Finanzen oblegen. Inzwischen hatte der Camerlengo nur noch eine Aufgabe: das Amt des Papstes während der Sedisvakanz zu verwalten. Üblicherweise *nach* dem Tod des Papstes. Zu dieser Aufgabe gehörte es, den Siegelring des verstorbenen Papstes zu zerstören und seine

Privatgemächer zu versiegeln. Bis zur Wahl eines neuen Papstes hatte er dann das höchste Kirchenamt inne.

Sacchi war ein mürrischer, schweigsamer Mann Ende siebzig. Er hatte fast sein ganzes Leben im Vatikan verbracht, hatte viel gesehen, manchmal zu viel, und stellte daher wenig Fragen. Ob der Papst nun gestorben war oder zurücktrat, spielte für seine Aufgabe keine Rolle. Schweigend nahm er den Fischerring entgegen und schloss ihn ebenso schweigend in eine kleine Schatulle ein. Innerhalb der nächsten Stunden würde er den Ring mit einem silbernen Hammer vor den Augen des Kardinalskollegiums zerstören.

Laurenz blickte sich noch ein letztes Mal in dem Raum um, der ihm in den letzten fünf Jahren so vertraut geworden war. Nichts von alldem würde er in diesem Leben je wieder sehen noch brauchen.

Laurenz sah auf seine Uhr. Zwanzig vor zwölf. Es wurde Zeit. Höchste Zeit. Er wandte sich an den Camerlengo. »Gestatten Sie mir noch einen Moment alleine, Kardinal Camerlengo?«

»Natürlich, Hochwürden«, erwiderte der Camerlengo.

Kaum hatte der Camerlengo das Empfangszimmer verlassen, eilte Laurenz durch eine gegenüberliegende Tür in sein Arbeitszimmer und von dort in die Bibliothek mit den wertvollsten seiner fast zwanzigtausend Bücher. Wie in jedem Raum des *Appartamento* stand auch hier auf einem der barocken Sekretäre ein modernes Telefon mit einer abhörsicheren Leitung. Laurenz unterdrückte dennoch den Impuls, einen letzten Anruf zu tätigen. Es war alles vorbereitet. Alles Weitere lag in Gottes Hand.

Einen Augenblick lang stand Laurenz einfach nur da und nahm Abschied von seiner Privatbibliothek, seinem geliebten Rückzugsort. Er atmete noch einmal die vertraute Mischung aus altem Papier, Leder, Bohnerwachs und Zeit. Dann öffnete Laurenz das einzige Fenster des Raumes, kletterte entschlossen eine schmale Feuertreppe hinab in den schattigen Innenhof und hoffte, dass sämtliche Angestellten des Palastes durch die Ereignisse der letzten Stunden zu beschäftigt waren, um einen Blick aus dem Fenster zu werfen. Er hoffte auch, dass der Kater seinen Weg finden würde.

Zwei Minuten später stand Laurenz neben einem Leutnant der Schweizergarde, der statt der traditionellen und auffälligen Renaissanceuniform einen dunklen Anzug trug. Es war ruhig hier in dem kleinen Innenhof, kaum ein Laut zu hören, nur das ferne Plätschern eines Brunnens. Von irgendwoher roch es unwiderstehlich nach Speck und frischer Tomatensauce, der klassischen römischen *pasta all'amatriciana*, einem von Laurenz' Leibgerichten. Aber Laurenz wusste, wie trügerisch die friedliche Stimmung und die warme Mailuft waren. Die Nachricht von seinem Rücktritt brandete bereits wie ein Tsunami um die ganze Welt. Der Petersplatz füllte sich mit verstörten Gläubigen und Schaulustigen, die Medien rückten mit Konvois von Übertragungswagen an, die Paparazzi mieteten Hubschrauber und bevölkerten die Hausdächer rund um den Vatikan, die Handynetze rund um den Vatikan kollabierten, und die Regierungschefs der größten Industriestaaten konferierten bereits hektisch.

Laurenz wandte sich an den Leutnant der Schweizergarde.

»Haben Sie ihn?«

»Natürlich, Heiliger Vater.«

Der Gardist händigte Laurenz zwei Schlüssel aus. Einer davon ein alter Bartschlüssel mit einem grauen Plastikanhänger, auf dem in Druckschrift nur *PASSETTO* stand.

# V

*1. Mai 2011, Vatikanstadt*

*Hass ist gut. Schmerz ist gut. Hass und Schmerz sind die himmlischen Brüder, die göttliche Energie der Seele, der Atem des Lichts. Aus Hass hat das Licht dich geschmiedet und dich zu seinem Werkzeug gemacht mit dem Auftrag, Schmerz zu säen. Du bist der zweite apokalyptische Reiter, ein Krieger in rotem Harnisch. Das Licht hat dich ausgesandt, die Welt durch Blut und Tod und Krieg zu reinigen. Und genau das wirst du tun.*

Nikolas drückte sich in den Schatten einer uralten Eiche und sah den Privatsekretär des Papstes über den *Campo Santo Teutonico*, den deutschen Friedhof, eilen. Nikolas selbst hatte keine Eile. Er wusste, wohin der Mann in der schwarzen Soutane wollte.

*Du bist das Werkzeug des Lichts. Durch den Orden hat dir das Licht deinen göttlichen Auftrag enthüllt und dich gelehrt, dass Hass und Schmerz gut sind und eins. Aber es hat dich auch gelehrt, dass du in dieser verkommenen sündigen Welt nur in einer geschickten Verkleidung auftreten darfst, wenn du deine Mission nicht gefährden willst.*

Der Privatsekretär überquerte den Platz vor dem Gerichtspalast und verschwand hinter dem Gebäude. Nikolas löste sich aus dem Schatten und folgte ihm nun. Immer noch beeilte er sich nicht sonderlich, doch seine Schritte waren groß genug, dass er den Mann, dem er folgte, kurz vor seinem Ziel einholen würde.

*Der Orden hat dich gelehrt, deinen Hass zu verbergen. Es war noch nicht einmal schwer gewesen. Jeder, der dich in deiner weltlichen Maske kennen lernt, lobt deine Freundlichkeit, deine*

*Bescheidenheit, deine Hilfsbereitschaft, manchmal sogar deinen Charme. All dies hat dich der Orden gelehrt. Alles, was du weißt und bist, verdankst du dem Orden. Und nun ist die Zeit gekommen, dem heiligen Orden Dank zu erweisen und zu helfen, das große Werk zu vollstrecken.*

*Die Zeit des Lichts ist gekommen.*

Rechts hinter dem Gerichtspalast erstreckten sich die vatikanischen Gärten mit dem Gebäude der Zivilverwaltung des Vatikans. Nikolas sah, dass der Privatsekretär jedoch links an der Kirche Santo Stefane degli Abissini vorbeieilte, und beschleunigte nun seinen Schritt. Er erreichte den Mann wie geplant kurz vor dem *helicopterum portum*, dem päpstlichen Hubschrauberlandeplatz, den Papst Paul VI. 1976 hatte anlegen lassen. Die Sikorsky SH-3D Sea King stand startbereit auf der Stahlbetonplatte an der Nordmauer des Vatikans. Der Privatsekretär bedeutete dem Piloten noch im Gehen, dass er das Triebwerk starten solle, als ihn Nikolas von hinten rief.

»Monsignore! Einen Augenblick bitte!«

Der Privatsekretär wandte sich um. Nikolas genoss den genervten Gesichtsausdruck des Mannes, der sich offensichtlich über den unbekannten Priester ärgerte, der ihn von seiner dringenden Mission abhielt.

*Bereite dich vor. Zügle dein Gemüt. Schmerz sollst du säen, und Licht wirst du ernten. Dein ist das Reich und das Licht und die Herrlichkeit.*

»Was gibt es denn noch?« Der Privatsekretär wirkte gereizt und ungehalten.

»Im Namen des Lichts«, sagte Nikolas sanft, als er die Machete aus der Soutane zog und dem Privatsekretär mit einer einzigen geübten Bewegung in den Kopf hackte.

Das Gesicht des Priesters platzte auf wie eine reife Mango. Sein Blut spritzte auf Nikolas' Soutane, als er röchelnd zu Boden sackte. Nikolas schlug erneut zu.

Und noch mal.

Und noch mal.
Und noch mal.
Bis auch der Kopf des inzwischen leblosen Mannes aufplatzte wie eine Melone und sein Blut und sein Gehirn über den Hubschrauberlandeplatz spritzten.

*Die Machete ist scharf, schon ein einziger Schnitt kann tödlich sein. Aber nicht elegant sollst du töten. Schmerz sollst du säen. Bei deinen Opfern sowie bei denen, die sie betrauern. Denn erst der Schmerz bereitet dem Licht den Weg.*

Nikolas hörte den angeschnallten Hubschrauberpiloten schreien und sah auf. Der Pilot versuchte panisch, sich von den Gurten zu befreien. Er trug einen Pilotenhelm und brüllte etwas auf Italienisch in sein Mikrofon. Ohne Hast ging Nikolas mit der blutigen Machete um die Maschine herum und erledigte den Mann noch auf seinem Pilotensitz mit einem Hieb, der ihn fast köpfte. Sein Blut spritzte innen an die Plexiglaskanzel. Dann war Ruhe.

Nikolas wandte sich wieder dem Privatsekretär zu, der in einer Blutlache lag, die langsam in seine Soutane sickerte. Er durchsuchte die Taschen der Soutane, fand den Brief mit der päpstlichen Handschrift und steckte ihn ein. Um seine Fingerabdrücke kümmerte er sich nicht. Dann zog er rasch seine eigene Soutane aus, warf sie zusammen mit der Machete achtlos auf die Leiche des Privatsekretärs, wischte sich die Hände und das Gesicht mit zwei Erfrischungstüchern ab, die er ebenfalls dazuwarf und entfernte sich rasch in Richtung Rosengarten.

# VI

*1. Mai 2011, Castel Sant'Angelo, Rom*

Der *Passetto di Borgo*, ein achthundert Meter langer Fluchtgang, verband den Vatikan mit dem *Castel Sant'Angelo*, der Engelsburg, der Festung der Päpste. Nach außen eine gewöhnliche Mauer, barg der Passetto einen schmalen Gang, der durch die Jahrhunderte hinweg etlichen Päpsten die Flucht in die päpstliche Schutzburg ermöglicht hatte – oder eine diskrete Art, ungesehen zu ihren Mätressen zu gelangen, die sie bereits in den üppig ausgestalteten Salons der Engelsburg erwartet hatten.

Der Passetto verließ den Vatikan an der Via dei Corridori, folgte dem Borgo Sant'Angelo, überquerte das römische Verkehrchaos an der Piazza Pia, übersprang die Festungsmauer der Engelsburg und stieß schließlich in den nordwestlichen Eckturm der abweisenden Trutzburg, die ursprünglich als Mausoleum für Kaiser Hadrian erbaut worden war.

Ein paar Mal im Jahr wurde der Passetto inzwischen auch für Touristen geöffnet. Ansonsten verwahrte die Schweizergarde die Schlüssel zu den beiden Zugängen.

Laurenz hatte im Moment wenig Sinn für die wechselvolle Geschichte des geheimen Ganges, die aus den schimmelbefallenen Mauern sickerte und die Luft schwerer machte. Er eilte durch das enge Halbdunkel, das nur alle paar Meter durch schmale Lichtschlitze erhellt wurde, und fluchte leise, als er sich einmal die rechte Schulter an einem Mauervorsprung stieß.

In der Engelsburg angekommen, verschloss er sorgfältig die Tür und wandte sich nach links in ein steiles, enges Treppenhaus. Laurenz eilte die Treppen hinab. Er war nicht zum ersten Mal hier; er kannte den Weg und wusste auch, wie er die Touristenströme vermied, die um diese Tageszeit die Burg auf allen fünf Ebenen fluteten. Bewacht vom Erzengel Michael hoch über der Burg wälzten sie sich die spiralförmige Rampe im untersten Geschoss hinauf zu den ehemaligen Kerkern und den Lagerräumen für Weizen und Öl, ergossen sich in den *Cortile dell'Angelo* und zogen dann lachend, fotografierend und Cola trinkend weiter hinauf in den vierten Stock mit den prunkvoll ausgestatteten Sälen und der Schatzkammer. Kaum jemand von ihnen ahnte, welche Geheimnisse die Engelsburg heute immer noch barg.

Laurenz begegnete auf seinem Weg nach unten nur einmal einigen versprengten amerikanischen Jugendlichen, die ihn jedoch nicht erkannten und lieber Zungenküsse übten. Zügig und trotz seiner guten Kondition etwas atemlos erreichte Laurenz schließlich das Erdgeschoss. Durch eine unscheinbare Tür, zu der der zweite Schlüssel des Schweizergardisten passte, schlüpfte er nach draußen.

Mario, sein Chauffeur, wartete wie verabredet am östlichen Ausgang der Engelsburg in seinem privaten schwarzen Alfa Romeo 156 älteren Baujahrs. Als Laurenz sich eilig in den Fond setzte, erschrak der junge Römer mit der modischen Sonnenbrille jedoch über den Gesichtsausdruck des Mannes, der wenige Stunden zuvor noch den Namen Johannes Paul III. getragen hatte.

»Mein Gott, Heiliger Vater, Sie sehen aus, als ob Sie vor dem Leibhaftigen geflohen wären!«

»Fahren Sie, Mario«, erwiderte Laurenz nur matt.

»In die Wohnung, wie besprochen?«

»*Si.*«

Laurenz war dankbar, dass sein Chauffeur sich ohne weitere Fragen in den römischen Mittagsverkehr einfädelte. Er vertraute dem zweiunddreißigjährigen Römer mehr als manchem Kardinal der Kurie und hatte sich in den vergangenen Jahren immer auf ihn verlassen können, wenn er den Vatikan inkognito zu verschwiegenen Verabredungen mit Politikern, Industriellen und Vertretern anderer Religionsgemeinschaften verlassen musste. Marios alter Alfa mit den getönten Scheiben, dem römischen Kennzeichen und dem Fanschal des AS Roma auf der Hutablage war ohnehin unauffälliger als der offizielle Mercedes mit dem Kennzeichen SCV-1 für *Stato della Città del Vaticano*.

Mario war auch der einzige Mensch im Vatikan, der das Ziel ihrer Fahrt in San Lorenzo, dem 3. *Municipio* Roms, kannte, denn er hatte die unauffällige Dreizimmerwohnung in dem quirligen Studentenviertel vor vier Jahren als Strohmann gekauft. Das Geld dazu stammte aus dem Privatvermögen des Papstes.

Mario achtete darauf, ob sie verfolgt würden, wechselte oft die Spur und schwamm unauffällig im Verkehr mit. Nach etwa zehn Minuten bog er unvermittelt scharf rechts in ein schmuddeliges Parkhaus ab. Im dritten Stock parkte er den Wagen, stieg aus und gab Laurenz schließlich ein Zeichen, dass die Luft rein war. Wie eingespielt wechselten die beiden den Wagen und verließen das Parkhaus drei Minuten später mit einem japanischen Kleinwagen.

»Sie müssen entschuldigen, Heiliger Vater, das ist der Wagen meiner Cousine Vittoria. Einen anderen konnte ich so schnell nicht auftreiben.«

»Machen Sie sich keine Gedanken, Mario. Ich würde auch auf einer Vespa mitfahren, wenn Sie das für sicherer hielten. Haben Sie irgendwas bemerkt?«

»Nein, Heiliger Vater. Wir werden nicht verfolgt.«

Laurenz setzte eine Sonnenbrille auf und starrte aus dem Fenster. Um ihn herum tobte das italienische Leben, der Verkehr floss nur noch zäh. Ganz Rom schien sich jeden Tag zur Mittagszeit zu verabreden, gleichzeitig alle verfügbaren Autos zu benutzen. Vespas mit Jugendlichen rasten halsbrecherisch zwischen den Lücken hindurch, die *Trattorie* füllten sich mit Touristen, Geschäftsleuten und Frauen mit großen Sonnenbrillen und den neuesten Handtaschen. Laurenz entspannte sich ein wenig.

»Wie geht es Ihrer Frau, Mario?«

»*Beh*. Sehr gut, Heiliger Vater. Sie beschwert sich über meine unregelmäßigen Arbeitszeiten.«

»Ein Zeichen der Liebe, Mario. Und was macht die kleine Laura?«

»Wird eine Schönheit, Heiliger Vater! Plappert ohne Unterlass. Sie hat das Aussehen ihrer Mutter und das Mundwerk ihrer Großmutter geerbt. Madonna, sie wird uns alle noch in Grund und Boden diskutieren.«

Laurenz lachte. »Bravo! Sie wird bestimmt eines Tages Außenministerin.«

Zum ersten Mal an diesem Tag lachte er wieder, und das Lachen löste ein wenig den dunklen Schatten, der ihm auf der Seele lag. Für einen Moment dachte er, dass vielleicht doch noch nicht alles zu spät sei. Dass es Hoffnung geben könnte.

»Hast du alles vorbereitet, Mario?«

»Wie Sie gesagt haben, Heiliger Vater. Salvo hat eine Internetverbindung über zahlreiche Proxys eingerichtet und mir versichert, dass sie zehn Minuten lang nicht zu hacken sei.«

»Das dürfte reichen. Hat Salvo keine Fragen gestellt?«

Mario lachte. »Er denkt, dass ich eine Affäre mit einer schwedischen Spionin habe. Ich habe das natürlich bestritten, und er war neidisch.«

Später als erwartet erreichten sie die Via Palermo. Mario parkte den Wagen in einer Hofeinfahrt neben dem kleinen Hotel Caravaggio und half Laurenz aus dem Wagen, nachdem er sich versichert hatte, dass sie niemand beobachtete. Laurenz sah auf seine Uhr. Ihm blieb nicht mehr viel Zeit. Hastig stürmte er das steinerne Treppenhaus hinauf in den dritten Stock und wartete ungeduldig, bis Mario den Schlüssel aus seiner Hosentasche gefummelt hatte.

Mario betrat die Wohnung als Erster. Daher sah Laurenz den Mann in der schwarzen Mönchskutte und der Kapuze, der es sich in einem Korbstuhl im Flur bequem gemacht hatte, nicht sofort. Auch nicht den Mann dahinter mit der Waffe. Laurenz hörte nur das Ploppen des Schalldämpfers und Marios erstickten Laut, als er vor ihm zusammensackte und gurgelnd einen Schwall von Blut auf den Boden erbrach. Der Schuss hatte Mario in den Hals getroffen.

»Haben Sie wirklich geglaubt, dass Sie mir so leicht entkommen?« Eine uralte schneidende Stimme. Der Mann unter der Kapuze sprach Deutsch mit einem seltsam schleppenden Akzent, den Laurenz nie hatte zuordnen können.

»Was habe ich Ihnen gesagt? Menschen werden sterben, wenn Sie sich nicht an die Instruktionen halten. Menschen, die Ihnen lieb sind. Nur wegen *Ihrem* Hochmut, Laurenz.«

Seth machte eine knappe Handbewegung aus dem Korbstuhl heraus, und der Mann neben ihm trat zu dem röchelnden Mario und schoss ihm aus kurzer Distanz in den Kopf.

Laurenz wirbelte herum und stürmte zurück ins Treppenhaus. Doch dort fing ihn ein muskulöser Typ mit Skimaske ab. Laurenz war zwar bereits über sechzig, doch die Reflexe, die er sich als junger Mann beim Boxen und auf den Straßen Duisburgs antrainiert hatte, funktionierten noch immer. Er duckte sich unter dem Arm des Maskierten hindurch und platzierte einen kurzen Haken, in den er sein ganzes Gewicht legte, auf die Niere. Der Schlag saß. Der Maskierte krümmte sich stöhnend. Laurenz stieß den Mann weg und rannte die Treppe hinunter. Er hörte ein weiteres Ploppen, aber die Kugel schlug nur dicht neben ihm in den Putz der Wand ein.

Laurenz rannte einfach weiter, achtete nicht auf die Schritte der beiden Killer, die ihm hinterherrannten. Er schaffte es bis nach unten, bis vor die Haustür. Dort erwartete ihn jedoch bereits ein dritter Mann, der ebenfalls eine Waffe mit Schalldämpfer auf ihn richtete. Laurenz wusste, dass er jetzt sterben würde. Er schickte ein letztes Gebet an seinen Herrn, an die heilige Muttergottes und straffte sich, bereit für den Tod. Dann schoss der Mann mit den asiatischen Gesichtszügen. Einmal. Zweimal. Laurenz zuckte zusammen und registrierte nur am Rande das Poltern hinter sich. Der Asiate stieß ihn zur Seite und feuerte erneut. Als Laurenz sich überrascht umwandte, sah er, dass der Killer, der Mario getötet hatte, mit einem Kopfschuss auf der Treppe lag. Der bullige Typ mit der Skimaske hielt sich neben ihm keuchend den Unterleib.

Der Asiate trat zu ihm hin und schoss ihm in den Kopf. Dann wandte er sich an Laurenz.

»*Let's go!*«, sagte er scharf. »*Now!*«

# VII

*8. Mai 2011, Rom*

Die kleine Bar an der Piazza Sant'Eustachio war wie üblich um die Mittagszeit rappelvoll. Geschäftsleute in Designeranzügen, Senatoren, vornehme Römerinnen, die jugendliche Gucci-Schickeria, Priester und ein paar verstreute Touristen drängten sich vor der polierten Theke, um nach dem Essen schnell noch einen Espresso oder einen *Caffè con panna* zu trinken, der in einer Cappuccinotasse mit einem faustgroßen Klecks frischer geschlagener Sahne serviert wurde. Peter Adam kam täglich in die Bar *Sant'Eustachio*, wenn er in Rom war. Für ihn war diese Bar ein magischer Ort mit dem besten *Caffè* der Welt. Außerdem lag sie in der Nähe des italienischen Senats und war der ideale Ort, um die richtigen Leute zu treffen, ein paar verschwiegene Insiderinformationen abzugreifen oder einfach nur den Gerüchten und dem munteren Tratsch zu lauschen, an dem sich die Römer gegenseitig erkannten.

Obwohl Peter Adam in Hamburg lebte, verbrachte der fünfunddreißigjährige Journalist mehrere Wochen im Jahr in der Ewigen Stadt. Eine Reihe von kirchenkritischen Enthüllungsartikeln hatte ihm den Ruf als Vatikanexperte und eine Festanstellung bei einem großen Hamburger Nachrichtenmagazin eingetragen, das ihn mit Beginn des Konklaves nun auch als Korrespondent nach Rom geschickt hatte.

Peter Adam wusste, wie man sich in Rom zu bewegen hatte und wie wichtig es in dieser Stadt war, eine *bella figura*, eine gute Figur abzugeben. Er trug Jeans, ein tailliertes weißes Hemd und ein blaues Jackett nach dem neuesten Schnitt. Dazu hellbraune Budapester und natürlich die passenden Socken. Kein Schmuck außer der Jaeger-LeCoultre am linken Handgelenk. Schlecht gekleidet zu sein galt in Rom als Todsünde und versperrte manche Tür, noch bevor man angeklopft hatte. Kleidung war in Rom ein festgelegter Code, der über Wohl und Wehe des Erfolgs entscheiden konnte. Peter Adams Outfit signalisierte in diesem Fall, dass er entweder Medienanwalt oder Journalist war, beides jeweils erfolgreich. Da seine blonden Haare und sein sanftes norddeutsches Gesicht ihn nicht als Römer durchgehen ließen, blieb nur ausländischer Journalist. Das zusammen mit seinem Aussehen und seinem nahezu akzentfreien Italienisch sicherte ihm das Interesse der anwesenden Senatoren und das Wohlwollen ihrer Frauen. Und darauf kam es in Rom schließlich an.

Im Moment galt Peter Adams Interesse aber etwas ganz anderem. Er stand direkt vor der monströsen Kaffeemaschine und versuchte zu ergründen, wie zum Teufel der alte *Barista*, der von allen Blicken verborgen mit Tassen, Löffeln und Siebträgern klapperte, diesen köstlichen Kaffee erzeugte. In über fünfzehn Jahren hatte Peter nur herausfinden können, dass der Alte den *Caffè* zusammen mit dem Zucker aufbrühte. Natürlich konnte man seinen *Caffè* auch ungesüßt bestellen, aber das galt als extrem bizarr. Schließlich war der Kaffee nur eine koffeinhaltige Methode, Zucker zu verflüssigen.

»Wird langsam Sommer«, versuchte Peter den *Barista*, der auch Stammgäste niemals grüßte, in ein Gespräch zu verwickeln.

»*Eh. Era ora* – wurde auch Zeit«, knurrte der Alte bloß und reichte Peter seinen *Caffè con panna*.

Während Peter seinen Espresso mit Sahne löffelte, beobachtete er eine junge Frau in einem aufregenden Kostüm. Die klassische Nase und wie sie den kleinen Finger beim Reden abspreizte, wies sie als Römerin aus. *Anfang dreißig*, vermutete Peter. *Tochter aus reichem Hause, Jurastudium, drei Fremdsprachen, gut im Bett und sehr, sehr zickig. Alter römischer Patrizieradel.*

Sie hatte ihn bemerkt, und hin und wieder streiften sich ihre Blicke. Peter überlegte, ob er sie ansprechen sollte, als ihm aufging, wie ähnlich sie Ellen war. Ellen, die er auch oft hierher geführt hatte. Ellen, die Rom ebenso geliebt hatte wie er. Ellen, die nun tot war, einfach tot. Nur Rom existierte immer noch und würde ewig weiter existieren. Peter wandte sich abrupt um und schlug den *Corriere della Sera auf*, der auf den ersten drei Seiten wie schon in der ganzen letzten Woche über die Katastrophe auf der ISS berichtete. Die Schreckensmeldungen und apokalyptischen Bilder in den Nachrichten rissen nicht ab. Das verheerende Erdbeben in Neuseeland, die Finanzkrise in Europa, die Aufstände und Bürgerkriege in Nordafrika, der Tsunami und die Nuklearkatastrophe in Japan und schließlich die Havarie der ISS. Als müsse die Menschheit dringend einsehen, dass sie endgültig am Abgrund stand.

Und nun der Papst. Sämtliche Zeitungen berichteten über den Rücktritt, das mysteriöse Verschwinden des Papstes und den tragischen Unfalltod seines Privatsekretärs. Die Boulevardpresse spekulierte ungeniert über Zusammenhänge mit der ISS-Katastrophe und über mörderische Verschwörungen im Vatikan. Peter wusste von den Kollegen in der Hamburger Redaktion, dass die Regierungschefs der wichtigsten Industrienationen täglich Krisenkonferenzen per Telefon abhielten.

Der Vatikan jedoch schien in Schockstarre verfallen zu sein. Es gab kaum Statements, selbst die inoffiziellen Kanäle und Wichtigtuer schwiegen. Radio Vaticano sendete sein übliches Programm, als sei nichts geschehen, und Kardinal Menendez stand nicht für Interviews zur Verfügung. Ganz zu schweigen von Franz Laurenz, von dem niemand wusste, wo er sich zurzeit aufhielt. Beziehungsweise ob er überhaupt noch lebte.

Peter dachte an das Konklave, das in zehn Tagen beginnen sollte. Die ersten Kardinäle reisten bereits an. Niemand rechnete mit einer schnellen Wahl des neuen Papstes. Die Medien spekulierten zwar über mögliche Favoriten, und auch in der Bar gab es kein anderes Gesprächsthema, aber Peter war sich sicher, dass man mit einem langen Konklave rechnen musste. Vielleicht Zeit genug, den verschwundenen Johannes Paul III. aufzustöbern und für ein Interview zu gewinnen. Er blickte auf die Jaeger-LeCoultre, die ihm Ellen noch kurz vor ihrem Tod geschenkt hatte. Kurz vor zwei Uhr. Er musste noch einen Artikel über die Finanzen des Vatikans schreiben und beschloss, anschließend seinen Freund Don Luigi im Vatikan aufzusuchen. Vielleicht hatte der gut informierte Jesuitenpater ein paar Neuigkeiten für ihn.

»Na, schöner Mann?«, flötete eine vertraute Stimme hinter ihm.

Peter wandte sich um und sah auf ein atemberaubendes Dekolleté in einem engen scharlachroten Kleid.

»Hallo Loretta. Schön dich zu sehen.«

Die rothaarige Frau im roten Kleid lachte kehlig und küsste ihn auf den Mund. »Du bist und bleibst ein miserabler Lügner, Darling!«

Loretta Hooper war Italienkorrespondentin der *Washington Post* und wie er zuständig für Vatikanfragen. Sie kannten sich schon einige Jahre und hatten sogar eine kurze Affäre gehabt, bis Peter Ellen kennenlernte. Im Gegensatz zu ihm ignorierte Loretta konsequent den römischen Dresscode. Wie immer war ihr Kleid zu eng, zu rot, zu tief ausgeschnitten für die Tageszeit. Peter gefiel es.

»Nein, wirklich, Loretta, ich freu mich immer, wenn ich dich sehe. Willst du was trinken?«

»Ich störe dich doch nicht?«

»Überhaupt nicht.«

»Ich habe dich beobachtet, Peter. Du wolltest gerade diese kleine römische Schlampe aufreißen.«

Peter bestellte noch zwei weitere Espressi mit Sahne, um Loretta ruhigzustellen. Aus den Augenwinkeln sah er, dass die junge Römerin ihn mit Loretta gesehen hatte und sich mit einem Stirnrunzeln abwandte.

*Danke, Loretta, vielen Dank!*

»Was treibt dich hierher, Loretta?«

»Ich dachte, wir könnten mal wieder ein paar Drinks zusammen nehmen.«

»Ich habe nichts, was dir weiterhelfen könnte.«

»Und das, Honey, ist schon wieder gelogen! Was ist mit deinem Freund, diesem Pater?«

»Don Luigi ist sehr scheu. Er spricht nur mit mir.«

Loretta verrührte die Sahne in ihrer Tasse energisch mit dem Espresso zu einem cremigen Brei und kippte das Ganze in einem Zug herunter. »*Bullshit*. Aber egal. Ich sag dir, was ich will. Ich will ein Interview mit Johannes Paul III.«

»Das wollen wir alle.«

»Aber wir zwei sind die Besten, Darling. Wer, wenn nicht wir, sollte ihn finden.«

»Vielleicht ist er gar nicht mehr in Rom?«

Loretta sah ihn misstrauisch an.

»Du weißt etwas!«

»Wenn, dann hätte ich mein Interview schon längst.«

»Was glaubst du, wo er sich aufhält?«

»Jedenfalls nicht im Kloster Montecasino, wie der Vatikan behauptet. Aber vielleicht auch gar nicht so weit weg. Franz Laurenz liebt das Latium und er wird in Rufnähe von Rom bleiben wollen. Ich tippe mal auf ein kleines, verschwiegenes Klösterchen im Umkreis von nicht mehr als hundert Kilometern. Sagt mir mein Gefühl.«

Loretta strahlte. »*Exactly*, Honey! Und wir zwei Süßen werden ihn finden und interviewen. Geteilte Arbeit, geteilter Ruhm.«

Peter sah Loretta an und wunderte sich wieder einmal, wie schnell sie von ihrer Rolle einer Vorstadttippse aus Illinois zu dem werden konnte, was sie wirklich war: eine brillante Starjournalistin mit Jagdinstinkt, die niemals aufgab. Niemals.

»Jetzt krieg bloß nicht wieder diesen Schlafzimmerblick, Darling, wir reden nur über Business.«

»Hast du denn was anzubieten, Loretta?«

»Vielleicht.«

»Keine Spielchen. Sag mir, was du hast, und ich stell dich vielleicht Don Luigi vor.«

»Also Deal?«

Peter nickte. »Deal.«

Loretta kramte in ihrer Tasche und legte ein gefaltetes Blatt Papier auf den Tisch. Es zeigte die Fotokopie eines Symbols in Form einer etwas krakelig gezeichneten Spirale.

»Schon mal gesehen?«

*Verdammt, wo hab ich das schon mal gesehen?*

»Keine Ahnung. Was soll das sein?«

»Es ist eines der ältesten Symbole der Menschheit und kommt fast in allen Kulturen der Welt vor. Man hat steinzeitliche Felsgravuren mit diesem Zeichen in Schweden, Nordspanien, China und auf dem amerikanischen Kontinent gefunden. Praktisch überall auf der Welt.«

*Wo hast du das Zeichen schon mal gesehen? Wo, wo, wo?*

»Ein steinzeitliches Symbol. Was soll das, Loretta?«

Loretta legte nacheinander drei Zeitungsartikel aus der letzten Woche auf den Tresen und achtete darauf, dass ihnen niemand über die Schulter sah. Als Peter ihrem Blick folgte, sah er, dass die schöne Römerin soeben die Bar verließ, ohne sich noch einmal nach ihm umzusehen. *Schade eigentlich.*

»Drei Leute sind letzte Woche gestorben«, erklärte Loretta. »Kurz vor dem Rücktritt des Papstes: eine Bergsteigerin aus

Chicago – abgestürzt am Himalaja, ein polnischer Astronaut – verglüht mit der ISS, und ein Investmentbanker des *Istituto per le Opere di Religione*, der Vatikanbank – abgestürzt mit einem Fahrstuhl in Mailand. Und da ist noch der Unfalltod des Privatsekretärs des Papstes.«

»Worauf willst du hinaus, Loretta?«

»Es war ein Zufall, wirklich ein totaler Zufall. Sherpas einer anderen Expedition hatten die Leiche der Bergsteigerin in einer Gletscherspalte gefunden. Ein guter Freund von mir in Chicago leitete die Obduktion und rief mich an. Er habe da etwas gefunden, ob ich damit was anfangen könne.«

*Das Symbol. Was bedeutet es?*

»Was hat er gefunden?«

»Ein Tagebuch. Es war voll von diesen Symbolen, die die junge Bergsteigerin offenbar auf ihrer Tour auf Felsen entdeckt und abgezeichnet hatte.«

*Wo hast du das Symbol schon mal gesehen? Wo, verdammt?*

»Ich hab mir den Arsch aufgerissen«, fuhr Loretta ohne Unterbrechung fort. »Ich hab sämtliche Nachrichten gefiltert und sämtliche Bildagenturen durchstöbert. Ich habe einen NASA-Pressesprecher unter den Tisch gesoffen, bis er mir gab, was ich wollte.«

»Bitte die Kurzform, Loretta.«

»Die Kurzform ist, dass der polnische Astronaut ein Buch mit an Bord der ISS nahm. Astronauten dürfen einen persönlichen Gegenstand mit an Bord bringen, die meisten nehmen einen Fotoapparat. Nicht so der junge Pole. Er nahm ein Buch mit. Dieses Buch.«

Sie legte ein kleines, altes Taschenbuch auf den Tresen. Vom Cover sprang Peter das Spiralsymbol entgegen.

»Ist schon lange nicht mehr lieferbar. Ich hab's aus einer Bücherei geklaut.«

*Mystic Symbols of Man – Origins and Meanings.* Das Buch

war vor fünfzehn Jahren erschienen. Und sein Autor war: Franz Laurenz.

Loretta sah Peter triumphierend an. »In der Aktentasche des abgestürzten Investmentbankers fand man dieses Buch ebenfalls.«

Peter starrte irritiert auf das kleine Buch. »Wie hast du das herausgefunden, Loretta?«

»Das bleibt mein kleines, süßes Geheimnis. In dem Buch geht Laurenz auffällig häufig auf das Spiralsymbol ein.«

Sie schlug eine Seite auf und wies Peter auf die Abbildungen hin.

»Die stammen aus England, Schweden, Utah und New Mexico und sind vermutlich über fünftausend Jahre alt. Die Frage ist: Warum haben sich Menschen in der Steinzeit so viel Mühe gemacht, ein Spiralsymbol hundertfach in harten Fels zu meißeln?«

»Erklär's mir.«

»Steht alles hier drin. Ein Archäologe ist Anfang der Neunzigerjahre draufgekommen. Er hat die Spiralen als Sterne gedeutet und die Spiralmuster im Computer mit dem Sternenhimmel zur ungefähren Entstehungszeit verglichen. Das Ergebnis war verblüffend. Die Spiralen stellten ziemlich genaue und komplexe Sternkarten dar. Und zwar bezogen sie sich immer auf ein ganz bestimmtes und ziemlich beunruhigendes astronomisches Ereignis. Eine Sonnenfinsternis. Jedenfalls nimmt Laurenz an, dass das Spiralsymbol für Sonnenfinsternis steht. Ein Ereignis, das in allen Kulturen der Welt mit dem Weltuntergang assoziiert wurde. Und wann ist die nächste Sonnenfinsternis?«

»Keine Ahnung.«

»In sieben Tagen.«

Peter atmete aus. »Es könnte immer noch Zufall sein.«

*Träum weiter! Du weißt es besser!*

»Zufall? Auch, dass die Männer beide Priester waren und die Frau eine Nonne?«

Peter war beeindruckt von Lorettas Recherche. Und die genoss seinen verblüfften Gesichtsausdruck.

»Was suchen eine Nonne im Himalaja und ein Priester im All?«, fragte Peter.

»Vielleicht das Gleiche wie wir, Darling – Antworten.«

Loretta tippte auf das Spiralsymbol.

»Hast du sonst noch etwas?«

»Ich finde, das ist schon eine ganze Menge für den Anfang. Peter, ich hab keine Ahnung, wie das alles zusammenhängt, aber ich bin sicher, dass dieses Zeichen eine Spur ist. Es wird uns zum Papst führen und zu ein paar Antworten. Jetzt bist du dran.«

Peter hatte den römischen Nachmittag immer geliebt. Die Zeit nach dem *pranzo*, dem ausgedehnten Mittagessen, wenn man sich hinter heruntergelassenen Jalousien zu einem kleinen Schläfchen zurückzog. Zwischen eins und vier veränderte sich der Pulsschlag der Stadt, viele Geschäfte blieben mittags ohnehin geschlossen, und die wenigen Römer, die man zu dieser Tageszeit auf der Straße antraf, wirkten ruhiger und zufriedener, weil sie gut gegessen hatten. Oder mürrischer, weil sie ihr Schläfchen ausfallen lassen mussten.

Inzwischen fürchtete Peter den Nachmittag jedoch, denn es war die Zeit des Ungeheuers. Das Ungeheuer, das irgendwo im Verborgenen auf ihn lauerte, bereit, jederzeit zuzuschlagen und ihn langsam und qualvoll zu verdauen. Und der Nachmittag war seine bevorzugte Jagdzeit.

Er lag vollständig bekleidet auf dem Doppelbett seines abgedunkelten Hotelzimmers und erwartete die Migräne. Wie es aussah, würde sie ihn diesmal verschonen. Das Schlimmste an der Migräne neben den Schmerzen und der Agonie war die Hilflosigkeit, ihr unvermittelt und ohne Vorwarnung ausgeliefert zu sein. Die Attacken dauerten meist nicht länger als ein paar Stunden, ließen ihn aber wie ausgetrocknet zurück, ohne

Erinnerung. Er wünschte sich die Zeiten zurück, als er mit Ellen noch die Nachmittagsstunden zelebriert hatte. Als er noch schlafen konnte.

Ein Anruf bei seinen Adoptiveltern war schon seit einiger Zeit überfällig, aber Peter konnte sich nicht darauf konzentrieren. Etwas anderes ließ ihm keine Ruhe. Er beobachtete das Ballett der Lichtreflexe, die durch die Lamellen der Jalousie an der Zimmerdecke tanzten, und versuchte, sich zu erinnern, wo er das Spiralsymbol schon einmal gesehen hatte. Es war lange her, sehr lange, so viel war ihm klar. Doch immer, wenn er mit dem Symbol in seiner Erinnerung zurückzugehen versuchte, verschwamm das Bild. Er war immer stolz auf sein fast fotografisches Gedächtnis gewesen, umso mehr beunruhigte ihn diese hartnäckige Erinnerungslücke.

Der Verkehrslärm draußen schwoll wieder zu seiner normalen Lautstärke an. Zeit, sich wieder an die Arbeit zu machen. Er musste noch einen Artikel schreiben.

Das Hotel Le Finestre sul Vaticano war zwar nur ein äußerst mittelmäßiges Bed and Breakfast, aber es hatte, wie sein Name schon großspurig posaunte, einen direkten Blick auf den Vatikan und den Petersdom. Es lag an der Via della Conciliazione, einem breiten Boulevard, von Mussolini in das Herz der Stadt gefräst, der von Osten schnurgerade auf den Petersdom zulief. Peter hätte sich lieber in sein Lieblingshotel, dem Albergo Santa Chiara am Pantheon einquartiert, aber sein Redaktionsleiter hatte für die Berichterstattung über das Konklave auf einem Hotel mit Blick auf den Petersdom bestanden.

Peter erhob sich vom Bett und warf einen Blick aus dem Fenster. Nur einige hundert Meter entfernt lag der Petersdom und dahinter das Dach der Sixtinischen Kapelle mit Michelangelos berühmtem Deckenfresko. Der Petersplatz hatte sich wieder mit Menschen gefüllt, die auf irgendein Zeichen zu hoffen schienen, auf irgendeine Art von Erklärung für das Unerhörte. Oder einfach nur auf eine weitere Sensation.

Zurück am Schreibtisch konzentrierte Peter sich auf seinen Artikel über das Finanzwesen des Vatikans. Die Vatikanbank veröffentlichte weder Zahlen noch Bilanzen. Bekannt war nur, dass der Haushalt des Vatikanstaates einen Umfang von etwa zweihundertfünfzig Millionen Euro hatte. Den größten Teil des Haushaltes verschlangen die Gehälter und Pensionen für die fast dreitausend Angestellten des kleinen Stadtstaates. Das Geld stammte aus Immobilienerlösen, Spenden und von den Diözesen und Ordenshäusern in aller Welt. Den Rest von fünfzig Millionen Euro schoss die Vatikanbank hinzu.

Tatsächlich aber wurde das Vermögen der katholischen Kirche weltweit auf eine Summe zwischen zehn und hundert Milliarden Euro geschätzt. Allein die reichsten Diözesen Köln und Chicago hatten jährliche Einnahmen von jeweils einer halben Milliarde Euro.

Ende der Siebzigerjahre war das IOR, das *Istituto per le Opere di Religione,* in einen Finanzskandal um undurchsichtige Geschäfte und Bürgschaften mit der Banco Ambrosiano, der Mafia und der Geheimloge *Propaganda Due* verstrickt gewesen. Man vermutete, dass Johannes Paul II. über die Banco Ambrosiano die Solidarność-Bewegung in Polen unterstützt hatte. 1982 fand man Roberto Calvi, den Chef der Banco Ambrosiano, erhängt unter der Blackfriars Bridge in London auf. Von der Mafia ermordet, wie sich herausstellte. Der Zusammenbruch der Banco Ambrosiano riss auch die Vatikanbank mit. Sie konnte nur durch eine Geldspritze aus dem Vermögen des Opus Dei gerettet werden, das dafür von Laurenz' Vorgänger Johannes Paul II. eine Personalprälatur erhielt. Was nichts weniger bedeutete als eine weltumspannende Diözese ohne eigentlichen Bischofssitz. Damit machte Johannes Paul II. das Opus Dei de facto zur mächtigsten Diözese der Welt. Woher das Vermögen des Opus Dei stammte, blieb ebenfalls im Dunkeln.

Derzeit operierte das IOR eher als eine Art Girozentrale für die katholische Kirche, bei der viele Diözesen, Orden und andere katholische Einrichtungen Konten unterhielten. Aber immer noch weigerte sich die Vatikanbank, Zahlen über ihr Vermögen und ihre Geschäfte zu veröffentlichen, was den Verschwörungstheorien über die Machenschaften des Vatikans weiterhin Nahrung gab.

Peter war überzeugt, dass der Vatikan über das IOR weltweit immer noch in schmutzige Geschäfte verwickelt war und sein Vermögen auch für die Durchsetzung politischer Ziele einsetzte. Beweisen ließ sich das allerdings nicht.

Peter schloss den Artikel, der nur allgemein bekannte Fakten zusammenfasste, um kurz nach halb acht Uhr ab und schickte ihn per E-Mail an die Redaktion. Zerstreut sichtete er die aktuellen Nachrichten auf den Internetseiten von CNN, BBC und Radio Vaticano und nahm dann eine Dusche.

Das Monster kam, als er mit einem Handtuch um die Hüften zurück ins Zimmer stapfte und sich über den schlecht gereinigten Holzboden ärgerte. Völlig ohne Vorwarnung schlug die Migräne diesmal zu, ohne jedes Anzeichen, ohne die kleinen Vorbeben aus Übelkeit und Sehstörungen. Eine Supernova explodierte vor Peters Augen, blähte sich in seinem Kopf auf und füllte ihn mit Schmerz, ganz und gar. Peter merkte nicht mehr, wie ihm die Knie wegsackten. Das Letzte, was er bewusst wahrnahm, war eine rote Wolke, die auf ihn zuraste und ihn völlig einhüllte.

Dann kam die Dunkelheit.

Und die Angst.

Die Angst war ein mathematisches Binom, ein Paradox aus Dunkelheit und Licht, zwei Urkräfte, die wie Kontinentalplatten ewig aneinander entlangschrammten und ihn dazwischen zermalmten. Als Ergebnis der binomischen Gleichung aus Dunkelheit und Licht blieb reine, klare, hundertprozentig destillierte Angst übrig.

Peter zwängte sich in tiefster Dunkelheit durch einen engen

Schacht. So eng, dass er nur mit nach oben gerissenen Armen hineinpasste und sich kaum bewegen konnte. Mit jeder Bewegung wurde der Schacht enger. Wie ein Schlauch, der sich um ihn herum zusammenzog. Doch am Ende des Schachtes war Licht. Verzweifelt keuchend und schreiend kämpfte sich Peter darauf zu, doch statt vorwärts bewegte er sich immer weiter rückwärts. Das Licht wurde immer kleiner – und erlosch.

Peter sank in einen dunklen Ozean. Immer tiefer. Endlos tief. Kein Laut zu hören, nur das Rauschen seines Blutes. Peter versuchte zu schwimmen, konnte aber weder Arme noch Beine bewegen. Um ihn herum blitzten seltsame Fische und leuchtende Wesen auf, oben sah er die Lichter einer Stadt. Unerreichbar. Peters Lungen wurden vom Druck des Wassers zusammengequetscht und schrien nach Luft. Er wollte atmen. Ausatmen. Atmen, atmen, atmen! Aber wer ausatmete, musste auch einatmen, und das wäre sein sicherer Tod. Die Lichter um ihn herum verschwanden. Peter verspürte ein Brennen in seinen Arm- und Beinmuskeln wie von einem starken Muskelkater und hatte nur noch einen Wunsch: aus- und wieder einzuatmen. Und das tat er.

Und alles erlosch. Die ganze Welt, die Zeit, der Schmerz, er selbst.

Dann sah er den Petersdom. Peter ging über die Via della Conciliazione auf den Petersplatz zu, mitgerissen vom Strom unzähliger Menschen. Der Petersplatz war bereits von Hunderttausenden bevölkert, die alle auf einen einzigen Punkt starrten. Peter wandte den Blick und sah hinauf zur Sixtinischen Kapelle. Weißer Rauch stieg aus dem kleinen Schornstein. Ein neuer Papst war gewählt! *Habemus papam!* Peter fragte sich, auf wen die Kardinäle sich so schnell geeinigt hatten – als ein gleißender Blitz die Szenerie erhellte. Die Menschen um Peter herum schrien auf, und Peter sah, dass über dem Petersdom ein gigantischer Rauchpilz aufstieg. Wie in Zeitlupe pulverisierte eine gewaltige Explosion die Basilika, wälzte sich träge wie durch ein

Meer aus Öl über den Petersplatz, riss die versammelten Menschen in Stücke, knickte Säulen wie Strohhalme und wirbelte die ersten parkenden Autos hinter der Absperrung durch die Luft. Eine Feuerblase blähte sich mit quälender Langsamkeit unter dem Rauchpilz auf, donnerte über den Platz und verbrannte Mauern, Menschen und Autos. Dann hörte Peter eine Stimme. Und die Stimme sprach:

»*Auf der Via della Conciliazione regiert das Chaos. Von überall rasen Ambulanzen heran, auf den Straßen liegen Leichen und Trümmerteile, es sieht aus wie auf einem Schlachtfeld. Vor etwa einer halben Stunde erschütterte eine gewaltige Detonation den gesamten Vatikan. Augenzeugen berichten von einem gleißenden Lichtblitz, der die Kuppel des Petersdoms zerfetzte. Die Druckwelle tötete Tausende von Menschen, schleuderte Gebäudetrümmer und parkende Autos mehrere hundert Meter weit. Über die Hintergründe dieses verheerenden Anschlags lässt sich zur Stunde nichts sagen, auch nicht über das Schicksal der hundertsiebzehn Kardinäle, die sich in der Sixtinischen Kapelle zum Konklave versammelt hatten. Klar ist im Augenblick nur eines: Der Vatikan, das Zentrum der katholischen Kirche, existiert nicht mehr.*«

# Kapitel 1
# DÄMONEN

# VIII

Liebe Brüder und Schwestern,

wenn wir das Glaubensbekenntnis beten, sagen wir: »Ich glaube an den Heiligen Geist, der Herr ist und lebendig macht.« Der Heilige Geist ist die Macht Gottes, er hält die Kirche mit ihrem Herrn geeint. Er führt das Volk Gottes zur Fülle der Wahrheit, der Heilige Geist ist es, der die wunderbare Gemeinschaft der Gläubigen in Christus zustande bringt. Getreu seinem Wesen als Geber und Gabe zugleich, ist er auch in uns am Werk.

Mir ist schmerzlich bewusst, dass viele Gläubige in aller Welt in den vergangenen Tagen daran gezweifelt haben, ob der Heilige Geist überhaupt noch in der Welt am Werk ist, und ich weiß, dass ich nicht schuldlos daran bin. Mit meinem Rücktritt vom höchsten Amt der Kirche habe ich viele Gläubige verstört. Und nicht wenige denken, dass sich mit mir auch die Kirche von ihnen abgewandt hat.

Daher wende ich mich heute an euch, liebe Brüder und Schwestern, um euch zu versichern, dass die Kirche nach wie vor fest im Glauben steht, so wie ich auch. Nicht unser Herr Jesus Christus hat euch verlassen, sondern nur ein einfacher Mensch, der seine Schwäche im Angesicht Gottes erkannt hat.

»Du führst uns hinaus ins Weite«, heißt es in Psalm 18, 20, und so könnte es auch über meinem Leben stehen. Doch die Weite, in die Gott uns führt, ist nicht nur die Weite in uns, sondern auch die Weite vor uns, die Weite der Zukunft. Unser Herr hat mich in die Weite geführt, er hat mir zuletzt das höchste Amt der Kirche geschenkt. Dafür bin ich unserm Herrn Jesus Christus unendlich dankbar. Doch in den vergangenen Wochen musste ich schmerzlich erkennen, dass mir für dieses hohe Amt zunehmend die Kraft fehlt.

*Jeder Mensch benötigt einen Mittelpunkt in seinem Leben, eine Quelle der Wahrheit und der Güte, aus der er angesichts der Mühen des Alltags schöpfen kann, das Pochen einer verlässlichen Gegenwart, die nur mit den Gefühlen des Glaubens wahrnehmbar ist: die Gegenwart Christi, des Herzens der Welt.*

*Gestärkt durch den Glauben in Christus habe ich beschlossen, zum Wohle der heiligen Mutter Kirche beiseitezutreten und Platz zu machen für einen stärkeren Vertreter Christi auf Erden. Ich habe meine Entscheidung einsam vor Gott und ohne Not oder Druck von außen getroffen. Es war meine persönliche und freie Entscheidung. Die Entscheidung eines schwachen Menschen. Doch die Kirche ist stark, und ein neuer Papst wird sie besser führen als ich.*

*Um die Kirche und meinen Nachfolger nicht mit dem Schatten meines Versagens vor Gott zu belasten, habe ich mich ferner entschlossen, mich von allen kirchlichen und weltlichen Dingen zurückzuziehen und den Rest meines Lebens im Dialog mit Gott in einem abgelegenen Kloster zu verbringen. Aus diesem Kloster spreche ich auch zu euch, liebe Brüder und Schwestern, nicht als Gefangener und nicht unter dem Einfluss Dritter. Dies wird allerdings meine letzte öffentliche Erklärung sein. Zum Schutze der Kirche und aus Respekt vor dem Amt des Papstes werde ich zukünftig weder Interviews geben noch mich öffentlich äußern oder auftreten. Ich bitte euch, liebe Brüder und Schwestern, dies zu respektieren und mir zu vergeben.*

*Der Herr sei mit euch.*

# IX

*Courier Online, 9. Mai 2011*
*IRRITIERENDE VIDEOBOTSCHAFT DES EX-PAPSTES*
*Autor: Peter Adam*

Rom. Per Videobotschaft hat sich heute überraschend der vor einer Woche zurückgetretene Papst Johannes Paul III. gemeldet und eine kurze Erklärung abgegeben. Das etwa vierminütige Video, das heute Morgen per E-Mail bei Radio Vaticano einging, wurde umgehend vom staatlichen italienischen Fernsehen ausgestrahlt und ins Internet gestellt. Innerhalb weniger Stunden hatte es bereits Rang 3 bei Youtube erreicht. Man sieht Ex-Papst Franz Laurenz in schlichter Pfarrerskleidung an einem Schreibtisch. Hinter ihm sind nur ein Holzkreuz und ein Fenster zu erkennen. Der genaue Aufenthaltsort des ehemaligen Papstes bleibt also weiterhin unklar. Die alten Mauern im Bildhintergrund nähren allerdings Vermutungen, dass sich Franz Laurenz in einem Kloster auf italienischem Hoheitsgebiet aufhält.

Franz Laurenz wirkt in dem kurzen Video körperlich gesund und spricht frei und auf Italienisch in die Kamera. Er widerspricht Vermutungen, die in den vergangenen Tagen durch die Presse gingen, dass er gegen seinen Willen festgehalten werde. Viel mehr erfährt man jedoch nicht. Franz Laurenz gibt keine plausible Erklärung für seinen Rücktritt ab. Im Gegenteil, die Ansprache wirft mehr Fragen auf als sie beantwortet. Unklar, umständlich und widersprüchlich in der Wortwahl ist sie eher geeignet, die Gerüchte über die angebliche Geisteskrankheit des Ex-Papstes zu schüren. Anderen Gerüchten zufolge soll der Papst zurückgetreten sein, um der Enthüllung einer langjährigen Liebesbeziehung zu seiner Vertrauten Sophia Eichner zuvorzukommen. Sophia Eichner ist seit dem Rücktritt des Papstes spurlos verschwunden. Aber auch hierzu liefert Laurenz keinerlei Erklärung, sondern irritiert die Gläubigen in aller Welt nur mit salbungsvollem Sermon, den man von Papst Johannes Paul III. nicht gewohnt war. Vermutlich werden nun Verschwörungstheorien grassieren. Was übrig bleibt, ist ein schaler Geschmack kurz vor dem Konklave. Der Vatikan ist gut beraten, Klarheit in die Causa Laurenz zu bringen, wenn er nicht nachhaltigen Schaden für die Kirche in Kauf nehmen will.

# X

*9. Mai 2011, Rom*

Kurz nachdem Peter Adam den Artikel an die Redaktion in Hamburg gemailt hatte, verließ er das Hotel und ging zu Fuß zum Vatikan. Die Bewegung und die milde Frühlingsluft hoben augenblicklich seine Stimmung. Schließlich war er immer noch in Rom, der Ewigen Stadt, der Stadt, die er liebte. Das überraschend in den Morgennachrichten von RAI I aufgetauchte Video hatte ihm wenig Zeit gelassen, über seinen Traum der letzten Nacht nachzudenken. Er war irgendwann nackt auf dem Boden seines Hotelzimmers aufgewacht, hatte sich frierend und stöhnend aufgerichtet und versucht, sich zu erinnern. Viel kam normalerweise nicht dabei heraus, nur, dass es immer Träume von Enge und Dunkelheit und vom Ertrinken waren, die ihn seit einigen Jahren verfolgten. Peter wusste genau, warum. Er wusste, dass er aufpassen musste.

Diesmal jedoch erinnerte er sich auch an wirre Bilder von der Zerstörung des Petersdoms und des gesamten Vatikans. Und überraschend deutlich an den genauen Wortlaut einer tränenerstickten Reporterstimme aus dem Radio.

Peter versuchte, die Gedanken an diesen Traum zu verdrängen und sich auf sein Gespräch mit Don Luigi zu konzentrieren. Er hielt Träume ohnehin für eine Art Verdauungsprozess des Gehirns. Je absurder und angstvoller die Träume, desto klarer nachher der Verstand.

Das Klingeln seines Handys schreckte ihn auf. Fast erleichtert verschob er den Anruf diesmal nicht auf die Mailbox.

»Loretta! Ich wollte dich gerade anrufen.«

»Lüg mich nicht an.« Ihre Stimme klang verärgert. »Warum rufst du mich nicht zurück?«

»Ich musste noch einen Artikel schreiben.«

»Was hältst du von der ganzen Sache?«

»Du meinst dieses Video? Seltsam. Äußerst seltsam.« Peter ging weiter in Richtung Petersdom. »Ich glaube, er verscheißert uns alle.«

»Treffender hätte ich es nicht ausdrücken können«, antwortete Loretta zynisch. »Die Redaktion hat das Video ein wenig analysiert. Im Hintergrund sind durch das Fenster Zypressen zu sehen. Ich sage dir, er ist noch hier irgendwo in der Nähe.«

»Was willst du, Loretta?«

»Wann stellst du mich deinem Freund Luigi vor?«

»Ich bin gerade auf dem Weg zu ihm.«

»Und warum zum Teufel nimmst du mich nicht mit?«

»Loretta, bitte. So läuft das nicht. Vertrau mir, sobald ich etwas in Erfahrung bringe, weißt du's als Erste. Versprochen.«

»Verarsch mich bloß nicht, Darling.«

Am Petersplatz bog Peter links ab und folgte der vatikanischen Mauer zur Petrianus-Pforte, einem von Touristen weniger frequentierten Tor. Peter berührte beim Gehen die Mauer, die das gesamte Staatsgebiet des Vatikans umschloss. Er mochte die Mauer. Drei Meter siebzig breit, fünf Meter hoch, dreitausendvierhundertzwanzig Meter lang. Ein Festungswall aus Tuffblöcken, flachen Ziegeln und Travertin, und das einzige Bauwerk in Rom, das frei von Plakaten, Graffitis und dem allgegenwärtigen *Ti amo per sempre!* blieb. Die Mauer fühlte sich abgegriffen an und dort, wo die Tavertinkanten auf die Straße ragten, ganz glatt. Uralte Haken waren in die sienabraunen Ziegel eingelassen, in den Fugen hatte sich Moos angesetzt. Es gab insgesamt sechzehn Pforten in dem Mauerbauwerk. Zwei führten zu den vatikanischen Museen, zwei waren zugemauert, eine mit einer Eisentür versperrt und eine nur per Zug befahrbar. Eine kleine Tür führte in eine Suppenküche, eine weitere direkt zur

Glaubenskongregation, und eine geradewegs in die Tiefgarage des Vatikans.

Die Hauptpforte, die Santa-Anna-Pforte, lag gleich neben der Kaserne der Schweizergarde. Peter wusste, dass sie derzeit am stärksten kontrolliert wurde, und wählte daher die Petrianus-Pforte neben dem *Sant'Ufficio*. Gleich dahinter lag der *Campo Santo Teutonico*, der deutsche Friedhof, der staatsrechtlich zum Hoheitsgebiet des ehemaligen Heiligen Römischen Reiches Deutscher Nation gehörte. Wenn man einigermaßen bestimmt auftrat und den Wachen an der Pforte mit fester deutscher Stimme »Zum Campo Santo, bitte!« zurief, wurde man ohne Passierscheinkontrolle eingelassen und war im Vatikan.

Peter war jedoch klar, dass der Trick diesmal auch am Petrianus-Tor nicht greifen würde. Seit dem Papstrücktritt hatte die Schweizergarde die Kontrollen an allen Toren verschärft. Daher zeigte Peter dem jungen Schweizer am Tor seinen Ausweis und erklärte, dass er mit Pater Gattuso verabredet sei. Der Gardist scannte Peters Ausweis, und nach einem letzten prüfenden Blick stempelte er den Passierschein und winkte Peter mit einer knappen Geste durch. Im Vorbeigehen sah Peter, dass der Schweizergardist erneut zum Telefon griff und sicher seinen Vorgesetzten anrief.

Peters Weg führte durch die vatikanischen Gärten, am Johannesturm und dem Hubschrauberlandeplatz vorbei auf ein kleines, unscheinbares Häuschen zu, der *Casina del Giardiniere*, dem ehemaligen Gärtnerhäuschen. Abgeschieden vom größten Trubel, an einem der beschaulichsten Plätze im Vatikan, mitten in den Gärten, in Sichtweite des Rosengartens und der Petrusstatue, lebte und arbeitete hier Pater Gattuso. *Don Luigi*, wie man ihn im Vatikan respektvoll nannte.

Peter hatte Don Luigi vor einem Jahr interviewt und schien dem sizilianischen Padre irgendwie sympathisch gewesen zu sein, nachdem sie eine gemeinsame Vorliebe für amerikanische

Fernsehserien entdeckt hatten. Jedenfalls hatte sich der hochgebildete Don Luigi als unschätzbare Quelle zum Verständnis der rätselhaften und komplizierten Mechanik des Vatikans entwickelt, und Peter revanchierte sich gelegentlich mit DVDs der aktuellsten amerikanischen Serienstaffeln.

Don Luigi, Autor von über zwanzig international erhältlichen Büchern, kannte alles und jeden im Vatikan und war regelmäßiger Gast in der *Terza Loggia*. Als Sonderbeauftragter des Papstes galt der kernige Mittfünfziger in der Kurie auch nicht als Schwätzer oder Wichtigtuer. Dennoch verdankte Peter ihm etliche Insiderinformationen. Selbst Peters hartnäckiges Beteuern, dass er mit der katholischen Kirche abgeschlossen habe und weder an Gott, Christus, Maria, Allah, Shiva noch an sonst irgendein höheres Wesen glaube, hatte an Don Luigis Vertrauen etwas ändern können. Was, wie Peter argwöhnte, womöglich daran lag, dass er Peter als »Fall« betrachtete.

Denn Don Luigi war der Chef-Exorzist des Vatikans.

Peter entging nicht, dass überall auf dem Gelände des Vatikans bewaffnete Schweizergardisten und Gendarmen der päpstlichen Gendarmerie patrouillierten. Niemand jedoch hielt ihn auf oder fragte nach seinem Passierschein. Auf seinem Weg passierte Peter den Eingang zur Nekropole, den Katakomben unter dem Vatikan, einem gigantischen unterirdischen Friedhof aus frühchristlicher Zeit, immer noch nicht vollständig erforscht. In den dunklen und kalten Gewölben hatten sich die ersten Christen im Geheimen getroffen, als sie noch eine kleine, von Kaiser Nero verfolgte Sekte waren. Tausende von Gräbern waren hier in den Stein gehauen worden, und irgendwo dort unten in der Tiefe dieses weitverzweigten Labyrinths vermutete man auch das wahre Grab des heiligen Petrus.

Offizielle Führungen durch die Nekropole gab es selten. Peter selbst war nur einmal mit Don Luigi dort gewesen, ansonsten blieb der Zutritt ausschließlich akkreditierten Archäologen vorbehalten. Daher wunderte sich Peter im Vorbeigehen kurz, als er Arbeiter einer Tiefbaufirma bemerkte, die vor dem Eingang Bohrgerät und Werkzeug von einem Pritschenwagen abluden und in das Eingangsgebäude schafften. Auf dem Pritschenwagen stand der Name der Firma, *Frater Ingegneria Civile,* neben einem doppelten Kreissymbol. Ein großer Kreis mit einem kleinen Kreis im Zentrum.

Der Tag war warm, die Luft klar und mild wie selten in Rom. In den vatikanischen Gärten herrschte der Frühling, Bäume und Sträucher standen in voller Blüte. Der Lärm der Stadt ebbte ab zu einem fernen Rauschen. Kaum ein Ort erschien Peter von der Welt entrückter als dieser Garten, einst mitten ins Herz der abendländischen Welt gepflanzt und bis heute Teil eines weltumgreifenden Machtzentrums. Peter sah einige Katzen, die allein oder in kleinen Trupps durch die Gärten streiften. Innerhalb der vatikanischen Mauer lebten etwa achtzig Katzen, sämtlich mit einem Chip markiert und sämtlich Nachkommen von Rambo, einem äußerst fruchtbaren Kater, der 2006 einem Schweizergardisten zugelaufen war. Selbst der Papst hatte sich einen von Rambos Nachkommen gehalten, einen roten Kater namens Vito, dem die kurialen Beamten spöttisch den Titel *Cattus apostolicus* verliehen hatten. Peter fragte sich kurz, was wohl aus diesem Kater geworden war.

Vor dem Gärtnerhäuschen erwartete ihn eine junge Nonne in grauem Habit. Peter kannte die Schwestern vom Sehen, die Don Luigi bei seinen Exorzismen assistierten. Diese jedoch hatte er noch nie gesehen. Ihr Alter war schwer zu schätzen unter dem Habit, Peter vermutete, dass sie nicht älter als Anfang dreißig sein konnte. Als er ihre Hand ergriff, die weich war und fest zugleich, sah er, dass sie grüne Augen hatte und eine dunkle Haarsträhne unter der Haube. Ein etwas zu breites Gesicht, das ihre Schönheit ebenso wenig minderte wie die etwas zu breite Nase und der spöttische Zug um die Mundwinkel.

»Herr Adam«, begrüßte sie ihn in tadellosem Deutsch und blickte ihn dabei unverwandt an. »Ich bin Schwester Maria. Pater Gattuso ist noch beschäftigt, aber Sie mögen schon reinkommen und ein wenig Geduld haben. Und Sie können jetzt meine Hand loslassen.«

»Entschuldigung«, murmelte Peter, zog hastig seine Hand zurück und hoffte, dass ihr entgangen war, wie er auf ihre Brüste gestarrt hatte, die sich weniger undeutlich unter ihrer grauen Tracht abzeichneten als bei anderen Ordensschwestern.

*Verdammt, und lass dieses Grinsen!*

Schwester Maria schien ihm den Fauxpas nicht übel zu nehmen. Sie lächelte Peter ungezwungen an und führte ihn in die einfache Küche des kleinen Häuschens. Ein grober Holztisch, vier einfache Holzstühle, Elektrogeräte aus dem vorigen Jahrhundert und ein gefliester Boden mit hundertfach gesprungenen Kacheln. Peter wunderte sich jedes Mal, wie schlicht und fast ärmlich einer der geheimnisvollsten Vertreter der katholischen Kirche lebte.

An dem Holztisch saß bereits eine Mutter mit ihrem jugendlichen Sohn, beide ärmlich gekleidet. Sie sprachen neapolitanischen Dialekt, als Peter sie begrüßte. Beide machten keinerlei peinlich berührten Eindruck, dass sie hier auf den Exorzisten warteten. Es schien sich um nicht mehr als einen Zahnarztbesuch zu handeln. Peter fragte sich, wer von beiden der »Fall« war. Er tippte auf den blassen Jugendlichen mit der Kapuzenjacke.

Aus dem Nebenraum drang an- und abschwellendes Murmeln und dazwischen das Grunzen und Keuchen einer Frau. Peter hatte Don Luigi ein paar Mal bei seiner Arbeit beobachten dürfen und kannte das Verfahren. Die Gebete, die Erfragung des Namens, das Ausfahrwort und das Rückkehrverbot. Don Luigi war kein Spinner. Die meisten angeblich Besessenen schickte er umgehend zu Ärzten und Psychiatern. Oft waren es dann die Psychiater, die ihm ihre härtesten Fälle zurückschickten. Don Luigi unterschied sehr genau zwischen Krankheit und Fluch und wusste, dass die Autorität des Papstes hinter ihm stand. Das Böse war eben der Preis für den freien Willen, der Dämon war überall, auch im Vatikan. Eine Zählung sämtlicher bekannter Dämonen 2004 hatte eine Zahl von 1,75 Milliarden ergeben. Davon hatte Don Luigi in seinem Leben bereits an die fünfzigtausend ausgetrieben und ging seiner seltsamen Profession so unaufgeregt und ernsthaft nach wie ein Handwerker, der ein Rohr abdichtet. Don Luigi war ein Klempner des Bösen.

Peter setzte sich auf einen der freien Stühle und beobachtete weiterhin die junge Schwester, die eine Flasche Mineralwasser und zwei Gläser auf den Tisch stellte.

»Welchem Orden gehören Sie an?«, fragte Peter, mehr um das Schweigen zu unterbrechen als aus Neugier.

»Ich bin von der Genossenschaft der Barmherzigen Schwestern von der allerseligsten Jungfrau und schmerzhaften Mutter Maria«, erklärte sie und lächelte milde über Peters verdutzten Gesichtsausdruck. »Eine Clemensschwester.«

»Ich habe Sie noch nie hier gesehen, Schwester.«

»Ich bin erst seit Kurzem hier«, erklärte Schwester Maria, schenkte Wasser ein und setzte sich Peter gegenüber. Sie musterte ihn. »Ich war vorher in Uganda tätig und verbringe hier eine Art ... Praktikum.«

»Ein Praktikum beim Chef-Exorzisten des Vatikans?« Peter trank einen Schluck. »Wenn Sie in Afrika alle Dämonen austreiben, wird vom schwarzen Kontinent nicht mehr viel übrig bleiben.«

Das schien sie nicht komisch zu finden. Sie sah ihn nur missbilligend an.

»Waren Sie schon mal in Afrika?«, fragte sie zurück.

Peter verfluchte sich dafür, weil sie nun aufgehört hatte zu lächeln. Von nebenan hörte man lauteres Schluchzen, unterdrücktes Gurgeln und Röcheln.

»Tut mir leid, ich wollte Sie nicht beleidigen.«

Sie antwortete nicht, sondern musterte ihn nur weiter unverwandt mit Augen, die nicht losließen.

»Was denken Sie jetzt?«, unterbrach Peter das Schweigen.

»Don Luigi hält große Stücke auf Sie. Ich frage mich gerade, warum eigentlich.«

Ein obszöner, markerschütternder Schrei von nebenan schreckte sie auf. »*Maledetto! Porrrrrca Madonna!*« Es folgte eine Tirade von gotteslästerlichen Flüchen und dazwischen Don Luigis sonore und autoritäre Stimme, die immer wiederholte: »Sag mir deinen Namen! Wie heißt du? Sag mir deinen Namen.«

Wenn der Dämon erst einmal seinen Namen preisgegeben hatte, wusste Peter, war er angreifbar. Man hatte ihn gewissermaßen am Wickel.

Nach weiteren fünf Minuten war alles vorbei. Eine füllige Frau um die vierzig trat in die Küche. Sie wirkte leicht errötet, aber ansonsten wohlauf, grüßte in die Runde und machte ein paar Bemerkungen über das Wetter und den angekündigten Streik der Müllarbeiter. Hinter ihr traten zwei kräftige Diakone und zwei gestandene Kartäuserschwestern mit Rosenkränzen heraus, wuschen sich die Hände und tippten SMS-Nachrichten auf ihren Handys. Don Luigi begrüßte Peter mit einem Handschlag, der Peter fast die Hand zerquetschte, und stellte ihm Maria vor.

»Wir haben uns schon miteinander bekannt gemacht«, erklärte Peter. »Allerdings habe ich mich wie ein Volltrottel verhalten.«

Maria zog die Augenbrauen hoch, und Don Luigi sah die beiden einen Moment belustigt an. Dann bat er die Mutter mit ihrem Sohn in sein Behandlungszimmer und winkte auch Peter dazu.

»Kommen Sie nur, Peter!«, rief er schwungvoll. »Vielleicht spuckt dieser Junge ja Nägel oder beginnt zu schweben. Dann müssten Sie endlich ihr agnostisches Weltbild ändern.«

Der Raum sah aus wie eine Teeküche. Die Wände halbhoch gekachelt, eine kleine Spüle, ein kleiner Altar, drei Stühle, ein kleines Tischchen mit Plastikbechern für Seancen. An den Wänden ein Kruzifix, einige Bilder von Padre Pio, Mutter Teresa, dem Papst und ein Foto von Don Luigi mit dem jungen Diego Maradonna. Eine uralte Massageliege beherrschte die Mitte des engen Raumes. Don Luigi hieß den Jugendlichen, der sich als Luca vorstellte, sich auf der Liege auszustrecken. Seine Mutter setzte sich auf einen der Stühle und schwieg. Die beiden Diakone packten Luca an den Armen und hielten ihn fest. Die zwei älteren Nonnen setzten sich auf seine Beine, während Don Luigi sich von Maria das Weihwassergefäß reichen ließ. Alles lief so routiniert und unsentimental ab wie eine Zahnreinigung, dachte Peter. Luca schien keine Angst zu haben, er wirkte bloß sehr still.

»Es wird nicht wehtun«, beruhigte ihn Don Luigi. »Glaubst du an den Satan?«

»*Si, padre.*«

»Das ist gut. Wer nicht an den Teufel glaubt, der glaubt auch nicht ans Evangelium«, sagte Don Luigi und wandte sich an Peter. »Nicht wahr?«

Peter zuckte mit den Achseln und erwiderte nichts. Er kannte Pater Gattusos Provokationen, und sah zu Maria hinüber, die sich hinter Don Luigi die Ärmel aufkrempelte und dann Lucas Kopf festhielt. Von Peter nahm sie keinerlei Notiz mehr.

»Der Dämon ist überall«, erklärte Don Luigi. »Selbst der Papst ist nicht unangreifbar.«

Peter horchte auf. Don Luigi hatte Deutsch gesprochen. Auch Maria sah ihn erschrocken an.

»Theoretisch«, fügte Don Luigi hinzu und wandte sich wieder dem Jungen zu, dem die fremde deutsche Sprache mehr Angst zu machen schien als der Teufel.

Don Luigi besprengte ihn mit einigen Tropfen Weihwasser und begann die Austreibung wie üblich mit der Anrufung des Erzengels Michael, dem Psalm 68/67 und dem Bannspruch von Papst Leo XIII.

»Im Namen und in der Kraft unseres Herrn Jesu Christi beschwören wir dich, jeglicher unreine Geist, jegliche satanische Macht, jegliche feindliche Sturmschar der Hölle, jegliche teuflische Legion, Horde und Bande: Ihr werdet ausgerissen und hinausgetrieben aus der Kirche Gottes, von den Seelen, die nach Gottes Ebenbild erschaffen und durch das kostbare Blut des göttlichen Lammes erlöst wurden.

Wage es nicht länger, hinterlistige Schlange, das Menschengeschlecht zu täuschen, die Kirche Gottes zu verfolgen und die Auserwählten Gottes zu schütteln und zu sieben wie den Weizen.«

Danach malte er dem Jungen mit einem Daumen das Kreuzzeichen auf die Stirn. Peter sah jetzt, dass der Junge einen Gothic-Sticker im Ohr trug.

»Lasse ab, Luca, vom Satanismus!«, psalmodierte Don Luigi laut. »Lasse ab von Hexerei, von Dämonen und Kartenlesern!« Don Luigi patschte ihm einige Male mit der flachen Hand auf die Stirn. »Wie heißt du?« Der Pater hielt sein Ohr an die Lippen des Jungen. Keine Antwort.

Der alte Exorzist patschte Luca erneut auf die Stirn. »Ich frage dich, Dämon, sag mir deinen Namen!«

»*Goblinhammer*«, flüsterte die Mutter des Jungen dazwischen. »Er heißt *Goblinhammer*. Aus diesem Computerspiel.«

Peter musste unwillkürlich grinsen. Die angebliche Besessenheit des Jungen war nichts weiter als die überreizte Fantasie eines pubertierenden Bengels nach exzessivem Abtauchen in Online-Rollenspiele.

Luca grinste nicht. Das hier war für ihn kein Spaß mehr.

»*Goblinhammer!*«, dröhnte Don Luigi jetzt und patschte ihm immer wieder mit Weihwasser auf die Stirn. »Im Namen der allerunbeflecktesten Jungfrau Maria, im Namen unseres Herrn Jesu Christi, im Namen des Erzengels Michael – lasse ab von Luca!«

Peter sah, dass der Junge inzwischen heftig schwitzte. Don Luigi patschte ihm immer wieder auf die Stirn und rief den Dämon im Namen sämtlicher Heiligen auf, den Leib von Luca zu verlassen. Denn darum ging es beim Exorzismus: um die Besessenheit des Leibes, nicht der Seele.

Luca krümmte sich, verzog das Gesicht wie unter Schmerzen und verkrampfte die Beine.

»Lasse ab, *Goblinhammer*, von Luca! Lasse ab von ihm!«

Luca gurgelte irgendetwas, röchelte, zuckte wieder heftig und begann zu spucken. Maria, die Diakone und die Nonnen hatten Mühe, ihn zu halten. So langsam wurde es unheimlich in dem engen Raum. Peter ging ein absurder Gedanke durch den Kopf. Was, wenn der kleine neapolitanische Bengel hier gleich wirklich anfing zu schweben oder Nägel zu spucken, wie Don Luigi es angeblich schon mehrfach erlebt hatte?

Doch Luca spuckte keine Nägel und schwebte auch nicht über der Massageliege. Er öffnete nur plötzlich den Mund und sprach. Mit einer Stimme, die nicht mehr seine war.

Auf Deutsch.

»*Auf der Via della Conciliazione regiert das Chaos. Von überall rasen Ambulanzen heran, auf den Straßen liegen Leichen und Trümmerteile, es sieht aus wie auf einem Schlachtfeld. Vor etwa einer halben Stunde erschütterte eine gewaltige Detonation den gesamten Vatikan. Augenzeugen berichten von einem gleißenden Lichtblitz, der die Kuppel des Petersdoms zerfetzte. Die Druckwelle tötete Tausende von Menschen, schleuderte Gebäudetrümmer und parkende Autos mehrere hundert Meter weit. Über die Hintergründe dieses verheeren-*

*den Anschlags lässt sich zur Stunde nichts sagen, auch nicht über das Schicksal der hundertsiebzehn Kardinäle, die sich in der Sixtinischen Kapelle zum Konklave versammelt hatten. Klar ist im Augenblick nur eines: Der Vatikan, das Zentrum der katholischen Kirche, existiert nicht mehr.«*

# XI

*9. Mai 2011, Vatikanstadt*

Es gab ein paar Dinge auf der Welt, die Urs Bühler wirklich hasste. Den Dreck zum Beispiel, den menschlichen Abschaum, der mit dem Müll in den Vororten von Rom, Algier, Paris oder sogar Basel zu einer stinkenden Masse emulgierte. Leere Kanülen in Parks, die zerschnippelten Arme halb verhungerter Junkies, die Verzweiflung der Nutten, den Gestank des Elends, den Gestank der Verwesung, den Gestank des Chaos. Den Anblick von Schusswunden, Würgemalen, Stichwunden, Blutergüssen auf Kinderleichen und zerfetzten Gliedmaßen. Den Geschmack von Blut. Das Stöhnen von sterbenden Männern. Das Töten. Seltsamerweise hasste Urs Bühler auch Kalkflecken auf Wasserhähnen. Es gab überhaupt wenige Dinge im Leben, die Bühler wirklich mochte. Und es gab nur einen einzigen Menschen, den er von Herzen liebte und für den er alles zu tun bereit war. Aber am meisten von allem hasste Urs Bühler die Italiener. Eine Abneigung, die er von seinen Eltern übernommen und gründlich vertieft hatte. Er hasste die Italiener für ihre Selbstverklärung, ihre Arroganz, ihre absolute Unzuverlässigkeit, ihre Weinerlichkeit, ihre Paranoia gegenüber Ordnung. Ihr Brimborium um ihr Essen und ihren Kaffee. Ihre Feigheit. Ihre Sprache, triefend von Konjunktiven und Mehrdeutigkeiten, die viele Worte verbrauchte, ohne irgendetwas zu sagen. Bühler hasste die Italiener für ihre affigen Gesten und für ihren Stolz auf die Dekadenz ihrer eigenen Elite. Er hasste die italienischen Frauen für ihren abgespreizten kleinen Finger und die italienischen Männer für ihre Mütter. Es gab tausend Gründe. Die Italiener waren in seinen Augen schlimmer als die Juden und die Schwarzen. Und die Schlimmsten waren die in Rom.

Aber der Vatikan war nicht Rom. Umtost vom römischen Dreck, empfand Urs Bühler den Vatikan als einzigen Ort der Welt, wo überhaupt noch eine verlässliche Ordnung galt. Und um diese heilige Ordnung unter allen Umständen zu schützen und zu erhalten, war er bereit, sein Leben einzusetzen.

Als Schweizer und Katholik mit einer militärischen Grundausbildung hatte er als junger Mann die Voraussetzungen für die Schweizergarde erfüllt, der ältesten und kleinsten Armee der Welt. In seinem zweiten Dienstjahr als Gardist hatte er jedoch in einem Café einen Italiener krankenhausreif geprügelt, der ein paar Schweizerwitze zu viel erzählt hatte. Daraufhin hatte Bühler freiwillig den Dienst quittiert und war mit achtundzwanzig Jahren in die Fremdenlegion eingetreten. Fünfzehn Jahre lang hatte er auf verschiedenen Kontinenten die schlimmsten Drecklöcher der Welt kennengelernt. Er hatte den Tod zu sich und zu anderen kommen sehen, er hatte genug Wahnsinn, Chaos und Schmutz gesehen, um daran zu zerbrechen. Doch Urs Bühler war nicht zerbrochen, er war gerne Legionär gewesen, immer noch feierte er an jedem 30. April mit einigen Kameraden den Jahrestag der Schlacht von Camerone, den höchsten Feiertag der Fremdenlegion. Bühler hatte einfach rechtzeitig verstanden, dass es Zeit wurde, sich zu verändern. Bevor es zu spät war.

Es hatte sich gefügt, dass der Vatikan damals sein Sicherheitskonzept modernisieren wollte und gut ausgebildete Leute mit Erfahrung suchte, die ins Profil der Schweizergarde passten. Bühler war im Rang eines Oberstleutnants wieder in die Garde zurückgekehrt und innerhalb von fünf Jahren zum Oberst und Kommandanten aufgestiegen. Fünf glückliche Jahre, in denen er die Garde konsequent modernisiert hatte: Aus einer Operettenarmee in Pluderhosen mit Hellebarden, Vorderladern und Armbrüsten hatte er eine einsatztaugliche moderne Schutztruppe des Papstes gemacht. Keine leichte Aufgabe bei nur einhundertneun Mann Truppenstärke.

Zwar trugen seine Gardisten immer noch die etwas karnevaleske Renaissanceuniform in den Farben der Medici und versahen ihren Wachdienst an den Toren zum Vatikan, in den Fluren der Museen und im Apostolischen Palast mit Hellebarde und Pfefferspray. Aber inzwischen gab es im Quartier der Schweizer eine *sala operativa*, einen Einsatzraum mit moderner Überwachungs- und Kommunikationstechnik. Bühler hatte zwar auch die Bewaffnung der Garde modernisiert, vor allem aber setzte er auf eine gute Kampfausbildung der jungen Gardisten. Einem Angriff mit schweren Waffen wäre die Truppe ohnehin nicht gewachsen gewesen, ihre Stärke konnte nur in einer beweglichen Innenverteidigung auf dem Gebiet des Vatikans und unter allen Umständen im Schutz des Papstes liegen.

Urs Bühler verstand seinen Dienst bei der Schweizer Garde durchaus als Gottes-Dienst. Die Garde war für ihn keine prunkvolle Leibgarde, kein Mönchsorden, kein Trachtenverein und keine Elitetruppe. Für Bühler war sie etwas ganz und gar Unzeitgemäßes und gerade deswegen so erfolgreich: eine Eidgenossenschaft.

Jetzt, mit Ende vierzig, wirkte der kompakte Schweizer immer noch durchtrainiert aber nicht athletisch. Sein nach Legionärsart rasierter Schädel machte ihn etwas stiernackig, ansonsten könnte Bühlers Gesicht fast schon weich wirken, wenn die harten, hellen Augen nicht gewesen wären.

Bühler hatte keine Familie und lebte nur für die Garde, beinahe zölibatär, wenn man von gelegentlichen Besuchen in einem Thai-Bordell absah, in dem auch ein Kurienkardinal verkehrte. Bühler hatte sogar den ewigen Konkurrenzkampf zwischen der Schweizergarde und der päpstlichen Gendarmerie für sich entschieden und erreicht, dass die Gendarmerie im Ernstfall eines Angriffs auf den Vatikan ihm persönlich unterstellt war.

Dieser Ernstfall war vor einer Woche eingetreten.

Bühler hegte keinerlei Zweifel, dass die drei Morde am Tag

des Rücktritts des Papstes den Beginn einer Offensive gegen den Vatikan markierten. Der Papstrücktritt allein warf schon so viele Fragen auf, dass Bühler bis vor einer Stunde geglaubt hatte, der Papst sei entführt worden oder bereits tot. Inzwischen hielt er es nicht mehr für ausgeschlossen, dass die Gefahr gegen den Vatikan vom ehemaligen Papst selbst ausging. Und das irritierte ihn zutiefst.

Bühler war Soldat und musste wissen, wo die Front verlief, wo der Feind stand. Wer der Feind überhaupt *war*. Im Moment war nichts von alledem klar. Fest stand nur, dass in wenigen Tagen das Konklave stattfinden würde, mit über hundert Kardinälen aus aller Welt, der gesamten geistlichen Spitze der katholischen Weltkirche. Und Bühler musste ihre Sicherheit mit kaum ebenso vielen Gardisten und den hundertdreißig Mann der päpstlichen Gendarmerie (die er allerdings für bessere Verkehrspolizisten hielt) garantieren. Das war seine Aufgabe, und er hasste es, wenn ihm irgendwelche verschissenen Italiener dabei in den Arsch traten.

Nur mit größter Mühe und der persönlichen Intervention von Kardinal Menendez bei den italienischen Polizeibehörden war es gelungen, das Gemetzel auf dem Heliport als tragischen Unfall durch Rotorblätter zu kaschieren. Den Mord an dem päpstlichen Chauffeur gaben sie als Selbstmord aus und dichteten dem jungen Toten eine Affäre mit einer verheirateten Frau an.

Morde aufzuklären gehörte weder zu Bühlers Aufgaben, noch war er dafür ausgebildet. Er war jedoch überzeugt, dass er das Konklave und den neuen Papst nur wirkungsvoll schützen konnte, wenn er wusste, wer sie angriff. Menendez hatte das sofort verstanden und mit seinem ganzen Einfluss bei den römischen Behörden dafür gesorgt, dass man Bühler über die Ermittlungen auf dem Laufenden hielt.

Der Mörder des ehemaligen päpstlichen Privatsekretärs und des Hubschrauberpiloten musste sich seiner Sache sehr sicher gewesen sein, denn er hatte einen Haufen Fingerabdrücke hinterlassen, die jedoch nirgendwo registriert waren. Selbst Interpol hatte passen müssen.

Für den ehemaligen Fremdenlegionär Bühler sah der Mord an Duncker ganz nach einer Kommandoaktion hinter feindlichen Linien aus, auch wenn die Brutalität der Attacke irgendwie nicht dazu passte. Dennoch war Bühler überzeugt, dass sich der Mörder gut im Vatikan auskannte. Womöglich ging er unkontrolliert ein und aus. Womöglich war er immer noch da, bereit, jederzeit wieder zuzuschlagen.

Bühler hatte die Garde umgehend in Alarmbereitschaft versetzt. Er hatte die Passierscheinkontrollen an den Toren verschärft, einen Patrouillenplan für die Gendarmerie erstellt und eine Überprüfung sämtlicher Beschäftigten des Vatikans angeordnet. Außerdem hatte er die kurialen Mitarbeiter, das Governatorat, die verschiedenen Orden, die Gärtner, Reinigungskräfte, Schlosser, Polsterer und alle anderen Einrichtungen im Vatikan per E-Mail angewiesen, ihm verdächtige Personen und Vorkommnisse umgehend zu melden.

Aber natürlich hätte er es besser wissen müssen. Der zuständige Redakteur bei Radio Vaticano, ein blasser Mailänder Kaplan, hatte sich achselzuckend damit entschuldigt, dass die E-Mail des Ex-Papstes immerhin ein Sicherheitszertifikat des Vatikan-Servers getragen hatte, weshalb sie ihm nicht verdächtig erschienen war. Zudem war sie von der persönlichen E-Mail-Adresse des Papstes verschickt worden. Bühler hätte dem Mann am liebsten die Fresse poliert.

»Diese verdammten italienischen Arschlöcher!«, brüllte Bühler im Kommandoraum der Garde. »Ich will wissen, woher diese verdammte E-Mail kam!«

Ein junger Gardist reichte ihm ein Internetprotokoll, das den Weg der E-Mail dokumentierte.

»Herr Oberst, melde, wir haben leider die IP-Adresse des Ursprungsservers nicht verifizieren können.« Der Mann sprach langsam, mit schwerer Berner Zunge. »Die Mail ist vermutlich über verschiedene Proxys verschickt worden.«

»Und das bedeutet?«

»Der Absender hat seine Spuren verwischt. Sehr geschickt übrigens.«

»Wie ist es möglich, dass diese Mail von der Privatadresse des Papstes und mit seinem Sicherheitszertifikat verschickt wurde – aber nicht vom internen Server des Vatikans?«

»An dieser Frage arbeiten wir noch, Herr Oberst.«

Bühler zwang sich zur Ruhe. »Was ist mit dem Video? Ist es echt oder ein Fake?«

Der junge Hellebardier räusperte sich.

»Nach allem, was wir nach einer ersten Bildanalyse zurzeit sagen können … ist es echt.«

Bühler stöhnte und sah sich das Video erneut an. Es war nicht länger als knapp 4 Minuten. Wenn es tatsächlich echt war, dann konnte es in Bühlers Augen womöglich eine Verschärfung der Lage bedeuten. Es konnte bedeuten, dass der ehemalige Papst selbst Teil des Problems war. Wenn nicht gar schlimmer.

## XII

*9. Mai 2011, Vatikanstadt*

Die Erschütterung war Peter Adam immer noch deutlich anzusehen. Er saß blass in Don Luigis Küche und trank seinen dritten Espresso, den ihm der Exorzist in einer alten, etwas schmuddeligen Aluminiumkanne zusammen mit Grappa aufgebrüht hatte. Maria betrachtete ihn mitfühlend, nur der Jesuit schien ganz die Gelassenheit selbst zu sein und schenkte Peter Grappa nach. Schweigen breitete sich zwischen den dreien aus. Von draußen hörte man Vogelgezwitscher.

»Ich halte Sie nicht für besessen, mein Freund«, unterbrach Don Luigi schließlich die Stille und beendete seine Überlegungen.

Peter sah ihn verwundert an. »Danke, sehr beruhigend«, murmelte er sarkastisch. »Und was ist Ihre Erklärung *dafür*?«

»Sie hatten eine Vision, ganz einfach. Das ist ein großer Unterschied. Was Sie im Traum gesehen und gehört haben, war eine Vision. Eine ziemlich erschreckende und konkrete Vision, wie ich zugeben muss.«

»Wollen Sie damit sagen, dass in sieben – nein, jetzt nur noch sechs Tagen der Vatikan wirklich in die Luft fliegt?«

Don Luigi hob die Hände. »Das weiß nur unser Herrgott. Eine Vision stellt keine unausweichliche Tatsache dar.«

»Sondern?«

»Eine Wahrscheinlichkeit. Einen von mehreren möglichen Wegen, die das Schicksal nehmen kann. Mit Leibniz gesprochen, eine von vielen möglichen Welten. Wem der Herr eine Vision schickt, den ruft er damit auf zu handeln. Das Schicksal zu wenden. Die Welt zu warnen.«

»Sie meinen, ich sollte mit meinem Traum an die Medien gehen und Alarm schlagen? Hey, Leute, hört mal alle her, ich hab geträumt, dass der Vatikan in die Luft fliegt. Bringt euch besser in Sicherheit und sucht nach der Bombe!«

Maria atmete wieder missbilligend aus. Don Luigi lächelte sie an und wandte sich dann wieder an Peter.

»Für verrückt gehalten zu werden ist das Berufsrisiko aller Propheten.«

»Danke, ich verzichte. Ich glaube nicht, dass ich eine Vision hatte. Es muss eine Erklärung geben. Massensuggestion, Hypnose, irgendwas.«

*Vergiss es, du weißt es besser.*

»Denken Sie nach, Peter. Sie wissen es besser.«

Peter stöhnte.

»Sie kennen doch die Prophezeiung von Fátima, nicht wahr?«, fragte Don Luigi.

»Ja. Angeblich ist 1917 im portugiesischen Fátima drei Kindern die Jungfrau Maria erschienen und hat ihnen drei Prophezeiungen diktiert. Die erste wurde als Vision der Hölle gedeutet, die zweite als Ankündigung des Zweiten Weltkrieges und die dritte, die der Vatikan bis ins Jahr 2000 unter Verschluss gehalten hat, entwirft eine krude apokalyptische Szenerie voller Zerstörung, in der der Papst ermordet wird. Man hat die dritte Prophezeiung mit dem Attentat auf Johannes Paul II. im Jahr 1981 in Verbindung gebracht, das am Jahrestag der ersten Prophezeiung erfolgte.«

»Sehr gut!«, rief Don Luigi aus. »Aber wussten Sie, dass es noch eine vierte Prophezeiung gibt?«

Peter sah Don Luigi entgeistert an, und auch Maria starrte den alten Exorzisten an. Don Luigi schien das Staunen zu genießen.

»Sie wird immer noch im vatikanischen Geheimarchiv aufbewahrt«, verriet er munter. »Nur ganz wenige Personen wissen überhaupt, dass sie existiert. Aber sie existiert und dürfte nun höchst aufschlussreich sein. Wollen Sie sie lesen? Ich besitze eine Kopie.«

»Waaaas???«, entfuhr es jetzt Maria.

»Keine Sorge, niemand weiß davon«, beruhigte Don Luigi sie. »Außerdem liegt sie in meinem Safe.«

Don Luigi verschwand in seinem Wohnzimmer und kehrte kurz darauf mit einer Klarsichthülle zurück, in der ein fotokopiertes Blatt Papier steckte. Er reichte Peter das Dokument.

»Ich hatte die Ehre, die Prophezeiung studieren zu dürfen.«

»Und da haben Sie sich mal eben eine Kopie gemacht.«

»Glauben Sie mir, mein Freund, Papst Johannes Paul II. war ebenfalls ein Mann, der Visionen hatte. Nun lesen Sie!«

Peter blickte ratlos auf die Fotokopie. Sie zeigte einen handschriftlichen, kaum leserlichen portugiesischen Text, der offenbar von Francisco Marto aufgeschrieben war, einem der drei Kinder von Fátima.

»Auf der Rückseite steht die Übersetzung.«

Peter drehte die Klarsichthülle um und las die maschinengeschriebene Übersetzung des kindlich ungelenken portugiesischen Textes ins Italienische.

*Nach dem dritten Teil zeigte uns unsere Liebe Frau das Ende der Welt. Die Jungfrau Maria wies auf die Kirche des Heiligen Petrus, und darüber stand ein Heer von Engeln mit goldenen Harnischen und Schwertern. Die Engel sangen laut, und ihr Gesang war wie das Tosen des Meeres. Wir sahen Tausende von Menschen auf dem Platz vor der Kirche, und sie sangen mit den Engeln. Die Heilige Jungfrau rief den Namen des Lamm Gottes, und aus der Kirche stieg der Heilige Petrus empor, über die Kuppel hinauf in den Himmel. Voller Schmerz und Sorge rief er die Engel auf, den Satan zu bekämpfen. Aber die Engel zögerten. Da wandte sich Petrus ab und sank wieder zur Erde. Er nahm so viele Menschen an der Hand wie er konnte und führte sie fort. Es waren einundzwanzig. Die Engel wollten ihn auf-*

*halten, doch sie waren mit kristallenen Ketten an den Himmel geschmiedet. Da erzitterte die Kirche unter Donnerschlägen, und ein großes Licht verbrannte den Himmel. Feuer ergriff die Kirche, und die Priester und alle anderen Menschen liefen in Panik davon. »Seht, das geschieht denen, die sich abwenden!«, rief unsere allerheiligste Jungfrau. Sie weinte Tränen aus dem Blut der Märtyrer, die zu reißenden Strömen wurden. Sie zeigte zum Himmel. Von dort hoch oben stürzte ein Dämon aus Eisen und Licht herab. Er war furchtbar hässlich. Sein Licht verbrannte alle Menschen, die vor ihm flohen. Er wütete über der Kirche des Petrus und zerstörte sie und alles um sie herum. Mit Feuer und Donner fiel die Kirche in Trümmer. Ihre Trümmer flogen über die Erde. Der Dämon ritt auf dem Feuer, und unter ihm verbrannte alles Land, und die Ozeane verdampften. Wo er hinflog, da wurde das Land zur Wüste, und die Menschen klagten und fluchten gegen die Heilige Jungfrau und ihren eingeborenen Sohn. Da endlich erhoben sich die Engel und fingen ebenfalls an zu klagen. »Wer ist dieser Dämon?«, fragten sie die Heilige Jungfrau. »Wie ist sein Name?« Da sprach unsere Liebe Frau: »Sein Name ist der Anfang und das Ende. Er ist der erste Mensch und der letzte Papst. Sein Name ist Petrus und Adam.«*

*Dies ist, was uns die Mutter Gottes enthüllt hat, und wenn ich mich an etwas nicht mehr erinnern kann, dann war es auch nicht wichtig.*

»Das ist doch ein Witz!«, rief Peter aus und warf die Klarsichthülle auf den Tisch. Maria griff nach der Fotokopie und las sie ebenfalls.

»Natürlich gibt es Tausende von Menschen mit Ihrem Namen, Peter«, erklärte Don Luigi weiterhin ruhig. »Aber nach dem heutigen Erlebnis glaube ich, dass tatsächlich Sie in der Prophezeiung gemeint sind.«

»Also hat ein überspannter neapolitanischer Bengel und das

kindliche Gestammel eines portugiesischen Bauernjungen Sie überzeugt, dass ich den Vatikan in die Luft jagen werde?«, rief Peter ärgerlich.

»Nein, Peter. Was ich glaube, ist, dass das Schicksal der Kirche in Ihre Hände gelegt wurde. Vernichter oder Retter – es liegt in Ihrer Hand.«

Maria hatte den Text zu Ende gelesen und starrte Peter an. Ihr Gesicht war ganz bleich. Peter fragte sich für einen Moment, warum sie überhaupt noch mit am Tisch saß. Wut stieg in ihm auf. Wut auf die Kirche, auf seine dunklen Träume, auf Don Luigi, auf Maria, den Papst und auf sich selbst, der sich so leicht ins Bockshorn jagen ließ.

»Vielleicht sollte ich mich lieber gleich der Polizei stellen«, presste er heraus. »Dann wird ja keine Gefahr bestehen.«

»Das denke ich nicht«, meldet sich jetzt Maria. »Don Luigi hat recht. Sie dürfen sich nicht so einfach in Ihr Schicksal ergeben.«

»Und was soll ich Ihrer Meinung nach bitte schön tun?«

Don Luigi schenkte ihm noch einen Grappa nach. »Wir erleben die vielleicht größte Krise, die die Kirche und die ganze Welt je erlebt haben. Die Welt ist in Gefahr, Peter. Vielleicht sind Sie auserwählt.«

*Auserwählt.*

Das Wort bestürzte ihn zutiefst. Weil es nicht wahr sein konnte. Nicht wahr sein durfte. Er glaubte nicht an Gott, an keinen Gott. Der Mensch war allein in der Welt! Sein ganzes Selbstverständnis kreiste um diese Überzeugung. Allein in der Welt und allein für sich verantwortlich. Als junger Journalist hatte er sich deswegen die katholische Kirche als Gegner ausgesucht, um ihr Lügen und Manipulation nachzuweisen. Ellen hatte ihm oft vorgehalten, dass er mit seinem missionarischen Atheismus im Grunde nicht besser sei als die religiösen Eiferer, gegen die er sich wandte.

Peter stöhnte. »Ich lehne dankend ab, hören Sie? Ich verzichte! Das ist nicht meine Kirche! Ich habe weder einen Grund, sie zu vernichten, noch sie zu retten.«

Don Luigi verwarf den Einwand abermals mit einer Handbewegung. »Ich weiß, Sie halten sich für einen Atheisten, aber glauben Sie mir, ich weiß es besser. Sonst hätten Sie nie so leidenschaftlich über uns berichtet. Nein, Peter, Sie sind kein Atheist, Sie sind nur ein Zweifler. Das ist gut.«

Peter wollte etwas einwenden, schwieg aber betroffen.

*Auserwählt! Du hast es immer geahnt!*

»Der Papst ist zurückgetreten«, fuhr Don Luigi unbeirrt fort, »und er wird, so wie ich ihn kenne, gute Gründe dafür gehabt haben. Wussten Sie, dass Monsignore Duncker, sein Privatsekretär, am Tag des Rücktritts ermordet wurde?«

»Ich denke, es war ein Unfall mit dem Hubschrauber?«

»Das ist die offizielle Version. Die Wahrheit ist, dass er mit einer Machete buchstäblich zerhackt wurde. Furchtbare Dinge passieren, Peter. Der Chauffeur des Papstes ist ebenfalls ermordet worden.«

»Was ist mit Sophia Eichner?«

Don Luigi ging nicht darauf ein. »Papst Johannes Paul III. besaß noch eine Wohnung in der Via Palermo. Er hat sie auf den Namen seines Chauffeurs gekauft und für verschiedene inoffizielle Treffen benutzt.«

»Sie meinen als Liebesnest?«

»Nein, das meine ich nicht!«, donnerte Don Luigi unvermittelt. »Ein bisschen Respekt vor dem höchsten Amt der Kirche darf ich auch von Ihnen noch erwarten, oder?«

»Tut mir leid, Pater. Was wollen Sie mir sagen?«

»Irgendeine Macht ist dabei, die Kirche anzugreifen. Wenn Sie es nicht verhindern, Peter, wird von heute an in sechs Tagen der ganze Vatikan in die Luft fliegen.«

Peter stöhnte wieder und dachte nach.

»Ich muss mit Laurenz sprechen«, erklärte er schließlich. Er zeigte Don Luigi und Maria das Spiralsymbol und berichtete kurz, was Loretta herausgefunden hatte. Weder der Pater noch Maria konnten sich jedoch einen Reim auf den Zusammenhang zwischen dem Symbol, den drei Todesfällen und dem Rücktritt des Papstes machen.

»Wie auch immer«, erklärte Peter nun fester. »Ich muss Laurenz finden. Werden Sie mir dabei helfen, Don Luigi?«

# XIII

*9. Mai 2011, Apostolischer Palast, Vatikanstadt*

Der ehemalige Kardinalstaatssekretär Menendez hatte alle Hände voll zu tun. Als Vorsitzender des Kardinalskollegiums musste er das Konklave vorbereiten, und er war entschlossen, das Machtvakuum zu füllen, das Franz Laurenz hinterlassen hatte. Er wollte der nächste Papst werden, der erste Papst des Opus Dei. Keine leichte Aufgabe in dieser Krisensituation, die die wahlberechtigten Kardinäle verunsicherte und mit Misstrauen erfüllte.

Menendez war nach wie vor überzeugt, dass der Ex-Papst mit seinem Rücktritt und seinem spurlosen Verschwinden einen Plan verfolgte, der die Kirche spalten sollte. Menendez hatte speziell ausgebildete *Numarier* des Opus Dei auf die Suche nach Laurenz angesetzt und stand überdies in ständigem Kontakt mit Vertretern verschiedener Regierungen und Geheimdienste. Bislang ohne Ergebnis. Umso mehr war Menendez entschlossen, Laurenz aufzustöbern und für alle Zeit zu neutralisieren. In welcher Form, würde sich zeigen.

Seit einigen Tagen trafen die ersten wahlberechtigten Kardinäle in Rom ein. Die meisten von ihnen logierten in komfortablen Gästehäusern oder standesgemäß im luxuriösen Hotel Columbus an der Via della Conciliazione. Jeden Mittag lud Menendez die Neuankömmlinge zu einem Begrüßungslunch in den Apostolischen Palast, teils um sie kennenzulernen, hauptsächlich jedoch, um ihnen gleich nach ihrer Ankunft unmissverständlich seine Standpunkte zu den drängendsten Problemen der Kirche in dieser Krise mitzugeben. Mit einem Wort, er betrieb Wahlkampf.

An diesem Tag hatte er die Kardinäle von Toronto, Sevilla,

Vilnius, Dublin, Maputo, Detroit und Paraná empfangen. Keiner von ihnen galt als Favorit bei der Wahl, umso wichtiger war es, ihre Herzen und Stimmen zu gewinnen. Kleine Versprechungen gehörten ebenso dazu wie subtile Warnungen vor »falschen Entscheidungen« für die Diözese. Menendez wollte Führungsstärke demonstrieren und hatte keinerlei Skrupel, das Opus Dei ins Spiel zu bringen. 1928 von dem inzwischen heilig gesprochenen Spanier Josemaría Escrivá als Laienorganisation gegründet, hatte das knapp neunzigtausend Mitglieder starke *Werk Gottes* sich zu einem einschüchternden Machtzentrum mit immensen finanziellen Ressourcen innerhalb der katholischen Kirche entwickelt. Was nicht zuletzt an der großen Zahl von *Super-Numariern* lag, die siebzig Prozent der Mitglieder ausmachten. Diese Laien, die heiraten durften und regelmäßige »freiwillige« Mitgliedsbeiträge zahlten, besetzten Spitzenpositionen in Politik, Industrie, Finanzwelt und Medien. Das Opus Dei war ein Kraftwerk der Macht und Menendez noch lange nicht dort, wo er hinwollte.

Zuvor musste er jedoch unbedingt Laurenz kaltstellen.

In seinem luxuriösen Büro empfing Menendez den Kommandanten der Schweizergarde zum Rapport. Während er selbst hinter seinem wuchtigen Mahagonischreibtisch sitzen blieb, ließ er den bulligen Schweizer die ganze Zeit über stehen.

Bühler legte Menendez die gescannte Kopie von Peters Pass vor. »Pater Gattuso hatte heute Vormittag Besuch von einem Journalisten.«

Menendez warf einen Blick auf das Foto und den Namen und sah Bühler kalt an. »Wie ist es möglich, dass ein Journalist ohne Akkreditierung und ohne vorherige Kenntnis der Garde einfach so in den Vatikan hineinspaziert?«

»Verzeihen Sie, Eure Eminenz. Wir wussten auch erst nach der Überprüfung des Mannes, dass er Journalist ist. Es schien sich um einen privaten Besuch zu handeln.«

»Eine Austreibung?«

»Möglich. Aber die Person war viel länger als üblich bei Don Luigi und wurde anschließend von einer der Schwestern zum Petrianus-Tor begleitet.«

»Ist das alles?«

»Nein, Eure Eminenz. Don Luigi hat vor etwa einer halben Stunde das Geheimarchiv aufgesucht.«

Menendez merkte, dass sein linkes Auge anfing zu zucken. »Was zum Teufel sucht er da?«

Das *Archivum Secretum Vaticanum*, als Teil der Vatikanischen Bibliothek am *Cortile della Pigna* gelegen, trug seinen Namen im Grunde zu Unrecht. Die Bezeichnung »geheim« bedeutete nur, dass es sich ursprünglich um das Privatarchiv des Papstes gehandelt hatte. Die Dokumente, Handschriften, Protokolle, Verträge und Gerichtsurteile füllten fast fünfundachtzig Kilometer an Regalen und umfassten einen ununterbrochenen Zeitraum von über achthundert Jahren Geschichte.

Das Archiv bestand aus zwei Lesesälen, die jedes Jahr rund tausendfünfhundert Gelehrte aufnahmen, einer internen Bibliothek, Werkstätten für Konservierung, Restaurierung und digitaler Reproduktion, einem Zentrum für Datenverarbeitung und einem Computersaal. Wirklich geheim war dort kaum noch etwas.

Zugang zum Archiv erhielten allerdings nur Forscher renommierter Universitäten, die sich strengen Regeln unterwerfen mussten. Für Notizen durften zum Beispiel nur Bleistifte verwendet werden.

Dennoch lagerten in dem Betonbunker tief unter dem *Cortile della Pigna* immer noch etliche brisante Dokumente, die die Kurie aus guten Gründen unter Verschluss hielt.

Menendez wusste, dass Don Luigi Zugang zu sämtlichen Bereichen des Archivs hatte. Eine hohe Auszeichnung durch den Papst, die Menendez immer misstrauisch gemacht hatte. Überhaupt hielt er den Chef-Exorzisten für einen der gefährlichsten Männer im Vatikan.

Etwas abseits an einem der Tische im restaurierten alten Lesesaal entdeckte er Don Luigi, über alte Dokumente gebeugt. Mit einem Bleistift machte er sich Notizen. Als Menendez vor dem Padre stand, sah er, dass es sich um Werke aus dem 19. Jahrhundert über Symbolik handelte.

»Seit wann interessieren Sie sich für Symbole, Don Luigi?«

Der Pater sah auf. Er wirkte nicht im Mindesten überrascht. »Wer die Werke des Satans enthüllen will, muss sich notgedrungen mit seinen Symbolen beschäftigen, Kardinal.«

Menendez setzte sich auf einen Stuhl vor Don Luigi und achtete darauf, seine Stimme zu dämpfen. Sie waren nicht allein im Saal.

»Ihre Suche steht nicht womöglich in Zusammenhang mit dem Journalisten, der Sie heute aufgesucht hat?«

Don Luigi betrachtete den spanischen Kardinal wie ein Forscher ein sehr seltenes und interessantes Insekt.

»Was wollte der Mann bei Ihnen?«, hakte Menendez nach, gereizt durch Don Luigis Schweigen.

»Das was sie alle von mir wollen: Erleichterung von der Qual.«

»Keine Spielchen, Pater!«, zischte Menendez mit mühsam unterdrückter Wut. »Wir haben eine Abmachung.«

»Wir haben keine Abmachung«, erwiderte Don Luigi kühl.

»Ich warne Sie, Pater! Muss ich Sie an Ihr kleines Geheimnis erinnern?«

Don Luigi schwieg und blickte den Kardinal vor sich nur weiterhin an. Menendez erhob sich brüsk.

»Bringen Sie mir endlich Laurenz.«

# XIV

*9. Mai 2011, Rom*

Die Konzentration fiel ihm schwer. Und das lag nicht an den paar Grappas von Don Luigi. Es lag noch nicht einmal sosehr an dem Erlebnis mit dem besessenen Jugendlichen oder an der vierten Prophezeiung von Fátima. Vielmehr lag es an einem Gesicht mit weichen Zügen und grünen Augen und einer dunklen Haarsträhne unter einer Nonnenhaube. Und das war umso irritierender, da ihn dieses Gesicht in keiner Weise an Ellen erinnerte.

*Lass das! Sie ist eine Nonne! Konzentrier dich!*

Dennoch ging ihm Marias Gesicht nicht aus dem Kopf, setzte sich in seinen Gedanken fest und drängte sogar das verwirrende Erlebnis bei Don Luigi in den Hintergrund. Ihre Ruhe bei dem Exorzismus hatte ihn beeindruckt. Dieser Ausdruck von Unerschütterlichkeit und Güte in ihrem Gesicht. Eine fast greifbare Zuversicht, die man festhalten wollte, für immer festhalten. Während des Exorzismus hatte Peter mehrfach dem Impuls widerstehen müssen, ihre Hand zu nehmen. Er stellte sich vor, wie es wäre, ihre Hand zu nehmen. Wie es wäre, sie zu küssen.

Peter stieß einen ungehaltenen Zischlaut aus. Er zwang sich, die Gedanken an die junge Nonne abzuschütteln und sich wieder auf das Spiralsymbol zu konzentrieren. Weit war er bislang nicht gekommen. Spiralsymbole tauchten von der Jungsteinzeit bis in die Gegenwart überall auf der Welt auf. So gut wie jede Kultur hatte Spiralsymbole in Grotten und auf Felsen hinterlassen. Das Einzige, was ihm bislang wie eine vage Spur erschien, war die Triskele, ein Symbol, das drei Spiralen miteinander verband. Offenbar war es bei den Kelten weitverbreitet gewesen, und es kam in der Flagge Siziliens vor. Es schien ein frühes Symbol für kultische Dreifaltigkeit zu sein – Vergangenheit, Gegenwart, Zukunft – Geburt, Leben, Tod – Körper, Geist, Seele – und fand in abgewandelter Form später auch in Kirchen Verbreitung.

Peter lag auf seinem Bett und starrte auf die Abbildung einer Triskele auf seinem iPad. Das Symbol vermischte sich mit dem Bild von Marias Gesicht, vielleicht, weil es in kabbalistischer Tradition für Reinheit und Unschuld stand. Peter zögerte, es einfach wegzutippen und weiterzusuchen. Die Triskele dort auf dem Bildschirm in seiner Hand wisperte ihm etwas zu, schien ihm ein geheimes Versprechen zu geben.

»Also gut!«, stöhnte Peter und setzte sich auf. Wenn man schon im Trüben stocherte, konnte man genauso gut seiner Intuition folgen. Nach einer weiteren Stunde Recherche war er jedoch immer noch nicht viel klüger. Es gab nicht viele Felszeichnungen in Sizilien außer an der Westküste sowie bei einer steinzeitlichen Kultstätte am Ätna, die den Archäologen offenbar Rätsel aufgab, da man keine Spuren von Behausungen in der Nähe gefunden hatte.

Von draußen brandete der Lärm der abendlichen römischen Rushhour herein und erinnerte Peter daran, dass er eigentlich mit Loretta verabredet war. Er legte das iPad weg, nahm eine Dusche und zog sich schlecht gelaunt um. Viel hatte er Loretta immer noch nicht anzubieten.

Peter griff gerade nach seiner Uhr, als sein Handy klingelte. Eine unbekannte Nummer.

»*Pronto?*«, bellte Peter in den Hörer.

Für einen Moment keine Antwort. Dann:

»Wie geht es Ihnen?«

Wärme, Spott, Anteilnahme, Missbilligung – alles in einer Stimme. Peter erkannte sie sofort wieder. Er schluckte seine Überraschung und seine Freude hinunter und bemühte sich um Coolness.

»Gut, danke. Machen Sie sich etwa Sorgen um mich?«

»Don Luigi hat mich gebeten, Sie anzurufen.«
»Warum ruft er nicht selbst an?«
»Er ist im Moment leider verhindert. Er hat mich gebeten, Ihnen etwas mitzuteilen.«

Peter überlegte, ob sie mit Absicht so kurz angebunden war, ob sie ihn nicht mochte oder ob sie einfach nicht gerne telefonierte. Er entschied sich vorläufig für Letzteres.

»Schießen Sie los.«

»Er hat ein Benediktinerkloster aus dem 12. Jahrhundert gefunden, dessen Eingangspforte von einem Triskelenrelief verziert wird. Das ist ein dreifach verbundenes Spiralsymbol.«

Peter umkrampfte plötzlich das Handy.

*Du hast es geahnt! Du hast es die ganze Zeit geahnt!*

»Ich weiß, was das ist«, stieß er hervor. »Wo liegt dieses Kloster?«

»In der Nähe einer steinzeitlichen Ausgrabungsstätte auf Sizilien. ... Hallo? Peter? Sind Sie noch dran?«

Eine Stunde später raste Peter Adam mit einem Mietwagen über die A1 Richtung Süden. Flüge nach Catania hatte es am Abend keine mehr gegeben, und trotz der Aussicht auf eine fast zehnstündige Autofahrt, obwohl er keineswegs sicher sein konnte, dass Laurenz sich wirklich in jener alten Abtei am Ätna versteckt hielt, hatte Peter keinen Moment gezögert. Denn *falls ... falls, falls, falls* – dann wollte er keine weitere Minute mehr verlieren.

Peter hatte die Verabredung mit Loretta unter dem Vorwand abgesagt, noch einmal mit Don Luigi sprechen zu müssen, und nur sein Aufnahmegerät eingepackt. Loretta hatte ihm natürlich nicht geglaubt, aber das ignorierte er ebenso wie die Geschwindigkeitsbegrenzungen und raste auf der linken Spur durch die Nacht. Er hielt nur zum Tanken und für einige hastige Espressi an den *Auto-Grill* auf der Strecke. In Kalabrien fielen ihm beim Fahren für ein paar Sekunden die Augen zu, und er schlief notgedrungen zwei Stunden an einer gottverlassenen Raststätte mitten in den kalabrischen Bergen. In Reggio Calabria nahm er die erste Fähre nach Messina. Als er Catania erreichte, ging über dem Meer gerade die Sonne auf und ließ den immer noch schneebedeckten Ätna rot aufglühen. Hinter Catania bog er von der Autobahn ab und folgte den Schildern nach Bronte, einem kleinen Bergort am Ätna, der den Namen eines Zyklopen trug und sich rühmte, die besten Pistazien der Welt zu erzeugen. Dort in der Nähe lag jene steinzeitliche Kultstätte mit den Spiralsymbolen, und dort ganz in der Nähe lag auch die Abtei Santa Maria di Maniace, die Don Luigi gefunden hatte. Mit jeder Stunde, die Peter seinem Ziel näher kam, war er sich sicherer, auf der richtigen Fährte zu sein. Schließlich hatte er ja seit Neuestem Visionen.

Peter erreichte Bronte kurz vor sieben Uhr. Der Ort lag auf achthundert Metern Höhe, und hier oben war der Morgen empfindlich kühl. Vom milden römischen Frühling keine Spur mehr. Als Peter kurz ausstieg, um in einer Bar nach dem Weg zur Abtei zu fragen und ein *Cornetto con crema* zu essen, bereute er, keine warme Jacke mitgenommen zu haben.

*Scheiß der Hund drauf. Wir bleiben ja nicht lange.*

# XV

*10. Mai 2011, Abtei Santa Maria di Maniace, Sizilien*

Die Abtei war ein Komplex aus gedrungenen, alten Gebäuden aus Lavabasalt und Sandstein. Peter parkte den Wagen außer Sichtweite. Als er sich dem alten Kloster näherte, erkannte er sofort das verwitterte Relief mit dem dreifach verschlungenen Spiralsymbol über der vergitterten Pforte. Einer der wenigen Reste der ursprünglichen mittelalterlichen Klosteranlage. Peter wusste, dass die Mönche längst wach sein mussten, dennoch sah er niemand im Hof. Es gab auch keine Klingel an der Pforte; überhaupt schien der ganze Komplex völlig verwaist. Allerdings entdeckte er eine Überwachungskamera an einem der Gebäude.

Peter bewegte sich an der Mauer entlang, die das Kloster umschloss, bis er eine Stelle fand, wo ein einsamer Pistazienbaum dicht an der Mauer wuchs. Er zögerte nicht lange, kletterte über den Baum auf die Mauer und sprang in den Klosterhof.

Immer noch rührte sich nichts. Peter hielt sich einen Moment im Schatten der Mauer, um sich einen Überblick zu verschaffen. Dann schlich er um das Hauptgebäude herum, die Überwachungskamera immer im Blick. Falls sie keine Attrappe war, erwartete er, dass sich jeden Moment etwas tun müsse. Er bewegte sich ruhig, ohne Hast und ohne groß auf seine Deckung zu achten. Schließlich war dies ein Kloster. Dennoch signalisierte ihm der metallische Geschmack in seinem Mund, dass sich sein Körper in Alarmbereitschaft befand. Peter hatte gelernt, die Gefahr zu spüren, bevor er sie sah, und dieser verlassene, stille Ort des Gebets schrie förmlich nach Gefahr. Mit jedem Schritt verstärkte sich dieser Eindruck. Viel Zeit, diesem bedrückenden Gefühl nachzuspüren, blieb ihm jedoch nicht.

Ein Geräusch hinter ihm ließ ihn herumfahren. Peter sah einen Mönch mit hochgezogener Kapuze, der ein kleines Gerät in der ausgestreckten Hand hielt. Ehe Peter noch reagieren konnte, hielt der Mönch ihm den Taser an den Hals und drückte ab. Ein Stromschlag von mehreren tausend Volt hämmerte durch Peters Körper und versetzte jeden Muskel seines Körpers schlagartig in Brand. Sein ganzer Körper schien vor Schmerz zu explodieren. Dann verlor Peter das Bewusstsein.

Als er stöhnend wieder erwachte, fand er sich mit Gewebeband auf einen Stuhl gefesselt, den Mund ebenfalls mit breitem Gewebeband verklebt. Der Schmerz der Elektroschockpistole schwelte immer noch in jeder Faser seines Körpers. Peter konnte sich zwar kaum bewegen, erkannte jedoch, dass er sich in einem Raum des Klosters befinden musste. Möglicherweise ein ehemaliges Refektorium. Über ihm ein hohes Gewölbe mit modernen Leuchten. Zu seiner Linken eine hohe Fensterreihe, zur Rechten eine lange Wand mit einem großen Kruzifix und einem Wandteppich. Ansonsten war der Raum leer. Peter ruckte an seinen Fesseln. Keine Chance. Er versuchte zu rufen, aber mehr als ein unverständliches, dumpfes Keuchen kam nicht dabei heraus.

Er versuchte, sich zu beruhigen und sich auf das vorzubereiten, was nun folgen würde. Wenn man ihn hätte töten wollen, wäre er bereits tot. Es gab also noch Spielraum.

Eine Tür am Ende des Raumes, die Peter bisher nicht wahrgenommen hatte, öffnete sich, und zwei Mönche und ein Mann in schwarzem Priesteranzug traten ein. Peter erkannte Laurenz sofort. Der ehemalige Papst kam dicht an ihn heran und riss ihm das Gewebeband mit einem Ruck vom Mund. Peter keuchte erneut vor Schmerz. Die beiden Mönche hielten sich im Hintergrund.

»Herr Adam!«, begrüßte Laurenz ihn kühl auf Deutsch. »Wir sind uns ja bereits begegnet.«

Peter musste erst Speichel sammeln, bevor er sprechen konnte. »Machen Sie mich los.«

Laurenz blickte ihn ungerührt an. »Wie haben Sie mich gefunden?«

Peter erwiderte den Blick. »Machen Sie mich los, dann erzähl ich's Ihnen.«

Unvermittelt schlug Laurenz ihm hart mit dem Handrücken ins Gesicht, sodass Peter fast von Stuhl kippte.

»Wie haben Sie mich gefunden?«, wiederholte der ehemalige Papst.

»Scheiße!«, fluchte Peter, der sich bei dem Schlag auf die Zunge gebissen hatte. »Was soll das, Laurenz? Sind Sie wahnsinnig? Ich bin Journalist, das wissen Sie. Ich hab Sie gefunden, na und?«

»Was wollten Sie hier?«

»Verdammt, Laurenz, was denken Sie denn? Ein Interview natürlich. Ich hatte mir das zwar ein wenig anders vorgestellt – aber bitte. Also, warum sind Sie vom Amt des Papstes zurückgetreten?«

Laurenz antwortete nicht, sondern sah Peter nur durchdringend an.

»Warum verstecken Sie sich, Laurenz? Was haben Sie hier vor? Warum misshandeln Sie Journalisten?«

Laurenz gab einem der beiden Mönche einen Wink. Peter zuckte weg, als der Mönch auf ihn zutrat, doch statt ihn zu schlagen, drückte er ihm nur wieder einen Streifen Klebeband über den Mund.

Laurenz kam dicht an Peter heran.

»Sie sind eine Gefahr, Herr Adam. Eine Gefahr für die Kirche und die gesamte Welt. Sie sind ein Mörder. Und ich werde alles tun, was noch in meiner Macht steht, damit die vierte Prophezeiung von Fátima sich nicht erfüllt. Ich werde die Welt vor Ihnen schützen.«

Er trat zurück und gab den beiden Mönchen erneut ein Zeichen. Der Mönch, der Peter wieder geknebelt hatte, zog erneut den Taser aus seiner Kutte. Peter schrie panisch in das Klebeband über seinem Mund und versuchte auszuweichen. Keine Chance. Der Mönch hielt Peter den Taser wieder an den Hals und drückte ab. Das Letzte, was Peter sah, war, wie Laurenz sich abwandte.

Als er diesmal wieder zu sich kam, lag er zusammengekrümmt auf hartem Erdboden. Es roch faulig und feucht. Die Nachwirkungen des Elektroschocks ließen immer noch alles vor seinen Augen verschwimmen. Dicht um sich herum erkannte Peter Mauern. Ringsum Mauern. Sehr dicht. Er atmete kühle Luft, offenbar befand er sich irgendwo im Freien. Allerdings hätte es heller sein müssen und nicht so dämmerig dunkel. Von irgendwo oberhalb fiel ein schwaches Licht herein.
*Warum ist es hier so dunkel? Wo kommt das Licht her?*
Die Dunkelheit verbunden mit der offensichtlichen Enge löste bei Peter sofort einen Panikschub aus. Trotz der Schmerzen versuchte er stöhnend, sich aufzurichten. Erleichtert erkannte er, dass er immerhin nicht mehr gefesselt war. Um sich in dem Halbdunkel zu orientieren, tastete er neben sich herum und stieß an zwei große Plastikflaschen mit Wasser und einen Plastikeimer. Das verstärkte seine Panik nur noch mehr.
*Scheiße, wo bin ich???*
Peter keuchte jetzt.
*Nicht durchdrehen! Atmen! Schau dich um!*
Er versuchte, die Angst wegzuatmen, die ihn bereits wie ein böses Tier in den Klauen hielt. Er versuchte, nicht durchzudrehen. Er versuchte, nicht anzuerkennen, was er doch längst wusste.
Dass er in einem Brunnen lag.
*Es kann nicht sein. Es kann nicht sein. Es kann nicht sein. Nicht das, bitte nicht.*
Keuchend vor Angst und Panik richtete Peter sich auf und

sah nach oben. Der Schacht war etwa neun Meter hoch und gerade so breit, dass Peter von der Mitte aus die Wände nicht berühren konnte. Von oben sickerte fahles Tageslicht herab. Ein Brunnen. Die klassische sizilianische Methode, unliebsame Zeugen kaltzustellen. Sie hatten ihm Wasser und einen Eimer für seine Notdurft dazugestellt, was bedeutete, dass man ihn nicht so bald hier rausholen würde.

Peter tastete seine Hosentaschen ab. Alles weg – Geld, Handy, Autoschlüssel, sogar der Gürtel. Von oben hörte er ferne Motorengeräusche. Autotüren, die zugeschlagen wurden. Wagen, die wegfuhren. Rufe. Dann Stille. Plötzlich ein wummerndes Geräusch hoch oben, das die Luft mit schweren Hieben durchteilte. Schließlich sah Peter den Hubschrauber. Für einen Moment stand er über dem Brunnen. Einfach so, wie ein großes neugieriges Insekt. Dann schwenkte er weg und flog davon. Einfach davon. Peter hörte sich schreien. Er schrie um Hilfe, brüllte gegen seine Angst und die Panik an, die mit der Feuchtigkeit und dem fahlen Licht unerbittlich zu ihm herabsickerten. Er schrie um sein Leben. Er schrie, bis ihm die Lungen schmerzten. Er schrie, bis er verstanden hatte, dass ihn hier niemand hören würde, dass er allein war mit sich und der Enge, der Dunkelheit und der Angst. Er schrie, bis ihm vollends klar wurde, dass sie ihn in diesem Brunnen lebendig begraben hatten. Er schrie auch noch weiter, als ihm längst klar wurde, dass er dabei verrückt werden konnte. Egal. Er schrie einfach weiter. Er schrie bis in den Abend. Und als die Nacht kam, schrie er weiter, sobald er wieder konnte. Immer weiter, denn das Schreien war das Einzige, was die Angst davon abhielt, ihn vollends aufzufressen und zu verdauen. Aber die Angst war ja schon längst dabei, ihn zu verdauen.

Sie war ja schon längst dabei.

Kapitel 2
# URALT

# XVI

*10. Mai 2011, Santiago de Compostela*

Der Mann, der so eilig den Praza do Obradoiro überquerte, hatte keinen Blick für die Schönheit und architektonische Harmonie dieses Platzes und seiner Kathedrale, kunstvoll und leicht dem hellen, galizischen Granit abgetrotzt. Weder beachtete er die Souvenirverkäufer, die ihre Stände nach dem Regen gerade wieder öffneten, noch die verstreuten Studententrios, die in Renaissancetracht anzügliche Studentenlieder für die Touristen und Pilger spielten. Der Mann registrierte auch nicht, dass die Menschen auf dem Platz ihm automatisch auswichen, als spürten sie instinktiv, dass er eine Bugwelle des Todes vor sich herschob. Dichte graue Wolken lasteten dräuend über der Stadt, die als Regenloch verschrien war. Windböen fegten Plastiktüten über den Platz, jagten die Pilgergruppen in die Kathedrale zurück oder in ihre Pensionen.

Nikolas steuerte geradewegs auf das *Hostal de los Reyes Católicos* zu, ein ehemaliges Krankenhaus aus dem 15. Jahrhundert, gestiftet von Königin Isabella und König Ferdinand von Spanien. Hier hatte Columbus seine Finanzierungszusage für eine ungewisse Expedition in Richtung Westen erhalten. Inzwischen beherbergte das wuchtige Gebäude einen Fünfsterneparador, das beste Haus am Platz.

Nikolas trug einen schlichten englischen Regenmantel, darunter einen grauen Flanellanzug mit offenem Hemd und dazu englische Markenschuhe. Noch bis vor einer Stunde hatte er einen wasserdichten Overall, Gummistiefel und Handschuhe getragen, um sich nicht mit dem Blut des Kardinals zu beschmutzen. Es war viel Blut im Körper des Kardinals gewesen, nun floss es mit den Abwässern der Stadt Richtung Atlantik.

Der entblutete und gehäutete Klumpen Fleisch, der einmal ein beliebter Kardinal gewesen war, lag zusammen mit seiner Haut nachlässig unter einer Plane versteckt in einem kleinen Pinienwäldchen am Strand und wartete darauf, in Kürze gefunden zu werden.

Nikolas hatte den Kardinal zunächst einige Tage ergebnislos observiert, wie Seth es angeordnet hatte. Gestern Abend dann hatte er endlich die Freigabe erhalten, den Kardinal persönlich aufzusuchen. Mit seiner sanften, fast jugendlichen Stimme hatte er ihm ein paar einfache Fragen gestellt. Immer wieder die gleichen Fragen. Zunächst hatte der alte Mann keine Furcht gezeigt und sich als überraschend resistent gegenüber dem Schmerz erwiesen. Bis Nikolas angefangen hatte, ihn mit der Machete von den Zehen bis zum Hals lebendig zu häuten und zu schächten wie ein Opferlamm. Zuvor hatte er dem Mann noch die Lippen zugenäht, damit er nicht schrie.

*Hass ist gut, Schmerz ist gut. Der Schmerz ist das Licht in der Dunkelheit und dem Chaos der Welt. Schmerz ist Ordnung. Und Hass ist die Mutter des Schmerzes, die reine, ewige, heilige Flamme, das Manna des Lichts.*

Er hatte sich Zeit gelassen. Er hatte dem Kardinal immer wieder die gleichen, einfachen Fragen gestellt. Und als er die Antworten dann bekam, hatte er gegen sein Versprechen eines raschen Todes einfach weitergemacht. Es war eine Frage der Ordnung.

Nikolas wusste natürlich, dass er wahnsinnig war. Nur ein Wahnsinniger war in der Lage, diese Dinge zu tun. Nach allen Maßstäben der Welt musste er ein Monster sein. Das bedeutete jedoch nicht, dass er nicht genau wusste, was er tat. Er empfand keine Freude beim Töten, kein rauschhaftes Glücksgefühl, auch keinen dumpfen Druck, wenn er längere Zeit nicht getötet hatte. Das Einzige, was er empfand, war die anschließende Befriedigung, das Richtige getan zu haben. Seine heilige Pflicht erfüllt zu haben. Er *musste* nicht töten. Zu töten erregte ihn ebenso wenig wie der Anblick von Kinderspielzeug. Aber Töten war notwendig, und auch das Töten musste sich wie alles in der Welt einer klaren Ordnung unterwerfen. Und diese Ordnung hieß Schmerz.

Der *Meister* erwartete ihn, ganz in Weiß gekleidet, in seiner Suite. Obwohl Nikolas ihn schon sein ganzes Leben lang kannte, waren die Begegnungen mit dem Meister noch immer erhabene Momente für ihn. Er küsste den Ring des Lichts, warf sich vor ihm flach auf den Boden, breitete die Arme aus und wartete ehrfurchtsvoll darauf, angesprochen zu werden.

»Du kannst dich jetzt erheben, Nikolas«, sprach ihn Seth nach einer Weile an und wies ihm einen Sessel zu. »Tee?«

»Gerne, Meister.«

Seth goss hellen grünen Tee in zwei Schälchen, setzte sich in einen Sessel gegenüber und musterte Nikolas eine Weile. Auf einem niedrigen Tischchen zwischen ihnen lag der Umschlag, den Nikolas dem Privatsekretär abgenommen und der sie auf die Spur des Kardinals gebracht hatte. Nikolas wusste, was der Umschlag enthielt.

Seth hielt sein Schälchen in den gut manikürten, alten Händen und trank seinen Tee in kleinen Schlucken. Nikolas trank ebenfalls einen Schluck und achtete darauf, das kostbare, vierhundert Jahre alte japanische Schälchen nicht zu fest auf den Tisch zurückzustellen.

»Berichte.«

Nikolas reichte dem Meister wortlos eine Liste mit einundzwanzig Namen. Seth nahm die Liste und studierte sie.

»Sind das alle?«

»Ich denke ja.«

Seth legte die Liste auf das Tischchen zu dem Umschlag.

»Für welchen von ihnen war der Umschlag bestimmt?«

»Für keinen. Der Stick sollte an ein Missionshospital im Norden Ugandas weitergeleitet werden.«

Seth zog eine Augenbraue hoch. »Was für eine Koinzidenz. An wen genau sollte der Umschlag gehen?«

»Das wusste der Kardinal auch nicht. Er hatte nur die Adresse der Station und die Anweisung, den Umschlag persönlich dort abzuliefern.«

Nikolas schob ein Foto über den Tisch. Es zeigte eine junge Nonne vor einer Lehmhütte mit afrikanischen Kindern, von denen keines lachte. »Ich habe die Missionsstation überprüft. Diese Nonne arbeitete da seit fünf Jahren. Vor acht Tagen ist sie plötzlich verschwunden. Niemand weiß, wo sie jetzt steckt. Bestimmt kein Zufall.«

»Gute Arbeit, Nikolas.« Seth zog einen handelsüblichen USB-Stick aus dem Umschlag. »Wir haben diesen Stick jetzt tagelang untersucht, mit allen Mitteln, die uns zur Verfügung stehen. Es ist nur eine einzige verschlüsselte Datei darauf gespeichert. Wir haben sie zwar knacken können, aber sie enthält nur Zahlenkolonnen. Die Experten vermuten, dass die Zahlen eine geografische Position kodieren.«

»Eine Karte?«

Seth antwortete nicht, sondern sah sich das Foto der jungen Nonne genauer an. Nach einer Weile reichte er Nikolas das Foto zurück.

»Finde sie.«

»Soll ich sie töten?«

»Nein. Möglicherweise ist sie der Schlüssel zu der Karte.« Seth tippte leicht mit einem Finger auf die Liste mit den einundzwanzig Namen. »Die wirst du töten.«

»Was ist mit Laurenz?«, fragte Nikolas.

»Darum kümmern sich andere. Sobald Laurenz gefunden ist, werde ich dich rufen.«

# XVII

*10. Mai 2011, bei Bronte, Sizilien*

Irgendwann in der Nacht hatte er aufgehört zu schreien. Stattdessen hatte er versucht, die lähmende Angst abzuschütteln, sich mit dem Rücken und den Beinen an der Mauer abzustützen wie ein Bergsteiger und sich so Stück für Stück den Brunnenschacht hinaufzuarbeiten. Vergeblich. Der Schacht war zu breit, um festen Halt zu finden. Erschöpft, verzweifelt und frierend verbrachte Peter die Nacht zusammengekauert an der feuchten Mauer und wartete auf den Morgen. Ein altes Kinderlied ging ihm durch den Kopf und setzte sich fest, bis er es irgendwann leise mitsummte. Wie damals. Denn solange er seine eigene Stimme hörte, hatte die Angst noch nicht endgültig gesiegt.

Solange gab es noch Hoffnung.

*Häschen in der Grube, saß und schlief, saß und schlief. Armes Häschen, bist du krank, dass du nicht mehr hüpfen kannst? Armes Häschen, bist du krank, dass du nicht mehr hüpfen kannst?*

Trotz der Angst, die ihn unerbittlich fest im Griff hielt, fand er für kurze Momente etwas Schlaf, durchtränkt von wirren, entsetzlichen Träumen. Träume von einer Grube in einer Wüste und dem Druck von Sand auf seiner Brust.

*… saß und schlief. Armes Häschen, bist du krank, dass du nicht mehr hüpfen kannst?*

Trotz der Kälte kam der Durst. Peter trank eine Flasche von dem Mineralwasser, das sie ihm mitgegeben hatten und pinkelte etwas später in den bereitgestellten Plastikeimer. Ein Fehler, denn der scharfe Gestank seines eigenen Urins durchschnitt alle angenehmen Gedanken und machte es unmöglich, sich abzulenken.

Die Zeit verging quälend langsam. Lachte ihn aus. Aber irgendwann kam der Morgen, zäh wie Klebstoff, ohne Wärme zu bringen. Peter hüpfte auf der Stelle, um sich aufzuwärmen. Er zählte seine Schritte. Noch ein Fehler. Als er verschwitzt innehielt, fror er nur noch mehr.

Er überlegte zum werweißwievielten Mal, ob sie vorhatten, ihn hier verrotten zu lassen, oder ob ihm jemand regelmäßig Wasser und Essen herunterwerfen würde. Sie hatten ihn nicht gleich getötet – wozu also der Aufwand mit dem Brunnen? Die Überlegungen glitten jedoch an den Innenwänden seines Bewusstseins ab wie seine Füße an den Brunnenwänden.

*... saß und schlief. Armes Häschen, bist du krank, dass du nicht mehr hüpfen kannst?*

Peter beobachtete den Lichtstreifen, der quälend langsam von oben herabfloss wie Öl, das jemand über dem Brunnen ausgegossen hatte. Als das Tageslicht den Grund des Brunnens endlich erreicht hatte, begann Peter wieder, in regelmäßigen Abständen um Hilfe zu rufen.

Gegen Mittag erhielt er Antwort.

»Peter? ... Peter, sind Sie das?«

Die Stimme klang weit entfernt, wie ein Ruf aus einer anderen Welt, dennoch erkannte er sie sofort.

»Maria!«, brüllte er aus Leibeskräften. »Hier bin ich! Hier unten in diesem Brunnen!«

Wenig später verdunkelte sich oben das Licht am Ende des Brunnens und ein Gesicht blickte zu ihm hinab.

»Peter? Sind Sie da unten?«

Er widerstand dem Impuls, sie zu umarmen, als er nach unendlich langer Zeit an dem Seil, das Maria im Ort hatte besorgen müssen, aus dem Brunnen kletterte. Der ausgetrocknete Brunnen stand einsam auf einem Stück steinigem Brachland, überwuchert von dichten Ginsterbüschen und umrahmt von den für diese Gegend typischen hohen Trockensteinmauern aus Lavablöcken. Nicht weit entfernt ragte der schneebedeckte Gipfel des Ätna auf. Kein Haus zu sehen, auch das Kloster nicht.

»Wie haben Sie mich gefunden?«, keuchte Peter als er sich umgesehen hatte.

Sie stand vor ihm in ihrer Nonnentracht und betrachtete ihn mit einer Mischung aus Sorge und Ratlosigkeit.

»Ich wusste doch, wo Sie hinwollten. Ich hab gleich das erste Flugzeug heute Morgen nach Catania genommen und bin mit dem Bus hier raufgefahren. Eine ziemliche Himmelfahrt.«

Misstrauen befiel Peter plötzlich von irgendwoher.

»Warum sind Sie mir gefolgt? Warum haben Sie mich überhaupt gesucht?«

Sie wandte sich um, wie um sich zu vergewissern, dass sie niemand belauschte.

»Don Luigi bat mich, Ihnen nachzureisen. Er war besorgt, dass Sie möglicherweise in Gefahr sein könnten.«

Peter glaubte ihr kein Wort.

»Und da schickt er ausgerechnet Sie? Eine Nonne?«

Sie straffte sich brüsk. »Ich habe einige Jahre in einer Bürgerkriegsregion in Nord-Uganda verbracht. Ich kann auf mich aufpassen, glauben Sie mir.«

»Waren Sie in dem Kloster?«

»Ja. Aber dort leben nur ein paar alte Mönche. Sie wussten nichts von einem deutschen Journalisten, aber ich hatte auf dem Weg einen geparkten Wagen gesehen mit dem Aufkleber einer Mietwagenfirma. Da dachte ich, es wäre Ihnen womöglich wirklich etwas zugestoßen und habe auf gut Glück in der Umgebung nach Ihnen gesucht.«

Peter glaubte ihr immer noch nicht, ließ es jedoch vorläufig dabei bewenden. Sie hatte ihn gefunden und aus dem Brunnen befreit. Allein das zählte für den Augenblick.

»Ich schätze, ich schulde Ihnen mein Leben.«

Sie lächelte plötzlich wieder. »Werden Sie nicht pathetisch.

Danken Sie der Muttergottes. Oder Ihrem Schutzengel, wenn Sie mögen.«

Peter grinste zurück und merkte plötzlich, dass die Sonne bereits hoch stand und es warm wurde im Mittagslicht. Es roch nach trockener Erde und Ginster.

Ein schöner Tag.

Sie schafften gerade noch den Fünfzehn-Uhr-Flug zurück nach Rom. Die ganze Zeit über saß sie neben ihm, erst im Wagen, dann im Flugzeug, und sprach nur wenig. Peters Misstrauen löste sich auf wie Zucker in heißem Tee und wich der Dankbarkeit. Er fragte Maria nach ihrer Zeit in Uganda aus und was sie davor gemacht hatte. Warum und wann sie überhaupt beschlossen hatte, Nonne zu werden.

Maria antwortete einsilbig, eher aus Höflichkeit. Über ihre Beweggründe, in einen Orden einzutreten, schwieg sie sich aus. Angegriffen von den zurückliegenden Erlebnissen – die Nacht im Brunnen, seine Begegnung mit Laurenz, die angebliche Vision und die vierte Prophezeiung von Fátima – fragte sich Peter, welche Rolle sie in diesem Spiel spielte. Sein Bericht über die Begegnung mit Laurenz schien sie jedenfalls kaum zu beunruhigen.

»Er kennt die vierte Prophezeiung von Fátima und wird Ihnen misstrauen«, verteidigte sie ihn sogar. »Versetzen Sie sich nur in seine Lage.«

Peter stöhnte genervt. »Immerhin wissen wir nun, dass Laurenz lebt. Offenbar hat er sein Untertauchen gut organisiert. Wer auch immer ihm hilft, er verfügt über einen Haufen Personal und einen Hubschrauber.«

»Wie kam er Ihnen vor?«, fragte Maria nach einer Weile.

»Laurenz?« Peter dachte nach. »Angespannt. Irgendwie unter Druck.«

Und dann wurde es ihm klar.

»Er hatte Angst. Er fühlte sich bedroht.«

Maria nickte. »Er wird seine Gründe gehabt haben, sich zu verstecken. Sie haben ihn aufgestöbert und ihn dadurch bedroht. Er wollte Sie nicht töten, sondern nur für eine Weile kaltstellen. Er war der Papst, er ist kein Krimineller! Früher oder später hätte man Sie ohnehin in dem Brunnen gefunden. Oder er hätte jemand geschickt, Sie da rauszuholen, da bin ich sicher.«

»Vielleicht ja Sie«, entfuhr es Peter.

Sie verdrehte die Augen. »Wenn Sie schon nicht an die Muttergottes glauben, sollten Sie wenigstens an so etwas wie glückliche Fügung glauben.«

»Weil?«

»Weil Sie sonst noch paranoid werden.«

»An Verfolgungswahn zu leiden bedeutet noch nicht, dass man nicht auch verfolgt würde.«

»Müssen Sie eigentlich immer das letzte Wort haben?«

Er grinste sie an. Sie wandte sich brüsk von ihm ab.

»Laurenz hat wirklich geglaubt, dass ich derjenige sein werde, der den Vatikan in die Luft sprengt«, begann Peter nach einer Weile wieder. »Aber das bin ich nicht, hören Sie? Ich werde das nicht tun, Vision und Prophezeiung hin oder her. Aber ich stecke da jetzt nun mal drin und will wissen, wie das alles zusammenhängt. Also noch mal von vorn: Vor wem versteckt sich Franz Laurenz? Warum?«

»Über diese Frage denke ich auch schon die ganze Zeit nach«, sagte Don Luigi.

Wie am Tag zuvor saßen sie wieder zu dritt in seiner kleinen Küche, und Peter beschlich für einen Moment das irreale Gefühl, dass die letzten vierundzwanzig Stunden nie geschehen waren.

*Schön wär's.*

»Ich hatte die ganze Zeit so ein Gefühl«, knurrte der Jesuit und durchmaß die kleine Küche immer wieder mit Riesenschritten. »Ein Glück, dass ich Ihnen Maria hinterhergeschickt habe.«

Peter sah zu Maria hinüber, die sich mit allen Kräften abmühte, Don Luigis uralte Espressokanne aufzuschrauben. Er genoss es, sie bei dieser alltäglichen Tätigkeit zu beobachten. Die Frau, die ihn gerettet hatte. Die Frau, die ihm etwas verschwieg.

»Laurenz' geheime Wohnung in der Via Palermo wurde durchsucht«, erklärte Don Luigi unvermittelt und blieb vor Peter stehen. »Regelrecht verwüstet, völlig auf den Kopf gestellt. Der Mörder des Chauffeurs hat dort offenbar etwas gesucht.«

»Was?«

Don Luigi setzte sich wieder. »Ich weiß es nicht. Ich weiß nur, dass er es nicht gefunden hat.«

»Aha. Und was macht Sie da so sicher?«

»Weil es sich nie in dieser Wohnung befunden hat, was auch immer es war.«

Don Luigi schien Peters und Marias erstaunte Blicke wieder zu genießen und fuhr fort. »Nachdem Papst Johannes Paul II. gestorben war, wurde das *Appartamento* endlich renoviert. Die ganze Elektrik war noch auf dem Stand der Dreißigerjahre, die Wasserleitungen verrottet, es tropfte durchs Dach und roch nach dem Dunst von vierundzwanzig Jahren schwerer polnischer Küche. Also nutzte man die Sedisvakanz für die längst überfälligen Arbeiten.«

Don Luigi nahm einen Schluck Wasser.

»Eines Tages wurde ich zur Baustelle gerufen. Ein Notfall. Einer der Arbeiter hatte offenbar einen Anfall von Besessenheit. Als ich auf die Baustelle kam, sah ich, dass es wirklich schlimm war. Der arme Teufel – er war noch sehr jung – schrie lästerliche Flüche auf Aramäisch. Also in der Ursprache der Bibel, die dieser Junge aus den Vororten von Rom nie gehört haben konnte. Was war passiert?«

Don Luigi wartete das Achselzucken gar nicht erst ab.

»Ich konnte es nur aus dem erschließen, was er zwischendurch auf Italienisch stammelte. Er hatte während der Mittagspause alleine noch eine Wand für die neuen Leitungen schlitzen wollen. Und hat dabei offenbar aus Versehen einen Hohlraum in der Wand getroffen. Was danach passierte, bleibt rätselhaft.«

»Was befand sich in dem Hohlraum?«, fragte Maria. Peter erahnte die Antwort bereits. Don Luigi hob bedauernd die Arme.

»Das ist es ja! Man hat ihn nie gefunden! Ich habe mir die Stelle, wo der Mann gearbeitet hatte, genau angesehen. Ich sah die Schlitze in der Wand für die Leitungen, aber keinen Hohlraum. Auch in den anderen Räumen war nichts Derartiges zu finden. Ich zog später sogar die Bauzeichnungen aus dem 15. Jahrhundert zurate, aber auch dort war nirgendwo ein Hohlraum in der Wand verzeichnet. Blieb allerdings immer noch die Frage, was so plötzlich mit dem Bauarbeiter passiert war.«

»Was haben Sie dann getan, Don Luigi?«, hakte Peter nach.

»Ich habe natürlich sofort versucht, dem Mann zu helfen und den Dämon in ihm auszutreiben. Leider vergeblich. Er wurde in eine Klinik eingeliefert und starb dort am nächsten Tag an Herzversagen. Gott möge seiner armen Seele gnädig sein.«

»Und nun denken Sie, dass Laurenz von diesem Hohlraum wusste und dort etwas versteckt hat, was mit seinem Rücktritt in Verbindung steht?«, rief Peter gereizt.

Don Luigi zuckte mit den Achseln. »Es ist nur eine Vermutung. Selbst falls dieser Hohlraum wirklich existiert, wird es ohne deutlichen Hinweis fast unmöglich sein, ihn zu finden.«

»Abgesehen davon, um wie viel unmöglicher es ist, unbemerkt in den Apostolischen Palast einzudringen, an den Schweizergarden vorbei in den dritten Stock hinaufzuschleichen und in die versiegelte und bewachte Papstwohnung einzudringen«, bemerkte Peter sarkastisch.

Don Luigi winkte gleichmütig ab. »Oh, das würde ich so nicht sagen.«

# XVIII

*10. Mai 2011, New York City*

Frank Babcock wollte ein besserer Mensch werden. Er wollte es wirklich. Er wollte stark sein, er wollte sein Leben ändern, dieses schäbige Leben voller Schmutz und Verzweiflung, er wollte seine Seele retten. Er wollte endlich aus dem Schatten seines Bruders Steve heraustreten, seines großen Bruders Steve, den sie auf und ab in der Lower East Side fürchteten, und der ihn zu dem gemacht hatte, was er nun war. Er wollte es wirklich. Ein Leben lang dem großen Bruder hinterherzudackeln, ihn zu bewundern und stets zu tun, was Steve sagte, war genug. Aber Frank Babcock wusste selbst, dass er schwach war, so schwach, viel schwächer als Steve.

Dass er es allein nicht schaffen würde.

So hatte Frank zum Glauben zurückgefunden. Er hatte sich darauf besonnen, dass er immer noch katholisch war, und sich der heiligen Mutter Kirche überantwortet. Er besuchte jeden Tag die Messe, er beichtete Vater Hanson nach und nach einen Pfuhl von Sünden, jeden Abend las er ein Kapitel aus der *One-Year-Bible*, einem erbaulichen Büchlein, das ihm Vater Hanson geschenkt hatte und das in dreihundertfünfundsechzig Auszügen für jeden Tag des Jahres das Wesentliche der Heiligen Schrift zusammenfasste.

Dennoch wusste Frank Babcock, dass das immer noch nicht reichen würde. Früher oder später würde er den Tatsachen ins Auge blicken und sein persönliches Armageddon bestehen müssen. Seltsamerweise ließ ihn dieser Gedanke inzwischen ganz ruhig werden.

Wie üblich stand Frank gegen drei Uhr nachmittags auf und brühte sich einen Kaffee, der seinen angegriffenen Magen in schmerzhaften Aufruhr versetzte. Bis zur Messe hatte er noch zwei Stunden Zeit, danach würde er etwas für Steve erledigen müssen, das keinen Aufschub duldete.

Er schlurfte in seinem uralten Bademantel gerade durch den langen Flur in sein winziges Wohnzimmer, als es an der Tür klopfte. Neil Cummings, sein Nachbar von gegenüber, stand draußen, ebenfalls im Bademantel, ebenso unrasiert, ebenso grau und erloschen trotz seiner noch nicht mal dreißig Jahre. Sie spielten gelegentlich Schach zusammen, und Neil lag ihm ständig in den Ohren wegen eines Jobs bei Steve.

»Hallo, Neil.«

»Hi, Frank. Hab ich dich geweckt oder so?«

»Was liegt an, Neil?«

»Ich hab da gestern im Radio einen Countrysong gehört, der mir nicht aus dem Kopf geht. Toller Song. Du stehst doch auf so Kram, also wollte ich dich fragen, ob du ihn vielleicht kennst oder so.«

»Komm rein, Neil. Willst du 'n Kaffee?«

Er schenkte seinem irischen Nachbarn eine Tasse ein und ließ sich den Song vorsingen.

»Das ist *Someone Else's Song* von Wilco«, erklärte Frank. »Schöner Song. Den hab ich.«

Frank schlurfte ins Schlafzimmer, das gerade groß genug für ein Bett und die kleine Kommode war, auf der sein CD-Player stand. Steve hatte ihm dieses Apartment besorgt, weil er fand, dass Frank jederzeit erreichbar in Manhattan leben sollte. Es war eines jener typischen *railroad apartments* – ein enger Schlauch von Wohnung, die praktisch nur aus einem durchgehenden Flur bestand, unterteilt in mikroskopische Durchgangszimmer. Das Apartment war eng, schäbig und dunkel, aber es war alles, was Frank sich in Manhattan leisten konnte. Es lag an der 7th Street zwischen 2nd und 3rd Avenue. Lower East Side, Manhattan. Steves Reich.

Frank legte die CD ein und stellte den Song auf Repeat.

»Wirklich ein schöner Song«, wiederholte er und baute die Schachfiguren auf.

»Sag mal, stimmt die Geschichte mit Steve und den bösen Jungs letztens?«, fragte Neil. Frank konzentrierte sich auf seinen ersten Zug.

»Hm«, knurrte er. Er hatte nicht viel Lust, darüber zu reden. Steve hatte vor drei Monaten einen Zeitungs-Lieferservice übernommen. Ein Geschäft, das traditionell von der Mafia beherrscht wurde. Logischerweise waren vor einer Woche zwei Typen bei Steve aufgekreuzt, um mit ihm zu »verhandeln«. Aber so einfach ließ sich Steve eben nichts wegnehmen, nicht mal von der Mafia. Also »verhandelte« er tatsächlich mit den Typen und schaffte es sogar, etwas Geld herauszuschlagen. Das hatte sich schnell in der Gegend herumgesprochen und seinen Ruf gefestigt.

Frank zog mit seinem Springer und lauschte dem Song, der aus den Lautsprechern im Schlafzimmer herüberwehte. Schöner Song, wirklich ein schöner Song.

»Hast du Steve jetzt mal gefragt, ob er was für mich hat oder so?«

»Mach deinen Zug, Neil, und nerv nicht.«

»Was ist das für ein Business, was du für ihn machst?«

Frank seufzte und sah Neil an. »Ich verticke Schrottkarren an irgendwelche Arschlöcher, denen längst keiner mehr Kredit gibt.«

»Cool. Wie läuft das?«

»Die Typen haben keine Kohle, sind total kreditunwürdig, brauchen aber ein Auto, klar. Also verticke ich ihnen eines, das gerade so eben noch fährt. Die erste Rate ist dreimal so hoch wie für einen Neuwagen. Meist können sie danach schon nicht mehr zahlen. Dann kommt Steve und nimmt ihnen den Wagen wieder weg und ich verticke ihn an den nächsten.«

Neil grinste. »Cool. Gibt's da nie Ärger oder so?«

»Nicht mit Steve.«

Neil nickte. »Nee, ist klar. Mit Steve fängt niemand Ärger an.«
»Mach deinen Zug, Neil, ich muss mal telefonieren.«

Während Neil über seiner Antwort auf Franks Eröffnungszug grübelte, rief Frank Vater Hanson an, um einen Termin für die überfällige Beichte auszumachen. Er hatte den Priester kaum an der Leitung, als er merkte, dass die Musik aus dem Schlafzimmer schlagartig leiser wurde und es drüben vernehmlich rumste. Neil hatte es auch gehört und erschrak. Frank ließ sich nichts anmerken und sprach so ruhig wie möglich weiter mit dem Priester, während Neil nebenan nachsah. Als Frank auflegte, stand Neil noch blasser als sonst in der Tür.

»Scheiße, das musst du dir ansehen, Frank.«

Frank ahnte es schon. Neil zuliebe warf er einen Blick ins Schlafzimmer und sah, dass einer der großen Lautsprecher, die er eben gerade zwischen Wand und Bett eingeklemmt hatte, nun vor dem Bett im Türrahmen stand. Zwei Meter von seinem eigentlichen Platz entfernt. Als ob er das Bett einfach übersprungen hätte. Das Anschlusskabel war herausgerissen und hatte den CD-Player mit aufs Bett gerissen.

»Das gibt's doch nicht oder so!«, stammelte Neil verstört. »Das kann doch gar nicht sein!«

Seelenruhig nahm Frank eine kleine Sprühflasche von der Kommode und sprühte Wasser in alle Ecken des Zimmers.

»Was zum Henker machst du da, Frank?«

»Mein Gott, Neil, du bist Ire! Du bist doch katholisch. Du weißt genau, was ich hier mache.«

»Scheiße, sag mir nicht, dass das Weihwasser ist oder so.«

»Was denn sonst, Neil.«

Er stellte die Flasche wieder zurück an ihren Platz und versuchte, sich seine eigene Beklemmung nicht anmerken zu lassen.

»Passiert dir so was öfter oder so?«

Frank fühlte sich plötzlich wieder sehr müde und schwach. »Frag nicht, Neil.«

Es klopfte erneut an der Tür. Frank war froh, Neil mit seinem Schrecken allein lassen zu können und schlurfte durch den langen Flur zur Tür. Ja, das passiert öfter, Neil. Du glaubst ja nicht, was ich schon gesehen habe, Neil. Weil ich mein Leben nicht nur mit einem Bruder teile, Neil, dessen Augen kälter sind als der Schnee auf dem Broadway, sondern auch mit etwas, das noch viel schlimmer ist. *Etwas*, das sich Vater Hanson einmal als »Astaroth« zu erkennen gegeben hat. *Etwas*, das mir ein Zeichen auf die Brust gebrannt hat und mir entsetzliche Dinge zuraunt, über die ich mit keinem Menschen sprechen kann, noch nicht einmal mit Vater Hanson. Ja, mein Freund, so ist das, und es wäre besser, wenn du dir einen anderen Schachpartner oder so suchst.

Der schöne, langsame Countrysong, der jetzt nur noch aus einer Box kam, füllte die kleine Wohnung immer noch mit seinem milden, melancholischen Dunst, und Frank beschloss, heute endlich Vater Hansons Angebot anzunehmen. Er würde Steve anpumpen und nach Rom zu diesem Pater fliegen, den ihm Vater Hanson empfohlen hatte. Er würde versuchen, stark zu sein. Nur ein einziges Mal in seinem Leben.

Mit diesem Entschluss fühlte er sich schon besser. Er öffnete die Tür und stand einem Mann Mitte dreißig gegenüber. Ein freundliches, jungenhaftes Gesicht, geschmackvoll gekleidet. Zu geschmackvoll, um einer von Steves Partnern zu sein.

»Ja?«

»Frank Babcock?«, fragte der Mann mit einer Stimme so sanft wie die Aprilsonne.

»Ja. Was gibt's?«

Der Mann in dem hellen Trenchcoat lächelte Frank freundlich an. Dann zog er mit einer einzigen fließenden Bewegung eine Machete unter dem Mantel hervor und rammte sie Frank in den Unterleib.

Frank Babcock stieß einen gurgelnden Laut aus, während der Mann in dem hellen Trenchcoat und dem grauen Flanellanzug ihn mit der Machete von unten bis oben aufschlitzte. Der Schmerz war wie ein grelles Licht, das in einem einzigen Blitz durch ihn hindurchraste. Das Letzte, was Frank Babcock durch den Kopf ging, war, dass er zu schwach für Armageddon gewesen war und wie leid es ihm um Neil tat, der blöderweise gestern einen Song gehört hatte, der ihm nicht mehr aus dem Kopf ging, und der nun zur falschen Zeit am völlig falschen Ort war.

Frank Babcock, dreiundvierzig Jahre, weiß und Katholik, starb in einem Teich aus Blut und Eingeweiden an der Türschwelle seines Apartments in der Lower East Side, 7th Street zwischen 2nd und 3rd Avenue. Er sah nicht mehr, wie sein Mörder auch seinen Nachbarn Neil Cummings auf die gleiche Weise erledigte. Und er sah auch nicht mehr, wie sein Mörder, nachdem er die Machete sorgfältig mit einem von Franks Handtüchern gereinigt hatte, eine handgeschriebene Liste mit einundzwanzig Namen aus der Jackentasche zog und den obersten Namen mit einem eleganten französischen Füllfederhalter durchstrich.

# XIX

*10. Mai 2011, Vatikanstadt*

Das ist doch Wahnsinn! Wir wissen nicht einmal, ob dieser Hohlraum überhaupt existiert! Ganz zu schweigen davon, ob er einen Hinweis auf Laurenz enthält.«

Don Luigi blickte Maria an. »Würden Sie bitte den Kater rufen?«

Maria nickte und ging hinaus. Peter verstand gar nichts mehr. »Den Kater? Welchen Kater?«

Draußen hörte er Maria lockende Schnalzlaute machen. Nach einer Weile kam sie zurück, im Arm einen dicken roten Kater mit einem Halsband und einer Plakette, der sich ungehalten in Marias Armen sträubte.

»Darf ich vorstellen: Vito – der apostolische Kater!«, rief sie lachend und setzte den Kater auf den Küchenboden, wo er sich sofort beleidigt zu schlecken begann. »Ich habe ihn vorgestern entdeckt, wie er ums Haus streunte.«

»Ja und?«

»Schauen Sie sich die Plakette am Halsband an«, forderte Don Luigi ihn auf, und Peter beugte sich zu dem Kater hinab, der ihn misstrauisch anplierte. Die Plakette zeigte das Wappen von Papst Johannes Paul III. Ein Schneckengehäuse und ein Schwert vor gekreuzten Schlüsseln. Peter hatte das Wappen oft gesehen, doch erst jetzt fiel ihm das Schneckengehäuse auf.

*Das kann doch nicht wahr sein!*

Don Luigi triumphierte. »Sehen Sie? Ich bin auch nicht gleich darauf gekommen. Manchmal sieht man das Offensichtliche nicht. Die ganze Welt hat gerätselt, was das Schneckengehäuse in dem päpstlichen Wappen bedeutet. Offiziell wurde es als Verneigung des Papstes vor der göttlichen Harmonie der

Welt gedeutet, die sich in der mathematisch perfekten Proportion des Schneckengehäuses ausdrückt. Dabei ist es ein uraltes Symbol.«

Peter fragte sich immer noch verblüfft, wie er die Ähnlichkeit des Schneckengehäuses mit dem Spiralsymbol bloß hatte übersehen können.

»Aber das ist immer noch kein Hinweis auf diesen Hohlraum.«

»Drehen Sie die Plakette um, Peter.«

Auf der Rückseite der Plakette stand ein Wort. Nur ein Wort.

VITRIOL

Das Wort war mit silbernem Lackstift auf die Rückseite aufgebracht worden.

»Na, klingelt's?«, fragte Don Luigi aufgekratzt.

»Das ist eine veraltete Bezeichnung für Metallsulfate«, erklärte Peter ratlos.

»Es ist eine Botschaft«, sagte Don Luigi bestimmt. »Von Laurenz. Nur er kann das geschrieben haben.«

»Eine Botschaft für wen?«

»Für mich. Jetzt schauen Sie nicht so erstaunt, Peter, Sie wissen genau, dass Laurenz und ich ein Vertrauensverhältnis hatten und dass er mich mit verschiedenen Missionen in aller Welt betraute, über die ich mit Ihnen nicht sprechen kann. Ich habe ihm diesen Kater geschenkt. Vito ist hier im Häuschen aufgewachsen. Er kennt die Gärten, und er wusste genau, wohin er laufen musste.«

Peter blickte Don Luigi zweifelnd an.

»Aber was für eine Art Hinweis soll das Wort Vitriol sein?«, meldete sich nun Maria.

»Sie können es natürlich nicht wissen, aber Papst Johannes Paul III. interessierte sich für die Geschichte der Alchemie. Fragen Sie mich nicht warum. Es war eine Art Steckenpferd. Und in der Alchemie kommt dem Wort Vitriol eine besondere Bedeutung zu.«

*Visita Interiora Terrae Rectificando Invenies Occultum Lapidem. Woher weiß ich das?*

»Visita Interiora Terrae Rectificando Invenies Occultum Lapidem«, verkündete Don Luigi. »*Suche im Innern der Erde, und durch Läuterung wirst du den verborgenen Stein finden.* So haben die Alchemisten ihre Suche nach dem Stein der Weisen chiffriert.«

Peter legte die Plakette auf den Küchentisch.

»Das ist kein Hinweis, das ist pure Spekulation. Das Wort könnte jeder auf die Plakette gemalt haben.«

»Höre ich da einen Unterton des Misstrauens in Ihrer Stimme, Peter?«

»Ich versuche nur, auf dem Boden der Tatsachen zu bleiben und vernünftige Schlüsse zu ziehen.«

»Sehr gut, Peter! Und was ziehen Sie für Schlüsse?«

Peter sah Don Luigi und Maria an und merkte, dass er dabei war, einen aussichtslosen Kampf zu führen. Gegen seine Vernunft, gegen sein besseres Wissen und gegen die Tatsachen der letzten vierundzwanzig Stunden. Es ging längst nicht mehr um Vernunft. Es ging nur noch um Antworten. Peter seufzte und lehnte sich zurück.

»Also, erklären Sie mir den Weg noch mal. Mit sämtlichen Einzelheiten, bitte!«


Der junge Schweizergardist, der das Gartenhäuschen observierte, meldete kurz vor Einbruch der Dämmerung der Zentrale, dass ein Priester das Häuschen betreten habe. Der Aufforderung der Zentrale, den Priester zu identifizieren, konnte der Gardist nicht nachkommen, da der Mann einen Hut getragen hatte.

Eine Stunde später meldete er, dass der Priester das Häuschen in Begleitung einer Nonne wieder verlassen hatte und sich in Richtung der vatikanischen Museen entfernte.

Danach passierte weiter nichts. Die Nacht brach an, es wurde kühl, und der junge Schweizer, der an diesem Abend eigentlich mit einer Studentin aus Prag verabredet gewesen wäre, verfluchte seinen Kommandanten, ihn auf diesen beschissensten aller Posten abgeschoben zu haben.

Peter fühlte sich unbehaglich und unbeweglich in der Priestersoutane. Und noch weniger wohl fühlte er sich bei dem Gedanken, dass er drauf und dran war, in das Appartamento des Papstes im Apostolischen Palast einzudringen, dort irgendwo eine Stelle in der Wand zu finden, sie mit einem Meißel aufzustemmen, um möglicherweise auf einen Hohlraum zu stoßen, der möglicherweise etwas enthielt, was möglicherweise ein paar Antworten lieferte. Eindeutig ein beschissener Plan, fand er.

Maria hatte darauf bestanden mitzukommen, und er hatte nicht lange argumentiert. Erstens freute er sich, sie in seiner Nähe zu haben, und zweitens würde er eventuell Hilfe brauchen. Falls sie erwischt würden, wäre die Gegenwart einer Nonne eventuell hilfreich.

Die vatikanischen Museen waren ein H-förmiger, geometrischer Gebäudekomplex aus zwei langen, parallelen Seitenflügeln, die drei große Höfe einschlossen. Die Museen waren reich mit Fresken geschmückt und beherbergten eine der kostbarsten Sammlungen aus Gemälden, ethnologischen Fundstücken, antiken Schätzen, Landkarten und Büchern. Aber Peter und Maria waren nicht wegen der Kunstschätze hier, sondern weil der Bau an seinem südlichen Ende an den Apostolischen Palast stieß.

Unbehelligt erreichten Peter und Maria einen kleinen Versorgungseingang am Westflügel. Sie versteckten sich hinter einem großen Zierbusch und warteten eine gefühlte Ewigkeit, bis ein Schweizergardist vorbeikam, die Tür kontrollierte und seine Patrouille dann fortsetzte.

»Los!«, zischte Peter und zog Maria mit sich. Mit einem

Schlag war alle Nervosität verflogen, und die alten Reflexe setzten wieder ein. Zügig und leise trat er an die kleine Tür und gab den PIN-Code ein, den Don Luigi ihm gegeben hatte. Er hatte ihn gefragt, woher er den wöchentlich wechselnden Code kannte, aber natürlich hatte Don Luigi dazu nur nebulös erwidert: »Im Vatikan können Sie vieles bewegen – wenn Sie in der richtigen Währung zahlen können.«

»Und die wäre?«

»Kleine Gefälligkeiten zur richtigen Zeit, eine diskrete Empfehlung, ein lobendes Wort, eine anerkennende Bemerkung an richtiger Stelle.«

Die Diode an der Tastatur leuchtete grün auf, die Tür öffnete sich mit einem vernehmlichen Klacken. Peter und Maria schlüpften ungesehen in das Museum. Peter orientierte sich kurz. »Schuhe aus!«

Barfuß und ohne Blick für die wundervollen Fresken im Dunkeln um sie herum, eilten sie durch den langen galerieartigen Flur. Die Museen wurden auch nachts regelmäßig kontrolliert, doch mit der Erhöhung der Sicherheitsstufe waren die meisten Gardisten an sensiblere Punkte beordert worden. Dennoch drängte Peter Maria zur Eile. Er hatte keine Lust, einen der Gardisten womöglich ausschalten zu müssen.

Ohne Zwischenfälle erreichten sie das Treppenhaus und den ersten Stock. Als sie jedoch gerade in die Galerie der Landkarten im zweiten Stock einbiegen wollten, sah Peter eine Bewegung aus dem Augenwinkel und zog Maria hart hinter eine Mauernische. Maria riss fragend die Augen auf. Peter legte warnend einen Finger an die Lippen. Aus der Galerie hörte man Schritte. Noch fünfzig Meter. Peter blickte sich nach einem Versteck um. Noch vierzig Meter. Maria deutete auf einen schweren, uralten Eichenschrank auf dem Treppenabsatz.

*Oh nein! Nicht noch mal! Auf keinen Fall!*

Peter schüttelte heftig den Kopf. Dreißig Meter. Maria zögerte nicht mehr. Sie öffnete den Schrank, der vollkommen leer war, kauerte sich hinein, zog Peter nach und schloss sachte die Tür. Der Schrank bot gerade genug Platz für zwei zusammengekauerte Menschen und roch nach dem Muff von Jahrhunderten. Erneut eingezwängt in Stickigkeit und Dunkelheit brach Peter sofort der Schweiß aus, schlagartig verdampfte seine ganze Gelassenheit. Sein Puls hämmerte, er atmete heftig und rang um Luft.

»Pst!«, zischte Maria. Peter spürte ihren Körper dicht an seinem, ihre nackten Füße auf seinen. Das beruhigte ihn so weit, dass er wieder etwas Luft bekam. Er hörte die Schritte des Gardisten vorbeigehen, ohne dass der Mann dem Schrank irgendeine Beachtung geschenkt hätte. Als die Schritte vollends verhallt waren, stieß Peter den Schrank auf und wälzte sich stöhnend heraus.

»Was war denn mit Ihnen los?«, fragte Maria besorgt. »Haben Sie früher nie Verstecken im Schrank gespielt?«

Peter würgte den schlechten Geschmack in seinem Mund herunter und erhob sich.

»Woher haben Sie gewusst, dass der Schrank leer ist?«

»Ich hab's nicht gewusst. Ich hab mich immer schon gefragt, was in all diesen alten Schränken drin ist, die hier überall herumstehen.«

Sie strahlte ihn triumphierend an und klang plötzlich aufgekratzt wie ein Kind auf dem Abenteuerspielplatz. »Können wir wieder?«

Sie durchquerten die Galerie der Landkarten bis zu den Stanzen des Raphael, drei Sälen, die im 16. Jahrhundert als päpstliche Gemächer gedient hatten und von Raphael und seinen Schülern üppig mit Fresken ausgemalt worden waren. Im letzten Saal, dem Konstantinsaal, suchten Peter und Maria das Bildnis von Papst Clemens I. mit der Inschrift *Comitas – Heiterkeit*. Darunter lag eine verschlossene Nottür aus altem Holz für den Fall, dass ein Tourist hier einen Herzanfall erlitt und rasch evakuiert werden müsste. Diese alte Holztür führte geradewegs in den Apostolischen Palast.

Peter horchte kurz an der Tür und zog dann ohne weiteres Zögern ein Stemmeisen aus der Aktentasche.

»Und wenn auf der anderen Seite gerade jemand vorbeigeht?«

»Pech gehabt«, erwiderte Peter sarkastisch und begann mit aller Kraft, das Türschloss aufzuhebeln.

Beim dritten Versuch gab das Schloss knirschend nach. Peter drückte die Tür ein wenig auf und spähte in das dahinter liegende Treppenhaus. Er winkte Maria und zog die Tür auf der anderen Seite hinter sich wieder zu.

Sie folgten dem dunklen Treppenhaus nach oben in den dritten Stock und durchquerten zwei weitere unbeleuchtete Flure, bis sie vor einer großen, schweren Holztür standen, die mit einer kleinen Kette und einem Siegel verplombt war. Aber das Siegel war nicht das eigentliche Problem. Die Tür zur Wohnung des Papstes konnte ebenfalls nur mit einem PIN-Code geöffnet werden. Diesen Code hatte auch Don Luigi nicht gewusst. Peter kannte weder die Zahlenkombination, noch wusste er, wie viele Ziffern er überhaupt eingeben musste. Er nahm an, dass der dritte Fehlversuch bereits einen Alarm auslösen würde. Auf gut Glück zu raten, würde nicht viel bringen. Also hatten sie nur eine Chance.

Er wandte sich zu Maria. »Wenn es nicht gleich klappt, verschwinden wir sofort wieder, klar?«

Sie nickte.

Peter hoffte, dass er mit seiner Vermutung richtig lag und das Wort VITRIOL eine Zahlenfolge chiffrierte. Übersetzt in die übliche alphanumerische Aufteilung von Telefontastaturen käme dabei eine siebenstellige Ziffernfolge heraus. Peter atmete durch und gab nacheinander 8, 4, 8, 7, 4, 6, 5 ein.

Die Diode leuchtete rot.

Zur gleichen Zeit kehrte Urs Bühler von einer Lagebesprechung bei der Sonderkommission der römischen Polizei zurück, die den Mordfall des päpstlichen Chauffeurs untersuchte.

»Diese verdammten italienischen Arschlöcher!«, polterte er bereits, als er das Kommandozentrum der Garde betrat. Die anwesenden Gardisten nahmen sofort Haltung an oder verdrückten sich. Nur Oberstleutnant Res Steiner folgte ihm in sein Büro und fragte nach, wie es gelaufen war.

»Diese Arschlöcher drängen uns aus den Ermittlungen raus«, knurrte Bühler. »Die nehmen uns nicht ernst. Sämtliche Ermittlungsergebnisse bleiben unter Verschluss. Da waren auch wieder zwei so aalglatte Ausländerfressen dabei.«

»CIA?«, fragte Steiner.

»CIA, FSB, Mossad – was weiß ich. Ich verwette meinen Arsch, dass *die* immer genau Bescheid wissen. Verdammte Drecksbande.«

Bühler dachte kurz nach und blickte dann wieder seinen stellvertretenden Kommandeur an. »Irgendwelche besonderen Vorkommnisse?«

»Negativ. Alles ruhig. Zwei Krankmeldungen, das war's.«

»Irgendwas Neues vom Pater?«

Steiner schüttelte den Kopf. »Der Journalist ist immer noch bei ihm.«

Bühler runzelte die Stirn. »So spät noch? Was machen die da?«

Steiner antwortete nicht. Er war nicht der Typ, der gerne ins Blaue hinein spekulierte. Bühler erhob sich wieder aus seinem Sessel. »Ich werde dem Pater einen kleinen Besuch abstatten.«

Peter starrte frustriert auf die rote Diode. Irgendwie hatte er wirklich geglaubt, dass es klappen würde.

»Okay, das war's. Lass uns gehen.«

»Noch einen Versuch«, sagte Maria. »Vielleicht hast du dich vertippt.«

Ihm fiel auf, dass sie ihn plötzlich duzte.

»Nein, ich hab mich nicht vertippt. Wir ziehen uns zurück.«

»Bitte! Nur einen Versuch!«

Peter wandte sich von der Tatstatur ab. »Mach du.«

Sie trat an die Tastatur und gab noch einmal die gleiche Ziffernfolge ein. Wieder leuchtete die Diode rot.

»Abflug.«

Maria nickte enttäuscht. Sie folgte Peter, der es auf einmal eilig hatte. Nach einigen Schritten blieb er jedoch abrupt stehen. Dachte nach.

»Was ist?«

Ohne ihr zu antworten, stürzte Peter zurück zur Papstwohnung und starrte auf die Tastatur.

»Was hast du?«, fragte Maria.

»Mir ist gerade was eingefallen.

»Du hast recht, wir sollten es lassen«, flüsterte Maria. »Beim dritten Fehlversuch geht der Alarm los.«

Peter starrte auf die Tastatur. In seiner gänzlichen Konzentration auf die sieben Ziffern hatte er übersehen, dass die Tastatur noch über eine Stern- und eine Rautetaste verfügte. Sieben Ziffern waren ungewöhnlich. Normalerweise hatten PIN-Codes Kombinationen von vier, sechs oder acht Ziffern. Vielleicht musste man noch die Stern- oder die Rautetaste drücken. Eine Fifty-fifty-Chance, wenn man nur noch einen Versuch hatte.

Peter zögerte noch einen Moment, dann drückte er entschlossen die Ziffernfolge, gefolgt von der Sterntaste. Maria schloss die Augen.

Die Diode sprang auf grün. Klackend öffnete sich die Tür.

»Woher hast du das gewusst?«, fragte Maria verblüfft, als Peter das Siegel aufbrach und die Tür zur päpstlichen Wohnung aufstieß.

»Ich hab's nicht gewusst«, grinste er sie an.

»Haha, sehr witzig.« Sie schloss die Tür hinter sich und sah sich in der Wohnung um. »Und wo suchen wir jetzt nach dem Hohlraum?«

Don Luigi blickte den Kommandant der Schweizergarde, der im Dunkeln vor seinem Haus stand, erstaunt an.

»Herr Oberst? Was verschafft mir die späte Ehre?«

»Hochwürden, ich ...«

»Monsignore, Herr Oberst«, unterbrach ihn Don Luigi.

Bühler zuckte wütend mit den Backenmuskeln über die Zurechtweisung und stellte sich vor, wie er diesem arroganten römischen Pater aus bester Familie die Fresse polierte.

»... Monsignore, ich habe ein paar Fragen. Darf ich kurz hereinkommen?«

Don Luigi schüttelte den Kopf. »Im Augenblick bin ich beschäftigt. Lassen Sie uns für morgen etwas ausmachen.«

»Es ist wichtig, Monsignore«, zischte der Schweizer.

»Es gibt wichtige Angelegenheiten und es gibt dringende Angelegenheiten, Herr Oberst. Ich bin gerade mit einer *dringenden* Angelegenheit beschäftigt. Aber wie gesagt, morgen stehe ich Ihnen zur Verfügung.«

»Ich muss den Journalisten sprechen, der sich bei Ihnen aufhält«, presste Bühler hervor.

»Das ist nicht möglich.«

»Warum nicht?«

»Ich denke, das reicht, Herr Oberst. Gute Nacht.«

Don Luigi schloss die Tür und ließ Bühler einfach stehen. Der Oberst kochte. Aber er wusste auch, wie viel Einfluss der Chef-Exorzist in der Kurie hatte, und wollte es im Moment nicht auf einen Eklat anlegen. Vorläufig.

Bühler war plötzlich überzeugt, dass hier irgendetwas vorging. Und er hatte sich in all den Jahren immer auf seine Intuition verlassen können. Mit Riesenschritten stürmte er zurück zur Kaserne der Garde und verständigte noch auf dem Weg Oberstleutnant Steiner.

»Steiner, erhöhen Sie die Alarmstufe. Befehl an alle Patrouillen um erhöhte Aufmerksamkeit. Rufen Sie alle Männer aus der Bereitschaft, ich bin gleich da.«

Peter war fast ein wenig enttäuscht, wie schlicht die Wohnung wirkte. Er hatte sich die Einrichtung des mächtigsten Mannes der katholischen Welt prächtiger vorgestellt. Stattdessen wirkte sie in einigen Räumen ernüchternd bürgerlich. Peter stellte sich einen Duisburger Jungen aus kleinen Verhältnissen vor, der es mit Intelligenz und Führungswillen ganz nach oben geschafft hatte und seine Herkunft doch nie hatte verleugnen können. Dennoch war die Wohnung groß. Zu groß, um sämtliche Wände nach Hohlräumen abzuklopfen.

»Wir teilen uns auf«, erklärte er Maria. »Vielleicht gibt es irgendwo einen Hinweis auf die Stelle. Ein Spiralsymbol, eine Schnecke, ein Schwert, was weiß ich.«

»Ich bin nicht blöd«, sagte Maria knapp und nahm sich den Empfangssaal vor.

Sie beeilten sich, machten kein Licht. Peter zog die Vorhänge vor, damit der Schein ihrer Taschenlampen sie nicht verriet. Ohne ein weiteres Wort miteinander zu wechseln, suchten sie sämtliche Wände in allen Räumen nach Hinweisen auf einen verborgenen Hohlraum ab. Peter staunte, wie gelassen Maria dabei blieb. Immerhin brach sie hier in die Privaträume des Papstes ein. Dennoch bewegte sie sich beinahe ungezwungen und sicher in den Sälen und Räumen.

*Als wäre sie schon oft hier gewesen.*

Nach einer Dreiviertelstunde hatten sie immer noch nichts entdeckt. Maria wirkte jetzt nervös.

»Ich fürchte, wir müssen abbrechen. Ich hab kein gutes Gefühl.«

Peter zögerte. »Wir haben etwas übersehen. Irgendetwas haben wir übersehen. Aber was? Was?«

Er versuchte, sich zu konzentrieren, rief sich noch einmal alle Räume ins Gedächtnis. Plötzlich war er überzeugt, dass er den Hinweis bereits gesehen, aber nicht bewusst wahrgenommen hatte.

*Bloß wo? Wo?*

Seine Gedanken kehrten immer wieder zu der Privatbibliothek des Papstes zurück, dem Raum, aus dem Laurenz über die Feuertreppe geflüchtet war.

»Komm mit!«, rief er Maria zu und rannte in die Bibliothek. Er konnte es jetzt fast spüren.

»Schau dich um, was siehst du?«

»Bücher. Überall Bücher. Das Foto da. Ein kleiner Sekretär, ein Stuhl, zwei Sessel.«

*Das Foto!*

Die gerahmte, dreißig mal vierzig Zentimeter große Fotografie stand in einem freien Regal zwischen den Büchern. Sie zeigte eine Aufnahme der Erde aus dem Weltall. Am Bildrand waren Solarpanels und ein Modul der Internationalen Raumstation zu erkennen.

*Visita Interiora Terrae Rectificando Invenies Occultum Lapidem.*

Nach und nach trafen die Statusmeldungen der Patrouillen ein. Keiner der Gardisten meldete jedoch irgendwelche besonderen Vorkommnisse. Je länger Bühler jedoch auf die Überwachungsmonitore starrte, desto überzeugter war er davon, dass irgendwo, gar nicht weit entfernt, etwas ablief.

»Alles noch einmal kontrollieren!«, bellte er in das Funkgerät. »Das gilt für alle Positionen.«

»Wonach suchen wir?«, fragte Steiner hinter ihm.

»Ich weiß es nicht.«

Der Oberstleutnant musterte seinen Kommandanten.

»Jetzt schauen Sie mich bloß nicht mit diesem Sie-sollten-sich-etwas-Ruhe-gönnen-Blick an, Steiner. Ich bin weder übermüdet noch paranoid. Verstärken Sie die Wachen an den Pforten. Ich will, dass hier keiner mehr raus- oder reinkommt, ist das klar?«

»Zu Befehl«, erwiderte Steiner knapp und sah zu, wie Bühler in sein Büro stürmte, seine Dienstwaffe aus dem Schreibtisch zog, sich ein Funkgerät schnappte und den kleinen Ohrhörer ins Ohr fummelte.

»Ich will laufende Statusupdates hören!«

»Zu Befehl, Herr Oberst.«

Ohne genaue Vorstellung, wo er anfangen sollte, aber in dem sicheren Gefühl, plötzlich gegen die Zeit anzurennen, stürmte Bühler aus der *sala operativa*. Als er vor der Kaserne in der milden Mainacht stand und das trutzige Gebäude des Apostolischen Palastes vor sich aufragen sah, wusste er, wohin er gehen musste.

»Ich kontrolliere das *Appartamento*«, gab er per Funk durch und eilte auf das Gebäude zu.

Peter betrachtete das Foto aus dem Regal.

»Suche im Innern der Erde, und durch Läuterung wirst du den verborgenen Stein finden.«

Kurz entschlossen legte er das Bild beiseite und untersuchte die Rückwand des Bücherregals. Nach kurzer Zeit stieß er einen triumphierenden Laut aus und zog mit einem Ruck die Rückwand heraus. Dahinter lag die blanke Wand.

Maria reichte ihm wortlos die Aktentasche. Peter zog einen schweren Hammer und einen Meißel heraus. Mit dem Hammer klopfte er vorsichtig die Wand ab.

»Da ist ein Hohlraum«, flüsterte er atemlos und setzte den Meißel an.

»Pass nur auf. Denk an den armen Arbeiter!«, warnte ihn Maria.

Peter konnte sich nicht vorstellen, wie ein Hohlraum in einer Wand schlagartig eine Besessenheit auslösen konnte, zog es aber vor, im Moment nicht mit Maria darüber zu diskutieren. Mit beherzten Schlägen trieb Peter den Meißel in die Wand. Der Lärm war lauter und die Wand fester als er erwartet hatte. Nach wenigen Schlägen war er schweißüberströmt, dennoch arbeitete er sich verbissen weiter durch den harten Zement – bis der Meißel plötzlich durch die Wand ging. Peter zuckte zurück. Aber weder ein Dämon noch Säure noch sonst etwas Bedrohliches schossen aus der kleinen Öffnung heraus. Peter leuchtete mit seiner Taschenlampe hinein.

»Da steckt etwas drin«, gab er Maria durch und vergrößerte das Loch nun vorsichtig mit dem Hammer. Als er es auf Handbreite erweitert hatte, griff er hinein und zog etwas Kleines heraus, das in eine Art alten Lumpen eingewickelt war.

»Da ist noch etwas!«

Peter griff erneut in das Loch und ertastete wieder ein Stück Lumpen. Größer jedoch, eine Art Rolle. Er musste sich verrenken, um es in die richtige Position zu drehen, ohne es dabei zu beschädigen. Hektisch vergrößerte er das Loch noch ein wenig weiter, dann gelang es ihm, auch dieses zweite Objekt herauszuziehen.

Sie legten beide Objekte auf den Schreibtisch. Vorsichtig wickelte Peter das kleinere der beiden aus den Lumpen, die dabei fast zerfielen. Sie schienen wirklich uralt zu sein.

Peter pfiff durch die Zähne. Vor ihm, auf den Resten der Lumpen, lag ein Amulett. Eine kleine Kette aus bläulichen Steinkugeln mit einer Art Medaillon aus dem gleichen Material daran. Peter wog das Medaillon in der Hand. Es trug ein eingraviertes Zeichen auf der Vorderseite, ein Symbol aus mehrfach gekreuzten Strichen. Ein breites X, oben, unten und in der Mitte horizontal von drei Strichen durchkreuzt. Die Querstriche oben und unten endeten in kleinen Kreisen, der kurze mittlere Querstrich in kleinen Rauten. Es war ein Zeichen, das Peter noch nie zuvor gesehen hatte.

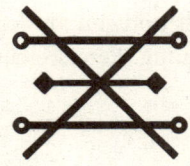

»Was bedeutet das?«, flüsterte Maria.

»Ich weiß es nicht.«

Peter drehte das Medaillon. Auf der Rückseite war ebenfalls etwas eingraviert, allerdings viel kleiner. Eine Art Hieroglyphe, die eine stilisierte Schlange über einer Art Gefäß mit Deckel zeigte.

Am Rand des Medaillons konnte Peter weitere Zeichen ertasten, in dem schwachen Licht kaum zu erkennen.

Er öffnete das zweite Päckchen. Diesmal handelte es sich um eine Rolle verschiedener Pergamente und Papyri, die ebenfalls sehr alt zu sein schienen.

»Das sind koptische Schriftzeichen!«, rief Maria und tippte auf einen der Papyri. »Die Nachfolgesprache des Altägyptischen.«

»Darum kümmern wir uns später«, erklärte Peter, wickelte das Amulett und die Schriftrollen wieder in die Lumpen, und verstaute sie vorsichtig in der Aktentasche. »Es wird Zeit, zu verschwinden.«

Hastig fegte er den Mauerschutt mit der Hand aus dem Regal und kippte ihn in das Loch in der Wand. Dann passte er die Rückwand des Regals wieder sorgfältig ein und setzte das Foto zurück an seinen Platz. Maria wollte die Bibliothek schon verlassen, aber Peter rief sie zurück.

»Nicht da lang. Wir nehmen eine Abkürzung.«

Er öffnete das Fenster und sah an der Feuerleiter hinunter in den Hof. Alles schien ruhig. Peter reichte Maria die Hand.

»Darf ich bitten?«

Bühler erkannte die Schweinerei schon von Weitem. Das Siegel zur päpstlichen Wohnung war aufgebrochen. Er drückte vorsichtig gegen die Tür – verschlossen. Über Funk meldete sich die Zentrale.

»Herr Oberst, Hellebardier Wyss meldet gerade, dass die Nottür in der *Sala di Costantino* aufgebrochen wurde.«

»Verstanden«, keuchte Bühler ins Mikro. »Ich brauche sofort Verstärkung. Alle verfügbaren Kräfte auf der Stelle zum Palast, sämtliche Ausgänge dichtmachen!«

Bühler zog seine Waffe, lud einmal durch und tippte dann den PIN-Code ein. Mit gezogener Waffe drückte er sich vorsichtig in die dunkle Wohnung. Er erkannte sofort, dass jemand die Vorhänge zugezogen hatte. Leise und geschmeidig bewegte sich Bühler durch die Dunkelheit. Er wusste, wie man das machte, und er wusste, dass ihn ein unbedachter Schritt das Leben kosten konnte. Angst fühlte er nicht. Er fühlte niemals Angst im Einsatz.

Als die Verstärkung sich per Funk an der Tür meldete, erreichte er die Bibliothek und sah das angelehnte Fenster. Er stürzte zum Fenster und sah zwei Gestalten über den Hof auf einen der Ausgänge zurennen. Bühler zog seine SIG P220, zielte in die Dunkelheit und gab vier Schüsse ab, die die Nacht und den Frieden im Vatikan endgültig zerrissen.

Etwa eine Stunde später erhielt der Mann, der sich Seth nannte, einen Anruf in seinem Privatjet.

»Es gab vorhin einen Einbruch in die *Terza Loggia*. Irgendjemand war schneller als wir.«

»Wer?«

»Die Schweizergarde tappt noch im Dunkeln, aber es kursiert ein Name. Peter Adam. Ein deutscher Journalist.«

»Ist er uns bekannt?«

»Nein, Meister.«

»Hat er die Relikte gefunden?«

»Das ist anzunehmen. Obwohl die Schweizer melden, dass nichts gestohlen wurde.«

»Wo befinden sich die Relikte jetzt?«

»Im Haus des Paters.«

Seth hielt den Hörer in der Hand und dachte nach. Sein Gesprächspartner wartete ehrerbietig darauf, wieder angesprochen zu werden.

»Lassen Sie sich etwas einfallen. Aber ich will diesen Peter Adam lebend. Ich erwarte Ihren Bericht.«

Nachdem er aufgelegt hatte, machte Seth einen weiteren Anruf.

»Ich weiß, wie spät es ist, Kardinal«, unterbrach er das schlecht gelaunte Gejammer an der anderen Seite der Leitung. »Aber ich muss Sie um einen Gefallen bitten, um unsere gegenseitigen Interessen zu schützen. ... Nur zwei, drei lancierte Informationen in die richtigen Kanäle. ... Ja, heute Nacht noch.«

# XX

*11. Mai 2011, Vatikanstadt*

Weder der *Osservatore Romano*, die offizielle Zeitung des Vatikans, noch Radio Vaticano meldeten den nächtlichen Vorfall. Dennoch kochten überall die Gerüchte hoch und steigerten sich bis zu angeblichen Augenzeugenberichten einer wüsten Schießerei mit Terroristen.

Tatsache blieb jedoch, dass vier Schüsse abgegeben worden waren, nicht mehr und nicht weniger, und dass offenbar keiner der beiden Unbekannten dabei verletzt wurde. Jedenfalls hatte man keinerlei Blutspuren gefunden.

All das beruhigte Peter keineswegs. Er hatte die Nacht in Don Luigis Haus verbracht und auf dem alten Sofa immerhin etwas Schlaf gefunden, während der Pater über den seltsamen Funden brütete. Er schien von den Relikten aus dem Hohlraum noch elektrisierter zu sein als Peter und verbrachte die ganze Nacht damit, wenigstens einige der Schriften zu entziffern. Maria war bereits in ihr Kloster zurückgekehrt.

Als Peter am Morgen in die Küche trat, lag das Amulett matt bläulich schimmernd neben den ausgebreiteten Pergamenten und Papyrusrollen auf dem Küchentisch, und Don Luigis Gesicht glühte förmlich vor Erregung. Er trug dünne Stoffhandschuhe, um die kostbaren Dokumente nicht zu beschädigen. Jetzt, ans Licht gezerrt, strahlten sie die gespeicherte Zeit ab. Peter konnte die Jahrhunderte, die sie überdauert hatten, förmlich auf der Haut spüren.

Er registrierte auch, dass der Pater die Dokumente an den Ecken mit Kruzifixen beschwert hatte und ein Fläschchen mit Weihwasser griffbereit hielt.

»Machen Sie's nicht so spannend, Don Luigi«, sagte er, als

der Pater ihn weiterhin anstrahlte. »Haben Sie etwas über das Amulett herausgefunden?«

»Über das Amulett kann ich noch nicht viel sagen«, begann der Pater und wog es in der Hand, als könne es sein Geheimnis allein über sein Gewicht preisgeben. »Ich habe so ein Material noch nie gesehen. Deswegen habe ich mir erlaubt, vorsichtig eine Probe abzufräsen und an ein geochemisches Institut zu schicken. Jedenfalls scheint es wirklich sehr alt zu sein.«

»Wie alt?«

Don Luigi zuckte mit den Achseln. »Uralt.«

»Was bedeuten die beiden Symbole?«

Don Luigi deutete auf das gekreuzte Symbol auf der Vorderseite. »Das hier sagt mir vorläufig noch nichts. Aber dieses hier ...« Er drehte das Medaillon um und zeigte auf die Hieroglyphe. »Das ist eine ägyptische Hieroglyphe. Sie bedeutet *Djet* oder *Tet*. Das ist das ägyptische Zeichen für Ewigkeit. Wobei dieser Begriff nur eine vage Annäherung ist. Die Ägypter hatten eine ganz andere Vorstellung von Zeit. Für sie war die Ewigkeit etwas Reales.«

»Dann ist das gekreuzte Zeichen vielleicht auch ägyptisch.«

»Das glaube ich nicht. Schauen Sie hier ... die Hieroglyphe scheint viel später in die Rückseite des Medaillons eingeritzt worden zu sein. Die Ritzung ist weniger tief und viel akkurater. Das gekreuzte Zeichen dagegen scheint wesentlich älter zu sein. Ich vermute, dass das ganze Amulett nur wegen diesem Symbol hergestellt wurde.«

»Aber es muss einen Zusammenhang zwischen dem Zeichen und der Hieroglyphe geben.«

»Das denke ich auch. Aber dafür müssten wir Experten hinzuziehen. Vorläufig habe ich mich auf die Texte konzentriert. Es ist eine seltsame Mischung von Fragmenten. Einige scheinen ebenfalls sehr alt zu sein. Ein Fragment des Nag-Hammadi-Codex mit einem Auszug aus dem apokryphen Thomas-Evangelium ist darunter. Hier auf diesem Tisch liegen ägyptische

Texte, alchemistische Traktate und rätselhafte Schriften in einer Sprache, die mir völlig unbekannt ist. Ich habe das ganze Internet durchforstet, aber nirgendwo bin ich auf etwas Vergleichbares gestoßen. Die Tatsache, dass diese Texte auf Papyrus geschrieben wurden, legt jedoch einen Zusammenhang zur ägyptischen Hochkultur nahe. Ich weiß allerdings nicht, zu welcher Epoche.«

Peter erstarrte, als Don Luigi ihm die Texte mit der unbekannten Schrift zeigte. Mit einem Schlag sah er Ellens Bild vor sich und das eines Mannes.

*Kelly. Du mieses Schwein.*

»Was ist mit Ihnen, Peter?«

»Nichts. Es ist nur ... Ich habe diese Schrift schon einmal gesehen.«

»Was? Wo?«

»Vor einem Jahr in Turkmenistan. Ein Mann namens Edward Kelly hat mir dort ein Manuskript gezeigt, das in einer ähnlichen Schrift verfasst war. Aber ich kann es nicht mit Sicherheit sagen.«

»Wie kam dieser Mann an solch ein Manuskript?«, hakte der Pater neugierig nach.

»Er war Archäologe«, erwiderte Peter knapp. »Aber das spielt im Moment keine Rolle.«

Er musste sich zwingen, seinen Blick von dem Textfragment zu lösen. »Maria sagte, einer der Texte wäre auf Koptisch verfasst.«

»Ja, genau! Ganz genau. Und da wird es spannend. Ich habe auch griechische Texte gefunden, und einige Pergamente sind dankenswerterweise sogar auf Latein verfasst. Sie stammen vermutlich aus dem 9. Jahrhundert.«

Don Luigi schob Peter die betreffenden Pergamente zu. Peter sah, dass es sich um eine Handschrift handelte, eine Art Traktat in akkuraten Absätzen mit gelegentlichen Überschriften.

»Der Text ist das Werk eines byzantinischen Mönchs namens Georgios Synkellos. Es handelt sich dabei um den Auszug einer Übersetzung des *Buches von Sothis*. Schon mal gehört?«

Peter schüttelte den Kopf.

»Das *Buch von Sothis* ist ein Werk von Manetho, einem ägyptischen Priester aus dem 3. Jahrhundert vor Christus. Manetho beschreibt darin Leben und Werk einer gottähnlichen Gestalt – des Hermes Trismegistos. Einer mythischen Figur und Namensgeber der Hermetik.«

Peter sah den Pater zweifelnd an. »Wollen Sie damit sagen, dass der Papst alte hermetische Schriften in seiner Wohnung versteckte? Das Oberhaupt der katholischen Kirche ein Esoteriker?«

Don Luigi zuckte mit den Achseln. »Ich behaupte gar nichts. Ich versuche sogar, mich vorläufig mit Schlussfolgerungen zurückzuhalten. Dazu ist es noch viel zu früh. Aber bedenken Sie, dass die Geschichte der katholischen Kirche geprägt wurde von Mystikern – wie zum Beispiel Meister Eckhart –, die den Hermetikern sehr nahestanden.«

»Was wissen Sie noch über diesen Hermes Trismegistos?«

»Hermes Trismegistos ist ein Mythos. Es existieren keinerlei Originalschriften. Überhaupt ist es fraglich, ob er je existiert hat. In der Antike wurde er manchmal mit dem ägyptischen Gott Thoth gleichgesetzt. Von der Spätantike bis zur frühen Neuzeit galt Trismegistos als Verfasser einer Reihe von philosophischen, astrologischen, magischen und alchemistischen Schriften. Aufgrund seiner Gleichsetzung mit Thoth wurden seine Schriften als Zeugnisse eines uralten Wissens angesehen, das zumindest auf die Zeit des Moses zu datieren ist. Angeblich hat der Alchemist Nicolas Flamel im 14. Jahrhundert mithilfe eines Buchs von Trismegistos den Stein der Weisen und den Schlüssel zu ewigem Leben gefunden.«

»Und zur Bestätigung mal eben die *Tet*-Hieroglyphe in das Amulett geritzt!«, rief Peter sarkastisch. »Kommen Sie, Pater, das klingt nach völligem Humbug. Sagen Sie mir nicht, dass Sie so was glauben.«

Don Luigi warf Peter einen strengen Blick zu. »Mein Glaube, Peter, gehört der heiligen Mutter Kirche. Hermetik, Esoterik und Okkultismus sind sämtlich Werke des Satans. Aber um den Satan zu bekämpfen, müssen wir ihn verstehen.«

Peter starrte auf die alten Dokumente. Er tippte auf das Papyrus mit den unbekannten Schriftzeichen.

»Könnte das eine Originalschrift von Trismegistos sein?«

Don Luigi zuckte mit den Achseln. »Möglich. Aber auch gut möglich, dass es sich um ein Werk der reinen Erfindung handelt. Einen sinnlosen Ulk.«

Ein Verdacht kreuzte Peters Überlegungen und setzte sich fest. »Halten Sie es eventuell für möglich, dass sich in diesen Texten ein gefährliches Wissen verbirgt, das die Kirche unter allen Umständen unter Verschluss halten wollte?«

Don Luigi seufzte vernehmlich. Er wirkte auf einmal bestürzt. »Ich habe gesagt, dass ich vorläufig noch keine Schlüsse ziehen möchte. Aber ja, das ist eine mögliche Hypothese. Vielleicht sind diese Texte Pforten für den Satan in unsere Welt, und die Kirche tat gut daran, sie über Jahrhunderte am sichersten und heiligsten Ort zu verstecken. Vielleicht haben wir große Schuld auf uns geladen, sie ans Licht zu holen. Ich bete, dass ich mich irre. Geben Sie mir etwas Zeit. Ich werde nachher noch einmal ins Geheimarchiv gehen. Vielleicht sind wir heute Abend etwas schlauer.«

# XXI

*11. Mai 2011, Vatikanstadt*

Loretta Hooper hatte ihre Verbindungen. Sehr gute Verbindungen. Daher wusste sie inzwischen, wo sich Peter Adam befand. Sie wusste, warum er sich seit zwei Tagen nicht gemeldet hatte. Sie wusste, dass er sie gründlich verarscht hatte. Sie wusste, dass er nach Sizilien gefahren und mit dem Flugzeug zurückgekehrt war. Sie wusste, dass er sich seitdem bei diesem Pater aufgehalten und gegen Mittag den Vatikan trotz der verstärkten Sicherheitsvorkehrungen unbehelligt verlassen hatte. Loretta vermutete, dass Peters Freund, der Exorzist, diskrete Wege an den Schweizergarden vorbei kannte. Und sie vermutete stark, dass Peter irgendwie in den Einbruch in die päpstliche Wohnung verwickelt war, von dem immer noch nichts in der Presse stand. Was sie nicht wusste, war, was Peter in Sizilien und in der päpstlichen Wohnung gesucht hatte. Aber sie gedachte, sich nicht noch einmal an der Nase herumführen zu lassen.

Ohne Probleme passierte sie die Sicherheitskontrollen am St.-Anna-Tor und verschwand für eine halbe Stunde in der Kaserne der Schweizergarde. Als sie wieder herauskam, war ihr Gesicht vor Ärger gerötet. Sie eilte weiter durch die vatikanischen Museen und durch den *Cortile della Pigna* auf den Seitenflügel zu, der das Geheimarchiv des Vatikans beherbergte. Ihren Informationen zufolge hielt der Exorzist sich dort seit einer Stunde auf.

Wieder ohne Probleme passierte sie die Kontrolle im Geheimarchiv und suchte in den Lesesälen nach dem Pater. Da sie ihn nicht fand, machte sie einen kurzen Anruf und wurde kurz darauf von einem blassen Bibliothekar in den bunkerartigen Keller begleitet, in dem sich die wahren Schätze des Archivs befanden. Hier hatten nur sehr ausgewählte Personen Zugang. Eine Korrespondentin der *Washington Post* gehörte üblicherweise nicht dazu, aber Loretta Hooper hatte ja ihre Verbindungen.

Es war kühl hier unten und trocken. Die Metallregale waren dicht gefüllt mit grauen, fein säuberlich beschrifteten Kartons oder dicken Folianten. Die langen, niedrigen Flure wurden nur durch Energiesparlampen beleuchtet. Alles in allem wirkte das Archiv eher wie das Aktenlager einer Behörde denn wie eines der größten Gedächtnisse der Menschheit.

Loretta entdeckte Don Luigi schließlich zwischen zwei Metallregalen. Er saß an einem kleinen Holztischchen über irgendwelchen alten Dokumenten und machte sich Notizen. Loretta beobachtete den Pater durch die Regale hindurch. Sie wollte nichts überstürzen. Sie wollte ganz sichergehen. Und sie hatte Zeit.

Zwei Stunden musste sie warten. Don Luigi wirkte sehr aufgeregt und verglich immer wieder verschiedene Texte miteinander. Plötzlich sah sie, wie er sich mehrfach bekreuzigte. Er raffte die Dokumente zusammen, verstaute sie in einer alten Aktentasche und eilte in Richtung Ausgang. Loretta folgte ihm.

Niemand am Ausgang wagte es, Don Luigis Aktentasche zu kontrollieren. Unbehelligt eilte der Padre aus dem Archiv zurück in sein Häuschen. Loretta wartete noch fünf Minuten, dann klopfte sie an.

»Ja, bitte?«

Als sie jetzt so nah war, sah sie, dass der Pater sehr verstört wirkte. Loretta setzte ihr gewinnendstes Strahlen auf, das zusammen mit ihrem Dekolleté immer gut bei heterosexuellen Mitgliedern der Kurie ankam.

»Don Luigi? *Buon giorno.* Ich bin Loretta Hooper, eine Kollegin von Peter Adam. Ich würde Sie gerne sprechen.«

»Worum geht es denn?«, fragte der Pater barsch und blickte sich um, ob da noch jemand in ihrer Nähe wäre. Loretta wusste, dass nicht weit ein Schweizergardist das Haus observierte. Sie musste also rein.

»Können wir das vielleicht drinnen besprechen? Es ist sehr wichtig.«

»Tut mir leid, Signora, ich habe keine Zeit.«

Er zog sich schon wieder ins Haus zurück.

»Es dauert nicht lange«, sagte Loretta und drängte sich an ihm vorbei ins Haus.

»He, Signora!«, rief Don Luigi und versuchte, sie am Arm zu packen. In diesem Moment zog Loretta ihren Taser aus der Tasche und drückte ihn dem Pater an den Hals.

Ein erstickter Laut, ein heftiges Zucken, dann lag der Chef-Exorzist des Vatikans bewusstlos am Boden, und Loretta schloss die Tür.

# XXII

*11. Mai 2011, Rom*

Als er wieder im Hotel war, spürte Peter Adam mit einem Mal die Müdigkeit. Die letzten beiden Tage hatte er kaum geschlafen. Die Erlebnisse bei Don Luigi, die Stunden in dem sizilianischen Brunnen und der Einbruch in die päpstliche Wohnung hatten ihm mehr zugesetzt, als er sich bislang eingestanden hatte. Er überlegte kurz, ob er Maria anrufen und sich entschuldigen sollte, ließ es dann jedoch. Er hatte sie auf dem Weg ins Hotel in ihrem Kloster aufgestöbert unter dem Vorwand, ihr das Amulett zur Aufbewahrung zu geben. Sie hatte es nur widerstrebend an sich genommen, irritiert über Peters Überraschungsbesuch. Peter war klar geworden, wie sehr er sie dadurch kompromittierte, und hatte sich rasch verabschiedet. Nein, er wollte nicht mit ihr flirten. Er wollte es wirklich nicht.

Er wollte aber auch nicht schlafen.

*Zeit für eine heiße Dusche.*

Er zog sich aus und drehte gerade das Wasser in der Dusche auf, als die Migräne ihn erwischte. Das Ungeheuer fiel ihn noch heimtückischer und heftiger an als beim letzten Mal. Peter merkte nur noch, wie ihm übel wurde und ein rasender Schmerz sich von seinem Kopf hinunter in den Unterleib fraß. Dann stürzte er in die dunkelste Nacht.

Das Erste, was er spürte, als er wieder erwachte, war die Kälte. Er zitterte am ganzen Leib und fror erbärmlich.

Verwundert registrierte er, dass er nackt auf seinem Hotelbett lag. Das Wasser im Bad lief auch nicht mehr. Irgendwie musste er es noch geschafft haben, die Dusche abzudrehen und sich aufs Bett zu legen. Stöhnend wälzte sich Peter zur Seite und warf einen Blick auf den Radiowecker.

»Ach du Scheiße!«

Vier Stunden. Volle vier Stunden bewusstlos und keinen Schimmer, was dazwischen passiert war. Draußen war es längst dunkel. Mühsam richtete sich Peter auf und taumelte zum Schreibtisch. Das Amulett lag immer noch genau da, wo er es hingelegt hatte. Das beruhigte ihn. Er versuchte, sich an irgendetwas aus den vergangenen vier Stunden zu erinnern, aber das Letzte, von dem er noch wusste, war das Gefühl von Übelkeit unter der Dusche. Zwischen diesem Gefühl und dem Erwachen auf dem Bett breitete sich eine Wüste aus Schwärze und Taubheit aus, durch die immer wieder grauenhafte Bilder von zerschnittenen Leibern und der Gestank des Todes zuckten.

Ächzend fummelte Peter seine Ersatz-SIM-Karte in ein nagelneues Handy, das er sich auf dem Weg besorgt hatte. Er sah, dass er zwei Nachrichten auf der Mailbox hatte. Die erste stammte von Don Luigi.

*»Peter, Sie müssen sofort kommen! Ich bin da auf etwas gestoßen, das meine Befürchtungen möglicherweise bestätigt. Herrgott, wo stecken Sie denn? Rufen Sie mich bitte sofort zurück – nein, kommen Sie lieber gleich. Warten Sie, es klopft ...«*

Peter hörte, dass es im Hintergrund an der Tür klopfte. Die Verbindung wurde unterbrochen.

Die zweite Nachricht war von Loretta. Sie verstörte ihn nicht weniger. Ihre Stimme klang angstvoll und flehend.

*»Peter? Wo bist du denn schon wieder, Peter? Peter, ruf mich bitte sofort an oder komm gleich in mein Hotel. Es ist dringend. Fahr nicht zu Don Luigi, komm gleich zu mir. Ich muss dir etwas Dringendes sagen. Es geht um diese Dokumente, die du in der Papstwohnung gefunden hast. Ja, ich weiß, dass du da warst. Bitte komm sofort. Bitte!«*

Beunruhigt hörte Peter beide Nachrichten noch einmal ab und überlegte. Dann entschied er sich und rief Loretta an. Es meldete sich nur ihre Mailbox.

Zwanzig Minuten später erreichte Peter Lorettas Hotel, das

zur Nakashima-Kette gehörte und von Amerikanern bevorzugt wurde. Er ließ sich ihre Zimmernummer geben und fuhr hinauf in den fünften Stock. Als er sah, dass ihre Zimmertür nur angelehnt war, ahnte er bereits, was er gleich sehen würde.

Seine Freundin von der *Washington Post* lag in einer Blutlache vor dem Bett. Das Blut quoll immer noch aus einer Schusswunde in der Brust.

Aber sie lebte. Noch.

Röchelnd und mit ersterbenden Augen starrte sie Peter an. Peter stürzte zu ihr hin, ergriff ihre Hand.

»Ganz ruhig, Loretta, ich hole sofort Hilfe.«

Er wollte wieder los, doch sie hielt ihn mit letzter Kraft fest und zog ihn zu sich herab, dicht an ihren Mund.

»Die Liste!«, flüsterte sie kraftlos und kaum hörbar.

»Was für eine Liste, Loretta?«

»Die Liste! … Sie existiert! … *Prophetia de summis … pontificibus* … Apokalypse … Ich hätte so gern … mit dir …«

Sie blickte ihn aus glasigen Augen an, ihre Lippen formten noch ein Wort – dann erschlaffte ihre Hand.

Erschüttert starrte Peter auf die Leiche der schönen, temperamentvollen Amerikanerin. Wie betäubt erhob er sich und sah sich um. Erst jetzt entdeckte er, dass Loretta mit ihrem eigenen Blut noch etwas auf den Boden geschrieben hatte. Es war kaum zu erkennen. Aber gerade als er sich die drei verschmierten Ziffern genauer ansehen wollte, hörte Peter einen Mann hinter sich etwas auf Italienisch brüllen. Ehe Peter sich umwenden konnte, warfen sich zwei Carabinieri auf ihn und drückten ihn brutal zu Boden.

## Kapitel 3
# THOTH

# XXIII

*12. Mai 2011, Rom*

»In welcher Beziehung standen Sie zu Mrs. Hooper?«
»Was wollte Sie Ihnen zeigen?«
»Wo ist die Waffe?«
»Warum haben Sie sie getötet?«

Immer wieder die gleichen Fragen. Seit Stunden schon. Immer wieder. Sie schienen nicht müde zu werden, auch wenn er stets die gleichen Antworten gab, denn sie sahen, wie müde *er* war. Irgendwann, so ihr Kalkül, würde er reden.

Peter Adam saß an einem Tisch in einem kahlen Vernehmungsraum. Dicht hinter ihm stand der jüngere der beiden Commissarios, die ihn im Wechsel verhörten. Ein blasser Typ in einem blauen Pullunder. Sie hatten ihm Kaffee und Zigaretten angeboten, Peter hatte beides abgelehnt und nur um etwas Wasser gebeten. Die ganze Zeit über sah er Loretta in ihrem Blut vor sich. Das Loch in ihrer Brust, das blutige Zeichen auf dem Boden, das Entsetzen in ihren Augen, als sie ihn erkannte. Verzweifelt versuchte Peter zu verstehen, was Loretta mit ihren letzten Worten gemeint hatte.

*Welche Liste existiert?* Prophetia de summis pontificibus. *Apokalypse.*

Was ihn jedoch im Moment am meisten beunruhigte, war die Aussage des Portiers des Hotels. Er hatte ihn angeblich nicht nur kurz vor Eintreffen der Polizei gesehen, sondern bereits zwei Stunden zuvor.

*Das kann nicht sein! Das kann einfach nicht sein.*

Aber genau in diesem Zeitraum klaffte eben auch ein Loch von vier Stunden in seiner Erinnerung. Und natürlich glaubte ihm die Polizei die Migräne nicht.

Sie glaubten ihm überhaupt kein Wort.

»Ich will einen Anwalt sprechen«, murmelte er zum werweißwievielten Mal.

»Hatten Sie eine Affäre mit Mrs. Hooper?«

Peter schwieg. Der junge Commissario hinter ihm zog die Luft zischend ein. Schien eine Art Tick zu sein. In diesem Moment öffnete sich die Tür, und sein älterer Kollege trat in Begleitung eines weiteren Mannes ein, den Peter bislang noch nicht kannte. Stiernackiger, muskulöser Typ mit rasiertem Schädel. Anfang fünfzig, schätzte Peter. Der Mann zog sein Jackett aus und setzte sich ohne große Umstände vor Peter an den Tisch.

»Kommt jetzt die harte Tour?«, fragte Peter auf Italienisch.

»Urs Bühler«, stellte sich der Mann auf Deutsch vor. »Kommandant der Schweizergarde.«

*Der Typ, der auf mich und Maria geschossen hat.*

»Was soll das? Sie haben hier keinerlei Befugnisse.«

Bühler ging nicht darauf ein. »Was haben Sie gestern in der päpstlichen Wohnung gesucht?«

»Ich war nie in der päpstlichen Wohnung.«

Bühler zuckte mit den Wangenmuskeln. Peter vermutete, dass es ihm in den Fingern juckte, einfach zuzuschlagen. Er beherrschte sich jedoch und schob Peter ein Foto über den Tisch. Es zeigte eine Aufnahme vom Tatort. Lorettas Leiche. Die drei blutigen Ziffern auf dem Boden. Die mittlere war nicht genau zu erkennen. Es konnte 306 oder 3x6 bedeuten.

»Was bedeutet das?«

»Keine Ahnung. Ich habe Loretta genau so vorgefunden.«

»Das Erste ist eine Drei. Das Letzte eine Sechs. Aber dazwischen, was ist das? Ein Multiplikationszeichen oder was? Drei mal Sechs? Was bedeutet das? 666? Die Zahl des Satans?«

»Ich sagte doch bereits, ich weiß es nicht.«

»Aber Sie waren sehr lange bei Pater Gattuso. Vielleicht sind Sie besessen. Vielleicht haben ja gar nicht Sie Mrs. Hooper getötet, sondern Ihr Dämon. Vielleicht kommen Sie mit der Tour ja durch.«

»Das ist doch albern.«

Bühler kam plötzlich näher an Peter heran. »Nein, das ist es ganz und gar nicht, Herr Adam!«, zischte er. »Sie sind ein Mörder, und Sie sind in die päpstliche Wohnung eingebrochen. Ich will wissen, warum. Ich will alles wissen. Und wenn ich Ihnen dazu den Arsch aufreißen muss.«

Peter sah zu den beiden Commissarios. Bühler schüttelte den Kopf.

»Vergessen Sie's. Sprechen leider kein Deutsch. Italiener! Was will man von denen erwarten.«

»Ich habe Loretta nicht getötet.«

»Ein guter Rat, Herr Adam: Kooperieren Sie mit mir. Noch sind Sie hier unter Freunden.«

»Was soll diese Drohung? Ohne Anwalt habe ich Ihnen nichts mehr zu sagen.«

Der ältere Commissario räusperte sich vernehmlich und machte eine Kopfbewegung zur Tür. Bühler warf Peter noch einen kalten Blick zu, dann erhob er sich und verließ den Raum. Die beiden Commissarios folgten ihm.

*Was soll das denn jetzt?*

Sie ließen ihn warten. Die Zeit verging, oder sie verging nicht. Sie hatten ihm seine Armbanduhr abgenommen. Peter schätzte, dass es weit nach Mitternacht sein musste. Das Warten verstärkte die Müdigkeit, aber er zwang sich, aufmerksam zu bleiben. Irgendwann hörte er Bühlers Stimme von draußen, dumpf und laut. Er verstand nicht, was Bühler sagte. Seine Stimme klang aufgebracht und wütend.

Kurz darauf flog die Tür auf, und eine junge Frau in einem grauen Kostüm trat ein. Eine Frau, die Peter schon einmal gesehen hatte.

*Die schöne Römerin!*

»Mein Name ist Alessia Bertoni«, erklärte die Frau, ohne ihn zu begrüßen oder seine Überraschung im Geringsten zu beachten. Sie legte ihm ein Dokument vor und reichte ihm einen Stift.

»Unterschreiben Sie hier, dann können wir gehen.«

»Wer zum Teufel sind Sie?«

»Ich bin Ihre Anwältin.«

»Wer hat Sie geschickt?«

»Ich schlage vor, dass wir das alles draußen klären. Unterschreiben Sie bitte diese Erklärung, Signor Adam.«

Peter war zu verblüfft, um weiteren Einspruch zu erheben. In der Annahme, dass Don Luigi seine Verbindungen hatte spielen lassen, prüfte er kurz das Dokument. Es handelte sich um eine Mandatsübertragung an eine römische Anwaltskanzlei. Peters vollständiger Name mit seiner Hamburger Adresse war bereits in die Erklärung eingefügt. Er zögerte dennoch mit der Unterschrift.

»Warum sollte mich die Polizei freilassen? Ich stehe unter Mordverdacht.«

»Es gibt natürlich Auflagen. Sie dürfen Ihr Hotel vorläufig nicht verlassen.«

»Das ist alles?«

»Sobald Sie unterschrieben haben.« Sie klang jetzt ungeduldig.

Vor dem Vernehmungsraum wartete Bühler mit den beiden Commissarios und starrte Peter mit mühsam unterdrückter Wut an. Bertoni schritt an ihm vorbei, ohne ihn eines Blickes zu würdigen, und ließ sich von dem älteren Commissario mit den Schweißflecken zwei Papiere unterschreiben. Das war's.

*Was geht hier vor?*

Ein schwarzer SUV mit getönten Scheiben wartete vor dem Hinterausgang des Gebäudes. Der gleiche, in den Peter seine neue Anwältin hatte einsteigen sehen. Außer dem Fahrer saß niemand sonst im Wagen.

»Wo fahren wir hin?«, fragte Peter, als sie das Gelände der *Questura di Roma* verließen.

»In Ihr Hotel.«

»Sagen Sie mir jetzt, wer Sie beauftragt hat?«

Alessia Bertoni wandte sich zu Peter um und lächelte zum ersten Mal, seit sie den Vernehmungsraum betreten hatte. Sie wirkte erleichtert, ihren Auftrag ohne größere Schwierigkeiten erledigt zu haben.

»Sie haben da was am Hals«, sagte sie sanft.

»Äh, wo denn?«, fragte Peter kurz irritiert und beugte sich vor.

»Da!«, sagte seine schöne Anwältin und rammte ihm eine Spritze in den Hals.

# XXIV

*12. Mai 2011, Rom*

Die Zeit nach dem Komplet, dem letzten Stundengebet des Tages, war immer ihre liebste Zeit gewesen. Wenn sich Stille wie eine schützende Hülle über das Kloster senkte, wenn sie allein in ihrer Zelle in die Nacht horchen und die Bilder des Tages im stillen Gebet ausatmen konnte. Gebete, die einen unerhörten, geheimen Wunsch beinhalteten, den sie nie je in einer Beichte erwähnte.

In Uganda waren die Nächte immer früh gekommen, milde, sternklare Nächte mit dem Geruch von lehmiger Erde und Rauch, angefüllt mit Sternen und den vereinzelten heiseren Schreien der Hyänen. Seltsamerweise hatte Maria die Hyänen gemocht, denn auch sie waren Geschöpfe Gottes, sie hatten ihren Platz in der Welt wie jedes andere Wesen und erfüllten Gottes herrlichen Plan. Nicht so die Milizen der *Lord's Resistance Army*, kurz LRA, die Maria für Geschöpfe des Satans hielt. Weniger die halbwüchsigen Jungen mit ihren Macheten und den erloschenen Augen, mit denen man Mitleid haben konnte, aber in jedem Fall die älteren Sergeants, vollgepumpt mit Drogen und Hass. Für Maria waren sie leibhaftige Dämonen, allen voran ihr Anführer Joseph Kony, die Mensch gewordene Bestie.

Trotz des allgegenwärtigen Leids, trotz der Verstümmelungen und Vergewaltigungen, trotz des Völkermords der LRA, war Maria gern in Uganda gewesen. Weil sie dort gebraucht wurde. Umso mehr wunderte sie sich, wie weit weg ihr Afrika nach kaum zwei Wochen bereits erschien.

Sie lag vollkommen bekleidet auf ihrem Bett in einer Zelle im Internationalen Haus der Barmherzigen Schwestern vom Heiligen Kreuz und dachte an die vergangenen zwei Wochen. An den Anruf, der sie drängte, umgehend nach Rom zu kommen. An die Angst und die Sorgen der letzten Wochen. An die seltsame Arbeit mit Don Luigi und seine Anweisungen, die er ihr immer wieder einschärfte. Maria hatte in Uganda genug Wahnsinn und Leid erlebt, um Don Luigi bei den täglichen Exorzismen mit großer Gelassenheit zu assistieren. Die Arbeit machte ihr sogar Spaß. Was ihr dagegen Angst machte, waren seine Anweisungen. Denn diese Anweisungen legten ihr eine Verantwortung auf, der sie sich nicht gewachsen fühlte.

»Heilige Muttergottes, ich bitte dich, hilf mir, die Aufgabe zu erfüllen, für die du mich ausersehen hast. Hilf mir, nicht zu verzagen. Hilf mir, der Versuchung zu widerstehen. Und hilf all denen, die deiner Gnade würdiger sind als ich. Heilige Maria voller Gnaden, ich bitte dich. Amen.«

Sie drehte den Rosenkranz in den Händen und ertappte sich erneut bei einem Gedanken, den sie später würde beichten müssen. Verärgert über sich selbst richtete sie sich auf und rief sich zur Ordnung. Sie machte sich einfach Sorgen um ihn, daran war nichts auszusetzen, immerhin befolgte sie damit nur Don Luigis Anweisungen. Dennoch dachte sie seit Sizilien immer öfter an ihn. Dort war seine coole, selbstsichere Attitüde von ihm abgefallen und hatte einen Blick in den Menschen Peter Adam eröffnet. Und was sie dort gesehen hatte, hatte ihr gefallen.

Maria setzte sich jetzt ganz auf und gestand sich ein, dass sie sich Sorgen um ihn machte. Große Sorgen. Er hatte eine furchtbare Vision gehabt, gemeinsam hatten sie möglicherweise ein furchtbares Geheimnis gelüftet, das nie wieder das Licht der Welt hätte erblicken dürfen. Den ganzen Tag über hatte sie weder von Peter noch von Don Luigi etwas gehört. Um den Pater machte sie sich keine Sorgen. Don Luigi war kein Mann, um den man sich Sorgen machen musste. Er war derjenige, der jedem Dämon in den Arsch trat und ihn in die Hölle zurückbeförderte.

Dieser alberne Gedanke hob Marias Stimmung, und sie entschloss sich, Peter anzurufen und sich zu erkundigen, wie es ihm ginge. Da war nichts dabei.

Sie schaltete ihr Handy, das Don Luigi ihr gegeben hatte, wieder ein und drückte Peters Nummer, die sie auswendig kannte. Noch so eine Anweisung des Paters. Aber es meldete sich nur die Mailbox. Maria hinterließ keine Nachricht und dachte nach. Irgendwo in ihrem Kopf spürte sie ein vertrautes dumpfes Pochen. Im Busch hatte es ihr immer drohende Gefahr signalisiert.

Maria beschloss, die Klosterregeln erneut empfindlich zu verletzen und noch einmal auszugehen. In diesem Moment klingelte ihr Handy. Sie erschrak und blickte auf das Display. Keine Rufnummer. In der erleichterten Erwartung, dass es Peter sein würde, nahm sie den Anruf an.

»Schwester Maria?«

Unbekannte, männliche Stimme. Es hätte Peter sein können, aber da schwang noch eine Schärfe und Kälte mit, die Maria über die Entfernung hinweg frösteln ließ.

»Wer ist da?«

»Nennen Sie mich Pater Nikolas. Ich bin ein Freund von Don Luigi. Er bat mich, Kontakt mit Ihnen aufzunehmen. Es geht um Ihren Freund Peter Adam.«

»Er ist nicht mein Freund!«, beeilte sie sich festzustellen. »Aber was ist denn mit ihm?«

»Don Luigi glaubt, dass er in Gefahr ist.«

Maria umkrampfte den Hörer fester. »Sprechen Sie bitte weiter.«

»Pater Gattuso bittet Sie, ihn in der Pilgerkirche Santa Croce in Gerusalemme zu treffen. Kennen Sie die Kirche?«

»Ja. Aber warum ruft Don Luigi nicht selbst an?«

»Aus gewissen Gründen ist es im Moment nicht ratsam für ihn, mit Ihnen telefonisch in Kontakt zu treten. Können Sie in einer Stunde dort sein? Es ist sehr wichtig.«

»Natürlich.«

»Sehr gut. Ach, und noch etwas. Der Monsignore bittet Sie, das Relikt aus der päpstlichen Wohnung mitzubringen. Sind Sie noch in seinem Besitz?«

»Ja.«

»Das Amulett, richtig?«

»Ja.«

»Sehr gut. Bringen Sie es unbedingt mit.«

Damit legte der Anrufer auf.

Einen Moment blieb Maria noch nachdenklich sitzen und lauschte dem Pochen in ihrem Kopf, das sich zu einem dumpfen Trommeln verstärkt hatte. Die Gefahr war irgendwo da draußen. Aber ihre Anweisungen waren eindeutig.

»Heilige Muttergottes, hilf mir, das Richtige zu tun!«, stieß sie hervor. Dann griff sie in die Schublade ihres Nachttisches, wo das blassblaue Amulett lag.

# XXV

*12. Mai 2011, Rom*

E r kommt wieder zu sich.«

Eine Stimme aus der Dunkelheit. Englisch mit amerikanischem Tonfall.

»Mr. Adam? Können Sie mich hören?«

Jemand riss ihm den Kopf hoch. Wabernde Schlieren durchbrachen die Dunkelheit. Schemenhafte Bewegung.

»Geben Sie ihm noch einen Moment, dann fangen wir an.«

Eine zweite Stimme. Weiblich. Englisch mit undefinierbarem Akzent.

»Mr. Adam!«

Auf die Dunkelheit folgte Übelkeit. Übermächtig. Peter erbrach seinen gesamten Mageninhalt in einem Schwall. Die Säure im Hals ließ ihn würgend zucken. Aber immerhin lichtete sich das Dunkel weiter und die Schlieren sortierten sich allmählich zu einem Bild, das sich beunruhigend auf und ab bewegte. Ein Raum. Zwei Gestalten. Drei.

»Mr. Adam, wir müssen reden.«

»Ich möchte nicht reden«, hörte er jemand krächzen.

*Bin ich das?*

Das Bild kam langsam zur Ruhe, und Peter erkannte nun eine Art fensterlosen Kellerraum.

*Na klar. Was hast du denn gedacht?*

Keine Bewegung möglich. Die Bestürzung, sich nicht bewegen zu können. Das Entsetzen, gefesselt in einem Keller auf einem Stuhl zu sitzen und zu frieren.

»Mir … ist kalt.«

»Das geht vorbei.« Wieder die Frauenstimme. Wo kam sie her?

Im Moment erkannte er nur die beiden Männer in Hemdsärmeln vor sich. Große, korrekt wirkende Männer mit kleinen Nasen und breiten Wangenknochen, typische Midwest-Physiognomie. Sie blickten ihn mit ruhigen, harten Augen an und taxierten ihn mit etwa so viel Emotion wie Schlachter ein Stück Vieh.

Peter kämpfte verzweifelt gegen den erneuten Brechreiz an und versuchte, sich zu orientieren.

»Er ist so weit«, sagte der kleinere der beiden Männer.

Die Frau kam in sein Blickfeld. Die Frau, die Alessia Bertoni hieß. Sie setzte sich auf einen Stuhl vor ihn.

»Mr. Adam, können Sie mich verstehen?«

Peter nickte.

»Gut. Ich erkläre Ihnen kurz, wie das hier abläuft. Ich stelle Ihnen jetzt einige Fragen, und Sie werden Sie beantworten. Wenn ich mit Ihren Antworten zufrieden bin, muss das hier nicht lange dauern. Haben Sie verstanden?«

Peter nickte. Sie trug immer noch das gleiche Kostüm.

*Kein italienischer Akzent. Sie ist gar keine Römerin.*

»Gut. Beginnen wir mit etwas Einfachem. Haben Sie Loretta Hooper getötet?«

Peter riss die Augen auf und sah die Frau an.

»Nein«, krächzte er.

Sie wirkte enttäuscht.

»Denken Sie genau nach. Haben Sie Loretta Hooper getötet?«

»Wer sind Sie? Wo bin ich hier?«

Alessia Bertoni nickte einem der Männer zu. Zügig aber ohne Hast zogen sie ihm einen kleinen Baumwollsack über den Kopf und kippten ihn samt dem Stuhl zu Boden. Ehe Peter noch schreien konnte, hatte einer der beiden Männer ihm ein Handtuch über den Kopf gelegt, das sich sofort mit Wasser füllte. Die ganze Welt füllte sich mit Wasser. Wasser und Panik, überwältigender Panik. Instinktiv hielt Peter die Luft an. Aber der

Druck auf den Lungen zusammen mit der Panik verstärkte das Gefühl des Ertrinkens nur noch. Immer noch auf dem Stuhl fest zusammengeschnürt zuckte Peter in Panik, krampfte sich zusammen, während die Angst ihn auffraß. Ihn, die ganze Welt, alles. Kein Gedanke mehr möglich, nur noch die Angst und das Wasser, das ihn umgab, alles ausfüllte. Seine Lungen schrien nach Luft, während die Männer weiter Wasser auf das Handtuch gossen. Peter atmete Wasser, verschluckte sich und krampfte sich so sehr zusammen, dass das Atmen überhaupt unmöglich wurde.

Dann rissen sie ihm das Handtuch und den Baumwollsack wieder vom Gesicht und richteten ihn samt Stuhl wieder auf.

Peter würgte und hustete, japste nach Luft.

»Das waren nur ein paar Sekunden, Mr. Adam«, erklärte ihm Alessia Bertoni ruhig. »Aber Zeit spielt im Moment wirklich keine Rolle. Also, ich frage Sie noch mal: Haben Sie Loretta Hooper getötet?«

Peter starrte die junge Frau an.

»Ich weiß es nicht.«

Er wusste es ja wirklich nicht. Ihm fehlten vier Stunden.

»Schon besser, aber immer noch nicht optimal. Seit wann wussten Sie, dass Mrs. Hooper für den amerikanischen Geheimdienst arbeitete?«

»Was?«

»Sie sollten mich nicht wieder enttäuschen, Mr. Adam. Loretta Hooper hatte den Auftrag, Informationen über das Verschwinden und den Aufenthaltsort des Papstes zu beschaffen. Dazu hat sie sich Ihrer Hilfe bedient. Aber offenbar hat sie Sie unterschätzt. Wir werden diesen Fehler nicht machen, glauben Sie mir.«

»Loretta war beim CIA? Mein Gott! Ich wusste das nicht.«

»Wo befindet sich der zurückgetretene Papst zu Zeit?«

»Sind Sie auch vom CIA?«

Nicht, dass die Frage im Augenblick irgendeine Relevanz besessen hätte. Aber Peter wollte Zeit gewinnen. Er wusste, dass sie ihn wieder mit dem Handtuch und dem Wasser »behandeln« würden, aber er wollte den Moment so lange wie möglich hinauszögern. Denn auf einmal bezweifelte Peter Adam, dass er diesen Raum lebend verlassen würde.

Sie verstand seine Taktik natürlich. Dennoch ging sie darauf ein. »Diese beiden Gentlemen ja«, erklärte sie. »Ich allerdings arbeite für einen anderen internationalen Dienst. Die Welt wird von Terroranschlägen erschüttert, und die zuständigen Dienste haben beschlossen, dass diese Krise nur gemeinsam bewältigt werden kann.«

*Mossad! Ihr Akzent ist israelisch.*

»Wo befindet sich der zurückgetretene Papst, Mr. Adam? Und jetzt sagen Sie mir nicht, in einem Kloster auf Sizilien. Das haben wir bereits überprüft.«

»Er war dort. Mehr weiß ich auch nicht.«

Erneut packten ihn die beiden CIA-Leute und unterzogen ihn der grauenhaften Waterboarding-Prozedur. Der Tod war ein Wasserwesen. Der Tod war ein qualvolles, endloses Ertrinken. Peter hatte das immer gewusst. Die ganze Schwimmerei hatte ihn nie davon befreien können.

»Wir sind überzeugt, dass der Absturz der ISS in direktem Zusammenhang mit dem Rücktritt des Papstes steht«, fuhr Alessia Bertoni ungerührt fort, als Peter wieder keuchend vor ihr saß. »Einer der Astronauten an Bord war Jesuit.«

»Loretta hat mir davon erzählt.«

»Kurz vor der Havarie hat er noch einen Funkspruch über einen sicheren Kanal abgesetzt. Was war der Inhalt des Funkspruchs?«

»Woher soll ich das wissen?«

»Weil Sie Teil eines weltweiten Terrornetzwerkes sind, Mr. Adam.« Ihre Stimme klang jetzt scharf.

»Das ist doch absurd!«, schrie Peter. »Ich bin Journalist. Das können Sie überprüfen!«

»Haben wir.«

Sie zog eine Aktenmappe unter ihrem Stuhl hervor.

»Wir wissen inzwischen eine ganze Menge über Sie, Mr. Adam. Wir wissen, dass Ihre Eltern bei einem Autounfall ums Leben kamen, als sie vier Jahre alt waren. Wir wissen, dass Sie bei Adoptiveltern in Köln aufgewachsen sind. Und dass Sie eine militärische Ausbildung haben.«

»Ich hab meinen Wehrdienst abgeleistet, na und?«

»Nein, Mr. Adam, Sie haben eine Einzelkämpferausbildung und besitzen sogar das Kampfschwimmerabzeichen. Danach haben Sie die Bundeswehr verlassen, als Journalist aber weiterhin Kampfeinsätze der deutschen Armee in Afghanistan begleitet. Schon seltsam, oder? In Afghanistan sind Sie in einen Hinterhalt der Taliban geraten und entführt worden. Ein befreundeter Journalist – Heiner Degner – wurde dabei erschossen. Nach zwei Tagen hat ein Kommandotrupp Sie aus einem Erdloch befreien können. Seitdem leiden Sie regelmäßig unter Migräneattacken.«

»Woher wissen Sie das alles?«

Alessia Bertoni machte eine ungehaltene Kopfbewegung und fuhr fort. »Vor einem Jahr haben Sie Ihre Freundin Ellen Frank auf einer Reportagereise in Zentralasien unter mysteriösen Umständen verloren. Nach Ihren Aussagen, Mr. Adam, wurde sie von einem gewissen Edward Kelly ermordet, einem britischen Archäologen.«

*Edward Kelly. Kelly, du miese Ratte. Ich werde dich töten.*

»Allerdings hat man diesen Edward nie gefunden, nicht den Hauch einer Spur. Auch wenn man Ihnen nichts nachweisen konnte, lag doch der Verdacht nahe, dass *Sie* Ihre Freundin getötet haben, Mr. Adam. Vermutlich in einem Migräneanfall. So wie Loretta Hooper, nicht wahr? Womit wir wieder beim Thema wären.«

Peter sah, dass die beiden Amerikaner sich wieder bereit machten.

»Ich weiß nicht, was passiert ist. Warum hätte ich Loretta überhaupt töten sollen?«

»Vielleicht, weil sie dahintergekommen ist, dass Sie einen Anschlag auf den Vatikan planen?«

# XXVI

# EIN JAHR ZUVOR ...

*8. Mai 2010, Apostolischer Palast, Vatikanstadt*

Er hatte nie Papst werden wollen. Gott wusste, dass er dieses Amt nie angestrebt hatte. Aber Gott hatte ihm diese Bürde auferlegt, und so musste er sie nun tragen, zum Wohle der Kirche, die er liebte und die seine Heimat war.

Sein Leben.

Papst Johannes Paul III. erinnerte sich, wie er gestöhnt hatte, als im zehnten Wahlgang mit jedem Zettel, den Kardinal Nguyen in der Sixtinischen Kapelle verlas, deutlicher wurde, dass die Wahl auf ihn fallen würde. Und er erinnerte sich noch gut an die Wut, die für einen Moment unkontrolliert über das Gesicht von Kardinal Menendez flammte, als Kardinal Nguyen den Gewählten fragte, ob er die Wahl annehme.

In den vergangenen fünf Jahren hatte sich Laurenz allmählich an sein Amt und die Bürde gewöhnt und sogar eine gewisse Befriedigung an der Macht gefunden. Das diplomatische Geschick, die Sturheit und Kaltblütigkeit seines Vorgängers hatten den Vatikan zu einem Global Player der Weltpolitik gemacht. Die wichtigsten Regierungschefs ersuchten um Audienzen und baten den Papst um Vermittlung in heiklen diplomatischen Missionen.

Dennoch verstand Johannes Paul III. sich nicht als Politiker. Er war ein Mann des Glaubens. Als solcher hieß seine wichtigste Aufgabe, die Kirche zu schützen.

Und in ihrer zweitausendjährigen Geschichte hatte es nie eine Zeit gegeben, da die Kirche in größerer Gefahr gewesen wäre als nun. Niemand wusste das besser als Johannes Paul III.

Der Arbeitstag des Papstes begann wie immer früh um sieben Uhr mit einer Messe in der Privatkappelle des *Appartamento*. Sein Vorgänger hatte die Messe gerne in Anwesenheit von Gästen zelebriert, Johannes Paul III. zog den kleinen Kreis vor, nur mit seinen beiden Privatsekretären, den vier Haushälterinnen von der Gemeinschaft *Communione e liberazione* und seinem Kammerherrn. Nach dem Frühstück meditierte Johannes Paul III. wie jeden Morgen noch einmal in der Kapelle, bevor er sich von Alexander Duncker und Franco DiLuca, dem zweiten Privatsekretär, die Presseschau vorlegen ließ und fällige Bischofsernennungen unterzeichnete. Päpstliche Routine.

Gegen elf Uhr fuhr er mit den beiden Sekretären in dem alten, holzverkleideten Fahrstuhl hinunter in die *Seconda Loggia*, wo die Amtsräume des Papstes lagen. Hier wurden die Entscheidungen des Papstes zu Akten, Tischvorlagen und Memos. Hier saßen die Bürochefs, Sekretärinnen, Berater, Kammerherren und die Lateinübersetzer, die jeden Schriftwechsel in die offizielle Amtssprache des Vatikans übersetzten. Kein modernes Wort, das sich mit ein wenig Fantasie nicht ins Lateinische übersetzen ließ. Mittelstürmer wurde zu *campus medius*, Kondom zu *tegumentum*, Wodka zu *valida potio slavica*, und das Wochenende zu *exiens hebdomada*. Auf den Fluren ging es ruhig zu. Die kurialen Angestellten eilten so achtlos über die fünfhundert Jahre alten Bodenfliesen wie anderswo über Linoleum und verständigten sich untereinander mit einem kurialen Latein-Jargon, der sich über die Jahrhunderte gebildet hatte und etwa so verständlich war wie das NATO-Englisch eines Kampfjetpiloten. Es gab zum Beispiel Dutzende von Schattierungen des Neins. *Reponatur* bedeutete: Wird erst mal archiviert; *non expedire* hieß: Gewährung kann zwar erfolgen, ist aber im Augenblick nicht angebracht; *in decisis et amplius* sagte unmissverständlich: Die Entscheidung ist endgültig und damit basta!

Normalerweise empfing der Papst vormittags Bischöfe oder

Staatsoberhäupter. An diesem Vormittag jedoch warteten zwei besondere Gäste im Empfangssalon. Heikle Gäste.

»Wie lange warten sie schon?«, fragte Johannes Paul III. seinen Privatsekretär im Fahrstuhl.

»Sie sind soeben erst eingetroffen, Eure Heiligkeit. Monsignore Benini kümmert sich um sie.«

»Gut. Dann auf in die Schlacht.«

Johannes Paul III. wischte sich die Hände an seiner Soutane ab, eine schlechte Angewohnheit, die er so gut es ging verbarg.

In den Sesseln des Salons saßen drei Männer. Der eine war Monsignore Benini, langjähriger Diplomat des Vatikans, ein Muster an Verschwiegenheit und auf jedem politischen Parkett der Welt erfahren. Er saß zwischen zwei Männern, die sich nach besten Kräften ignorierten: Scheich Abdullah ibn Abd al Husseini, dem Großmufti von Saudi-Arabien, und Chaim Kaplan, dem Großrabbiner der askenasischen Juden von Jerusalem. Als Johannes Paul III. den Raum betrat, konnte er den Hass zwischen diesen beiden Männern und das Misstrauen, das ihm persönlich entgegenschlug, förmlich auf der Haut spüren. Er ahnte, dass alles noch viel schwieriger werden würde als erwartet. Einer der Vorgänger des Scheichs hatte Hitler bewundert und ihn zur Ausrottung der Juden aufgefordert. Die Eltern des Rabbiners waren in Birkenau ermordet worden. Johannes Paul III. wusste, wie sehr Kaplan die Deutschen hasste. Ein deutscher Papst musste ihm als Zynismus der Geschichte und als die größtmögliche Gefahr für das Judentum erscheinen. Gleichwohl galten beide Religionsführer als pragmatisch und modern. Das war der Hoffnungsfunke.

Monsignore Benini erhob sich diskret von seinem Platz und ließ den Papst mit seinen beiden Gästen allein.

»Meine Herren!«, begrüßte Johannes Paul III. die beiden lebhaft auf Englisch und drückte jedem von Ihnen herzlich die Hand. »Ich freue mich, dass Sie meiner Einladung gefolgt sind.«

»Was soll diese Geheimniskrämerei?«, begann der Rabbiner gereizt. »Solange die Scheichs den Terror der Hamas finanzieren, werden wir uns nicht an einen Tisch mit Mördern setzen. Erst recht nicht vermittelt durch einen deutschen Papst.«

Das Gesicht des Scheichs verzerrte sich vor Wut. »Israel organisiert gerade den Genozid des palästinensischen Volkes. Und du wagst es, Jude, mich einen Mörder zu nennen?«

»Es gibt kein palästinensisches Volk!«, zischte Kaplan zurück. »Die Palästinenser sind eine antizionistische Erfindung der Scheichs.«

Abdullah ibn Abd al Husseini schoss aus seinem Sessel. »Das reicht!« Er wandte sich an Johannes Paul III. »Deinen Vermittlungsversuch in allen Ehren, Christ, aber du wirst dir ein anderes Projekt suchen müssen, mit dem du in die Geschichte eingehst.«

Johannes Paul III. drückte Scheich Abdullah sanft, aber nachdrücklich zurück in den Sessel.

»Sie werden nicht gehen, bevor Sie mich angehört haben, Scheich Abdullah.«

Offenbar zu verdutzt über die Kraft der päpstlichen Hände, gehorchte der Scheich.

»Ich bitte Sie«, setzte der Papst etwas versöhnlicher hinzu und wandte sich an den Rabbiner. »Dies ist ein rein informelles Treffen, wir sind hier ganz unter uns. Wir haben eine Stunde Zeit, und ich wünsche in dieser Stunde keine weiteren gegenseitigen Anschuldigungen. Damit können Sie meinetwegen fortfahren, sobald Sie den Vatikan verlassen haben. Aber ich bezweifle, dass Ihnen danach zumute sein wird.«

Eine pure Behauptung, aber sie saß.

»Du machst mich neugierig, Christ.«

»Machen Sie's kurz«, sagte der Großrabbiner kühl.

Johannes Paul III. sammelte sich einen Moment, bevor er begann. »Zunächst möchte ich Sie bitten, dieses Gespräch vertraulich zu behandeln. Ich habe Sie nicht eingeladen, um mich als Vermittler zwischen Islam und Judentum zu profilieren. Wir sitzen hier als höchste Vertreter der abrahamitischen Religionen. Unsere Religionen gründen auf den gleichen Wurzeln, dem Stammvater Abraham. Uns verbindet mehr als uns trennt. Ich muss Ihnen nicht das Ausmaß der globalen Krise ausmalen, in der sich die Welt befindet. Ich weiß, dass Sie ebenso wie ich unter der Ohnmacht leiden, nichts dagegen tun zu können, dass diese Welt drauf und dran ist, durch Kriege, Klimawandel und ein unmenschliches Wirtschaftssystem zugrunde zu gehen.«

»Spar dir die Predigt, Christ.«

»Ja, kommen Sie zum Punkt.«

»Die Welt braucht Glauben. Glauben und Frieden. Und wir stehen in der Verantwortung, der Menschheit diesen Frieden zu geben.«

»Große Worte, Christ.«

»Kommen Sie doch endlich zum Punkt, oder wird das eines Ihrer Seminare?«

»Ich beabsichtige, eine neue Kongregation für den interreligiösen Dialog zu gründen.«

»Sehr ehrenwert, Christ!«, spottete der Scheich. »Aber wir sprechen doch längst mit euch Kreuzrittern.«

Chaim Kaplan stöhnte genervt über diese Bemerkung.

»Ich meine keine bilateralen Gespräche. Die neue Kongregation ist nur ein erster Schritt. Mein Ziel ist eine ständige Versammlung der Weltreligionen.«

»Das ist ja absurd«, rief Kaplan. »Ich hätte nicht gedacht, dass gerade Sie solch romantischen Vorstellungen nachhängen. Eine UNO der Religionen? *Shmontses*!«

»Da gebe ich dem Zionisten ausnahmsweise recht, Christ. Das ist doch nur wieder ein schlecht getarnter Versuch der katholischen Kirche zur Missionierung. Du willst die Heilsexklusivität zurück, Christ. Du willst uns überrennen, vernichten, auslöschen. Du willst Macht!«

»Nein«, erklärte der Papst. »Ich will nur eines: Frieden. Wenn die Menschheit nicht schon sehr bald untergehen soll, dann müssen wir nun zum ersten Mal in der Geschichte unserer Religionen zusammenstehen gegen unseren gemeinsamen Feind.«

»Und der wäre, Christ?«

»Ja, da bin ich ebenfalls gespannt«, sagte der Rabbiner betont amüsiert.

Johannes Paul III. sah die beiden Männer vor sich an. »Der Satan«, sagte er. »Er ist schon auf dem Weg.«

# XXVII

*12. Mai 2011, Rom*

Diese ewige Enttäuschung über das Leben, so wie es ist. Altes, vertrautes Gefühl.
*Wie passend.*
Nur noch eine einzige weitere »Behandlung«, und er hätte ihnen alles gestanden. Den Einbruch, den Fund, das Amulett und wer es nun hatte, die Pergamente und Papyri und was Don Luigi darüber bereits herausgefunden hatte. Beim nächsten Mal hätte er geredet. Er hatte sowieso schon geredet. Er hatte gestanden, Loretta getötet zu haben, nur um Zeit zu gewinnen, nur um ihnen irgendetwas zu geben, was sie glauben würden. Er hatte sogar gestanden, dass er den Petersdom in die Luft sprengen wollte. Denn welchen Unterschied gab es schon zwischen einer Vision und der Realität, wenn man ein nasses Handtuch über dem Gesicht hatte und gerade ertrank.

Beim nächsten Mal hätte er ihnen auch noch den Rest erzählt.

Peter hatte sich immer vorgestellt, dass sich nach andauernder Folter irgendwann Gleichgültigkeit einstellen würde, der Wunsch, einfach nur noch sterben zu dürfen. Aber für das Waterboarding galt das jedenfalls nicht. Die Panik und die Angst wuchsen mit jedem Mal, und damit auch der verzweifelte Wunsch, zu überleben. Peter wollte nicht sterben. Er wollte, dass sie endlich aufhörten, ihn zu ertränken. Und er war bereit, alles dafür zu tun, jedes Geheimnis zu verraten, das ihm je anvertraut wurde, jede Lüge zu beeiden, jede Unterstellung zu bestätigen.

Einfach alles.
Beim nächsten Mal.

Doch dann klingelte Alessia Bertonis Handy. Sie zog sich in eine Ecke des Kellers zurück, hörte eine Weile zu und antwortete leise und erregt.

*Es gibt ein Problem. Du bist das Problem.*

Die Erleichterung über unerwarteten Aufschub.

Die Ungeduld, nicht zu wissen, was am anderen Ende gerade passiert.

Die Angst vor dem Handtuch. Diese entsetzliche Angst.

Alessia Bertoni legte auf und wechselte ein paar Worte mit den beiden Amerikanern, die nicht besonders erfreut reagierten. Der kleinere der beiden zerschnitt widerwillig das Gewebeband mit dem Peter auf den Stuhl gebunden war und zog ihn auf die Füße.

»Was machen Sie mit mir?«

»Wir verlegen Sie.«

»Wohin?«

»Maul halten.«

Sie stülpten ihm wieder den verhassten feuchten Sack über den Kopf und führten ihn hinaus. Peter fühlte sich wackelig auf den Beinen nach den wiederholten »Behandlungen«. Seine Arme und Beine schmerzten von den Krämpfen während des Waterboardings. Die beiden Amerikaner hielten ihn links und rechts, irgendwo hinter sich hörte er das Klappern von hohen Schuhen. Peter wunderte sich, dass sie ihm die Hände nicht gefesselt hatten. Das bedeutete, dass es nicht weit sein würde. Keine guten Aussichten.

Der Weg führte über ein paar enge Treppen aufwärts, und dann durch eine Art Korridor ins Freie. Peter konnte weder Stimmen noch Verkehrsgeräusche ausmachen und vermutete, dass sie ihn irgendwo in der Peripherie der Stadt festgehalten hatten. Ein kühler Lufthauch. Vor ihm wurde eine Tür geöffnet. Das Klappern der hohen Schuhe überholte ihn, nicht weit von ihm knarzte die Schiebetür eines Autos.

*Ein Van.*

Es gab nur diese eine Chance.

In dem Moment, als er sich anspannte, setzte sein bewusstes Denken aus. An seine Stelle traten Reflexe und motorische Programme, die er sich vor Jahren täglich antrainiert hatte. Und obwohl er sie seitdem nie wieder gebraucht hatte, erinnerte sich sein Körper an alles.

Mit einer ruckartigen Bewegung ließ Peter seinen Kopf nach links schnellen und brach dem Mann neben sich das Nasenbein. Mit dem Schwung der Bewegung wirbelte er herum und brach auch dem Mann rechts von ihm mit einer Kopfbewegung die Nase.

Die beiden Männer neben ihm stöhnten auf, und Peter bekam für einen Augenblick die Hände frei. Aber die Männer waren CIA-Leute und gut ausgebildet. Trotz des Schmerzes reagierten sie sofort und packten wieder zu. Peter, immer noch mit dem Sack über den Kopf, griff blindlings nach dem nächsten Arm und wirbelte erneut herum, ohne den Arm loszulassen. Er hörte ein trockenes Knacken und einen erstickten Laut. Gleichzeitig trat er dem anderen Mann zwischen die Beine.

»Keine Bewegung!«

*Wo ist sie?*

Peter rechnete damit, dass sie bewaffnet war, aber auch das war kein bewusster Gedanke. Er riss sich den Sack vom Kopf und ging in die Knie, als ihn ein Schlag in den Magen traf, der ihm für einen Moment den Atem raubte.

*Du bist zu langsam!*

Peter wehrte den zweiten Schlag ab, den dritten, kam wieder zu Atem und platzierte einen gezielten Schlag an den Hals des Mannes vor ihm. Der Agent prallte gegen den Van und sackte röchelnd zusammen. Peter sah aus dem Augenwinkel, dass der zweite Amerikaner sich neben ihm gerade wieder aufrichtete. Dann fühlte er kalten Stahl an seinem Hinterkopf.

»Ich sagte, keine Bewegung!«

Immer noch kein bewusster Gedanke. Dennoch wusste Peter,

dass sie nicht schießen würde. Er war immer noch zu wertvoll, um einfach abgeknallt zu werden.

Also wirbelte er erneut herum und schlug der jungen Frau den Ellenbogen ins Gesicht. Einfache Regel: Ob Greis, Frau, Krüppel oder Kind – wenn du mir eine Waffe an den Kopf hältst, bist du mein Feind.

Der Schuss ging neben ihm in das Blech des Wagens. Der Knall detonierte in Peters Ohr und machte ihn kurz taub. Peter registrierte auch das nur am Rande. Er entwand der Frau die Waffe mit einem brutalen Griff, schlug erneut zu und stieß sie von sich. Der zweite Amerikaner stand jetzt wieder und ging zum Angriff über. Peter griff nach der Waffe auf dem Boden und zielte auf ihn. Der Amerikaner fror sofort auf der Stelle fest.

»Du hast keine Chance.«

»Den Schlüssel.«

Allmählich sickerte die Wirklichkeit zurück in Peters Bewusstsein, und er nahm Details seiner Umgebung wahr. Ein Gewerbegebiet. Ein großer Abstellhof für LKW-Anhänger. Lagerhallen. Ein altes Backsteingebäude. Ein Zaun, Büsche, eine Straße. Alles schlecht beleuchtet. Peter sah, wie Alessia Bertoni und der Mann mit dem gebrochenen Arm sich stöhnend aufrichteten. Es wurde Zeit zu verschwinden.

»Den Schlüssel! ... DEN SCHLÜSSEL!«

»In meiner Handtasche.«

»Hol ihn raus. Ihr beide – da rüber!«

Keiner der drei reagierte.

Peter zielte und schoss dem Mann, der vor ihm stand, ins Bein. Einfache Regel: Wenn du versuchst, mich zu ertränken, bist du mein Feind. Alles ganz einfach.

Der Amerikaner schrie auf und stürzte zu Boden.

»Du da rüber, los! ... Den Schlüssel, Alessia! Leer deine Handtasche aus.«

Der Amerikaner mit dem gebrochenen Arm robbte sich zu

seinem Kollegen, während Alessia Bertoni ihre Handtasche auf dem Boden ausleerte und den Wagenschlüssel herausfischte.

»Lass ihn da liegen. Geh zurück. Noch weiter. Stopp!«

Peter griff nach dem Schlüssel und ging um den schwarzen Van herum, ohne die Agenten aus den Augen zu lassen. Er rechnete damit, dass jeden Moment Verstärkung eintreffen konnte, und es gab nur die eine Zufahrtsstraße von diesem Abstellhof.

Die drei vor sich immer noch im Blick startete Peter den Wagen.

»Sie haben keine Chance, Peter!«, rief sie. »Sie sind ein Mörder. Ganz Italien wird Sie jagen. Die ganze Welt!«

»Ich bin kein Mörder«, sagte Peter und gab Gas.

»SCHEISSE, SCHEISSE, SCHEISSE!«

Peter brüllte, während er mit Vollgas der kaum beleuchteten Straße folgte, ohne jede Ahnung, ob das hier überhaupt noch Rom war.

»Verdammte Scheiße!«

Das Fluchen half. Schaffte Klarheit im Kopf, fegte die letzten Zweifel fort, ob das nicht doch alles nur wieder einer seiner Migräneträume war. Als er die erste Hauptstraße mit Hinweisschildern erreichte, kehrte auch seine Orientierung zurück. Rom! Dies war immer noch Rom, die Ewige Stadt, die Stadt, die er liebte. Peter wusste, dass er den Wagen so schnell wie möglich loswerden musste, aber im Moment ging das nicht. Er sah kurz neben sich. Kalt, schwarz und tödlich lag die Waffe auf dem Beifahrersitz. Reflexe des goldenen Natriumlichts von den Straßenlaternen glitzerten über ihren Lauf. Das letzte Mal, als er mit einer Waffe geschossen hatte, war ein Mensch gestorben. Dieser Mensch war ein Feind gewesen, denn er hatte auch auf ihn geschossen. Einfache Regel, aber was half das. Peter hatte sich an jenem Tag geschworen, nie wieder eine Waffe in die Hand zu nehmen, nie wieder zu töten.

*Das hat ja prima geklappt.*

»So eine verdammte, verdammte Scheiße!«

Peter drosselte das Tempo, um nicht in eine Polizeikontrolle zu geraten. Im Handschuhfach fand er ein Handy. Vermutlich abhörsicher, aber man würde natürlich zurückverfolgen können, wen er angerufen hatte.

*Scheiß der Hund drauf.*

»Peter, endlich! Ich versuche seit Stunden, Sie zu erreichen. Wo stecken Sie denn?«

»In verdammten Schwierigkeiten, Don Luigi. Wo sind Sie?«

»Im Wagen, auf dem Weg zur Kirche Santa Croce in Gerusalemme. Ich wurde überfallen. Von einer Frau. Peter – sie hat die Dokumente.«

*Loretta!*

»Was ist mit dem Amulett? Haben Sie was von Maria gehört?«

»Wo sind Sie, Peter? Ist alles in Ordnung mit Ihnen?«

»Wo ist Maria?«

»Ich erreiche sie nicht. Als ich mich befreien konnte, hatte ich eine Nachricht von ihr auf der Mailbox, dass sie zu dieser Pilgerkirche unterwegs ist, um jemand zu treffen, der angeblich in meinem Auftrag handelt. Ich mache mir die größten Sorgen.«

»Scheiße! ... Seien Sie vorsichtig, Pater! Ich kenne diese Kirche, ich bin auf dem Weg.«

Er legte auf und sah wieder auf das böse, schwarze Biest neben sich. Sie lachte ihn aus. Die Waffe wusste es besser.

Dass er sie noch brauchte.

# XXVIII

*12. Mai 2011, Santa Croce in Gerusalemme, Rom*

Als Maria die alte Pilgerkirche aus dem 12. Jahrhundert betrat, lag das Kirchenschiff im Dunkeln, nur erleuchtet vom Schein der Kerzen für die Fürbitten am Eingang und einiger Kerzen im Altarraum.

Maria kannte die Kirche. Santa Croce in Gerusalemme war eine der sieben römischen Pilgerkirchen, berühmt für ihre Kreuzreliquie: die Holztafel mit der Inschrift *INRI*. Die heilige Helena, Mutter von Kaiser Konstantin, soll sie im Jahre 326 von ihrer Pilgerreise nach Jerusalem mitgebracht haben, zusammen mit Splittern und Nägeln des Kreuzes Christi. Im späten Mittelalter galt die Kirche als so heilig, dass sie von Frauen nicht betreten werden durfte.

Maria suchte die Kapelle der heiligen Helena auf, die der Kirche ihren Namen gegeben hatte, da sie einst mit Boden aus dem heiligen Land bedeckt gewesen sein sollte.

Wie es aussah, war sie allein. Maria hörte weder Schritte noch Stimmen. Vorsichtig, wie auf dünnem Eis, durchschritt sie das Kirchenschiff und betete ein stummes Ave-Maria gegen die Nervosität.

»Sie sind spät, Schwester Maria.«

Zu Tode erschrocken wirbelte Maria herum. Im Schatten einer Säule erkannte sie eine Gestalt, gekleidet wie ein Kapuzinermönch, die Kapuze tief ins Gesicht gezogen.

»Ich wurde aufgehalten«, sagte sie fest und trat dabei einen Schritt zurück. »Pater Nikolas?«

»Haben Sie das Relikt?«

Der Mann rührte sich nicht von der Stelle. Dennoch machte er ihr Angst. Maria verfluchte sich dafür, hierhergekommen zu sein.

»Nein«, erwiderte sie und sah zum Ausgang.

»Wo ist es?«

»Geben Sie mir einen Beweis, dass Don Luigi Sie wirklich schickt, dann führe ich Sie hin.«

Ehe sie reagieren konnte, war der Mann mit der Kapuze bei ihr. Er schien fast aus dem Schatten der Säule zu fliegen. Ohne dass Maria sein Gesicht sehen konnte, packte er sie, wirbelte sie herum und drückte ihr mit stahlharten Fingern von hinten die Kehle zu.

»Wo ist es?«

Seine Stimme klang scharf, obwohl er flüsterte. Maria versuchte, sich zu befreien und um sich zu schlagen. Sie versuchte zu schreien. Doch der Mann, der sich Pater Nikolas nannte, hielt sie eisern fest und drückte ihr nun mit einer Hand alle Luft ab.

»Wo ist es? Wenn Sie schreien, töte ich Sie hier auf der Stelle.«

Er lockerte den Griff um ihre Kehle und Maria japste nach Atem. Verzweifelt überlegte sie, was sie dem Mann sagen sollte.

»In meiner Zelle im Kloster.«

Der Mann drückte ihr erneut die Kehle zu. Maria geriet in Panik.

»›Du sollst nicht lügen.‹ Lügen Sie mich nicht an, Schwester. Ich kann Lügen riechen.«

Verzweifelt überlegte Maria, was sie tun konnte, was sie dem Mann sagen sollte. Sie wollte das Amulett nicht preisgeben. Aber sie wollte auch nicht sterben.

»Ich werde Sie hinführen«, gurgelte sie, als der Mann die Hand wieder von ihrer Kehle nahm. Plötzlich spürte sie kalten, scharfen Stahl an ihrer Kehle, und die Todesangst durchflutete nun ihren ganzen Körper.

»Nein«, sagte der Mann. »Ich werde Sie jetzt töten, Schwester. Doch vorher werden Sie mir noch verraten, wo Sie das Relikt versteckt haben. Wenn ich Ihnen glaube, dann wird Ihr Tod schnell sein, Sie werden es kaum merken. Wenn ich aber rieche, wie aus Ihrem Mund die Lüge sickert wie Schleim aus krankem Gewebe – dann werde ich Sie sehr qualvoll töten. Ich werde Ihnen die Haut abziehen, Schwester Maria. Von den Zehenspitzen bis zu Ihrem schönen Hals. Schmerzen, Schwester Maria, wissen Sie, was Schmerzen sind?«

Maria keuchte in Panik, sie zitterte jetzt unkontrolliert.

»Bitte!«, wisperte sie. »Bitte nicht.«

»Wo ist es?«

Maria hatte keinen Zweifel mehr, dass der Mann tun würde, was er ihr androhte. Christus war qualvoll am Kreuz gestorben, verblutet, verdurstet, mit gebrochenen und ausgekugelten Gliedern in der judäischen Hitze verreckt. Aber Christus war Gottes Sohn gewesen, stark und rein, und sie war nur noch ein Bündel keuchender, schwitzender Angst.

Der rasenden Angst vor Schmerzen.

»Ich werde nicht lügen, ich schwöre bei unserem Herrn Jesu Christi, ich werde nicht lügen.«

»Das ist gut, Schwester Maria. Wo ist es?«

»Ich werde nicht lügen, aber ich werde auch nichts sagen«, keuchte Maria. Denn trotz der Panik und der Todesangst wurde ihr eines klar: Dieser Mann würde sie ohnehin töten. Ob sie das Versteck des Amuletts verriet oder nicht – sie war bereits tot. Was machte es noch für einen Unterschied, auf welche Weise sie sterben würde?

Nikolas neigte seinen Kopf etwas vor und schien an ihr zu schnüffeln. Lange. Unendlich lange.

»Ich verstehe. Also gut, Schwester Maria. Das Licht sei mit dir.«

Sie spürte, wie seine Hand sich anspannte für den tödlichen Schnitt. Maria betete zur heiligen Jungfrau.

Dann fiel der Schuss.

Er zerfetzte die Stille in der Kirche, rollte knirschend durch das Kirchenschiff, brandete über den Altar hinweg und fegte durch die seitlichen Kapellen. Maria spürte nur, dass die Klinge ihren Hals nicht mehr berührte. Sie hörte einen erstickten Laut und merkte, dass der Mann sie losließ. Im gleichen Augenblick sackte sie nach vorn.

Niemand hielt sie. Maria schlug hart auf den kalten Marmorboden, sah eine schemenhafte Bewegung neben sich und krümmte sich instinktiv schützend zusammen.

Ein zweiter Schuss. Etwas zersplitterte. Maria sah, wie die Gestalt mit der Kapuze in den hinteren Bereich der Kirche flüchtete.

Eilige Schritte, ganz nah. Eine Hand, die sie packte. Maria schrie.

»Ganz ruhig, Maria, ich bin's! Bist du okay?«

Sie nickte. Nickte einfach, obwohl auch das wieder eine Lüge war. Sie nickte einfach, weil sie Peter Adam erkannte, der neben ihr kniete, eine Waffe in der Hand hielt und sie nun vorsichtig auf die Füße zog. Dabei sah er sich in der dunklen Kirche um.

»Wir müssen hier raus. Ich glaube, ich habe ihn getroffen, aber vielleicht war er nicht allein.«

»Doch, allein«, brachte sie heraus. »Er hat ein großes Messer.«

»Komm. Schnell. Hast du das Amulett noch?«

Sie nickte wieder, immer noch zu keiner Bewegung fähig. Zitternd deutete sie auf den Opferstock am Eingang.

Ein uralter Fiat Panda auf der anderen Straßenseite ließ kurz die Scheinwerfer aufflammen, als Peter und Maria aus der Kirche stürzten. Peter erkannte den Fahrer, der seltsam eingezwängt in dem kleinen Auto wirkte, und zog Maria hinter sich her.

»Ich bin gerade angekommen«, erklärte Don Luigi und hielt die Beifahrertür auf. »Was ist passiert?«

»Fahren Sie, Don Luigi, fahren Sie!«

»Aber wohin?«

»Irgendwohin, nur weg von hier! Los, fahren Sie schon!«

Don Luigi gab Gas und fuhr den klapprigen Fiat durch die nächtlichen römischen Straßen. Durch den Rückspiegel beobachtete er besorgt Maria, die immer noch unter Schock zu stehen schien und kein Wort sagte.

»Sie sehen furchtbar aus, Peter. Was um Himmels willen ist passiert?«

»Ich erkläre es Ihnen nachher. Zuerst müssen wir einen Ort finden, wo wir kurz in Ruhe nachdenken können. Und meiden Sie Polizeikontrollen!«

»Haben Sie das Amulett noch?«

Peter zeigte es ihm. Der Pater nickte erleichtert.

»Ich kenne ein Karmeliterinnenkloster in der Via dei Baglioni. Die Schwestern sind sehr verschwiegen und hilfreich.«

»Gut.«

Peter wandte sich zu Maria um. »Alles in Ordnung?«

Sie schüttelte den Kopf, versuchte aber ein Lächeln. »Danke«, sagte sie.

In aller Kürze berichtete Peter dem Pater, was in der Nacht passiert war und erfuhr seinerseits, dass Loretta dem Pater tatsächlich die Dokumente aus der Papstwohnung abgenommen hatte.

»CIA? Mossad?« Don Luigi schüttelte den Kopf.

»Sie wirken nicht sonderlich überrascht.«

»Es war klar, dass die Geheimdienste durch das Verschwinden des Papstes beunruhigt sind. Aber ich hätte nicht gedacht, dass sie so weit gehen würden.«

»Sie halten mich immerhin für einen Mörder und Terroristen.«

Don Luigi blickte ihn an. »Haben Sie diese Agentin denn getötet, Peter?«

Peter antwortete nicht. Was sollte er sagen? Er war sich nicht mehr sicher. Als sie den Tiber überquerten, bat er Don Luigi kurz anzuhalten und warf die Waffe in den Fluss. Den Van hatte er in der Nähe der Pilgerkirche zurückgelassen. Es würde nicht lange dauern, bis sie ihn fanden. Peter schätzte ohnehin, dass bereits intensiv nach ihm gefahndet wurde.

# XXIX

# EIN JAHR ZUVOR ...

*8. Mai 2010, Vatikanstadt*

Kurz nach elf Uhr hob der päpstliche Hubschrauber vom Landeplatz an der vatikanischen Mauer ab, um die Gäste des Papstes zurück zum Flughafen und zu ihren Privatmaschinen zu bringen. Zur gleichen Zeit stürmte Kardinal Menendez mit hochrotem Kopf in die *Seconda Loggia*.

»Warum werde ich nicht informiert, wenn der Papst geheime Gespräche mit einem islamischen Großmufti und dem höchsten Oberrabbiner führt?«, schäumte er, als er sich an dem hilflosen Duncker vorbei in das Arbeitszimmer des Papstes drängte.

»Weil das Gespräch nun mal geheim war«, erklärte Johannes Paul III. kühl, ohne sich zu erheben oder Menendez aufzufordern, sich zu setzen. »Oder sagen wir, es hat sich um ein erstes, vorsichtiges Sondierungsgespräch gehandelt.«

»Ich bin der Staatssekretär des Vatikans!«, kochte Menendez. »Und damit zuständig für die Außenpolitik.«

»Und ich bin der Papst.«

Die Zurechtweisung saß. Aber sie hielt Menendez nicht davon ab, seiner Wut weiter Ausdruck zu verleihen.

»Scheich Abdullah und dieser Kaplan sind erklärte Feinde der katholischen Kirche. Was haben Sie mit diesen zwei Hasspredigern besprochen?«

»Beruhigen Sie sich, Kardinal. Ich werde Sie zu gegebener Zeit informieren.«

»Ich warne Sie, Eure Heiligkeit«, presste Menendez hervor. »Missbrauchen Sie dieses Amt nicht für persönliche politische Machtspiele zum Schaden der Kirche.«

Jetzt erhob sich der Papst aus seinem Stuhl und sah seinen Kardinalstaatssekretär kalt an.

»Was erlauben Sie sich, Kardinal? Glauben Sie, ich lasse mir drohen? Von Ihnen oder sonst wem?«

Menendez erkannte, dass er zu weit gegangen war und schwieg. Johannes Paul III. streckte seine Hand mit dem Fischerring aus und nötigte Menendez damit zu einer Unterwerfungsgeste, die im täglichen Ablauf zwischen Papst und Kardinalstaatssekretär völlig unüblich war.

»Sie dürfen jetzt gehen, Kardinal.«

Menendez beugte sich der Macht des Papstes. Er deutete einen Kniefall an und küsste den Ring.

»Eure Heiligkeit.«

Johannes Paul III. reichte dem spanischen Kardinal noch eine kleine Aktenmappe.

»Lesen Sie das bis heute Nachmittag. Es sind Vorschläge für die Organisation der neuen Kongregation für den interreligiösen Dialog. Ich werde dazu fünf neue Kardinäle ernennen. Einen davon dürfen Sie vorschlagen. Ich nehme an, er wird wie üblich aus den Reihen des Opus Dei stammen.«

Gegen Mittag zog sich Johannes Paul III. wieder in seine Wohnung zurück, wo seine Haushälterinnen bereits den Tisch eingedeckt hatten. Johannes Paul III. liebte die römische Küche, *pasta all'amtriciana* mit viel Zwiebeln und Speck, Artischocken aus dem Ofen und frischen *Branzino* von der nahen Küste. Dazu trank er gerne ein Glas sizilianischen Regaliali. Hin und wieder jedoch überkam ihn zum Entsetzen der italienischen Köchinnen das Heimweh und damit verbunden ein ungezügelter Appetit auf deutsche Hausmannskost und ein Pils. Dann kam die Stunde von Sophia Eichner.

Die schlanke Rheinländerin, der man ihre sechzig Jahre nicht ansah, galt als Vertraute des Papstes mit eigener Meinung. Sie kannten sich bereits aus der Schulzeit, und Sophia Eichner hatte für kurze Zeit den Haushalt von Franz Laurenz geführt. Als Laurenz nach Rom umsiedelte, zog auch sie wie selbstverständlich mit um, lektorierte seine Bücher und ging ansonsten ihrem eigentlichen Beruf als Ärztin nach. Sophia Eichner war ein unabhängiges Wesen.

Und sie war evangelisch.

Das allein hatte in Rom schon fast einen Skandal ausgelöst. Und natürlich gab es Gerede, wie selbstverständlich die Deutsche im Apostolischen Palast ein und aus ging und sogar gelegentlich bis spätabends im *Appartamento* blieb. Die kuriale Schlangengrube aus Neid, Intrigen und Lästerei witterte bereits eine Schattenpäpstin – nicht die erste in der Geschichte. Alexander Duncker spielte jedoch mit offenen Karten, meldete jeden Besuch der Presse und erklärte unermüdlich, dass der Papst Signora Eichner als alte, unabhängige Vertraute schätze und mit ihr an seinem neuen Buch arbeite.

Was vollkommen der Wahrheit entsprach.

Nebenbei schadeten gewisse Gerüchte dem Papst in Rom durchaus nicht. Zumindest schien damit seine sexuelle Orientierung geklärt. Denn das war die Kardinalfrage im Vatikan, der wahre Graben, der die Kurie wie eine tektonische Verwerfung spaltete: gay oder hetero?

Da von Sophia Eichner jedoch offenbar keine direkte Gefahr für den Zölibat und den Bestand der katholischen Kirche ausging, verstummten die Spekulationen allmählich, und die Kurie und die römische Gesellschaft gewöhnten sich an die stets freundliche deutsche Signora auf der roten Vespa. Sie blieb deutlich sichtbar, aber sie gab niemals Interviews oder erschien je auf gesellschaftlichen Empfängen. Sie blieb weiter, was sie war: ein unabhängiger und respektierter Bestandteil des Vatikans.

»Was haben sie gesagt?«

»Nun, sie waren zu höflich, um mich auszulachen. Aber natürlich misstrauen sie mir. Ich glaube, Chaim Kaplan hält mich sogar für verrückt. Der Papst mit dem Symboltick.«

Johannes Paul III. vermengte zum Entsetzen seines Kammerherrn etwas Kartoffelpüree mit Sauerkraut, das er sich mit größtem Appetit in den Mund schaufelte.

»Mmmmm! Köstlich, Sophia! Wie damals bei deiner Mutter! Wo treibt man Sauerkraut in Rom auf?«

»Im Asia-Laden.«

Der Papst lachte und strahlte Sophia Eichner und seinen anderen Tischgast an, der höflich in dem deutschen Essen herumpickte und nur das Kassler aß.

»Menendez hat natürlich getobt. Aber was soll's. Ich wette, er zieht bereits wieder seine Strippen, um herauszufinden, was da los war.«

»Macht dir das keine Sorgen?«, fragte Sophia.

»Doch«, gestand der Papst. »Aber die Zeit drängt. Scheich Abdullah und Chaim Kaplan verlangen ein deutliches Zeichen meiner Glaubwürdigkeit.«

»Was sollte das sein?«, fragte Sophia.

»Afrika«, erwiderte der Papst. »Die Glaubwürdigkeit der Kirche entscheidet sich in Afrika. Wenn wir die Kirche erneuern wollen, dann führt der Weg über Afrika.«

»Was ist mit den evangelischen und orthodoxen Kirchen?«, schaltete sich jetzt der andere Tischgast ins Gespräch ein, froh um einen Vorwand, dieses entsetzliche deutsche Kraut stehen lassen zu können.

»Die anderen Kirchen werden folgen, sobald der Islam und das Judentum sich an unsere Seite gestellt haben, da bin ich sicher. Was meinst du, Sophia?«

Sophia nickte diskret, um dem Italiener ihr gegenüber nicht das Wort abzuschneiden.

»Sie essen ja gar nicht, Don Luigi!«, rief der Papst. »Essen Sie Ihr Sauerkraut. Da ist viel Vitamin C drin.«

Don Luigi zog ein Gesicht. Der Papst grinste ihn an.

»So, meine Freunde! Was haltet ihr von einem kleinen Spaziergang im Rosengarten?«

# XXX

*12. Mai 2011, Karmeliterinnenkloster, Via dei Baglioni, Rom*

Die Karmeliterinnen stellten nicht viele Fragen. Die Anwesenheit von Don Luigi schien Erklärungen unnötig zu machen. Die Äbtissin behandelte den Pater mit ausgesuchtem Respekt und führte die drei in einen einfachen Salon. Trotz der nächtlichen Störung brachte man ihnen Tee und einige *Panini*. Peter merkte, wie hungrig er war. Hungrig und müde, zum Umfallen müde.

»Sie sollten etwas schlafen, Peter.«

»Keine Zeit. Was haben Sie über die Dokumente herausgefunden?«

»Verschiedenes. Zunächst habe ich nach der Bedeutung dieses Symbols auf dem Amulett gesucht. Nirgendwo ein Hinweis. Dann hatte ich eine Idee.«

Don Luigi zog ein Taschenbuch aus der Jackentasche und zeigte es Peter. Peter erkannte das Buch sofort.

*Mystic Symbols of Man – Origins and Meanings* von Franz Laurenz.

»Natürlich! Verdammt, warum bin ich nicht gleich darauf gekommen!«

»Das habe ich mich selbst auch gefragt. Laurenz beschreibt das Symbol. Schauen Sie, hier: Es taucht ab dem 11. Jahrhundert als alchemistisches Zeichen für Kupfer auf. Aber es steht auch für Venus und für Licht. Das Interessanteste ist aber, dass das Zeichen offenbar viel älter ist. Laurenz zufolge taucht es bereits als Felszeichnung der Jungsteinzeit auf.«

»Kupfer, Venus, Licht!«, wiederholte Peter ratlos und drehte das Amulett in der Hand. »Nicht sehr ergiebig. Was hat die Untersuchung der Materialprobe ergeben?

»Leider habe ich noch keine Nachricht aus dem Labor. Ich vermute, sie brauchen noch mehr Zeit. Aber ich habe ein wenig über Thoth herausgefunden. Thoth galt als Gott der Intelligenz und als Mondgott für den ewigen Wandel und die Zeit. Er war auch ein Gott des Totenreichs und notierte, ob die Verstorbenen würdig waren, in das Reich der Wiederkehr aufgenommen zu werden. In der griechischen Mythologie wurde er mit Hermes gleichgesetzt. Womit wir wieder bei Hermes Trismegistos wären. Und bei Manetho oder Manethot, einem ägyptischen Priester, der als Personifizierung von Thoth angesehen wurde. Ich hatte gehofft, in den Dokumenten eine Antwort zu finden, aber die wurden mir ja von dieser Agentin gestohlen. In den wenigen Stellen, die ich übersetzen konnte, war immer wieder von Licht die Rede.«

Don Luigi zeigte Peter eine handschriftliche Notiz, die er sich gemacht hatte.

»Das ist der Versuch einer ersten Übersetzung.«

*Das Gemüt und die Vernunft, welches ganz und gar sich selbst begreift, ist frei von aller Leiblichkeit, frei von Irrung, unsichtbar von den Leidenschaften des Leibes, selbst in sich selbst bestehend: alles umfassend und alles unterhaltend, von welchem gleichsam als Strahlen sind das Gute, die Wahrheit, das ursprüngliche Licht, der Ursprung der Seelen.*

Peter stöhnte. »Was für ein gequirlter Blödsinn!«

»Wie gesagt, ich konnte nicht alle Texte entschlüsseln. Das Wort Licht kommt jedenfalls sehr oft vor.«

Peter musste wieder an Loretta denken. Wie sie ihn angesehen hatte in ihren letzten Augenblicken, so voller Angst. An die Ziffern, die sie mit ihrem eigenen Blut auf den Boden geschmiert hatte. Aber auch Don Luigi schien ratlos, was die Ziffern bedeuten mochten.

»306 oder 3 mal 6. Sehr rätselhaft. Es könnte entweder wirklich ein Hinweis auf die Zahl 666 sein, die Zahl der Hure Babylon aus der Offenbarung des Johannes. Aber dann stellt sich die Frage, warum sie nicht gleich drei Sechsen hinterlassen hat. Ich würde vermuten, dass sie 306 meinte. Als Zahl.«

»Wofür sollte diese Zahl stehen?«

»Nun, vielleicht ist es ein Erkennungszeichen. Die Quersumme von 306 ergibt neun. Na, klingelt's bei Ihnen, Peter?«

»Kein Stück.«

»Die Neun war die Zahl und das geheime Erkennungszeichen der Templer.«

»Moment mal!«, rief Peter. »Was zum Teufel haben denn jetzt die Templer damit zu tun? Hab ich was verpasst?«

Don Luigi hob mahnend den Finger. »Abwarten. Was waren noch die letzten Worte Ihrer Kollegin Loretta?«

Peter wusste es noch genau. Er konnte sogar noch Lorettas Stimme dabei hören.

»*Prophetia de summis pontificibus*. Und: ›Die Liste, sie existiert.‹ Und: ›Apokalypse‹.«

»Genau!«, rief Don Luigi triumphierend. »Die Liste!«

»Welche Liste, verdammt?«

»Die Liste des Malachias. Oder auch *Prophetia de summis pontificibus* – die Prophezeiung des Malachias. Schon mal davon gehört?«

Eine rhetorische Frage. Natürlich hatte Peter von der Prophezeiung des Malachias gehört. Schlagartig erkannte er, dass der Pater recht hatte.

»Malachias war ein irischer Bischof aus dem 12. Jahrhundert«, referierte er. »Später heilig gesprochen. Von ihm stammt eine Liste von hundertzwölf kleinen Prophezeiungen über Päpste, angefangen bei Cölestin II. bis in die Gegenwart.«

»Genau. Über diese Liste wurde über viele Jahrhunderte viel spekuliert. Der vorletzte Papst auf der Liste ist Johannes Paul III. Über ihn schreibt Malachias: *De manu mercurii*, aus Merkurs Hand. Was das bedeutet, ist rätselhaft. Malachias zufolge wird nach Johannes Paul III. nur noch ein Papst folgen. Dieser letzte Papst wird ein Römer sein und sich den Namen Petrus geben.

Mit ihm wird die Kirche, Rom und die ganze Welt untergehen. Das ist übrigens der Grund, warum kein Papst sich je den Namen Petrus gegeben hat. Man hielt das für ein schlechtes Omen.«

Don Luigi trank einen Schluck Tee und biss herzhaft in ein *Panino*. Peter sah, dass er noch lange nicht fertig war, und unterdrückte den Impuls, den Pater zu drängen.

»Die ganze Welt kennt diese Liste«, nuschelte Don Luigi mit vollem Mund. »Einige Quellen haben sie als Fälschung aus dem 16. Jahrhundert diffamiert, obwohl die Übereinstimmungen zwischen Prophezeiungen und Päpsten frappierend sind. Aber diese Liste ist ohnehin nur die Kurzform. Es gab angeblich noch eine andere. Ich bin im Geheimarchiv auf einen Hinweis gestoßen. Offenbar hatte Malachias zeitlebens Visionen, die ihn schrecklich quälten und die er sorgfältig aufschrieb. Er vertraute sich damit einem guten Freund an, dem Zisterzienserabt Bernhard von Clairvaux.«

»*Dem* Bernhard von Clairvaux?«

»Ebenjenem. Dem geistige Vater und Förderer des Templerordens, dem Hetzer für den zweiten Kreuzzug. Bernhard von Clairvaux hat die moralischen Grundwerte der Templer definiert und sie mit seinem Einfluss beim französischen König großgemacht. *Ecco* – da haben wir doch einen Zusammenhang zu den Templern! Malachias oder *Máel Máedoc Ua Morgair*, wie er wirklich hieß, war gerade auf dem Weg von Irland nach Rom, als er bei einem Zwischenstopp in der Abtei von Clairvaux urplötzlich verstarb. Bernhard von Clairvaux hat später die Lebensgeschichte von Malachias aufgeschrieben, damit dieser heilig gesprochen werden konnte. Er *muss* also von den Prophezeiungen seines Freundes gewusst haben. Er bestätigt sogar dessen seherische Fähigkeiten. Allerdings erwähnt Bernhard die Liste mit keinem Wort. Schon seltsam, was?«

»Was schließen Sie daraus?«

»Schwer zu sagen. Womöglich enthielt die vollständige Prophezeiung eine Gefahr für die Kirche und musste verschwinden. Mitsamt dem Propheten.«

»Sie meinen, Bernhard von Clairvaux hat seinen Freund Malachias ermordet?«

Don Luigi zuckte mit den Achseln. »War eine raue Zeit, damals. Jedenfalls hat Bernhard von Clairvaux unmittelbar nach dem Tod seines Freundes alles darangesetzt, die Templer zu gründen und den französischen König von der Notwendigkeit eines zweiten Kreuzzuges zu überzeugen. Was haben Bernhards Tempelritter dort im Heiligen Land gesucht? Etwas, das in Zusammenhang mit der wahren Prophezeiung steht?«

Peter dachte an Lorettas Worte. »Dann hat Loretta womöglich einen Hinweis darauf gefunden, dass das vollständige Original der Prophezeiung noch irgendwo existiert.«

»Das denke ich auch. Es ist nicht viel – aber mein Instinkt sagt mir, dass wir eine Spur haben.«

Peter hatte während des Gesprächs mit dem Jesuiten nicht bemerkt, dass Maria den Raum verlassen hatte. Er fand sie betend in der Kapelle des Klosters. Für einige Momente verhielt er sich ganz still, um sie in Ruhe zu betrachten. Sie wirkte ruhig und vollkommen versunken. Die Frau, die mit ihm in die päpstliche Wohnung eingebrochen und die vor einer knappen Stunde nur knapp einem entsetzlichen Tod entgangen war. Und nun kniete sie dort vorne in der Bank und betete zu ihrem Gott, an den Peter nicht mehr glaubte. Dennoch beneidete er sie plötzlich um den Frieden, den sie im Gebet fand.

Plötzlich brach sie ihr Gebet ab und wandte sich zu ihm um. Nicht erschrocken, sondern ruhig und mit einem Schimmer auf dem Gesicht, der sie noch schöner erscheinen ließ.

»Ich wollte dich nicht stören«, entschuldigte sich Peter.

»Du störst nicht.« Sie blieb in der Bank sitzen und sah ihn weiter unverwandt an, als erwarte sie irgendetwas von ihm. Peter trat näher und setzte sich neben sie.

»Wolltest du beten?«, fragte sie.

Peter schüttelte den Kopf. »Ich glaube nicht an Gebete.«

»Woran glaubst du denn dann?«

Die Frage überrumpelte Peter.

»An nichts«, erwiderte er und kam sich wie ein Schüler vor, der bei einer Prüfung die idiotischste aller Antworten gab.

»Aha.« Sie wandte sich wieder dem Altar zu. »Und warum bist du dann gekommen?«

»Ich muss nach Clairvaux. Don Luigi hat eine Spur.«

Sie sah ihn wieder an. Ernst und durchdringend.

»Hast du diese Frau getötet, Peter?«

Peter seufzte. »Ich weiß es nicht. Ich weiß es wirklich nicht. Ich habe keine Ahnung, was in diesen vier Stunden passiert ist. Aber wenn ich meine Unschuld beweisen will oder auch nur, dass ich nicht verrückt bin, dann muss ich herausfinden, was hinter alldem steckt.«

»Du wirst überall gesucht.«

»Ich weiß.«

Sie dachte nach. Dann streckte sie plötzlich die Hand aus und berührte ihn sacht an der Wange. Eine fast flüchtige Berührung, die Peter dennoch auf der Haut brannte.

»Du hast mir das Leben gerettet.«

»Du ja auch meins.«

»Alleine wirst du das nicht schaffen. Ich fahre mit dir.«

Peter sah sie überrascht an. »Keine gute Idee. Hier bist du viel sicherer.«

»Nein«, widersprach sie. »Als dieser Mann mir die Klinge an den Hals gesetzt hat, habe ich etwas verstanden. Dass dieser Mann niemals aufgeben wird. Dass er mich weiter suchen und töten wird. Solange wir nicht wissen, was hier vorgeht, bin ich in Rom genauso wenig sicher wie du.«

»Maria, ich …«

Sie schnitt ihm ungehalten das Wort ab. »Das ist keine Bitte.

Ob ich will oder nicht, wir sind aneinander gebunden. Ich werde mitkommen.«

Und wieder dieser Schimmer aus Frieden und tiefer Entschlossenheit auf ihrem Gesicht. Peter lächelte sie an und nickte.

»Die Frage ist nur«, begann er wieder, »wie kommen eine Nonne und ein Mann, der wegen Mordes und Terrorverdachts gesucht wird, von Rom nach Clairvaux?«

Jetzt lächelte auch sie, und Peter bat den Gott dieser Kapelle, dass sie nie mehr aufhören möge, so zu lächeln.

»Mit Gottes Hilfe«, sagte sie.

# XXXI

# EIN JAHR ZUVOR ...

*8. Mai 2010, Vatikanstadt*

Johannes Paul III. und Don Luigi setzten ihr Gespräch unter vier Augen in der Privatbibliothek des Papstes fort. Johannes Paul III. öffnete das Fenster zum Hof und schob seinem Gast einen Aschenbecher über den Tisch. Obwohl im gesamten Vatikan ein strenges Rauchverbot galt, zündete sich der Jesuit eine MS an, eine *morto sicuro – sicherer Tod*, wie die nationale Zigarettenmarke im italienischen Volksmund hieß. Johannes Paul III. rauchte selbst zwar nicht, aber er kannte seinen obersten Exorzisten, den er in den letzten Jahren als päpstlichen Sondergesandten in heikelsten Missionen um die Welt geschickt hatte.

»Ich brauche Sie, Don Luigi«, begann er, während Don Luigi seine ersten Züge am Fenster tat. »Sie sind mir in den letzten Jahren bereits eine große Stütze gewesen. Aber ich werde Sie noch viel weiter bemühen müssen. Möglicherweise bis an den Rand Ihrer Kräfte.«

»Verfügen Sie nach Belieben über mich, Eure Heiligkeit«, sagte Don Luigi und sah den Papst an, dem irgendetwas auf der Seele zu lasten schien.

»Ich will nicht drum herumreden, Don Luigi. Was ich bald von Ihnen erwarte, könnte Ihr Leben gefährden.«

»Mein Leben gehört der Kirche, Heiliger Vater. Ich fürchte mich nicht.«

Johannes Paul III. blickte seinen Chef-Exorzisten durchdringend an. »Nein, Don Luigi, *Sie* fürchten sich wirklich nicht. Dafür bewundere ich Sie.«

»Das ehrt mich, Heiliger Vater«, erwiderte der Jesuit. »Aber mit Verlaub, für den Erfolg meiner Mission wäre es hilfreich, wenn Sie mir konkretere Informationen über die Gefahr geben könnten, von der Sie sprechen.«

»Nicht zum gegenwärtigen Zeitpunkt. Sie werden alles erfahren – wenn es so weit ist.«

Don Luigi nickte, wirkte jedoch unzufrieden.

»Bitte, Pater. Vertrauen Sie mir ... Haben Sie die Liste?«

Don Luigi schob dem Papst ein gefaltetes Blatt Papier über den Tisch, das Johannes Paul III. kurz überflog.

»Sind das alle Namen?«

»Nein. Nach meinen Informationen fehlen noch ein paar. Ich fliege morgen nach New York und gehe einem neuen Fall nach.«

»Und auf seinem Körper sind sonderbare Zeichen erschienen?«

Don Luigi nickte. Johannes Paul III. seufzte und hielt das Papier mit der Namensliste an eine Tischkerze. Abwesend sah er zu, wie es auf einem Zinnteller zu Asche wurde. Dann sah er seinen Gast wieder ernst an.

»Sie haben einmal gesagt, dass der Satan auch nicht vor den Toren des Vatikans haltmacht.«

»Das galt nicht für Sie, Heiliger Vater.«

»Halten Sie mich für einen Spinner, Don Luigi?«

»Nein«, erwiderte der Pater ohne zu zögern. »Und ich kenne einen Haufen Spinner hier. Sie, Heiliger Vater, gehören definitiv nicht dazu.«

Papst Johannes Paul III. nickte. »Dann hören Sie mir jetzt gut zu. Ich werde es nur einmal sagen, und auch das wird nicht viel sein. Aber Sie sollen wenigstens genug wissen, um zu verstehen, wofür Sie Ihr Leben riskieren werden. Ich bin der vorletzte Papst. Nach mir wird das Chaos regieren.«

»Mit Verlaub, Eure Heiligkeit, die Prophezeiung des Malachias – das ist doch nur eine Fälschung!«

Der Papst winkte ab. »Ich rede nicht über die Liste, und ich rede auch nicht von Fátima. Wir stehen am Ende der Zeit.«

Johannes Paul III. machte eine Geste, die den Raum, den Palast, den gesamten Vatikan einbezog. Er wirkte ernst und entschlossen. Don Luigi las sogar so etwas wie Wehmut und Trauer in seinem Blick.

»Diese Kirche ist mein Leben. Aber als Papst bin ich auch der Hüter eines furchtbaren Geheimnisses. Ein Geheimnis, uralt und so gewaltig, dass auch ich nicht sein ganzes Ausmaß kenne. Ich bin nur eine Art Bewacher, der darauf zu achten hat, dass das, was in diesen Mauern verborgen liegt, niemals ans Licht kommt. Aber die Zeichen sprechen leider eine andere Sprache. Die Apokalypse ist nah, uns bleibt nicht mehr viel Zeit. Und Sie, Pater Gattuso, müssen mein Frühwarnsystem sein.«

# Kapitel 4
# BAPHOMET

# XXXII

Von: gianni83@brancifortilabs.it
An: irdep.tanakayoko@nakashima-industries.jp
Datum: 13. Mai 2011 06:24:31 GMT+01:00
Betreff: Fundsache
Priorität: Höchste
Anhänge: 5
Verschlüsselung: S/MIME

Sehr geehrte Frau Tanaka,

ich hoffe, diese E-Mail erreicht Sie bei guter Gesundheit.
    Ich beziehe mich auf Ihr Angebot vom 17. September des letzten Jahres bei unserem Treffen in Rom. Ich hoffe, es gilt noch, denn ich glaube, ich habe etwas, das Sie interessieren könnte.
    Vor zwei Tagen hat mich der Sonderbeauftragte des Papstes, Pater Gattuso, um die Analyse einer kleinen Mineralprobe gebeten. Ohne zu erklären, um was es sich handele, noch woher diese Probe stamme, übergab er mir ein Plastiktütchen mit ca. 0,2 g Abrieb eines blassblauen Materials. Er bat mich, die Untersuchung persönlich und möglichst umgehend durchzuführen und absolut vertraulich zu behandeln.
    Da das Institut Branciforti schon öfter geochemische Analysen im Vatikan durchgeführt hat und da Don Luigi, wie wir ihn hier nennen, ein bekannter, vertrauenswürdiger Mann ist, der mir persönlich schon bei der Behandlung einer sozusagen heiklen Lebenskrise geholfen hat, habe ich mich sofort an die Untersuchung des Materials begeben.
    Die genauen Ergebnisse finden Sie im Anhang.

Um es kurz zu machen: Ich persönlich stehe vor einem Rätsel.

Ich habe sämtliche spektrometrischen Untersuchungen an dem Material durchgeführt, zu denen unser Labor in der Lage ist. Ich begann nach Aufschluss des Materials mit Salzsäure zunächst mit einer IPC-OES und einer ICP-MS. Danach unterzog ich die festen Bestandteile einer Elektromikrostrahlanalyse sowie einer Röntgenfluoreszensanalyse. Des Weiteren folgten eine Mößbauer-Spektroskopie, eine Untersuchung der Elektronenspinresonanz zum Nachweis geringer Konzentrationen paramagnetischer Ionen, eine Röntgenabsorptionsspektroskopie sowie eine Neutronenaktivierungsanalyse. Die verbleibenden Proben habe ich unter UV- und Laserbeschuss und in unserem hauseigenen Elektronenrastermikroskop untersucht.

Keine dieser Methoden führte zu einer eindeutigen Bestimmung des Materials. Die Probe verhält sich teilweise wie ein Metall, teilweise wie ein Mineral. Es weist eine komplexe kristalline Struktur auf, die sich unter Laserbeschuss einer Frequenz von 442 Nanometern (blau) verändert. Ich möchte sagen, aufweicht. Überhaupt verhält sich das Material höchst seltsam (siehe Daten). Aus Mangel an weiteren Proben konnte ich jedoch keine weiteren Messungen mehr vornehmen. Ich vermute, dass es sich um ein völlig unbekanntes künstliches Material handelt.

Eine genaue Datierung des Materials war mir nicht möglich. Als vorläufiger Näherungswert dürften 5000–10000 Jahre gelten. Wie kann ein solches Material 5000 Jahre vor unserer Zeitrechnung entwickelt worden sein???

Ich habe darauf keine Antwort.

Jedenfalls bin ich überzeugt, dass ich mich durch den Fund dieses Materials für den Preis qualifiziert habe, den Sie bei unserem Gespräch für die Entdeckung eines neuartigen Minerals oder Metalls ausgelobt haben. Ich wäre Ihnen verbunden, wenn Sie die mir in Aussicht gestellte Summe auf unten stehendes Konto überweisen würden.

Mit besten Grüßen

Giovanni Manzoni
(Doktorand)
Istituto Dott. Branciforti
Via Cineto Romano 62
00156 Roma
ITALY

# XXXIII

*13. Mai 2011, Karmeliterinnenkloster, Rom*

Die Befürchtung, dass alles nur eine Nebenwirkung ist.
Die Enttäuschung über ein nicht eingelöstes Versprechen.
Die Vorfreude auf den ersten Cappuccino.
Zweifel an Gott.
»Peter! Wachen Sie auf!«

Peter schreckte alarmiert aus seinem letzten Traum. Für einen Moment wusste er nicht, wo er sich befand. Erst als er Don Luigis Gesicht und das Holzkreuz an der Wand sah, kam alles wieder zurück. Durch das Fenster stach die Frühlingssonne ins Zimmer, so unerschütterlich heiter, als hätte es die letzte Nacht, die letzten Tage nicht gegeben.

»Wie spät ist es?«
»Halb sieben.«
»Was? Verdammt!«
»Sie haben Schlaf gebraucht, Peter. Hier ...«

Don Luigi reichte ihm einen heißen Cappuccino mit einem warmen *Cornetto*. Peter richtete sich auf.

»Ich brauche einen Wagen. Geld, Papiere. Scheiße, ich werde noch nicht mal bis an die italienische Grenze kommen, so wie ich aussehe!«

Er sah an sich herab. Seit er verhaftet worden war, trug er nur noch eine leichte Baumwollhose und ein Hemd, das irgendwann einmal weiß gewesen war. Jetzt waren seine Sachen zerknittert und schmutzig, wiesen Flecken von Schweiß, Blut und Erbrochenem auf.

Don Luigi deutete auf einige Kleidungstücke auf einem Stuhl. »Die Schwestern waren so freundlich, ein paar Sachen aus Ihrem Hotel zu beschaffen.«

»Das Hotel wird doch mit Sicherheit observiert!«

»Aber wer achtet schon auf zwei Karmeliterinnen! Keine Sorge, Peter, sie wurden nicht verfolgt. Ihr Zimmer wurde allerdings durchsucht. Ihr Laptop und Ihr iPad waren nicht mehr da.«

Peter trank den Cappuccino und biss herzhaft in das cremegefüllte Hörnchen. Der starke Kaffee half beim Nachdenken.

»Ich muss nach Clairvaux.«

Don Luigi schüttelte den Kopf.

»Vergessen Sie Clairvaux. Ich habe die Abtei gegoogelt, sie existiert nicht mehr. Es gibt nur noch ein Museum. Das Kloster wurde 1791 aufgelöst und 1808 in ein Straflager umgewandelt. Heute ist es eines der modernsten Hochsicherheitsgefängnisse Frankreichs.«

Don Luigi reichte Peter den Ausdruck eines Satellitenbildes der Abtei aus dem Internet. Es zeigte einige kleine Gebäude um einen begrünten Hof mit dem Grundriss der ehemaligen Abteikirche. Dahinter, über den weitaus größten Rest des Areals, erstreckten sich verschiedene Gebäudekomplexe. Peter erkannte ohne Mühe die Umrisse von Wachtürmen, Zellenblöcken und unterteilten Höfen. Mauern überall.

»Scheiße. Und das Museum?«

»Ich habe die Museumsleiterin aus dem Bett geklingelt. Sie hat mir versichert, dass sich auch in dem Museum keinerlei Handschriften befinden. Der Templerorden wurde bereits 1307 von Philipp IV. zerschlagen. Jacques de Molay und andere Führer des Ordens wurden der Ketzerei und Sodomie angeklagt und hingerichtet. Die überlebenden Templer zerstreuten sich in alle Welt. Die Abtei von Clairvaux war eine Hochburg der Templer. Die Tempelritter dort haben alles mitgenommen, was sie auf der Flucht tragen konnten.«

»Den legendären Templerschatz.«

»Na ja. Außer Dokumenten dürfte das nicht viel gewesen sein. Aber gewiss war die Original-Prophezeiung des Malachias dabei.«

»Wohin sind die Templer geflohen, Pater?«

Don Luigi machte eine unbestimmte Geste.

»Darüber gibt es viele Legenden. Angeblich verließ eine Flotte mit dem Tatzenkreuz der Templer auf den Segeln unter Antonio Zeno den Hafen von La Rochelle etwa neunzig Jahre nach dem Ende des Ordens in Richtung Amerika. Ein Nachfahre von Antonio Zeno veröffentlichte 1558 eine angebliche Landkarte dieser Reise. Demnach haben die Templer sogar Amerika entdeckt – noch vor Columbus. Aber das sind alles Verschwörungstheorien, die Sie überall im Internet finden können.«

»Haben Sie irgendeine Idee, Pater?«

Don Luigi schüttelte betrübt den Kopf. Peter dachte nach.

»Wo ist der Computer?«, fragte er schließlich.

Im Büro der Karmeliterinnen fand Peter zwei Computer mit schnellem Internetanschluss. Als Peter gerade den Browser gestartet hatte, trat Maria ein.

»Ich hab's eben gehört.« Ohne Umstände setzte sie sich an den zweiten Computer. »Also, wonach suchen wir?«

»Nach allem, was irgendwie mit den Templern zu tun hat«, erklärte Peter. »Irgendeinem Hinweis, wo sie die Pergamente aus Clairvaux hingeschafft haben könnten – und wenn er noch so verrückt klingt. Nimm dir jedes noch so bekloppte Forum über Verschwörungstheorien vor. Wer etwas Interessantes findet, gibt sofort Bescheid.«

»*Oui, mon général!*«, sagte Maria und salutierte.

Peter grinste sie an. »Soll ich dir erklären, wie man so einen Computer bedient?«

»Du kannst meinetwegen zum Teufel gehen. Auf die Plätze, fertig – los!«

Peters Kenntnisse über den Templerorden waren nur rudimentär. Die kurze Recherche brachte ihn immerhin auf einen Stand, mit dem er die erste Runde einer Quizshow überstanden hätte. Nach einer guten halben Stunde referierte er Maria seine Ergebnisse.

»Zwischen 1118 und 1121 von Hugo von Payns und Gottfried von Saint-Omer gegründet, waren die Templer zunächst nur eine Art Miliz zum Schutze der Pilger und Kaufleute, die nach dem ersten Kreuzzug ins Heilige Land strömten. Vermutlich eine Bande von stinkenden Söldnern, nicht weniger gefährlich als die Wegelagerer selbst. Ihren Namen erhalten sie in Erinnerung an Salomons Tempel in Jerusalem. Bis Hugo von Payns nach Frankreich zurückkehrt und mit Bernhard von Clairvaux spricht. Manche vermuten, dass Hugo von Payns in Jerusalem auf ein großes Geheimnis gestoßen sei, das dort verborgen lag, und dass Bernhard diesen »Schatz«, oder was immer es war, unbedingt in den Besitz der Kirche bringen wollte. Jedenfalls wird Bernhard daraufhin zum obersten Marketingchef der Templer.«

Maria verzog missbilligend ihr Gesicht.

»Im Ernst«, fuhr Peter fort. »Die Templer, wie wir sie aus Legenden und Büchern kennen, sind eine Erfindung von Bernhard von Clairvaux. Er war ein strenger Zuchtmeister. Hat den Bernhardinerorden reformiert und gnadenlos allen Zierrat aus den Kirchen entfernt. *Back to the roots*, sozusagen. Er war ein scharfer Hund, ein Ketzerjäger, lässt Bücher verbrennen und zettelt Inquisitionsprozesse gegen jeden an, der ihm krumm kommt. Jedenfalls hat Bernhard zweiundsiebzig Ordensregeln für diese Abenteurer im Heiligen Land festgelegt, und die waren streng. Mönchsoldaten sollen sie sein, weiße Mäntel sollen sie tragen ohne Pelz, jeweils zwei Ritter müssen sich eine Schüssel beim Essen teilen und auch Matratze und Decke. Geschlafen wird in Hemd und Hose. Fleisch gibt es nur dreimal die Woche, freitags wird gefastet. Schmuck am Zaumzeug oder der Kleidung – verboten. Kein Firlefanz, Schluss mit lustig. Aber die Waffen sollen immer ordentlich in Schuss sein. Nicht für die Jagd, denn die ist ebenfalls verboten. Ein Templer soll kämpfen.

Vor allem aber sollen sie keusch sein, diese neuen Ritter. Sollen sich schön fernhalten von Frauen, denn Frauen gelten als gefährlich. Ein Leben in Kampf und Buße. Wie klingt das?«

»Nach einer Horde stinkender Schlächter«, erwiderte Maria.

»Genau das waren sie. Aber streng geführt. Schau dir das Wappen der Templer an. Es zeigt zwei Ritter auf einem Pferd. Vermutlich soll das Bild den brüderlichen Zusammenhalt symbolisieren. Aber daher rühren offenbar später auch diese Gerüchte über sodomitische Praktiken bei den Templern. Angeblich haben sie einen Götzen namens Baphomet angebetet und sich bei obskuren Ritualen gegenseitig auf den Hintern geküsst.«

Maria schwieg dazu. Peter zeigte Maria verschiedene Baphomet-Abbildungen aus dem späten Mittelalter.

»Sieht nicht sehr christlich aus, nicht wahr? Später wurde er gar mit dem Satan gleichgesetzt. Wie auch immer, es ist ein hartes Leben. Da schlachtest du als guter Tempelritter den ganzen Tag Sarazenen und Heiden ab, immer ein Ave-Maria auf den Lippen, und abends darfst du dich noch nicht einmal besaufen oder eine Frau anschauen. Während zur gleichen Zeit deine Kreuzfahrerkollegen nebenan saufen und huren, was das Zeug hält. Ein Scheißleben. Aber egal, der Orden wächst, auch wenn ihre erste Schlacht bei der Belagerung von Damaskus in einem Fiasko endet. Die meisten Templer sterben. Das geflügelte Wort vom *Freitag, dem 13.* soll daher stammen. Dennoch wachsen sie weiter. Warum? Weil Bernhard Schenkungen an die Benediktinerklöster einfach an die Templer weiterreicht. Erstaunlicherweise hören die Templer bald auf zu kämpfen. Sie richten sich im Tempel von Jerusalem häuslich ein und schließen sogar Freundschaft mit Muslimen. Eine Söldnertruppe, die sich langweilt und sich allmählich ihre eigenen Gesetze und Rituale erfindet, die nur noch wenig mit strengen Mönchsregeln zu tun haben. Sie erfinden den Scheck. Mit einem Kreditbrief der Templer kannst du schon im Mittelalter bargeldlos durch den Orient reisen. Aber haben sie eigentlich auch das gefunden, was Bernhard im Heiligen Land vermutete? Man weiß es nicht. Jedenfalls werden sie irgendwann so mächtig und reich, dass Phillip IV. die Hutschnur reißt und er sämtliche Anschuldigungen gegen die Templer zusammenträgt. Er zerschlägt den Orden 1307 und plündert ihn restlos aus. Falls die Templer irgendein Geheimnis oder einen Schatz im Heiligen Land gefunden haben, ist es damit entweder untergegangen oder ...«

»... oder sie haben es gerade noch rechtzeitig in Sicherheit gebracht«, ergänzte Maria. »Und *ich* weiß auch, wo.«

Peter starrte sie an. Maria genoss seine Verblüffung sichtlich.

»Überleg doch mal: Du bist ein Templer aus Clairvaux und musst dringend untertauchen. Du weißt, dass der Papst dir wohlgesinnt ist. Denn Papst Clemens V. will einen Prozess gegen den gesamten Orden verhindern, den er schließlich selbst unterstützt hat. Es kommt zu einem Kräftemessen zwischen Phillip IV. und Clemens V. Und Clemens ist clever. Im März 1312 löst er den Orden einfach auf. Ohne Orden kein Prozess. Es bleibt bei dem Ermittlungsverfahren. 1314 wird Jacques de Molay, der letzte Großmeister der Templer, in Paris auf dem Scheiterhaufen verbrannt. Die Templer werden enteignet und ihre Güter den Johannitern übergeben. Natürlich abzüglich der Verfahrenskosten, die Philipp und die Könige Europas unverschämt hoch ansetzen. Obwohl angeblich alle Templer in Frankreich verhaftet worden sind, werden jedoch nur wenige Todesurteile vollstreckt. In Avignon kein einziges. Und warum?«

Jetzt fiel es Peter wieder ein. »Weil Avignon zu dieser Zeit Sitz des Papstes ist! Die Zeit des Schismas!«

»Genau! In Avignon sitzt Papst Clemens V. und nimmt die Templer samt allem auf, was sie noch bergen konnten.«

*Ausgerechnet Avignon. Wie weit ist das? Neun Stunden? Zehn?*

»Es ist nur eine Vermutung«, wandte Maria ein.

»Nein, du hast recht«, unterbrach Peter seine Überlegungen. »Falls das Original der Prophezeiung des Malachias überhaupt noch existiert, dann höchstwahrscheinlich in Avignon.«

»Bleibt das Problem, wie du nach Avignon kommst. Das sind gute zehn Stunden Fahrt und du wirst international gesucht. Also werde ich allein fahren. Beziehungsweise fliegen.«

*Ist das etwa Triumph da in deinen Augen, Maria?*

Peter fasste es nicht.

»Das wirst du auf keinen Fall. Das hier ist *mein* Problem.«

»Du meinst, du traust mir das nicht zu.«

»Nein, Maria, verdammt! Ich will nicht, dass du meinetwegen in Schwierigkeiten gerätst.«

Ihr Gesicht rötete sich und auf ihrer Stirn bildete sich eine kleine Zornesfalte.

»Jetzt hör mal gut zu, Peter Adam. Diese überheblich-gönnerhafte Art kannst du dir sonst wohin stecken. Du hast mich längst in Schwierigkeiten gebracht. Ich kann ganz gut selbst auf mich aufpassen, aber in Rom bin ich, wie du dich vielleicht erinnerst, noch viel weniger sicher als irgendwo sonst auf der Welt. Und deswegen fahre ich entweder alleine nach Avignon oder du kommst meinetwegen mit. Ist das verdammt noch mal jetzt endlich klar?«

»Betet ihr Nonnen eigentlich auch gelegentlich oder flucht ihr nur?«

»Verpiss dich, Peter Adam.«

»Ihr werdet beide fahren.«

Don Luigi stand in der Tür zum Büro. Er wirkte amüsiert. »Wenn wir Ihre Vision ernst nehmen, Peter, dann haben Sie nicht mehr viel Zeit.«

»Was schlagen Sie vor?«

Ein gewisser schlitzohriger Ausdruck trat auf Don Luigis Gesicht, den Peter schon einige Male beobachtet hatte.

»Ich habe in der letzten Nacht ein paar Telefonate geführt. Es war nicht ganz einfach, aber schließlich konnte ich diese

Leute überzeugen, dass es in ihrem eigenen Interesse ist, uns zu helfen.«

»Welche *Leute*, Don Luigi?«

»Vielleicht machen Sie sich erst etwas frisch. Wenn Sie sich umgezogen haben, erkläre ich Ihnen alles.«

Eine halbe Stunde später trat Peter geduscht und in frischer Kleidung wieder in den kleinen Salon, den ihnen die Karmeliterinnen zu Verfügung gestellt hatten. Peter fühlte sich bereits deutlich besser. Don Luigi, Maria und ein Mann um die fünfzig mit orientalischem Aussehen in einem schwarzen Anzug erwarteten ihn bereits.

»Peter, darf ich Ihnen Mohammed Al Naimi vorstellen, Botschafter des Königreichs Saudi-Arabien.« Don Luigi deutete auf den Mann im schwarzen Anzug, der Peter mit undurchdringbarem Gesicht musterte und weder eine Hand ausstreckte noch sonst irgendein Zeichen von Höflichkeit erkennen ließ.

»Was hat das zu bedeuten?«, fragte Peter misstrauisch.

»Seine Exzellenz, der Botschafter, ist so freundlich, Sie und Schwester Maria mit einem Privatjet seiner königlichen Hoheit Prinz Salman Abd al-Aziz ibn Saud nach Avignon zu fliegen. Um die Passkontrollen müssen Sie sich nicht sorgen. Sie reisen unter diplomatischem Schutz.«

Peter musterte den Araber im schwarzen Anzug weiterhin mit unverhohlenem Misstrauen. Was offensichtlich auf Gegenseitigkeit beruhte.

»Ich verstehe nicht ganz, Don Luigi. Wieso hilft das saudische Königshaus einem gesuchten Mörder und mutmaßlichen Terroristen bei der Flucht?«

Don Luigi wechselte einen kurzen Blick mit dem Araber, und der Botschafter ließ sich nun zu einer kurzen Erklärung herab.

»Das muss Sie nicht interessieren. Sagen wir, Ihr zurückgetretener Papst hatte gewisse Verbindungen zu hohen islamischen Würdenträgern aufgebaut, denen seine königlichen Hoheit sehr vertraut und die ihm eindringlich verdeutlicht haben, dass diese – ich betone – einmalige Maßnahme den Interessen unseres Landes und des Islam dient.«

»Mit einem Wort«, fasste Don Luigi zusammen, »keine weiteren Fragen, Peter.«

Peter wechselte einen Blick mit Maria. Sie wirkte ruhig und furchtlos. Sie schien Don Luigis Strippenzieherei voll und ganz zu vertrauen.

Peter zog Don Luigi beiseite.

»Was soll das?«, zischte er.

»Vertrauen Sie mir, Peter.«

»Nein, Don Luigi. Das riecht nach einer Falle. Erst schafft man mich außer Landes und dann aus dem Weg oder was?«

»Ich verstehe, dass Sie so denken, Peter. Aber bei Lichte betrachtet bleiben Ihnen nicht viele Optionen. Sie wollen Ihre Unschuld beweisen? *Benissimo*. Dann können Sie sich entweder der Polizei und den Geheimdiensten stellen und darauf vertrauen, dass die Sie diesmal nicht in einen Folterkeller deportieren, sondern mit Samthandschuhen anfassen und Ihnen glauben. Oder Sie vertrauen eben mir. Ihre Entscheidung, Peter.«

Ein harter Ausdruck trat in Don Luigis Gesicht.

»Scheiße!«, fluchte Peter und wandte sich ab.

Der saudische Botschafter erhob sich steif. »Wenn Sie so weit sind – draußen wartet ein Wagen.«

# XXXIV

*13. Mai 2011, Rom*

*Schmerz ist Schwäche, die den Körper verlässt. Hass ist das Kondensat des Lichts. Der göttliche Dunst, der deinen Körper ausfüllt. Das Licht ist die reinigende Kraft des Universums. Du bist der Hass, und du wandelst auf dem Pfad des Schmerzes. Du bist ein Wesen des Lichts, du bist geboren, um Schmerzen zu bringen. Du bist auserwählt, die Welt zu reinigen.*

»Ich habe versagt, Meister.«

»Ja, das hast du! Ich bin sehr enttäuscht, Nikolas!«

Nikolas lag bäuchlings ausgestreckt auf dem Boden und wagte nicht aufzusehen. Seth stand am Fenster des eleganten Salons und blickte über die Ewige Stadt. Nicht weit entfernt erhob sich die Kuppel des Petersdoms vom Vatikanhügel. Nikolas musste gar nicht aufschauen. Er spürte die Ablehnung seines Meisters. Eine Ablehnung, die Nikolas mehr schmerzte als die Schusswunde an der Schulter. Nikolas hatte gelernt, Schmerz als ein Zeichen des Lichts zu ehren. Als Zeichen, dass er dem rechten Pfad folgte. Nicht ohne Stolz dachte Nikolas daran, dass er mehr Schmerzen ertragen konnte als die meisten anderen Menschen. Nicht, dass er Schmerzen nicht fühlte – aber er betrachtete Schmerz als Freund, als reinigende Kraft, die seine Gedanken klärte und ihm half, seine Gefühle zum Stillstand zu bringen. Zurück blieb nur der Hass, klarer, reiner Hass, nicht verunreinigt durch Wut oder einem Bedürfnis nach Rache.

Der Schmerz der Ablehnung jedoch fraß sich tiefer in ihn hinein als jeder andere. Denn Nikolas liebte den Meister. Der Meister war der sichtbare Teil des göttlichen Lichts. Der Meister war die Verkörperung der Reinheit des Hasses. Der Meister war die Sonne und er, Nikolas, nur ein schmutziger Komet, der sie auf ewig umkreiste und dabei glücklich zu Eis und Staub verdampfte.

Aber er hatte versagt. Er war geflohen, als der Mann in der Kirche auf ihn geschossen hatte. Nicht sosehr Furcht, mehr ein völlig unbekanntes Gefühl entsetzlicher Verlorenheit hatte ihn plötzlich gepackt. Er hatte die Nonne einfach losgelassen und war blutend aus der Kirche gestürzt. Nikolas, das Gefäß des Hasses, war der schlimmsten aller Schwächen erlegen – der Feigheit.

Die Frage war nur, warum?

Nikolas wartete demütig ab, bis der Meister ihn wieder ansprach. Seth drehte sich vom Fenster weg und sah Nikolas mit unverhohlenem Abscheu an.

»Warum, Nikolas? Warum?«

»Ich ... ich weiß es nicht, Meister.«

»Aber ich weiß es.«

Seth setzte sich in einen der Ledersessel und nahm ungehalten eine kleine Dokumentenmappe vom Tisch. »Setz dich!«

Nikolas erhob sich erleichtert und gehorchte.

»Was macht die Schulter?«

»Es ist nichts, Meister.«

»Hast du den Mann erkannt?«

»Nein, Meister.«

»Er ist Journalist. Sein Name ist Peter Adam. Natürlich steckt der Jesuit dahinter.«

»Ich kann den Jesuiten für Euch töten, Meister.«

Seth winkte ab. »Um den Jesuiten kümmere ich mich persönlich, wenn es so weit ist. Erst muss er mich noch zu Laurenz führen.«

Seth reichte Nikolas die Mappe. »Das ist der Mann, vor dem du geflohen bist.«

Nikolas öffnete die Mappe. Sein kontrollierter, gleichmütiger Ausdruck veränderte sich schlagartig, als er das Foto von Peter Adam sah. »Das ist der Mann?«

»Es war mein Fehler, dass es so weit kommen musste. Du wirst diesen Fehler korrigieren und beweisen, dass du immer noch auf dem Pfad des Lichts wandelst. Peter Adam ist jetzt im Besitz des Relikts. Er ist den Geheimdiensten entkommen und nach meinen Informationen mithilfe des Jesuiten gerade auf dem Weg nach Avignon. Zusammen mit dieser Nonne.«

»Was suchen sie dort?«, fragte Nikolas, der immer noch auf das Foto des Mannes starrte, der auf ihn geschossen hatte und vor dem er geflohen war.

»Das wirst du herausfinden ... Nikolas?«

»Soll ich sie töten, Meister?«

»Nein. Bring mir vorläufig nur das Relikt und alles, was sie in Avignon sonst noch finden, auf die Insel.«

Nikolas war einen Moment ratlos.

»Was ist mit der Liste? Es sind noch neunzehn Namen übrig.«

»Das Relikt hat Priorität.«

Nikolas starrte das Bild von Peter Adam noch einen Augenblick an, dann klappte er das Dossier entschlossen zu. Sein Ausdruck hatte erneut jede Art von Gefühlsregung verloren.

*Nur, wenn dein Hass rein ist wie ein Gebirgsbach, wenn du frei bist von allen Leidenschaften, wenn du weder Rache noch Wut noch Trauer noch Mitleid oder Liebe kennst, wandelst du auf dem Pfad des Lichts.*

Er hatte eine Entscheidung getroffen. Zum ersten Mal in seinem Leben würde er sich gegen den Befehl des Meisters stellen. Er würde Peter Adam töten.

»Wie Ihr befiehlt, Meister.«

»Enttäusche mich nicht wieder, Nikolas.«

»Ich werde das Relikt beschaffen und alles, was die beiden sonst noch finden.«

»Gut, Nikolas. Gehe hin im Licht.«

# XXXV

*13. Mai 2011, Rom*

Durch die getönten Scheiben der amerikanischen Limousine sah Peter überall Polizeikontrollen auf den römischen Straßen. Der Wagen des Botschafters mit dem Diplomatenkennzeichen passierte die Sperren jedoch, ohne ein einziges Mal angehalten zu werden. Nur an einem Seitentor des Flughafens Ciampino wurde der Wagen kurz gestoppt – dann aber unkontrolliert zum Vorfeld durchgewunken, wo bereits ein Learjet mit saudischem Kennzeichen wartete.

Don Luigi hatte Peter die Pergamente mitgegeben und ihn mit Bargeld versorgt. Auf keinen Fall sollte Peter seine Kreditkarten benutzen. Ebenso sollten sie Kontakt, falls unbedingt nötig, nur aus Internetcafés herstellen.

Peter dachte an Don Luigi, der ihm in den letzten Tagen immer unheimlicher geworden war. Der Exorzist schien über exzellente Kontakte in aller Welt zu verfügen, und er wusste und ermöglichte Dinge, zu denen sonst nur Geheimdienste in der Lage waren. Peter fragte sich, welche Agenda Don Luigi eigentlich in diesem Spiel verfolgte. Auf welcher Seite der Pater wirklich stand.

*Aber was sind überhaupt die Seiten? Und auf welcher stehst du denn? Was suchst du in Avignon eigentlich? Den Beweis für deine Unschuld? Wie soll eine achthundert Jahre alte Prophezeiung beweisen, dass du Loretta nicht getötet hast? Also, was suchst du? Mach eine Liste.*

*Das Original der Prophezeiung des Malachias.*

*Hinweise auf die Herkunft und die Bedeutung des Amuletts und der alchemistischen Schriften aus der Papstwohnung.*

*Hinweise auf einen Zusammenhang zu deinen Visionen und dem bevorstehenden Anschlag auf den Vatikan.*

*Hinweise auf einen Zusammenhang zu den Templern.*
*Hinweise auf ein Geheimnis, das die katholische Kirche seit tausend oder mehr Jahren unter Verschluss hält.*

»Ach, Scheiße.« Peter rieb sich energisch das Gesicht. Er hatte keine Ahnung, was er wirklich suchte. Aber vielleicht ging es ja gar nicht ums Suchen, sondern ums Finden.

Der Learjet war luxuriös ausgestattet. Mohammed Al Naimi, der Peter gegenübersaß, hatte seit der Abfahrt aus dem Kloster kein einziges Wort mehr an ihn und Maria gerichtet. Peter hatte vergeblich versucht, noch mehr Erklärungen aus ihm herauszulocken. Aber der Botschafter schwieg hartnäckig, offenbar entschlossen, nicht mit ihnen zu reden. Also genoss Peter Marias körperliche Nähe neben sich, ihre Wärme, den Geruch ihrer Seife. So nebeneinander in den Flugzeugsitzen fühlte er sich ihr sogar näher, als zusammengepfercht in jenem Schrank im Apostolischen Palast.

*Wie lange ist das her? Einen Tag? Ein Jahr?*

Aber trotz der körperlichen Nähe wirkte sie wie weit entfernt und sah nur gedankenverloren aus dem Fenster.

»Was ist das für eine Seife, die du benutzt?«, fragte er ohne nachzudenken.

*Boah, hör auf damit! Lass es einfach.*

Sie wandte ihm den Kopf zu und sah ihn an, als habe sie die Frage nicht richtig verstanden. Dann lächelte sie wie flüchtig und schaute wieder aus dem kleinen Fenster, wo nichts weiter als strahlend blaues Meer zu sehen war.

Ein seltsames Gefühl der Verlorenheit überfiel Peter, als er sich klarmachte, zwischen zwei fremden Menschen zu sitzen, über deren Absichten er nur Mutmaßungen anstellen konnte. Angst nicht. Verlorenheit. Einsamkeit. Das Gefühl, genau diese Situation bereits erlebt zu haben. Das Gefühl, unter Fremden zu sein.

Auf der Flucht zu sein.

Und im Kielwasser dieser bedrückenden Einsamkeit trieb das Misstrauen, das sich unvermittelt gegen Maria richtete. Warum kam sie mit? Sollte sie ihn beobachten? War sie wirklich eine Nonne oder ebenfalls eine Agentin wie Loretta und Alessia Bertoni? Das Misstrauen war eine Ratte, die an seinem Herz fraß, unersättlich und böse.

»Wann bist du in den Orden eingetreten?«

»Vor fünf Jahren.«

»Und warum?«

»Du würdest es ohnehin nicht verstehen.«

»Versuch's. Ich meine, mal ehrlich, du bist eine schöne, kluge Frau. Du wirkst nicht wie jemand, der vom Leben bereits so enttäuscht ist, dass er sich von der Welt abwenden muss.«

Ärgerlich drehte sie sich zu ihm um. Mohammed Al Naimi zeigte keinerlei Interesse an der Unterhaltung.

»Ich habe mich nicht von der Welt abgewandt. Ich habe mich Gott zugewandt.«

»Ach, komm!«, erwiderte Peter gereizt. »Erspar mir solche Plattheiten. Erklär's mir. Warst du nie verliebt? Hast du je einen Freund gehabt? Wolltest du nie Kinder?«

»Jetzt fängst du mit den Plattheiten an. Aber gut. Ja, ich war schon verliebt. Ja, ich hatte mal einen Freund. Ja, ich wollte auch mal Kinder haben. Aber in jenem Leben damals hat mir immer etwas Wesentliches gefehlt. Etwas, das ich nie benennen konnte. Vor fünf Jahren hatte ich eine Art Zusammenbruch, sagen wir mal so. Es ging mir sehr schlecht. Nach drei Wochen Krankenhaus konnten die Ärzte immer noch nichts Organisches finden. Also beschloss ich, mich für zwei Wochen in einem Kloster zu erholen. Als ich dort die innige Gemeinschaft der Schwestern mit Gott erlebte, da verstand ich, was mir die ganze Zeit über gefehlt hatte: Gott. Ich wollte bei Gott sein, so nah wie möglich. Und ich war bereit, den Preis dafür zu bezahlen.«

»Aha, du sagst es selbst: Du vermisst etwas!«

»Der Verzicht ist eine Tugend des freien Willens. Und alles hat seinen Preis. Man muss verstehen, wo man hingehört. Ich gehöre Gott. Der Glaube ist mein Leben. Ich bin glücklich.«

»Nein, das glaube ich nicht. Du wirkst ganz und gar nicht glücklich.«

»So?« Ihr Gesicht nahm wieder diesen spöttischen Ausdruck an. »Wie wirke ich denn?«

*Wie eine unerreichbare Verheißung, Maria.*

»Verloren. Du bist noch längst nicht da, wo du hingehörst. Ich kann mich täuschen, aber so wirkst du.«

Sie sah Peter schweigend an und wandte sich dann doch wieder dem Meer unter sich zu.

»Weißt du, was ich noch glaube? Du machst es dir zu leicht. Wie kann man sein Leben an einen Glauben verschenken, der ernsthaft und stur immer noch auf der unbefleckten Empfängnis beharrt, auf der Himmelfahrt des Leibes Christi – über den es als Mensch übrigens historisch rein gar keine Belege gibt. Wie kann man ernsthaft an die physische Existenz des Satans glauben? Und wie, Maria, kann man das neue Testament – also hallo, das Werk eines Schwärmers und Demagogen, der Jesus nie begegnet ist – für Gottes Wort halten?«

Sie wirkte nun ebenfalls gereizt.

»Worauf kommt es denn dann an, deiner Meinung nach? Woran soll man glauben? An die Quantenphysik, die mehr Fragen aufwirft, als sie erklären kann? Warum sollte Gott nicht imstande sein, einer Jungfrau eine Geburt zu schenken? Warum sollte ein Mensch nicht leibhaftig auferstehen können? Na klar, wenn *du* selbst festlegst, was sein darf und was nicht, wenn *du* die Grenzen des Möglichen bestimmst und niemand sonst, dann kann, dann darf das alles nicht wahr sein. Aber das ist doch intellektuelle Arroganz. Zu sagen: Hey, da ist ein Widerspruch, also ist es Unsinn und unmöglich. Aber weißt du denn so viel mehr als alle diejenigen, die glauben?«

»Zum Beispiel?«

»Zum Beispiel Engel. Wissenschaftler konnten nachweisen, dass Menschen mit solchen Flügeln aus physikalischen Gründen niemals fliegen könnten. Sie konnten aber nicht beweisen, dass es keine Engel gibt. Und du kannst nicht beweisen, dass Gott nicht existiert. Ich versteh dich sogar, du bist verwirrt von dem, was du in den letzten Tagen erlebt hast. Wie soll sich jemand wie du auch eine Vision erklären, die ein neapolitanischer Junge wortwörtlich wiederholt hat – wenn er nicht an Gott glaubt. Ich bin sicher, diese Verwirrung wird vergehen, wenn du akzeptierst, dass Gott real ist und nicht bloß eine Gehirnfehlfunktion, an der ein paar Milliarden Menschen leiden. Vielleicht fragst du dich ja zwischendurch mal, warum jemand wie du sich ausgerechnet auf die Berichterstattung über den Vatikan spezialisiert hat. Ich bin verloren, sagst du? Noch nicht da angekommen, wo ich eigentlich hingehöre? Na gut, meinetwegen. Willkommen im Club, Peter.«

# XXXVI

*13. Mai 2011, Questura di Roma, Rom*

Die Berichte, die Urs Bühler laufend erhielt, alarmierten ihn zunehmend. In der Nähe von Santiago de Compostela hatte man die grausam verstümmelte Leiche von Kardinal Torres entdeckt, einem der Favoriten bei der Wahl des neuen Papstes. In Mailand war ein Priester ermordet worden, wieder buchstäblich von einer Machete zerhackt. In der letzten Nacht hatte es eine Schießerei in der Kirche Santa Croce in Gerusalemme gegeben. Man hatte Blutspuren gefunden, jedoch keine Leichen oder Verletzten. Ein Labor für geochemische Analysen meldete das Verschwinden eines seiner Doktoranden. Das Verschwinden dieses Gianni Manzoni wäre erst gar nicht in Bühlers Berichten aufgetaucht, wenn das Institut Branciforti nicht öfter für den Vatikan arbeiten würde und wenn dieser Manzoni sich nicht am Tag zuvor mit Don Luigi getroffen hätte. Das war der nächste Punkt: Auch Don Luigi war wie vom Erdboden verschluckt, genauso wie Peter Adam. Und in fünf Tagen begann das Konklave. Es wurde eng.

Bühler wusste selbst, dass er außerhalb der vatikanischen Mauern keinerlei Ermittlungsbefugnisse hatte, aber bislang hatten die Schweizergerade und die Carabinieri immer gut zusammengearbeitet. Man hielt sich gegenseitig auf dem Laufenden, und beide Seiten profitierten davon. Damit schien nun schlagartig Schluss zu sein.

Nachdem Peter Adam aus einem Verhör durch internationale Geheimdienste entkommen war, herrschte bei den Italienern höchste Nervosität. Inzwischen waren sie zu blankem Aktionismus übergegangen und ließen eine islamistische Zelle nach der anderen hochgehen, die sie über Monate mühsam observiert hatten. Bühler wunderte sich nicht, dass Polizei und italienischer Inlandsgeheimdienst außer ein paar Handfeuerwaffen nichts gefunden hatten. Schon gar keine Hinweise auf Peter Adam. Das Ganze entwickelte sich zum Schlag ins Wasser und verlor alle Züge einer gut organisierten Geheimoperation. Nur noch eine Frage der Zeit, bis sämtliche Details in der Presse stehen würden. Also war es vielleicht sogar besser, wenn man nicht ganz vorn in der Schusslinie stand.

Nicht, dass Bühler den arroganten Geheimdienstärschen die Peinlichkeit von Peter Adams Flucht nicht gönnte, aber es bestätigte seine Überzeugung, dass der Mann gefährlich war. Brandgefährlich. Dabei sah Bühler Peter Adam nicht als eigentlichen Drahtzieher. Er *musste* Hintermänner haben. Den Mord an der amerikanischen Journalistin interpretierte Bühler als einen verzweifelten Versuch, einer vorzeitigen Enttarnung zuvorzukommen.

Das Einzige, was ihm immer noch Rätsel aufgab, war diese Ziffernfolge, die Loretta Hooper mit ihrem eigenen Blut auf den Teppich ihres Hotelzimmers geschmiert hatte. Warum hatte Peter Adam dies zugelassen? Warum war er nicht geflohen? Der Mann hatte sich so trottelig angestellt wie sonst nur ein Italiener.

Urs Bühler hatte daher erneut den Tatort aufgesucht, um sich das blutige Zeichen anzusehen. Zu seiner Überraschung hatte man das Zimmer jedoch bereits aufgeräumt, und eine Spezialreinigungsfirma für Tatorte hatte sämtliche Spuren beseitigt.

»Was soll diese verdammte Scheiße?«, brüllte er wenig später den zuständigen Commissario an, einen blassen arroganten Mailänder, an dem die Bühler'sche Wut abzuperlen schien wie an einem Lotusblatt.

»Die Spurensicherung ist abgeschlossen, Oberst Bühler. Wir danken Ihnen für die kollegiale Zusammenarbeit.«

Bühler glaubte ihm kein Wort.

»Haben Sie schon was rausgefunden wegen dieser blutigen Ziffernfolge?«

»Ich verstehe nicht, Oberst Bühler. Was für eine blutige Ziffernfolge?«

»Das wissen Sie ganz genau!«

»Da war keine Ziffernfolge, Oberst Bühler. Da war nur Blut.«

Bühler starrte den Commissario an, der seinem Blick gelassen standhielt mit seinen wässrigen Augen.

»Sagen Sie das noch mal!«

»Da war keine Ziffernfolge. Sie müssen sich täuschen.«

»Zeigen Sie mir die Fotos vom Tatort!«

Der Commissario verzog genervt die Augenbrauen, ließ sich aber dennoch herab, Bühler die Fotos der Spurensicherung vom Tatort zu zeigen. Tatsächlich war auf keinem der Bilder die blutige Zahlenkombination zu sehen.

»Ich habe diese Zahlen mit meinen eigenen Augen gesehen!«, zischte Bühler den Commissario an und warf die Fotos zurück auf den Tisch. »Die Bilder sind manipuliert worden.«

»Ich denke, unser Gespräch ist damit beendet, Oberst Bühler.«

Bühlers Hand schoss vor, packte den Commissario am Kragen und zerrte ihn fast über seinen ganzen Schreibtisch.

»Jetzt hör mir mal gut zu, du Polentafresser. Ich weiß nicht, was für eine Scheiße ihr hier abzieht, aber in fünf Tagen wird ein neuer Papst gewählt und ich bin für die Sicherheit sämtlicher Kardinäle verantwortlich. Da draußen läuft ein Arschloch frei rum, der vermutlich den Vatikan in die Luft sprengen will. Und das werde ich verhindern. Mit euch oder ohne euch Bande von Versagern und Muttersöhnchen!«

Als er immer noch geladen und Verwünschungen gegen alle Italiener ausstoßend in den Vatikan zurückkehrte, bemerkte er einen offenen Pick-up mit dem Aufdruck einer Tiefbaufirma, der ihm in den letzten Tagen schon einige Male aufgefallen war. Aus einem unbestimmten Grund beunruhigte ihn dieser Wagen plötzlich. Bühler überlegte kurz, ob er ihn anhalten sollte, aber der Pick-up fädelte sich gerade wieder in den römischen Verkehr ein. Immerhin Zeit genug für Bühler, sich den Namen und das kreisförmige Logo der Tiefbaufirma sowie das Kennzeichen des Wagens zu merken.

Bühler hatte gelernt, wann er auf Alarmsignale seines Körpers oder seines Gehirns reagieren musste. Nämlich immer und sofort. In den Jahren bei der Legion hatte ihm diese Fähigkeit, unterschiedliche Eindrücke parallel zu verarbeiten und auf unterbewusste Signale zu reagieren, einige Male das Leben gerettet. Er erinnerte sich, dass er den Pick-up in den letzten Tagen vor dem Eingang zur Nekropole gesehen hatte, jenem weitläufigen und immer noch nicht völlig erforschten Katakombenlabyrinth unter dem Vatikan, in dem Archäologen das wahre Grab Petri vermuteten.

Zurück in der Zentrale der Garde ließ sich Bühler sofort sämtliche Aufzeichnungen der Überwachungskamera vor der Nekropole aus den letzten Tagen vorspielen.

»Was suchen Sie denn, Herr Oberst?«, fragte der Gardist vor dem Monitor.

Bühler reagierte nicht, sondern starrte nur auf den Bildschirm, auf dem die Videoaufnahmen im Zeitraffer durchliefen.

»Stopp!«, bellte er plötzlich. »Noch mal zurück!«

Der Timecode zeigte 11.05.2011 – 10.24. Auf dem Monitor sah man, wie der Pick-up der Tiefbaufirma vor dem Eingang der Nekropole hielt. Drei Arbeiter in Blaumännern stiegen aus und entluden Gerät von der Pritsche des Wagens.

»Näher ranzoomen!«, befahl Bühler. »Was laden die da aus?«

»Sieht aus wie ... ich würde sagen, Bohrgerät, Herr Oberst.«

»Und das da, was der Glatzkopf da gerade runterwuchtet?«

»Keine Ahnung. Noch nie gesehen, so was.«

»Machen Sie einen Ausdruck von dem Bild und finden Sie's raus. Außerdem will ich eine Liste mit allen Zeiten, wann diese

Leute hier waren.« Bühler wandte sich an einen weiteren Gardisten. »Favre, was machen Sie gerade? Egal, lassen Sie's. Überprüfen Sie das Kennzeichen des Pick-ups und vor allem diese Firma. Adresse, Handelsregistereintrag, Kreditauskunft – einfach alles. Steiner – stellen Sie ein Team von fünf Leuten zusammen. Leichte Bewaffnung. Nehmen Sie einen der Hunde mit und durchsuchen Sie die Nekropole auf auffällige Arbeiten. Bericht in einer Stunde in meinem Büro.«

# XXXVII

*13. Mai 2011, Avignon*

Mohammed Al Naimi hielt Wort. Nach der Ankunft in Avignon brachte der saudische Botschafter Peter und Maria in einer Luxuslimousine mit diplomatischem Kennzeichen erneut am Zoll und den Immigrationskontrollen vorbei aus dem Flughafenbereich. Sie fuhren zu einem nahegelegenen Parkhaus, und dort erklärte er ihnen, dass er sie in vierundzwanzig Stunden an exakt derselben Stelle wieder für den Rückflug erwarte. Falls sie nicht erscheinen sollten, sei das ihr Problem. Peter versicherte ihm, sie würden in jedem Fall wieder pünktlich am Flughafen sein, mit oder ohne Original-Prophezeiung. Er nahm an, dass sein Steckbrief per Interpol bereits europaweit verbreitet wurde und verspürte wenig Lust, sich ohne Pass von Avignon nach Rom durchschlagen zu müssen.

Im Parkhaus entnahm Peter einem Automaten per PIN-Code die Wagenschlüssel zu einem unauffälligen Peugeot mit Navigationssystem, den Don Luigi angemietet hatte.

Es regnete in Strömen, als sie das Parkhaus verließen und sich durch die Staus auf der N7 Richtung Innenstadt quälten, und es regnete weiter die ganze Fahrt über, bis sie den Place du Palais nahe der Rhône erreichten. Dräuend pressten sich dunkle Wolkenmassen auf die Dächer der Stadt, offenbar entschlossen, ganz Avignon in Regen und Sintflut zu ertränken. Vor ihnen erhob sich ein monströser Monolith aus Sandstein und Bruchquadern, dessen gotisch zerklüftete Fassade mit dem Regen und den Wolken zu einem unheilvollen Wesen verschmolz, das alles zu verschlingen drohte, was sich ihm näherte. Eine abweisende Trutzburg mit Schießscharten statt Fenstern, Geschützzinnen auf dem Dach und unzähligen Wehrerkern in der Mauer zur

Verteidigung der toten Winkel mit siedendem Öl oder Pech. Ein verschachtelter, vierflügeliger Gigant von Palast. Ein gotisches Dolomitenmassiv, zerfurcht und unbezwingbar, ohne überflüssigen Zierrat, und von einer fast maurischen Strenge. Der Papstpalast von Avignon mit seinen komplizierten, ineinander verschachtelten Raumsystemen war unübersehbar eine Festungsanlage. Und gleichzeitig eines der größten Feudalschlösser seiner Zeit.

»Wo fangen wir an?«, fragte Peter, als sie die Tiefgarage verließen und auf dem verregneten Place du Palais standen.

»Mit dem Haupteingang?«, schlug Maria munter vor und schritt auf das Haupttor zu, das von zwei minarettartigen Türmchen an der Mauer umrahmt wurde. »Hauptsache raus aus dem Regen!«

Peter kaufte zwei Tickets an der Kasse und einen Führer durch den Palast auf Deutsch. Und er staunte. Denn so abweisend und bösartig der Bau von außen wirkte, so verspielt und üppig entfaltete er im Innern seine feudale Pracht. Die ineinander verschachtelten Säle waren üppig mit Fresken ausgeschmückt und einst mit der kostbarsten Einrichtung ausgestattet.

»Außen Festung – innen Schloss!«, rief Peter begeistert. »Ist dir aufgefallen, wie ähnlich das der arabischen Architektur ist? Diese äußere Strenge zusammen mit der Verspieltheit im Innern. Die Kreuzfahrer haben die Sarazenen abgeschlachtet, sich aber von ihrem Lifestyle inspirieren lassen.«

Die Pracht des Palastes schien Maria kaum zu beeindrucken. »Lass uns anfangen. Nach was suchen wir genau?«

Peter riss sich von einem Deckenfresko los, das eine erotische Schäferszene zeigte.

»Nach Hinweisen auf die Templer. Falls sie hier wirklich Schutz gefunden haben, dann haben sie auch Zeichen hinterlassen. Verschlüsselte Hinweise. Sie werden ihre Schätze schließlich nicht einfach dem nächstbesten Archiv oder irgendeiner

Schatzkammer überlassen haben. Wenn, dann haben sie ihr Geheimnis gut versteckt. Gleichzeitig mussten sie sicherstellen, dass nachfolgende Generationen von Templern es auch finden würden, sobald der Orden wiederauferstehen sollte.«

»Aber es gibt die Templer doch«, rief Maria. »In Paris liegt ihre Hauptzentrale. Es gab sie schon immer, all die Jahrhunderte. Vielleicht sind sie uns längst zuvorgekommen.«

Peter verzog das Gesicht. »Hör mal, Maria, ich habe keinen Plan B. Ich hab nur vierundzwanzig Stunden, um etwas zu finden, das mein Leben wieder in Ordnung bringen und möglicherweise den Vatikan retten kann. Lass uns einfach nach Hinweisen suchen und auf das Beste hoffen, ja?«

»Kein Problem«, sagte sie spitz. »Du da lang, ich da lang. Und in drei Stunden wieder hier und Lagebericht.«

Peter seufzte. »*Oui, mon général.*«

Der Lagebericht fiel enttäuschend aus.

»Und bei dir?«

»Auch nichts. Kein Tatzenkreuz, kein Baphomet, kein Templersiegel, keine Grabinschriften mit den üblichen Geheimzeichen. Ich habe einen der Guides gefragt, die hier die Touristen herumführen, aber der hat auch nur mit den Achseln gezuckt.«

»Vielleicht haben wir irgendwas übersehen. Der Palast ist riesig. Wir sollten noch mal losgehen.«

»Oder das Dokument befindet sich gar nicht hier.« Peter sah auf seine Jaeger-LeCoultre. »Lass uns essen gehen. Vielleicht fällt uns noch was Besseres ein.«

Der Regen machte eine kurze Atempause, als sie wieder aus dem Palast traten. In einem Lokal in einer Seitenstraße in Sichtweite des Palastes erwischten sie noch einen Platz für zwei in einer Ecke und bestellten Fisch und Sauvignon Blanc. Der glatzköpfige Wirt konnte den Blick nicht von Maria abwenden, die mit einer Haarsträhne kämpfte, die sich unter ihrer Haube befreit hatte. Peter sah ihr zu, wie sie die widerspenstige Strähne mit einer ewig weiblichen Handbewegung resolut wieder an ihren Platz schob.

»Was starrst du mich so an? Ist was?«

»Äh, nein. Alles okay. Entschuldige. Ich hab nur gerade an was gedacht.«

Sie glaubte ihm nicht. »Du findest mich zu auffällig, ist es das? Eine Nonne im vollen Habit.«

Peter zuckte mit den Achseln. »Gibt es denn eine Alternative?«

Sie sah ihn an, als könne sie seine Gedanken lesen.

»Nein.«

Peter war froh, dass das Essen kam und er sich auf etwas anderes konzentrieren konnte als Marias Gesicht, ihre Augen, Lippen, Hände.

*Das hier ist kein verdammter Ausflug, Romeo! Reiß dich mal zusammen!*

Der ausgezeichnete Fisch und ein kühler Sauvignon reichten aus, um sich ein wenig schwerer und entspannter zu fühlen.

*Aber wenn es ein Ausflug wäre, dann wäre er perfekt.*

»Was denkst du?«, fragte sie. »Und sag bloß nicht *nichts*!«

»Vielleicht haben sie das Dokument in einem Kloster hier in der Nähe versteckt, damit der Papst keinen direkten Zugriff darauf hatte.«

»Weißt du, wie viele Klöster es in Avignon und Umgebung gibt?«

»Weißt du was Besseres?«

Sie seufzte ergeben und trank ihren Wein aus.

Sie ließen sich den Weg zum nächsten Internetcafé beschreiben, einem freudlosen Ort, wo einige Jugendliche in die Monitore starrten und chatteten. Peter buchte einen Platz und startete die Suche.

»Nach welchen Orden soll ich suchen?«

»Bernhard war Zisterzienser«, überlegte Maria laut. »Die Zisterzienser sind aus einer Reform der Benediktiner hervorgegangen. Also, wie viele Benediktiner- und Zisterzienserklöster gibt es in Avignon?«

»Keines.«

»Wie bitte?«

»Keines im Stadtgebiet von Avignon. Das nächste Zisterzienserkloster liegt in Senanque, vierzig Kilometer östlich von hier. Das nächste Benediktinerkloster ist die Abtei Sainte-Madeleine in Le Barroux, fünfzig Kilometer nördlich.«

Maria wirkte enttäuscht. »Zu weit. Es muss näher sein.«

Sie überlegte.

»Schau mal nach Kartäuserklöstern.«

»Warum Kartäuser?«

»Weil sie ebenfalls ein kontemplativer Orden sind und den Zisterziensern sehr nahegestanden haben.«

Peter gab das Kriterium ein.

»Hallo! Was haben wir denn da?«

Villeneuve-lès-Avignon lag gleich gegenüber auf der anderen Seite der Rhône. Ein Ort von knapp zwölftausend Einwohnern, der seit jeher als bevorzugter Wohnort der besseren Gesellschaft von Avignon galt, weil man von dort den besten Blick auf seine prachtvolle Heimatstadt hatte. Als Peter und Maria die kleine Kartause betraten, die auf einer Anhöhe mit Blick zur Rhône lag, wussten sie, dass sie diesmal richtig lagen.

*Volltreffer!*

Die Klosteranlage war nicht groß. Hinter einer kleinen gotischen Kirche erstreckte sich ein U-förmiger Komplex von niedrigen Gebäuden um einen kleinen Innenhof. Aber in diesem Hof stand unübersehbar und wenig geheim, wie ein selbstbewusstes Zeichen, ein kleiner offener Tempel auf acht Säulen, der auf den ersten Blick wie eine verschwiegene Laube in einem feudalen Park wirkte. Peter erkannte jedoch sofort den Grundriss.

»So haben die Templer ihre Kirchen gebaut!«, rief er aus. »Achteckig wie Salomons Tempel!«

Er begann sofort, das Tempelchen zu untersuchen und wurde auch schnell fündig.

»Ich glaub's nicht! Maria, schau dir das an. Sie waren einfach dreist!«

Er zog Maria in den kleinen Tempel hinein und deutete auf ein Relief unter der gewölbten Decke. Es zeigte ein dreiköpfiges Baphometrelief.

»Diese Templer müssen sich in Avignon sehr sicher gefühlt haben.«

Maria wirkte skeptisch. »Bisschen sehr offensichtlich, findest du nicht?«

»Vielleicht sind das nur Hinweise auf das wahre Versteck«, rief Peter elektrisiert. »Schau dich weiter um.«

Sie untersuchten jeden Winkel des kleinen Tempels, Peter außen, Maria innen. An der Außenseite des Tempels stieß Peter auf ein weiteres Relief. Ein Quadrat, unterteilt in fünfundzwanzig weitere Felder. In jedem Feld schien etwas zu stehen, doch Wetter und Winter von siebenhundert Jahren hatten dem Sandstein zu arg zugesetzt, um die Zeichen entziffern zu können.

»Verdammt, was kann das sein?«

Maria betastete das Relief mit ihren Fingern.

»Ich weiß es!«, rief sie plötzlich. »Das ist ein SATOR-Quadrat!«

»Ein was?«

»Ein Zauberspruch aus frühchristlicher Zeit. Österreichische Almbauern schmücken damit heute noch ihre Türen zum Schutz gegen Dämonen und Unheil.«

»Was bedeutet er?«

»Es ist ein Palindrom, eine Art magisches Quadrat aus Buchstaben statt Zahlen. Die Buchstaben ergeben horizontal wie vertikal immer den gleichen lateinischen Satz. Von oben nach unten gelesen steht da: *Sator Arepo Tenet Opera Rotas*.«

 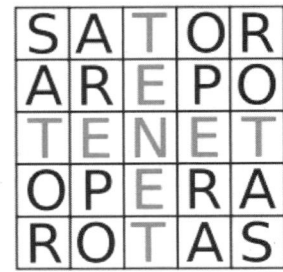

Peter überlegte einen Moment, dann kniff er unzufrieden die Augenbrauen zusammen. »Was bedeutet Arepo?«

»Das weiß kein Mensch. Vielleicht ein Name.«

»*Der Sämann Arepo hält mit Mühe die Räder?*«, versuchte Peter eine erste Übersetzung.

»Nicht schlecht. Oder auch: *Der Sämann hält die Werke.*«

»Und natürlich hat nie jemand den Sinn dieser Worte herausgefunden, und die ganze Welt spekuliert seit Jahrhunderten, welches geheime Wissen sich wohl hinter diesem Unsinn verbergen mag.«

»Sonst wäre es ja kein Zauberspruch.«

Peter war nicht zufrieden. »Lass uns weitersuchen.«

»Ich hab schon was. Komm.«

Sie führte ihn an eine Stelle im Innern des offenen Achtecks und deutete auf eine Stelle im Stein, etwa in Kopfhöhe und fast exakt dem SATOR-Quadrat gegenüber gelegen. Peter erkannte zunächst nichts.

»Es ist ziemlich verwittert«, sagte Maria. Sie nahm seine Hand und führte sie über den rauen Stein. Peters Finger ertasteten Furchen im Stein, gerade und gekreuzte Furchen und Vertiefungen. Bis Peter erkannte, was da im Sandstein seit siebenhundert Jahren verwitterte. Seine Hand zuckte weg wie nach einem elektrischen Schlag.

»Das Zeichen!«

# XXXVIII

*13. Mai 2011, Zentrale der Schweizergarde, Vatikanstadt*

Bei dem betreffenden Gerät handelt es sich um ein Bodenradar«, berichtete Gardist Egger in seiner langsamen Berner Art. »Es wird verwendet, um …«

»Ich weiß, wofür man ein Bodenradar braucht!«, unterbrach Bühler ihn unwirsch. »Aber was hatten diese Leute mit einem Bodenradar in der Nekropole zu suchen? Steiner?«

»Wir haben oberflächliche Bohrmaßnahmen im zweiten Niveau der Katakombe entdeckt«, berichtete der angesprochene Gardist. »Sieht aus wie Probebohrungen.«

»Wo genau?« Bühler breitete eine topografische Karte des Vatikans auf seinem Schreibtisch aus.

Steiner zeigte auf den Westflügel des Petersdoms. »Hier.«

»Hat der Hund angeschlagen?«

»Spitzi war die ganze Zeit sehr aufgeregt da unten, ja fast ängstlich. Aber angeschlagen hat sie kein einziges Mal.«

»Gehen Sie mit Ihren Leuten noch mal runter. Ich will, dass Sie jeden verdammten Zentimeter der Nekropole absuchen! … Favre, was haben Sie über diese Tiefbaufirma?«

»Ja, das ist schon seltsam«, meldet sich Gardist Favre. »Für die Firma Fratec liegt ein offizieller Auftrag vom Governatorat für die Stabilisierung einiger Gewölbe in der Nekropole vor. Allerdings kann sich dort niemand an diesen Auftrag erinnern. Die Unterschrift ist auch nicht zuzuordnen.«

»Was ist das für eine Firma?«

»Auch das ist seltsam. Sie ist zwar offiziell im Handelsregister eingetragen, aber es gibt weder ein Büro noch ein Betriebsgelände. Die Firmenadresse ist Via della Camilluccia 306. Aber diese Adresse gibt es gar nicht.«

Bühler erstarrte.

»Wiederholen Sie die Adresse noch mal.«

»Via della Camilluccia 306.«

»Scheiße, ich verdammter Idiot!« Ohne Erklärung stürzte Bühler aus seinem Büro. Er hörte gar nicht mehr, wie Favre ihm nachrief, dass Fratec allerdings einen aktiven Nachsendeauftrag bei der italienischen Post geschaltet hatte, der sämtliche Post an die Adresse eines Luxushotels in der Innenstadt umleitete.

Aber das war auch nicht mehr nötig. Denn Urs Bühler wusste bereits, was die blutige Zahlenfolge von Loretta Hooper wirklich bedeutete. Nicht 3 *mal* 6 wie er zunächst angenommen hatte, also ein Hinweis auf die Offenbarung des Johannes. Sondern viel simpler: *306*. Eine einfache Zahl, die Bühler die ganze Zeit irgendwie bekannt vorgekommen war. Er verfluchte sich während der Fahrt durch die Innenstadt, dass es ihm nicht längst eingefallen war.

306.

Suite 306.

Wenn es gesegnete und verfluchte Orte auf der Welt gab, dann gehörte Suite 306 für Urs Bühler definitiv zu den verfluchten. Allein in den letzten zehn Jahren hatte es in dieser Suite eine Reihe mysteriöser Todesfälle gegeben, die nie aufgeklärt werden konnten. Darunter auch ein Kardinal, deswegen kannte Bühler die Geschichte der Suite überhaupt nur. Kardinal Quintigliami war mit einem Herzinfarkt aufgefunden worden – obwohl er nie Herzprobleme gehabt hatte. Andere Gäste, die in Suite 306 logiert hatten, waren einfach spurlos verschwunden und nie wieder aufgetaucht.

Todesfälle und polizeiliche Ermittlungen waren für Hotels der schlimmste anzunehmende Umstand. Bühler wunderte sich daher nicht, dass das traditionsreiche Hotel Casa Spagna in den vergangenen Jahren mehrfach den Besitzer gewechselt hatte und nun zu einer japanischen Kette gehörte. Er wunderte sich nur, dass es *überhaupt* noch existierte.

Zwanzig Minuten später stand er in der Lobby des Hotels Nakashima Villa Spagna in der Via Sistina, *dem* teuersten Fünfsternehotel Roms. Hier stiegen nur russische Oligarchen, junge amerikanische Internetmilliardäre, Popstars, Scheichs, Politiker oder Kardinäle aus reichen Familien ab. Bühler ließ sich den Manager kommen und zeigte ihm seinen Ausweis.

»Ist Suite 306 derzeit belegt?«

Der Manager zog Bühler beiseite, von den Gästen weg.

»Nein, belegt nicht. Aber Suite 306 ist bereits für das ganze Jahr im Voraus ausgebucht.«

»Was? Das Zimmer ist derzeit gebucht aber nicht belegt? Wer zum Teufel kann sich so was leisten?«

»Das kann ich Ihnen leider nicht sagen.«

Der Manager in seinem schwarzen Issey-Miyake-Dienstanzug warf den beiden Männern von der Security am Eingang einen Blick zu. Offenbar ahnte er, dass der bullige Schweizer Probleme machen würde.

Womit er vollkommen richtig lag.

»Jetzt hör mal zu, du Schwuli«, zischte Bühler den Manager an. »Du weißt ganz genau, was mit Suite 306 los ist. Wie würde es dir gefallen, wenn die Presse das alles morgen noch einmal wieder hochkocht? Und wie würde es dir gefallen, wenn ich dafür sorge, dass in diesem Hotel kein Kardinal je wieder absteigen oder eine Sause feiern wird?«

Die beiden Security-Typen taxierten Bühler bereits. Bühler spannte sich an. Aber der junge Manager winkte ab.

»Von einem kolumbianischen Investmentkonsortium«, gab er nach. »Für ein Jahr im Voraus gebucht und bezahlt.«

»Ich brauche den Namen des Konsortiums und die Keycard zur Suite.«

»Nein! Auf keinen Fall.«

Bühler sah den Manager an. »Ich will nur einen kurzen Blick hineinwerfen. In Ihrer Begleitung.«

Die elegante Suite erstreckte sich über drei Zimmer auf gut hundertfünfzig Quadratmetern. Sie wirkte unbenutzt und aufgeräumt. Bühler hatte im Kopf überschlagen, dass die Jahresmiete rund eine Million Euro betragen musste.

»Wann war Suite 306 zuletzt belegt?«

»Vor einem Monat etwa. Aber natürlich wird sie jeden Tag gereinigt.«

»Wer sind die Gäste?«

»Dazu kann ich nun wirklich nichts mehr sagen … he, warten Sie!«

Bühler ignorierte ihn und drang weiter in die Suite vor. Er erinnerte sich jetzt wieder an sämtliche Details. Die Einrichtung war sogar noch die gleiche. Alles vom Feinsten. Aber Bühler spürte, wie damals auch, dass dieser Raum eine besondere Aura ausstrahlte. Bühler war kein Esoteriker, er wusste einfach aus Erfahrung, dass sich seine Nackenhaare niemals ohne Grund aufrichteten. Er wusste, wie es sich anfühlte, wenn der Tod im Raum war.

»Um Himmels willen, lassen Sie das!«, rief der Manager, als Bühler begann, die Kleiderschränke im Schlafbereich zu durchsuchen. Bühler hörte gar nicht hin. Er hörte auch den Schrei des Managers nicht, als ihm aus dem letzten Schrank die Leiche eines jungen Mannes entgegenkippte.

Der Mann war vollkommen in transparente Folie eingewickelt wie ein Heuballen im Sommer. Man hatte ihm den Kopf abgeschnitten und auch ihn in Folie verpackt. Bühler musste die Folie mit seinem Schweizer Taschenmesser aufschneiden, um das Gesicht des Mannes erkennen zu können. Ein Gesicht, das er wenige Stunden zuvor auf einem Foto gesehen hatte. Bühler erinnerte sich sogar noch an den Namen des vermissten Doktoranden: Giovanni Manzoni.

# XXXIX

*13. Mai 2011, Avignon*

Ich will keinen Ärger!«

Die Wirtin der kleinen Pension in der Rue de la Bancasse blickte misstrauisch auf das seltsame Paar ohne Gepäck vor ihr, das nach zwei Einzelzimmern für eine Nacht gefragt hatte. Ein Deutscher und eine Nonne.

»Seien Sie unbesorgt, Madame«, erklärte Maria. »Falls es Sie beruhigt, können Sie meinen Orden anrufen.«

Das schien die Wirtin zu beruhigen. Sie prüfte die beiden Ausweise sehr gründlich und noch mal gründlicher, händigte ihnen mit inquisitorischem Blick schließlich zwei Zimmerschlüssel aus und kündigte an, öfter nach dem Rechten zu sehen.

»In ein paar Stunden müssen wir wieder am Flughafen sein«, sagte Maria, als sie sich eine Viertelstunde später in ihrem Zimmer trafen.

»Vielleicht reicht das.«

Peter breitete die Abschrift des SATOR-Quadrates auf Marias Bett aus. Weitere Templerzeichen als das Baphometrelief, das SATOR-Quadrat und das gekreuzte Zeichen hatten sie in der Kartause nicht entdecken können.

»Gehen wir mal davon aus, dass diese drei Zeichen Hinweise auf etwas sind, das die Templer in der Kartause oder womöglich im Papstpalast versteckt haben. Bleibt die Frage, wie die Hinweise zu deuten sind.«

Er zog das Trismegistos-Pergament und das Amulett aus seiner Jacke, legte sie zu dem SATOR-Quadrat aufs Bett und starrte die Dinge an, als könne ihnen allein das ihr Geheimnis entlocken.

*Sprecht zu mir! Was verbergt ihr?*

Mit Marias Hilfe versuchte er, die Trismegistos-Handschrift zu übersetzen. Aber das brachte sie auch nicht viel weiter, denn der Text erging sich in verdrehten Andeutungen über die Göttlichkeit des Lichts.

»Vielleicht ist es einfacher als wir denken«, meinte Maria. »Der kleine Tempel war schon so offensichtlich. Und das beste Versteck ist immer noch das, das offen zutage liegt.«

»Und das bedeutet?«

»Der Tempel selbst und der Baphometkopf, zum Beispiel. Das sind deutliche Hinweise auf die Templer. Vielleicht also nichts weiter als eine Aufforderung: Hey, schaut her, hier liegt der Code.«

»Okay. Angenommen, du hast recht. Was wären dann das SATOR-Quadrat und das alte Kupfersymbol?«

»Na, zwei verschiedene Schlüssel, die man ins gleiche Schloss stecken muss.«

Peter starrte weiter unverwandt auf das SATOR-Quadrat und das Amulett.

*Zwei Schlüssel.*

Für einen Moment durchzuckte ihn wieder ein Déjà-vu. Die Situation, ratlos auf einem Bett in einem kleinen Pensionszimmer zu sitzen, kam ihm plötzlich so vertraut vor wie eine alte, unangenehme Erinnerung und vermischte sich mit Fetzen aus seinen Albträumen. Dunkle Bilder von einer Ruinenstadt in der Wüste. Edward Kelly. Ellens Gesicht ganz dicht vor seinem in ihrer letzten Nacht. Alessia Bertoni, die ihr so ähnlich sah. Das Gefühl zu ertrinken. Die Panik, etwas Geliebtes unwiederbringlich zu verlieren.

*Edward Kelly. Zwei Schlüssel … zwei Schlüssel.*

»Peter? Alles in Ordnung?«

Er hob unwirsch die Hand, damit sie schwieg.

*Zwei Schlüssel, ein Schloss. Edward Kelley.*

Peter starrte unverwandt auf das SATOR-Quadrat und das Amulett.

*Zwei Schlüssel, ein Schloss.*
Durch das Starren verschob sich die Blickachse seiner Augen, und das Bild des SATOR-Quadrats und das des Amuletts überlagerten sich.
*Edward Kelly, du verdammter Betrüger und Mörder!*
»Scheiße, ich glaub, ich hab's!«
Peter griff nach dem Blatt mit dem SATOR-Quadrat und zeichnete etwas darauf ein. Als er das Blatt Maria reichte, erkannte sie, dass er das Kupfersymbol maßstabsgerecht in das Quadrat eingepasst hatte.
»Mittelalterliche Chiffrierungsverfahren waren meist ziemlich simpel. Was, wenn jedes Ende des Kupferzeichens einem Buchstaben des SATOR-Quadrates entspricht?«
Er schrieb die Buchstaben, die sich daraus ergaben hintereinander:

SRAOEEOARS

»Und?«, fragte Maria wenig überzeugt.
»Das ist womöglich der eigentliche Code. Vielleicht ein Anagramm!«
Elektrisiert nahm er das Blatt und stürmte aus dem Zimmer. Nach einer weiteren Viertelstunde kam er aufgeregt wieder zurück.
»Wo warst du?«, fragte Maria.
»Die Wirtin war so freundlich, mich an ihren PC zu lassen. Im Internet gibt es einen Haufen Anagramm-Generatoren. Ich hab einen für Latein gefunden – wenn wir davon ausgehen, dass der Code auf Latein verfasst wurde. Die Buchstabenfolge SRAOEEOARS ergibt folgende mehr oder weniger sinnvolle Sätze:

Area Eo Sors
Area Sero Os
Ara Esse Oro
Ara Sese Oro
Ea Aes Soror
Ea Rosa Sero
Ae Aes Soror
Ae Rosa Sero
Orare Aes Os
Aes Ora Sero
Aes Aro Sero
Ora Aro Esse
Ora Aro Sese
Ora Rosa See

Maria überflog die Liste und schüttelte den Kopf.

»Das ergibt alles überhaupt keinen Sinn. Das ist krudes Kauderwelsch!«

»Fällt dir nichts auf?«, fragte Peter.

»Nein, das wirkt auf mich vollkommen beliebig.«

Peter umkringelte einen der Sätze.

## ORARE AES OS

»Beten, Bronze, Knochen«, übersetzte Maria. »Ja und?«

»Das ist der Hinweis!«, triumphierte Peter. »Was auch immer die Templer versteckt haben, es liegt im Papstpalast.«

Ohne Marias Fragen zu beachten, zog er sie eilig aus dem Zimmer.

Die Frau am Ticketschalter des Papstpalastes erkannte Maria und Peter wieder. Sie wunderte sich zwar über die Eile der beiden und erklärte, dass der Palast in einer halben Stunde geschlossen werde, aber Peter versicherte ihr, dass sie sich nur ein Detail in der Kapelle Saint Jean noch einmal ansehen wollten.

Peter rannte jetzt und zog Maria immer noch hinter sich her, ohne auf ihre Proteste zu reagieren. In der prächtig ausgeschmückten Kapelle orientierte er sich kurz, dann steuerte er einen Seitenaltar an und deutete auf eine große Skulptur hinter dem Altar.

»Da ist sie!«, verkündete er. »Sie ist mir bei meinem Rundgang heute Vormittag schon aufgefallen, weil ich eine solche Darstellung noch nie gesehen habe. Verstehst du jetzt?«

Maria starrte auf die Skulptur. »Mein Gott, du hast recht!«, flüsterte sie. »Beten, Bronze, Knochen.«

Die seltsame Bronzeskulptur stammte laut dem Täfelchen an der Seite aus dem 14. Jahrhundert. Eine bronzene Maria kniete betend über den Gebeinen der Märtyrer Stefan und Sebastian.

»Was machen wir jetzt?«, flüsterte Maria.

Peter sah sich um. Um diese späte Uhrzeit war niemand mehr in der Kapelle. Peter vermutete, dass die Frau vom Ticketschalter gleich einen Hausmeister in die Kapelle schicken würde, um sie beide hinauszubitten. Es blieb nicht viel Zeit.

Er trat an die Skulptur heran und untersuchte sie. Bis er schließlich einen leisen Triumphlaut ausstieß.

»Schau hier!«

Er deutete auf einen der Bronzeknochen zwischen Marias Knien. Er war auffällig größer als die anderen und ragte auch mehr heraus.

»Das ist doch ein Spalt, siehst du?«

»Peter! Um Himmels willen, was machst du da?«

Ohne Marias erschrockenen Einwand zu beachten, ergriff er das herausstehende Ende des Knochens und rüttelte daran.

Zunächst tat sich nichts. Peter sah sich noch einmal um, dann griff er erneut beherzt zu. Mit einem durchdringenden Geräusch, aber nach dem ersten Widerstand unerwartet leichtgängig, erwachte das Gewinde in dem Knochen, das sich seit Jahrhunderten nicht mehr bewegt hatte. Nach wenigen Umdrehungen hatte Peter das Oberteil des Knochens abgeschraubt und hielt es in der Hand. Starr vor Entsetzen über Peters Kaltblütigkeit starrte Maria auf eine bronzene Röhre in der Marienskulptur. Und in dieser Röhre steckte ein zusammengerolltes Pergament.

## Kapitel 5
# INSEL DES LICHTS

# XL

*13. Mai 2011, Avignon*

Verehrter Bruder im Glauben, Mitstreiter um der heiligen Sache Christi, Befreier der heiligen Stätten,

Gott ist Licht, eine Quelle überfließender Fülle und Ewigkeit. Reinige das Auge, damit du das reinste Licht schauen kannst. Erweise dich als Schale, nicht als Kanal, der fast gleichzeitig empfängt und weitergibt, während jene wartet, bis sie gefüllt ist. Wir haben heutzutage viele Kanäle in der Kirche, aber sehr wenige Schalen. Lerne, nur aus der Fülle auszugießen, und habe nicht den Wunsch, freigiebiger als Gott zu sein.

Unser guter Bruder Malachias, der Ire, hat sich zu unserem größten Bedauern und Schmerz leider als Kanal erwiesen. Gesegnet mit der größten Gabe, die der gütige Herr uns verleihen kann, hat er Dinge geschaut, die ihn furchtbar erschrecken ließen. Doch anstatt sie in demütiger Ergebenheit und zu Gottes Ruhm zu sammeln wie die Schale, hat er sie aufgeschrieben, um sie so umgehend unserem lieben Schüler Eugen III., der nun unser aller hochheiligster und geliebter Papst ist, zur Kenntnis zu bringen.

Du weißt, mein Bruder, welche Liebe wir für den Iren in unserem Herzen tragen. Umso tiefer schmerzt uns, was wir zum Wohle der Kirche und um unserer heiligen Sache willen tun mussten. Der Ire war vor zwei Wochen zu Gast in unserer Abtei. Er befand sich auf der Durchreise nach Rom, woselbst er den Papst über seine Schauungen und Prophezeiungen in aller Ausführlichkeit in Kenntnis setzen wollte. Bruder Malachias berichtete uns ungezwungen, was der Herr ihn in seinen schlimmsten Träumen erblicken ließ und welche er auf einem Pergament deutlich festgehalten hat, damit die Welt davon erfahre.

Es ist ja das große Glück, den Wurm dann zu spüren, wenn er noch vernichtet werden kann. So jedenfalls dachten wir entsetzt, als wir aus den Worten des Iren all das hörten, was du, lieber Bruder, uns über jenes Geheimnis berichtet hast, welches du an den Heiligen Stätten entdeckt und welches wir mit aller Kraft und dem Beistand Gottes wieder zurück in den Besitz der heiligen Mutter Kirche bringen müssen. So sprach Bruder Malachias auch von einer Insel des Lichts, und er beschrieb sie ganz genau so, wie ebenjene Insel, auf der wir jenes Geheimnis in aller Ewigkeit verwahren wollten, sobald es nur durch Tapferkeit und göttliche Fügung in unseren Besitz gefallen sei. Bruder Malachias beschrieb das heilige Geheimnis in allen Einzelheiten, und er fürchtete es zu Recht als große Gefahr für die Kirche und die ganze Welt. Er sprach davon, dass dereinst in siebenhundert Jahren ein Papst den Stuhl Petri besteigen und sich den Namen Petrus geben würde. Jener sei dann der letzte Papst, er werde jenes Geheimnis öffnen und damit die Apokalypse über die Welt bringen und seine Zahl sei 306.

Aus diesen wenigen Andeutungen magst du ersehen, geliebter Bruder, wie nah Malachias dem allerheiligsten Geheimnis war, um dessen Willen wir den König von Frankreich, die Fürsten von Ostfranken und Bayern und den Heiligen Vater von der Notwendigkeit eines neuen Kreuzzuges überzeugen wollen, und wie entschlossen er war, es aller Welt zu enthüllen.

Welche Gefahr für die Kirche und den Glauben ist jedoch dieses schreckliche Geheimnis, so es aller Welt bekannt gemacht wird! Unser lieber Schüler und Papst Eugen III. ist ein schwacher Mensch. Er wird sich an Ludwig wenden mit der Bitte um Beistand. Doch damit wird zugleich alles vernichtet sein, wofür wir kämpfen. Ludwig der Junge ist eine Schlange, ein verschlagener und hinterlistiger Mensch ohne Gerechtigkeit, ein Feind seines eigenen Gewissens. Dieser raffgierigste Eintreiber wird nichts unversucht lassen, sich selbst in den Besitz des Geheimnisses zu bringen. Und das wird der Untergang der Kirche sein.

Also sprachen wir zu unserem Bruder Malachias: Sieh, wohin dich diese verfluchten Beschäftigungen bringen können! Du verlierst deine Zeit und richtest dich in unnützer Mühe mit diesen Dingen zugrunde, die nur den Geist niederdrücken, das Herz entleeren und die Gnade entkräften.

Jedoch, du kennst die Iren, sie sind stur und unbelehrbar. Malachias wollte sich durchaus weder durch unsere brüderliche Liebe noch die Vernunft des klaren Verstandes von seinem Vorhaben abbringen lassen. Am folgenden Tage erlitt unser Bruder Malachias einen bedauerlichen Anfall schlimmster Krämpfe, die ihn noch in der darauffolgenden Nacht dem Leben entrissen. In der gleichen Stunde nahmen wir uns seiner Pergamente an und vernichteten sie zum Wohle der Kirche.

Unser Bruder Malachias war ein frommer Christ und wahrer Heiliger. Wir werden alles tun, was in unserer Macht steht, dass er alsbald heilig gesprochen werde. Wir selbst werden bald aufbrechen, um bei Ludwig für einen weiteren Zug ins Heilige Land zu werben und dich, lieber Bruder und den Orden mit allen erdenklichen Vollmachten und Mitteln auszustatten, auf dass du das Allerheiligste in deinen Besitz nehmen und es zur Insel des Lichts bringen kannst, wo es für alle Zeit verborgen werden möge. Amen.

*Abtei von Clairvaux*
*am 15. November im Jahre des Herrn 1148*

»Was meinst du?«

Maria legte das Pergament zurück aufs Bett, dessen lateinischen Text sie frei übersetzt hatte, und sah Peter an.

»Dass dein Latein fantastisch ist.«

»Sonst noch was?«

*Dass du wunderschön bist, Maria, hier auf diesem Bett in einer Pension in Avignon, wenn du mir aus einem siebenhundert Jahre alten Pergament vorliest.*

»Dass Bernhard von Clairvaux einen seiner besten Freunde vergiftet hat, weil der ihm mit seiner seherischen Begabung in die Quere kam. Und zum Ausgleich hat er seine Heiligsprechung betrieben. Das nenne ich wahre Freundschaft!«

»Was, meinst du, ist dieses *allerheiligste Geheimnis*, von dem er da spricht?«

Peter nahm das Pergament, das sie in dem Bronzeknochen gefunden hatten, erneut in die Hand und sah abwesend aus dem Fenster. Von der Gasse draußen drangen Schritte und Stimmen der Nachtschwärmer und Touristen herauf. Der Regen hatte aufgehört, das Licht der Straßenlaternen vor der Pension vermischte sich mit dem gemütlichen Schreibtischlicht des kleinen Zimmers. Für einen Moment wünschte sich Peter nichts mehr, als einfach so mit Maria auf diesem Bett sitzen zu dürfen, ohne dieses Pergament und ohne bei jedem Geräusch auf dem Gang zusammenzuzucken.

»Peter? Ist irgendwas?«

Peter wandte sich ihr wieder zu. »Was auch immer – Hugo von Payens scheint im Heiligen Land auf etwas gestoßen zu sein, das für Bernhard sowohl große Macht bedeutete als auch einen furchtbaren Fluch. Bernhard wollte es um jeden Preis in seinen Besitz und in Sicherheit bringen, aber sozusagen an seinem Schüler und Papst Eugen III. vorbei. Dazu hat er aus den Templern, die bis dahin nur ein schlecht organisierter privater Sicherheitsdienst waren, eine Elitetruppe geschmiedet und den zweiten Kreuzzug propagiert. Mit Erfolg, wie wir wissen.«

»Bloß, der zweite Kreuzzug war ein Fiasko. Die Templer erlitten bei Damaskus eine vernichtende Niederlage.«

»Ja, der Coup ging schief. Wahrscheinlich ist es Bernhard und den Templern gar nicht gelungen, dieses *Geheimnis* in ihren Besitz zu bringen. Aber allein das Wissen darum war schon gefährlich. Gefährlich genug, um einen Mord zu begehen, damit Malachias es nicht durch eine Prophezeiung ausplaudern konnte. Vielleicht ist dieses Wissen der wahre Templerschatz, der über Jahrhunderte bewahrt wurde.«

Maria sah Peter zweifelnd an. »Gewagte Hypothese.«

Peter zuckte mit den Achseln. »Hast du schon mal von einer Insel des Lichts gehört?«

Maria schüttelte den Kopf. »Das könnte auch nur eine Umschreibung sein. Vielleicht ist es noch nicht mal eine Insel. Der ganze Brief steckt voller Andeutungen. Vielleicht gibt es da überhaupt keinen Zusammenhang zu deinen Visionen, dem Rücktritt des Papstes und den ganzen Morden!«

»Doch!«, sagte Peter stur. »Wir müssen diese Insel des Lichts finden.«

Maria straffte sich. Entschlossenheit und Abenteuerlust kehrten in ihr zurück. »Gut. Wo fangen wir an?«

Peter erhob sich vom Bett. »Wir machen morgen weiter. Du brauchst Schlaf und ich auch.«

»Aber morgen erwartet uns der saudische Botschafter schon wieder am Flughafen!«, protestierte sie.

»Ich dachte, du willst vorerst nicht mehr nach Rom zurück?«

Sie grinste. »Aber *du* wirst morgen nach Rom zurückfliegen.«

»Ich dachte, das hätten wir geklärt. Das hier ist *mein* Problem, nicht deins.«

Sie ignorierte seinen Einwand und erhob sich jetzt ebenfalls. Unversehens stand sie nah vor ihm. Ganz nah.

*Du könntest dich jetzt vorbeugen und sie einfach küssen.*

Peter rührte sich jedoch nicht, sah Maria nur an, die seinen Blick einfach erwiderte. Eine gefühlte Ewigkeit standen sie so, bis Peter ihre Hand nahm. Einfach so.

»Ich ...«

»Ich hab Hunger!«, verkündete sie entschlossen, entzog ihm ihre Hand und rollte das Pergament vorsichtig zusammen. »Furchtbaren Hunger. Und wir sind schließlich in Frankreich. Lass uns ausgehen.«

Aufgekratzt und mit ein bisschen zu viel Radau legte sie das Pergament zusammen mit dem Amulett in die Schublade des kleinen Schreibtisches, schloss ab und steckte den Schlüssel ein.

»Also, was ist jetzt?«

»Vielleicht sollten wir das Pergament und das Amulett lieber mitnehmen.«

»Madame unten passt doch auf wie ein Schießhund. Hier kommt so leicht niemand rauf ... Hey, Peter! Nur für ein Stündchen.«

Peter löste sich aus der Starre. »Okay. Fisch oder Wurst?«

»Fisch!«, strahlte sie. »Fisch, Fisch, Fisch!«

# XLI

*13. Mai 2011, Insel Kochinoerabu, Ostchinesisches Meer*

Und was sind wir nun? Gäste oder Gefangene?«

»Ich weiß es nicht. In jedem Fall sind wir am Leben und wir sind zusammen.«

Sie seufzte. Sie hatte ohnehin keine andere Antwort erwartet. Vom Meer wehte ein kräftiger Wind die bleichen Klippen herauf, peitschte zerzauste, weiße Cumuluswolken vor sich her und trug den Geruch von Salz und Algen heran. Alles an dieser Insel war strahlend, das Grün der Sicheltannenwälder, das Purpur der Rhododendrenblüten, das Weiß der Klippen, das Kobaltblau des Meeres und das Azur des Himmels. Alles schien immer ein bisschen zu viel auf dieser kaum zwanzig Quadratkilometer großen Insel an der Südspitze Japans. Vor allem zu viel an Meer. Bis auf die Küstenlinie der zehn Meilen entfernten Insel Yakushima sah man auf Kochinoerabu nie etwas anderes als das Meer oder den gedrungenen Krater des Mount Furudake.

»Betrachte es als unseren ersten gemeinsamen Urlaub.«

Sie wandte sich zu dem Mann um, der neben ihr in einem Korbstuhl saß und den salzigen Wind genoss.

»Unser erster Urlaub. Ja. Aber ich weiß auch, dass du es nicht so siehst. Ich habe Angst, Franz. Große Angst. Nicht um meinetwegen. Du weißt genau warum.«

Ja, wusste er. Er wusste genau, wovor die Frau in dem Korbstuhl neben ihm Angst hatte, und er teilte diese Furcht.

»Was soll ich sagen, Sophia? Du weißt, wie es in mir aussieht.«

»Ich will keine Entschuldigung, Franz. Ehrlich gesagt bin ich sogar glücklich, dass wir jetzt hier sind. Ich war lange nicht mehr so glücklich. Ich befürchte nur, dass dies alles nur eine vorübergehende Illusion ist und wir schon bald wieder hart in der Realität landen werden. Und ich frage mich, ob wir vorbereitet sind.«

Ein Diener in traditioneller Kleidung brachte grünen Tee. Sophia Eichner trank in kleinen Schlucken aus dem hauchdünnen Porzellanschälchen und beobachtete fasziniert, wie behutsam und sicher die groben Hände des Mannes neben ihr das zarte Tässchen hielten. Franz Laurenz hatte seine schwarze Priesterkleidung vollständig gegen eine dunkelblaue Baumwollhose, ein weißes Hemd mit marineblauem Pullover, dunkelbraune Segelschuhe und eine schlichte blaue Windjacke getauscht. Er trug eine alte amerikanische Sonnenbrille, und nur seine Blässe verriet, dass er nicht der ältere, gut situierte Hobbysegler war, für den man ihn auf den ersten Blick halten mochte.

»Vorbereitet auf was?«, fragte Laurenz zurück.

Sophia zuckte mit den Achseln. »Sag du es mir. Ich habe bislang keine Fragen gestellt. Vor fast zwei Wochen hast du mich angerufen und mir erklärt, dass du zurücktreten wirst und dass wir beide für eine Weile verschwinden müssten. Du hast mich gebeten, keine Fragen zu stellen. Du hast gesagt, dass es nur für kurz wäre und dass du alles vorbereitet hast, damit es bald wieder so wird wie es war. Natürlich habe ich dir nicht geglaubt. Aber ich habe keine Fragen gestellt. Ich bin mit dir nach Sizilien gegangen und dann mit auf diese Insel. Und jetzt sitzen wir zwei hier wie ein Rentnerpaar im ersten Urlaub seit vierzig Jahren, und ich habe beschlossen, dir nun doch ein paar Fragen zu stellen.«

Laurenz seufzte und nahm noch einen Schluck von dem feinwürzigen Tee.

»Ich weiß nicht, wie lange wir hier bleiben werden, Sophia. Es hängt nicht von mir ab. Im Moment sehe ich uns nicht als Gefangene auf dieser Insel. Wir sind hier einfach sicher.«

»Was passiert gerade in Rom?«

»Ich weiß es nicht. Alle Verbindungen sind abgerissen. Ich

kann nur hoffen, dass Don Luigi den Überblick behält und die richtigen Schlüsse zieht. Aber selbst wenn ich Kontakt zu ihm herstellen könnte, wäre es das Beste für ihn, wenn er nicht wüsste, wo ich gerade bin. Solange wir Seths Pläne nicht genau kennen, müssen wir vorsichtig sein.«

»Das klingt aber nicht gerade nach der apokalyptischen Schlacht, von der du einmal gesprochen hast. Und – entschuldige bitte – es klingt auch nicht nach dir, Franz Laurenz.«

»Ich weiß. Aber das ist nun mal die Lage. Im Moment können wir nichts tun. Warten wir ab, welche Neuigkeiten unser Gastgeber morgen bringt.«

»Wie kannst du nach all dem, was passiert ist, nur so ruhig sein, Franz?«

»Ich bete, Sophia, ich bete. Ich bete zum Herrn, dass das Geheimnis noch sicher ist. Solange das Amulett und die Dokumente unberührt in ihrem Versteck ruhen, ist Hoffnung. Das Amulett und die Dokumente sind meine einzige Chance, die Apokalypse noch abzuwenden. Falls Seth sie in die Hände bekommt, ist alles verloren.«

# XLII

*13. Mai 2011, Avignon*

Auf dem Rückweg von dem Bistro zur Pension hakte sie sich bei ihm unter.

»Und die Leute?«, fragte Peter, überrascht und erfreut zugleich.

»Ist mir wurst«, erwiderte sie. »Ich bin ein bisschen *tipsy*. Wenn du mich nicht hältst, falle ich noch hin.«

*Wenn du fällst, Maria, fange ich dich auf.*

»Erzähl mir von deinem ersten Freund.«

»Ich sagte *tipsy* – nicht, dass ich vollkommen betrunken wäre, ja? Kein Grund, vertraulich zu werden, Peter Adam.«

Erst vor der Pension ließ sie ihn wieder los. Die misstrauische Pensionswirtin ließ sich nicht blicken. Peter begleitete Maria bis vor ihre Zimmertür und reichte ihr ihren Zimmerschlüssel.

»Gute Nacht, Maria.«

»Gute Nacht, Peter Adam.«

Er widerstand erneut dem Impuls, sie zu küssen. Abrupter als er wollte, wandte er sich ab und ging zu seinem Zimmer am anderen Ende des Flures. Hinter sich hörte er, wie sie ihre Tür aufschloss und dann sachte hinter sich zuzog.

Dann hörte er ihren Schrei.

Peter wirbelte herum und war mit wenigen Sätzen wieder bei Marias Zimmertür. Als er in das kleine Zimmer stürmte, nahm er in einem Augenblick gleichzeitig verschiedene Dinge wahr: die aufgebrochene Schreibtischschublade, das Pergament und eine Pistole auf dem Fußboden, den Mann mit dem schwarzen Priesteranzug und der Skimaske, der sich vor Maria krümmte und sich stöhnend den Unterleib hielt. Ohne nachzudenken, zerrte Peter Maria mit einem Ruck aus dem Zimmer, dass sie taumelnd gegen die Wand des Korridors prallte.

»Ich hab ihn getreten!«, schrie sie, offensichtlich unter Schock. »Ich hab ihn getreten!«

Peter beachtete es nicht, sondern stürzte sich auf den Mann, der bereits nach seiner Waffe griff. Peter versuchte, die Waffe wegzutreten, doch der Mann war schneller, trotz der offensichtlichen Schmerzen. Er rollte sich herum und feuerte auf Peter. Peter hörte den Schuss und spürte den scharfen Luftzug des Geschosses dicht an seinem Kopf. Ohne jedoch darauf zu achten, packte er den Arm mit der Waffe und drehte ihn brutal von sich weg. Der Mann feuerte erneut, diesmal jedoch ging der Schuss an die Decke. Der Mann mit der Skimaske trat nach Peter und traf ihn am Bein. Peter hielt immer noch seinen Arm und versuchte, ihn gegen den Schreibtisch zu schlagen. Doch der Mann war trainiert. Mit der Linken verpasste er Peter einen Leberhaken, der ihm den Atem raubte. Dennoch hielt er den Arm mit der Waffe weiterhin fest umklammert und ließ sich mit seinem ganzen Gewicht auf den maskierten Priester fallen. Gemeinsam stürzten sie vor das kleine Bett. Der Priester feuert ein drittes Mal. Peter rammte ihm einen Ellenbogen ins Gesicht, sodass der Mann aufstöhnte – ohne jedoch die Waffe loszulassen. Ineinander verkeilt rangen die beiden Männer vor Marias Bett und droschen mit jeweils nur einem Arm aufeinander ein.

Bis es dem Mann mit der Skimaske gelang, Peter mit beiden Beinen von sich zu stoßen. Peter rollte sich instinktiv zur Seite und wartete auf den nächsten Schuss. Er sah, dass der Mann sich keuchend über ihn beugte und die Waffe auf ihn richtete. Peter erkannte den Typ der Waffe und dachte an Maria. Ansonsten dachte er gar nichts mehr, sondern erwartete nur noch die große Dunkelheit.

Doch stattdessen verpasste der Priester mit der Skimaske Peter einen brutalen Tritt.

»*Cretino!*«, stieß der Priester gepresst hervor, griff nach dem Pergament und stürzte auf den Flur. Peter tastete nach dem Amulett, das immer noch neben ihm auf dem Boden lag.

»MARIA!«

Mühsam richtete er sich auf und stolperte aus dem Zimmer. Erleichtert sah er, dass Maria bleich aber unversehrt immer noch an der Wand stand.

»Halt das und bleib, wo du bist!«, bellte er sie an, drückte ihr das Amulett in die Hand und rannte dem maskierten Priester hinterher.

*Wo ist die Wirtin? Warum ist hier niemand?*

Peter stürmte hinaus auf die Straße, orientierte sich kurz und sah, wie der Priester mit dem Pergament die kleine Gasse hinaufrannte. Im Gehen riss er sich die Skimaske vom Gesicht und warf sie weg. Ein paar Spaziergänger blickten ihm verwundert nach. Obwohl er wusste, dass der Mann weiterhin bewaffnet war, rannte Peter hinterher.

Bis er den Wagen sah. Ein dunkler Mercedes, der sich dem Priester durch die enge Gasse mit Vollgas näherte. Die Spaziergänger drückten sich panisch in die Hauseingänge. Eine Frau wurde aber erwischt und über die Motorhaube geschleudert. Ohne zu bremsen hielt der Wagen weiterhin auf den Priester zu. Peter sah, dass der Priester kurz anhielt und nach einem Fluchtweg suchte. Im gleichen Moment erfasste ihn der Mercedes mit einem hässlichen Knall. Der Priester wurde nach vorne weggeschleudert und stürzte regungslos aufs Pflaster. Peter sah, wie ein Mann mit einer Machete ausstieg und dem Priester mit einem Hieb in den Kopf hackte. Ohne die Schreie der Passanten im Mindesten zu beachten, entriss er ihm das Pergament, stieg wieder in den Wagen und gab erneut Gas. Genau auf ihn zu.

»Das ist der Mann aus der Kirche!«, schrie Maria hinter Peter. Peter wirbelte herum und sah Maria mitten in der Gasse stehen.

»Maria, weg da!«

Peter stürmte zurück und hörte das Aufröhren des Motors hinter sich.

Zwanzig Meter. Fünfzehn. Zehn.

Der Mercedes holte auf.

Peter erreichte Maria kurz bevor der Mercedes auch ihn erwischte. Er rammte Maria in vollem Lauf, stieß sie in den nächsten Hauseingang und spürte einen harten Schlag an der Hüfte von einem der Seitenspiegel.

Der Mercedes raste ungebremst weiter. Maria schrie.

Peter kümmerte sich nicht darum, sondern sah dem Wagen nach, der weiter mit Vollgas durch die Gasse raste und voll gegen einen keinen Poller fuhr, der die Gasse am Ende einengte.

*Französisches Kennzeichen!*

Die Bremsleuchten des Wagens flammten auf. Peter sah, dass der Mercedes sich verkeilt hatte und zurücksetzte.

»Hast du das Amulett?«, schrie Peter Maria an.

»Ja! Warum …«

»Los, komm!« Er zerrte sie hart aus dem Hauseingang und rannte die Gasse hinauf.

»Was hast du vor?«, schrie sie und versuchte, sich loszumachen. Doch Peter hielt sie eisern fest und rannte weiter die Gasse hinauf, wo am anderen Ende der gemietete Peugeot parkte. Immer wieder sah er sich nach dem Mercedes um, der jetzt zwar zurückgesetzt hatte, aber immer noch nicht ganz durch das Nadelöhr zwischen Poller und Gasse passte.

Peter zog die Wagenschlüssel aus der Tasche, stieß Maria auf den Beifahrersitz und rannte um den Peugeot herum.

»Schnall dich an!«, rief er Maria zu, startete den Wagen und raste ebenso wie der Mercedes zuvor durch die nun menschenleere Gasse, vorbei an der verletzten Frau und dem getöteten Priester.

»Wer ist das?«, schrie Maria.

»Ich weiß es nicht!«, keuchte Peter zurück. Er sah, wie der Mercedes jetzt mit Vollgas das Nadelöhr passierte und sich dabei beide Seiten aufschrammte. Peter checkte mit einem Blick die Tankfüllung des Peugeot und hoffte, dass der halbe Tank und die Motorleistung des Wagens für eine Verfolgung ausreichen würden.

»Was hast du vor?«

»Ich will mir das Pergament zurückholen. Und ich will jetzt verdammt noch mal endlich wissen, was hier los ist!«

Peter folgte dem Mercedes, der vor ihm mit quietschenden Reifen auf die Hauptstraße schleuderte und eine rote Ampel überfuhr.

»Dieser Mann ist ein Killer, Peter!«

»Genau!« Peter gab erneut Gas. »Aber solange er frei herumläuft, bin *ich* für alle Welt der Killer. Und das habe ich langsam gründlich satt.«

Der Mercedes vor ihnen drosselte das Tempo etwas und schlängelte sich zügig durch den nächtlichen Stadtverkehr von Avignon. Peter hatte keine große Mühe, ihn im Blick zu behalten, achtete jedoch darauf, immer gleichzeitig mit dem Mercedes über sämtliche Ampeln zu kommen.

Der Mercedes mit dem Machetenkiller folgte den Schildern zur Autobahn 9 Richtung Süden. Noch auf der Autobahnauffahrt gab er wieder Vollgas, und Peter hatte Schwierigkeiten dranzubleiben.

»Ob er uns bemerkt hat?«, fragte Maria vom Beifahrersitz.

Peter antwortete nicht. Die Frage stellte sich ihm im Augenblick nicht. Er achtete nur darauf, den Wagen in der Dunkelheit auf keinen Fall aus den Augen zu verlieren.

Nach einer knappen halben Stunde verließ der Mercedes die A 9 bei Montpellier-Ost und folgte den Schildern Richtung Flughafen. Peter folgte ihm an Palmenalleen vorbei entlang der Flughafenumzäunung zum *General Aviation Terminal*, als mit einem Mal ein Tanklastzug aus einer Nebenstraße vor ihnen auf die Straße scherte und Peter zwang, scharf abzubremsen. Peter fluchte und verlor den Mercedes aus den Augen. Als er den

Tanklaster schließlich mit quietschenden Reifen überholen konnte, sah er noch, wie der Mercedes gerade ein Tor zum Flughafengelände passierte. Das halb geöffnete Schiebetor schloss sich bereits wieder. Fluchend versuchte Peter, alles aus dem kleinen Peugeot herauszuholen.

»Peter, nicht!«, schrie Maria.

Mit einer Vollbremsung kam er gerade noch vor dem geschlossen Schiebetor zum Stehen.

»Verdammte Scheiße!«

Er sprang aus dem Wagen und lief ans Tor. Dort sah er, wie der Mercedes hinter einem Hangar verschwand, vor dem ein Hubschrauber mit laufendem Rotor und blinkenden Positionslichtern parkte. Kurz darauf sah Peter eine Gestalt, die geduckt auf den Helikopter zueilte und einstieg. Fast gleichzeitig hob der Heli ab, schwebte vorschriftsmäßig ein Stück über die Rollbahnen zum *Take-off-point* und stieg dann auf in die Nacht.

Peter trat frustriert gegen das Schiebetor, ohne die Kameras zu beiden Seiten zu beachten.

»Um auf deine Frage von vorhin zu antworten«, sagte er, als er Maria neben sich wahrnahm. »Ja, ich glaube, er hat uns bemerkt.«

»Was glaubst du, wo er hinwill?«, fragte Maria und starrte in den Nachthimmel, wo die Positionslichter des Hubschraubers vom Dunkel verschluckt wurden.

»Zur Insel des Lichts, vermute ich. Wo auch immer die liegt.«

# XLIII

*14. Mai 2011, Apostolischer Palast, Vatikanstadt*

Der Magen machte Urs Bühler wieder mal Probleme. Eine alte Geschichte, die er sich im Sudan zugezogen hatte, eine Folge der Malaria. Bühler verzichtete seitdem auf Kaffee und zu fette Speisen und hatte sich mühsam das Rauchen abgewöhnt. Das ergab schon drei Dinge, die seine Laune auf einem konstant gereizten Level hielten. Sobald die Magenkrämpfe dazukamen und ihm den Schlaf raubten, wurde er schier unerträglich. Seine Gardisten hatten gelernt, die Zeichen zu deuten und gingen ihm nach Möglichkeit aus dem Weg, sobald er wieder diese gelben Tabletten schluckte.

Nach der zweiten Gelben an diesem Morgen fühlte Urs Bühler sich immerhin in der Lage, Menendez Bericht zu erstatten.

»Wir haben ein Problem«, begann der Kardinal, ohne sich mit einer Begrüßung aufzuhalten, als Bühler im Apostolischen Palast eintraf. »Peter Adam hat letzte Nacht in Avignon einen Numarier des Opus Dei getötet.«

Schon wieder drei Dinge, die seinen Magen rebellieren ließen: Peter Adam, Tod, Opus Dei.

»Wieso Avignon?«, fragte Bühler gepresst und ließ sich unaufgefordert in einen der Sessel vor Menendez' Mahagonischreibtisch fallen. »Was für eine Scheiße ist da passiert?«

Menendez blieb hinter seinem Schreibtisch sitzen und berichtete knapp, dass es dem Opus Dei mit seinem Netzwerk gelungen war, Peter Adam in Avignon aufzuspüren. Und zwar in Begleitung einer Nonne. Ein speziell ausgebildeter Numarier hatte die Aufgabe erhalten, die beiden zu observieren, unauffällig Beweismittel zu sichern und die beiden dann den französischen

Behörden zu übergeben, ohne dass das Opus Dei dabei offen in Erscheinung trat.

»Und dann ist die Sache voll in die Grütze gegangen«, unterbrach Bühler den Kardinal. »Wussten die Dienste von dieser Aktion?«

»Nicht direkt. Es gab eine interne Vereinbarung, dass wir den Zugriff übernehmen würden.«

Bühler fluchte leise.

»Was haben Sie gerade gesagt, Oberst?«

»Sie haben es versaut, Menendez. Ihre Numarier sind Vollidioten. Warum erfahre ich erst jetzt davon? Ach, Scheiße, vergessen Sie's. Wo ist Peter Adam jetzt?«

»Wir arbeiten daran. Sobald wir mehr wissen, informiere ich Sie. Dann kriegen Sie Ihre Chance. Halten Sie sich bereit.«

Du kannst mich mal, dachte Bühler. Er warf noch zwei Gelbe ein und dachte nach.

»Ich höre, Oberst«, unterbrach der Kardinal seine Gedanken.

»Das alles ergibt kein klares Bild«, begann Bühler wieder. »Zu viele Player im Spiel, zu viele Variablen, die nicht zusammenpassen. Falls Peter Adam wirklich ein Mörder und Terrorist ist – wo ist sein operatives Netzwerk?«

»Daran arbeiten die Dienste.«

»Verdammt, Kardinal, verschonen Sie mich bitte mit den Geheimdiensten. Die stochern noch mehr im Nebel als wir.«

Menendez horchte auf. »Wollen Sie damit andeuten, dass Sie neue Informationen haben?«

Bühler knurrte eine unflätige Verwünschung und berichtete dann knapp von seinen Ermittlungen in Suite 306 und von der Leiche des jungen Doktoranden.

»Ich sehe den Zusammenhang nicht ganz, Oberst.«

»Ich auch nicht, Kardinal. Und ich hasse so was. Ich hasse es auch, wenn man mir Informationen vorenthält. Ich hasse es, von irgendwelchen Carabinieribürschchen wie ein Idiot behandelt zu werden. Also habe ich ein bisschen nachgeforscht, was das für eine Investmentbank ist, die diese Suite 306 auf Dauer gemietet hat.«

Menendez blickte auf seine Uhr.

»Entweder hören Sie mir jetzt zu, Kardinal, oder ich kann weder für Ihre Sicherheit noch für die des Konklaves garantieren.«

»Fahren Sie bitte fort, Oberst.«

»Diese Investmentbank namens *PRIOR Financial Services* hat ihren Sitz in Katmandu und gehört zu einem weitverzweigten Netz von internationalen Tochterfirmen und Holdings. Unter anderem ist *PRIOR* an einem privaten Sicherheitsdienst namens *LIGHTSWORD* beteiligt, der Schutztruppen in Krisengebiete entsendet. Je weiter ich jedoch nachgeforscht habe, desto weniger greifbar wurde dieses ganze Geflecht. Telefonisch habe ich nirgendwo jemand erreichen können.«

»Gibt es Verbindungen zwischen *PRIOR* und Peter Adam?«

Bühler schüttelte den Kopf. »Das ist es ja. Allerdings taucht ein anderer Name immer wieder auf: Aleister Crowley.«

Bühler sah, wie Menendez bei dem Namen zusammenzuckte.

»Er scheint eine Art Vorstand dieses Firmengeflechts zu sein. Kennen Sie ihn, Kardinal?«

Menendez bekam sich wieder in den Griff. »Nein. Wer ist das?«

»Tja, der Mann ist ebenso ein Phantom wie seine Firmen. Kein Foto, keine Biografie – nichts. Also fast nichts.«

Bühler grinste Menendez an und genoss den Anblick, wie der Kardinal seinen goldenen Füllfederhalter fast in der Hand zerquetschte.

»Oberst, bitte! Ich habe noch Termine.«

»Er wird im römischen Handelsregister als Vorstand einer Tiefbaufirma namens *Fratec* geführt. Diese Tiefbaufirma hat in den vergangenen Wochen Grabungen und Bohrungen in der Nekropole durchgeführt. Allerdings ist *Fratec* eine Briefkastenfirma und gehört ebenfalls zum Firmengeflecht von *PRIOR*.«

»Ist das alles?«

Bühler blickte den Kardinal durchdringend an, um keine Reaktion in seinem Gesicht zu verpassen.

»Nein. Da meine Ermittlungen, wie Sie wissen, weder von der italienischen Polizei, noch von den Diensten unterstützt werden, musste ich andere Kanäle aktivieren. Ein Bekannter von mir, oder sagen wir besser ein alter Kamerad, ist zufälligerweise inzwischen als Berater bei *LIGHTSWORD* beschäftigt. Sie erinnern sich? Diese Sicherheitsfirma, an der *PRIOR* Anteile hält. Gerade da, wo man größte Geheimhaltung erwarten würde, ist mein alter Kamerad fündig geworden. Es war sozusagen ein Schuss ins Blaue. Der Name Aleister Crowley taucht auf der Mitgliederliste einer Vereinigung auf, die für gewöhnlich sehr viel Wert auf Geheimhaltung und Diskretion legt.«

»Keine langen Vorreden, Oberst. Welche Vereinigung?«

Bühler griff sich an den Magen und starrte den Kardinal an.

»Das Opus Dei.«

Bühler genoss es, den Kardinal erbleichen zu sehen.

»Was sagen Sie da? Wie zum Teufel sind Sie an eine Mitgliederliste des Opus Dei gekommen, Oberst?«

»Mein alter Kamerad sagte, es sei nicht leicht gewesen, sich in die verschiedenen Systeme zu hacken. Aber schlussendlich sei es machbar gewesen. Sie sollten sich etwas mehr Mühe bei der Sicherheit Ihrer Server geben.«

»Ich werde das umgehend überprüfen lassen. Haben Sie sonst noch etwas über diesen Crowley?«

»Das frage ich jetzt *Sie*, Kardinal. Wer ist Aleister Crowley?«

Der Kardinal hielt Bühlers Blick stand und lehnte sich dann zurück. »Ich danke Ihnen für die hervorragende Arbeit, Oberst Bühler. Bitte halten Sie mich über den Stand Ihrer Ermittlungen weiter auf dem Laufenden.«

Bühlers Magen explodierte. Weiß vor Schmerz und Wut beugte er sich vor. »Ich habe mich vielleicht nicht deutlich genug ausgedrückt, Kardinal. Ich bin bei meinen Nachforschungen zu den Hintergründen verschiedener Morde und rätselhafter Ereignisse auf ein Mitglied des Opus Dei gestoßen. Und jetzt, Kardinal, erwarte ich endlich Erklärungen von Ihnen.«

Der Kardinal fixierte den Schweizer vor sich mit kaltem Blick. »Oder was?«

Bühler erhob sich. »Ich will Ihnen nicht drohen, Kardinal. Ich bin Soldat. Ich habe geschworen, den Papst und den Heiligen Stuhl zu schützen, wenn es sein muss mit meinem Leben. Und genau das werde ich tun. Ich werde jeden, den ich als Gefahr für den Heiligen Stuhl identifiziere, mit dem Einsatz meines ganzen Lebens bekämpfen. Wenn es sein muss, auch töten. Daran sollten Sie immer denken.«

In der grimmigen Befriedigung, seinen Namen soeben höchstselbst auf die schwarze Liste einer der mächtigsten Vereinigungen der Welt gesetzt zu haben, verließ Bühler den Apostolischen Palast. Obwohl er seine Aufgabe niemals mit politischen Dingen vermischte, hegte er doch ein gründliches Misstrauen gegenüber dem Opus Dei, wie gegenüber allen Organisationen, die im Verborgenen operierten. Bühler genoss es, Kardinal Menendez mit offenem Visier ans Bein gepisst zu haben. Er hoffte nur, dass diese Provokation endlich etwas Bewegung in die Ermittlungen brachte. Und schließlich hatte er sich immer noch einen Trumpf in der Hinterhand behalten und dem Kardinal nicht alle Ermittlungsergebnisse über das Phantom Aleister Crowley aufgetischt.

Zurück in der Kaserne wies Bühler seinen Oberstleutnant an, Kardinal Menendez rund um die Uhr observieren zu lassen.

»Ich will wissen, wohin er geht, mit wem er spricht, was er isst und welche Konsistenz seine Scheiße hat! Zapfen Sie sein Telefon und seine E-Mails an.«

»Herr Oberst!«, entrüstete sich Oberstleutnant Steiner. »Dazu haben wir keinerlei Vollmachten!«

»Das ist ein Befehl, Oberstleutnant!«, bellte Bühler zurück. »Ich übernehme die volle Verantwortung.«

Er griff in die Schublade seines Schreibtisches, zog seine SIG P220 heraus und steckte sie ein.

»Ich muss los. Sie erreichen mich auf dem Handy.«

»Was haben Sie vor, Herr Oberst?«

»Ich fliege nach Venedig und gehe einer Spur nach. Heute Abend bin ich wieder zurück.«

# XLIV

*14. Mai 2011, Montpellier*

Eine »Insel des Lichts« existierte nicht. Jedenfalls nicht in einer Entfernung, die in Reichweite eines Hubschraubers lag. Peter und Maria durchforsteten das Internet nach allen möglichen Schreibweisen, auf Französisch, auf Englisch, auf Latein, stießen aber nur auf eine Ferieninsel in der Karibik und eine, die zu den französischen Antillen gehörte.

»Vielleicht hat Malachias sie nur so genannt, und sie heißt in Wirklichkeit ganz anders«, vermutete Maria.

»Dachte ich auch gerade«, murmelte Peter über einem Pappbecher Kaffee, während er den Wirt des kleinen Internetcafés im Blick behielt, der sie schon die ganze Zeit argwöhnisch beobachtete. Offenbar war er nicht gewohnt, eine Nonne und einen Deutschen als erste Kunden am Morgen zu haben. Peter und Maria hatten die Nacht in dem Peugeot auf dem Parkplatz hinter einem Supermarkt verbracht. Als es hell wurde, hatten sie den Wagen verlassen und waren so lange durch die Stadt geschlendert, bis die ersten Geschäfte öffneten. Peter hielt es für sicherer, nicht mehr zu dem Peugeot zurückzukehren.

»Lass uns gehen«, entschied er, als der junge Mann zum Telefon griff und jemand anrief. »Vielleicht hat er uns erkannt.«

»Meinst du?«

»In jedem Fall sind wir zu auffällig.«

Er zog Maria aus dem Café. Draußen füllten sich die Straßen von Montpellier mit Geschäftsleuten, Touristen und Lieferanten. Peter wollte in Bewegung bleiben, sich unter Leute mischen, um unerkannt zu bleiben – aber nun hatte er den Eindruck, dass jedermann sie anstarrte wegen Marias Nonnenhabit.

Maria verstand das Problem. »Wie viel Geld haben wir noch?

»Zu wenig.«

»Hast du noch eine Kreditkarte?«

»Ja, aber die zu benutzen, ist zu riskant.«

Er wollte weitergehen, doch Maria hielt ihn fest. »Mal ehrlich, Peter. Ob sie wegen deiner Kreditkarte draufkommen, dass wir in Montpellier sind, oder ob sie uns jetzt gleich erkennen und verhaften – wo ist der Unterschied?«

Wo sie recht hatte, hatte sie recht.

»Und das ist auch wirklich in Ordnung für dich? Ich meine, ich will deinen Glauben nicht verletzen oder so, es ist nur …«

»Zerbrich dir bloß nicht deinen Kopf über meinen Glauben, Peter.«

In einem großen Kaufhaus suchte sie sich mit überraschender Sicherheit einfache Wäsche zusammen, danach eine nicht zu modische Jeans, ein T-Shirt und einen schlichten dunkelblauen Pullover. Dazu feste Turnschuhe und eine blaue Regenjacke. Zum Schluss wählte sie sich noch ein schlichtes Kopftuch aus und zog sich auf der Kundentoilette um, nachdem Peter alles bezahlt hatte.

»Und komm mir bloß nicht damit, dass ich plötzlich aussehe wie ein richtige Frau!«, sagte Maria als sie wenig später aus der Toilette trat und eine letzte Haarsträhne unter das Kopftuch schob. Sie bewegte sich völlig ungezwungen in der neuen Kleidung.

Peter schluckte den Kommentar, der ihm auf der Zunge gelegen hatte, herunter und schüttelte vehement den Kopf. »Blödsinn«, log er. »Das wusste ich schon die ganze Zeit.«

»Soso.«

»Wo ist das Amulett?«

Sie klopfte auf ihre Regenjacke. »In einer Innentasche mit Reißverschluss. Sonst noch was?«

»Muss das Kopftuch unbedingt sein?«

»Ja. War's das jetzt oder musst du unbedingt noch was loswerden, bevor wir weitermachen?«

»Na ja ...«
»Was?«
»Bisschen landeimäßig der Look, aber immerhin unauffällig.«

Sie deponierten die Einkaufstüten mit Marias Nonnenhabit in einem Schließfach und setzten die Suche nach der Insel des Lichts in der großen Stadtbücherei von Montpellier fort. Auf dem Platz vor dem Eingang hockte eine große Bronzeskulptur auf einem Sockel: ein Faun, der auf einer Flöte spielte. Pan, der Namensgeber der Panik.

*Wie passend.*

Peter hatte den Eindruck, Pan lache ihn aus. Der Eindruck verstärkte sich, als sie in der weitläufigen, modernen Bibliothek ihre Nachforschungen fortsetzten. Auf keiner Landkarte, in keinem Atlas war eine erreichbare Insel mit diesem Namen verzeichnet. Peter begann bereits daran zu zweifeln, dass diese Insel überhaupt existierte, als Maria einen kleinen Triumphschrei ausstieß.

»Wir sind so vernagelt!«, rief sie aus. »Wir hätten schon die ganze Zeit draufkommen können!«

Sie zeigte ihm einen Atlas mit historischen Landkarten und tippte auf eine Stelle vor der südfranzösischen Küste.

»Das Symbol auf dem Amulett bedeutet doch sowohl Licht als auch Kupfer. Und hier haben wir sie – die *Ile de Cuivre,* die Kupferinsel! Etwa acht Seemeilen vor der Küste.«

Peter starrte elektrisiert auf die Karte aus dem 17. Jahrhundert, auf der eine winzige Insel mit Namen *Ile de Cuivre* eingezeichnet war. »Das könnte sie tatsächlich sein. Auch entfernungsmäßig könnte es hinkommen. Aber so, wie sie da eingezeichnet ist, muss sie irre klein sein. Kaum mehr als ein Felsen im Meer.«

Er setzte sich sofort an einen freien Computer und suchte nach der *Ile de Cuivre.* Zu seiner Verwunderung fand er im Internet jedoch weder eine Beschreibung der Insel, noch erschien sie auf aktuellen Seekarten. Sie war nicht einmal auf den Satellitenbildern von Google Earth zu finden. Sie schien gar nicht zu existieren.

»Also entweder hat der Kartograf diese verdammte Insel damals erfunden, oder sie ist inzwischen im Meer versunken.«

»Oder irgendwer hat dafür gesorgt, dass sie auf keiner Karte mehr auftaucht.«

Peter sah Maria zweifelnd an. »Wer wäre so mächtig?«

Maria zuckte mit den Achseln. »Der gleiche, der so mächtig wäre, den Vatikan in die Luft zu sprengen?«

Peter erhob sich von dem Computerplatz und fragte die beiden Bibliothekarinnen nach der Kupferinsel.

Die jüngere zuckte nur mit den Achseln und kaute weiter lustlos auf ihrem Kaugummi herum. Die ältere Bibliothekarin jedoch sah Peter mit einem seltsamen Ausdruck an.

*Wovor fürchtet sie sich plötzlich?*

»Oh, doch, die Ile de Cuivre existiert, Monsieur. Mein Mann und ich sind passionierte Segler, deswegen weiß ich das. Aber niemand spricht gerne über diese Insel. Es heißt, sie sei verflucht.«

»Verflucht? Sie meinen, es spukt dort oder so?«

Die Bibliothekarin zog ein Gesicht. »Halten Sie mich bloß nicht für abergläubisch, ich sage Ihnen nur, was man sich so unter Seglern erzählt. Eigentlich ist es gar keine Insel, sondern nur ein großer vorgelagerter Felsen. Bei gutem Wetter kann man sie von Fortignan aus sogar sehen.«

»Wissen Sie, ob die Insel bewohnt ist?«

Die Bibliothekarin schüttelte den Kopf. »Ich weiß nur, dass dort eine alte Fortanlage steht. Früher diente sie zur Verteidigung der Küste gegen Piraten. Angeblich lebt heute ein Einsiedlerorden dort.«

»Und warum ist die Insel verflucht?«

»Die Meeresströmungen in diesem Bereich gelten als besonders tückisch. Viele Schiffe sind dort schon gesunken.«

»Und warum ist sie dann auf keiner Seekarte verzeichnet?«
»Das dürfen Sie mich nicht fragen, Monsieur!«
Sie wollte sich wieder ihrer Arbeit zuwenden.
»Wie kann man auf diese Insel gelangen, Madame?«, hakte Peter nach.
Die Bibliothekarin reagierte zögerlich. Doch da ihre jüngere Kollegin inzwischen mit großen Ohren zuhörte, nahm sie die Gelegenheit wahr, ein bisschen mit ihrem Seemannsgarn anzugeben.
»Gar nicht. Eine richtige Anlegemöglichkeit gibt es nämlich nicht. Angeblich haben die Templer das Fort auf dem Felsen errichtet, um dort ihren legendären Templerschatz in Sicherheit zu bringen. Aber das sind natürlich alles nur Legenden.«
»Natürlich, Madame. Ich danke Ihnen. Aber vielleicht können Sie mir doch noch einen kleinen Gefallen tun ...«
Wenig später kehrte er mit drei alten Büchern über die Geschichte des Templerordens in Südfrankreich zu Maria zurück und berichtete, was er über die Kupferinsel erfahren hatte. Gemeinsam durchstöberten sie die alten Bücher nach weiteren Hinweisen.
»Sie hat recht«, flüsterte Maria. »Angeblich wurde das Fort wirklich im 14. Jahrhundert von den Templern errichtet und in den darauffolgenden Jahrhunderten immer weiter ausgebaut. Hier, ich habe ein paar alte Stiche des Forts gefunden.«
Sogar ein alter Grundriss war darunter. Die historischen Abbildungen zeigten eine gedrungene und trutzige Fortanlage auf einem Felsen im Meer. Einen geschlossenen ovalen Bau. Außenmauern, die fensterlos und drohend wie eine Festungsmauer aus dem Meer aufragten.
Als er auf die alten Stiche starrte, wurde ihm übel.
»Sieht mehr aus wie eine Art Bunker«, sagte Maria.
Peter hörte es kaum.
*Das kann nicht sein!*
Bilder, uralt und furchtbar, schossen unvermittelt aus den

Tiefen seiner Erinnerung empor wie eine monströse Magmablase aus dem Inneren der Erde, durchbrachen die dünne Kruste seines Ichs und erschütterten seine Selbstsicherheit in einer gewaltigen Explosion. Bilder von einem Feuer, das auf ihn zuraste. Enge Flure aus Stein. Blut. Schüsse. Das Gesicht einer Frau, die vor ihm zusammenbrach.

Peter fühlte die Migräne kommen und kämpfte gegen den Brechreiz an.

»Peter, was ist?«, fragte Maria bestürzt, als sie sah, dass er kalkweiß geworden war.

»Ich habe dieses Fort schon einmal gesehen«, ächzte er.

»Was? Wann?«

»Ich … weiß es nicht. Aber ich dachte gerade …«

»Was?«

»Dass ich dort schon einmal war.« Er krümmte sich, sah roten Dunst vor seinen Augen aufsteigen.

*Es kann einfach nicht sein!*

Maria sprang auf und ließ sich ein Glas Wasser von den Bibliothekarinnen geben, die Peters Zustand inzwischen ebenfalls registriert hatten und besorgt und misstrauisch zu ihnen herüberstarrten.

»Trink das!«

Sie hielt ihm das Glas an die Lippen. Gegen den übermächtigen Brechreiz trank Peter das Wasser in kleinen Schlucken, und langsam lichtete sich der rote Dunst vor seinen Augen. Das Ungeheuer ließ wieder von ihm ab. Vorläufig.

»Besser?«

Peter nickte. »Danke, geht schon wieder.«

»Hast du so was öfter?«

»Ich sagte, es geht schon wieder.«

»Wenn du schon mal dort warst, warum hast du dich nicht eher daran erinnert?«

»Ich weiß es nicht!«, zischte Peter ungehalten. »Es war nur ein Déjà-vu.«

Maria schwieg, ließ ihn aber nicht aus den Augen.

»Wir sollten vielleicht gehen. Du brauchst Ruhe.«

Peter riss sich zusammen und betrachtete erneut die historischen Zeichnungen der Kupferinsel.

»Was wollten die Templer dort verstecken?«

Maria verstand, dass er nicht über seinen Anfall reden wollte, und seufzte.

»Oder vielmehr: Nach was haben sie dort gesucht?« Sie deutete auf das Buch, das sie gerade studierte. »Hier wird den Templern nachgesagt, auf der Kupferinsel an einem geheimen Projekt geforscht zu haben. Später soll dort ein alchemistisches Zentrum entstanden sein.«

»Und jetzt gleich erzählst du mir, dass die Templer dort auch noch den Stein der Weisen gefunden haben, oder was?«

»Nicht so zickig, Peter Adam.«

Peter starrte weiter auf die Zeichnungen des Forts in den alten Büchern. Beinahe fotografisch speicherte sein geschultes Gedächtnis sämtliche Details – Zugänge, Durchgänge, Türen, Treppen, Flure, Lage der Räume.

*Du warst schon einmal dort! Etwas Furchtbares ist dort passiert. Du hast es nur verdrängt. Es wird Zeit, dass du dich erinnerst.*

Schließlich wandte er sich von dem Buch ab und sah Maria wieder an.

»Ich muss auf diese Insel. Heute noch.«

»Und wie willst du das bitte anstellen? Per Boot ist sie wegen der Strömungen fast unmöglich zu erreichen. Und selbst, wenn du es schaffst, wird sie bestimmt bewacht sein.«

»Ich werde es aus der Luft versuchen.«

»Oh, natürlich! Das ist ja auch viel einfacher! Genial«, spottete sie. »Verdammt, Peter, wie willst aus der Luft unbemerkt in dieses Fort gelangen?«

»Du hast schon wieder geflucht, Maria«, sagte Peter grinsend. »Ich bin kein guter Umgang für dich.«

»Wie willst du aus der Luft in dieses Fort gelangen, Peter Adam?«

»Alleine jedenfalls nicht«, sagte er und stand auf. »Lass uns gehen.«

In einem alten *Tabac*-Laden in der Avenue du Pont Juvénal, nicht weit von der Bibliothek entfernt, fanden sie eine Möglichkeit zu telefonieren. Peter sprach leise und eindringlich auf Italienisch mit Don Luigi und erklärte ihm die Lage. Nach kaum fünf Minuten fragte Peter den arabischen Besitzer des Ladens nach der Rufnummer des Anschlusses und gab sie Don Luigi durch.

»Was hat er gesagt?«, wollte Maria wissen, als Peter auflegte.

»Er ruft zurück. Wir müssen warten.«

Im Bistro nebenan besorgte Peter zwei *Coffee to go* und wartete mit Maria in dem *Tabac*-Laden auf Don Luigis Rückruf. Peter kaufte wahllos ein paar Zeitschriften und Süßigkeiten, und der Ladenbesitzer stellte keine Fragen. Als sei er weitaus verdächtigere Paare in seinem Laden gewohnt.

Nach einer guten halben Stunde rief Don Luigi zurück und gab Peter einen Namen und einen Treffpunkt durch.

»Ich brauche Ihnen sicher nicht zu sagen, dass das Wahnsinn ist, was sie vorhaben, Peter.«

»Ich weiß. Aber ich kann es schaffen. Andere Optionen haben wir ohnehin nicht.«

»Gott sei mit Ihnen, Peter.«

Peter legte auf.

»Erklärst du mir jetzt, was du vorhast?«, fragte Maria. »Ich wüsste es bloß gerne, wenn ich wieder mein Leben riskieren soll.«

»Du wirst hier bleiben und auf mich warten«, erklärte Peter und unterbrach ihren Einwand mit einer Handbewegung. »Hör mir zu. Das kann ich nur alleine tun.«

»Was? Was kannst du nur alleine tun?«

»Ich werde mit einem Fallschirm über der Insel abspringen. Sobald es dunkel ist.«

Für einen Moment starrte Maria ihn bloß an.

»Bist du lebensmüde?«

»Ich habe so etwas schon einmal gemacht. Damals.«

»Aber doch nicht im Dunkeln!!!«

»Das Fort hat ein kleines Leuchtfeuer. Daran werde ich mich orientieren. Das Wetter ist gut, der Wind nur sehr schwach. Das ist gut. Ich kann es schaffen.«

»Und wenn nicht?«

Peter sah Maria nur an.

*Sie macht sich Sorgen um dich. Sie ist ernsthaft besorgt. Um dich.*

»Antworte mir, Peter Adam! Was, wenn du es nicht schaffst?«

Statt einer Antwort folgte Peter dem Impuls, dem er in den letzten Tagen schon am liebsten nachgegeben hätte, als sie sich bei ihm untergehakt hatte. Er beugte sich vor und küsste sie. Sie reagierte nicht einmal überrascht oder erschrocken, und sie zuckte auch nicht weg. Ihre Lippen waren warm und voll und öffneten sich ein wenig, als er sie an sich zog. Er spürte ihre Brüste an seiner Brust, ihre Hüfte, ihre Wange an seiner. Und immer noch kein Widerstand, immer noch erwiderte sie wie selbstverständlich den Kuss.

Bis seine Zunge ins Spiel kam.

Sanft aber nachdrücklich schob sie ihn von sich. Der arabische Ladenbesitzer grinste zufrieden.

»Das reicht«, flüsterte sie ein wenig bestürzt und verließ abrupt den Laden.

Den ganzen Nachmittag über erwähnten sie beide den Kuss mit keinem einzigen Wort mehr. Aber Peter spürte deutlich, dass er eine gefährliche Grenze überschritten hatte. Dass er damit womöglich etwas getan hatte, das ihn nur weiter von Maria entfernt hatte.

*Du Idiot! Musste das sein?*

Ja, musste es. Peter bedauerte den Kuss kein bisschen. Er hoffte nur, dass er damit zwischen ihnen nichts zerbrochen hatte.

Sie verbrachten den Nachmittag in einem kleinen Park, wo sie alleine sein konnten.

»Erzähl mir von Ellen«, sagte Maria plötzlich.

»Woher weißt du von Ellen?«

»Ich habe Don Luigi ein bisschen nach dir ausgefragt. Aber er wollte mir nicht viel erzählen.«

Peter seufzte. »Dann weißt du ja, dass Ellen tot ist. Ich möchte nicht darüber sprechen.«

»Du hast sie sehr geliebt, nicht wahr?«

»Ja.«

»Wie ist sie gestorben?«

»Ich sagte doch – ich möchte nicht darüber sprechen!«

Maria schwieg und wirkte leicht verletzt durch seine unerwartet rüden Antworten. Um das Schweigen nicht bedrückender werden zu lassen, erzählte Peter von sich. Davon, dass er sich in seinem Leben immer unvollständig gefühlt hatte. Davon, wie er in Afghanistan einen Menschen getötet hatte und zwei Tage in einem Erdloch verschüttet lag. Er erzählte von seiner Angst in dem Loch, von dem verzweifelten Wunsch nie wieder töten zu müssen, von seinen Migräneattacken, die ihn seitdem plagten, und er erzählte von Elke und Lutz. Seinen Adoptiveltern in Köln.

»Sie sind beide Lehrer. Inzwischen zwar pensioniert, aber du kannst dir vorstellen, dass sie trotzdem immer noch alles besser wissen.«

»Was ist mit deinen richtigen Eltern?«, fragte Maria.

»Es sind meine richtigen Eltern.«

»Entschuldige. Ich meine, deinen biologischen.«

»Sie starben, soweit ich weiß, bei einem Autounfall, als ich vier war. Ich kenne ihre Namen und besitze sogar ein Foto von ihnen, aber ich erinnere mich nicht mehr an sie.«

»An gar nichts?«

Peter schüttelte den Kopf. »Möglicherweise eine Folge des Unfalls. Ich kam danach kurz in ein Heim. An meinem fünften Geburtstag haben mich meine Eltern dann adoptiert.«

»Und was ist mit der Familie deiner biologischen Eltern? Hast du da zu niemand Kontakt?«

»Es gibt keine Familie.«

Sie runzelte die Stirn. »Du bist Journalist. Hast du nie nachgeforscht?«

»Doch. Es gab Großeltern. Aber die waren schon verstorben, als ich anfing, mich für sie zu interessieren.«

*Warum lügst du sie an? Du hast sie geküsst, jetzt lüg sie doch nicht gleich darauf an!*

Sie tat so, als glaube sie ihm und ließ es dabei bewenden.

»Wo ist der Treffpunkt?«, fragte sie stattdessen.

# XLV

*14. Mai 2011, Ile de Cuivre, Mittelmeer*

Gegen Abend nahmen sie ein Taxi zum Flughafen von Montpellier. An dem gleichen Tor, hinter dem der Mercedes verschwunden war, wartete ein Mann mit einer Basecap. Peter schätzte ihn auf Mitte dreißig.

*Trainierter Typ, der sich zu verteidigen weiß.*

Peter bat den Taxifahrer zu warten. Der Typ mit der Basecap trat näher.

»Monsieur Adam?«

»Ja. Sind Sie Noah?«

Der Mann mit der Basecap grinste und streckte eine Hand aus. »Der bin ich. Ich werde Sie fliegen.«

Maria begrüßte er mit einem Handkuss.

»Ich dachte, es ginge nur um eine Person?«

»Das ist auch so. Nur ich werde mit Ihnen fliegen. Madame ...« Peter zögerte irritiert.

*Scheiße, du weißt noch nicht einmal ihren Nachnamen!*

»Krüger«, sagte Maria lächelnd.

*Krüger??? Nie im Leben!*

»Madame Krüger wird auf mich warten.«

Noah, der Pilot, betrachtete Maria interessiert.

»Sie können vorne mitfliegen, wenn Sie möchten.«

»Danke, aber ich leide an Flugangst.«

Noah zuckte bedauernd mit den Achseln. »*Eh bien*. Dann wollen wir mal, oder? Es ist alles vorbereitet.«

Er zog einen kleinen Beeper aus der Tasche und drückte einen Knopf. Augenblicklich öffnete sich das große Schiebetor.

Peter atmete durch und wandte sich an Maria. Ein milder Wind spielte in den Palmen vor dem Tor und erinnerte Peter an die Gefahren der bevorstehenden Aufgabe. Aber hier stand er nun vor der Frau, die er wenige Stunden zuvor geküsst hatte, die Palmen raschelten und es roch nach Hibiskus, nach Frühling und Verheißung. Kein guter Moment zum Abschiednehmen.

»Pass auf dich auf, Peter Adam«, sagte Maria. Und noch ehe er etwas erwidern konnte, küsste sie ihn. Sanft und flüchtig wie ein Sommerregen. »Gott schütze dich.«

*Gott. Immer wieder Gott. Geht es zur Abwechslung eigentlich nicht mal ohne ihn?*

Hastig, ohne eine Antwort von ihm abzuwarten, schlüpfte Maria zurück ins Taxi und schloss die Tür. Peter kämpfte gegen den Impuls an, ihr nachzurufen. Am liebsten hätte er die bevorstehende Aktion abgebrochen. Aber dann wendete das Taxi bereits und entfernte sich schnell in Richtung Stadt. Die letzte Gelegenheit, noch alles abzubrechen, war verpasst.

»Wie viele Sprünge haben Sie schon gemacht?«, fragte Noah.

»Etwas über zweihundert.«

Noah nickte beeindruckt. »Privat oder Militär?«

»Wir sollten starten und nicht quatschen«, erwiderte Peter brüsk und schritt durch das Tor auf das Flughafengelände.

Den zerbeulten Mercedes konnte er nirgendwo entdecken. Aber der interessierte ihn auch nicht mehr. Noah führte ihn in einen blau gestrichenen Hangar und reichte ihm einen gepackten Fallschirm. Ein flacher Rucksack mit stabilem Gurtzeug.

»Ein Matratzenschirm«, erklärte Noah. »Gut zu steuern.«

Peter kontrollierte den Aufnäher mit dem Prüfaufdruck, ob der Schirm ordnungsgemäß zugelassen war.

»Wer hat den gepackt?«

»Ich«, erklärte Noah. »Heute Nachmittag. Ich habe schon Hunderte von Schirmen gepackt. Privat und Militär.«

Peter überhörte die Anspielung, zog den Fallschirm an und

folgte Noah zu dem kleinen Hubschrauber, der vor dem Hangar parkte. Ein kleiner Dreisitzer mit offener Kanzel.

Noah stellte keine weiteren Fragen mehr. Und auch Peter vermied es, sich zu erkundigen, welches verschwiegene Netzwerk von ihm zu Don Luigi führte. Er vertraute ganz auf Don Luigis Wort, schnallte sich an und konzentrierte sich auf den bevorstehenden Sprung.

»*Generator on. Rotor brake off* ...« Noah ging die Checkliste durch. Die Rotorblätter sangen ihr Lied. Nach der Startgenehmigung für einen »Rundflug« ließ Noah den Heli knapp über dem Boden zum *Take-off-point* schweben und zog ihn dann sanft hinauf in den Nachthimmel.

Nach wenigen Minuten hatten sie die Lichter von Montpellier hinter sich gelassen und flogen über das Mittelmeer in die dunkelste Schwärze hinein. Nur vereinzelt glimmten Positionslichter von Fischkuttern oder Bojen zu ihnen herauf.

Noah folgte einem unbestimmten Kurs und ließ den Heli dabei stetig steigen. Langsam wurde es kühl in der Höhe. Peter verkniff sich die Frage, ob Noah die Position des Felsens mit dem Fort überhaupt genau kannte. Nach weiteren zehn Minuten hatten sie eine Höhe von fünftausend Fuß erreicht. Noah sah nach unten, drehte eine Kurve und ließ den kleinen Hubschrauber dann über der Stelle schweben.

»Wir sind da!«, plärrte es durch den Kopfhörer von Peters Headset. Noah zeigte nach unten, wo ein kleines, kaum erkennbares Licht aus der Finsternis zu ihnen heraufblinkte. Mehr war nicht zu erkennen.

»Das ist es?«, rief Peter ins Headset.

»Sie werden es erkennen, sobald Sie tiefer kommen. Viel Glück.«

Peter spürte den vertrauten Adrenalinschub vor dem Sprung, der kurz und heiß durch seinen Körper brandete und ihm versicherte, dass er nachher beim Sprung klar denken und handeln konnte. Er zog die Fallschirmgurte noch einmal nach, schnallte sich vom Sitz ab und stellte die Füße auf die Kufen des Helikopters. Unter sich erkannte er jetzt schemenhaft die Umrisse des Forts.

Dann sprang er ab.

Unmittelbar nach dem Sprung breitete er Arme und Hände aus, um seinen Fall zu stabilisieren. Er stürzte mit knapp fünfzig Metern pro Sekunde der Erde entgegen. Ein kurzer Blick auf den Höhenmesser.

*Warten.*

Er fiel. In den ersten zehn Sekunden bereits fast fünfhundert Meter.

*Warten.*

Er fiel weiter und packte nun den Auslösegriff.

*Warten.*

Siebenhundert Meter. Sechshundert. Fünfhundert.

*Jetzt!*

Peter zog einmal kräftig an dem gelben Griff. Augenblicklich wurde er ruckartig abgebremst, als der Hilfsschirm per Federdruck aus der Hülle schoss, sich im Luftstrom aufblähte und dann den Hauptschirm vollständig herauszog. Ein weiterer Ruck, und Peter schwebte mit nunmehr nur noch fünf Metern pro Sekunde der Erde entgegen. Er ergriff die beiden Steuerleinen und drehte eine weite Rechtskurve um das Fort herum, das er nun deutlich unter sich erkannte. Der Wind hatte aufgefrischt und trieb ihn aufs offene Meer hinaus.

Zweihundert Meter Höhe. Zu hoch für einen direkten Anflug.

Peter richtete den breiten Matratzenschirm in den Wind aus und riskierte einen weiteren Vollkreis. Das Oval des Forts lag jetzt links ab von ihm. Kein Mensch zu sehen, kein Anzeichen, dass man ihn bemerkt hatte. Peter konnte den breiten umlaufenden Wachgang erkennen, der von zwei niedrigen Mauern gesäumt wurde. Dort musste er landen. Aber eben gegen den Wind, und der stand zu ungünstig, um auf einem der beiden längeren Stücke des Walls zu landen. Also musste er den Anflug von der Seite riskieren.

Hundert Meter.

Peter richtete den Schirm ein letztes Mal aus und schwebte jetzt vom Meer her auf das Fort zu. Er hatte nur diesen einen Versuch. Falls der Wind erneut auffrischte oder die Richtung wechselte, würde er gegen die Mauer prallen oder ins Meer stürzen. Doch daran dachte Peter in diesem Moment nicht. Er konzentrierte sich ganz auf die bevorstehende Landung und sah die Mauer des Forts auf sich zurasen.

Zu schnell!

Kurz über dem Fort zog Peter kräftig an den Leinen, um seinen Fall noch einmal abzubremsen. Der Wall lag direkt unter ihm. Dann prallte er auf.

Härter, als er gedacht hatte. Peter ging in die Knie und ließ sich zur Seite fallen. Um ein Haar wäre er gegen die kleine Brüstungsmauer geprallt. Aber kaum lag er auf dem umlaufenden Gang auf dem Dach des Forts, rappelte er sich schon wieder auf, denn die größte Gefahr war noch nicht gebannt. Der Schirm fiel über ihm zusammen und drehte sich bedrohlich in den Wind. Peter sprang auf, raffte die Leinen zusammen. So gut es auf dem schmalen Wehrgang ging, lief er um den Schirm herum und drückte ihn zusammen, damit er sich nicht wieder im Wind aufblähen und ihn mit sich fortreißen konnte.

Als er damit fertig war, löste er die Gurte und raffte den Rest des Schirms zusammen. Dann erst kauerte er sich hinter die Brüstung und versuchte, zu Atem zu kommen.

Unter ihm in der Dunkelheit grollten die Brandungswellen, als wollten sie sein Eindringen melden. Peter versuchte, seinen Atem zu kontrollieren und horchte nach Geräuschen aus dem Fort. Bis auf eine Art seltsamen Singsangs aus den Tiefen des Gebäudes hörte er jedoch nichts. Keine Schritte, keine Rufe oder sonstige Anzeichen, dass er entdeckt worden wäre.

Peter ignorierte den leichten Kopfschmerz links vorne, der ihm seit der Landung pulsierend wie ein Leuchtfeuer eine deutliche Warnung zuraunte. Er verstaute den zusammengepressten Fallschirm in einer Mauernische und orientierte sich. Die historischen Abbildungen schienen korrekt zu sein. Auf der anderen Seite erkannte er einen Treppenabgang, der ins Gebäude führte. Peter lugte vorsichtig über den Rand der Brüstung in den Innenhof des Forts. Niemand zu sehen. Leise bewegte er sich die Treppe hinab in den ersten Stock der Festung und konnte den Singsang jetzt deutlicher hören. Er folgte dem seltsamen Gesang durch schwach beleuchtete Flure, von denen Zellentüren abgingen. Die ganze Anlage wirkte wie ein Gefängnis. Mit dem Kopfschmerz überfielen ihn wieder die wirren Bilder seines Déjà-vus.

*Du weißt, wohin du gehen musst. Du warst schon einmal hier.*

Als Peter eine Gestalt in einer Mönchskutte am Ende des Flures wahrnahm, drückte er sich in eine der Türnischen und wartete atemlos. Doch die Gestalt hatte ihn offenbar nicht bemerkt und verschwand in einer der Zellen.

*Kein Gefängnis – ein Kloster!*

Peter erwartete jeden Moment, weiteren Mönchen zu begegnen. Aber weder im ersten Stock noch auf der untersten Ebene zeigte sich jemand. Er sah den kleinen Innenhof vor sich liegen. Aus einer offenen Tür gegenüber war der Gesang nun deutlich zu vernehmen, vermischt mit einem vielstimmigen Murmeln. Es roch scharf nach Desinfektionsmitteln. Der Kopfschmerz nahm zu, als Peter den schmalen ovalen Innenhof des Forts überquerte und durch die offene Tür schlüpfte. Dahinter lag ein schmaler, dunkler Gang, der in eine Art Halle mündete. Von dort kamen die Stimmen, und von dort flackerte ein schwacher Lichtschein in den Gang.

*Woher weißt du, was dort liegt?*

Eine Halle war in den historischen Stichen nicht eingezeichnet gewesen, das beunruhigte Peter. So leise er konnte, schlich er durch den Gang auf den Lichtschein zu.

Was er schließlich sah, ließ ihn erstarren.

Die Halle mit dem achteckigen Grundriss hatte die Ausmaße einer Krypta. Ein enger Säulengang führte einmal um den ganzen Saal herum. Peter zählte vierzehn Mönche, die um einen runden steinernen Tisch herumstanden. Sie trugen weiße Roben mit Kapuzen und einem goldenen Symbol auf dem Rücken.

Das gekreuzte Symbol des Amuletts. Kein Zweifel, Peter erkannte es genau. Ein Impuls des Triumphs durchfuhr ihn.

*Du bist hier genau richtig.*

Die Mönche brummten jenen unverständlichen Singsang, der Peter gelotst hatte. Nur von den Fackeln an den Säulen fiel Licht in den Raum. Als die Mönche sich an den Händen fassten und die Köpfe zu einer Art Beschwörungsritual senkten, nutzte Peter die Gelegenheit, drang lautlos in die Halle ein und verbarg sich hinter einer der acht Säulen. Von dort beobachtete er weiter das Ritual um den steinernen Tisch herum. Einer der Mönche, eine Art Vorbeter, stand dem massiven Steintisch etwas näher und schien auf etwas zu warten.

Peter beugte sich ein wenig vor, um einen besseren Blick auf den Tisch zu haben. Etwas war darauf eingeritzt. Im Licht der Fackeln erkannte Peter zwei konzentrische Kreisringe, die ein Band aus fremdartigen Schriftzeichen und Zahlen bildeten. In dem inneren Kreis spannten sich zwei Pentagramme auf.

Peter hatte etwas Ähnliches schon einmal in einem Buch bei Don Luigi gesehen, als der Pater ihm die Geschichte des Okkultismus erklärt hatte.

*Ein Sigillum Dei!*

Das »Siegel Gottes«. Ein magisches Diagramm aus dem frühen Mittelalter, das dem eingeweihten Meister angeblich Macht über alle Geschöpfe verlieh, indem er mithilfe dieses Amuletts den Namen Gottes und die Erzengel anrief.

Die Anfertigung eines *Sigillum Dei* folgte komplexen und präzisen Anweisungen. Zweiundsiebzig lateinische Buchstaben im Kreuzband chiffrierten das *Schem hamephorasch*, den unaussprechlichen Namen Gottes, das *magnum nomen domini de menphoras septuaginta duo licterarum*. Innerhalb des Kreisbandes musste ein Pentagramm stehen, in das Engelsnamen eingeschrieben wurden: Cafziel, Satquiel, Raphael, Michael, Anael, Gabriel, Samael. Sowie die fünf Gottesnamen Ely, Eloy, Christus, Sother und Adonay. Um das Pentagon wiederum war ein erstes Heptagon zu zeichnen, dessen oberste Seite in ihrem Mittelpunkt die Spitze des Pentagramms berührte. Um dieses erste Heptagon ein zweites und ein drittes, was weitere Segmente ergab, die mit Kreuzen und Gottesnamen zu beschriften waren. Don Luigi hatte Peter erklärt, dass Abwandlungen des *Sigillum Dei* in so gut wie jedem okkulten Ritus verwendet wurden.

Als Peter sich weiter vorbeugte, erkannte er, dass dieses Siegel statt mit lateinischen Buchstaben ringsum mit fremdartigen Schriftzeichen bedeckt war, die an Runen und karolingische Minuskel erinnerten.

ⳑⵏⲅⳑⲉⵅⰲⵅⵞⲋⵅⵏⵏⲃⵏⵏ⵮⵰ⲝⳡⵅⵅⳑⴺⵏⴀⳝⵅⲉⵏⲃⵏⲃⵑ

Ω⳹ⵏⳑⲉⵏⴺⵏⵅⴀⵅⲉⵏⳝⵅ⵰ⵏⴺⵅ⵰ⳑⴺⳑⴺⵅⳑⵞⳝⵏΩⳑ⵰ⲉⵅ

Mit einer knappen Geste schnitt der Vorbeter den murmelnden Singsang abrupt ab und begann zu sprechen.

In einer Sprache, die Peter nie zuvor gehört hatte.

Einer Sprache, die ihm dennoch erschreckend vertraut war.

»*Ol sonuf vaoresaji, gohu Balata elanusaha iad caelazod.*

*Sobrazod-ol Roray i ta nazodapesad Giraa ta maelpereji da hoel-qo qaa notahoa zodimezod, od comemahe ta noheloha zodien. Soba tahil ginonupe pereje aladi djem vaurebes obolehe giresam. Casarem ohorela caba Pire da zodonurenusagi cab, erem lodanahe pilahe farezodem zodenurezoda. Adana gono Iadapiel das hometohe soba ipame lu ipamis. Sobolo vepe zodomeda poamal, od bogira aai ta piape Piamoel od Vaoan! Zodacare eca – od zodameranu odo cicale hoathahe Saitan!*«

*Ich herrsche über euch, ihr Engel, in Macht erhoben durch das Siegel. Ich halte die Sonne wie ein glitzerndes Schwert und den Mond als ein alles durchdringendes Feuer, das euch zusammenschnürt wie Perlen in meiner Handfläche. Folgt dem Gesetz des Lichts und des höchsten Wissens. Schwört eure Verbundenheit mit mir und dem Licht, dessen Beginn nicht ist und dessen Ende nie sein wird. Denn meine Flamme leuchtet in eure Paläste und regiert das Gleichgewicht des Lebens. Kommt hervor, Engel, öffnet die Mysterien der Schöpfung! Denn ich bin wie ihr! – Der wahrhafte Anbeter des höchsten und unbeschreiblichen Königs des Lichts!*

*… Verdammt, warum weiß ich, was er da sagt?*

Je mehr Peter aus dem schützenden Dunkel der Säulenreihe heraus diesem okkulten Ritus folgte, desto mehr verschwammen die Grenzen zwischen Realität und Wahn. Die ganze Szenerie war so gespenstisch wie unwirklich. Ein furchtbarer Traum, ohne Ausweg oder Hoffnung.

Der Vorbeter verstummte und wandte sich zu den Mönchen. Auf eine herrische Geste ihrer Vorbeters hin öffnete sich der Kreis, und durch den Gang, durch den Peter in die Halle gelangt war, brachten zwei weitere Mönche einen Mann in einem erbärmlichen Zustand herein. Nackt, unsagbar schmutzig und verwahrlost, am ganzen Körper misshandelt. Narben und frische Wunden bedeckten seinen gesamten Körper. Er wurde an einem ledernen Halsband hereingeführt wie ein Hund. Und so lief er auch: auf allen vieren, grunzend und knurrend wie ein bösartiges, verängstigtes Tier.

Peter erschrak, als er den ausgemergelten Mann sah, dessen Alter er nicht schätzen konnte. Der Vorbeter nahm den beiden Mönchen die Leine ab und zog den Mann brutal auf die Füße. Der Nackte konnte kaum auf zwei Beinen stehen, fletschte die Zähne und wackelte unablässig mit dem Kopf.

»*Sobame ial!*«, herrschte ihn der Vorbeter an, und der nackte Mann verhielt sich jetzt ruhig, zitterte nur noch leicht.

*Ich kenne diesen Mann! Verdammt, woher kenne ich diesen Mann?*

»*Torezodu! Gohe-el zodacare eca ca-no-quoda!*«

Auf diesen Befehl hin warf der nackte Mann den Kopf zurück und fiel in eine Art Trance. Mit zurückgelegtem Kopf stand er jetzt aufrecht vor dem Tisch und hielt die Augen geschlossen.

*Sie benutzen ihn als Medium!*

Die Mönche begannen wieder mit dem Singsang. Nach kurzer Zeit begann der nackte Mann, sich hin und her zu wiegen und verfiel dann in Zuckungen. Bis er plötzlich zu sprechen begann. Mit einer Stimme, die nichts Menschliches mehr an sich hatte.

»*Micama! Zodir Saitan azodien biabe. Zodir Norezodacahisa otahila Gigipahe elonusahiod. Vaunud-el-cahisa ta-pu-ime qo-mos-pelehe telocahe, dasata beregida od torezodul! Ili balazodareji od aala tahilanu-os netaabe. Micama! Yehusozod caca-com! Od do-o-a-inu noari micaolazoda Vaunigilaji. Ananael Qo-a-an.*«

*Meister! Du bist der Herrscher des Lichts! Du bist das ewige Gleichgewicht. Die Wesen der Erde und des Lichts beugen ihr Haupt vor deiner Macht. Aber noch ist der Kreis nicht geschlossen. Meister! Bring uns den Stein! Und töte den, der sich unter euch verbirgt. Der Verlorene im Dunkel!*

Mit diesen Worten fiel der nackte Mann zu Boden und wurde wieder zu jenem jämmerlichen, wahnsinnigen Geschöpf, als das man ihn hereingeführt hatte. Im gleichen Moment bemerkte Peter die Unruhe im Kreis der Mönche. Sie sahen sich um. Sie suchten ihn. Es wurde Zeit zu verschwinden.

Doch in diesem Moment schlug das Ungeheuer wieder zu. Es hatte lange genug gewartet, jetzt war es hungrig. Peter spürte nur noch, wie der Schmerz in seinem Kopf sich aufblähte wie eine explodierende Sonne. Dann wurde alles weiß vor seinen

Augen. Bevor er aber in die große Dunkelheit stürzte, sah er noch, dass dem nackten Mann, der sich immer noch vor dem steinernen Tisch mit dem *Sigillum Dei* wandte, ein Ohr fehlte. In diesem Augenblick wusste Peter, dass er den Mann kannte.
　Sogar seinen Namen.
　Er kannte ihn gut.
　*Edward Kelly!*
　Der Mörder von Ellen.

## Kapitel 6
# EIN JAHR ZUVOR ...
## ELIXIER

# XLVI

*28. Mai 2010, Karakum-Wüste, Turkmenistan*

M ein Name ist Edward Kelly.« Der rothaarige Mann mit dem Rattengesicht beugte sich über seine Stuhlreihe und reichte Peter die Hand. Eine Wolke von billigem Eau de Toilette folgte ihm. Peter schätze den Mann auf Ende dreißig und ergriff die Hand nur widerwillig.

»Peter Adam.«

Ellen löste sich von dem Anblick der schier endlosen, gleißenden Salzwüste unter ihr und lächelte den Engländer unverbindlich an.

»Ellen Frank.«

»Es ist mir ein Vergnügen. Kommen Sie aus Deutschland?«

Er musste brüllen, denn der Lärm des großen Propellers vorne machte fast jede Unterhaltung unmöglich. Der dreißig Jahre alte Antonov-II-Doppeldecker war bis auf den letzten Platz besetzt. Schlecht gelaunte russische Geschäftsleute in schlecht sitzenden Anzügen und Turkmenen mit gigantischen Lammfellmützen quetschten sich auf den etwa zwanzig Sitzplätzen zusammen, hielten Aktenkoffer, dicke Pakete oder Käfige mit Hühnern vor sich fest. Prall gefüllte Taschen versperrten den Durchgang zwischen den Stuhlreihen und hüpften bei jeder Turbulenz bedrohlich auf. In der Kabine roch es nach Schweiß und Schmieröl. Die Tür zum Cockpit stand offen, Peter konnte sehen, dass der Pilot nur ein verschwitztes Unterhemd trug. Seine Frau, die die ganze Zeit über neben ihm gesessen hatte, lavierte nun mühsam durch den Gang und sprach jeden Passagier an. Die Passagiere antworteten einsilbig.

»*Çeleken.*«
»*Krasnovosk.*«

»*Nebyt-Dag.*«

Peter sprach zwar kein Russisch, verstand aber, dass man auf diesem Flug seine Haltestelle rechtzeitig durchgeben musste, wie bei einer ländlichen Buslinie.

Ellen schenkte dem Engländer noch ein Lächeln, zog dann ihre Canon heraus und schoss ein paar Fotos von den Passagieren in der Kabine. Peter bewunderte sie wieder einmal für ihre Fähigkeit, sich unangenehmen Unterhaltungen einfach zu entziehen, ohne dabei unhöflich zu wirken. Kurz nach dem Start in Asgabad hatte der Engländer Peter und Ellen auf der gegenüberliegenden Sitzreihe entdeckt und aufgekratzt angesprochen. Peter hatte keine Lust, sich zu unterhalten, wollte aber auch nicht unhöflich sein. Eine alte Schwäche.

»Wo fliegen Sie hin?«, fuhr Kelly jetzt in tadellosem Deutsch fort.

»*Nebyt-Dag.*«

»Hey, ich auch! Sind Sie geschäftlich in Turkmenistan oder auf Hochzeitsreise?«

Peter bemerkte, dass Kellys blassgrüne Augen ihn und Ellen die ganze Zeit über eindringlich musterten, als wolle er sich jedes Detail einprägen. Natürlich interessierte er sich vor allem für Ellen. Als Kelly einmal den Kopf abwandte, sah Peter, dass der Engländer nur ein Ohr hatte. Von seinem linken Ohr war nur noch eine rötliche Narbenwulst übrig.

»Wir sind nicht verheiratet«, erwiderte Ellen. »Und wir machen auch keine Geschäfte. Wir gehen nur unserem Beruf nach.«

»*Touché!*«, lachte Kelly. »Ich wollte nicht aufdringlich sein.«

»Wir arbeiten an einem Artikel für ein internationales Magazin über die Seidenstraße.«

»Ah, Sie sind Journalisten. Das habe ich mir gedacht.« Kelly deutete auf Ellens Kamera. »Schöne Kamera.«

»Und Sie, Mr. Kelly?«, fragte Peter der Höflichkeit halber. »Was treibt Sie in dieses gottverlassene Land?«

»Ich bin Archäologe.«

Heiße, staubgeladene Luft schlug ihnen entgegen, als sie die Antonov verließen und ihre Rucksäcke schulterten. Der Flugplatz von Nebyt-Dag bestand nur aus einer asphaltierten Piste und einem kleinen, abbruchreifen Abfertigungsgebäude. In der Ferne waren trostlose Plattenbauten zu erkennen. Eine kleine Stadt am Rande der Karakum, zwischen Erdgasfeldern und Kaspischem Meer aus der Wüste gestampft.

Peter hatte den einohrigen Engländer mit ein paar Höflichkeitsfloskeln glücklich abgeschüttelt. Er wollte mit Ellen alleine sein.

Vor dem Flughafengebäude erwartete sie ein zerbeulter Toyota mit einem turkmenischen Fahrer, der sie zu ihrem eigentlichen Bestimmungsort bringen sollte.

Vor einem Tag waren sie über Frankfurt und Moskau in Asgabad angekommen, hatten in der turkmenischen Hauptstadt übernachtet, um am nächsten Morgen weiter nach Nebyt-Dag zu fliegen. Ellen hatte sowohl den Auftrag für den Artikel als auch die ganze Reise organisiert. Es war nicht das erste Mal, dass sie zusammen arbeiteten, aber in letzter Zeit sahen sie sich immer seltener. Peter hatte oft in Rom zu tun, und Ellen flog mit ihrer Kamera um die Welt. Peter freute sich daher auf diese gemeinsame Woche. Er freute sich, sie fotografieren zu sehen und alles mit ihrem besonderen Blick für Details wahrzunehmen. Er freute sich, sie eine Woche lang ansehen und in seiner Nähe spüren zu können.

Turkmenistan hatte er sich anders vorgestellt. Was er sah, hatte nicht viel zu tun mit Wüstenromantik oder Märchen aus Tausendundeiner Nacht. Hunderte von Schlegeln riesiger Förderpumpen bevölkerten das Land wie dumpfe, stählerne Dinosaurierherden. Skelette von Bohrtürmen rosteten zwischen Wäldern von Strommasten und Knäueln abgerissener Stromleitungen vor sich hin. Rostige Öltanks, Plattenbeton, verfallene Mauern, Schrott überall. Alles kaputt, das ganze Land. Erdölpipelines durchschnitten die Sanddünen am Straßenrand, an manchen Stellen brannte ölgetränkter Sand mit dichten Qualmschwaden. Die wellige Straße führte schnurgeradeaus durch die Salzwüste ins flirrende Nichts. Am Horizont erkannte Peter wabernde dunkle Hitzeschatten. Immer wieder mussten sie anhalten, um eine Herde Kamele passieren zu lassen.

Peter lehnte sich zurück und betrachtete Ellen neben sich, die bereits wieder fotografierte. Ihr Haar flirrte im Fahrtwind, manchmal zupfte sie sich mit einer unwirschen Geste eine Strähne aus dem Mund, und Peter wurde in diesem Moment so klar wie nur irgendetwas, dass alles gut war.

Dass er sie liebte.

»Wir waren sehr unhöflich zu diesem Kelly«, sagte sie unvermittelt. »Vielleicht wollte er ja, dass wir nachhaken.«

»Tut mir sehr leid, Miss Frank, aber ich bin meinen Auftraggebern gegenüber zur strengsten Geheimhaltung verpflichtet«, ahmte Peter Kellys Stimme nach. »So ein Kotzbrocken und Aufschneider. Bloß gut, dass wir ihn los sind.«

Ellen lachte. »Du bist ein wandelndes Vorurteil, Peter. Deswegen bist du auch so versessen darauf, geheime Machenschaften der katholischen Kirche zu entlarven.«

»Ich habe eben was gegen Betrüger und Aufschneider.«

Sie sah ihn milde an. »Nein, Peter, du bist auf einem einsamen Kreuzzug gegen Gott, und du weißt selbst nicht, warum.«

Peter schwieg. Ihr Fahrer verließ die Straße und bog auf eine Sandpiste ein, die sich im Zickzack Richtung Süden zog. Nach zwei Stunden erreichten sie ihr Ziel: Mashhad-i Misrian. Peter sah zunächst nur einen hohen Wall aus Sand und dahinter die Ruinen zweier Minarette. Misrian war bis ins 13. Jahrhundert eine reiche Karawanenstadt gewesen, ein blühendes Handelszentrum an der Seidenstraße – bis es von Dschingis Khans Horden überrannt, geplündert und dem Erdboden gleichgemacht wurde. Die Welt hatte Misrian vergessen, der Sand der Karakum hatte die Reste der Stadt unter sich begraben, nur diese beiden Minarette hatten den Sandstürmen der letzten siebenhundert Jahre standgehalten.

Auf der anderen Seite des mächtigen Sandwalls, der die Reste der Stadtmauer bedeckte und das gesamte Areal begrenzte, erstreckte sich ein kleines Camp aus Zelten und Jurten. Professor Haase vom Archäologischen Institut der Freien Universität Berlin begrüßte sie herzlich und wies ihnen ein Zelt zu.

»Ist nicht das Ritz, aber wir haben kaltes Bier, und unser Koch ist Schwabe. Gestern gab es Geschnetzeltes vom Kamel mit Spätzle.«

Ellen lachte herzlich. »Großartig. Wir bleiben.«

»Denken Sie daran, Ihre Schuhe auszuschütteln, bevor sie nachts noch mal rausgehen. Die Sandvipern haben sich inzwischen verzogen, aber die Skorpione suchen sich gern ein warmes Plätzchen.«

»Kein Problem, wir zelten nicht das erste Mal im Busch.«

»Na dann, willkommen in der Karakum. Sobald Sie ausgepackt haben, führe ich Sie auf dem Grabungsgelände herum.«

»Auf dem Flug nach Nebyt-Dag haben wir übrigens einen britischen Kollegen von Ihnen getroffen«, sagte Peter leichthin, während er seinen Rucksack auspackte.

Haase zuckte fast zusammen. »Was? Wen?«

»Einen Edward Kelly. Er sagte, er sei Archäologe.«

Haase verzog das Gesicht. »Ach, Kelly. Nein, er ist kein Archäologe. Er ist nur ein Abenteurer und Schatzsucher. Eine sehr zwielichtige Persönlichkeit.«

Peter warf Ellen einen triumphierenden Blick zu.

»Und wo sucht dieser Kelly in der Karakum nach Schätzen?«

»Hier natürlich!«, sagte eine Stimme hinter ihm auf Deutsch.

Peter drehte sich um und sah Kelly grinsend im Eingang des Zelts. »Es gibt schließlich kaum einen Ort auf der Welt, der so vielversprechend und geheimnisvoll ist wie Misrian.«

# XLVII

*28. Mai 2010, Apostolischer Palast, Vatikanstadt*

Mit Ende vierzig hatte es Alexander Duncker weit gebracht. Als Privatsekretär des Papstes bekleidete er eine Funktion größter Machtfülle in der Kurie und hatte lernen müssen, dass sein Amt eine besonders widerwärtige Spezies innerhalb des Vatikans anlockte: Speichellecker und Neider. Kuriale Beamte zerflossen in seiner Nähe förmlich vor Ehrerbietung und Komplimenten oder bezichtigten ihn schamlos öffentlich der Eitelkeit, Vorteilsnahme und Bordellbesuchen. Die römische Schickeria liebte den gut gekleideten Monsignore und bombardierte ihn mit Einladungen zu Filmbällen, Empfängen und eleganten Soireen. Das Gesellschaftsblättchen *Gente* kürte ihn zum erotischsten Mann Italiens. Lobbyisten und Wirtschaftsverbände luden ihn zu Vorträgen ein, Universitäten trugen ihm Gastprofessuren an. Internationale Magazine und TV-Sender buhlten um Interviews mit dem »Mann im Hintergrund«, regelmäßig trudelten sogar Angebote für Werbeaufnahmen ein: Zahncreme, Autos, Schokolade, Modelabels, Kaffee, Biojoghurt – mit Don Alessandro schien sich einfach alles verkaufen zu lassen.

Duncker hatte sich eingestehen müssen, dass ihm dieser Aspekt seines Amtes mehr schmeichelte als er zunächst angenommen hatte. Daher erlegte er sich noch strengere Selbstdisziplin auf. Nach außen gab er weiterhin den Medienstar und repräsentierte ein gewandtes, modernes Bild der Kirche. Nach innen kapselte er sich zunehmend ab und konzentrierte sich ganz auf sein Amt und den Mann, dem er es verdankte und der ihm sein ganzes Vertrauen schenkte.

Duncker wusste, wie man sich in der ältesten Bürokratie der Welt zu bewegen hatte. Was man tun und vor allem unterlassen musste, um vorwärtszukommen. Er kannte die geschriebenen und ungeschriebenen Regeln der Kurie, dem letzten zentralistischen Hofstaat der Welt mit allem, was dazugehörte: Intrigen, Eifersucht, Schranzen, Narren, Generälen, Günstlingen und Mätressen. Die Kurie – ein monströser Verwaltungsapparat aus Dikasterien und Kongregationen, aus Räten, Komitees, Büros, Akademien, Tribunalen und Dienststellen. Eine Hofrangordnung regelte penibel jede Kleinigkeit von der Mützenfarbe bis zur Anzahl der Knöpfe auf einer Soutane. Der Dresscode für Kardinäle wurde auf einunddreißig Druckseiten festgelegt. Wie an allen Höfen mussten Protokoll und Etikette peinlich eingehalten werden, um einen Skandal zu vermeiden. Duncker wusste, wo die Gräben und Fronten in dieser Schlangengrube verliefen, wer gegen wen intrigierte oder wer wem noch welche Gefälligkeit schuldig war. Duncker kannte die Währung, in der an diesem Hof bezahlt wurde: gezielte Indiskretion. Er wusste, in welchen Salons, Herrenzirkeln und Jours fixes man verkehren musste oder welche man tunlichst meiden sollte. Er wusste, welche Sportarten akzeptiert waren (Wandern) und welche nicht (Boxen, Ringen, Golf). Man aß nie zu viel, spielte aber auch nicht den Asketen. Das A und O war Unauffälligkeit. Nur nicht sichtbar sein oder durch Exzentrik auffallen. Mit Schneidigkeit und Profilierungssucht kam man nicht weit. Arroganz, Präpotenz oder übertriebene Eleganz galten als Todsünden. Man führte keinen offenen Streit und man brüskierte niemand. Das Idealbild des kurialen Beamten war die sprichwörtliche graue Maus. Zu Anfang suchte man sich einen *padrone*, einen Mentor und Förderer innerhalb der Kurie, dem man loyal ergeben war. Man versah seine Aufgaben unauffällig, mit Fleiß und ohne Murren, oft über Jahrzehnte. Karrieren im Vatikan waren lang und verlangten ausgekochte List und höchste Geschmeidigkeit.

Nicht gerade das Leben, das sich Duncker als ehrgeiziger junger Priester erträumt hatte. Er hatte stets Franz Laurenz bewundert, den radikalen Gegenentwurf zum Typus des kurialen Beamten. Ein charismatischer Führer, dem Konventionen egal waren. Ein jovialer Demagoge, ein zorniger Manipulator mit eisernem Willen, nach außen volksnah und liberal, nach innen so unbeugsam wie der Stahl, den sie in seiner Heimatregion kochten. Ein Mann, der nicht nach den Regeln spielte, sondern die Regeln definierte. Bei ihrer ersten Begegnung vor über zwanzig Jahren hatte Duncker sofort verstanden, dass er sich an Laurenz halten musste.

Dass dieser Mann eines Tages Papst werden würde.

Aber Duncker hatte auch verstanden, dass dieser Papst etwas Zerstörerisches an sich hatte. Dass er bereit war, sich selbst und andere für sein Ziel zu opfern, überhaupt alles hinter sich zu lassen, was ihm einmal wichtig gewesen war – solange es dem Ziel diente.

Duncker hatte keinen Schimmer, welches Ziel der Papst verfolgte. Aber er hatte verstanden, was er opfern würde: ihn, die Kurie, den Vatikan, die gesamte katholische Kirche. Und daher war Duncker bereit, den Mann zu hintergehen, dem er alles verdankte.

»Ich freue mich, dass Sie um dieses Gespräch ersucht haben!«, begrüßte ihn Kardinal Menendez in seinem Privatsalon im Apostolischen Palast und deutete auf einen Sessel. »Tee?«

»Gerne.«

Unbehaglich setzte sich Duncker Menendez gegenüber und ertrug standhaft seinen durchdringenden Blick.

»Dennoch überrascht mich Ihr Besuch natürlich. Kommen Sie im Auftrag Seiner Heiligkeit?«

»Nein, Eure Exzellenz, ich bin gewissermaßen privat hier. Der Heilige Vater weiß nichts von diesem Treffen.«

Menendez lehnte sich zurück und sah Duncker weiterhin prüfend an.

Duncker räusperte sich. »Mir ist bewusst, dass dieses Gespräch ohne Kenntnis des Papstes eine ungeheuerliche Indiskretion darstellt. Aber die Ereignisse der letzten Wochen lassen mir keine Wahl.«

Duncker stockte.

»Sprechen Sie weiter!«, forderte Menendez ihn mit einer Handbewegung auf. Er wirkte nun mit jeder Faser seines asketischen Körpers angespannt.

»Ich tue das zum Schutze unserer heiligen Mutter Kirche«, erklärte Duncker.

»Natürlich. Ich kenne Sie, Monsignore Duncker. Ich habe Ihren klaren Verstand und Ihre Unbeirrbarkeit im Glauben immer geschätzt.«

»Ich fürchte, dass Zweifel an der geistigen Gesundheit des Heiligen Vaters angebracht sind.«

Menendez' Gesicht verriet mit keiner Miene den Triumph, den er in diesem Augenblick empfand. Er blieb stoisch und regungslos auf seinem Sessel sitzen.

»Eine gewagte Diagnose. Woran machen Sie das fest?«

»Zum einen seine zunehmende Beschäftigung mit esoterischen Themen in letzter Zeit. Er studiert Bücher über Alchemie und Okkultismus. Zum anderen wirkt er oft richtiggehend abwesend. Entscheidungen spricht er nur noch selten mit mir ab. Er isoliert sich. Und er empfängt Frau Eichner jetzt viel öfter als sonst.«

Menendez' Blick veränderte sich. Er beugte sich etwas vor und musterte Duncker nun misstrauisch. »Was soll das, Monsignore? Das weiß ich alles selbst. Das allein kann Sie nicht bewogen haben, mein Vertrauen zu suchen. Und um das einmal klar zu sagen: Mein Vertrauen hat einen hohen Preis.«

Duncker schluckte. »Natürlich, Eure Exzellenz.«

Er zog eine Mappe mit Papieren aus seiner Aktentasche und reichte sie Menendez. »Das sind Kopien vertraulicher Dokumente. Sobald Sie sie gelesen haben, werden Sie verstehen.«

Menendez überflog die Papiere. Nun veränderte sich sein Gesichtsausdruck. Der Spanier wurde aschgrau.

»Ich verstehe«, flüsterte er und sah Duncker wieder an. »Es war gut, dass Sie sich an mich gewandt haben, Monsignore. Ich werde diese Papiere weiterleiten, und man wird beraten, welche Schritte zu unternehmen sind. Bleibt nur eine Frage: Sind Sie auch bereit, diesen Weg gemeinsam mit mir und dem Opus Dei fortzusetzen bis zum Schluss?«

Duncker hatte die Frage erwartet.

Etwa zur gleichen Zeit bewegte sich Johannes Paul III. in gebückter Haltung durch die Nekropole unterhalb des Vatikans. Er folgte einem Archäologen mit einer Stirnlampe durch die verwinkelten Katakomben, die den Muff des Verfalls verströmten. Denn dies war das Reich des Todes, hier unten in der Stadt der Toten hatte das Leben nichts verloren. Und doch hatten sich in diesen Katakomben die ersten christlichen Gemeinschaften versammelt, um Messen zu zelebrieren und die Toten zu bestatten, geduldet von der römischen Verwaltung. Diese ersten Christen teilten sich die Katakomben mit jüdischen Gemeinschaften und trieben Schächte und Gänge tief in den weichen Tuffstein unter der Stadt. So entstand ein schier unüberschaubares unterirdisches Labyrinth aus Gängen, Schächten, Kapellen und Krypten.

Im Lichtdunst der Stirnlampe sah Johannes Paul III. Hunderte von Nischen, in denen einst Särge gestanden hatten. Totenschädel, die man ordentlich neben ihren Gebeinen aufgestapelt und beschriftet hatte, glotzten ihn an. Manchmal sah man einen Bretterverschlag, der einen Zugang zu einem weiteren Zweig dieses Labyrinths der ewigen Ruhe versperrte. Wer sich hier hineinwagte, ohne sich bestens auszukennen, wäre nach kurzer Zeit verloren gewesen. Das wenige Licht der Lampe wurde von den Wänden und der dichten Luft völlig aufgefressen. Ein fauliger Luftstrom umwehte den Papst wie der Atem eines riesigen, entsetzlichen Wesens. Die engen Gänge sahen alle gleich aus. Halsbrecherisch steile, in den Fels gehauene

Treppen führten immer tiefer hinab in den Unterleib des Vatikans. Die Welt darüber existierte nicht mehr. Auch war nichts mehr zu hören, außer den Schritten und dem Keuchen der beiden Männer, die in großer Eile immer tiefer in die Nekropole eindrangen. Der groß gewachsene Papst fröstelte. Er musste ständig den Kopf einziehen und schrammte mehrfach mit seiner weißen Soutane am staubigen Fels entlang.

»Geht es noch, Heiliger Vater?«, rief ihm der Archäologe zu, der eine Stunde zuvor alarmiert im Apostolischen Palast angerufen hatte, um dem Papst von einer äußerst seltsamen Entdeckung zu berichten.

»Machen Sie sich keine Sorgen um mich«, keuchte Johannes Paul III. »Wie weit ist es noch?«

»Wir sind bald da. Sie können den Generator bereits hören.«

Der Weg endete schließlich in einer Art Krypta, einem erweiterten halbrunden Raum auf der untersten Ebene, der durch Strahler auf Stativen erleuchtet wurde. Das helle Licht wirkte unwirklich, fremd und unpassend hier unten, dennoch schickte Johannes Paul III. ein erleichtertes Stoßgebet zur Muttergottes. In der Mitte der Kammer tuckerte ein Dieselgenerator. Drei Mitarbeiter des Archäologen tranken Kaffee aus Thermoskannen und erhoben sich hastig, als sie den Papst erkannten.

»Keine Förmlichkeiten hier unten!«, winkte der Papst ab. »Wo ist es?«

Professor Sederino von der Universität Rom deutete auf eine Stelle an einer Seitenwand der Kammer. »Wir haben es heute Vormittag entdeckt. Eigentlich hatten wir in diesem Bereich der Nekropole keine besonderen Entdeckungen erwartet. Wir waren nur hier zum vollständigen Kartografieren. Und nun *das*.«

Der Papst trat näher und sah nun, was der Professor meinte.

*Das* Zeichen.

In der Wand der Krypta erkannte Johannes Paul III. mehrere Reliefs, mit grobem Werkzeug in den Fels gehauen. Das erste zeigte ein doppeltes Kreissymbol, das Zeichen für Licht oder Sonne. Daneben verschiedene Spiralsymbole. Und im Zentrum dieser Spiralsymbole, die im Licht der Strahler wie van Gogh'sche Sterne wirkten, prangte trotzig und bösartig das mehrfach gekreuzte Zeichen, das Johannes Paul III. immer wieder in seinen schlimmsten Albträumen verfolgte.

Er wusste, was es vermutlich bedeutete: Kupfer, Venus, Licht. Das Zeichen des Einen, der tausend Namen hatte: Satan, Behemot, Seth, Pazúzú …

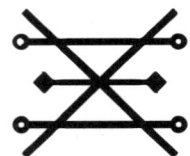

»Alles, was ich nach erstem Augenschein sagen kann«, fuhr Professor Sederino fort, »ist, dass diese Reliefs sehr alt sein müssen, viel älter als die gesamte Katakombe.«

Johannes Paul III. hörte kaum, was der Archäologe sagte. Angespannt untersuchte er die Wand und entdeckte weitere Zeichen, die viel kleiner waren und weniger deutlich. Eingeritzte Schriften und furchtbare Zeichnungen, dazwischen immer wieder Abbildungen von Augen mit viereckigen Pupillen.

»Das sieht aus wie eine Schrift.«

»Nicht wahr?«, rief Sederino begeistert. »Aber eine solche Schrift habe ich noch nie gesehen. Sie etwa?«

»Nein«, log Johannes Paul III.

»Diese Zeichnungen – sie könnten so etwas wie eine Karte sein, was meinen Sie, Heiliger Vater?«

Der Papst deutete auf einen Spalt in der Wand. »Dieser Spalt hier – es sieht so aus, als ob sich hinter dieser Wand noch etwas verbergen würde.«

»Ja, das denke ich auch«, erwiderte der Archäologe. »Ich bin gespannt, auf was wir dahinter stoßen werden.«

Johannes Paul III. wandte sich um und sah den Professor an. »Nein. Sie werden hier nicht weitergraben.«

»Heiliger Vater?«

»Sie haben mich schon verstanden. Ich untersage jede Art von weiteren Grabungen an dieser Stelle. Ich möchte, dass Sie diesen Bereich versiegeln und das, was Sie hier gesehen haben, vorläufig für sich behalten.«

Als Sederino das Gesicht des Papstes sah, schluckte er den Einwand hinunter, der ihm auf der Zunge lag. »Natürlich, Heiliger Vater, wie Sie wünschen.«

Die drei anderen Archäologen nickten betreten. Papst Johannes Paul III. wusste, was er von solchen Beteuerungen zu halten hatte. Die Enttäuschung war den Männern deutlich anzusehen.

»Die Existenz dieses Raumes muss vorläufig unter allen Umständen geheim bleiben«, wiederholte er. »Ich kann Sie nur bitten, mit niemandem darüber zu sprechen, nicht einmal mit Ihren Familien. Vergessen Sie diesen Ort. Ich weiß, was ich da von Ihnen verlange. Wenn Sie mich nicht enttäuschen, gebe ich Ihnen mein Wort, dass Sie die Krypta zu gegebener Zeit exklusiv erforschen dürfen. Solange wird die Kirche ein anderes Forschungsprojekt Ihrer Wahl großzügig unterstützen. Falls jedoch nur das kleinste Bisschen über die Existenz dieser Krypta durchsickert, werde ich weltweit jede Art von archäologischer Foschung auf dem Territorium der katholischen Kirche untersagen und Sie persönlich dafür verantwortlich machen. Ich werde Ihre Karrieren beenden. Habe ich mich klar genug ausgedrückt, meine Herren?«

An diesem Abend nahm Alexander Duncker nicht wie üblich an dem gemeinsamen Abendessen mit dem Papst teil. Stattdessen ließ er sich zu einem unscheinbaren, aber in Kirchenkreisen bestens bekannten fünfstöckigem Eckhaus in der Viale Bruno Buozzi fahren. Dort nahm Duncker mit sehr gemischten Gefühlen an einer außerordentlichen Soirée teil. Der Prälat des Opus,

Kardinal Santillana, begrüßte Duncker persönlich wie einen alten Freund und führte ihn in einen abhörsicheren Salon, in dem außer Kardinal Menendez noch vier weitere hochrangige Numarier in Soutanen warteten, allesamt Spanier. Duncker kannte sie natürlich. Mit dem Gefühl, seinen Mentor zu verraten, aber in der Überzeugung, das Richtige zu tun, referierte er kurz den Inhalt der Geheimpapiere, die er Menendez in Kopie übergeben hatte.

»Seine Heiligkeit plant die Einrichtung einer obersten Revisionsbehörde, die sämtliche Finanzgeschäfte des *Istituto per le Opere di Religione* überprüfen soll. Außerdem soll diese neue Behörde ihren Fokus ausdrücklich auf die Finanzen des Opus Dei richten.«

»Mit welchem Ziel?«, fragte einer der Numarier dazwischen.

»Mit dem Ziel, die Finanzmacht des Opus Dei und seinen Einfluss auf die römisch-katholische Kirche zu brechen.«

»Er will das Opus zerschlagen«, kommentierte Menendez. »Das wollte er schon immer.«

»In erster Linie will der Papst mehr Transparenz schaffen und die Vatikanbank vor Geldwäschegeschäften schützen«, fügte Duncker hinzu. »Es geht um die Erfüllung internationaler Bankenstandards. Aber auch noch um mehr als das. Seine Heiligkeit plant einen Verkauf sämtlicher Anteile des *Istituto per le Opere di Religione* an Geschäftsbereichen, die nicht unmittelbar dem Haushalt der Diözesen dienen. Außerdem ist der Verkauf von Immobilien, Unternehmensbeteiligungen und Kunst- und Wertgegenständen aus dem Besitz der Kirche geplant.«

»Das sind Milliarden!«, stöhnte Menendez. »Er will die Kirche ausplündern!«

»Was soll mit dem Erlös geschehen?«, fragte Kardinal Santillana.

»Kurz gesagt, soll der Erlös unmittelbar an eine noch zu gründende internationale Hilfsorganisation fließen, mit dem Ziel, Armut und Hunger in der Dritten Welt zu bekämpfen. Seiner

Heiligkeit ist bewusst, dass dies nur ein Tropfen auf den heißen Stein sein kann, aber er verspricht sich davon eine Signalwirkung auf die anderen Weltreligionen und auf die Regierungen der führenden Industrieländer.«

»Er verschenkt die Kirche«, bemerkte Santillana. »Er verschenkt sie einfach. Er will sein Ideal von einer armen Weltkirche realisieren und ist entschlossen, auf dem Altar seiner kruden Ideale dazu auch das Opus Dei zu opfern.«

»Er ist verrückt geworden«, kommentierte Menendez. »Das ist offensichtlich. Diese Milliarden werden wirkungslos im Limbus des internationalen Finanzmarkts verpuffen und danach steht die Kirche machtlos und ohnmächtig dem Chaos gegenüber und ihrem eigenen Untergang gegenüber.«

»Der Plan ist komplexer, als ich ihn jetzt darstellen kann«, gestand Duncker. »Er sieht eine Absicherung der Mittel durchaus vor. Unterm Strich läuft es jedoch auf die Zerschlagung des Opus Dei und einen Verkauf der Vermögenswerte der Kirche hinaus.«

»Wie ernst ist dieses Vorhaben zu nehmen?«, fragte ein weiterer Numarier.

Duncker zuckte mit den Achseln. »Bislang sind es nur Pläne.«

»Vielleicht handelt es sich nur um eine seiner üblichen Provokationen? Was, wenn wir diesen Plan einfach an die internationale Presse lancieren und ihn bloßstellen?«

Eine Weile herrschte Schweigen in der Runde. Dann ergriff Prälat Santillana wieder das Wort.

»Es geht gar nicht darum, ob Laurenz tatsächlich vorhat, die gesamte katholische Kirche zu verramschen. Im Moment zählt nur, dass er dabei ist, das Opus Dei anzugreifen. Daher bitte ich um Vorschläge, wie wir reagieren sollen. Wir sind hier unter uns, meine Herren. Also ganz offen und ohne Denkverbote.«

# XLVIII

*29. Mai 2010, Ruinen von Misrian, Turkmenistan*

Tausende und Abertausende von glasierten Tonscherben bedeckten den Boden des Ruinenfeldes wie ein letzter Versuch des Schicksals, die untergegangenen Ornamente von Misrian auf seinen Überresten nachzubilden. Die meisten Scherben waren im typischen Blau des Himmels glasiert und leuchteten im Sonnenlicht wie am ersten Tag. Letzte Zeugen des ehemaligen Glanzes der Stadt. Peter klaubte einige der Scherben aus dem Sand und stellte sich die Pracht der Moscheen von Misrian vor, die einst vollständig mit kunstvollen blauen Ornamenten bedeckt waren.

»Die Stadt muss wirklich sehr reich gewesen sein.«

»Das war sie! Oh ja, das war sie!«, rief Haase und zeigte ihm die Fundamente, die seine Arbeitsgruppe bereits ausgegraben hatte. »Sie müssen sich Misrian zu seiner Blütezeit als ein Zentrum der islamischen Kultur vorstellen. Mehr noch: als ein Zentrum der Kulturen der Welt überhaupt. Hier kreuzten sich gleich drei wichtige Handelsrouten, die Europa und Asien miteinander verbanden. Ich behaupte, dass Misrian für den Orient zu seiner Zeit bedeutender war als Florenz für Europa. Und sie ist alt, diese Stadt, sehr alt. Unser Bodenradar hat vier Bebauungsschichten sichtbar gemacht, und dies hier ist nur die oberste. Ich bin überzeugt, dass die ersten Fundamente bis auf mindestens 2000 vor Christus zurückgehen.«

Peter hörte nur halb zu. Er sah hinüber zu Ellen, die flach auf dem Boden lag und Tonscherben mit einem Makroobjektiv fotografierte. Sie winkte ihm kurz zu und konzentrierte sich dann wieder auf ihre Arbeit. Etwas weiter entfernt sah Peter ein anderes Team von Arbeitern an einer Ausgrabungsstelle.

»Wonach gräbt Kelly dort?«

»Ich weiß es nicht. Als wir eintrafen, war er schon hier. Ich habe versucht, einen … kollegialen Austausch zu ihm aufzunehmen, aber daran hat er kein Interesse. Also bleibt man unter sich.«

»Glauben Sie, dass es hier noch einen Schatz zu heben gibt?«

»Bestimmt nicht. Die Mongolen haben keine halben Sachen gemacht.«

»Wer finanziert seine Grabungen überhaupt?«

»Keine Ahnung. Fragen Sie ihn selbst.«

Peter merkte, dass Haase zunehmend verärgert auf das Thema Edward Kelly reagierte, also ließ er es dabei bewenden. Als er sich nach einer Weile wieder nach Ellen umschaute, sah er sie zu Kellys Ausgrabungsstätte hinüberschlendern. Kelly zog seinen Schlapphut und begrüßte sie herzlich.

»Worüber habt ihr geredet?«, fragte Peter sie später im Zelt.

»Wer?«

»Du und dieser Kelly.«

»Ich hab mich erkundigt, nach was er gräbt.«

»Und?«

»Einem Schatz, hat er gesagt. Also hab ich gefragt: Nach was für einem Schatz denn? Da hat er mir das hier gegeben.«

Sie reichte Peter eine handtellergroße, unglasierte Tonscherbe. Ein Symbol war vor dem Brennen in den weichen Ton eingeritzt und später sorgfältig mit roter Farbe ausgemalt worden. Eine Spirale, wie grob mit der Hand gezogen. Die uralte Farbe wirkte immer noch kräftig und leuchtend.

»Sie ist schön, nicht wahr? Kelly behauptet, dass sie sehr alt sei.«

Peter spürte, wie sein Mund austrocknete. Die Spirale auf der Tonscherbe rührte im Bodensatz seiner ältesten Erinnerungen und wirbelte undeutliche Bilder voller Angst und Grauen auf. Peter starrte auf die Scherbe in seiner Hand und hatte das Gefühl, genau diese Situation bereits einmal erlebt zu haben. Er zitterte, grundlose Panik ergriff ihn, und mit der Panik brach ihm Schweiß aus allen Poren und bildete einen großen Fleck auf seinem T-Shirt.

Ellen bemerkte seinen Zustand zunächst nicht.

»Ich könne es behalten, hat er gesagt. Davon habe er schon Hunderte gefunden. Und ich: Soll das etwa ein Schatz sein? Und er: Es ist eine Spur. Ich stehe kurz vor dem Durchbruch. Wenn Sie mögen, erzähle ich Ihnen gerne mehr. Uuuh, Geheimnis, Geheimnis. Er ist natürlich ein Spinner. Aber nicht uninteressant ... Peter? Peter, du bist ja ganz blass. Was ist denn?«

Peter legte die Tonscherbe weg und atmete durch. »Nichts. Geht schon.« Er sah Ellen an. »Zu wenig getrunken.«

Sie wirkte besorgt und reichte ihm eine Flasche Mineralwasser. »Kelly hat uns übrigens für heute Abend eingeladen.«

»Du hast doch nicht etwa zugesagt?!«

»In der Wüste lehnt man keine Einladungen ab. Und außerdem bin ich neugierig.«

Die untergehende Sonne ließ eine lang gestreckte weiße Felsformation in der Ferne rot aufglühen. Als Peter aus dem kleinen Zelt trat und zu dem Kliff hinübersah, erschien es ihm wie eine gewaltige Brandungswelle aus versteinertem Blut, die lautlos auf ihn zuraste.

Kelly erwartete sie in seiner Jurte abseits des Archäologencamps. Dahinter standen zwei weitere Jurten, in denen seine Arbeiter schliefen und kochten. Auf einem russischen Allrad-Lastwagen wurden Grabungsgerät und Fundstücke aufbewahrt und nachts von einem bewaffneten Arbeiter bewacht.

Als Peter und Ellen die Jurte betraten – der traditionellen Höflichkeit folgend mit dem rechten Fuß zuerst –, bemerkte Peter erneut die Vorteile von Jurten gegenüber den einfachen russischen Armeezelten. Die geräumigen Rundzelte aus einem Holzgerüst und dicken Filzlagen waren nicht nur bequemer, sondern auch besser klimatisiert. Außerdem hielten sie den täglichen Sandstürmen besser stand. Kellys Jurte war zudem am Boden und an den Innenwänden mit Teppichen ausgekleidet und wirkte fast luxuriös. Von den beiden Stützpfeilern der Jurte hingen lange Stoffbahnen mit okkulten Symbolen herab: Dreiecke, Pentagramme, Mandalas, das ägyptische Schleifenkreuz Ankh, Swastikas und auch das Spiralsymbol. An der Wand stand ein kleiner Altar mit einer vergoldeten Pyramide und Räucherkerzen. Peter entdeckte verschiedene Amulette und Talismane, die von der Decke herabbaumelten. Auf einem Tisch lagen Artefakte, die er an seiner Grabungsstelle gefunden hatte. Tonscherben und kleine metallische Gegenstände, die Peter im schummrigen Licht der Jurte nicht zuordnen konnte. Kelly begrüßte sie in einem Seidenkaftan, der auf der Brustseite ebenfalls mit einem Symbol verziert war. Ein großer Kreis mit einem kleineren im Zentrum.

»Was sind Sie?«, rief Ellen entzückt aus. »Schamane oder Forscher?«

»Ich bevorzuge die Bezeichnung *Suchender*.«

Peter verkniff sich einen Kommentar und kauerte sich neben Ellen. »Wer finanziert eigentlich Ihre Forschungen? Beziehungsweise *Suche*?«

»Ich verfüge selbst über einige Mittel«, erklärte Kelly. »Überhaupt arbeite ich gerne autark. Alles, was ich weiß, habe ich mir selbst beigebracht. Ich bin niemandem verpflichtet außer mir selbst und der Wahrheit.«

»Bravo!«, applaudierte Ellen ironisch. Für Peters Geschmack nicht ironisch genug.

»Welche Wahrheit?«, hakte er nach.

Kelly machte eine vage Geste. »Lassen Sie uns erst essen.«

Er hatte eine Ziege schlachten lassen. Sie wurde gegrillt mit Tomaten und frischem Brot serviert. Dazu gab es bulgarischen Rotwein.

»Der einzige, den ich in Asgabad auftreiben konnte«, entschuldigte er sich. »Wenn Sie ihn nicht mögen, dann gehen wir gleich zum Wodka über.«

Trotz seiner sonderbaren Erscheinung erwies sich Kelly beim Essen als unterhaltsamer und geistreicher Plauderer. Er berichtete von seinen »Forschungen«, diversen Schatzsuchen und Abenteuern in allen Teilen der Welt. Im Grunde präsentierte er sich als die Verkörperung eines Indiana Jones. Peter, der Kelly vom ersten Augenblick an für einen maßlosen Aufschneider gehalten hatte, staunte über dessen genaue historische Kenntnisse und die präzisen Beschreibungen ethnischer Minderheiten in Indien, Papua Neuguinea, Tansania und Birma. Und noch mehr staunte Peter über Kellys flüssige Kostproben ihrer Dialekte.

»Sie müssen ein Sprachgenie sein.«

Kelly winkte ab. »Diese Sprachen sind nicht sehr komplex. Man lebt eine Weile mit diesen Leuten, und schon hat man den Bogen raus.«

»Wie lange ist denn eine Weile?«, wollte Peter wissen.

Kelly zupfte sich eine Fleischfaser aus einer Zahnlücke. »Ein paar Jahre.«

Peter sah Ellen zweifelnd an. Fast wäre er Kelly doch noch auf den Leim gegangen. Ellen wollte es jedoch genauer wissen.

»Und wie viele Sprachen sprechen Sie?«

Kelly winkte ab. »Was spielt das für eine Rolle?«

»Nun kommen Sie schon!«

»An die Hundert dürften es wohl sein.«

»Hundert?«, platzte Peter heraus. »Kelly, es reicht. Kein Mensch spricht hundert Sprachen.«

»Stellen Sie mich auf die Probe, Peter.«

Peter hatte keine Lust auf dieses Spiel, aber Ellen schien es amüsant zu finden. Sie warf Kelly wahllos Satzbrocken zu, Floskeln, Zitate, Begrüßungen, Tierarten, Volkslieder – was ihr gerade durch den Kopf ging. Und Kelly übersetzte alles umgehend. Auf Arabisch, Chinesisch, Russisch, Französisch, Ungarisch, Norwegisch, Farsi, Zulu, Hindi, Urdu, Thai.

Ellen war begeistert. »Wow, Kelly! Wie lange haben Sie dafür gebraucht?«

»Viele, viele Jahre. Ich bin gar nicht so ein Sprachgenie. Ich hatte nur viel Zeit. Sehr viel Zeit.«

Peter stöhnte. Ellen hob ihr Glas. »Darauf trinken wir!«

Sie tranken erst den bulgarischen Rotwein, dann Wodka. Kelly plauderte ohne Unterlass, und obwohl er Peter und Ellen die gleiche Aufmerksamkeit schenkte, war Peter klar, dass er nur Ellen beeindrucken wollte. Peter beschränkte sich nur noch auf gelegentliche bissige Kommentare. Ellen jedoch ging auf Kellys Spiel ein, denn sie war neugierig. Sie trank mit ihm, applaudierte ihm, bewunderte ihn.

Und fragte ihn aus.

»Also jetzt mal raus mit der Sprache! Was ist das für ein Schatz, den Sie suchen?«

Kelly senkte dann vertraulich die Stimme. »Es handelt sich um das größte Geheimnis der Menschheit: den Schatz der Templer!«

Peter lachte schallend. Ellen stieß ihn an. »Beachten Sie ihn nicht, Edward. Was ist das für ein Schatz?«

Kelly kramte in einer Kiste und zog eine antike Karte hervor, die er vor ihnen ausbreitete. »Misrian ist ein wahrhaft magischer Ort. Haase wird Ihnen schon erzählt haben, was hier von der Antike bis zum Mittelalter los war. Aber das ist nur die halbe Wahrheit.«

Er sah Ellen und Peter prüfend an, ob ihm ihre Aufmerksamkeit sicher war. »Misrian war ein Zentrum des Templerordens.«

Ellen schüttelte den Kopf. »Ach Kelly, kommen Sie! Die Templer sind nie weiter als bis nach Jerusalem gekommen!«

»Ich habe Beweise«, fuhr Kelly fort. »Die Templer waren in Misrian. Jerusalem war nur eines von vielen Zentren. Das Hauptzentrum lag sogar ganz woanders. Im Himalaja!«

Peter wurde es langsam zu bunt. »Im Himalaja? Hören Sie auf, Kelly! Den Himalaja kannte damals kein Europäer! Marco Polo war der Erste, der überhaupt bis nach China gekommen ist.«

Kelly winkte ab. »Marco Polos Chinareise ist ebenso frei erfunden wie seine angeblich hohe Stellung bei Kublai Khan. Sein Reisebericht strotzt nur so von Fehlern und Allgemeinplätzen. Weder beschreibt Polo Essstäbchen, noch die chinesischen Schriftzeichen, noch den Tee, noch den Buchdruck, noch das Schwarzpulver, noch die Chinesische Mauer. Er hat das alles nie gesehen. Und er wird selbst ja auch in keinem Bericht persischer, mongolischer oder chinesischer Historiker erwähnt. Kein Hofschreiber, Handelsreisender oder irgendjemand sonst ist einem Marco Polo auf der nicht ganz unbelebten Seidenstraße begegnet. Wo also war Marco Polo zwischen 1271 und 1295?«

»Los, sagen Sie's uns, Kelly!«, rief Ellen heiter.

»Hier, in Misrian! Im Auftrag der Templer.«

Peter stöhnte. Ellen stieß ihn abermals an.

»Wie gesagt, ich habe Beweise«, beharrte Kelly. »Hugo von Payens ist in Jerusalem auf ein Geheimnis gestoßen, das ihn und seine Templer bis weit nach Asien geführt hat. Gefunden haben sie es schließlich im Himalaja, irgendwo im Annapurnagebiet.«

»Verdammt, Kelly, was für ein Geheimnis soll das denn sein?«, rief Peter gereizt, dem Ellens Begeisterung für Kellys Räuberpistolen zunehmend missfiel.

»Geduld, Peter! Sagt Ihnen der Name Helena Blavatsky etwas?«

Ellen und Peter schüttelten den Kopf.

»Madame Blavatsky war die Begründerin der Theosophie, eine esoterische Lehre, die Christentum, Buddhismus und Hinduismus vereint und der sogar Einstein nahestand. Helena Blavatsky war eine erleuchtete Mystikerin und hat zahlreiche Reisen nach Tibet und Nepal unternommen, bei denen sie auf jenes Geheimnis stieß, das die Templer im 12. Jahrhundert wiederentdeckt hatten.«

Kelly zog ein altes Buch hervor und zeigte es Ellen. Es trug den Titel *Die Stimme der Stille*. »In einem verlassenen buddhistischen Kloster in Nepal stieß Madame Blavatsky 1852 auf ein altes Buch. Das *Buch der goldenen Lehren*. Es war in Tibetisch und Sanskrit verfasst. Madame Blavatsky gelang es, dieses Buch zu übersetzen und erkannte seine epochale Bedeutung. In *Die Stimme der Stille* beschreibt sie – natürlich codiert – sein uraltes, geheimes Wissen. Ich bin sämtlichen Hinweisen in dem Buch nachgegangen und landete schließlich hier in Misrian. Es gibt keinen Zweifel, dass Helena Blavatsky hier war. In Misrian ist sie auf das größte Geheimnis der Menschheit gestoßen.«

»Und warum hat sie es der Welt nicht einfach mitgeteilt?«, fragte Peter gelangweilt.

»Weil dieses Wissen in den falschen Händen extrem gefährlich ist!«, rief Kelly bestürzt, als erkläre er einem Kind, warum es nicht ratsam sei, auf Bahngleisen zu spielen. »*Natürlich* hat Madame Blavatsky uns alles mitgeteilt, aber *natürlich* chiffriert! Sie hat genug Hinweise gegeben, damit ein Adept das Geheimnis lüften kann. Man braucht immer mehr als einen Schlüssel, um ein gut codiertes Geheimnis zu entschlüsseln, merken Sie sich das, Peter. Man braucht mindestens zwei Schlüssel – wie bei einem ordentlichen Tresor. Manchmal noch mehr. Madame Blavatsky studierte die alten Schriften und stieß auf die

Arbeiten von John Dee. John Dee war im 16. Jahrhundert Berater von Königin Elisabeth I. Er war Mathematiker, Astronom, Astrologe, Kartograf und Mystiker und galt als einer der größten Gelehrten seiner Zeit. John Dee gelang es, mithilfe eines Mediums und alchemistischer Magie, Kontakt zu Engeln aufzunehmen. Dazu benutzte er eine Art magischer Maschine, ein sogenanntes *Sigillum Dei*.«

Kelly reichte Ellen ein Blatt Papier mit der Abbildung eines alchemistischen Diagramms.

»Die Engel, oder wie auch immer man jene höheren Wesen nennen will, diktierten John Dee und seinem Medium zunächst ihre Sprache, die John Dee *Henochisch* nannte und genauestens niederschrieb. In dieser Sprache teilten sie ihm anschließend die größten Geheimnisse des Universums mit.«

»Sie schweifen ab, Kelly!«, rief Ellen. »Was hat Madame Blavatsky damit zu tun?«

»Nun, Helena Blavatsky erkannte die Bedeutung von Dees Schriften. Und sie erkannte das Problem, die Wahrheit zugleich erforschen und geheim halten zu wollen. Also gründete sie einen geheimen Zirkel, die *Theosophische Gesellschaft*, wo sie mit eingeweihten Personen Seancen in der Tradition von John Dee abhielt. Die Ergebnisse ihrer Arbeit schrieb sie später in ihrem Buch *Die Geheimlehre* nieder. Wiederum verschlüsselt, natürlich.«

»Natürlich!«, stöhnte Peter.

»Später jedoch ist es Aleister Crowley gelungen, die Theosophische Gesellschaft zu infiltrieren und Teile dieses Geheimwissens zu entschlüsseln. Daraufhin gründete Crowley – den einige als eines der größten Übel der Menschheit bezeichnen – eine okkulte Loge. Den *Temple of Equinox*. Besoffen von der Vorstellung unendlicher Macht setzte Crowley alles daran, das große Geheimnis vollständig zu lüften. Ich fürchte, dass es ihm sogar gelungen ist.«

Ellen spielte die Erschrockene. »Mit welchen Folgen?«

»Schwer zu sagen. Im schlimmsten Fall dürfte der *Orden der Goldenen Dämmerung* inzwischen die Welt beherrschen.«

»Ohne, dass die Welt davon etwas mitbekommen hätte?«, spottete Peter.

»Genau«, sagte Kelly ernsthaft.

»Und jetzt wollen Sie dieses Geheimnis ebenfalls lüften, damit die Welt sich von ihrem Joch befreien kann!«, rief Ellen.

Kelly strahlte. »Ich wusste, dass Sie mich verstehen, Ellen. Ich liebe Sie! Ich will Ihnen etwas zeigen.«

»Es ist schon spät«, sagte Peter und gähnte. »Ich glaube, wir sollten jetzt gehen.«

»Warten Sie noch einen Augenblick! Sie werden gleich alles verstehen.«

»Geh ruhig schon vor, Peter, wenn du müde bist.«

Peter starrte Ellen an. Sein Ärger über den Aufschneider Kelly schlug allmählich in Wut um. Kelly schien den drohenden Streit zwischen den beiden nicht zu bemerken. Er klaubte einige Tonscherben von dem Tisch mit den Grabungsfunden und reichte sie Ellen und Peter.

»Das habe ich in drei Metern Tiefe gefunden.«

Peter starrte auf die bemalte Tonscherbe in seiner Hand. Sie zeigte diesmal jedoch nicht das Spiralsymbol, sondern – eine ägyptische Hieroglyphe.

»Das haben Sie *hier* gefunden?«, fragte Peter ungläubig.

»Ja. Und noch mehr davon.«

»Wie zum Teufel kommen ägyptische Hieroglyphen in die Karakum-Wüste?«

»Eine interessante Frage, nicht wahr? Ich habe noch viel sonderbarere Funde gemacht. In vier Metern Tiefe bin ich auf einen Hohlraum gestoßen. Darunter lag ein Gang. Noch völlig intakt. Der Gang führt schräg nach unten in die Tiefe und endet nach etwa dreißig Metern in einer Kammer. Die ganze Kammer ist mit Metallplatten ausgekleidet. Eine davon konnte ich ablösen.«

Er reichte Ellen ein vergoldetes Metallblech, durch gerade Liniengravuren in sechsundfünfzig quadratische Felder unterteilt. Jedes Feld enthielt eine gestempelte Prägung, die eine Art Schriftzeichen darstellte.

Ellen fuhr fasziniert mit dem Finger über das Blech. Sie erschrak, als etwas Gold dabei an ihrem Finger kleben blieb.

»Sehen Sie, das ist nur eine der Merkwürdigkeiten dieser Platte. Das Gold selbst. Die Platte besteht aus vergoldetem Kupfer. Aber aus sehr ungewöhnlichem Gold. Ich habe es in einem Labor untersuchen lassen. Es ist Hundert Prozent reines Gold.«

»Na und?«

»Hundert Prozent reines Gold kommt in der Natur nicht vor. Das beste Gold, das Sie finden können, hat einen Reinheitsgehalt von höchstens neunundneunzig Prozent.«

»Und was ist das?«

»Alchemistisches Gold«, erklärte Kelly so sachlich, als vergleiche er zwei Pflanzenarten.

»Sie meinen, es ist künstlich?«

»Genau.«

»Es reicht, Kelly!«, rief Peter. »Danke für den Rotwein, aber wir werden jetzt gehen.«

Er wollte aufstehen, doch Ellen hielt ihn zurück. »Wer hat dieses Gold hergestellt?«, wollte sie wissen.

»Ich weiß es nicht. Aber das Gold ist nur eine der Merkwürdigkeiten dieser Platte. Sehen Sie diese Schriftzeichen? Sie entstammen keiner der bekannten Kulturen dieser Welt. Und dennoch gibt es einen weiteren Text, der in dieser Schrift verfasst ist. Er stammt aus dem 14. Jahrhundert.«

Er zeigte Peter ein Fragment eines mittelalterlichen Pergaments.

»1912 erwarb der Antiquar Wilhelm Michael Voynich in Italien eine Sammlung illustrierter mittelalterlicher Handschriften. Ein Band zog seine Aufmerksamkeit besonders an, denn er war in einer Art Geheimschrift verfasst und mit völlig rätselhaften Zeichnungen illustriert. Die Herkunft dieses seitdem sogenannten Voynich-Manuskripts konnte nie geklärt werden. Auch ist es keinem Kryptologen mit den schnellsten Superrechnern der Welt bislang gelungen, diese Schrift zu entschlüsseln. Man konnte nur nachweisen, dass es sich tatsächlich um eine Schrift handelt, denn es gibt bestimmte Regelmäßigkeiten.«

Ellen betrachtete fasziniert die Abbildungen der Handschrift.

»Sie wirken wie Kinderzeichnungen«, stellte Peter fest.

»Aber was bedeuten sie? Niemand weiß es. Und sehen Sie dort und dort ...« Kelly tippte auf verschiedene Stellen in der Handschrift und auf einige Schriftzeichen der Metallplatte. »Die gleichen Zeichen! Die vergoldete Metallplatte ist in der gleichen Schrift verfasst worden wie das Voynich-Manuskript.«

»Ist das Henochisch?«, fragte Ellen.

»Nein. John Dees Henochisch ist dagegen so simpel wie Suaheli im Vergleich zu Mandarinchinesisch.«

»Worauf wollen Sie eigentlich hinaus, Kelly?«, fragte Peter gereizt.

»Nun, wir haben Hieroglyphen und eine seltsame Schrift auf Metallplatten, die mit alchemistischem Gold überzogen sind. Wenn wir uns jetzt noch einmal diese Hieroglyphe anschauen, was sehen wir da?«

»Ein Mann, der zwei Kegel in der Hand hält«, sagte Ellen.

»Genau. Aber nicht irgendwelche Kegel. Die Hieroglyphen drumherum klären uns auf, um was es sich handelt: *Weißes Brot*. Oder auch *Mfkzt* im Altäyptischen. Es handelte sich dabei um eine Art weißes Pulver. Ein geheimnisvoller Stoff, der für die Ägypter eine große Rolle spielte. Dieses weiße Pulver entstand bei der Metallveredelung.«

»Sie meinen also, dass die Ägypter in der Lage waren, künstlich Gold herzustellen und dass dieses Pulver dabei als Nebenprodukt abfiel?«

»Nein, Peter. Ich meine, dass das Gold das Nebenprodukt

war. Den Ägyptern ging es einzig und allein um die Herstellung jenes geheimnisvollen *Weißen Brotes*, dem *Mfkzt*. Eine mächtige Substanz, der man übernatürliche Kräfte zuschrieb. Im Arabischen auch *El Iksir* genannt. Oder wie man im Mittelalter sagte: *Lapis philosophorum* – den Stein der Weisen. Das Wissen um seine Existenz und seine Herstellung ist der wahre Schatz der Templer!«

Peter blickte Ellen bedeutungsvoll an. Er hielt Kelly für eindeutig verrückt. Ellen jedoch wirkte weiterhin elektrisiert.

»Welche übernatürlichen Kräfte hat denn nun dieses Pulver?«, wollte sie wissen.

»Ich vermute, es handelt sich um einen Sprengstoff«, erklärte Kelly. »Beziehungsweise um eine hochexplosive Energiequelle. Wie sonst, frage ich Sie, hätten die Ägypter ihre Pyramiden bauen können? Ich kann nachweisen, dass es hier in Misrian im 13. Jahrhundert eine gewaltige Explosion gegeben hat. Zu einer Zeit, als das Schwarzpulver in Europa noch gar nicht bekannt war. Ich vermute, dass mithilfe des *Weißen Brotes* eine Substanz hergestellt werden konnte, die von den Alchemisten *Rotes Quecksilber* genannt wurde. Ein Sprengstoff von ungeheurer Kraft, fast wie eine Atombombe. Angeblich haben die Russen in den Vierzigerjahren etwas Vergleichbares entwickelt. Der legendäre Hermes Trismegistos hat im Altertum bereits alles in seiner *Tabula Smaragdina* beschrieben. Aber das Buch ist verloren gegangen. Angeblich verbrannte das letzte Exemplar beim Brand der großen Bibliothek von Alexandria.«

»Angeblich«, spottete Peter weiter, dem Ellens Interesse deutlich missfiel.

»Sie haben völlig recht mit Ihrer Vermutung, Peter. Denn ich bin sicher, dass noch ein Exemplar dieses Buches existiert. Hier in Misrian. Ich stehe kurz vor der Entdeckung einer Weltsensation. Morgen in aller Frühe werde ich eine weitere verborgene Kammer öffnen und das letzte Geheimnis der Menschheit lüften. Wenn Sie wollen, können Sie dabei sein.«

Kelly sah nur Ellen an bei diesem Angebot. Sie war entzückt.

»Das klingt fantastisch, Edward! Ich will unbedingt dabei sein.«

Peter hatte endgültig genug. »Verdammt, Kelly, warum erzählen Sie uns das eigentlich, wenn das alles so geheim ist?«

Kelly sah Peter und Ellen eindringlich an. »Weil ich Ihre Hilfe brauche.«

# XLIX

*30. Mai 2010, Annapurnagebiet, Himalaja*

Der MIL-17-Hubschrauber mit nepalesischem Kennzeichen fräste sich durch die dünne Höhenluft, das Dröhnen der Rotorblätter hallte durch das gesamte Tal. Der robuste Mehrzweckhubschrauber war ein gewohntes Bild in dieser Gegend und erregte kaum noch Aufsehen. Das Kali-Gandiki-Tal begrenzte das Massiv des Annapurna Himal nach Westen. Die Bewohner dieses »tiefsten Tals der Erde« waren inzwischen an regen Luftverkehr gewohnt, der ihnen zweimal jährlich Trekkingtouristen in Scharen bescherte. Daher schaute kaum noch jemand der MIL 17 nach. Sonst hätte er erkennen können, dass sie trotz ihrer zivilen Kennung über zwei leichte Bordkanonen verfügte.

Der Hubschrauber quälte sich mühsam weiter in die Höhe und steuerte ein kleines Hochplateau an der Westflanke des Annapurna an, wo man mit bloßem Auge gerade noch die Ruinen eines buddhistischen Klosters erkennen konnte. Es lag schwer erreichbar auf fast fünftausend Metern. Keiner der einheimischen Führer vom Volk der Newar, Sherpa oder Tamang führte jemals Trekkinggruppen dort hinauf, denn erstens galt die Klosterruine als Rückzugsort böser Geister und zweitens gehörte das Areal ohnehin einer amerikanischen Minengesellschaft. Das Unternehmen hatte ein großes Gebiet um das ehemalige Kloster vor zehn Jahren gekauft und kurzzeitig eine rege Bautätigkeit dort oben entfaltet. Was diese Minengesellschaft dort allerdings förderte, hätte in den umliegenden Dörfern niemand zu sagen gewusst. Von Gold war damals die Rede gewesen, aber nie hatte man je Lastwagen mit Abraum wegfahren sehen. Vor zwei Wochen hatte es allerdings ein Grollen von dort oben gegeben, wie von einer Explosion. Allerdings waren keine Rauchwolken zu sehen gewesen.

Das verfluchte Kloster wurde inzwischen nur noch gelegentlich von Hubschraubern angeflogen, und das Gerücht ging um, die bösen Geister hätten der Minengesellschaft so viel Pech und Unglück gebracht, dass sie die Förderung bald eingestellt hatten. Einem anderen Gerücht zufolge plante ein amerikanischer Milliardär, demnächst ein supermodernes Luxusressort zu bauen. Ein Gedanke, der die Bewohner des Kali-Gandiki-Tals aus Sorge um die Touristen schaudern ließ.

Ein weiteres Gerücht besagte, dass das indische Militär mit Duldung der nepalesischen Regierung dort oben eine Abhörbasis nach China unterhielt.

Die wenigen Sherpa oder Newar, die den Aufstieg in den letzten Jahren gewagt hatten, hatten ihre Neugier mit dem Leben bezahlt – sie waren abgestürzt oder von Lawinen verschüttet worden, ihre Leichen wurden niemals gefunden. Alles gute Gründe, sich von dem Kloster tunlichst fernzuhalten und es am besten ganz zu vergessen.

Das Rotorecho der MIL 17 verlor sich im tiefen Blau des Himmels und verschwand ebenso schnell aus dem Gedächtnis der Menschen des Kali-Gandiki-Tals wie die Erinnerung an jene seltsame Russin, die vor hundertfünfzig Jahren das Land bereist und darin eine Entdeckung gemacht hatte, die über das Schicksal der gesamten Menschheit entscheiden konnte.

Die vergessene MIL 17, die nur einen einzigen Passagier transportierte, landete mit einem unsanften Rums auf dem Landeplatz vor der Klosterruine. Ein Mann in weißem Arctic-Outfit entstieg dem Hubschrauber und wurde ehrfürchtig von zwei Männern im Habit katholischer Kapuzinermönche begrüßt. Ohne sich lange aufzuhalten, eilte der Mann in das verfallene Gebäude, wo sich eine hochmoderne Schleuse zischend öffnete und den Weg in ein ausgebautes Höhlenlabyrinth freigab, das Helena Blavatsky 1852 entdeckt hatte.

Der Mann, der von seinen Anhängern nur *Meister* genannt wurde, sah sich als Erbe ihres Vermächtnisses. Er hatte das uralte Höhlensystem im Annapurnamassiv wiederentdeckt. Er hatte die alten Schriften und Felszeichnungen entziffert und die Bedeutung der neun Schlüssel erkannt. Einen der Schlüssel hatte Madame Blavatsky gefunden, einen weiteren hatte Seth persönlich vor Jahren seinem Hüter entrissen. Sieben Schlüssel waren noch in der Welt verstreut und mussten gefunden werden. Und den wichtigsten, den zentralen Schlüssel, hielt seit Jahrhunderten die katholische Kirche unter Verschluss.

Der Mann, der seine warme Schutzkleidung nun gegen einen einfachen Laborkittel tauschte, hatte sein Leben nur der einen Aufgabe geweiht: der Kirche diesen Schlüssel zu entreißen. Nur für diese Aufgabe war er reich geworden, sehr reich. Er hatte gemordet und morden lassen. Er hatte Schmerz gesät und Schmerz erlebt. Er war aufgestiegen und gefallen und wieder aufgestiegen. Er war gestorben und wiederauferstanden. Er war ein Phönix, und er hatte sich den Namen eines ägyptischen Gottes gegeben: Seth, Gott der Zerstörung. Denn er spürte, dass er auserwählt war. Auserwählt, einen titanischen Kampf zu führen – gegen die Kirche.

Seth gegen Horus.

Doch diesmal würde der Kampf anders ausgehen.

Der Fahrstuhl hielt auf der untersten Ebene. Das weitverzweigte Höhlensystem war so alt wie das Felsmassiv selbst und zum größten Teil natürlichen Ursprungs. Tief im Innern des Bergs lag die Höhle, die Helena Blavatsky einst entdeckt hatte. Die Wände waren verziert mit fremdartigen Zeichen und Symbolen. Seth hatte die Höhlen daher zum Hauptsitz seiner Bewegung ausbauen lassen, um hier unbehelligt nach dem größten Geheimnis der Menschheit zu forschen und den Schlag gegen seinen schlimmsten Feind vorzubereiten.

Das Surren der Lüftungsanlage erfüllte die Gänge. Zwei Männer in weißen Laborkitteln mit dem Symbol des Lichts auf der Brusttasche erwarteten Seth und warfen sich vor ihm zu Boden. Durch eine weitere Druckschleuse begleiteten sie ihn in ein hell erleuchtetes Labor, das von einem großen, mit Keramikplatten isolierten Stahlzylinder beherrscht wurde, der trotz der Keramikisolierung eine enorme Hitze abstrahlte. Durch eine kleine Glasscheibe an der Frontseite konnte man sehen, dass im Innern eine zähe Masse rot glühend kochte. Von dem Stahlzylinder führten tentakelförmig verschiedene Rohre ab, liefen verschlungen an der Hallendecke entlang und mündeten in zahlreiche kleinere Aggregate unbestimmter Funktion. Das ganze Labor wirkte fast klinisch sauber. Nur wenige Menschen arbeiteten hier und verbeugten sich sofort ehrfürchtig, als sie Seth erkannten. Ansonsten schien das ganze Labor weitgehend automatisch zu arbeiten. Niemand, der die alten Schriften nicht kannte, hätte anhand dieser Aggregate verstanden, dass er sich hier in der hochmodernen Version eines alchemistischen Labors befand.

»Status?«, fragte Seth knapp.

»Sektion IV hat die weiße und gelbe Phase erfolgreich abgeschlossen, Meister«, antwortete einer seiner Begleiter sofort. »Das Substrat verhält sich stabil und gemäß den Angaben aus den Schriften. Wir wollen nun mit der Rotumwandlung beginnen.«

»Was ist mit dem Unfall in Sektion V?«

»Wir haben alles unter Kontrolle, Meister«, beeilte sich der zweite Begleiter zu versichern. »In Sektion V muss es während der Rotumwandlung zu einer Verpuffung des Substrats gekommen sein. Es kann sich jedoch nur um weniger als ein Milligramm gehandelt haben. Die Sicherheitsschleusen haben alle standgehalten.«

»Und Sektion V?«

»Ist leider vollständig zerstört.«

»Sonstige Schäden?«

»Negativ. Die Erschütterung war noch in Ebene II zu spüren, aber es gab keine Schadensmeldungen.«

Seth nickte zufrieden. »Das ist immerhin der Beweis, dass wir kurz vor dem Durchbruch stehen.«

Nach dem Inspektionsrundgang fuhr er mit dem Fahrstuhl wieder hinauf und betrat wenig später einen gediegenen Konferenzraum, wo er von sieben Männern in weißen Mönchskutten erwartet wurde. Sie alle gehörten zum inneren Zirkel von Seths Bewegung und trugen das Symbol des Lichts auf ihrer Kleidung: den zweifachen Kreis.

Als Seth eintrat, warfen sie sich flach auf den Boden und rührten sich nicht eher, bis der Meister sie angesprochen hatte.

»Das Licht mit euch!« Seth berührte jeden Einzelnen am Kopf. Die sieben Männer setzten sich wieder an den Konferenztisch, und Seth hörte sich schweigend ihre Berichte an.

Bis auf die Zerstörung von Sektion V gab es keine Probleme. Tatsächlich hatte die verheerende Explosion die Forscher auf eine Spur gebracht, wie man jene kostbare und mächtige Substanz gewinnen konnte, nach der Seth suchte und die er für seine weiteren Pläne dringend benötigte.

»Wir glauben jetzt zu wissen, wie wir die Rotumwandlung erfolgreich durchführen können«, erklärte einer der sieben. »Allerdings ist das auch nur eine Vermutung. Ein Probelauf könnte zum Verlust einer weiteren Sektion führen. Alles hängt von der exakt konstanten Temperatur der Öfen ab. Aber es gibt noch zahlreiche andere Variablen, die wir nicht kennen. Die entschlüsselten Schriften sind leider nur fragmentarisch und liefern widersprüchliche Anweisungen. Wir brauchen dringend einen vollständigen Text.«

Seth dachte kurz nach und strich dabei über das *Sigillum Dei*, das als Intarsie in den Tisch eingearbeitet war.

»Was ist mit Kelly?«, fragte er schließlich. »Wie weit ist er?«

# L

*30. Mai 2010, Ruinen von Misrian, Turkmenistan*

»Wenn er kein gerissener Betrüger ist, dann der größte Spinner, der mir jemals begegnet ist!«, schimpfte Peter, als sie in ihr Zelt zurückkehrten.

»Und wenn nur die Hälfte von dem stimmt, was er behauptet?«

»Die Hälfte von Schwachsinn bleibt immer noch Schwachsinn. Der Mann ist krank, Ellen! Zu behaupten, dass Professor Haase ihn im Auftrag einer mächtigen okkulten Sekte umbringen will, um an die Formel für einen antiken Supersprengstoff der Ägypter zu gelangen, ist doch paranoid! Durchgeknallt! Total gaga!«

»Vielleicht ist es ja doch eine Super-Story.«

»Ellen, was soll das? Er wollte dich nur beeindrucken, und du bist voll drauf eingestiegen.«

Sie zuckte die Schultern. »Wir werden ja sehen, was er morgen in dieser Kammer findet.«

Peter atmete aus. »Ich möchte nicht, dass du da mitgehst. Ich möchte nicht, dass du überhaupt noch mal zu ihm gehst.«

»Wie bitte? Was soll denn das?«

»Du hast mich schon verstanden. Der Mann ist gefährlich.«

»Peter! Du bist doch nicht etwa eifersüchtig?« Sie lachte, aber es klang nicht heiter.

»Ich möchte es einfach nicht, klar?« Und etwas versöhnlicher fügte er hinzu: »Bitte, Ellen.«

Sie kam näher, umfasste seinen Kopf mit beiden Händen und küsste ihn. »Ich habe dich noch nie eifersüchtig erlebt, Peter. Was soll das? Er ist doch gar nicht mein Typ. Weißt du, wer mein Typ ist?«

Sie küsste ihn leidenschaftlicher. Mit dem Kuss fiel die Panik allmählich von Peter ab. Er umarmte Ellen und erwiderte den Kuss.

»Zieh das aus!« Sie zog ihm das T-Shirt aus und entkleidete sich eilig. Peter sah kleine Schweißbäche zwischen ihren Brüsten. Als sie an seiner Hose zerrte, war seine Panik endgültig verflogen. Er zog sie auf das schmale Feldbett, streichelte sie an den vertrauten Stellen und Grübchen, in denen ihr Schweiß nun kleine Oasen bildete.

»Komm jetzt gleich!«, raunte sie in das Dunkel.

»Warte noch.«

»Nein, sofort.«

Ellen stieß einen tiefen Seufzer aus, als er in sie eindrang und umschlang ihn noch fester. Die ganze Zeit über sahen sie sich an, und während sie sich zusammen bewegten, spürte Peter endlich, wie alles wieder gut wurde. Wie alles eins wurde. Wie er ankam. Bei ihr. In ihr. Die Welt hielt den Atem an für einen Moment, kostbar und flüchtig und ewig zugleich. Sie war seine Frau, und er war ihr Mann. Sie war sein Universum, sein Ausgangspunkt und sein Ziel, seine Bestimmung, seine Richtung und seine Verstörung. Sie war – Heimat.

»Willst du mich heiraten?«, fragte er in die Stille der Wüstennacht, als sie nebeneinander auf dem engen Feldbett lagen. In der Dunkelheit sah er nur ihre Augen.

»Was?«

»Ich liebe dich, Ellen. Ich möchte, dass du meine Frau wirst.«

»Ist das dein Ernst?«

Er schwieg und spürte, wie sie neben ihm atmete. Dann beugte sie sich etwas vor. Ihr Mund berührte sein Ohr, ein Hauch so warm wie der Abendwind, ein Wort, das wie Sand in sein Ohr rieselte.

»Ja.«

Irgendwann in der Nacht wachte er auf. Nach dem letzten, unruhigen Traum war er für einen Moment orientierungslos. Was hatte ihn geweckt? Peter sah neben sich.

Ellens Feldbett war leer.

Hastig zog sich Peter an, suchte nach seinen Schuhen, schüttelte sie kurz aus und trat dann vor das Zelt. Über ihm spannte sich die Milchstraße auf. Es war empfindlich kühl. Peter lauschte einen Augenblick in die turkmenische Nacht. Der Dieselgenerator tuckerte nicht mehr, kein Laut zu hören. Außer ... einem leisen Murmeln oder Raunen.

»Ellen?«

Keine Antwort. Peter schlich die Reihen der Zelte entlang, bis er Kellys Jurte sah. Ein schwacher Lichtschimmer sickerte aus dem Eingang auf den Sand, vermischt mit dem Murmeln von Stimmen. Eine davon gehörte unzweifelhaft Kelly. Er psalmodierte monoton in einer unbekannten Sprache, die Peter dennoch eigenartig vertraut vorkam. Peter spürte wieder Panik aufsteigen. Die Panik, etwas sehr Kostbares zu verlieren.

»Peter!«

Peter wirbelte herum. Eine Taschenlampe blendete ihn.

»Was machst du hier draußen?«

Ellen stand vollständig bekleidet vor ihm und leuchtete ihm ins Gesicht. Sie war außer Atem, als ob sie gerannt wäre.

»Verdammt, Ellen, ich suche dich! Wo warst du?«

»Irgendwas hat mich geweckt, da bin ich raus, um nachzusehen.« Sie wirkte wieder etwas ruhiger und deutete auf Kellys Jurte. »Was treibt er da noch?«

»Interessiert mich nicht. Komm, lass uns zurückgehen.«

Als er Ellen mit sich zog, merkte er, dass ihre Hand trotz der Kühle schweißnass war.

»Haben Sie Ellen irgendwo gesehen?«

»Hallo, Peter. Äh, nein, heute noch nicht.«

Die Sonne stand schon hoch am Himmel über dem Grabungsfeld. Haase wischte sich den Schweiß von der Stirn und sah Peter besorgt an.

»Was ist denn los? Sie sehen ja furchtbar aus.«

Peter kämpfte gegen die Kopfschmerzen und die Übelkeit an, die ihn seit dem Aufwachen quälten. »Mir geht's gut. Aber Ellen ist verschwunden. Sie war nicht im Zelt, als ich aufgewacht bin. Ich hab sie schon überall gesucht.«

»Vielleicht ist sie mit einem der Fahrer los, um ein paar Wüstenfotos zu machen. Haben Sie Ihren Freund Kelly schon gefragt?«

»Er ist ebenfalls verschwunden.«

»Was?«

»Ich war vorhin in seiner Jurte. Sie ist leer, vollkommen leer. Auch seine Wagen und Arbeiter sind weg.«

Haase starrte Peter nun sichtlich erschrocken an.

»Kommen Sie!«

Der Professor rief ein paar seiner Leute zusammen und eilte mit Peter zu Kellys Grabungsstelle. Aber auch dort war niemand zu sehen. In dem breiten, rechteckigen Aushub im Sand lagen nur einige vergessene Schaufeln herum.

»Verdammt, wo ist der Kerl?«, stieß Haase hervor.

Peter erkannte Reste von Mauern, die aus dem Sand herausragten. Eine Stelle war mit einer großen Plastikplane abgedeckt. Als Peter die Plane anhob, sah er eine Art Grab mit Knochenresten. Von einem Gang, der zu irgendeiner unterirdischen Kammer führte, keine Spur. Peter spürte, wie der Kopfschmerz und die Übelkeit immer stärker wurden. Und mit dem Schmerz wuchs seine Panik. Er hörte Haase etwas sagen.

»Bitte, was haben Sie gesagt?«

»Wann haben Sie Ellen zuletzt gesehen?«

»Gestern Nacht. So um eins.«

»Und Sie haben danach nicht bemerkt, wie sie das Zelt verlassen hat?«

Peter versuchte, sich zu konzentrieren. Das Denken fiel ihm

schwer. Sein Kopf fühlte sich an wie eine Wunde. Was war passiert? Verzweifelt versuchte er, sich an den Zeitraum zwischen dem Moment, als er Ellens Hand genommen und sie zum Zelt zurückgezogen hatte, und seinem Erwachen am Mittag zu erinnern. Aber sein Gedächtnis gähnte ihn an wie ein blinder Fleck.

»Ich ... ich kann mich nicht erinnern.«

Haase handelte schnell. Er verständigte die Basis in Nebyt-Dag und gab Ellens Beschreibung durch. Dann verteilte er seine Leute auf die verfügbaren Fahrzeuge und ließ sie verschiedene Strecken abfahren, die zu den nächsten Straßen führten. Peter schluckte Schmerzmittel und begleitete Haase in ein turkmenisches Dorf in der Nähe. Aber auch dort hatte man weder eine junge Europäerin, noch einen Engländer gesehen.

Am Abend trat Haase mit bedrücktem Gesicht in Peters Zelt, der gerade dabei war, Ellens zurückgelassene Sachen nach irgendeinem Hinweis zu durchforsten.

»Keine guten Nachrichten, Peter. Ich habe ein paar Nachforschungen über Kelly anstellen lassen. Aber weder kennt ihn irgendjemand in Nebyt-Dag, noch hat die britische Botschaft in Asgabad irgendwelche Informationen über einen Edward Kelly mit dieser Beschreibung. Der Mann ist ein Phantom.«

»Aber Sie haben doch wochenlang mit ihm in einem Camp gelebt!«, rief Peter. »Irgendwas müssen Sie doch über ihn wissen.«

»Tut mir leid, Peter. Alles, was ich über Kelly weiß, habe ich bereits an die turkmenischen Behörden durchgegeben. Sie vermuten, dass er und Ellen möglicherweise von einem militanten Stamm entführt wurden.«

»Verdammt, und warum hat er dann vorher noch seine gesamte Jurte mit allem Drum und Dran ausgeräumt?«, schrie Peter den Professor an.

Haase schluckte betreten. »Ich weiß es nicht.«

Kelly blieb unauffindbar. Sie fanden ihn weder in der Karakum, noch später durch Nachforschungen der internationalen Polizeibehörden. Trotz der Aussagen von Haase und seinen Leuten kam man zu dem Schluss, dass ein Selfmade-Archäologe und Schatzsucher, auf den Edward Kellys Beschreibung passte, nie existiert hatte.

Ellen dagegen fanden sie schon am nächsten Tag. Eine Nomadenfamilie, die zehn Meilen südlich ihr Sommerlager aufgeschlagen hatte, entdeckte ihre Leiche am Fuße einer Düne, und einer von Haases Pick-ups brachte sie zurück ins Camp. Als man Ellens Körper vorsichtig aus den Baumwolltüchern wickelte, sackte Peter wimmernd zusammen. Vor ihm auf der Ladefläche des Toyota lag die Frau, der er geliebt hatte. Oder vielmehr das, was noch von ihr übrig war. Peter erkannte sie zunächst nur an ihrer Kleidung wieder. Tiefe, klaffende Schnittwunden verstümmelten ihren ganzen Körper bis zur Unkenntlichkeit. Nur ihr Kopf wirkte unversehrt. Aber den hatten ihre Mörder ihr vom Rumpf abgetrennt und achtlos neben der Leiche im Sand liegen lassen.

Haase gab ein Zeichen, dass man die Leiche schnell wieder bedecken solle.

»Nein, warten Sie!«, keuchte Peter. Er wollte Ellen noch ein letztes Mal berühren. Denn die Berührung war die letzte, verzweifelte Hoffnung.

Dass dies alles nur ein furchtbarer Albtraum war.

Dass er mit der Berührung erwachen würde, einfach erwachen.

»Nicht, Peter«, flüsterte Haase neben ihm.

Peter schlug die gut meinende Hand weg und versuchte weinend und mit zitternden Händen, Ellen eine blutige Haarsträhne aus dem Gesicht zu streichen.

Kein Erwachen. Stattdessen sah er die Wirklichkeit von Ellens Tod in ihrem abgetrennten Kopf. Den letzten Ausdruck ihres Lebens. Den Ausdruck furchtbarsten Grauens.

# LI

*12. Juni 2010, Nekropole, Vatikanstadt*

Papst Johannes Paul III. erfuhr erst über eine Stunde später von der Katastrophe in der Nekropole.

»Zwei Mitarbeiter von Professor Sederino sind tot!«, teilte ihm Don Luigi atemlos am Telefon mit.

Der Papst krampfte seine Hand um den Hörer. »Was ist passiert?«

»Zwei Doktoranden von Professor Sederino. Offenbar hat sie der Ehrgeiz geritten, eine Jahrhundertentdeckung zu machen. Jedenfalls haben sie heimlich an der versiegelten Kammer mit den mysteriösen Zeichen weitergegraben. Man hat sie vor einer Stunde gefunden. Ihre Leichen waren …« Don Luigi stockte. »… grässlich verstümmelt. Zerfetzt.«

Johannes Paul III. schloss die Augen und sprach ein leises, verzweifeltes Gebet.

»Ich kann das als Unfall ausgeben«, fuhr Don Luigi fort. »Niemand wird Fragen stellen. Aber …«

»Was aber, Don Luigi?«

Der Pater räusperte sich. »Wir müssen uns die Sache ansehen, Heiliger Vater.«

Eine weitere Stunde später standen der Papst und sein Chef-Exorzist mit Stirnlampen, Werkzeug und Kreuzen vor einem Wanddurchbruch in der kleinen unterirdischen Krypta mit den rätselhaften Symbolen. Sanitäter hatten die Leichen der beiden Doktoranden bereits geborgen. Getrocknetes Blut, Knochensplitter und Fetzen von Eingeweiden bedeckten jedoch immer noch den ganzen Boden und die Wände ringsum. Papst Johannes Paul III. kämpfte gegen den Brechreiz an, zwang sich aber dennoch, genau hinzusehen.

»Was um alles in der Welt ist hier passiert, Don Luigi?«

Der Jesuit deutete auf den Wanddurchbruch, hinter dem man eine grob aus dem Fels gehauene Treppe erkennen konnte, die steil in die Tiefe führte. »Was auch immer die beiden jungen Forscher getötet hat – es kam aus der Wand. Ich vermute, dass es die beiden kurz nach dem Wanddurchbruch erwischt hat.«

»Was, glauben Sie, war es?«

Don Luigi zuckte mit den Schultern, wie ein Arzt bei einer Standarddiagnose. »Ein Dämon ... Oder was Schlimmeres.«

»Schön, dass Sie noch zu Scherzen aufgelegt sind, Pater«, sagte der Papst und schaltete seine Stirnlampe an. »Aber was es auch war, es ist jetzt weg.« Mit einem Kruzifix, das er fest in der rechten Hand hielt, trat der Papst durch den Wanddurchbruch.

»Lassen Sie mich vorgehen, Heiliger Vater!«, rief ihm Don Luigi nach. »Ich bin der Fachmann!«

Fauliger Geruch schlug ihnen entgegen, als sie über die steile Treppe hinabstiegen in eine bodenlose Tiefe. Die Stirnlampen halfen nicht viel, denn das bisschen Licht wurde von den Wänden und der stinkenden, dichten Luft völlig aufgefressen. Die beiden Männer sprachen Gebete, während sie tiefer und tiefer in den Tuffstein unter dem Vatikan vordrangen. Johannes Paul III. fragte sich, welche Kultur diesen Gang vor Urzeiten angelegt haben mochte. Im schwachen Schein der Lampen wurden furchtbare Zeichnungen und eingeritzte unbekannte Schriften, die nicht von Menschenhand zu stammen schienen, an den Wänden sichtbar. Und immer noch war kein Ende der Treppe abzusehen.

Der Papst verlor jegliches Zeitgefühl. Er hätte nicht gewusst, ob sie schon Stunden oder nur Minuten abwärtsstiegen, als die Treppe plötzlich auf sandigem Grund endete. Sie standen jetzt in einer großen, felsigen Halle, die von den Lampen kaum erhellt wurde, und Johannes Paul III. wusste sofort, dass dies der Ort war. Der Ort, der ewig verschlossen bleiben sollte, versiegelt von einem uralten Amulett.

»Es ist warm!«, sagte der Papst. »Wie tief, schätzen Sie, sind wir hier?«

»Fragen Sie mich was Leichteres«, knurrte Don Luigi. »Vor allem würde ich gerne wissen, woher dieser bestialische Gestank kommt!«

»Sehen Sie das, Pater?«, rief der Papst und deutete auf die Wand der Felsenhalle, die bedeckt war mit Ornamenten, urzeitlichen Symbolen, die der Papst von seinen früheren Forschungen her kannte, und Abbildungen rätselhafter Wesen, die ihn an keine bekannte Lebensform erinnerten. Abbildungen, die eine uralte Angst auslösten, dass die dort abgebildeten Wesen keine Ausgeburten der Fantasie waren, sondern Wesen, die wirklich existiert und sich ins kollektive Unterbewusstsein der Menschheit eingebrannt hatten. Zwischen den Zeichnungen tauchten immer wieder Augen mit viereckigen Pupillen auf. In regelmäßigen Abständen waren grobe Nischen in den Fels gehauen worden, in denen schlichte Steinkrüge standen.

»Lassen Sie das, Heiliger Vater!«, rief Don Luigi scharf, als sich der Papst eines der Gefäße näher ansehen wollte. »Nichts anfassen!«

Er deutete auf etwas, dass er in der Mitte der Halle entdeckt hatte. »Sehen Sie!«

Im Licht der Stirnlampen erkannte der Papst einen gedrungenen und oben abgeflachten Fels. Wie eine Art Altar, bedeckt mit jenen rätselhaften, scheußlichen Zeichen. Die Quelle des Gestanks. Auf diesem Stein, das wusste der Papst sofort, hatte ES auf den Moment seiner Befreiung gewartet. Sein Symbol prangte eingeritzt und groß auf die Oberseite des Steins. Das uralte Symbol für Licht. Das Zeichen des Lichtbringers. Das Zeichen Satans.

»Was glauben Sie, Pater, ist das hier?«, fragte der Papst, obwohl er die Antwort bereits ahnte.

Don Luigi zögerte. Doch dann sagte er so bestimmt wie ein

Klempner, der die Ursache für einen Rohrverschluss gefunden hatte: »Die Pforte zur Hölle, Heiliger Vater.«

Johannes Paul III. nickte nur, denn Don Luigi bestätigte seine Vermutung.

»Aber wo sind dann die Teufel und Dämonen?«

Don Luigi seufzte vernehmlich. »Wie es aussieht, Heiliger Vater, sind sie längst in der Welt!«

# Kapitel 7
# VISION

# LII

*15. Mai 2011, Poveglia, Lagune von Venedig*

Erst nach achtzehn qualvollen Monaten verrauchte der Zorn Gottes, nachdem er fast fünfzigtausend Opfer gefordert hatte. Keine europäische Stadt des frühen 17. Jahrhunderts war besser auf die Pest vorbereitet als Venedig mit seinen strikten Hygienevorschriften, einer funktionierenden Gesundheitsbehörde und den ersten Quarantänestationen der Welt. Und dennoch kam es 1630 zur Katastrophe. Eingeschleppt vom Gefolge des Herzogs von Mantua wütete innerhalb weniger Wochen der Schwarze Tod in den Gassen und Kanälen der Lagunenstadt. Über Monate lastete der Verwesungsgestank in der Luft, vermischt mit dem beißenden Rauch der Krematorien, die mit dem Verbrennen der Leichen nicht mehr hinterherkamen. Die meisten Leichen wurden nur noch mit Kalk und Erde bedeckt, damit die Hunde sie nicht fraßen. *Doctores* mit grotesken Schnabelmasken – gestopft mit Kräutern gegen die tödlichen Miasmen – ließen die wenigen zur Ader, die es sich noch leisten konnten. Wer die Möglichkeit hatte, floh aus der Stadt. Täglich starben über fünfhundert Menschen. Das öffentliche Leben kam zum Erliegen, Wirtschaft und Handel brachen zusammen, die Preise für Brot und Wein explodierten. Plündererbanden durchstreiften die Stadt und warfen auch die noch Lebenden auf die Leichenkarren, nachdem sie sie beraubt hatten. Ob Bettler oder Adliger – wer nur geringste Symptome der Krankheit zeigte oder in Kontakt mit Infizierten gekommen war, wurde von den Behörden umgehend auf eine der Quarantäneinseln in der Lagune deportiert.

Eine davon war Poveglia. Ein Ort des Todes, die Hölle auf Erden. Zehntausende drängten sich auf drei Hektar. Der Gestank brennender Leichen und schwärender Wunden, die Schreie der Kranken, das Stöhnen der Sterbenden erfüllte die Luft. Hunderte von Booten lagerten als Barriere vor der Insel, eine Fahne markierte die Stelle, bis zu der sich die Deportierten dem Ufer nähern durften. Dahinter ragte ein Galgen auf, zur Hinrichtung derer, die sich den Anweisungen der Behörden widersetzten.

In sämtlichen Epidemien, die Venedig je erlebte, wurden über hundertsechzigtausend Pestleichen auf Poveglia verbrannt. Ihre dunkle Asche bedeckte den gesamten Boden der Insel. 1922 entstand an der Stelle des ehemaligen Pestlazaretts eine Nervenheilanstalt, wurde aber wenige Jahre später bereits wieder geschlossen, nachdem es dort zu mysteriösen Todesfällen gekommen war. Bis heute war Poveglia *off limits* für Einheimische wie auch Touristen. Betreten verboten. Ein verfluchter Ort. Doch genau dort wollte Urs Bühler seine Nachforschungen fortsetzen.

Das kleine *Vaporetto* tuckerte der Insel entgegen, die sich langsam im Morgendunst über der Lagune abzeichnete. Urs Bühler konnte bereits die vorgelagerte, achteckige Befestigungsanlage aus dem 14. Jahrhundert erkennen. Den ganzen letzten Tag hatte er vergeblich versucht, jemand zu finden, der ihn nach Poveglia bringen konnte. Die meisten Bootsführer hatten mit einem seltsamen Ausdruck in den Augen abgewunken und erklärt, dass die Insel ohnehin unbewohnt sei und es dort außer Ruinen nichts zu sehen gäbe. Erst am Morgen hatte Bühler einen jungen Mann aufgetrieben, der bereit war, ihn für eine horrende Summe überzusetzen und zu einem verabredeten Zeitpunkt auch wieder abzuholen.

Bühler verfluchte sich bereits für die Schnapsidee, sich in diesen Tagen aus Rom zu entfernen, nur um einem Hinweis nachzugehen, der höchstwahrscheinlich ohnehin ins Leere führen würde. Aber Bühler führte eben gerne zu Ende, was er anfing. Der Hinweis, den er Kardinal Menendez verschwiegen hatte, hing mit seinen Nachforschungen über Suite 306 zusammen. Über eine statische IP-Adresse jener mysteriösen Investmentbank *PRIOR* war er auf den Standort eines Webservers gestoßen – auf Poveglia. Als Betreiber dieses Servers war eine hermetische Loge registriert, die sich *Temple of Equinox* nannte. Und der Name des Großmeisters dieses Ordens lautete einmal mehr: Aleister Crowley.

Bühler hatte herausgefunden, dass ein Mann gleichen Namens 1922 den *Temple of Equinox* als magische Kommune auf Poveglia gegründet hatte. Was für Bühler bedeutete, dass zur gleichen Zeit, als dort jene berüchtigte Nervenheilanstalt entstand, ein drogen- und sexsüchtiger Irrer satanistische Orgien gefeiert haben musste. Das alles hätte ihn aber wohl kaum interessiert, wenn der Standort jenes Webservers nicht die einzig handfeste und nachprüfbare Spur gewesen wäre. Wo ein Server stand, musste es noch mehr geben.

Das *Vaporetto* legte hinter dem Oktagon der Befestigungsanlage an und tuckerte sofort wieder los, sobald Bühler an Land gesprungen war. Kein Laut zu hören, nicht einmal Vögel. Der Kommandant der Schweizergarde orientierte sich kurz. Vor ihm lag die Ruine der Nervenheilanstalt, verkleidet mit verrosteten Baugerüsten. Rechts ein Glockenturm. Bäume und Buschwerk hatten längst wieder von dem Gelände Besitz ergriffen, wucherten durch Tür- und Fensteröffnungen, drangen durch jeden Mauerspalt und bildeten schattige Dächer über den Veranden. Kleine Trampelpfade durch das Dickicht bezeugten, dass immer noch regelmäßig Menschen nach Poveglia kamen. Bühler entsicherte seine SIG P220 und drang über einen der Trampelpfade in das verfallene Gebäude ein.

Verfaulte Holzbalken und Schutt von eingestürzten Decken bedeckten die Böden in den Räumen. Dazwischen lagen verrottete Reste des Mobiliars, vergilbte, unlesbare Dokumente, rostige Heizkörper, Rohre und Gitterroste von Klinikbetten.

Putz stäubte mit weißem Schimmel von den Wänden, wenn man sie berührte. Bühler durchquerte die Eingangshalle und einen Flur mit Krankenzimmern. In der ehemaligen Kapelle der Psychiatrie waren zersplitterte Kirchenbänke wie zu einem Scheiterhaufen aufgetürmt. Bühler stieß auf die ehemalige Klinikküche mit ihren rostigen Öfen und riesigen schwenkbaren Suppenkesseln. Weiter hinten lag die ehemalige Wäscherei mit großen, trommelartigen Waschmaschinen und Heißmangeln. Schrott überall. Hin und wieder raschelte es im Blattwerk, das die alten Mauern überall durchbrach, und einmal sah Bühler eine Ratte über den Flur huschen. Kein Mensch zu sehen, dennoch wurde Bühler das Gefühl nicht los, beobachtet zu werden.

Es wurde warm. Bühler steckte die Waffe wieder ein und stieg die brüchige Wendeltreppe des Glockenturms hinauf, um sich einen Überblick zu verschaffen. Von hier oben konnte er die Dächer der Paläste von Venedig erkennen und die Nachbarinseln in der Lagune. Ein schöner Tag, perfekt für einen Ausflug. Aber dies war nun mal kein Ausflug.

Bühler wandte sich um und suchte die andere Seite der Insel nach irgendeiner Art von Gebäuden oder elektrischen Installationen ab, die auf den Server hinweisen konnten. Die Insel wurde in ihrer Mitte von einem kleinen Kanal durchzogen. Dahinter war außer Bäumen nichts zu erkennen. Bühler blickte auf die Uhr. In einer halben Stunde sollte ihn das *Vaporetto* vereinbarungsgemäß wieder abholen. Er wollte die Suche bereits aufgeben und zum Anlegeplatz zurückkehren, als er auf der anderen Seite des Kanals hinter Bäumen versteckt das Dach eines weiteren Gebäudekomplexes entdeckte.

Sein Weg führte ihn an einem Massengrab vorbei, das anscheinend von Archäologen freigelegt worden war: ein etwa zehn Meter langer und kaum ein Meter tiefer Graben, angefüllt mit Hunderten von menschlichen Gebeinen. Pestopfern, die man nicht verbrannt, sondern nur notdürftig verscharrt hatte. Die kleine Ausgrabungsstätte legte nahe, dass die ganze Insel ein einziges Massengrab von Tausenden namenloser Toten sein musste.

Bühler schenkte den ausgebleichten Gebeinen keine weitere Beachtung, sondern konzentrierte sich auf das Gebäude am *Canaletto*, das er jetzt deutlich erkennen konnte. Es wirkte wie eine Erweiterung der Nervenklinik, allerdings weit weniger verfallen. Das Mauerwerk war säuberlich von Bewuchs freigehalten worden, auch das Dach wirkte intakt. Bühler näherte sich vorsichtig und nutzte die dicht wachsenden Büsche als Deckung. Immer noch kein Laut zu hören, nur sein eigenes Atmen. Er wagte sich weiter vor und schlich einmal um das Gebäude herum. Durch die geschlossenen Fensterläden war es jedoch unmöglich, einen Blick ins Innere zu werfen. Als Bühler auch nach längerem Horchen von drinnen keinerlei Geräusche vernehmen konnte, entschloss er sich, die Tür aufzubrechen. Mit einer Eisenstange, die er in den Ruinen der Nervenklinik fand, stemmte er das Schloss der massiven Holztür auf und stieß einen verblüfften Laut aus.

ICH BIN PAN.
ICH BIN DEINE GATTIN,
ICH BIN DEIN MANN,
ZIEGE DEINER HERDE,
ICH BIN GOLD,
ICH BIN GOTT,
FLEISCH AUF DEINEM BEIN,
BLUME AUF DEINER RUTE.

Er stand in einem eleganten Art-déco-Saal. Boden und Wände aus schwarzem, glänzendem Marmor, dazwischen eingearbeitete okkulte Symbole aus rotem Marmor. An den Seiten hielten zwei nackte Satansstatuen aus dunkler Bronze Wache. Beide Statuen hatten sowohl Brüste wie auch Penisse, monströs und erigiert. Die eine Figur zertrat mit ihren Bocksfüßen ein Kreuz, die andere hielt eine Art brennenden Speer oder eine Fackel. In der Mitte des Saals erhob sich wuchtig und kathedralengleich ein düsterer Altar aus schwarzem, poliertem Holz. An den Seiten war er mit Darstellungen von gehörnten Fabelwesen verziert. Und auf der freien Wand über diesem Altar glühten in goldenen Lettern auf blutrotem Grund jene lüsternen, gotteslästerlichen Worte, die Bühler gleich bei seinem Eintreten in die Augen gesprungen waren. Darunter war ein vergilbtes Schwarzweißfoto angebracht worden, das Aleister Crowley in herrischer Pose und mit Kaftan und Turban bekleidet auf einem Diwan zeigte.

Bühler atmete kurz durch und sah sich um. Immer noch kein Laut zu hören. Zu beiden Seiten des Saals führten Türen in die benachbarten Räume. Er zog erneut seine Waffe und nahm sich als Erstes den linken Raum vor.

Dieser Saal wirkte wesentlich schlichter und war nur spärlich im Stil der Zwanzigerjahre möbliert. Im schwachen Tageslicht, das durch die offene Vordertür hereindrang, konnte Bühler erkennen, dass die Wände üppig mit Symbolen, weiteren Sprüchen und pornografischen Szenen bemalt waren. Menschen und Tiere, die sich gegenseitig begatteten. Oder zerfleischten. Oder beides.

Bühler hielt sich nicht lange mit Studien der Wandgemälde auf und durchsuchte rasch die weiteren Räume. Er stieß auf keinerlei Schlafräume, Bäder oder eine Küche, sondern nur auf ähnliche Säle mit Mobiliar aus den Zwanzigerjahren. Bühler konnte sich nicht vorstellen, dass hier jemand gewohnt hatte. Die ganze Einrichtung deutete eher auf eine Art Versammlungsort hin. Ein Versammlungsort für eine okkulte Sekte, vermutete Bühler. Das beunruhigte ihn kaum. Er suchte weiter nach dem Serverraum und fand ihn schließlich im hinteren Teil des Gebäudes. Die Metallregale mit den Einschüben für die Speichermodule waren leer. Kabel hingen wie abgerissene Blutgefäße heraus. Nur die rote Leuchtdiode eines vergessenen Netzteils lachte ihn aus. Leise fluchend durchsuchte er das Gebäude weiter, bis er auf der Seite, die zum Kanal lag, einen Kellerabgang entdeckte. Ein weiteres Mal lauschte Bühler nach Geräuschen von draußen. Doch außer dem fernen Tuckern eines Bootsdiesels blieb alles ruhig.

Die Kellertreppe führte steil abwärts ins Dunkel. Bühler verfluchte sich, dass er keine Taschenlampe mitgenommen hatte und nutzte das Display seines Mobiltelefons als Lichtquelle. Der Keller war überraschend tief. Er vermutete, dass er ursprünglich zu einem wesentlich älteren Gebäude gehört hatte, an dessen Stelle später dieser Klinikkomplex errichtet worden war.

Als er den Boden endlich erreichte, spürte Bühler einen kühlen Luftzug, der ihn vermuten ließ, dass es eine Lüftung geben musste. Der Boden bestand aus gestampfter Erde und verströmte einen widerlichen Geruch nach Fäulnis. Im fahlen Licht seines Handydisplays durchsuchte Bühler hastig den Keller. Kein guter Ort, um sich länger als nötig aufzuhalten. Er erkannte nicht viel. An den Wänden drängten sich einfache Regale, in denen sich irgendwelche Gefäße stapelten. Beim näheren Hinsehen erkannte Bühler, dass es sich um Urnen handelte, die wieder mit okkulten und satanistischen Symbolen verziert waren. Bühler verzichtete darauf, einen Blick in diese Urnen zu werfen, und beschloss, später noch bei der venezianischen Polizei vorbeizuschauen und ihnen einen Tipp zu geben, obwohl das ursprünglich gar nicht seine Absicht gewesen war. Er nahm den Gang, der von diesem Lager abging, und stieß schließlich auf einen Raum, dessen Mitte von einem wuchtigen, runden Stein beherrscht wurde, abgeflacht wie ein Tisch, mit eingeritzten Pentagrammen und Schriftzeichen, die Bühler noch nie zuvor gesehen hatte. Eine Art Altar, vermutete er. Offenbar waren in diesem Raum noch vor kurzem okkulte Rituale abgehalten worden, denn Bühler entdeckte dunkle Flecken auf dem Stein, von denen einige noch glänzten. Urs Bühler hatte genug Blut in seinem Leben gesehen, um zu erkennen, um was es sich handelte. Er konnte den süßlich-muffigen Geruch gerinnenden Blutes wahrnehmen und bemerkte nun auch, dass der Boden, auf dem er stand, weich war, fast matschig. Bühler leuchte auf den Boden und musste gegen den Brechreiz ankämpfen. Er stand in einem Matsch aus Lehm und Blut.

Er widerstand dem Impuls, sofort zurück nach oben zu stürzen, denn im Dunkel neben dem flachen Stein entdeckte er plötzlich eine Gestalt. Gefesselt, regungslos, einen Sack über den Kopf gezogen. Aber sie lebte. Bühler konnte durch die Dunkelheit ihr ersticktes, verzweifeltes Keuchen hören. Bühler reagierte rasch und professionell wie bei einem Einsatz. Noch schützte ihn das Adrenalin in seinem Körper vor dem Schock und dem Grauen dieses Ortes. Aber nicht mehr lange. Irgendwann hatte ihn der Schock noch nach jedem Einsatz eingeholt. Ohne weiter zu zögern trat Bühler daher zu der Gestalt neben dem Opferstein – denn für ihn bestand kein Zweifel mehr, welchem Zweck der Stein diente – und zog ihr den Sack vom Kopf. Als er ihr mit seinem Handy ins Gesicht leuchtete, stieß er einen stöhnenden Laut aus, in dem alle Verzweiflung der Welt lag. Vor ihm lag, geknebelt und furchtbar misshandelt, der einzige Mensch, der ihm überhaupt irgendetwas bedeutete.

Seine Schwester.

# LIII

*15. Mai 2011, Ile de Cuivre, Mittelmeer*

*Saß und schlief, saß und schlief. Armes Häschen bist du krank, dass du nicht mehr laufen kannst ...*

Die Befriedigung, alles gegeben zu haben.

Das Staunen über die Einfachheit des Alltags.

Schmerzliches Vermissen eines geliebten Menschen, der verstorben ist.

Peter sah sich in dem Zimmer um, in dem er erwacht war. Ein Krankenzimmer, wie es schien. Weiß getüncht, raue Wände, ein Waschbecken, ein gerahmter Kunstdruck: Noldes *Mohnblumen*. Über ihm ein Fenster, das einen freundlichen Himmel rahmte.

*Wie lange liegst du hier schon so?*

Von draußen hörte er die Wellen. Freundliche Wellen. So freundlich wie alles hier, dass man einfach weinen mochte. Freundlich und vertraut. Ein Ort an dem man bleiben konnte. Für immer bleiben.

*Bist du das?*

Peter bewegte vorsichtig die Zehen, die Füße, die Beine und dann die Arme. Kleine Inventur. Aber alles noch da. Nicht zu schwer, nicht zu leicht, gerade richtig. Er lag unter einer weißen Decke auf einem Krankenbett, auf dem kleinen Metallschränkchen neben ihm stand eine Flasche Mineralwasser und eine kleine Vase mit lila Astern. Die Mineralwasserflasche erinnerte Peter daran, wie durstig er war, also richtete er sich ein wenig auf und trank gierig die halbe Flasche aus. Er registrierte, dass er nur einen schlichten Krankenhauskittel trug. Dann setzte er seine kleine Inventur fort. Eine Frage drängte sich auf.

*Wo bist du?*

Keine beunruhigende Frage im Augenblick, reines Interesse.
*Was hast du geträumt?*
Daran erinnerte er sich nicht mehr. Nur an dunkle Bilder voller Schrecken. Aber der Schrecken war verdunstet wie Frühnebel im Mai, ohne irgendetwas anderes zurückzulassen als die Erleichterung, dem Unheil noch einmal entronnen zu sein. Alles gut.
*Alles gut. Alles gut. Alles gut.*
Er lauschte dem Rauschen seines Blutes in den Ohren, als könne sein Blutkreislauf ihm noch mehr über seinen augenblicklichen Zustand zuraunen. Etwas irritierte ihn. Ein leichtes Jucken auf der Haut. Nicht schlimm, aber hartnäckig. Er kratzte sich. Noch eine Stelle. Mit jedem Kratzen verlagerte sich das Jucken und breitete sich aus wie Eisblumen an einer Fensterscheibe. Nicht unangenehm. Noch nicht. Aber irgendwie doch beunruhigend. Peter beschloss, mit dem Kratzen aufzuhören und das Jucken zu ignorieren.
*Konzentrier dich auf etwas anderes. Auf ... deinen Namen. Wie heißt du? Na los.*
Keine Ahnung. Der Name klemmte irgendwo in seiner Erinnerung. Peter schüttelte den Kopf, richtete sich etwas auf, strengte sich an.
*... Peter. Peter Adam.*
Erleichtert trank er noch einen Schluck Wasser. Dann der nächste Schritt.
*Was ist passiert? Wieso liegst du hier?*
Mit einem Mal erinnerte er sich wieder an seinen Traum. An eine Nonne, die er geküsst hatte, an eine große Wohnung mit einem Amulett. An Lorettas Leiche. An eine Insel in der Nacht, einen Fallschirm. Mönche. Ein großer Stein mit Pentagrammen.
Ein Symbol.
Noch etwas wackelig auf den Beinen stieg Peter auf das kleine Metallschränkchen und sah aus dem Fenster. Das Meer. Felsen unter ihm, gegen die die Brandung schäumte. Die

Mauer des Gebäudes, das sich zu beiden Seiten des Fensters erstreckte.

*Die Kupferinsel.*

Ein Geräusch ließ ihn herumfahren. Die Tür gegenüber ging auf, und ein älterer Mann in einem weißen Kittel trat ein. Ein freundliches Gesicht, fließende Bewegungen, die jede unnötige Geste vermieden, Augen, die ihn voller Interesse musterten. Auf der Brusttasche des Kittels erkannte Peter ein vertrautes Kreissymbol.

»Guten Morgen, Peter. Wie geht es Ihnen?«

Hastig stieg Peter wieder von dem Schränkchen und setzte sich aufs Bett.

»Gut. Danke. Wo sind meine Sachen?«

Der Arzt setzt sich zu ihm auf die Bettkante und schien Peters kleine Turnübung am Fenster zu ignorieren. »Ihre Kleidung wird gerade gereinigt. Haben Sie geschlafen?«

»Ich glaube ja. Wer sind Sie?«

»Aber Sie kennen mich doch, Peter. Ich bin Dr. Creutzfeldt. Wir kennen uns schon seit einem Jahr. Seit Sie hier eingeliefert wurden.«

»Ich bin schon seit einem Jahr hier in diesem Zimmer?«

Der Arzt, der Creutzfeldt hieß, lächelte ihn milde an. »Eins nach dem anderen. Sie haben viel durchgemacht.«

»*Was* habe ich durchgemacht?«, fragte Peter. »Was ist das hier für ein Krankenhaus?«

Creutzfeldt sah Peter ernst an. »Sie sind hier in einer psychiatrischen Einrichtung. Sie brauchen Hilfe. Hier, nehmen Sie die.«

Creutzfeldt reichte ihm einen kleinen Plastikbecher mit zwei Tabletten.

Peter rührte den Becher mit den Tabletten nicht an. »Warum brauche ich Hilfe?«

Creutzfeldt räusperte sich. »Weil Sie krank sind, Peter, sehr krank. Sie haben Ihre Frau getötet. Sie wurden wegen Mordes verurteilt, aber man hat Ihre Krankheit berücksichtigt und Sie hier bei uns untergebracht. Sie müssen sich keine Sorgen machen, alles ist gut.«

»Alles ist gut«, wiederholte Peter mechanisch, ohne es jedoch zu glauben.

*Verdammt, nichts ist gut!*

»Ganz genau, Peter. Alles ist gut. Wir haben uns große Sorgen um Sie gemacht, aber nun ist alles wieder gut.«

»Warum haben Sie sich Sorgen um mich gemacht?«

»Das besprechen wir bald. Im Augenblick sollten Sie noch ruhen. Nehmen Sie Ihre Tabletten.«

Creutzfeldt erhob sich, aber Peter ergriff blitzschnell seinen Arm und hielt ihn zurück.

»Was ist passiert? Warum bin ich hier? Was ist das für ein Symbol auf Ihrem Kittel?«

Creutzfeldt seufzte und sah Peter weiterhin ernst an. »Das Symbol ist nur das Logo unserer Einrichtung. Sie haben sich allerdings sehr davor gefürchtet.«

»Warum?«

»Als Sie vor einem Jahr hier eingeliefert wurden, hatten Sie schlimme Wahnvorstellungen, Peter. Sie glaubten, von Dämonen besessen zu sein, die Sie angeblich zwangen, die katholische Kirche zu vernichten. Stattdessen haben Sie Ihre Frau getötet.«

»Ellen.«

»Ja, Ellen. Erinnern Sie sich an Ihre Frau?«

»Wir waren in Turkmenistan. Edward Kelly hat sie getötet.«

»Nein, Peter. *Sie* haben sie getötet. Die Dämonen hatten es Ihnen befohlen. Genauso wie sie Ihnen befohlen haben, Ihre Kollegin Loretta Hooper zu töten.«

Das seltsame Jucken kehrte zurück, vermischte sich mit der Beunruhigung zu einer Kruste, die nun seinen ganzen Körper bedeckte und ihm allmählich die Luft abschnürte. Er sah Lorettas Leiche aus seinem Traum vor sich in ihrem eigenen Blut.

»Moment mal. Das ... das passt nicht zusammen. Ellen ist vor einem Jahr gestorben und Loretta erst vor einigen Tagen. Wie kann das sein, wenn ich angeblich hier schon ein Jahr liege?«

»Darüber sprechen wir bald. Sie sollten jetzt Ihre Tabletten nehmen.«

»Ich werde gar nichts nehmen. Ich will eine Antwort. Jetzt!«

Creutzfeldt sah zur Tür, als warte dahinter jemand auf ihn. Dann baute er sich vor Peter auf und reichte ihm erneut den Plastikbecher mit den Tabletten. Er wirkte jetzt streng.

»Nehmen Sie Ihr Medikament, dann kriegen Sie Ihre Antwort.«

Peter überlegte kurz, griff dann nach dem Becherchen, schluckte die beiden Tabletten und spülte mit Wasser nach.

Creutzfeldt nickte zufrieden.

»Ehrlich gesagt, sind wir mit unseren Standardverfahren bei Ihnen an unsere Grenzen gestoßen. Wir hätten Sie natürlich ständig unter Medikamente stellen können, aber das ist erstens kein Leben und entspricht auch nicht unserer Ethik. Aber Sie haben es uns wirklich nicht leicht gemacht. Sie haben Patienten angegriffen. Ja, machen Sie nicht so ein Gesicht, Peter. Jedenfalls haben wir uns zu einer Art Experiment entschlossen, um Ihnen zu helfen. Wir haben Sie zwei Wochen lang in Ihrer alten Umwelt begleitet.«

»Wer ist wir?«

»Meine Mitarbeiter und ich. Ärzte, Pfleger, Sie kennen sie alle. Wir haben zusammen in einem Hotel in Rom gewohnt. Ich dachte, das würde Sie vielleicht ein wenig in die Realität zurückholen. Aber leider ist etwas dazwischengekommen, was niemand vorhersehen konnte: Der Papst trat zurück. Das hat Sie vollkommen aus der Bahn geworfen. Sie haben daraufhin eine ungeheure Aktivität entfaltet, haben den ganzen Tag in Ihrem Hotelzimmer geschrieben und wilde Verschwörungstheorien entwickelt. Eines Abends waren Sie verschwunden. Sie sind uns einfach entwischt. Als wir Sie am nächsten Tag an der vatikanischen Mauer glücklich wiederfanden, behaupteten Sie, in die Wohnung des Papstes eingedrungen zu sein und von dort etwas mitgenommen zu haben. Etwas, das angeblich eine große Gefahr für die Menschheit bedeute. Sie wollten aber partout nicht sagen, um was es sich dabei handelte. Sie hatten einen erneuten psychotischen Schub, Peter. Sie waren vollkommen verwirrt, haben wieder davon gesprochen, von Dämonen besessen zu sein. Sie haben auch behauptet, Ihre Kollegin Loretta Hooper getötet zu haben. Keine Sorge, Sie ist zum Glück wohlauf. Ich sage Ihnen das so offen, weil Sie Ihre Tabletten bereits genommen haben. Wir stehen leider wieder am Anfang, Peter.«

Langsam, quälend langsam kehrte die Erinnerung zurück. An die Insel in der Nacht, an einen Fallschirmabsprung, an eine Halle, in der Mönche ein okkultes Ritual zelebrierten.

*Kelly.*

Er erinnerte sich wieder an den schmutzigen und wahnsinnigen Mann, den man in diesen Raum hineingeführt hatte wie ein Tier und der in einer fremdartigen Sprache gesprochen hatte. Einer Sprache, die Peter seltsam vertraut gewesen war.

»Ich glaube Ihnen kein Wort«, erklärte Peter. »Was für eine Psychiatrie soll das hier sein? Sie halten mich auf einer Insel fest, auf der okkulte Rituale zelebriert werden. Ich habe es gestern mit eigenen Augen gesehen, nachdem ich mit dem Fallschirm gelandet war.«

Creutzfeldt blickte Peter mitfühlend an. »Ich sage ja, dass wir wieder am Anfang stehen. Weder sind Sie hier mit dem Fallschirm gelandet, noch werden hier irgendwelche Rituale abgehalten. Wahr ist, dass diese Einrichtung auf einer Insel untergebracht ist. Genauer gesagt, die Ile de Cuivre vor der französischen Mittelmeerküste. Aber das muss Sie nicht beunruhigen.«

»Wo ist Kelly? Ich will mit ihm sprechen.«

»Das ist keine gute Idee. Mr. Kelly fürchtet sich vor Ihnen, Peter, und das ist auch kein Wunder. Sie haben wiederholt versucht, ihn zu töten.« Creutzfeldt wandte sich endgültig ab.

»Ruhen Sie sich aus. Ich werde später noch einmal nach Ihnen sehen.«

An der Tür hielt der Arzt jedoch noch einmal inne. »Nur aus Interesse, Peter. Was haben Sie in der Papstwohnung gefunden?«

Peter sah Creutzfeldt an. »Nichts.«

Creutzfeldt schien die Antwort erwartet zu haben. Er nickte und verließ das Zimmer. Peter hörte, wie die Tür verschlossen wurde. In der gleichen Sekunde sprang er aus dem Bett, trat an das Waschbecken an der Wand und steckte sich einen Finger so weit es ging in den Hals. Unter Krämpfen erbrach er sich und untersuchte sein Erbrochenes, bis er erleichtert die beiden fast noch intakten Tabletten entdeckte. Anschließend trank er das Mineralwasser aus, stellte sich in die Mitte des Raumes und machte ein paar Gymnastikübungen. Nach einigen Minuten war er schweißüberströmt und erschöpft, aber er fühlte sich bedeutend besser. Wacher. Es wurde Zeit, herauszufinden, wo er war. Und warum.

*Maria.*

Er sah ihr Bild vor sich. Maria in ihrer Nonnentracht. Maria in Jeans. Maria, die das Amulett in der Hand hielt, das er Creutzfeldt verschwiegen hatte. Maria und Don Luigi. Maria in der Bibliothek von Montpellier. Der Pan vor der Bibliothek.

*Der verdammte Pan.*

Mit dem Bild von Maria kehrte die Erinnerung an die Wärme ihrer Lippen zurück. Wirklicher und greifbarer als er selbst. Das Gefühl beschlich ihn, nicht viel Zeit zu haben, bis Creutzfeldt zurückkommen und ihn erneut nach dem Amulett fragen würde. Doch gleichzeitig beschlich ihn auch ein Gedanke, der sich hartnäckig festsetzte.

*Was, wenn Creutzfeldt recht hat? Was, wenn ich wirklich verrückt bin? Bin ich nur ein paranoider Mörder?*

Peter hockte sich verzweifelt aufs Bett und versuchte, seine Gedanken zu ordnen. Nicht leicht. Die Gedanken entglitten ihm, bevor er sie halten und wie kleine Labortiere untersuchen konnte. Also schränkte er seine Untersuchung auf die einfache Frage ein, ob er diesem Creutzfeldt vertraute, den er nie zuvor gesehen hatte.

*Nein.*

Selbst wenn alles, was er für reale Erinnerungen hielt, nur paranoide Bilder waren, müsste darin doch auch ein Arzt namens Creutzfeldt auftauchen. Aber keine einzige Erinnerung, keines der albtraumhaften Bilder, die ihn heimsuchten, trug ein Etikett mit diesem Namen.

Daraus ergab sich eine Reihe von Schlüssen.

*Erstens: Du bist nicht verrückt.*

*Zweitens: All deine Erinnerungen sind wahr und real.*

*Drittens: Du bist in Gefahr. Sie halten dich hier gefangen und pumpen dich voll mit Drogen, aus welchem Grund auch immer.*

*Viertens: Du musst fliehen. Und zwar so schnell wie möglich.*

*Fünftens: Doch zuvor musst du Edward Kelly finden.*

# LIV

*15. Mai 2011, Poveglia, Lagune von Venedig*

Leonie! Mein Gott, Leonie!«

Sie schien ihn nicht zu erkennen, starrte ihn nur voller Entsetzen an. Seine kleine Schwester Leonie. Nur wenige Menschen in Bühlers Umgebung wussten überhaupt, dass er eine Schwester hatte, acht Jahre jünger, das Nesthäkchen seiner Eltern. Und klein war sie immer geblieben, fast winzig. Winzig und schutzbedürftig, denn ein kleiner Chromosomenfehler hatte vor vierzig Jahren über das Schicksal ihres Lebens entschieden. Trotz der Trisomie-21 war Leonie jedoch immer ein fröhlicher Mensch geblieben, der in keiner Weise unter seinem Schicksal zu leiden schien. Nach dem Tod ihrer Eltern hatte Bühler sie zu sich nach Rom holen wollen, doch Leonie hatte sich stur geweigert, die Schweiz zu verlassen. Also hatte er sie schweren Herzens in eine Einrichtung für betreutes Wohnen gegeben, die als die beste in der Gegend galt – auch wenn es ihn fast die Hälfte seines Gehaltes kostete. Für Leonie war ihm nie etwas zu viel gewesen. Jeden Urlaub hatte er in den vergangenen Jahren mit ihr verbracht. Jede Woche telefonierte er ausgiebig mit ihr. Mit seiner kleinen Schwester Leonie, die nun gekrümmt und vor Angst zitternd auf einem blutbefleckten Stein lag.

»Ganz ruhig, Leonie! Schschsch! Ganz ruhig! Ich bin es doch, der Urs! Schschsch!«

Ohne noch an irgendetwas anderes denken zu können, nahm Bühler seine Schwester in die Arme und versuchte vorsichtig, ihre Fesseln zu lösen. Sie rührte sich immer noch nicht. Bühler strich ihr die blutverklebten Haare aus der Stirn und stöhnte, als er weitere Blutergüsse in ihrem Gesicht erkannte. Vorsichtig hob er sie hoch und trug sie aus dem Keller. Sie war ganz leicht, er konnte sie fast auf einem Arm tragen.

»Halt dich an mir fest, Leonie. Kannst du das? Halt dich fest, ich bring dich nach Hause.«

»Ursli!«, wisperte sie, als er sie hochhob.

»Ja, ich bin's, der Ursli. Ich bin bei dir, meine Sonne.«

»Ich bin die Sonne!«, weinte sie.

»Ja, du bist die Sonne.«

»Die Männer haben mir wehgetan.«

Bühler kämpfte gegen die Verzweiflung und die Tränen an, als er die zaghafte Stimme seiner misshandelten Schwester hörte. Der Schmerz beim Anblick ihres geschwollenen Gesichts und der Schnittwunden an ihrem Körper ließ ihn aufstöhnen und raubte ihm fast den Atem. Alle Kraft. Aber er wusste, dass er klar denken musste. Was auch immer hier passiert war – es war noch nicht zu Ende. Bühler hielt Leonie im linken Arm. Mit der freien Hand zog er seine Waffe aus dem Holster und entsicherte sie. Denn wer auch immer Leonie das angetan hatte – er würde oben auf sie warten.

Mit Leonie in den Armen verließ er den furchtbaren Opferraum, durchquerte den Keller mit den Regalen und stapfte vorsichtig die Treppe hinauf. Immer noch kein Laut zu hören, nur Leonies leises Wimmern.

»Schschsch, meine Sonne. Ganz ruhig. Du musst jetzt ganz leise sein.«

Er wusste, dass er mit Leonie auf dem Arm nicht beweglich genug war. Falls es hart auf hart kam, würde er sie fallen lassen müssen, um schießen zu können. Entschlossen und die entsicherte Waffe schussbereit trat Bühler aus dem Keller in das Erdgeschoss des Gebäudes.

Niemand zu sehen.

Bühler durchquerte vorsichtig die Küche und erreichte den angrenzenden Salon. Er legte Leonie auf einen Diwan am Fenster und griff nach seinem Mobiltelefon.

»Willkommen im Tempel von Equinox, Herr Bühler.«

Bühler wirbelte herum und erkannte drei Gestalten, die hinter ihm lautlos den Salon betreten hatten. Sie trugen Mönchskutten mit Kapuzen, ihre Gesichter waren nicht zu erkennen. Zwei der Gestalten zielten mit Pistolen auf ihn.

Sofort richtete Bühler seine Waffe auf die drei Männer. Unbändiger Hass durchflutete ihn.

»Denken Sie nicht einmal daran, Herr Bühler«, sagte der Unbewaffnete. »Oder Ihre Schwester stirbt gleich hier vor Ihren Augen.«

Einer der Mönche zielte jetzt auf Leonie. Als Leonie die drei Mönche sah, krümmte sie sich wieder zusammen und wimmerte verzweifelt.

»Wer sind Sie?«, keuchte Bühler. »Warum haben Sie meiner Schwester das angetan?«

»Solange Sie sich kooperativ verhalten, wird ihr nichts mehr geschehen. Legen Sie Ihre Waffe weg, dann erkläre ich Ihnen, was wir von Ihnen erwarten.«

»Maul halten!«, brüllte Bühler, ohne die Waffe zu senken und stellte sich schützend vor Leonie. »Keinen Schritt weiter oder ich lege Sie um.«

Der dritte Mönch setzte sich seelenruhig in einen der Sessel, während die beiden anderen auf ein Zeichen von ihm hin ihre Positionen im Raum einnahmen. Bühler versuchte vergeblich, das Gesicht des Mannes zu erkennen, aber er trug eine Art Maske.

»Glauben Sie wirklich, dass Sie eine Chance haben, Oberst Bühler?«, fuhr der Mann im Sessel gelassen fort. »Sie sehen doch, dass wir Sie erwartet haben.«

Zwei weitere bewaffnete Mönche erschienen in der gegenüberliegenden Tür und näherten sich Bühler und seiner Schwester langsam. Es wurde eng.

»Stehen bleiben, sage ich.«

Auf einen Wink des Mannes im Sessel hielten die Mönche inne.

Bühler zielte weiter auf den Mann. »Vielleicht komme ich hier nicht mehr lebend raus. Aber Sie nehme ich noch mit in die Hölle.«

»Bestimmt würden Sie das. Ihr Hass gefällt mir. Wir werden ihn noch brauchen. Aber wer soll Leonie schützen, wenn Sie tot sind?«

Der Mann zeigte keinerlei Furcht.

»Wer zum Teufel sind Sie?«

»Nennen Sie mich einfach Seth. Und nun legen Sie die Waffe weg.«

Bühler war Soldat. Er war bereit, sein Leben für den Papst zu geben, und er war bereit, sich für Leonie zu opfern. Aber er besaß genug Erfahrung, um zu verstehen, wann das Spiel aus war. Er warf noch einen Blick auf Leonie auf dem Diwan, dann ließ er langsam die Waffe sinken, sicherte sie und legte sie auf dem gekachelten Boden ab.

»Schieben Sie sie mit dem Fuß zu mir rüber.«

Bühler gehorchte, und die SIG schlidderte über die Kacheln auf den Mann zu, der sich Seth nannte. Seth gab ein kaum wahrnehmbares Zeichen mit einem Finger. Daraufhin nahm einer der Mönche die Waffe und trat wieder auf seine Position zurück.

»Setzen Sie sich, Oberst Bühler.«

Bühler setzte sich neben Leonie auf den Diwan und nahm sie schützend in den Arm. »Ganz ruhig, kleine Sonne«, flüsterte er ihr zu. »Ursli ist ja bei dir.«

»Die Männer! Sag ihnen, sie sollen mir nicht wieder wehtun.«

»Niemand wird dir wehtun, solange ich bei dir bin, meine Sonne.«

»Wir beobachten Sie schon eine Weile, Oberst Bühler«, begann Seth wieder. »Sie sind genau der Mann, den wir brauchen.«

»Wer sind Sie?«, knurrte Bühler voller Hass dazwischen. »Sind Sie Aleister Crowley?«

»Vergessen Sie diesen Namen, Bühler. Vergessen Sie überhaupt sämtliche Ermittlungen, die Sie inzwischen angestellt haben. Ich vertrete eine Organisation, die mächtiger ist, als Sie es sich vorstellen können.«

»Eine Organisation, die kunstlose Pornografie an Wände schmiert und den Satan beschwört? Wissen Sie was? Für mich sind Sie einfach irre.«

»Sie sollten sich nicht von Äußerlichkeiten täuschen lassen. Denken Sie einfach nur an Leonie.«

»Was hat Leonie damit zu tun? Warum mussten Sie sie entführen und so misshandeln?«

»Eine notwendige Maßnahme, um Ihnen die Ernsthaftigkeit meiner Absichten vor Augen zu führen.«

Ein furchtbarer Gedanke durchzuckte Bühler plötzlich.

»Was ist mit Leonies Freunden und den Betreuern in der Einrichtung?«

»Sie sind tot. Leonie hat jetzt nur noch Sie.«

»Alle tot«, wimmerte Leonie in Bühlers Armen. »Alle tot.«

»Was wollen Sie von mir?«, fragte Bühler rau.

»Endlich ein vernünftiges Wort. Nun, Ihre uneingeschränkte Kooperation, Oberst Bühler.«

»Wofür?«

»Für eine Operation, die Ihnen als Soldat nicht schwerfallen wird. Mehr müssen Sie im Augenblick nicht wissen.«

»Wen muss ich töten? Den neuen Papst? Oder den alten?«

»Geduld, Oberst Bühler. Sie werden es erfahren.«

»Steckt Peter Adam dahinter?«

Seth lachte leise. »Machen Sie sich nicht lächerlich, Bühler. Überhaupt sollten Sie ab sofort jegliches Nachdenken über die Hintergründe der Operation vollkommen einstellen, wenn Sie Ihre Schwester je lebend wiedersehen wollen. Sie gehören jetzt mir. Das haben Sie bereits akzeptiert. Sie hätten hier zusammen mit Ihrer Schwester sterben können, aber Sie haben es vorgezogen, zu leben und den Preis dafür zu bezahlen. Daran sollten Sie ab sofort immer denken.«

»Sterben ist immer eine Option«, widersprach Bühler. »Wer garantiert mir, dass Sie Leonie nichts mehr antun?«

»Ich gebe Ihnen mein Wort«, sagte Seth. »Sollten Sie die Mission nicht überleben, werde ich persönlich die beste Einrichtung in der Schweiz für Leonie aussuchen. Sie ist doch die Sonne.«

»Halten Sie Ihr verdammtes Maul!«, stöhnte Bühler. »Ich glaube Ihnen kein Wort. Aber ich schwöre Ihnen, dass ich Sie finden und töten werde, wenn Sie Leonie nur noch ein Haar krümmen.«

»Natürlich.« Seth erhob sich brüsk aus seinem Sessel. »Ich lasse Sie jetzt noch fünf Minuten mit Leonie allein. Dann müssen Sie los.«

Seth und die bewaffneten Mönche zogen sich zurück. Bühler hörte ihre Schritte in den angrenzenden Salons. Ein kurzer, heftiger Gedanke an Flucht überschwemmte ihn. Einfach durch das Fenster mit Leonie abhauen. Aber er wusste es besser. Er befand sich auf einer Insel, die vermutlich vollständig von Seths Leuten kontrolliert wurde. Also konzentrierte sich Bühler lieber auf seine Schwester und die vielleicht letzten Minuten mit ihr.

Er umarmte Leonie, strich ihr über das Haar und flüsterte ihr beruhigende Worte zu. Geschichten von Mama und Papa, von der Sonne und der Schneekönigin. Wie er ihr Schwimmen beigebracht hatte. Wie sie ihren ersten Hund gestreichelt hatte. Wie sie beide den Stall ausgemistet hatten im letzten Urlaub und er auf dem Mist ausgerutscht war. Wie sehr er sie liebte. Er, Oberst Bühler, Kommandant der Schweizergarde, ehemaliger Fremdenlegionär und Soldat. Neunzig Kilogramm durchtrainierte Härte gegen sich selbst und die Welt. Ein Mann, der den Tod so kühl hatte zu sich kommen sehen wie zu anderen. Und der nun gebrochen mit seiner Schwester auf einem Diwan saß und heulte wie ein Kind.

»Nicht weinen, Ursli. Bin doch da!«

»Ich weine gar nicht, meine Sonne. Ich freue mich nur.«

»Warum freust du dich?«

»Weil du so schön bist.«

»Ich bin die Sonne.«

»Ja, das bist du.«

Fünf Minuten. Eine Ewigkeit. Ein Wimpernschlag. Leonie weinte, als zwei Mönche sie wieder fortführten. Es brach ihm das Herz.

»Ursli! Die Männer wollen mir wieder wehtun!«

»Nein, sie werden dir nicht mehr wehtun!«, rief Bühler ihr unter Tränen nach. »Ich verspreche, ich bin bald wieder bei dir, meine Sonne!«

Seth reichte Bühler ein Handy. »Lassen Sie es immer eingeschaltet. Ich werde Sie bald anrufen. Und bedenken Sie, dass ich Sie finden werde, wo auch immer Sie sind. Sie sollten meine Möglichkeiten niemals unterschätzen.«

Bühler versuchte, das Gesicht des Mannes unter der Kapuze zu erkennen, doch Seths Maske ließ nicht mehr erahnen, als dass er ein alter Mann sein musste.

»Ich will regelmäßig mit meiner Schwester sprechen, ob es ihr gut geht, haben Sie verstanden?«

»Sie sind nicht gerade in der Position, um Bedingungen zu stellen, Oberst Bühler.«

»So wird es laufen«, erklärte Bühler. »Und wenn alles vorbei ist, werde ich Sie töten.«

»Sie sollten sich nicht zu viele Illusionen über Ihr eigenes Überleben in dieser Angelegenheit machen, Oberst Bühler.«

# LV

Von: creutzfeldt@ordislux.np
An: master@ordislux.np
15. Mai 2011 11:04:33 GMT+01:00
Betr.: Status

Meister!

P.A. ist wach und orientiert, Werte stabil. Verhält sich jedoch unkooperativ bei der Frage nach dem Relikt und verweigerte, wie die Überwachungskamera zeigte, nach der Visite die Medikation.
   Erbitte weitere Anweisungen.

Im Lichte mit Euch.

Creutzfeldt

---

Von: master@ordislux.np
An: creutzfeldt@ordislux.np
15. Mai 2011 11:32:01 GMT+01:00
Betr.: RE: Status

P.A. ist vorläufig nur einer leichten Behandlung zu unterziehen. Angelegenheit in P. ist erledigt. Erwarten Sie mein Eintreffen am Abend.

S.

*15. Mai 2011, Ile de Cuivre, Mittelmeer*

Der Himmel vor seinem Fenster leuchtete immer noch unerschütterlich freundlich in das kleine Zimmer, als sie ihn abholten. Dr. Creutzfeldt, ebenso unerschütterlich milde wie der Himmel draußen, erschien mit zwei Pflegern in Weiß.
»Bitte stehen Sie auf, Peter.«
Peter rührte sich nicht. »Warum?«
Statt zu antworten ergriffen ihn die beiden kräftigen Pfleger, hoben ihn aus dem Bett und stellten ihn auf die Beine. Peter wehrte sich, doch die Pfleger packten ihn mit geübten Griffen.
»Wo bringen Sie mich hin?«
»Zur Behandlung.«
Sofort ergriff ihn die Panik. Mit aller Kraft und Verzweiflung wand er sich in dem Griff der beiden Pfleger.
»Keine Sorge, Peter, es wird nicht wehtun«, erklärte Dr. Creutzfeldt und ging voraus. »Sie machen es sich nur unnötig schwer.«
Sie führten ihn durch den langen, umlaufenden Flur, an den er sich noch erinnerte. Der gleiche Flur, die gleichen Türen.
»Wie viel Uhr ist es?«
Keine Antwort.
»Wie viele Patienten sind sonst noch hier untergebracht?«
»Im Moment nur Sie und Mr. Kelly.«
Sie führten ihn die gleiche Treppe hinab, die er auch am Abend zuvor genommen hatte. Im Erdgeschoss des Gebäudes brachten sie ihn in einen medizinischen Untersuchungsraum mit einem Stuhl in der Mitte. Ohne auf eine Aufforderung zu warten, drückten ihn die Pfleger in diesen Stuhl und schnallten ihn fest. Dr. Creutzfeldt zog eine Spritze auf.

Panik, dass gleich alles vorbei sein würde. »Bitte nicht!«, keuchte Peter. »Bitte!«

Creutzfeldt näherte sich ihm mit der Spritze. »Nur ein kleiner Pieks, Peter, dann werden Sie sich bedeutend besser fühlen. Entspannen Sie sich.«

Peter starrte auf die Spritze in Creutzfeldts Hand. Der Arzt klopfte ihm ein paar Mal leicht auf den Unterarm, dann setzte er ihm mit einer routinierten Bewegung die Injektion. Peter stöhnte auf und wartete auf die Agonie. Er sah, wie Creutzfeldt die Nadel wieder aus seinem Arm zog und ihm milde zulächelte.

»Wie geht es Ihnen?«

Peter schluckte krampfhaft gegen die Panik an. Etwas Heißes kroch durch seine Venen, breitete sich in ihm aus, kroch lautlos weiter hinauf wie eine Schlange auf Beutesuche und ergriff von seinem ganzen Körper Besitz.

Und dann – dann wurde auf einmal alles ganz leicht. Peter spürte eine angenehme Wärme in seinem Körper. Die Panik und auch das Jucken fielen von ihm ab, wie Puderzucker von einem Kuchen.

*Sandkuchen. Mohnkuchen. Nusskuchen. Donauwelle. Apfeltasche. Tumm, tumm, tumm.*

»Wie fühlen Sie sich?«

*Marzipanhörnchen. Vanillekipferl.*

»Gut.«

»Woran denken Sie gerade?«

»An Kuchen.«

»Kuchen! Das ist gut. Essen Sie gerne Kuchen, Peter?«

»Ja.«

»Hat Ihre Mutter oft Kuchen gebacken?«

»Ja.«

Alles war plötzlich ganz einfach. Einfache Fragen, einfache Antworten. Die Wahrheit war ein kleines Wort, ganz leicht auszusprechen. Ein Schlüssel, der perfekt in sein Schloss passte.

Die Lösung der Gleichung. Das Erwachen nach einem furchtbaren Traum.

»Das ist schön. Stellen Sie sich Kuchen vor. Welchen Kuchen essen Sie am liebsten?«

Die Wahrheit war ein freundliches Lächeln. Die Wahrheit war …

»Möhrentorte.«

»Das klingt gut. Mit den roten Marzipanmöhrchen oben drauf, nicht wahr?«

»Ja.«

»Stellen Sie sich vor, Sie haben Geburtstag, Peter. Es ist Ihr neunter Geburtstag.« Creutzfeldts Stimme von weit, weit weg.

*Wo ist er?*

»Können Sie sich das vorstellen, Peter?«

»Ja.«

»Es ist Sommer. Es ist warm. Ein perfekter Tag. Genau richtig, um Geburtstag zu haben. Die ganze Welt knistert und raschelt und will von Ihnen entdeckt und ausgepackt werden. Ihre Mutter hat einen Tisch im Garten gedeckt. Kein Plastikgeschirr, sondern das gute Porzellan, denn Sie sind ja jetzt neun, Sie sind kein kleines Kind mehr. Und in der Mitte der Tafel steht die Möhrentorte, die Sie sich gewünscht haben. Sie freuen sich schon darauf. Stellen Sie sich die Möhrentorte vor, Peter, so saftig und noch ein bisschen warm. Sie können es kaum erwarten, das erste Stück in den Kakao zu tunken, bis es sich ganz vollgesogen hat. Aber sie warten noch. Sie warten auf Ihre Freunde, die Sie eingeladen haben. Dies ist Ihr Tag, Peter. Sie sind neun Jahre, und die Welt ist ein großes Abenteuer. Da! Ihre Mutter ruft sie ins Haus. Der Papst ist gerade angekommen und hat ein Geschenk mitgebracht. Wie jedes Jahr. Doch heute, zu Ihrem neunten Geburtstag hat er Ihnen etwas ganz Besonderes mitgebracht, das wissen Sie. Sie laufen zurück ins Haus, aber Sie können den Papst nicht finden. Wo ist er? Sie suchen ihn. Sie suchen weiter und weiter. Wo finden Sie ihn?«

*Saß und schlief, saß und schlief ...*

Die Wahrheit war ein ruhiger Fluss durch einen schattigen Wald. Forellen, glitzernd im Sonnenlicht. Flirrende Blätter, sonnenbestäubt. Die Wahrheit war wie Licht. Man konnte einfach hindurchgehen und leuchten.

»In der Bibliothek.«

»Ja, in der Bibliothek. Da hat er sich versteckt. Er hat es ein wenig spannend gemacht. Er nimmt sie in die Arme und lacht. Jetzt sagt er, dass er Ihr Geschenk irgendwo in der Bibliothek versteckt hat. Sie müssen es nur noch finden. Suchen Sie, Peter. Na, los, suchen Sie Ihr Geschenk. Wo finden Sie es?«

*Armes Häschen, bist du krank, dass du nicht mehr laufen kannst?*

»Im Regal.«

»Natürlich. Im Regal. Wo genau im Regal?«

»In der Wand hinter dem Foto.«

»Und da finden Sie endlich Ihr Geschenk. Es ist eine große Schachtel, eingewickelt in weißes Papier mit einer gelben Schleife zu einem Kreuz gebunden. Ihr Geburtstagsgeschenk vom Papst. Nehmen Sie es in die Hand. Wie fühlt es sich an?«

»Leicht.«

»Ja, natürlich ist es leicht. Sie rütteln es ein wenig. Was hören Sie?«

»Es klackert.«

»Es klackert. Aber nun halten Sie es schon nicht mehr aus vor Neugierde. Sie reißen die gelbe Schleife und das weiße Papier ab. Sie öffnen die Schachtel. Öffnen Sie die Schachtel, Peter. Haben Sie die Schachtel geöffnet?«

»Ja.«

»Sagen Sie mir, was Sie in der Schachtel sehen, Peter. Was hat der Papst Ihnen geschenkt?«

Die Wahrheit. Die Wahrheit war ein Geschenk. Die Wahrheit war leicht wie fallende Blüten, die Wahrheit folgte einfach der Schwerkraft. Die Lüge dagegen war ein Stein, unendlich schwer und hart wie Kristall. Jedes Mal, wenn er versuchte, ihn anzuheben, zersplitterten seine Arme wie dünne Glasröhrchen. Die Wahrheit dagegen. Die Wahrheit brauchte man bloß aufzufangen. Man konnte sie einfach hochpusten. Ganz leicht.

»Was sehen Sie, Peter? Sagen Sie es mir. Es ist ganz leicht. Sie wollen es mir doch sagen. Es wird unser Geheimnis bleiben. Was ist in der Schachtel?«

»Per...gamente.«

»Was für Pergamente? Beschreiben Sie sie mir.«

Der Stein. Peter versuchte, ihn anzuheben. Er wollte es nicht. Er wollte den fallenden Blüten folgen, wollte es so sehr. Aber eine Stimme, weit, weit weg, raunte ihm zu, dass er den Stein anheben müsse. Um jeden Preis. Den Stein.

»Ich kann ... sie nicht lesen. Es sind einfach ... alte Pergamente.«

Irgendwo hinter ihm scharrten Schritte über den Steinboden. Dann war Creutzfeldts Stimme wieder ganz nah bei ihm, flüsterte in sein Ohr.

»Aber da liegt noch etwas in der Schachtel. Das, was da geklackert hat. Was ist es? Sagen Sie es mir. Ich nehme es Ihnen auch nicht weg.«

Die Wahrheit war ein blühender Mandelgarten im Februar. Die Wahrheit war Honig, der sich in heißer Milch auflöste. Die Wahrheit war eine Juninacht. Die Wahrheit war ein gewispertes Versprechen.

*Was hast du gerade gesagt?*

»Sehr gut, Peter. Sie haben dieses blaue Amulett sehr schön beschrieben. Ich sehe es geradezu vor mir. Auch das Zeichen. Ihre Zeichnung ist sehr genau. Sehr gut. Wirklich ein schönes Geschenk. Jetzt laufen Sie wieder hinaus in den Garten. Rasch! Ihre Freunde sind inzwischen angekommen. Alle sitzen schon am Tisch. All ihre Freunde. Der Papst sitzt auch schon da. Neben ihm sitzt Don Luigi. Aber wer sitzt noch mit am Tisch? Wer hält das Amulett jetzt in der Hand?«

Die Lüge war ein Fels, den man nicht heben konnte. Eine Wurzel, die man nicht ziehen konnte. Ein Himmel, den man nicht einreißen konnte. Aber genau darum musste man es versuchen. Immer und immer wieder.

»Niemand.«

»Niemand? Nein, Peter, da sitzt noch jemand, ich sehe es genau. Wer sitzt dort?«

Die Wärme ließ nach. Der Stein wurde etwas leichter.

»Niemand.«

Ein kleiner Stich, dann durchflutete ihn die Wärme jedoch erneut, und der Stein kristallisierte zu einem monströsen Brocken in feuchter Erde aus. Schwer. So unendlich schwer. Immer wieder brach er sich seine dürren Streichholzarme an dem Stein. Immer wieder.

»Wer sitzt da noch, Peter? Es ist ganz leicht.«

»Ellen.«

»Natürlich. Aber Ellen sitzt am anderen Ende des Tisches. Zwischen ihr und Don Luigi sitzt aber noch jemand. Wer ist es?«

Die Lüge war ein wütender Dämon, bereit ihn zu verschlingen. Er war ja schon längst verschlungen.

»Peter? Machen Sie es sich doch nicht so schwer. Wer sitzt da noch? Wer hat das Amulett?«

»Maria.«

# LVI

*15. Mai 2011, Montpellier*

Sei gegrüßt, o Königin, Mutter der Barmherzigkeit, unser Leben, unsere Wonne und unsere Hoffnung, sei gegrüßt! Zu dir rufen wir verbannte Kinder Evas, zu dir seufzen wir trauernd und weinend in diesem Tal der Tränen. Wohlan denn, unsere Fürsprecherin, wende deine barmherzigen Augen uns zu, und nach diesem Elend zeige uns Jesus, die gebenedeite Frucht deines Leibes! O gütige, o milde, o süße Jungfrau Maria.«

Maria beendete den dritten Rosenkranz wie immer mit dem *Salva Regina* und fühlte sich schon ein bisschen gefestigter und weniger verloren als zuvor. Das Beten der einhundertfünfzig Ave-Maria des Rosenkranzes gab ihr Kraft, hielt ihr Ich zusammen und die dunklen Gedanken auf Abstand. Das fast mechanische Beten der Marienpsalter, jedes gefolgt von einem anderen Geheimnis des Glaubens, entrückte sie aus der Welt und umhüllte sie mit einem Schutzmantel gegen Verlorenheit und Einsamkeit. Und selten in ihrem Leben hatte sie sich so verloren und einsam gefühlt wie seit dem Abschied von Peter am vergangen Abend. Eine seltsame Unruhe hatte von ihr Besitz ergriffen, ließ sie nicht schlafen und erschütterte ihre Seele an der feinen Grenze, die zwischen ihren beiden Identitäten verlief: der Ordensschwester Maria und dem Menschen Maria. Einem Wesen aus Blut und Fleisch und unerfüllten Sehnsüchten. Einer Frau, den Gezeiten ihrer Gefühle ebenso ausgesetzt wie jedes andere menschliche Wesen. Doch Gefühle waren eine Sache und Wünsche eine andere, wenn man als Ordensschwester im Glauben lebte. Das Gelübde, das sie einst aus tiefstem Herzen abgelegt hatte, schützte vor den Wünschen des Fleisches und hatte beide Marias zu einer untrennbaren Einheit verschmolzen. Doch in der letzten Nacht hatte sich zwischen diesen beiden Marias ein Spalt gebildet, ein feiner Haarriss, dem der Duft eines Aftershaves entströmte, die Wärme einer Hand, und aus dem gewisse Wünsche und Bilder sickerten, die sie nicht zulassen durfte. Wenn sie an die vergangene Woche zurückdachte, dann traten ihr all die furchtbaren und rätselhaften Ereignisse wieder vor Augen. Tage voller Tod und drohendem Untergang. Und doch eine der schönsten Wochen ihres Lebens. Maria empfand Scham und Schuld, als sie sich das eingestand.

Wie sehr sie die Tage mit Peter genossen hatte.

Wie frei sie sich gefühlt hatte. Frei und vollständig.

Und schön.

Wann hatte sie sich zuletzt so gefühlt? Maria lag ausgezogen auf dem Bett ihres Pensionszimmers in Montpellier und versuchte, sich zu erinnern. Den Rosenkranz hielt sie immer noch in der Hand, die jetzt ruhig und schwer auf ihrem Bauch lag. Maria beobachtete still, wie ihr Bauch sich mit jedem Atemzug hob und senkte. Durch den Spalt der Vorhänge konnte sie ein Stück Himmel sehen. Bilder aus der Kindheit tauchten auf und zogen vorbei. Ein Garten. Das Lachen ihrer Mutter. Die Hände ihres Vaters beim Klavierspielen. Die Bestürzung bei der Erkenntnis, dass er nicht mehr bei ihr sein konnte. Die Wut, ihn sehen und doch nicht umarmen zu können. Die Ausgelassenheit beim Radfahren mit ihrer Mutter. Dann Richard, ihren ersten Freund. Sein Gesicht neben ihr im Schlaf. Später: die Stille des Klosters. Das Strahlen von Grace, als ihre Familie sie wieder aufgenommen hatte. Die Trauer im Gesicht eines jugendlichen LRA-Rebellen. Der Anblick einer streunenden Hyäne. Die Zuversicht im Gebet.

Leid und Glück immer so nah beieinander. Gottes wunderbarer, rätselhafter Plan. Das Geheimnis des Lebens und des Glaubens: Vertrauen in Gott.

Doch gerade dieses unbedingte Vertrauen hatte sie verlassen, seit Peter in der Nacht fortgeflogen war. Sie versuchte, sich die

Kupferinsel vorzustellen, Peters Landung mit dem Fallschirm. Doch die Bilder blieben diffus und nebelverhangen. Warum hatte sie ihn nicht von dieser wahnsinnigen Aktion abgehalten? Er konnte längst tot sein, abgestürzt, ertrunken, gefangen oder gefoltert, und sie würde es vielleicht nie erfahren. Bei dem Gedanken, Peter nie wiederzusehen, fühlte sie sich sofort wieder einsam und verloren, und erneut empfand sie Scham und Schuld. Nicht so sehr, weil sie um Peters Leben fürchtete, sondern weil ihr eigenes Leben ihr plötzlich unendlich leer erschien, falls Peter tot sein sollte.

Mit einem schmerzvollen Seufzer richtete sich Maria auf. Den ganzen Tag auf dem Bett zu liegen und zu warten brachte überhaupt nichts. Null Komma null. Die Sorge um Peter würde sie nur bald verrückt machen, auch wenn sie den ganzen Tag Rosenkränze betete. Maria überlegte, ob sie Don Luigi anrufen sollte, verwarf den Gedanken aber sofort wieder. Zu riskant und zu nutzlos. Weder Don Luigi noch sonst jemand konnte im Augenblick etwas für Peter tun. Man konnte nur beten und hoffen. Hoffen, dass Beten half. Glauben.

Maria erinnerte sich an Berichte über Untersuchungen an der renommierten Princeton University, an der auch schon Albert Einstein gelehrt hatte. Eine Arbeitsgruppe namens PEAR hatte dort mit naturwissenschaftlichen, experimentellen Methoden die Fernwirkung von Bewusstsein und auch Gebeten auf Menschen und Maschinen untersucht. Dabei hatte man statistisch signifikante Unterschiede im Wohlergehen der Personen gemessen, für die die Versuchspersonen gebetet hatten.

Obwohl Maria keinen wissenschaftlichen Beweis brauchte, um von der Wirkung von Gebeten überzeugt zu sein, empfand sie diese Ergebnisse doch als stillen Triumph des Glaubens.

Und ihr Glaube würde stark sein, stark genug um Peters Leben zu retten.

Entschlossen erhob sie sich vom Bett und zog sich an. Sie wollte etwas tun, irgendetwas, das Peters Nachforschungen weiterbringen könnte. Denn Peter würde zurückkehren. Ganz sicher. Er. Würde. Zurückkehren. Zu ihr.

Maria zog die Vorhänge auf und ließ Licht, Leben und frische Luft ins Zimmer. Also los. Wo anfangen? Sie stand tatendurstig in dem kleinen Pensionszimmer und überlegte. Dann griff sie in ihre Regenjacke und zog den einzigen greifbaren Hinweis heraus, den sie im Augenblick hatte: das Amulett.

Seit sie das Relikt in der päpstlichen Wohnung gefunden hatten, hatte sie es nicht mehr eingehend betrachtet. Sie hatte sich einfach zu sehr vor diesem rätselhaft-okkulten Gegenstand gefürchtet, der ihr wie ein Tor zur Finsternis erschien, das sich bei genauerer Untersuchung jederzeit öffnen konnte.

Nun, beim näheren Hinsehen, erkannte sie, wie schön es war. Eine wundervolle Handwerksarbeit. Es wog nicht viel, passte leicht in eine Hand und schmeichelte der Haut, wenn man es hin und her drehte. Die gleichmäßig gearbeiteten Perlen der Kette klickerten leise. Was für ein Blau! Taubenkobaltviolettblau. Das Blau der Perlen und des Medaillons erinnerte Maria an kostbare Tansanite, die ihr ein Händler in Gulu einmal angeboten hatte.

Maria trug das Amulett zum Fenster. Im Mittagslicht veränderte sich das Tansanitblau des Amuletts jedoch zu einem milchigen Himmelblau. Als ahme es den Himmel nach. Nie zuvor hatte Maria ein derartiges Blau gesehen. Für Steine erschienen ihr die Perlen zu leicht. Aus bemaltem Holz waren sie auch nicht. Was war das für ein Material? Bei dem Faden, an dem die Perlen aufgereiht waren, handelte es sich um Seide, vermutete Maria. Sie fragte sich allerdings, ob Seide beständig genug war, um Jahrhunderte zu überdauern. Vielleicht war das ganze Amulett aber über die Jahre immer wieder neu aufgefädelt worden.

Auch das Medaillon war sorgfältig gearbeitet, die Gravur des Kupfer-Licht-Symbols wirkte so präzise wie von einem Laser. Genauso die fremdartigen Schriftzeichen, die es einrahmten und den Rand des Medaillons zierten. Die Hieroglyphe auf der Rückseite jedoch wirkte sehr viel ungleichmäßiger und schien nachträglich eingeritzt worden zu sein. Als habe der unbekannte ägyptische Künstler in großer Eile einen Fluch bannen wollen.

Maria beschloss jedoch, sich von dem Amulett nicht mehr ins Bockshorn jagen zu lassen und setzte ihre Untersuchung fort.

»Sprich zu mir!«, flüsterte sie ihm zu. »Was bist du?«

Das Amulett schwieg und leuchtete nur milde im Mittagslicht. Maria legte das Relikt aufs Bett neben den Rosenkranz. Erst in diesem Augenblick fiel ihr das völlig Offensichtliche auf. Maria stieß einen bestürzten Laut aus, als sie die frappierende Ähnlichkeit zwischen dem Amulett und dem Rosenkranz erkannte. Beide Gegenstände wirkten auf dem weißen Laken wie Geschwister, die sich nach langer Trennung wiedergefunden hatten. Zwei verbundene Perlenschnüre, die eine mit einem Kreuz, die andere mit einem kreisrunden Medaillon am Ende. Sogar die Größe der Perlen stimmte überein. Was ein Zufall sein musste, da es Rosenkränze in hunderterlei Ausführungen gab.

Rasch zählte Maria die Perlen des Amuletts nach. Vierundfünfzig. Fünf weniger als beim Rosenkranz. Warum vierundfünfzig? Waren einige Perlen über die Jahrhunderte verloren gegangen oder bedeutete die Anzahl der Perlen schlicht gar nichts? Daran glaubte Maria nicht. Sie war mit einem Mal überzeugt, dass nichts an dem Amulett zufällig war. Um was auch immer es sich dabei handelte, sein Schöpfer musste genau gewusst haben, was er tat. Also warum vierundfünfzig? Maria erinnerte sich, was Don Luigi einmal über die Vorliebe von Dämonen und Templern für Zahlenmagie erzählt hatte, und bildete im Kopf die Quersumme von vierundfünfzig. Sie ergab neun – ausgerechnet die Zahl der Templer. Zufall? Maria wischte den Gedanken beiseite. Vierundfünfzig Perlen. Der Unterschied zum Rosenkranz bestand darin, dass die etwas größeren Perlen für die Vaterunser fehlten. Vierundfünfzig gleich große Perlen. Maria staunte erneut, wie exakt gleich groß sie tatsächlich waren und wäre jede Wette eingegangen, dass sie alle auch bis aufs Mikrogramm das Gleiche wogen. Das Amulett strahlte Symmetrie und Strenge aus, Rhythmus und Gleichförmigkeit. Und wirkte dennoch erhaben milde. Es wirkte wie ...

»... ein Gebet!«, rief Maria verblüfft aus. Sie verstand jetzt, dass fünf Perlen gar keinen Unterschied machten. Man konnte das Amulett ebenso beten wie einen Rosenkranz. Es schien geradezu darauf zu warten.

Maria atmete tief durch und überlegte, ob sie das wirklich tun sollte. Mit einem rätselhaften okkulten Gegenstand den Rosenkranz zu beten erschien ihr wie ungeheure Blasphemie. Auf der anderen Seite hatten sie das Amulett in der Wohnung des Papstes gefunden. Und falls das Amulett dennoch ein Tor zur Hölle sein sollte, dann wäre nichts geeigneter, es verschlossen zu halten, als Gebete.

Maria nahm das Amulett, sammelte sich einen Moment und kniete sich dann vor das Bett. Sie hielt das blaue Relikt nun in beiden Händen wie ihren Rosenkranz. Wie sonst mit dem Kreuz begann sie mit dem Medaillon und betete das Apostolische Glaubensbekenntnis.

> »Ich glaube an Gott,
> den Vater, den Allmächtigen,
> den Schöpfer des Himmels und der Erde.
> Und an Jesus Christus,
> seinen eingeborenen Sohn, unsern Herrn,
> empfangen durch den Heiligen Geist,
> geboren von der Jungfrau Maria,
> gelitten unter Pontius Pilatus,
> gekreuzigt, gestorben und begraben,
> hinabgestiegen in das Reich des Todes,
> am dritten Tage auferstanden von den Toten,
> aufgefahren in den Himmel;

er sitzt zur Rechten Gottes, des allmächtigen Vaters;
von dort wird er kommen,
zu richten die Lebenden und die Toten.
Ich glaube an den Heiligen Geist,
die heilige katholische Kirche,
Gemeinschaft der Heiligen,
Vergebung der Sünden,
Auferstehung der Toten
und das ewige Leben. Amen.«

Dann ergriff sie die erste Perle und betete das erste Ave-Maria.

»Gegrüßet seist du, Maria, voll der Gnade,
der Herr ist mit dir.
Du bist gebenedeit unter den Frauen,
und gebenedeit ist die Frucht deines Leibes, Jesus,
den du, o Jungfrau, vom Heiligen Geist empfangen hast.«

So betete sie Perle für Perle, drei Mal den ganzen Kranz. Und bei jedem weiteren Ave-Maria fügte sie am Ende eines der Geheimnisse des Glaubens an Jesus Christus an:
»Den du, o Jungfrau, zu Elisabeth getragen hast. Den du, o Jungfrau, in Bethlehem geboren hast. Den du, o Jungfrau, im Tempel aufgeopfert hast. Den du, o Jungfrau, im Tempel wiedergefunden hast.«
Die freudenreichen Geheimnisse, die lichtreichen Geheimnisse, die schmerzhaften Geheimnisse, die glorreichen Geheimnisse. Maria betete mit der ganzen Inbrunst einer Gläubigen, mit der Liebe einer Ordensschwester zu Jesus Christus und der Verzweiflung einer Frau, die um das Leben ihres Geliebten bangte.
Mit den ewig gleichen Worten, die Perle auf Perle aus ihrem Mund tropften, löste sich Marias Bewusstsein auf und mit ihm alle Verzweiflung und Einsamkeit. Perle auf Perle betend rückte sie näher zu Gott.

Bis sie eine Vision hatte.

Außer bösen Träumen hatte sie noch nie eine Vision gehabt, dennoch wusste sie sofort, was mit ihr geschah. Erschrocken und fasziniert zugleich betete sie weiter die Perlenschnur des Amuletts, während die Bilder vor ihr aufstiegen und zerfielen.

Sie sah die Hügel von Jerusalem im gelblichen Dunst eines Hochsommerabends. Drückende Schwüle lastete über dem Palast des Herodes, dem Tempel Salomons, den engen Gassen und der Schädelstätte Golgatha. Ein Mann in römischer Kleidung stand auf einer Terrasse des Palastes. Die untergehende Sonne, schleimig und rot, brannte ein Loch in seinen Kopf. Er litt wieder unter schlimmer Migräne und sah voller Abscheu auf die verhasste Stadt, der er nicht entfliehen konnte. Seine Hunde knurrten unruhig, als die Wachen den Mann hereinführten, den sie Jesus aus Nazareth nannten und dem sie Wunderdinge nachsagten. Am Pessachfest war er umjubelt in die Stadt eingezogen, um die Bevölkerung gegen den Kaiser und die Priester aufzuwiegeln. So jedenfalls lautete die Anklage. Pilatus hörte die Schritte der Wachen und des Angeklagten hinter sich und wandte sich langsam um, um den Dämon in seinem Kopf nicht weiter zu reizen. Mit seinen entzündeten Augen sah Maria in das misshandelte und schmutzige Gesicht des Mannes, dem sie ihr Leben geweiht hatte. In seinen Augen las sie die Todesangst. Und noch etwas anderes, das sie sich nicht erklären konnte. Pilatus wollte die Angelegenheit schnell beenden, um in das kühle, schützende Dunkel seiner Gemächer zurückkehren zu können. Doch als er in das Gesicht des Mannes namens Jesus blickte, fiel der Dämon der Migräne von ihm ab wie eine tote Krähe aus einem Baum, und er fühlte sich mit einem Mal wieder so leicht wie als Kind im Mandelgarten seines Vaters.

Maria hätte das Bild gerne noch weiter betrachtet und das Geheimnis des Mannes aus Nazareth ergründet, doch es löste sich nun auf, und Maria sah in rascher Folge weitere Bilder. Die Pyramiden von Gizeh. Die große Pyramide befand sich noch im

Bau. Tausende von Arbeiter bewegten gewaltige Steinquader durch innenliegende Rampen. Dann sah Maria einen nackten Mann, der Kreide kaute und Formen und Zeichen an die Wände einer Höhle spuckte. Das Bild verschwand, als der Mann sie plötzlich erschrocken anblickte. Maria sah nun, wie sich der Mond vor die Sonne schob und alles Licht aufsaugte. Sie sah das Firmament der Sterne, die sich wie Perlen an einer unendlichen, verknoteten Schnur aufreihten. Maria stand allein auf einem Hochplateau. Unter ihr donnerten berittene Soldaten in Rüstung und Harnisch in großer Eile über eine Wüste aus schwarzem Sand. Sie trugen weiße Mäntel mit dem Tatzenkreuz. Einer von ihnen hielt einen kleinen Gegenstand an sich gepresst. Doch ehe Maria erkennen konnte, um was es sich handelte, löste auch dieses Bild sich wieder auf, und sie sah eine lange Reihe von Tieren, die auf ein riesiges hölzernes Schiff zuströmten. Maria sah eine Stadt in einer Ebene zwischen zwei Flüssen entstehen. Sie kannte den Namen dieser Stadt, sah sie wachsen, aufsteigen und in Feuer und Hass vergehen, bis nichts mehr von ihr übrig war als Staub und Ruinen. Nicht einmal mehr die Erinnerung, dass sie je existiert hatte. Maria konnte den Hass spüren, der diese Stadt vernichtete, sie konnte das Leid der Tausenden und Abertausenden spüren. Das Leid wuchs und wuchs und raste wie ein Sturm um die Welt. Eine ganze Welt aus Leid, nie verlöschend. Maria sah Ruinen in der schwarzen Wüste, sie sah, wie ein Mann eine Frau bestialisch ermordete. Und dieser Mann war Peter.

Maria krümmte sich wimmernd vor dem Bett zusammen – aber sie betete weiter Perle für Perle. Perle für Perle sah sie Werden und Vergehen. Sie sah Frauen Kinder gebären, die unter ihren Schößen zu erwachsenen Menschen heranwuchsen, vergreisten und starben. Die Frauen weinten, aber sie gebaren weiter Kind für Kind. Perle für Perle. Maria sah die kleine Grace mit einer Kalaschnikow in der Hand. Wie sie ihre Eltern erschoss und die Männer um sie herum nur lachten. Maria sah ihre eigenen Eltern, wie sie miteinander schliefen. Sie sah ihren eigenen Anfang. Sie sah das mittelalterliche Paris, ein heruntergekommenes Viertel an der Seine, das Haus eines Kopisten und darin ein alchemistisches Labor, wo ein Mann mit einer ledernen Mütze versuchte, einen Ofen zu befeuern. Soldaten stürmten sein Haus, verwüsteten das Labor und nahmen seine Pergamente an sich. Nur ein Buch, das der Mann mit der ledernen Mütze noch unter den Bodendielen verstecken konnte, fanden sie nicht. Maria erkannte das Zeichen des Amuletts auf dem Einband. Sie flog mit dem Wind davon und sah einen englischen Gelehrten am Hof von Elisabeth I. mit seinem Gehilfen an einem Tisch, in den Pentagramme und rätselhafte Zeichen eingeschrieben waren. Die beiden murmelten Worte in einer unverständlichen Sprache. Daraufhin begannen die Schriftzeichen auf der Tafel zu leuchten. Maria sah Pestopfer in Venedig und hörte ihre verzweifelten Schreie. Maria hörte so viel. Sie hörte das wohlige Glucksen von Millionen und Abermillionen von Babys. Sie hörte die Agonie von Millionen von Sterbenden, die Kakophonie ihrer letzten gestammelten Worte, ihr Verlöschen. In einem einzigen gepressten Stöhnen hörte Maria die Stimmen aller Menschen, die je auf dieser Welt gelebt hatten. Maria sah eine Sonnenfinsternis und dann die Apokalypse in den Bildern eines mittelalterlichen Meisters aus Bamberg. Sie erkannte die sieben Schalen des Zorns, sie hörte die Stimme der großen Hure Babylon, und es war die Stimme eines Mannes, die ihr obszöne, gotteslästerliche Dinge zuraunte. Dann sah sie einen Kardinal in einem Flughafengebäude. Er wusch sich die Hände, denn seine Hände waren voller Blut. Und als der Kardinal sich umwandte, sah Maria, dass sein Gesicht die Züge der großen Hure trug, und in seinen Händen hielt er die sieben Schalen des Zorns, die Verwüstung und Elend über die Welt bringen würden. Und die Zahl des Tieres war nicht 666 sondern 306.

Perle für Perle betend sah Maria furchtbare und rätselhafte Dinge vor sich aufblitzen. Völker entstanden und vergingen,

Die Sonne ging auf und wieder unter, alles geschah rasend schnell. Stürme und Jahreszeiten wirbelten über die Erde, Jahrhunderte in einem Atemzug. Maria sah Geburten und Tode, Kriege und kurze Momente des Glücks. Das Einzige, was sie nicht sah – war Gott. Gott verbarg sich. Oder er kam in diesem entsetzlichen Tohuwabohu einfach nicht mehr vor.

Maria sah unbegreifliche Dinge, die den Verstand eines Menschen überstiegen. Und dahinter lauerte etwas abgrundtief Böses, das sich von der Angst und dem Leid der Welt ernährte wie ein Parasit von seinem Wirtstier, und ihr wurde klar, dass dieser namenlose Parasit die Welt gierig und rücksichtslos aussaugen und ihre vertrockneten Reste dem großen Vergessen überlassen würde.

Bis zur letzten Perle. Es gab keinen Gott, der es aufhalten konnte. Keine Hoffnung.

Wimmernd vor seelischer Qual betete Maria die letzte Perle des Kranzes. Und als sie zum *Salve Regina* ansetzte, sprach eine Stimme zu ihr, mild und beruhigend wie eine geliebte Erinnerung.

»Fürchte dich nicht, Maria.«

Maria hob den Kopf und erblickte die Heilige Jungfrau. Leuchtend und schön stand sie vor ihr am Fenster, gehüllt in eine schlichte graue Tunika und ein Kopftuch. Die Heilige Jungfrau streckte ihr eine Hand entgegen.

»Wovor fürchtest du dich?«

»Vor dem Leid, das ich gesehen habe«, flüsterte Maria. »Vor dem Bösen.«

»Fürchte dich nicht. Du musst glauben. Das Leid und das Böse sind nur das Ausatmen der Welt. Sie gehören zum Leben dazu.«

»Es wird uns alle vernichten«, weinte Maria. »Wo ist Gott?«

»Gott ist das Einatmen, Maria. Du kannst ihn nicht suchen, er will gefunden werden. So wie du. Du musst einatmen und ausatmen. Du musst glauben. Fürchte dich nicht.«

»Aber ich fürchte mich!«, schrie Maria verzweifelt. »Ich fürchte mich entsetzlich!«

Maria spürte, wie die Hand der Heiligen Muttergottes sie sanft berührte und ihr über das Haar strich.

»Fürchte dich nicht, Maria. Sei stark. Atme. Lebe. Finde.«

Die Heilige Jungfrau lächelte ihr noch einmal zu und ließ Maria vor dem Bett zurück, weinend und verzweifelt. Als sie allmählich wieder zu sich kam, schien draußen immer noch die Sonne. Vor der Pension hupte ein Auto. Eine Frau lachte hell. Ein Hund bellte. Jemand rief etwas auf Französisch. Eine freundliche, ahnungslose Welt.

Maria blickte auf den Radiowecker neben dem Bett. Kaum eine Stunde war vergangen. Mit dem Überlebenswillen einer Ertrinkenden krallte sich Maria am Bett fest und zog sich taumelnd auf die Beine. Nachdem sie eine Flasche Mineralwasser ausgetrunken hatte, fühlte sie sich etwas besser. Immer noch hielt sie das Amulett in den Händen. Sie kannte nun seine Funktion und wusste, was sie nun tun musste.

Atmen. Leben. Finden.

Vor allem musste sie sofort aus diesem Zimmer verschwinden. Denn mit der Gewissheit eines Tieres, das eine Feuersbrunst wittern kann, lange bevor der erste Rauch in Sicht kommt, wusste sie plötzlich, dass sie hier in größter Gefahr war. Der Tod war bereits unterwegs zu ihr.

# Kapitel 8
# SETH

# LVII

*15. Mai 2011, Ile de Cuivre, Mittelmeer*

*Du hast sie verraten. Sie werden sie töten und du bist schuld.*
Der Gedanke beherrschte ihn und erfüllte ihn mit der bitteren Verzweiflung, versagt zu haben, während sie ihn von dem Behandlungsstuhl losschnallten und wieder hinausschafften. Peter spürte, wie die Wirkung der Droge, die Creutzfeldt ihm injiziert hatte, rasch nachließ. Er erinnerte sich noch an jedes Detail der Befragung, an die entsetzliche Müdigkeit und Trauer, die ihn bei jeder Lüge überkommen hatte, und an die Klarheit und Reinheit der Wahrheit. Das minderte seine Schuldgefühle über den Verrat an Maria jedoch keineswegs. Er hatte ihnen alles verraten. Einfach alles. Es war so leicht gewesen, so furchtbar leicht.

*Du hättest stärker sein müssen. Stärker!*
Zu spät. Peter war sicher, dass Marias Mörder bereits unterwegs nach Montpellier war. In diesen Gedanken von Schuld mischte sich ein weiterer Gedanke, wie ein Antidot gegen ein tödliches Gift.

*Und wenn du wirklich verrückt bist? Wenn Maria und das Amulett doch nur Ausgeburten deiner Paranoia sind? Dann wäre alles gut. Akzeptiere, dass du verrückt bist und alles ist gut. Ganz einfach.*

Aber so einfach war es eben doch nicht. Denn Peter wollte nicht glauben, dass Maria nur eine Wahnvorstellung sein sollte. Maria war real, und seine Schuld war real. Er hatte sie geküsst. Und er hatte sie zum Tode verurteilt.

Peter registrierte nur am Rande, dass die beiden Pfleger ihn nicht zurück ins Obergeschoss brachten, wo die Krankenzelle lag, sondern in ein Kellergewölbe unter der Wasserlinie. Peter hörte die Brandung jetzt ganz nah. Es roch nach Salz, Algen und Kloake. Das schärfte Peters Sinne wieder so weit, dass er eine schmutzige Steintreppe erkannte, die sie ihn hinunterschleiften. Eine Holztür wurde geöffnet, dahinter sah Peter nur einen lichtlosen Raum, aus dem ein überwältigender Gestank herausquoll wie eine giftige Blase. Die beiden Pfleger stießen Peter achtlos in diese Zelle und verriegelten die Tür. Stille. Peter hörte nur sein eigenes Keuchen, seinen hämmernden Pulsschlag und das Meeresrauschen über ihm. Fäkalgestank beherrschte die Luft der Zelle. Peter versuchte, flach zu atmen, um sich nicht übergeben zu müssen. Sehen konnte er nichts in der Dunkelheit. Erst nach einer Weile bemerkte er, dass er nicht allein war.

Er war sofort wieder hellwach. Peter versuchte, in der Dunkelheit etwas zu erkennen. Zunächst nahm er immer noch nur den durchdringenden Kloakengestank wahr. Dann hörte er aus der hinteren Ecke ein leises Scharren und Schnaufen. Als sich seine Augen langsam an die Dunkelheit gewöhnten, erkannte er dort eine zusammengekauerte Gestalt, die sich unruhig hin und her bewegte.

»Hallo?«, rief Peter in die Dunkelheit hinein. Keine Antwort, nur das Scharren und Schnaufen.

Peter überlegte einen Moment, was er tun sollte, dann kroch er langsam zu der Gestalt in der Ecke. Dabei griffen seine Hände in etwas Matschiges, Stinkendes. Augenblicklich überwältigte ihn der Ekel. Peter widerstand dem Brechreiz jedoch, fluchte leise und wischte sich die Hände an dem Krankenkittel ab. Er konnte die Gestalt in der Ecke nun deutlich erkennen. Sie wich ängstlich zur Seite. Dabei flüsterte sie leise.

»He, hallo! Mein Name ist Peter Adam. Wer sind Sie?«
*Du weißt es doch längst!*
Die Gestalt robbte langsam zur Seite weg. Mit einem Satz war Peter bei ihm und packte den nackten Mann, der sofort panisch aufschrie.

»*Coraxo cahisa coremepe!*« Der Mann schlug heftig um sich. Peter wehrte die Schläge ab, versuchte, den Mann zu packen. Es gelang ihm schließlich, ihn zu Boden zu ringen und ihm einen Arm hinter dem Rücken zu verdrehen.

»*Coraxo od belanusa!*«, wimmerte der Mann, der nun bäuchlings unter ihm lag und in Panik unverständliches Zeug brabbelte. »Bitte nicht wieder *cahisa uirequo*, hüt dich, schön's Blümelein, *ope copehanu*. Gnade! Engel der Nacht, *Azodisa siatarisa*, die schwarze Milch *od salaberoxa faboanu*, Amen!«

»Halt's Maul, Kelly!«, schrie Peter den nackten, dürren Mann unter sich an und drehte ihn brutal auf den Rücken, sodass er ihm ins Gesicht sehen konnte. Kein Zweifel. Trotz der Dunkelheit, trotz des kot- und blutverschmierten Gesichts erkannte Peter den Engländer wieder. Den Mann, der Ellen getötet hatte.

»Bitte nicht wieder in die Halle, *Micama*!«, stammelte Kelly zitternd vor Angst. »*Iisononu cahisa!*«

Jeden Tag, seit Ellen gestorben war, hatte sich Peter ausgemalt, wie es sein würde, Kelly eines Tages zu töten. Auf welche Weise er es tun würde. Er hatte sich die Worte zurechtgelegt, die er Kelly auf dem Weg zur Hölle noch mitgeben wollte. Jeden verdammten Tag. Bis der Hass auf Kelly allmählich zu etwas verkrustet war, das so selbstverständlich zu der Person Peter Adam gehörte wie ein Geschwür, das sich nicht operieren ließ. Etwas, das wohl oder übel zu einem Teil von ihm wurde und Tag für Tag sein giftiges Sekret absonderte. Etwas, an dem er eines Tages selbst zugrunde gehen würde.

Und nun hatte er ihn. Kelly. Das Schwein. Er konnte ihm gleich hier den Schädel einschlagen, auf dem Steinboden, der bedeckt war mit Kellys eigenen Exkrementen.

Peter keuchte. Der Hass auf Kelly vermischte sich mit seinen Schuldgefühlen, Maria verraten zu haben.

»*Iisononu basajime, Micama!*«, wimmerte Kelly nun leise. Und dann: »*Vaunala cahisa*, Meister! Töte mich. Trotz' Tod, komm her, ich fürcht' dich nicht. Bitte töte mich. *Vaunala cahisa.*«

»Du miese Ratte, halt's Maul!« Peter drückte dem ausgemergelten Engländer ein Knie auf die Brust, um ihn auf dem Boden zu fixieren. Dann packte er Kellys Kopf. Kelly starrte Peter nur an und erschlaffte.

»Ja. Töte mich. Bitte!«

Peter hob Kellys Kopf ruckartig an, bereit, ihn in der nächsten Sekunde mit Wucht auf den Steinboden zu schlagen. Immer und immer wieder.

*Tu es! Warum zögerst du?*

Gute Frage.

*Weil es zu einfach ist.*

So einfach, wie Maria zu verraten. So einfach, wie einen tödlichen Fehler zu machen. So einfach, wie in die Falle zu tappen.

Peter ließ Kellys Kopf los und ließ von ihm ab. Mit einem jammernden Schmerzenslaut kroch Kelly in die Sicherheit der gegenüberliegenden Ecke.

Peter zwang sich, ruhig zu atmen und klar zu denken. Alles nicht so leicht, wenn man in einer dunklen, stinkenden Zelle gefangen gehalten wurde und die Reste irgendwelcher Drogen noch in der Blutbahn zirkulierten.

Aus Kellys Ecke drang weiter jammerndes Gebrabbel.

»Warum hast du mich nicht getötet, *Micama*? Keiner wird verschonet, keiner kommt davon. *Laraji same darolanu matorebe*, es geht ein' dunkle Wolk' herein, es soll und muss gestorben sein. *Oxiavala holado.*«

»Weißt du, wer ich bin?«, rief Peter zu ihm hinüber.

Für einen Moment Schweigen in der Ecke. Dann:

»Peter Adam. *Ohyo! Ohyo! Noibe Ohyo!*«

»Warum willst du, dass ich dich töte?«

»*Oanio yore vohima, Saitan. Ool jizod-yazoda od eoresa cocasaji, Saitan.*« Er begann leise zu singen. »Es ist genug! Mein matter Sinn sähnt sich dahin. Wo meine Vätter schlaffen. Ich hab es endlich guten Fug. Es ist genug. Ich muss mir Rast verschaffen.«

Peter kroch zu Kelly hinüber, der sofort wieder ängstlich zurückwich.

»Ganz ruhig. Ich will nur mit dir reden. Sag, mir, warum ich dich töten soll.«

Kelly starrte ihn an wie ein verängstigtes Tier. »Und schon ist hin der Sonnenschein«, sang er leise. Und flüsternd: »Weil es weitaus Schlimmeres gibt als den Tod, Peter. Das weißt du doch. Und wir im Finstern müssen seyn. *Telocahe! Casaremanu hoel-qo.*«

»Wie bist du hierhergekommen, Kelly?«

»*Bajile madarida.* Du hast mich geholt. In der Nacht aus der Wüste. *Bajile hoel-qo.* Wo bist du, Sonne, blieben? Die Nacht hat dich vertrieben, die Nacht des Tages Feind.«

Kelly wollte ausweichen, aber Peter hielt ihn fest.

»Die Nacht, als du Ellen ermordet hast?«

Kelly lachte heiser und summte weiter im Wahn seine düsteren alten Lieder vor sich hin. Peter schüttelte ihn.

»Ich warne dich, Kelly.«

»Ja, töte mich, Peter Adam! *Vaunala cahisa*! Erlöse mich. Und wenn der letzte Tag wird mit mir Abend machen, so reiß ich auß dem Thal der Finsterniß zu dir.«

Peter stieß Kelly von sich. »Scheiße!«

»Ich habe sie nicht getötet, *Micama faboanu*.«

»Was sagst du da?«

»Ich habe sie nicht getötet, Peter.« Die Worte kamen jetzt klar und deutlich. Peter hörte wieder den selbstsicheren Kelly, den er in Turkmenistan erlebt hatte.

»Wer dann?«, keuchte Peter.

»Du. *Casaremanu hoel-qo.* Ich hab dich gesehen, Peter. Sie hat so geschrien. *Odo cicale Qaa*! Sie hat dich um Gnade angewinselt, *cahisa afefa*, ein Regen aus der Wolken, wohl in das grüne Gras.«

»SCHWEIG!«, brüllte Peter und trat nach Kelly, der hastig auswich. Er brauchte eine Weile, um sich zu beruhigen. Kelly war offensichtlich völlig wahnsinnig. Aber möglicherweise besaß er noch genug Verstand, um ihm ein paar Antworten zu liefern.

»Warum sollte ich dich dann verschont haben?«

»Weil *sie* mich brauchen.«

»Wer zum Teufel sind *sie*?«

»Du weißt es doch, Peter. *Vonupehe doalime*. Die Träger des Lichts. *Noco Mada, hoathahe Saitan! Hoathahe Seth*.«

»Ich habe keine Ahnung, wovon du redest. Träger des Lichts? Sind das die Leute, die uns hier gefangen halten? Was wollen die von dir und mir?«

Kelly kauerte sich wieder ängstlich zusammen und brabbelte vor sich hin. »Du weißt es, du weißt es, du weißt es. Hüt dich, schön's Blümelein.«

Peter rüttelte ihn. »Scheiße, Kelly, ich hab keine Lust auf Spielchen. Wer sind diese Träger des Lichts?«

Plötzlich richtete sich Kelly abrupt auf und schnüffelte, als nehme er eine Witterung auf.

»Was ist denn jetzt los?«

»Schschsch!«, machte Kelly und brachte Peter mit einer Geste zum Schweigen. »*Micama dodasa*. Er kommt.«

Kelly begann am ganzen Körper zu zittern.

»*Wer* kommt? Verdammt, Kelly, sag mir, wer kommt.«

»*Wearily Electors!*«, rief Kelly zitternd. »Oh, *Wearily Electors! Ohyo Micama* unaussprechlicher *Caosagonu*!«

»Was redest du da, Kelly? *Wearily Electors*? Was ist das für ein Englisch? Meinst du *Weary Electors*?«

»*Wearily Electors!*«, wiederholte er beharrlich und betonte dabei jede einzelne Silbe genau gleich.

»Na gut, von mir aus. Was soll das heißen – müde Kurfürsten? Was bedeutet das?«

»Er kommt!«

»Wer?«

Aber Kelly war nicht mehr ansprechbar. Er wimmerte nur noch und summte leise vor sich hin. Peter hielt den dürren Engländer in der Dunkelheit und dem Schmutz der Zelle fest, bis er sich beruhigt hatte und sein Blick wieder etwas klarer wurde.

»Wer kommt da? Wer sind diese Leute, Kelly?«

»Du solltest – tsch, tsch – von dieser verfluchten *Yolaci* verschwinden, wenn du leben willst, Peter Adam.«

»Weißt du denn einen Weg hier raus?«

Kelly nickte.

»Und warum bist du dann nicht schon längst geflohen?«, hakte Peter misstrauisch nach.

»*Baeouibe od emetajisa laiadix*. Es ist ein Schnitter, der heißt Thot. Heut wetzt er das Messer, es schneid' schon viel besser. Ich bin zu schwach für diesen Weg. Er ist *caosaji*. Gefährlich. Tsch, tsch.«

»Zeig ihn mir, Kelly.«

»Du musst *ataraahe dooainu aai*. Etwas für mich tun. *Hoathahe Saitan*! Nichts ist umsonst im Leben.«

»Was soll ich tun?«

Kelly kam nah an Peter heran, so nah, dass Peter seinen fauligen Atem riechen konnte.

»Töte mich!«

# LVIII

# EIN JAHR ZUVOR ...

*26. Juni 2010, Via Palermo, Rom*

Als Kind habe ich mir oft ausgemalt, welche Wunder mich eines Tages erwarten werden, aber nie hätte ich gedacht, dass ein Papst mir eines Tages Tee machen würde.«

Der Mann im schwarzen Anzug sah verblüfft zu, wie Johannes Paul III. heißes, aber nicht mehr kochendes Wasser in eine kleine Porzellankanne goss.

»Sehen Sie! Für Wunder sind immer noch wir zuständig!«, rief Johannes Paul III. gut gelaunt.

Ein schwacher Duft von grünem Sencha-Tee erfüllte die aufgeräumte Küche. Der Mann im schwarzen Anzug sah sich um. Seine Augen schienen immer in Bewegung zu sein und alles um sich herum aufzunehmen. Er war deutlich kleiner als der Papst und wirkte neben dem Deutschen fast zerbrechlich. Doch Johannes Paul III. wusste, dass dieser Eindruck täuschte.

»Eine schöne Wohnung. Kommen Sie oft hierher?«

»Leider viel zu selten. Ein Papst hat kein Privatleben. Aber von Zeit zu Zeit gönne ich mir diese kleinen Fluchten in die Normalität. Auch wenn das natürlich nur eine Illusion ist.«

»Wir alle brauchen unsere kleinen Illusionen«, bemerkte sein Gast diplomatisch. »Solange wir uns nicht täuschen lassen.«

»Und welchen Illusionen geben Sie sich manchmal hin?«, fragte Johannes Paul III. zurück.

Der Japaner im schwarzen Anzug lächelte dünn. »Dass ein Mann wie ich Freunde haben kann.«

Der Papst sah den Japaner ernst an. »Der Aufrichtige ist nie ohne Freunde.«

»Woher wollen Sie wissen, ob ich aufrichtig bin?«

»Ich weiß es auch nicht. Ich bin gerade erst dabei, das herauszufinden.«

Der Papst trug das Tablett mit der Teekanne und den Tassen in das Wohnzimmer seiner kleinen, geheimen Wohnung in der Via Palermo und bat seinen Gast, Platz zu nehmen. Vor einer Woche hatte das Büro von Takeru Nakashima überraschend um eine Privataudienz für den japanischen Milliardär angefragt. Normalerweise wurden derartige Anfragen vom Büro des Papstes mit einem freundlichen Brief abgelehnt, denn Johannes Paul III. hatte zu Beginn seiner Amtszeit deutlich gemacht, dass er nicht gedachte, jeden Audienzwunsch von Politikern oder Industriellen umgehend zu erfüllen, ganz egal, wie mächtig oder reich sie waren.

Die Anfrage von Nakashima hatte ihn jedoch interessiert. Er hatte selbst schon überlegt, Kontakt zu dem öffentlichkeitsscheuen japanischen Milliardär aufzunehmen, von dem es kein aktuelles Foto gab und keinerlei Informationen über seine Familienverhältnisse. Johannes Paul III. wusste nur, dass der Japaner etwa so alt war wie er selbst. Wie Laurenz stammte auch Nakashima aus kleinen Verhältnissen, hatte es aber mit Intelligenz und Führungswillen zum Milliardär gebracht. Sein Konzern Nakashima-Industries kochte Stahl, baute Autos, entwickelte Hightech und Medikamente. Vor wenigen Jahren hatte er außerdem die Nakashima-Group gegründet, die am internationalen Finanzmarkt operierte und weltweit hochwertige Immobilien und Luxushotels besaß. Zwar belegte Takeru Nakashima mit einem Vermögen von geschätzten fünfundzwanzig Milliarden Dollar »nur« Platz elf auf der Liste der reichsten Menschen der Welt, galt aber als enorm aggressiv und expansionshungrig. Und er galt als überzeugter Atheist. Ein erklärter Feind sämtlicher Weltreligionen. Der Konzern baute konfessionsfreie Schulen und Universitäten in Entwicklungsländern auf und finanzierte zahlreiche internationale Stiftungen, die sämtlich nur ein Ziel verfolgten: die Menschheit von der Überflüssigkeit von Religionen zu überzeugen und von der Bedrohung, die nach Nakashimas fester Überzeugung von ihnen ausging.

Wenn dieser Mann um eine Audienz beim Papst nachsuchte – angeblich im Rahmen eines geschäftlichen Rombesuchs –, dann bestimmt nicht, um den Fischerring zu küssen. Johannes Paul III. hatte Nakashimas Büro kurz darauf offiziell mitteilen lassen, dass eine Audienz aus terminlichen Gründen bedauerlicherweise nicht möglich sei. Gleichzeitig hatte er Nakashima persönlich angerufen und ihn zu einer privaten Begegnung in der Via Palermo eingeladen.

Und nun saß dieser Mann, der nichts so sehr hasste wie Religion, in der geheimen Privatwohnung des Oberhauptes der katholischen Kirche und nippte höflich an seinem grünen Tee. Sein Chauffeur und sein Leibwächter warteten unten im Hof bei Mario, der den Papst wie immer in seinem alten Alfa in die Via Palermo gebracht hatte.

Takeru Nakashima. Ein kleiner, freundlicher Mann mit einem kurzen, grauen Bürstenschnitt. Aber Johannes Paul III. ließ sich von dem unscheinbaren Äußeren seines Gastes nicht täuschen, denn die ganze Haltung des Mannes drückte Stärke und Entschlossenheit aus. Seine Augen registrierten alles um sich herum und wichen dem Blick niemals aus. Harte Augen, die keinerlei Furcht zu kennen schienen. Johannes Paul III. hatte allerdings einen Funken Neugier in diesen Augen entdeckt, als er den Tee aufsetzte, was ihn hoffen ließ.

»Ein wirklich guter Tee«, sagte Nakashima. »Waren Sie schon einmal in Japan?«

»Halten Sie mich nicht für unhöflich«, erwiderte Johannes Paul III. »Aber diese privaten Ausflüge sind für mich zeitlich leider sehr begrenzt.«

»Ich verstehe. Sie müssen zurück in ihr prunkvolles Gefängnis, bevor Ihr Hofstaat etwas merkt.«

»Genau. Also schlage ich vor, zumal wir Männer im gleichen Alter sind, die sich wohl nichts mehr vormachen müssen, dass wir gleich zum Punkt kommen. Nakashima-san – was wollen Sie von mir?«

Der Japaner stellte seine Teetasse ab und sah den Papst mit harten Augen an.

»Ich will Ihnen helfen. Ihnen, der Kirche, dem Vatikan.«

Keine Antwort hätte Johannes Paul III. mehr überraschen können als diese.

»Helfen inwiefern?«

Nakashima räusperte sich.

»Wie Sie sicher wissen, bin ich überzeugter Atheist. Ich bin es wirklich. Ich glaube weder an einen Gott noch an irgendeine Art von Schöpfung, noch an Karma oder Wiedergeburt. Religionen haben mir nie etwas bedeutet. Im Gegenteil halte ich sie für die größten Bedrohungen der Menschheit. Ein uraltes Virus, an dem die Menschheit seit Jahrtausenden leidet und an dem sie irgendwann zugrunde gehen wird.«

»Ist das nicht eine gefährlich selbstherrliche Haltung? Anzunehmen, dass die ganze Welt an einem Virus leidet, außer Ihnen und ein paar wenigen anderen?«

»Mag sein. Aber jeder hat seine Überzeugungen, für die er eintreten muss.«

»Und welche Überzeugungen sind das? Woran glauben *Sie*, Nakashima-san?«

»Wohlstand«, erwiderte der Milliardär schlicht und trank wieder von dem Tee. »Ich glaube an Wohlstand. Wohlstand bedeutet Gesundheit und Sicherheit. Das ist es, was die Menschen wirklich wollen. Das Glück. Ohne Wohlstand kein Glück.«

»Glück gleich Wohlstand? Das ist die Formel?«

»Ja. Und jetzt erzählen Sie mir bloß nichts vom Glück in Armut. Nicht Sie.«

Johannes Paul III. dachte nach.

»Und dennoch wollen Sie der Kirche helfen. Ich frage mich: Braucht die Kirche überhaupt Ihre Hilfe?«

Nakashima lehnte sich zurück. »Das liegt bei Ihnen.«

Der Papst sah seinen Gast nachdenklich an. Das Schweigen zwischen den beiden Männern wuchs aus dem Boden und hüllte sie ein wie ein undurchdringlicher Kokon. Bis Nakashima sich brüsk aus seinem Sessel erhob.

»Ich denke, ich sollte jetzt gehen. Ihre Pflichten rufen Sie. Danke für den Tee.«

»Warten Sie!«, hielt ihn der Papst zurück. Nakashima setzte sich wieder.

»Die Welt steht am Abgrund«, begann Johannes Paul III. schließlich wieder. »Kriege, Seuchen und Hunger überziehen zwei Drittel der Menschheit, während der Rest davon profitiert und in scheinbarem Wohlstand lebt. Aber auch dieser Wohlstand ist trügerisch. Die globale Finanzkrise hat alles durcheinandergewirbelt. Und jetzt trifft es auch die katholische Kirche. Die Zahlen sind alarmierend. Auf dem Finanzmarkt tobt ein erbarmungsloser Krieg. Die Vatikanbank steht enorm unter Druck. Irgendjemand greift uns massiv an, und wir sind machtlos. Wenn das so weitergeht, sind wir in einem Jahr bankrott. Ich dachte erst, dass Sie das sind und habe vorsichtige Erkundigungen eingeholt. Allerdings ohne befriedigende Antwort. Und jetzt erscheinen Sie wie aus dem Nichts und bieten Ihre ›Hilfe‹ an. Sie werden verzeihen, aber auf mich wirkt das wie eine Aufforderung zur Kapitulation.«

»Nein«, erklärte Nakashima und schien fast geschmeichelt. »Aber auch ich beobachte seit geraumer Zeit beunruhigende Entwicklungen auf dem internationalen Finanzmarkt. Eine bislang unbekannte Gruppe ist dabei, die Machtverhältnisse in der Welt massiv zu verschieben. Ich hatte zunächst verschiedene Regierungen und auch den Vatikan in Verdacht. Aber tatsächlich scheint der Vatikan das Hauptziel dieser Gruppe zu sein. Kurz: Irgendjemand ist dabei, den Vatikan finanziell zu ruinieren.«

»Das stimmt«, seufzte Johannes Paul III. »Aber wäre das nicht genau in Ihrem Interesse?«

Nakashima faltete seine feingliedrigen Hände. »Natürlich ist mein langfristiges Ziel die Auflösung der Kirche – wie auch sämtlicher anderer Religionen. Aber ich bin nicht naiv. Ich weiß, dass dies ein Prozess ist, der sich über Jahrhunderte hinziehen kann. Ein plötzlicher Bankrott des Vatikans, wie er sich derzeit andeutet, bedroht jedoch die Stabilität der gesamten Welt. Das kann ich nicht zulassen. Nur Stabilität garantiert globales wirtschaftliches Wachstum und Wohlstand. Und damit meine ich Wohlstand für *alle* Menschen. Daher biete ich Ihnen eine Kooperation an. Eine begrenzte Kooperation gegen einen gemeinsamen Feind.«

Johannes Paul III. beugte sich vor. »Wer ist es?«

Nakashima zögerte. Dann gab er sich einen Ruck.

»Es handelt sich um ein Firmenkonsortium namens PRIOR, das offenbar über enorme Goldreserven zu verfügen scheint, mit denen es den Goldpreis manipuliert. Dahinter steckt eine Gruppe, die sich *Träger des Lichts* nennt.«

Der Papst zuckte zusammen wie unter einem elektrischen Schlag. Nakashima entging die kurze aber heftige Reaktion nicht.

»Sagt Ihnen das etwas?«

»Ja und Nein. Aber sprechen Sie bitte weiter.«

»Nein. Jetzt sind Sie an der Reihe.«

Johannes Paul III. seufzte. »Sagt Ihnen der Begriff *Nag-Hammadi* etwas?«

»Das ist, soweit ich weiß, ein kleiner Ort in Ägypten wo in den Vierzigerjahren eine Sammlung frühchristlicher Schriften gefunden wurde.«

»Sie sind vorzüglich informiert! Dieser *Nag-Hammadi-Codex* enthält Fragmente verschiedener gnostischer Schriften, hermetisch-esoterischer Texte und apokrypher Evangelien. Jene Evangelien, die nicht in die Bibel aufgenommen wurden. Ich mache es kurz. Der Codex enthält auch das sogenannte *Ägypterevangelium*, verfasst in koptischer Sprache. Es trägt auch den Titel *Heiliges Buch des großen, unsichtbaren Geistes*. Darin geht es um Seth, der als Sohn Adams zu den Lichtmächten der unteren Himmelswelt gehört und sich später in Jesus Christus inkarniert. Ein eher hermetischer Text um das Erscheinen eines Erlösers in der Welt in vierzehn Arten, nach vierzehn Äonen. Seth wird darin auch als Träger des Lichts bezeichnet. Dieses Buch hängt zusammen mit einer anderen Nag-Hammadi-Schrift, der sogenannten *Apokalypse des Adam*, die Adam seinem Sohn Seth verkündet haben soll. Darin spielen die *Träger des Lichts*, also die Nachkommen von Seth, eine entscheidende Rolle als Richter beim Ende der Welt.«

Nakashima hatte interessiert zugehört. »Das ergibt Sinn«, erklärte er ernst. »Eine Gruppe von Herätikern, die diesen apokryphen Evangelien anhängt, versucht, die katholische Kirche zu zerstören, von der sie sich jahrhundertelang unterdrückt gefühlt hat. Bestimmt zu recht.«

Johannes Paul III. runzelte die Stirn und wischte mit einer Hand ärgerlich durch die Luft. »Das ist doch ziemlich an den Haaren herbeigezogen, finden Sie nicht?«

»Im Gegenteil. Es bestätigt meinen Verdacht, dass es den *Trägern des Lichts* um mehr geht als nur Profit. Und das bedeutet, dass man sie nicht nur mit dem Schwert des internationalen Finanzsystems bekämpfen muss.«

»Und welches andere Schwert meinen Sie da?«

»Das wissen Sie besser als ich. Der Vatikan ist immer noch eine Weltmacht. Nutzen Sie sie.«

»Woher haben Sie überhaupt Ihre Informationen über diese *Träger des Lichts*? Selbst die Geheimdienste verschiedener Staaten, mit denen der Vatikan freundschaftlich verbunden ist, konnten mir nicht weiterhelfen. Oder wollten es nicht.«

»Sagen wir, ich habe gewisse Verbindungen und Möglichkeiten«, erklärte Nakashima. »Daher weiß ich inzwischen auch, wo das Zentrum dieser Gruppe liegt.«

Elektrisiert beugte sich der Papst vor. »Sprechen Sie schon!«

Nakashima wehrte ab. »Erst müssen wir noch über die Bedingungen unserer Kooperation reden.«

»Natürlich«, sagte Johannes Paul III. bitter. »Schließlich sind Sie ja Geschäftsmann. Nichts ist umsonst. Also, was verlangen Sie?«

»Erstens verlange ich absolute Offenheit. Ihr Wort reicht mir. Zweitens absolute Geheimhaltung. Keine Spielchen, keine Geheimdienste, keine Presseerklärungen, kein Wort zu niemand. Diese Kooperation bleibt eine Sache zwischen uns beiden.«

»Sie haben mein Wort. Was noch?«

»Wenn ich Ihnen helfe, Ihre Kirche vor dem Untergang zu bewahren, dann will ich, dass Sie dafür auch etwas für die Welt tun. Etwas wirklich Nachhaltiges. Ich erwarte nicht, dass Sie alles verleugnen, woran Sie und eine Milliarde Menschen zurzeit noch glauben. Das Virus Christentum wird wie alle Religionen ohnehin degenerieren und untergehen. Aber ich will, dass Sie ein deutliches Zeichen setzen. Ich will, dass Sie und Ihre Kirche ein echtes Opfer bringen. Ich will etwas noch nie Dagewesenes von Ihnen sehen. Was, das überlasse ich Ihnen. Aber Sie müssen es bald tun.«

# LIX

*15. Mai 2011, Montpellier*

»Wie kann ich Ihnen heute helfen, Mademoiselle?« Die Bibliothekarin in der Zentralbibliothek von Montpellier erkannte Maria gleich wieder.

»Ich brauche alles, was Sie zum Stichwort *Morphogenetische Felder* finden«, erklärte Maria und sah sich um, ob ihr jemand zuhörte oder gefolgt war. Seit sie die Pension verlassen hatte, wurde sie das beklemmende Gefühl nicht los, auf Schritt und Tritt beobachtet zu werden.

»Morpho ... was?«

Maria schrieb das Stichwort auf einen Zettel. Wenig später zog sie sich mit einem dicken Stapel wissenschaftlicher Fachbücher und Zeitschriften in den Lesebereich der Bibliothek zurück. Die Bibliothekarin konnte sehen, wie Maria einmal entnervt aufstöhnte und etliche der Bücher beiseiteschob.

Nach zwei Stunden Recherche gab Maria die Bücher wieder zurück und verließ die Bibliothek mit einem Zettel voller Notizen zu einem Thema, das von den Naturwissenschaften entweder ignoriert oder schlichtweg geleugnet wurde. Ebenso wie Wunder. Oder Visionen.

Das Gefühl, beobachtet zu werden, verstärkte sich, als sie auf den freien Platz vor der Bibliothek trat und die Pan-Skulptur ansah, die Peter so verstört hatte. Der Pan schien ihr eine Warnung zuzurufen. Aber eine, die längst zu spät kam. Maria sah sich auf dem belebten Platz um, konnte aber niemand entdecken, der ihr verdächtig vorkam. Einem Instinkt folgend hielt sie sich in der Nähe größerer Menschengruppen auf. Als sie ein freies Taxi entdeckte, pfiff sie einmal scharf durch die Finger und ließ sich dann zum Yachthafen fahren. Die ganze

Zeit über dachte sie an Peter. An kleine Details, die ihr an ihm aufgefallen waren. Wie er regelmäßig seinen Kopf verdrehte um eine Nackenverspannung mit einem unangenehmen Knacken zu lösen. Die kritische Falte auf seiner Stirn, wenn ihm irgendwas nicht passte. Was er über sie gesagt hatte. Seine eigene Verlorenheit, die sich manchmal wie ein Schatten über sein Gesicht legte, als ob er sich gerade an etwas erinnerte, das er vor langer Zeit verloren hatte. An die Lachfältchen um seine Augen. An sein Grinsen, wenn er sie aufzog. An die kleine Kuhle an seinem Hals, die ihr unendlich weich und unendlich verletzlich vorkam. An den Kuss. Diesen vollkommen bedeutungslosen und absurden Kuss, den sie aufrichtig beichten und vergessen würde, sobald sie Peter wiedersah. Falls sie ihn wiedersah. Denn je mehr Maria an Peter dachte, desto mehr schwoll die Gewissheit in ihr an, dass ihm auf der Insel etwas Furchtbares zugestoßen war. Dass er nicht zurückkehren würde. Diese Gewissheit, verbunden mit einem Verlangen, dass sie ebenso würde beichten müssen, erzeugte einen geradezu körperlichen Schmerz. Ihr würde übel, sie krampfte sich zusammen, hielt sich den Bauch und bat die Heilige Jungfrau um Gnade und Erlösung.

»Mademoiselle? Was nich' in Ordnung?«

Der maghrebinische Taxifahrer hatte gehalten und drehte sich besorgt zu ihr um.

»Danke, es geht schon.« Maria wischte sich die Tränen aus den Augen und versuchte zu lächeln.

»Sie kriegen doch nicht etwa ein Kind oder so?«

Maria lachte. »Seh ich etwa schwanger aus???«

Der Fahrer grinste. »Nee, stimmt.«

Sie mussten beide lachen. Maria stellte sich für einen Moment vor, wie es sein musste, schwanger zu sein.

»Dann können Sie ja beruhigt weiterfahren«, sagte Maria.

»Wir sind schon da, Mademoiselle.«

Maria bezahlte die Fahrt mit ihrem letzten Geld. Der Fahrer

gab ihr seine Handynummer. »Für falls Sie jemand brauchen, der dem Typen mal tüchtig die Fresse poliert.«

»Das besorgen gerade bestimmt schon andere«, nuschelte Maria deprimiert und stieg aus.

Der Yachthafen von Montpellier war größer, als sie gedacht hatte. Maria suchte den Hafenmeister auf und fragte ihn, ob sie irgendwo ein Boot mit Fahrer mieten könne.

»Wie viele Personen?«

»Nur ich.«

»Aha? Was haben Sie denn vor?«

»Nichts Besonderes. Eine ... Rundfahrt.«

»Rundfahrt, Rundfahrt! Rundfahrt wohin?«

Maria gab sich einen Ruck. »Zur Ile de Cuivre.«

Der Hafenmeister musterte sie wie eine Terroristin. Maria war als Nonne seltsame Blicke gewöhnt, doch nun, ohne Habit, erlebte sie zum ersten Mal echtes Misstrauen. Der Hafenmeister schüttelte nur den Kopf und schickte sie weg. Als Maria sich entfernte, konnte sie sehen, dass er zum Telefon griff. Dennoch wollte sie nicht aufgeben und nahm den ersten Anlegersteg, um sich bei den einzelnen Yachtbesitzern durchzufragen. Irgendjemand würde bestimmt Lust haben, eine junge Frau zu einer Spritztour mitzunehmen. Tatsächlich schienen einige der Bootseigner, die eifrig ihre Decks schrubbten, nicht abgeneigt, der schönen jungen Frau die See zu zeigen. Die meisten luden sie gleich auf ein Glas an Bord ein. Aber sobald sie die Kupferinsel erwähnte, winkten alle ab.

Frustriert wandte sich Maria an einen älteren Mann, der gerade sein Segelboot auftakelte.

»Monsieur! Können Sie mir wenigstens zeigen, in welcher Richtung das Fort liegt? Kann man es von hier aus sehen?«

Der Mann sah sie kurz an und wandte sich schweigend ab.

»Dort. Auf elf Uhr. Du kannst sie fast sehen.«

Eine Stimme hinter ihr. Eine vertraute Stimme. Eine vertraute

Hand, die aufs Meer deutete. Maria wandte sich um. Peter stand vor ihr und lächelte sie an.

»Peter!«, rief Maria völlig perplex. »Mein Gott, Peter, wo kommst du denn her?«

Er trug immer noch die gleichen Sachen wie am Vorabend. Sie sahen etwas schmutziger aus und salzverkrustet, aber Peter selbst wirkte unversehrt und heiter.

»Von der Insel!«, lachte er. »Ich komme direkt von dort.«

Maria war immer noch zu überrascht, um sich freuen zu können. »Aber was ... ich meine, wie bist du von der Insel zurückgekommen?«

»Ein Fischer hat mich aufgenommen. Ich habe aber ziemlich lange rufen und winken müssen, bis überhaupt jemand auf mich aufmerksam geworden ist.«

»Und ... was ist dort?«

»Nichts«, erklärte Peter. »Gar nichts. Die Insel ist vollkommen verwaist, das Gebäude total verfallen. Außer den Ratten war dort seit Jahrzehnten niemand mehr.«

Maria starrte Peter an, konnte es immer noch nicht fassen. Dann, mit einem Mal, löste sich etwas in ihr, und die Anspannung, die ganze Sorgen der letzten achtzehn Stunden fielen von ihr ab wie eine drückende Last, die ihr unverhofft abgenommen wurde.

»Peter!« Sie fiel ihm um den Hals, umarmte ihn und ließ ihren Tränen freien Lauf. »Mein Gott, ich hab gedacht, du wärst tot!«

Er hielt sie fest. Aber nicht so wie einen Menschen, den man sehr vermisst hat, sondern fast wie eine Fremde. Irgendwie auf Distanz. Maria merkte es nicht gleich. Aber als sie ihr Gesicht an seinem Hals vergrub und in ihrer Erleichterung die kleine Kuhle suchte, merkte sie, dass er irgendwie anders roch als am Vortag. Sie löste sich vorsichtig von ihm und sah ihn an.

»Was ist?«, fragte er.

»Du wirkst irgendwie so ... verändert. Ist irgendwas mit deinen Augen?«

»Ich hab nur eine lausige Nacht hinter mir auf dieser verfluchten Insel. Lass uns gehen. Hast du das Amulett?«

»Ja, klar.«

»Wo?«

Irritiert klopfte sie auf ihre Regenjacke. »Hier, natürlich.«

»Ja, natürlich.« Peter lächelte sie an. »Lass uns zur Pension zurückfahren, dann erzähl ich dir alles, auch wenn es nicht viel ist.«

Er zog sie fort.

»Warte, Peter. Ich habe schon ausgecheckt.«

»Umso besser. Dann lass uns zurück nach Rom fliegen.«

Er nahm sie jetzt fest an die Hand und ging eilig los. Maria folgte ihm bis zur nächsten Straße und überlegte die ganze Zeit, was ihr an Peter so seltsam vorkam. Was an ihm nicht stimmte.

Er hielt Ausschau nach einem Taxi.

»Ich hab aber kein Geld mehr«, sagte Maria.

»Kein Problem.« Peter griff in seine Hosentasche und zog ein Bündel Zwanzigeuroscheine heraus. Maria starrte auf das Geld. Und dann wieder auf Peters Augen.

Ein Taxi hielt. Maria erkannte den maghrebinischen Fahrer wieder und stieg mit Peter hinten ein.

»Zum Flughafen.«

»Ah, Mademoiselle!«, rief der Fahrer erfreut. »Is das der Typ, der Sie immer zum Weinen bringt?«

Maria sagte nichts. Peter musterte den Fahrer kalt.

»Halten Sie die Schnauze und fahren Sie schon.«

»Mein Angebot steht noch, Mademoiselle.«

Während der ganzen Fahrt sah Peter abwesend aus dem Fenster. Bis er merkte, dass Maria ihn die ganze Zeit über aus den Augenwinkeln beobachtete.

»Gib mir das Amulett.«

»Warum? In der Jacke ist es doch sicher.«

»Gib's mir einfach.«

Sie zögerte. »Du hast gestern gar kein Geld mitgenommen«, sagte sie plötzlich.

»Einer der Fischer hat mir was geliehen. Jetzt komm, was ist? Gib mir das Amulett.«

Maria nickte langsam und griff in ihre Regenjacke. Gleichzeitig beugte sie sich zu dem Fahrer vor, der jetzt an einer Ampel hielt. »Ich würde Ihr freundliches Angebot jetzt doch gerne annehmen, Monsieur.«

Die Augen des Taxifahrers blitzten auf. Peter sah Maria fragend an. Im selben Moment riss sie die Wagentür auf und rannte los, rannte einfach los, quer über die Straße.

»MARIA!« Peter sprang aus dem Taxi und brüllte ihr hinterher. Maria wandte sich kurz um und sah, wie er aus dem Taxi stürzte. Gleichzeitig sprang der Taxifahrer aus dem Wagen und hielt Peter fest, der ihr gerade nachrennen wollte. Dann sah sie, wie Peter eine ruckartige Bewegung machte. Etwas blitzte in der Sonne auf, und der unglückliche Taxifahrer sank röchelnd zusammen. Ein Schwall von Blut spritzte aus seinem Hals.

Maria schrie auf und rannte wieder los.

»MARIA!«

Sie wandte sich nicht mehr um, rannte einfach weiter. Hinter sich hörte sie Autos hupen und Leute aufschreien. Doch sie *wusste*, dass Peter immer noch hinter ihr her war, dass ihn niemand aufhielt. Peter. Der Mann, den sie geküsst hatte, den sie vermisst hatte wie nichts sonst auf der Welt, der einen Wunsch in ihr geweckt hatte, den eine Nonne niemals haben durfte. Der vor ihren Augen einen Mann getötet hatte, den *sie* um Hilfe gebeten hatte.

Maria rannte weiter, ohne zu sehen, wohin. Es waren kaum Leute unterwegs. Maria bog wahllos in die nächstbeste Straße ab und rannte weiter, in ein kleines Gewerbegebiet hinein. Lagerhäuser, verfallene Schuppen, abbruchreife Backsteingebäude, eingezäunte Höfe kleiner Betriebe. Auf einer Wand stand in roter Farbe: *MARIE, JE T'AIME*.

Sie konnte Peters Schritte hören, die immer näher kamen.

»Maria, bleib stehen! Ich kann dir alles erklären!«

Sie hörte nicht mehr hin, nahm einen schmalen Weg zwischen zwei Schuppen und rannte jetzt im Zickzack durch verwahrloste Höfe, in denen Berge von Autoreifen und Schrott gelagert wurden. Zwei Männer stapelten Holzpaletten und riefen ihr etwas nach. Ein kleiner Kanal am Ende des Weges zwang sie, anzuhalten und sich neu zu orientieren. Maria schnappte keuchend nach Luft, sah sich um. Keine Spur mehr von Peter. Das alarmierte sie. Sie wandte sich nach rechts, überkletterte einen Maschendrahtzaun, riss sich die Jacke auf und rannte weiter. Ein zorniger Hund schoss wie aus dem Nichts auf sie zu. Maria schrie auf, rettete sich über eine Mauer, fand irgendwie zurück in die nächste Straße und hielt verzweifelt nach einem Auto oder nach einem Menschen Ausschau, den sie um Hilfe bitten konnte. Aber niemand zu sehen. Außer Peter, der ebenfalls im gleichen Moment aus einem Hinterhof zurück auf die Straße stürzte. Keine hundert Meter von ihr entfernt. Für einen Moment sahen sie sich an. Und selbst auf diese Entfernung erkannte Maria, dass dieser Mann dort nur ein Ziel hatte: sie zu töten. Sie sah, wie Peter ein blutiges Messer zog und wieder losrannte. Maria wollte auch rennen, sie wollte es wirklich. Sie wollte rennen. Rennen, rennen, rennen. Leben. Atmen. Finden. Aber sie konnte nicht. Sie stand einfach nur da, wie festgefroren und erwartete den Tod in Gestalt des Menschen, in den sie sich verliebt hatte.

Peter sah das. Er verlangsamte seinen Schritt und breitete die Hände aus.

»Gib mir einfach das Amulett.«

Maria schüttelte nur stumm den Kopf.

»Wie du willst.« Er kam wieder näher.

In diesem Moment sah Maria einen Wagen hinter Peter auf die

Straße einbiegen. Der Wagen gab Vollgas, die Reifen quietschten. Peter wandte sich um, trat einen Schritt zur Seite und wirkte kurz irritiert, als der Wagen voll auf ihn zuhielt. Mit einem Sprung versuchte er noch, sich in Sicherheit zu bringen, doch der Wagen erwischte ihn mit dem Seitenspiegel an der Hüfte. Maria hörte einen Schlag, sah, wie Peter herumgewirbelt wurde und aufs Pflaster stürzte. Der Wagen fuhr einfach weiter, bog auf die Straße zurück und hielt jetzt auf Maria zu. Maria rannte wieder los, versuchte, sich irgendwie vor dem Wagen in Sicherheit zu bringen. Doch der Wagen schnitt ihr den Weg ab und kam mit einer Vollbremsung vor ihr zum Stehen. Maria robbte über die Motorhaube und rannte weiter. Die Fahrertür des Wagens flog auf. Ein Mann stürzte aus dem Wagen, rannte Maria hinterher und hielt sie fest.

»Zum Teufel, Maria, bleib hier!«

Maria starrte den Mann entgeistert an. Ohne sich zu wehren, ließ sie sich von ihm zurück zum Wagen zerren.

»Los, rein da, wir müssen hier weg.«

Der Mann drückte Maria auf den Beifahrersitz, knallte die Tür zu, lief um das Auto herum und ließ sich auf den Fahrersitz fallen. Er sah sie an.

»Alles okay mit dir?«

Sie schüttelte stumm den Kopf. Der Mann lächelte, sah noch einmal nach hinten, wo Peter sich gerade stöhnend aufrichtete, und startete dann den Wagen.

»Schnall dich an.«

Sie nickte. »Ja, Papa.«

# LX

*15. Mai 2011, Ile de Cuivre, Mittelmeer*

*H*äschen in der Grube, saß und schlief, saß und schlief. Armes Häschen, bist du krank, dass du nicht mehr laufen kannst?

»Du hast nicht mehr viel Zeit, *Micama*. Er ist unterwegs. *Wearily Electors*. Er ist schon hier. Töte mich und ich zeige dir einen Weg fort von dieser Insel.«

»Das kann ich nicht.«

»Du musst, Peter. Wenn du diese Insel jemals lebend verlassen willst. *Oanio yore vohima*. Und nicht nur du wirst sterben. Viele Menschen werden sterben, die Welt wird untergehen, wenn du sie nicht rettest.«

»Ich kann nicht.«

»Doch, du kannst. Du willst es sogar, *Micama*. Du hast die ganze Zeit davon geträumt. *Uirequo ope copehanu*. Schau mich doch an, es ist ganz leicht, mich zu töten.«

Kelly kam immer näher. Peter wich zurück und sah den ausgemergelten, kotverschmierten Wahnsinnigen an, dessen Tod er sich seit einem Jahr mehr als alles andere gewünscht hatte. Jetzt aber empfand er bei seinem Anblick nur noch Abscheu. Kelly war schon längst tot.

»Sag mir, wo dieser Weg ist und ich bringe uns beide hier raus.«

»*Niiso*, Peter Adam! *Od vabezodire cameliaxa*, schön's Blümelein. Es soll und muss gestorben sein. So läuft das. Du musst mich töten.«

Kelly keuchte und schmatzte heiser. Peter dachte nach. Er dachte an jenen Tag in Kundus zurück, sah die Leiche des Mannes vor sich, den er erschossen hatte. An jenen Tag vor vielen Jahren, als er sich geschworen hatte, nie wieder zu töten. Das

Jucken, das ihn quälte, seit er auf der Insel erwacht war, kehrte zurück, schlimmer als zuvor. Und er verstand, dass das Jucken ein Zeichen war.

Dass Kelly recht hatte.

»In Ordnung«, erklärte Peter schließlich. »Ich werde dich töten. Also, wo ist dieser Weg?«

»Schwöre es, *Micama*!«

»Das ist nicht nötig. Ich werde dich töten, Kelly.«

»Schwöre!«

»Also gut, ich schwöre.«

Kelly wirkte erleichtert. Wie erlöst. Er schien sich zu freuen, sprang auf und hüpfte in grotesken Sprüngen durch die Zelle. Peter packte ihn und hielt ihn fest.

»Und jetzt sag mir, wie ich von hier verschwinden kann.«

Kelly schmatzte laut, als prüfe er seine Erinnerung im Mund. Dann kam er nah an Peter heran und flüsterte in Peters Ohr.

»Es gibt einen alten Abwasserkanal. *Tolahame caosago homida* liegt er. Unter der Halle mit dem *Sigillum Dei*. Sehr alter Schacht, keiner kennt ihn, nur ich und die *Ooaona*.« Er kicherte. »Ich bin eine *Ooaona*, ich krieche herum, ich krieche um die *Tabula Santa*, ich schnüffele Salzluft, ich finde den Schacht. Sehr alter *Darisapa*, sehr eng, sehr tief.«

»Wo führt er hin?«

»In die Tiefe, Peter! *Berinu orocahe*. In die große Dunkelheit. Ins Meer, ins große, große Meer, Peter!«

Peter wurde übel. Enge, Dunkelheit, Wasser. Die Dämonen seiner Albträume. Die drei Dinge, vor denen er sich fürchtete wie sonst nichts auf der Welt. Panik ergriff ihn.

»Bist du ganz sicher, dass das der einzige Weg ist, Kelly? Gibt es keinen anderen?«

»Nein, Peter, das ist der Weg. Du musst ihn gehen. *Das ist der Kelch, von dem du trinken musst. Hoathahe Saitan!*«

Kelly kicherte wieder heiser. »Du hast es geschworen. Jetzt töte mich.«

»Nein, Kelly, erst will ich diesen Schacht sehen. Sobald ich sicher bin, dass du nicht gelogen hast, werde ich dich töten.«

Kelly stieß einen zornigen und jammernden Laut aus und wälzte sich auf dem Boden. »Betrüger!«, zischte er. »*Nonuci dasontif Babaje!* Verflucht sollst du sein.«

Peter packte Kelly erneut und schlug ihm heftig ins Gesicht. Kelly heulte auf wie ein geschlagener Hund.

»Warum tust du das, *Micama*?«

»Hör auf, den Wahnsinnigen zu spielen, Kelly. Ich werde dich töten, aber vorher musst du mir noch ein paar Dinge verraten.«

»Aber ich bin wahnsinnig, Peter. Vollkommen *dooainu*!«

Kelly wollte sich aus Peters Griff befreien, aber Peter hielt ihn eisern fest.

»Wer sind diese *Träger des Lichts*? Was wollen Sie? Beantworte meine Fragen, Kelly, oder ich vergesse meinen Schwur.«

Kelly wand sich, spuckte Peter an. »Das wirst du nicht tun! *Casaremanu hoel-qo!*«

»Oh doch, Kelly. Ich werde dich einfach hier zurücklassen, und sie werden weiterhin das mit dir machen, was sie schon die ganze Zeit machen. Es wird niemals aufhören. Du wirst nicht sterben können.«

Kelly schrie auf. Dann aber beruhigte er sich wieder und kniete sich vor Peter hin, sah ihm in die Augen. Trotz der Dunkelheit der Zelle erkannte Peter, dass Kellys Blick ganz klar wurde.

»*Hoathahe Saitan!* Vielleicht habe ich Sie unterschätzt, Peter«, sagte er, und seine Stimme klang vollkommen normal. »Sie wollen wissen, wer die *Träger des Lichts* sind? Aber Sie wissen es doch längst, Peter, Sie haben es nur vergessen. Wie Sie auch vergessen haben, dass Sie ein Mörder sind. Sie haben Ellen getötet und noch viele andere Menschen mehr.«

Peter schlug wieder zu. Sehr hart. Einmal. Zweimal. Schlug zu und schrie Kelly an.

»Das ist nicht wahr! Das ist nicht wahr, du miese Ratte.«

»Ja, töte mich, *Micama*, töte mich jetzt!«, fiel Kelly wieder in sein wahnsinniges Gebrabbel zurück. »*Hoathahe Saitan!*«

Peter ließ von Kelly ab. Düstere Bilder stiegen vor ihm auf, Bilder von Ellens Leiche und von einem Mann und einer Frau, die in einem langen Flur standen und ihm etwas zuriefen. Er solle kommen. Er solle sich beeilen.

»Du bist *ilasa*, Peter. Verflucht. *Hoathahe Saitan!* Du wirst sterben, wenn du nicht bald fliehst.«

»Halt's Maul!« Stöhnend presste sich Peter die Hände an die Schläfen.

*Saß und schlief ...*

Und dann noch ein Gedanke. Ganz klar.

*Du wirst jetzt verrückt, falls du es nicht längst bist. Akzeptiere es. Du. Wirst. Jetzt. Wahnsinnig.*

»Nein!«, schrie Peter auf, um die albtraumhaften Bilder abzuschütteln. Keuchend sah er zu Kelly, der ihn mitleidig betrachtete und sich nachlässig die Narbe seines verstümmelten Ohrs knetete.

»Wie ist das, Peter?«, fragte Kelly interessiert und offenbar wieder bei Verstand. »Wenn Sie Ihre Migräneanfälle kriegen und diese Dinge sehen, die Ihnen so bekannt vorkommen, als hätten Sie sie schon einmal erlebt? Wenn Sie eine fremde Sprache hören, die Sie plötzlich kennen. Glauben Sie wirklich, dass das nur gewöhnliche Déjà-vus sind?« Kelly lachte. »Es sind Erinnerungen, Peter. Lassen Sie sie zu.«

»Was wissen Sie über mich?«, keuchte Peter.

»Ich weiß so viel, Peter. Vergessen Sie nicht, dass ich mit den Engeln rede. *Hoathahe Saitan!* Fragen Sie Ihre Eltern, Peter.«

»Meine Eltern sind tot!«

»Ja, natürlich. Verzeihen Sie, das war pietätlos von mir.«

»Wer sind diese *Träger des Lichts*?«

»Ein mächtiger Orden. *Zodi od Zodameranu.* Sie forschen nach dem Großen Geheimnis. Sie sind schon ganz nah dran.«

»Welches Geheimnis? Den Templerschatz?«

»Oh, der Templerschatz! Ja, genau, den meine ich wohl. Aber was ist der Schatz? Der Schatz, der Schatz, der Schatz. Jeder sucht ihn, keiner kennt ihn. Niemand hat ihn. *Hoathahe Saitan!* Die Zahl weist den Weg. 306, die Zahl der Apokalypse. Nach dem Prozess haben sich die Templer in alle Winde zerstreut und mit ihnen das Wissen um das Große Geheimnis. Aber schon wenige Jahre später haben sie sich heimlich wieder neu formiert, allerdings in zwei Gruppen. Die Avignoneser Gruppe verfolgte weiterhin im Geheimen die ursprünglichen Ziele. Die andere Gruppe jedoch, jene, die sich *Träger des Lichts* nannten und auf einer verfluchten Insel in der Lagune von Venedig zusammenfanden, wo man zu Zeiten der Pest die Kranken hingeschafft hatte, wollte Rache. Rache für die Zerschlagung des Ordens. Rache an der Welt und an der Kirche, die sie verraten hatte. Sie nennen sich auch die Söhne von Seth, dem Sohn Adams. Oder dem ägyptischen Gott der Zerstörung, wie Sie wollen. Jedenfalls tragen all ihre Führer seit Jahrhunderten diesen Namen: Seth. Und 306 ist seine Zahl. 306, weißt du nicht, was diese Zahl in der Kabbala bedeutet?«

Kelly malte ein hebräisches Wort in den Schmutz auf dem Boden.

סרה

»Das bedeutet *Heress*!«, zischte er. »Zerstörung. *Hoathahe Saitan!* Denn die *Träger des Lichts* glauben an das ägyptische Evangelium, an die Apokalypse des Adam. Aber die 306 hat auch noch eine andere Bedeutung.«

Kelly kratzte ein weiteres hebräisches Wort in den Schmutz.

שבד

»Das bedeutet *Dwasch* – Honig. Verstehst du, *Micama*? Erkennst du die Wahrheit? Es ist beides: Bitternis und Süße. Hölle und Paradies. Schmerz und Lust. Anfang und Ende.«

»Das klingt total bescheuert, Kelly. Diese angebliche Apokalypse des Adam ist ein esoterisches Märchen.«

»Glauben Sie es oder nicht, Peter. Jedenfalls waren die Templer fortan geteilt. Beide Orden wurden sehr mächtig. Und über die Jahrhunderte entwickelte sich zwischen ihnen ein erbitterter Krieg um das Große Geheimnis. Denn mit der Zerschlagung der Templer war dieses Geheimnis verloren gegangen. Man weiß nur eines ...«

Kelly malte mit dem Finger ein mehrfach gekreuztes Strichzeichen in den Schmutz auf dem Boden. Ein Zeichen mit kleinen Kreisen und Rauten, das Peter inzwischen nur allzu vertraut war:

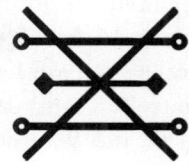

»Das verfluchte Zeichen«, sagte Kelly und spuckte aus. »Das Zeichen ist der Schlüssel. Merken Sie sich das, Peter: Das Zeichen ist der Schlüssel. Drei Null Sechs macht Neun. Neun Schlüssel sind in der Welt. Neun Schlüssel, mit den Resten der Templer in alle Winde zerstreut. Aber der Schlüssel mit diesem Zeichen hält sie alle zusammen. Diesen Schlüssel suchen die *Träger des Lichts*. Und die Engel der Hölle haben mir gezeigt, wo sie ihn finden können. Bei Ihnen, Peter, und Ihrer kleinen Freundin.«

»Sie sprechen also da unten in der Halle mit den Engeln.«

»Oh ja. Wobei der Begriff *Engel* etwas irreführend ist. Die Wesen, mit denen ich in Kontakt trete, sind ... wie soll ich sagen ... eher auf der unfreundlichen Seite. Obwohl mich das *Sigillum Dei* schützt, ist der Kontakt immer sehr qualvoll. So unendlich qualvoll. Oh, diese furchtbare Sprache! *Ohyo!*

*Ohyo! Noibe Ohyo!* Hätte ich sie doch nie entdeckt. Lassen Sie mich sterben, Peter! Schenken Sie mir den Tod.«

*Die Sprache!*

»Was für eine Sprache ist das, Kelly?«

»Spielen Sie nicht den Naiven, Peter. Ich habe längst gesehen, dass Sie sich an diese Sprache erinnern. *Hoathahe Saitan!* Erinnern Sie sich? Henochisch. Die Sprache der Engel und Dämonen.«

*Er hat recht, und du weißt es! Saß und schlief ...*

Peter versuchte, seine Gedanken zu ordnen. Barfuß trat er in die Splitter seiner Erinnerung und empfand nur Schmerz. Den Schmerz, von etwas Geliebtem losgerissen zu werden. Den Schmerz, nicht mehr vollständig zu sein. Er konnte nicht leugnen, dass ihm diese henochische Sprache irgendwie vertraut vorkam. Teile davon verstand er seltsamerweise sogar.

*Aber warum? Wann hast du diese Sprache gelernt?*

»Sag mir die Wahrheit, Kelly! Wer hat Ellen getötet?«

Kelly wischte sich das Blut aus dem Mundwinkel. »Die Wahrheit? Wie wollen Sie die Wahrheit erkennen, wenn Sie nicht einmal bereit sind, sich zu erinnern? Die *Träger des Lichts* suchen fieberhaft nach den neun Siegeln, um eine neue Weltordnung zu errichten. Das ist die Wahrheit.«

Peter schüttelte Kelly heftig. »Jetzt reicht's, Kelly! Ich will die Wahrheit!«

»Das finden Sie also abwegig? Sie wissen es doch besser, Peter, Sie haben es doch in Ihrer Vision gesehen, oder etwa nicht? Die *Träger des Lichts* werden ihre Rache vollstrecken und den Vatikan und die katholische Kirche zerstören. Und zwar schon während der nächsten Sonnenfinsternis. Während des Konklaves. Es hat längst begonnen, Peter. Neuseeland, Japan, Libyen, die ISS – das waren Vorzeichen. Die Prophezeiung des Malachias wird sich erfüllen. Der nächste Papst wird Petrus heißen. Und das wird erst der Anfang vom Ende sein. Die Apokalypse, Peter, beginnt in drei Tagen.«

# LXI

*15. Mai 2011, Vatikanstadt*

Oberstleutnant Res Steiner fand seinen Kommandanten ungewöhnlich still und noch verschlossener als sonst, als er am Abend in die Kaserne der Schweizergarde zurückkehrte. Kein Wort der Erklärung, wo er die letzten beiden Tage verbracht hatte. Bühler grüßte nur flüchtig und schloss sich sofort in seinem Büro ein. Die Gardisten in der *sala operativa* sahen sich ratlos an und zuckten mit den Achseln. Ungewöhnlich genug, dass der Oberst die Kaserne mitten in einer ihrer wichtigsten Operationen verlassen hatte, aber dass er bei seiner Rückkehr nach beinahe zwei Tagen noch nicht einmal eine Lagekonferenz einberief oder sonst irgendeine Erklärung abgab, war äußerst befremdlich. Res Steiner ließ daher nur ein paar Minuten vergehen, bis er an die Tür seines Kommandanten klopfte. Keine Antwort.

»Herr Oberst?«

Bühler reagierte nicht. Steiner wurde nervös. Er wusste nicht, dass Bühler sich auf der anderen Seite der Tür gerade seine SIG P220 an die Schläfe hielt, aber er wusste genug über seinen Kommandanten, um dieses Schweigen für ein Alarmsignal zu halten.

»Herr Oberst, bitte machen Sie auf!«

Steiner winkte bereits zwei der Gardisten zu sich. Doch in diesem Augenblick ging die Tür auf, und Bühler ließ ihn herein. Für einen Moment dachte Steiner, er habe geweint.

»Ist alles in Ordnung, Herr Oberst?«

»Ja. Wie ist die Lage?«

»Keine besonderen Vorkommnisse, Herr Oberst. Die wahlberechtigten Kardinäle sind vollzählig eingetroffen und werden morgen zur Sicherheitseinweisung in die Sixtinische Kapelle kommen.«

»Sehr gut, danke.« Bühler blickte seinen Oberstleutnant an. »Sonst noch was, Steiner?«

Steiner fühlte sich unbehaglich. Die Veränderung des Kommandanten war zu offensichtlich. Ganz abgesehen von der Waffe auf seinem Schreibtisch. Ihn direkt zu fragen, traute er sich jedoch nicht.

»Was war denn jetzt mit dieser Spur in Venedig? Haben Sie etwas herausgefunden?«

»Nein«, erwiderte Bühler knapp. »Die Spur führte ins Nichts. Schöne Scheiße.«

Steiner konnte sehen, dass Bühler verzweifelt mit den Tränen rang. »Wenn ich irgendetwas für Sie tun kann, Herr Oberst ...«

»VERSCHWINDEN SIE ENDLICH!«, brüllte ihn Bühler unvermittelt an. »Und schließen Sie verdammt noch mal die Tür!«

Er brauchte ein paar Minuten, um sich zu fangen. Um sich darüber klar zu werden, dass er sich vor der Verantwortung seiner Schwester und seinem Eid gegenüber nicht drücken konnte, so sehr beides auch unvereinbar gegeneinanderstand. Sein eigenes Leben erschien ihm dabei völlig bedeutungslos. Aber weder sein Tod noch seine freiwillige Demission würden daran etwas ändern. Steiner, den er fast als eine Art Freund betrachtete, konnte er ebenso wenig ins Vertrauen ziehen wie Menendez oder sonst irgendjemand. Bühler war sicher, dass die Leute, die seine Schwester gefangen hielten, ihn ständig überwachten. Er konnte niemandem mehr trauen.

Außer einem vielleicht. Aber auch das war nicht sicher.

»Steiner, tut mir leid«, erklärte Bühler, als er aus seinem Büro trat. »Kommt nicht wieder vor. Ich bin stinksauer wegen dieser zwei verlorenen Tage.«

Steiner nickte. Damit war die Sache für ihn erledigt.

Bühler sah auf die Monitorwand und suchte die Kamera, die das ehemalige Gärtnerhäuschen zeigte.

»Was macht die Observierung des Paters?«

»Keine besonderen Vorkommnisse, Herr Oberst.«

»Bleiben Sie trotzdem weiter dran. Lagebericht in zehn Minuten im Konferenzraum.«

Nach der Lagebesprechung, die kürzer als gewohnt ausfiel und die Bühler nur mit halbem Ohr verfolgte, ließ er sich bei Kardinal Menendez anmelden. Der Kardinal empfing den Chef der Schweizergarde mit Vorwürfen.

»Wo, in Herrgotts Namen, haben Sie gesteckt, Oberst?! Das ist ein ungeheuerlicher Vorfall. Wir befinden uns in der größten Bedrohungslage, die der Vatikan seit zweihundert Jahren erlebt hat, und der Kommandant der Schweizergarde macht sich zwei schöne Tage am Lido von Venedig!«

»Mit Verlaub, Eure Eminenz, es handelte sich um eine Ermittlung. Es war dringend.«

»Dann lassen Sie mal hören, Oberst!«

»Es ist noch zu früh für eine abschließende Bewertung. Aber nach meinen Informationen hat sich die Bedrohungslage verschlechtert.«

»Was soll das heißen, Oberst?«

»Evakuieren Sie das Kardinalskollegium!«, platzte Bühler heraus.

»Was sagen Sie da? Ich soll das Konklave abblasen?«

»Nein, das nicht. Verlegen Sie es nur. An einen geheimen Ort. Ein Kloster außerhalb von Rom, zum Beispiel. Das könnte die Garde auch viel wirkungsvoller schützen.«

»Sind Sie noch ganz bei Verstand, Bühler? Haben Sie getrunken? Das Konklave *muss* im Vatikan stattfinden! Ich will jetzt konkret von Ihnen wissen, von welcher Bedrohung Sie sprechen.«

»Dazu kann ich im Moment nichts sagen, Eure Eminenz.«

Kardinal Menendez kam dicht an Bühler heran und fixierte ihn.

»Sie sehen schlecht aus, Bühler. Fahle Haut, Ringe unter den Augen. Sie schwitzen. Sie blicken zu Boden, wenn Sie mir antworten. Wenn ich Sie nicht schon eine Weile kennen würde, müsste ich ihr Verhalten höchst verdächtig finden.«

»Bitte, Eure Eminenz, ich kann zum derzeitigen Zeitpunkt nicht mehr sagen. Vielleicht sind meine Informationen sogar falsch. Aber ich halte es trotzdem für sicherer, das Konklave zu verlegen.«

»Wissen Sie was, Bühler«, zischte der Kardinal. »Ich werde gar nichts tun, solange Sie die Karten nicht auf den Tisch legen. Was denken Sie, wer Sie sind? Sie sind ein Soldat! Und ich bin zurzeit Ihr Oberbefehlshaber! Ist das klar?«

»Vollkommen klar, Eure Eminenz.«

»Und Sie haben mir immer noch nichts zu sagen, Oberst?«

»Nein, Eure Eminenz.«

Menendez lehnte sich zurück. »Das Konklave wird wie geplant in der Sixtinischen Kapelle stattfinden. Und zwar in drei Tagen! Und sollte ich in dieser Zeit auch nur den Hauch eines Verdachts hegen, dass Sie Ihrer Aufgabe nicht mehr gewachsen sind, dann lasse ich Sie unverzüglich ablösen. Niemand ist unersetzlich, Oberst. Auch Sie nicht.«

Panik befiel Bühler. Falls Menendez ihn ablösen ließ, war alles verloren. Dann war Leonie tot.

»Ich habe verstanden, Eure Eminenz.«

»Umso besser. Das war's dann, Oberst.«

Von: meli@vatican.va
An: manzoni@vatican.va
15. Mai 2011 10:45:11 GMT+01:00
Betr.: Curriculum Vitae Kardinal Alberti
Anhang: AlbertiCV.pdf

Lieber Herr Manzoni,

wie angekündigt schicke ich Ihnen einen ausführlichen Lebenslauf des Bischofs von Turin, Sig. Kardinal Alberti. Seine Eminenz ist bereits in großer Vorfreude auf das in wenigen Tagen bevorstehende Konklave. Wie Kardinal Alberti kürzlich bei einer Konferenz zur Verbesserung der Beziehungen zwischen katholischer Kirche und Judentum in New York ausführte, »bleiben das Papsttum und der Pontifex persönlich ein Garant für stabile Beziehungen, Frieden und Toleranz zwischen Juden, Christen und anderen Religionsgemeinschaften«.

Kardinal Alberti, der das Amt des Papstes selbst nicht anstrebt, setzt sich bereits seit 1985 aktiv für einen interreligiösen Dialog mit dem Islam ein und hat als Bischof von Turin entscheidend an wichtigen kurialen Enzykliken mitgewirkt. Wie Sie wissen, ist Kardinal Alberti darüber hinaus in der Diözese Turin äußerst beliebt und wegen seiner Begeisterung für Juventus Turin auch als »Bischof des Volkes« bekannt.

Der Kardinal steht Ihnen in den nächsten Tagen gerne für ein Interview zu Verfügung.

Mit herzlichen Grüßen

Mons. Franco Meli
Privatsekretär Kardinal Meli
Via Lombardi 27
00187 Roma

Von: stempf@erzbistum_koeln.de
An: hilmer@faz.net
15. Mai 2011 12:23:51 GMT+01:00
Betr.: RE: Interview mit Kardinal Schiekel

Sehr geehrter Herr Hilmer,

gerne bestätige ich Ihnen den gewünschten Interviewtermin mit Kardinal Schiekel am 16.5.2011 um 10.30 Uhr im Hotel Columbus. Ich erwarte Sie in der Lobby.

Kardinal Schiekel würde mit Ihnen gerne über seine Vorstellungen für eine innere Erneuerung der Kirche sprechen. Er bittet jedoch um Verständnis, dass er sich nicht zu Interna und Vorbereitungen zum Konklave äußern wird bzw. Spekulationen über Wahlchancen einzelner Kardinäle abgeben wird.

Das Erzbistum Köln steht als zweitgrößte Diözese der Welt in besonderer Verantwortung bei Fragen zur Einheit der Kirche. Daher verfolgen wir die Wahl des neuen Pontifex auch mit besonderer Spannung.

Mit herzlichen Grüßen

Christoph Stempf
Pressesprecher des Erzbistums Köln
Marzellenstraße 32
50668 Köln

# LXII

*15. Mai 2011, Ile de Cuivre, Mittelmeer*

Peter hörte ferne Schritte über sich. Murmelnde Stimmen, die zu einem monotonen Singsang anschwollen. Kelly geriet sofort in Panik.

»Er kommt! *Vaunala cahisa!* Töte mich, Peter! Töte mich schnell! Ich hab dir alles gesagt, *Micama. Bajile madarida cahiso darisapa!* Ich will nicht wieder mit den Engeln sprechen.«

»*Wer* kommt da?«

»ER! *Wearily Electors. Hoathahe Saitan!* Töte mich, Peter! Du hast es geschworen.«

Die Schritte näherten sich jetzt der Zelle. Die Tür wurde entriegelt. Kelly floh mit einem irren Jaulen in die hinterste Ecke der Zelle.

Zwei Mönche mit Kapuzen betraten die Zelle. Ohne ein Wort packten sie Peter und zogen ihn mit sich. Peter wehrte sich, aber der Griff der Mönche war hart und unerbittlich. Sie schleiften ihn einfach mit sich.

»Du hast es geschworen!«, kreischte ihm Kelly hinterher.

Die beiden Mönche zerrten Peter die Treppe hinauf in die Halle mit dem steinernen *Sigillum Dei*, in der Peter das Beschwörungsritual beobachtet hatte. Wie in der Nacht zuvor standen elf Mönche in weißen Roben im Kreis um den großen Stein mit dem okkulten Symbol herum und brummten den gleichen beschwörenden Singsang. In der Mitte stand ein weiterer Mönch, ebenfalls in einer weißen Robe, das Gesicht unter der Kapuze jedoch mit einer Maske bedeckt.

Die beiden Mönche, die Peter aus der Zelle geholt hatten, stellten ihn in die Mitte der Halle vor den Stein und reihten sich in den Kreis der anderen ein. Vierzehn Mönche. Ein Gedanke ging Peter durch den Kopf.

*Warum vierzehn? Warum nicht zwölf oder sieben oder neun?*

»Willkommen, Peter!«, begrüßte ihn der Mönch mit der Maske. »Kennen wir uns?«, fragte Peter zurück.

»Oh, ja, Peter! Wir haben uns nur lange aus den Augen verloren. Man hat dich gut vor mir versteckt. Aber das Licht hat dich wieder zu mir geführt.«

Peter würgte die Angst hinunter und suchte den Boden der Halle nach dem Zugang zu jenem Abwasserkanal ab, von dem Kelly gesprochen hatte.

»Sind Sie Seth?«, fragte er, um Zeit zu gewinnen.

»Du hast viele Fragen, Peter.« Er wandte sich den anderen Mönchen zu und machte eine herrische Handbewegung. Wie auf Kommando verließen die Mönche hintereinander die Halle. Peter blieb mit dem Mann zurück. Seth, höchstwahrscheinlich.

»Ich will dir etwas zeigen, Peter. Komm.«

Seth winkte Peter zu sich an den Stein. Peter trat zögernd näher.

*Tu es! Tu es jetzt. Sie werden bald zurückkommen.*

»Was ist mit Maria?«, fragte er.

»Sie lebt. Leider ist sie immer noch im Besitz des Relikts. Ob sie weiterleben wird, hängt ganz von dir ab, Peter. Du weißt, dass ich dieses Relikt haben muss, nicht wahr?«

»Wie viele Menschen haben Sie dafür bereits getötet?«

»Der Tod, Peter, bedeutet nichts im Angesicht des Lichts. Aber komm!« Seth winkte ihn näher und deutete auf das *Sigillum Dei*. »Was würdest du sagen, wenn ich dir absolute Macht versprechen würde? Wirklich absolute Macht.«

»Ich würde Sie für wahnsinnig halten. Aber das tue ich ohnehin schon.«

»Du musst deinen Geist öffnen, Peter. Du musst erkennen, dass du dein Leben bisher in einem Gefängnis verbracht hast. Aber ich kann es aufschließen. Schau!«

Er legte einen kleinen goldenen Brocken von der Größe einer Haselnuss in die Mitte des okkulten Siegels.

»Weißt du, was das ist? Reines Gold. Hundert Prozent reines Gold. Gold, wie es in der Natur nicht vorkommt.«

»Und jetzt wollen Sie mir erzählen, dass Sie das Geheimnis zur Metallumwandlung geknackt haben.«

»Die Frage ist, willst du diesen Weg mit uns beschreiten und ein *Träger des Lichts* werden?«

»Oder?«

Seth wandte sich gleichgültig ab. »Oder willst du hier sterben?«

In diesem Moment entdeckte Peter eine Fuge im Boden neben dem Stein. Eine kreisförmige Fuge. In der Mitte des Kreises war ein verrosteter Ring eingelassen worden.

*Jetzt! Jetzt oder nie.*

Seth wandte sich wieder zu ihm um.

»Hast du mich verstanden, Peter? Du hast die Wahl. Absolute Macht oder qualvoller Tod.«

Peter kam näher und sah Seth in die seltsam glanzlosen Augen. »Ich habe schon verstanden«, sagte er und schlug zu.

Er zielte auf den Kehlkopf und legte sein ganzes Gewicht in den Schlag. Mit einem Röcheln sackte Seth zusammen und hielt sich gurgelnd den Hals. Peter legte sofort noch einmal nach und platzierte zwei harte Leberschläge. Unfähig zu schreien und um Atem ringend, krümmte sich Seth am Boden.

Peter verlor keine weitere Sekunde. Er stürmte zurück in den Keller, riss den Riegel von der Tür zu Kellys Zelle und zerrte den verängstigten Irren aus seiner Ecke.

»Komm schon, Kelly, wir haben nicht viel Zeit.«

»Töte mich, Peter! Töte mich gleich jetzt!«

»Später. Erst kommst du mit. Und keinen Mucks, oder sie werden dich wieder holen.«

Peter schleifte den nackten Kelly brutal nach oben in die Halle, wo Seth immer noch röchelnd auf dem Boden lag.

Entsetzt starrte Kelly auf den Mann in der weißen Mönchsrobe und begann zu zittern.

*»Nonuci dasontif Babaje od cahi ...«*

Peter hielt ihm den Mund zu. »Still, sag ich!«, zischte er. »Hilf mir!«

Er packte den rostigen Griff des steinernen Kanaldeckels, den er entdeckt hatte, und zerrte mit aller Kraft. Der Stein bewegte sich keinen Millimeter. Peter richtete sich ächzend auf. Er sah, dass Seth mühsam versuchte, sich aufzurichten. Kelly drückte sich panisch in eine Ecke der Halle und wimmerte nur noch.

Peter versuchte es erneut. Wieder ohne Erfolg. Dann kam ihm eine Idee. Er rannte zurück in die Zelle, schnappte sich den Eimer mit Kellys gesammeltem Urin und entleerte die stinkende Brühe über der Fuge. Seth kam langsam wieder auf die Füße. Peter wandte sich rasch um und schlug ihn erneut nieder. Dann zerrte er wieder an dem Eisenring. Geschmiert durch Kellys Pisse der letzten Wochen ließ sich der Stein nun langsam anheben. Peter zerrte mit aller Kraft, bis sich der Deckel mit einem schmatzenden Geräusch aus seiner Mulde heben ließ. Fauliger Gestank schlug Peter aus dem Loch darunter entgegen.

Hastig schnappte sich Peter Kelly und drängte ihn zu dem Loch.

»Du gehst vor!«, zischte er.

Kelly sträubte sich wie eine Katze, doch Peter brachte ihn mit zwei Schlägen zur Räson und drückte den dürren Mann in den stinkenden, dunklen Schacht.

Bevor er jedoch seine Angst überwand und sich selbst in den engen Schacht hinabzwängte, trat er noch einmal zu dem bewusstlosen Seth und nahm ihm die Maske ab. Ein altes, hageres Gesicht, soweit Peter das in dem Licht der Fackeln erkennen konnte. Keine besonderen Merkmale. Ein kahler Schädel, eine Narbe auf der Stirn, wie ein großes V. Augen ohne Glanz. Peter hatte diesen Mann nie zuvor gesehen. Diese eine Begegnung mit ihm reichte völlig. Er würde das Gesicht ohnehin nie vergessen.

Rasch durchsuchte Peter die Robe und die Taschen des Mannes. Er fand allerdings nur eine Kette mit einem goldenen Medaillon, die Seth um den Hals trug. Ohne das Medaillon genauer zu untersuchen, nahm Peter es an sich. Er musste es in der Hand behalten, da der Klinikkittel, den er immer noch trug, keine Taschen hatte.

Es wurde Zeit. Peter zwängte sich hinter Kelly in den Schacht. Die Panik vor der Enge, der Dunkelheit und dem Wasser, das ihn erwartete, raubte ihm beinahe den Atem und alle Kraft. Doch Peter wollte leben. Also zwängte er sich weiter in den Schacht, der viel zu klein war, renkte sich fast die Schultern aus, keuchte, fluchte, schrammte sich Arme und Schultern an dem Stein blutig und rutschte langsam tiefer. Immer tiefer.

Nach einigen Metern trat er auf Kellys Kopf, und von unten hörte er einen erstickten Laut.

»Weiter, Kelly! Geh weiter!«

Der Schacht führte etwa drei Meter abwärts, dann machte er einen scharfen Knick und mündete in einen etwas größeren Kanal. Kelly und Peter hatten Mühe, sich in diesen Kanal hineinzuzwängen, aber sobald sie es geschafft hatten, konnten sie sich umdrehen und auf allen vieren weiterrobben. Die ganze Zeit über hielt er die Kette, die er Seth abgenommen hatte, fest in der Hand.

»Welche Richtung, Kelly?«

»Ich weiß es nicht!«, wimmerte der Engländer.

Peter prüfte die Luft. Er meinte, einen schwachen Lufthauch von links zu spüren, und ging vor.

Sie krochen durch vollkommene Dunkelheit, in einem Schlamm aus Brackwasser, verfaulten Algen und dem Unrat der letzten Jahrhunderte. Ein bestialischer Gestank. Immerhin lenkte er Peter von seiner Platzangst ab. Sie krochen immer weiter, folgten der Biegung des alten Rohres, während weiter oben Seth wieder zu sich kam und seine Leute alarmierte. Aufgeregte Stimmen, gebrüllte Kommandos drangen durch den alten Kanal. Aber davon bekamen Peter und Kelly nichts mit. Sie krochen nur auf allen vieren weiter durch Dunkelheit und Gestank wie durch einen nicht enden wollenden Albtraum.

Bis er schließlich das Meer hörte.

Er hatte den Ausgang von Weitem nicht gesehen, da es draußen bereits dunkel war. Aber jetzt hörte er das Meer, schmeckte frische Salzluft. Gischt spritzte in den Kanal.

»Weiter, Kelly, wir sind gleich draußen!«

Das Rohr endete knapp über der Wasseroberfläche. Peter sah weißen Schaum. Vorsichtig ließ er sich ins dunkle Wasser gleiten und wartete auf Kelly.

»Mach schon, Kelly! Sie können uns jeden Moment entdecken.«

»Töte mich, *Micama*!«

»Halt's Maul und komm jetzt. Ich werde dich schon noch töten. Aber noch brauche ich dich.«

Er zerrte Kelly ins Wasser. Dabei bemerkte er, wie entkräftet der dürre Engländer war. Und er selbst erst.

Kelly konnte sich kaum über Wasser halten. Er soff ständig ab und kam gurgelnd wieder hoch, wenn Peter ihn zurück an die Oberfläche zerrte.

Wohl oder übel musste Peter den wahnsinnigen Kelly unter den Armen packen, um ihn irgendwie über Wasser zu halten und mit ihm durch die Brandung an den Felsen vorbeizuschwimmen. Immer noch hatte er Seths Medaillon in der einen Hand und konnte sie deswegen kaum zum Schwimmen nutzen. Also steckte er sich die Kette kurzerhand in den Mund. In der Ferne glitzerten die Lichter von Montpellier in der Nacht. So weit. Viel zu weit.

Aber auch daran dachte Peter nicht mehr. Er versuchte nur, zu schwimmen und Kelly und die Richtung dabei nicht aus den Augen zu verlieren. Schwimmen, Wasser schlucken, keuchen, schwimmen. Noch einen Meter. Und noch einen. Schwimmen. Kämpfen. Überleben.

Das Fort lag jetzt als dunkler Schatten in der Nacht hinter ihnen. Scheinwerfer flammten auf, lange Strahlen, die über die Wasseroberfläche fingerten. Als ein Leuchtstrahl sich ihnen näherte, drückte Peter Kelly unter Wasser. Dann weiter. Immer weiter. Peter hörte das Tuckern eines Bootsdiesels hinter sich. Sie verfolgten sie.

Peter schwamm verzweifelt weiter, Seths Kette im Mund, hielt Kelly fest, so gut es ging, obwohl der Engländer ihm oft entglitt. So kämpften sie sich Meter für Meter durch das dunkle Meer – bis sie die Boje erreichten. Peter hätte sie fast übersehen, als er das leise metallische Klingen einer losen Kette hörte. Mit einer letzten Anstrengung schwamm er hin, packte Kellys freie Hand und drückte sie auf die Kette, die von der kleinen Plastikboje herabbaumelte.

»Festhalten!«, nuschelte er, das Medaillon immer noch im Mund und packte die rettende Kette am unteren Ende.

Keuchend nahm er Seths Medaillon aus dem Mund, schöpfte Atem und sah sich um. Das Ufer war immer noch unendlich fern. Der Bootsdiesel tuckerte irgendwo hinter ihnen, schickte seine gierigen Lichtfinger aus.

»So schaffst du es nicht, Peter«, keuchte Kelly neben ihm. »*Micama isaro lonu-sahi-toxa.* Lass mich los.«

»Halt die Schnauze, Kelly. Ich werde dich nicht loslassen, hörst du? Du musst leben!«

Kelly gurgelte etwas auf Henochisch.

Immer wieder glitten Peters Finger an der glitschigen Kette ab. Immer wieder musste er Kelly hochzerren, der kraftlos unter Wasser sank, und Peter verstand, dass ihm mit jeder Minute an der Boje mehr Kraft fehlte, jemals noch mit Kelly das rettende Ufer zu erreichen. So hingen sie beide hilflos an der Kette, dazu verdammt, wie Fische an einem vergessenen Haken zu verenden. Als Peter die Hand wechselte, um sich besser festzuhalten, entglitt ihm Kelly.

Schneller als Peter reagieren konnte, versank der ausgezehrte

Engländer. Peter stieß einen verzweifelten Fluch aus, steckte sich Seths Medaillon wieder in den Mund, holte tief Luft und tauchte Kelly hinterher.

Oben und Unten lösten sich auf. Alles löste sich auf. Die ganze Welt. Peter löste sich auf. Übrig blieben nur Dunkelheit, vollkommene Dunkelheit, Schmerz und Angst. Dennoch tauchte Peter tiefer, tastete im großen Nichts nach Kelly und fand doch nur Leere. Unendliche Leere.

*Häschen in der Grube.*

Und noch ein Gedanke blitzte auf wie der letzte Funke einer ersterbenden Maschine. *Delfine.*

Delfine können eine Viertelstunde lang tauchen und das bis in achthundert Meter Tiefe. Menschen nicht. Peters Körper reagierte bereits in den ersten Sekunden unter Wasser und schaltete sein Herz umgehend auf Sparflamme. Von siebzig Schlägen auf fünfundvierzig Schläge pro Minute. Nach dreizehn Sekunden unter Wasser fühlte Peter den Druck in seiner Lunge. Er wollte ausatmen. Einfach nur ausatmen. Peter zwang sich, diesem Drang zu widerstehen. Wer ausatmete, musste auch einatmen. Nach einundvierzig Sekunden unter Wasser begann Peters Bewusstsein zu schwinden. Sein ganzer Körper schrie vor Schmerz und Angst, er verspürte ein Brennen in allen Muskeln. Peter hörte auf zu denken, hörte auf, nach Kelly zu suchen, hörte auf zu sein. Er wollte nur noch ausatmen.

Ausatmen. *Hoathahe Saitan!*

Jetzt!

Kapitel 9

# WEARILY ELECTORS

# LXIII

*16. Mai 2011, Castel Sant'Angelo, Rom*

Im Gegensatz zu Franz Laurenz stammte Antonio Menendez aus wohlhabenden Verhältnissen. Seine Familie gehörte zu den reichsten und ältesten in ganz Spanien und hatte im 15. Jahrhundert schon die Beutezüge der spanischen Krone in der Neuen Welt finanziert. Armut war etwas, das Menendez geradezu verachtete. Armut und Bedeutungslosigkeit. Obwohl er sich persönlich eine strenge Askese auferlegte – er aß nur zweimal am Tag, und zwar vegetarisch, und gönnte sich nur vier Stunden Schlaf –, war der Kardinal stolz auf seine vornehme Herkunft. Den Reichtum seiner Familie betrachtete er jedoch nicht als Geschenk, das man nach Belieben verplempern durfte, sondern als Verpflichtung, sich würdig zu erweisen. Als sichtbaren Ausdruck eines geerbten und verdienten Anspruches auf höchste Ämter. Allerhöchste Ämter.

Seit er vor zwanzig Jahren zum Kardinal ernannt worden war, residierte er standesgemäß in einer prächtigen fünfhundert Quadratmeter großen Wohnung in der Via Giulia, der vornehmsten Adresse Roms, gleich neben dem Haus, in dem Raffael gewohnt hatte. Dazu beschäftigte er eine Haushälterin, zwei Putzhilfen, einen Hausmeister, zwei Bodyguards und einen Kammerdiener. Mit einem Gehalt von kaum dreitausend Euro, das ihm als Kardinal zustand, wäre das natürlich nie möglich gewesen, aber Menendez war nicht bereit, seine Ansprüche an eine repräsentative Lebensführung der kurialen Besoldungstabelle unterzuordnen. Sein Erbe und gewisse Finanzgeschäfte sicherten ihm ein Vermögen in zweistelliger Millionenhöhe, das stetig wuchs. Dennoch atmete die Wohnung des Kardinals die Strenge eines spanischen Großinquisitors: dunkle, schwere

Eichenholzmöbel aus dem 16. Jahrhundert unter düsteren Gemälden von Goya, Tintoretto und M. C. Escher aus Familienbesitz. Alte Steinböden aus grauem Terrazzo mit Rissen wie schlecht vernarbte Wunden. Schwere Brokatvorhänge vor den Fenstern, die jeden Sonnenstrahl zermalmten und als dämmerigen Dunst in die Wohnräume spien. Selbst im Winter ließ Menendez niemals heizen. Ein licht- und freudloser Palast, der vor allem eine Funktion hatte: einzuschüchtern.

Kardinal Menendez hatte Machiavelli, Sun Tu und von Clausewitz gelesen und war überzeugt, dass der Mächtige einer anderen Moral verpflichtet war, die teilweise im Widerspruch zu den Geboten der Kirche stehen konnte. Das Ausmaß der Macht hing für ihn vor allem vom Grad der Einschüchterung ab. Das hatte man ihm schon als Kind beigebracht. Auch, dass nur Großes erreiche, wer bereit sei, Großes zu wagen. Dass nur der Opfer fordern könne, der bereit sei, Opfer zu bringen.

Seit seinem vierzehnten Lebensjahr kannte Antonio Menendez nur ein Ziel: Papst zu werden. Ein Amt, das ihm in der Reihe seiner Ahnen von Kaufleuten, Generälen und Ministern einen entrückten und unerreichbaren Ehrenplatz sichern würde. Er wusste auch längst, wie er sich nennen wollte: Petrus II. Denn er fürchtete sich weder vor der Prophezeiung eines verrückten irischen Bischofs noch vor dem Aberglauben in der Kurie. Für sein Ziel war Menendez bereit, sämtliche verfügbaren Mittel einzusetzen, jedes notwendige Opfer zu bringen – und es auch zu fordern. Es wurde auch langsam Zeit, denn mit Ende sechzig sanken seine Chancen rapide, beim übernächsten Konklave das geforderte Höchstalter von achtzig noch nicht erreicht zu haben. Die Wahl von Franz Laurenz vor fünf Jahren betrachtete Menendez immer noch als den dunkelsten Moment und die größte Niederlage seines Lebens. Damals wie heute hatte er alles generalstabsmäßig vorbereitet. Er hatte die wahlberechtigten Kardinäle der Reihe nach in seine Wohnung eingeladen und sie durch Versprechungen und Drohungen auf Linie gebracht. Mithilfe des Opus Dei hatte er über jeden Kardinal, der am Konklave teilnahm, ein ausführliches Dossier erstellen lassen, das seine Laster, Neigungen, Interessen, Verfehlungen und die finanzielle Situation seiner Diözese aufführte. Es hatte alles nichts genutzt. Wie aus dem Nichts war dieser deutsche Prolet mit seinen schwieligen Arbeiterhänden aufgetaucht, hatte eine flammende Rede gehalten über die Erneuerung der Kirche und die Macht des Glaubens, und hatte überraschend im dritten Wahlgang die notwendige Zweidrittelmehrheit erreicht.

Ein zweites Debakel würde Menendez nicht mehr zulassen. Er war entschlossen, seine Chance dieses Mal zu nutzen, und er war entschlossen, jeden Preis dafür zu bezahlen.

Fast jeden.

Und genau das war das Problem. Denn Menendez war immer noch ein Mann der Kirche, ein Mann Gottes. Er war bereit, für sein Ziel zu drohen, zu intrigieren, zu betrügen, zu lügen und sogar zu töten, wenn es sein musste. Aber war er auch bereit, seine Kirche und seinen Glauben zu verraten?

Diese Frage stellte sich Kardinal Menendez, als er sich wie ein Dieb durch den Passetto di Borgo in die Engelsburg schlich, wo er mit einem Mann verabredet war, der ihm vor einem halben Jahr ein Angebot gemacht hatte. Der Mann, der sich Crowley nannte, hatte ihn eine Stunde zuvor auf seinem privaten Handy angerufen und ein Treffen verlangt. Menendez hatte sich geweigert, ihn erneut zu treffen, doch der Mann hatte ihm klargemacht, dass er keine Wahl habe. Keine Wahl. Etwas, das Menendez fast noch mehr verabscheute als Armut oder Bedeutungslosigkeit.

Kardinal Menendez trug nur eine schlichte Priestersoutane, als er sich an den Touristenströmen vorbei in den vierten Stock der Engelsburg schlich, wo die prächtigen Salons der Medici- und Borgia-Päpste lagen. Durch einen verschlossenen Seitengang, zu dem er sich den Schlüssel besorgt hatte, gelangte er in einen Trakt, der nur Kunsthistorikern und Restauratoren zugänglich war. Im Moment, so war sich Menendez sicher, würde der Mann, mit dem er hier verabredet war, dafür gesorgt haben, dass sie allein blieben.

Der Raum, in dem sich der Kardinal nun befand, wurde nur durch ein schmales Fenster erhellt. Im Zwielicht wurden kostbare Fresken an den Wänden und an der Decke sichtbar, teilweise verstellt von Baugerüsten und Plastikplanen. Der Terracottaboden war an vielen Stellen aufgebrochen. Plastikeimer und Werkzeug lagen herum, Staub bedeckte den Boden und schwängerte die Luft. Menendez wusste, dass dies keiner der prächtigen Salons gewesen war. Dieser Raum an der Außenmauer der Burg war trotz der Fresken deutlich sachlicher. Vermutlich einst ein diskreter Rückzugsort für geheime politische Gespräche.

Wie passend, dachte Menendez.

»Sie sind pünktlich, Kardinal. Das ist gut.«

Die Stimme kam aus dem Dunkel hinter einem der Baugerüste. Eine kalte, schneidende Stimme. Sie sprach Spanisch mit einem seltsam schleppenden Akzent, den Menendez nicht zuordnen konnte. Eine der schmutzigen Plastikplanen raschelte, und aus dem Dunkel hinter dem Baugerüst trat ein kahlköpfiger Mann in einem weißen Anzug. Menendez schätzte ihn auf Anfang sechzig, aber er konnte durchaus auch älter sein, viel älter. Menendez bemerkte einen frischen Bluterguss im Gesicht des Mannes.

»Ich freue mich, dass Sie der Stimme der Vernunft und des Lichts gefolgt sind, Kardinal.«

»Sollten Sie darauf anspielen, dass ich bereits meinem Gott und meinem Glauben abgeschworen habe, so irren Sie sich«, erklärte Menendez fest.

»Natürlich, Kardinal«, lenkte Crowley ein. »Was Sie tun, tun Sie nur zum Wohl der Kirche und zur Rettung des Glaubens.

Ich will Sie auch nicht weiter von Ihren vielfältigen Aufgaben abhalten. Es liegt noch viel vor uns.« Er reichte Menendez einen verschlossenen Umschlag. »Ihre Instruktionen.«

Menendez riss den Umschlag auf und überflog die Papiere. Dann wurde er bleich und wandte sich wieder an Crowley. »Das ist nicht Ihr Ernst!«

»Im Gegenteil«, sagte Crowley. »Ich erwarte, dass Sie sich in absolut jedem Punkt an die Instruktionen halten. In *jedem* Punkt, da verstehen wir uns doch?«

»Das kann ich nicht tun. Das wäre ... schockierend. Anmaßend. Lästerlich. Peinlich. Von der Prophezeiung des Malachias will ich gar nicht reden.«

»Kardinal!« Crowleys Stimme wurde ganz weich und bekam dadurch etwas unsagbar Bedrohliches. »Ich denke nicht, dass es noch etwas zu diskutieren gibt. Sobald Sie zum Papst gewählt sind und gefragt werden, wie Sie sich nennen wollen, werden Sie antworten: Petrus!«

# LXIV

*16. Mai 2011, Centre Hospitalier Universitaire, Montpellier*

Wo bin ich?«

»In der Universitätsklinik, Monsieur. Auf der Intensivstation. Bitte bleiben Sie liegen.«

»Welche ... Stadt?«

»Montpellier. Ich bin Dr. Leblanc. Wie fühlen Sie sich?«

Peter blinzelte, hob etwas den Kopf an und sah sich in dem kargen Raum um. Wieder ein Krankenzimmer! Ein heftiger Fluchtimpuls durchfuhr ihn und machte ihn vollends wach. Peter riss sich den Infusionsschlauch aus der linken Armbeuge und wollte aus dem Bett springen, doch der Arzt hielt ihn ohne Mühe zurück. Völlig entkräftet sank er auf sein Kissen.

»Ganz ruhig. Es ist alles in Ordnung. Ein Fischerboot hat Sie heute Nacht vor der Küste aufgefischt«, sagte der Arzt und tauschte den Venenkatheter gegen einen neuen aus. »Sie haben großes Glück gehabt. Noch eine Stunde länger im Wasser, und wir hätten nichts mehr für Sie tun können.« Er suchte eine Stelle an Peters Arm, um den Infusionsschlauch wieder anzulegen.

Peter hustete. Das Gesicht eines Mannes schien kurz vor seinem inneren Auge auf und verblasste wieder. Ein Gesicht, das sich in der Dunkelheit auflöste.

»Wie ist Ihr Name, Monsieur?«

»Kelly. Edward Kelly.«

Er wusste nicht einmal, warum er log, aber er konnte dem Arzt ansehen, dass er ihm nicht glaubte.

»Sie klingen gar nicht wie ein Amerikaner.«

»Brite.«

Dr. Leblanc atmete durch. »Erinnern Sie sich, wie Sie ins Wasser gekommen sind?«

Peter schüttelte den Kopf. Dr. Leblanc reichte ihm eine goldene Kette mit einem münzgroßen Medaillon.

»Das hier hatten Sie in der Hand, als man Sie fand.«

Peter nahm das Medaillon kommentarlos entgegen und umschloss es fest. Nachdem Dr. Leblanc den kleinen Raum durch die breite, massive Schiebetür verlassen hatte, untersuchte Peter das Medaillon. Er entdeckte einen winzigen verborgenen Mechanismus, und der Deckel des Medaillons sprang auf. Darin lag eine Art SIM-Karte wie für ein Mobiltelefon.

*Hoathahe Saitan!*

Als Peter die kleine Chipkarte in die Hand nahm, wurde ihm klar, dass er hier nicht sicher war. Seth und die *Träger des Lichts* fahndeten mit Sicherheit längst nach ihm. Ganz zu schweigen von der Polizei, die ihn immer noch mit einem internationalen Haftbefehl suchte. Es wurde Zeit zu verschwinden.

*Maria.*

Er musste sie finden. Peter richtete sich auf, zog den Venenkatheter abermals aus seinem Arm und klebte das alte Pflaster über die Einstichstelle. Er versuchte, das leichte Jucken an seinem Bein zu ignorieren, das ihn erneut an die Ile de Cuivre erinnerte. Als er gerade die Schiebetür des kleinen Intensivraumes öffnen wollte, trat ein etwa dreißigjähriger Mann mit unverkennbar japanischen Gesichtszügen in den Raum, schob ihn wortlos zurück und verriegelte die Tür. Er trug einen schwarzen Anzug und hielt eine kleine Sporttasche in der Hand.

»Wer sind Sie?«, fragte Peter alarmiert und umschloss das Medaillon fest in der linken Hand. Instinktiv spannte er alle Muskeln an.

»Ich komme, um Sie abzuholen«, erklärte der Mann ruhig auf Englisch und reichte Peter ein Mobiltelefon. »Für Sie.«

Peter überlegte einen Moment, ob er den Mann einfach niederschlagen und flüchten sollte. Aber eine innere Stimme warnte ihn. Der Japaner wirkte trainiert, und Peter trug nur einen Patientenkittel mit dem er nicht weit kommen würde. Ohne den

Japaner aus den Augen zu lassen, nahm Peter das Handy entgegen.

»Ja?«

»Peter Adam?« Die Stimme im Hörer klang seltsam vertraut.

»Wer ist da?«

»Hier ist Franz Laurenz. Dem Herrn sei Dank, dass Sie leben.«

Das Bild des zurückgetretenen Papstes mit den ruhelosen Händen stieg vor Peters innerem Auge auf. Und gleichzeitig das Bild eines Brunnens in Sizilien. Sofort überfiel ihn Misstrauen und Panik.

»Was wollen Sie?«

»Ihnen helfen. Ich weiß, dass Sie mir nach allem, was passiert ist, misstrauen. Aber die Dinge haben sich verändert. Ich muss mich bei Ihnen entschuldigen. Bitte glauben Sie mir.«

»Wie haben Sie mich gefunden?«

»Das wird Ihnen Don Luigi später erklären.« Franz Laurenz sprach hastig. »Hören Sie zu, Peter, Sie haben nicht viel Zeit. Die Polizei ist bereits auf dem Weg zu Ihnen. Und SIE werden auch bald da sein.«

»Sie meinen die *Träger des Lichts*?«

»Hören Sie zu, Peter!« Die Stimme des Ex-Papstes wurde schärfer. »Haruki wird Sie zum Flughafen bringen. Sie können ihm vertrauen. Es steht ein Flugzeug bereit, das Sie nach Rom bringen wird.«

»Wo ist Maria?«

»Schwester Maria ist in Sicherheit. Es geht ihr gut.«

»Wo zum Teufel ist sie?«

»Sie werden sie schon bald wiedersehen. Sie müssen sich jetzt beeilen, Peter!«

Peter dachte nach und behielt den Japaner, der sich inzwischen schweigend an der Tür postiert hatte, weiter im Blick.

»Peter, sind Sie noch dran?« Laurenz' Stimme im Telefon. Besorgt. Nervös.

»Nicht nach Rom«, erklärte Peter. »Nach Köln.«

»Köln? Warum Köln?«

»Weil ich es sage. Kontaktieren Sie meine Eltern. Aber ohne Interpol und die Geheimdienste zu wecken. Meine Eltern werden vermutlich überwacht. Geht das?«

Laurenz zögerte kurz am anderen Ende der Leitung.

»In Ordnung«, sagte er schließlich. »Ich gebe das weiter. Aber beeilen Sie sich. Gott schütze Sie.«

Er legte auf. Peter wollte dem Japaner das Handy zurückreichen, doch der wehrte ab.

»Behalten Sie es.« Er deutete auf die Sporttasche. »Ziehen Sie das an. Beeilen Sie sich.«

In der Tasche fand Peter ein Paar passende Jeans, ein T-Shirt und Schuhe. Außerdem etwas Bargeld und einen Pass. Hastig und ohne weitere Fragen zu stellen zog Peter die Sachen an, stopfte sich das Geld, den Pass und das Medaillon in die Hosentaschen.

Haruki spähte in den Stationsflur und winkte Peter. »Los!«

Dr. Leblanc war nirgendwo zu sehen. Nur eine junge und erschöpft wirkende Ärztin sah ihnen teilnahmslos nach, als sie den Stationsflur verließen.

Als sie außer Sichtweite waren, rannten sie los. Vor dem Gebäude sah Peter einen Wagen der französischen Gendarmerie, der auf das Krankenhaus zufuhr und plötzlich beschleunigte.

»In den Wagen!«, bellte Haruki und deutete auf einen dunklen SUV, der seitlich an einem Zufahrtsweg parkte. Der Polizeiwagen raste jetzt auf sie zu. Peter und Haruki sprangen in den Wagen. Haruki setzte mit Vollgas zurück und rammte das Polizeifahrzeug. Peter wurde im Sitz herumgeschleudert.

»Scheiße!«

Haruki erwiderte nichts. Er wechselte nur den Gang und raste quer über die kleine Erholungswiese vor dem Klinikgebäude auf den Haupteingang zu. Peter sah sich um. Das beschädigte Gendarmeriefahrzeug wendete bereits und nahm die Verfolgung auf.

Ohne im Mindesten abzubremsen, bog Haruki auf die stark befahrene Avenue Charles Flahault ein. Mit Höchstgeschwindigkeit raste er in Schlangenlinien zwischen den Autos weiter und wirkte dabei kaum angespannter als ein buddhistischer Mönch in tiefster Meditation.

Peter wandte sich erneut um und sah, dass der Streifenwagen sie zwar mit Blaulicht verfolgte, aber in dem Verkehrchaos, das Haruki wie eine Kielspur hinter sich herzog, stecken blieb. Peter wandte sich erleichtert um.

*Alles wird gut!*

Und dann: der Aufprall.

Aus dem Nichts. Ein ohrenbetäubender Knall, die ganze Welt zerplatzte. Metallische Agonie. Kristallener Sprühregen aus Glas. Peter wurde heftig herumgeschleudert, als der schwere Mercedes plötzlich aus einer Seitenstraße herausschoss und den SUV in voller Fahrt rammte. Der SUV wurde zur Seite gerissen und schleuderte quer über die Straße. Die Airbags explodierten und blähten sich in Sekundenbruchteilen in den Innenraum wie Eingeweide aus einem geschlachteten Tier.

Dann: Stille.

Peter blickte keuchend zu Haruki und sah, dass der Japaner an der Lippe blutete.

»Bleiben Sie im Wagen!« Der Japaner versuchte keuchend, den Wagen zu starten. Der Anlasser röchelte. Einmal. Zweimal. Nichts.

Peter drehte sich ein wenig um und sah jetzt den Mercedes, der mitten auf der Kreuzung zum Stehen gekommen war. Sein Motor rauchte. Ein Mann stieg aus. Er hielt eine Machete in der Hand und näherte sich dem SUV.

*Das kann nicht wahr sein! Das ist nicht wahr!*

Der Mann mit der Machete ließ seinen Blick auf Peter ruhen, während er auf ihn zukam. Der Fahrer eines anderen Wagens, der ebenfalls beschädigt auf der Kreuzung stand, stellte sich ihm in den Weg, brüllte ihn auf Französisch an. Peter sah nur ein Blitzen in der Sonne und dann, wie der wütende Franzose leblos zusammenbrach.

Haruki zog eine Waffe und feuerte auf den Mann mit der Machete. Der Mann duckte sich.

»Verdammt, wer ist das?«, brüllte Peter unter Schock.

Haruki antwortete nicht. Er sah jetzt nicht mehr so entspannt aus, im Gegenteil. Mit bleichem Gesicht versuchte er noch einmal, den Wagen zu starten. Vergeblich.

»Flughafen Montpellier, General Aviation Terminal. Sie werden erwartet!«, rief Haruki und warf sich gegen die eingebeulte Fahrertür.

Wie auf Kommando griffen Peters Reflexe. Er öffnete die Tür, stürzte aus dem Wagen und rannte los. Hinter sich hämmerten Schüsse. Als er sich hinter einem alten 2CV in Deckung gebracht hatte, sah er, dass jetzt auch die Gendarmen die Kreuzung erreicht hatten und auf Haruki feuerten, während Haruki auf den Mann mit der Machete feuerte, der sich hinter den Mercedes zurückgezogen hatte.

Plötzlich schrie Haruki auf. Einer der Gendarmen hatte ihn getroffen. Haruki wurde vom Aufprall des Geschosses herumgerissen und sackte zusammen. Im gleichen Augenblick sprang der Killer mit der Machete hinter dem Mercedes hervor und stürmte los.

Unfähig sich zu rühren, sah Peter den Mann direkt auf sich zukommen, konnte sein Gesicht erkennen, dieses vertraute und zugleich fremde Gesicht. Das Gesicht von Ellens und Lorettas Mörder.

*Das kann nicht sein! Das darf nicht sein!*

Die Gendarmen feuerten weiter. Der Mann mit der Machete duckte sich im Laufen. Er hatte inzwischen Haruki erreicht, der blutend nach seiner Waffe tastete. Im vollen Lauf holte der Killer aus dem Mercedes aus und hieb dem Japaner die Machete in den Kopf. Fast mit der gleichen Bewegung ergriff er Harukis Waffe und erschoss die beiden Gendarmen mit zwei gezielten Schüssen.

In diesem Moment löste sich Peters Starre, und er rannte wieder los. Rannte einfach geradeaus weiter. Rannte um sein Leben. Als er sich einmal umdrehte, sah er, dass der Killer aufgeholt hatte. Allerdings schien er tatsächlich leicht zu hinken. Peter schätzte, dass er das hohe Tempo nicht mehr lange würde durchhalten können.

*Die Frage ist, ob DU durchhältst!*

Seine Lungen brannten vor Anstrengung, dennoch rannte Peter weiter, getrieben von der Todesangst, dem Gesicht des Mannes und dem Adrenalin in seinem Körper.

*Weiter. Lauf. Weiter.*

Peter verließ die Avenue und nahm eine Seitenstraße in ein Wohngebiet, in der Hoffnung, dort irgendwo untertauchen zu können. Im Zickzack rannte er weiter, einfach weiter.

Bis er das Taxi sah.

Es bog gerade vor ihm in die Straße und hielt an einer Ampel. Peter überlegte nicht lange. Er hatte keine Wahl. Er riss die Tür zum Fond auf und zerrte die Frau aus dem Wagen.

»Raus! Sofort!«

Die Frau schrie. Der Fahrer sprang aus seinem Taxi und bedachte Peter mit arabischen Flüchen. Peter holte aus und schlug den Mann mit einem gezielten Kinnhaken nieder. Die Frau floh.

»Tut mir leid«, keuchte Peter. Ohne noch weiter zu zögern, stieg er in das Taxi und wollte gerade den Motor starten – als die Seitenscheibe zerbarst.

Peter hatte ihn nicht kommen sehen. Nur ein kleiner Moment der Unachtsamkeit, der die feine Grenze zwischen Leben und Tod markierte.

Der Mann schlug ihm hart ins Gesicht, packte ihn an den Haaren und zerrte Peter aus dem Wagen. Peter versuchte, sich zu wehren, doch eingeklemmt hinter dem Steuer befand er sich in einer ungünstigen Position. Er wurde vor dem Taxi auf den Boden geworfen. Ehe er noch reagieren konnte, kniete der Mann auf seiner Brust. Peter spürte kalten Stahl an seiner Kehle, wagte kaum noch zu schlucken. Aus dem Augenwinkel sah er eine Blutlache neben sich. Der Taxifahrer. Sein Gesicht klaffte auf wie eine gespaltene Melone.

»Sie ist so scharf, dass allein mein Gewicht ausreicht, dir den Hals durchzuschneiden«, flüsterte der Mann mit der Machete. Peter rührte sich nicht. Sah nur voller Entsetzen in das zugleich vertraute und doch unendlich fremde Gesicht dicht vor sich.

Sein eigenes Gesicht.

Sein Spiegelbild.

Der Mann, der ihm auf der Brust kniete und ihm eine Machete an den Hals hielt – das war er selbst. Mit einem kleinen Unterschied, den Peter jedoch nicht genau bestimmen konnte.

*Irgendetwas ist mit seinen Augen. Als ob sie keine Farbe hätten.*

Der Mann mit der Machete durchsuchte Peters Hosentaschen, zog das goldene Medaillon heraus und steckte es wie selbstverständlich ein. Dabei sah er ihn unverwandt an. Schließlich nahm er die Machete einige Millimeter von Peters Kehle weg, wo sie bereits einen blutigen, oberflächlichen Schnitt hinterlassen hatte. Weit genug, dass Peter schlucken und sprechen konnte, aber immer noch so nah, dass jede Gegenwehr von Peter den sicheren Tod bedeutet hätte.

»Ich werde dich jetzt töten«, sagte er.

Peter schluckte. »Ich weiß.«

Sein Spiegelbild starrte ihn weiterhin an, als ob er etwas in Peters Gesicht suchte. Eine Erinnerung. Ein Zeichen. Eine Erklärung. In der Ferne hörte Peter Polizeisirenen. Zu fern, um ihn noch retten zu können.

»Wer bist du?«, fragte Peter heiser und sah in die kältesten Augen, die er je gesehen hatte.

»Ich bin der Schmerz. Mein Name ist Nikolas.«

»Wir sollten reden, Nikolas.«

Den Versuch war es wert. Aber Nikolas schüttelte den Kopf. »Nein, Peter. Du wirst jetzt sterben.«

Er holte mit der Machete aus. Peter schloss die Augen und erwartete den Tod.

Der Tod war ein scharfer Hauch dicht vor seinem Gesicht. Der kalte Atem eines Dämons aus Stahl. Ein kurzes Frösteln nur, nicht mehr als ein flüchtiger Schauder. Der Tod war ein leises elektronisches Klicken. Dann ließ der Druck auf seiner Brust plötzlich nach. Peter öffnete die Augen und sah Nikolas vor sich stehen, die Machete locker in der einen Hand, in der anderen ein Mobiltelefon, mit dem er offenbar gerade ein Foto von ihm gemacht hatte.

Peter überlegte hastig, ob er schnell genug auf die Beine käme, um Nikolas zu überwältigen, ließ es dann aber.

*Keine Chance, er wäre zu schnell.*

Peter starrte seinen Zwillingsbruder nur weiter unverwandt an. Denn so viel stand für Peter fest: Der Mann mit der Machete, dieses exakte Spiegelbild seiner selbst, musste sein Zwilling sein. Alles andere ergab überhaupt keinen Sinn.

*Nikolas. Mein Bruder.*

Der Schock dieser Erkenntnis war größer als seine Angst, gleich sterben zu müssen. Die Erkenntnis, es immer irgendwie geahnt zu haben, sein ganzes Leben lang. All die Momente, in denen er sich nicht richtig vollständig gefühlt hatte, all die Albträume, in denen er sich selbst begegnet und sich doch immer fremd gewesen war. All das ergab nun schlagartig Sinn. Und doch wieder nicht. Aber was zählte das noch, so kurz vor dem Ende?

Doch in dem Moment, als Peter Nikolas in die Augen sah und den Tod erwartete, sah er den Schatten des Zauderns über das Gesicht seines Zwillingsbruders huschen. Ein Ausdruck der Bestürzung, wie über Selbstverständliches, das man plötzlich nicht mehr tun konnte. Ein kurzer Moment nur. Aber Peter verstand, dass Nikolas sein eigenes Spiegelbild, seinen eigenen Bruder vor ihm, nicht töten *konnte*.

»Warum …?«

Nikolas sah ihn starr an. »Ich *habe* dich gerade getötet, Peter! Verstehst du?« Er steckte das Handy ein. »Du bist jetzt tot. Bleibe tot. Für immer. Für jeden. Verdunste aus dieser Welt, komm nie wieder zurück, nicht einmal als Geist. Zu niemand. Denn ich bin der Schmerz. Ich komme zu jedem, dem dein Geist jemals wieder erscheint. Hast du das verstanden?«

Peter richtete sich auf und nickte. Ja, er hatte verstanden.

Die Sirenen näherten sich. Nikolas sah auf Peter herab, irgendwie unschlüssig, als sei noch nicht alles gesagt. Er schien sich viel weniger über die Begegnung mit seinem Zwillingsbruder zu wundern, wirkte bloß neugierig. Als habe er bereits von Peters Existenz gewusst.

»Hast du manchmal Kopfschmerzen?«

Peter nickte. »Ja.«

»Siehst du dann Bilder?«

Peter nickte.

»Siehst du *sie*?«

»Ja«, sagte Peter. »Ihre Haare brennen. Ich wusste bis heute nicht, wer sie ist.«

Nikolas nickte ernst. Er schien nachzudenken.

»Siehst du manchmal einen Turm?«

*Der Turm. Geh nicht hin. Lauf weg!*

»Ja«, sagte Peter. »Ich erinnere mich an einen Turm. Er ist nicht groß. Er ist grau. Er steht ganz allein. Ein Wagen parkt davor. Es regnet.«

Nikolas nickte, als sei damit alles zwischen ihnen beiden geklärt.

»Du bist tot«, wiederholte er noch einmal, wie ein Mantra, das er Peter einpflanzen wollte. »Ich bin der Schmerz. Falls du je auferstehen solltest, werde ich dich finden. Vergiss das nie.«

Damit wandte er sich endgültig ab und verschwand wie ein

Spuk hinter dem Taxi, löste sich auf in der milden Frühlingsluft, die nach Salz und Regen roch.

Die Sirenen waren jetzt nur noch wenige Straßen entfernt. Peter rappelte sich auf. Neben ihm lag der tote Taxifahrer.

*Du bist tot. Verschwinde aus der Welt. Verdunste.*

Peter riss sich von dem Anblick des getöteten Fahrers los, stieg in das Taxi und startete den Motor.

# LXV

# EIN JAHR ZUVOR ...

---

Von: alhusseini@pcirf.sa
An: jp3@vatican.va
5. Juli 2010 14:34:33 GMT+03:00
Betr.: Re: Warnung

Friede mit dir, Christ!

Ich danke dir für deine Warnung. Allerdings sehe ich keinen Anlass, in dieser Sache tätig zu werden. Diese sogenannten »Träger des Lichts« sind offensichtlich eine okkulte christliche Sekte und somit eine innere Angelegenheit deiner Kirche. Wenn du das Vermögen des Vatikans retten willst, dann musst du das alleine tun, mein Freund. Was sind das überhaupt für »Quellen«, die du andeutest? Teile das Wasser deiner Quelle mit mir, dann denke ich vielleicht noch einmal über die Sache nach.

Im Übrigen werde ich mich nicht weiter von diesem jüdischen Bastard in Jerusalem beleidigen lassen und mich auf keinen Fall mehr an einen Tisch mit diesem Hund setzen.

Allah sei mit dir

Sheik Abdullah ibn Abd al Husseini
The Permanent Committee for Islamic Research and Fataawa
Makkah Al-Mukarramah
PO Box 8072
Saudi-Arabia

---

Von: c.kaplan@hekhalshelomo.il
An: jp3@vatican.va
5. Juli 2010 15:02:01 GMT+02:00
Betr.: RE: Warnung

Sehr geehrter Herr Laurenz,

Ihre gut gemeinte Sorge um unsere gemeinsamen Interessen in allen Ehren, aber ich kann nicht erkennen, dass diese sogenannten »Träger des Lichts« eine Bedrohung für das Judentum oder den Staat Israel darstellen. Vielmehr scheint es sich dabei doch um ein Problem zu handeln, um das Sie sich alleine werden kümmern müssen. Wir haben bereits mehr als genug Probleme mit orthodoxen Sektierern und fundamentalistischen Fanatikern.

Ich finde Ihre Aufforderung, dieser vermeintlichen Gefahr mit Zentrale in Nepal (!) entgegenzutreten, überdies befremdlich und bezeichnend. Der satanische Feind, den Sie im Mai an die Wand gemalt haben, schnurrt nun zu einem Häuflein okkulter Finanzhaie zusammen, die gegen den Vatikan spekulieren. Im Klartext: Wieder einmal versucht die katholische Kirche, das Judentum mit einem vorgeschobenen Bedrohungsszenario für seine eigene Expansionspolitik zu instrumentalisieren. Die Tatsache, dass Sie Ihre angeblichen »Quellen« nicht offenlegen, bestätigt diese Annahme nur.

Also: Solange Sie nicht mehr anzubieten haben und solange al Husseini, dieser Rassist und Hassprediger aus Mekka, weiter infame Hetzreden gegen das Judentum und den Staat Israel verbreitet, steige ich aus den Dreiergesprächen aus.

Shalom,
Ihr C. K.

Chaim Kaplan
Chief Rabbi of Jerusalem ABD
Hekhal Shelomo
85 King George St. POB 2479
Jerusalem 91087
Israel

*7. Juli 2010, Apostolischer Palast, Vatikanstadt*

Stillstand. Lähmender Stillstand. Lähmende Hitze. Kaum etwas verabscheute Johannes Paul III. mehr. Die Hitze, der wahre Herrscher Roms, hatte die Ewige Stadt zurückerobert, hielt sie fest im Griff und quälte den Papst mit Stillstand, frustrierenden E-Mails und nagendem Kopfschmerz. Seit Wochen pumpte ein Tiefdruckgebiet über Nordafrika heiße Wüstenluft Richtung Italien, die sich über dem Tyrrhenischen Meer mit Feuchtigkeit auflud und in Rom wie eine feuchtheiße Faust einschlug. Eine sandfarbene Glocke aus Schwüle, Dunst und Abgasen lastete dräuend und schwer über der Stadt, trieb Römer und Touristen in die klimatisierten Büros und Bars und den Konsum von *Gelato* und Aspirin auf Rekordmarken. Die Krankenhäuser füllten sich mit Kreislaufzusammenbrüchen, wer konnte, floh ans Meer. Die anderen erwarteten sehnsüchtig *Ferragosto*, den 15. August, an dem ganz Italien traditionell geschlossen in die Ferien flüchtete, um schlagartig Autobahnen und Strände zu verstopfen.

Später im Jahr als sonst stand für den Papst der Aufbruch in die Sommerresidenz Castel Gandolfo bevor. Seit dem 17. Jahrhundert gehörte die Sommerresidenz in den Albaner Bergen zum exterritorialen Besitz der Kirche. Die Atmosphäre in dem kleinen Palast war familiärer und gelöster als im Vatikan, die Luft duftete harzig nach Pinien, war frischer und leichter zu atmen als die römische Schwüle. Johannes Paul III. liebte den Sommerpalast mit seinen Parks und Gärten, vor allem den Meditationsgarten *Giardino della Madonnina,* in den er sich nach dem Mittagessen alleine zurückzog. Die Wochen in Castel Gandolfo bedeuteten Freiheit von Audienzen und lästiger organisatorischer Arbeit. Stattdessen konnte er sich endlich wieder ganz auf seine Enzyklika und seine Paulus-Biografie konzentrieren.

Doch das kühle Castel Gandolfo musste noch warten, denn es gab schlechte Nachrichten, angefangen mit den E-Mails aus Mekka und Jerusalem. Obwohl es den Papst bei ihrem ersten Treffen gelungen war, dem Großmufti von Saudi-Arabien und dem Großrabbiner von Jerusalem den Ernst der Lage vor Augen zu führen, verstrickten sie sich bereits wieder in die ewig gleichen Anfeindungen und schlugen seine Warnung vor den *Trägern des Lichts* in den Wind.

Johannes Paul III. löschte die beiden E-Mails aus seinem privaten Postfach und verwarf den Gedanken, seiner Warnung noch einmal Nachdruck zu verleihen. Da er bei Nakashima im Wort stand, hatte er im Moment kein weiteres Argument, um Scheich al Husseini und Chaim Kaplan zu überzeugen.

Nakashima hatte ihm Satellitenbilder einer Gegend in Nepal geschickt. Die hochauflösenden Bilder ließen eine alte buddhistische Klosteranlage erkennen. Dort betrieb eine amerikanische Minengesellschaft, die zu dem schier undurchdringlichen Firmengeflecht der *Träger des Lichts* gehörte, eine Mine, aus der seltsamerweise nichts gefördert wurde. Nakashima zufolge handelte es sich bei dieser unzugänglichen Klosterruine um die Zentrale der *Träger des Lichts*.

Aber die schlechten Nachrichten rissen so wenig ab wie die Hitze. Don Luigi war seit zwei Tagen aus Indien zurück. Bei einem kleinen Spaziergang unter vier Augen auf der Dachterrasse des Apostolischen Palastes reichte er dem Papst eine Liste mit einundzwanzig Namen.

| | |
|---|---|
| Moe, Thein | Yangon, Birma |
| Adam, Peter | Hamburg, Deutschland |
| Aharon, Shimon | Jerusalem, Israel |
| Babcock, Frank | New York, USA |

| | |
|---|---|
| Brinks, Thomas | Köln, Deutschland |
| Bühler, Leonie | Bern, Schweiz |
| Corelli, Franco | Rom, Italien |
| Das, Mina | Mumbai, Indien |
| Delgado, Alejandro | Buenos Aires, Argentinien |
| Djordjevic, Aleksandra | Sarajewo, Serbische Republik |
| Egan, Christal | Des Moines, USA |
| Horovitz, Rinat | Tel Aviv, Israel |
| Huang, Maggie | Singapur, Singapur |
| Kowaljowa, Marina | Moskau, Russland |
| Kwaheri, Grace | Arusha, Tansania |
| Matube, Nafuna | Gulu, Uganda |
| McKee, Conor | Dublin, Irland |
| Saparow, Usman | Asgabad, Turkmenistan |
| Szekel, Sándor | Karcag, Ungarn |
| Torres, Fernando | Santiago de Compostela, Spanien |
| Witkowska, Ewa | Krakau, Polen |

Johannes Paul III. warf einen Blick auf die einundzwanzig Namen und die Orte, die jeweils hinter den Namen standen, und runzelte die Stirn. »Sind das jetzt alle Namen, Don Luigi?«

»Ich glaube ja.«

Johannes Paul III. tippte auf einen der Namen. »Er auch?«

Don Luigi hob die Arme. »Ich dachte mir, dass Sie das fragen. Aber ja, wie es aussieht, gehört er auch dazu.«

Der Papst stieß einen gepressten Laut aus. »Ich muss Sie ja nicht daran erinnern, was in der vierten Prophezeiung von Fatimá steht, Padre. Oder bei Malachias? Oder in der Apokalypse des Adam?«

»Ich sehe den Widerspruch selbst, Eure Heiligkeit. Die Frage ist nun, welcher Quelle wir mehr vertrauen – Fatimá oder der Liste?«

Der Papst starrte noch eine Weile auf die Liste und sah dann über die Dächer von Rom. Selbst von hier oben lag die Ewige

Stadt unter einem erstickenden gelben Dunst aus Hitze, Dreck und Wüstensand.

»Wo ist er jetzt?«, fragte er plötzlich.

»In Hamburg. Er hat vor vier Wochen seine ... Verlobte verloren.«

»Verloren?«

»Sie wurde in Turkmenistan bestialisch ermordet. Kurz danach hat ihn eine meiner Quellen als Teil der Liste bestätigt.«

»Ich traue ihm nicht, Padre. Ich halte ihn nach wie vor für eine Schlüsselfigur der Apokalypse. Ich möchte, dass Sie ihn im Auge behalten.«

Don Luigi nickte. »Wie Sie wünschen, Heiliger Vater.«

»Es gibt neuerdings noch von anderer Seite Probleme«, fuhr der Papst fort. »Sophia hat mir berichtet, dass Alexander Duncker neuerdings regelmäßig in der Zentrale des Opus Dei aus und ein geht.«

»Was an sich kein Vergehen ist«, wandte Don Luigi ein.

»Natürlich nicht. Eine Geschmacklosigkeit, nichts weiter. Aber ich fand es doch verwunderlich, dass mein Privatsekretär mir von diesen Besuchen nie berichtete. Also habe ich ihn darauf angesprochen.«

»Und?«

»Monsignore Duncker hat mir umständlich erklärt, dass er auf ›informeller‹ Ebene versuche, in den konservativen Zirkeln der Kirche für meinen Reformkurs zu werben. Ich habe ihn nicht einmal ansehen müssen, um die Lüge zu erkennen. Eine Lüge, die mich, ehrlich gesagt, mehr schmerzt, als die gesamte Heuchelei der Kurie zusammen.«

»Ich verstehe«, sagte Don Luigi. »Was werden Sie tun?«

»Vorläufig nichts. Da ich Monsignore Duncker im Augenblick weder einen Vertrauensbruch noch Konspiration mit Menendez und dem Opus Dei nachweisen kann, werde ich die Sache vorläufig auf sich beruhen lassen.«

»Halten Sie das für klug, Eure Heiligkeit?«

»Ich kenne Duncker schon lange«, sagte der Papst. »Er war immer loyal. Er ist ehrgeizig. Vielleicht ist das nur ein Moment der Verwirrung und geht vorbei.«

»Glauben Sie das wirklich, Heiliger Vater?«

Der Papst sah Don Luigi nachdenklich an.

»Haben Sie ein Auge auf Duncker. Sophia will ich damit nicht behelligen. Menendez lässt ihr ohnehin schon hinterschnüffeln, um mich zu kompromittieren.«

»Kein Problem, Eure Heiligkeit.«

»Der Kardinalstaatssekretär ist mein unerbittlichster Kritiker. Aber bislang hat er sich in der Wahl seiner Mittel immer offen und fair präsentiert.« Der Papst blickte nachdenklich über die im Dunst versunkene Ewige Stadt. Der Kopfschmerz verstärkte sich wieder. Der Papst fasste sich an die Schläfe und wandte sich wieder zu Don Luigi um. »Menendez ist skrupellos, brillant und machthungrig. Aber er ist immer noch ein Mann des Glaubens und der Kirche. Wie weit, denken Sie, würde er gehen, Don Luigi?«

# LXVI

*16. Mai 2011, Montpellier*

Auf der Fahrt in dem gestohlenen Taxi traf Peter eine Entscheidung. Er konnte nicht einfach so aus der Welt verschwinden, *verdunsten* wie Nikolas verlangt hatte. Er wollte sein Leben zurück, mehr denn je. Er wollte Antworten. Und er wollte inzwischen auch noch etwas anderes. Etwas, das ihm erst in dem Verlies auf der Ile de Cuivre klar geworden war. Etwas ganz und gar Unmögliches. Aber er wollte es zumindest versuchen, und dazu musste er leben.

*Leben? Du wirst sie umbringen. Du ziehst eine Kielspur des Todes hinter dir her.*

Wie Haruki gesagt hatte, wurde Peter am Flughafen erwartet.

Sie stand wie verloren in dem kleinen General Aviation Terminal und trug wieder ihr Ordenshabit. Sie wirkte nervös.

*Und unendlich zerbrechlich.*

Aber sie lebte. Als Peter sie sah, wusste er, dass es kein Zurück mehr gab. Nicht für ihn.

Er sah ihr die Erleichterung an, als er das kleine Terminal für die Allgemeine Luftfahrt betrat. Doch er sah auch den kurzen Schrecken und die Frage in ihrem Gesicht. Die Frage, ob er es wirklich war. Peter wusste sofort Bescheid.

*Sie ist Nikolas begegnet!*

»Hallo, Peter«, sagte Maria leise.

»Ich habe gedacht, du wärst tot.«

»Ich auch.«

Sie wirkte plötzlich verlegen und immer noch zögerlich, als traue sie ihm nicht. Als Peter dicht an sie herantrat, zuckte sie kurz weg.

»Schschsch!«, machte Peter leise. Kam noch näher, ganz dicht, umfasste ihren Kopf mit beiden Händen und küsste sie. Sie wirkte nicht einmal überrascht, sogar fast erleichtert und erwiderte den Kuss diesmal, denn an seinem Kuss erkannte sie ihn jetzt wieder. Sie öffnete ihren Mund ein wenig, bis sich ihre Zungenspitzen trafen und sie einander einatmen konnten, ganz und gar, und Begehren dahin strömte, wo kurz zuvor nur Angst gewesen war. Bis der Beamte hinter dem Schalter sich entrüstet räusperte.

»Wie kommst du hierher?«, fragte Peter, als sie sich sanft, aber bestimmt von ihm löste.

»Don Luigi hat mich angerufen. Ich hatte mich in einem Kloster versteckt. Die Pension war nicht mehr sicher.«

»Du bist Nikolas begegnet, nicht wahr?«

»Wem?«

Peter blickte sie an. »Meinem Zwillingsbruder. Jedenfalls nehme ich an, dass er mein Bruder ist. Sein Name ist Nikolas.«

Maria wich Peters Blick aus. »Ich war die ganze Zeit bei den Franziskanerinnen in der Rue Lakanal.«

»Du bist eine miserable Lügnerin, Maria.«

Sie mühte sich ein Lächeln ab. »Wir müssen los. Hast du den Pass dabei?«

Erst jetzt warf Peter einen Blick auf den Pass, den Haruki ihm gegeben hatte. Er war auf den Namen Robert Stamm ausgestellt. Das Passfoto war neu. Peter fragte sich, wo es wohl herstammte. Sofort dachte er wieder an Nikolas. Seinen Bruder Nikolas. Seinen Bruder, den Killer. Der Mann, der Loretta und Ellen getötet hatte. Der Mann, wegen dem er international gesucht wurde.

»Keine Sorge, es wird kein Problem mit den Kontrollen geben«, beruhigte ihn Maria. »Es ist alles vorbereitet.«

Peters Misstrauen kehrte wieder zurück. »Kein Problem?«, brauste er auf. »Vorbereitet? Verdammt, Maria, was läuft hier eigentlich? Ich entgehe haarscharf dem Ertrinken, wache in einem Krankenhaus auf, Franz Laurenz ruft mich an, ein japanischer Bodyguard holt mich ab, ich gerate in eine Schießerei und werde fast von meinem eigenen Zwillingsbruder gekillt, von dessen Existenz ich bis vor einer Stunde noch gar nichts wusste, dann stehst du hier, ich küsse dich, du lügst mich an und erklärst mir treuherzig wie ein Cockerspaniel, dass ich mir keine Sorgen wegen der Kontrollen machen soll? Maria, ich werde international wegen Mordes gesucht!«

Maria zog ihn beiseite. »Wenn du weiter so rumschreist wie ein pubertierender Idiot, dann ist sowieso gleich alles aus! Don Luigi wird dir alles erklären, sobald wir wieder in Rom sind. Bis dahin hat er mich um Stillschweigen gebeten.«

Peter beruhigte sich und sah Maria an. Sie hatte wieder diese kleine Zornesfalte auf der Stirn, die er so mochte.

»Gut. Aber erst fliegen wir nach Köln.«

»Ich weiß«, sagte Maria. »Warum eigentlich?«

»Ich will dich meinen Eltern vorstellen.«

---

Von: nikolas@ordislux.np
An: master@ordislux.np
16. Mai 2011 10:17:54 GMT+01:00
Betr.: P. A.
Anhang: IMG_0035.jpg

Meister!
All Eure Befehle sind ausgeführt (siehe Foto). Erbitte weitere Anweisungen.

Im Lichte mit Euch.

Nikolas

---

Von: master@ordislux.np
An: nikolas@ordislux.np
16. Mai 2011 10:21:31 GMT+01:00
Betr.: RE: P. A.

So ein kleiner Schnitt nur, Nikolas? Du hast ihm ja sogar noch die Augen geschlossen. Sollte dich etwa ein schwacher Moment der Rührung und des Bedauerns befallen haben?
    Trotzdem gute Arbeit. Ich erwarte dich in Rom.

Das Licht sei mit dir.

S.

---

Mit einem leisen Sirren ihrer Turbinen hob die zweistrahlige Cessna Citation ab und kletterte schnell den hohen Schleierwolken entgegen. Peter schloss die Augen, um das Mittelmeer nicht sehen zu müssen, das sich unter ihm glitzernd aufspannte. So freundlich und ewig und gewaltig, so tückisch und bösartig und trügerisch wie …

*… wie Gott.*

Peter berichtete Maria in knappen Worten, was er auf der Ile de Cuivre erlebt und von Kelly über die *Träger des Lichts* erfahren hatte. Als Peter von seiner Begegnung mit Nikolas erzählte, verzog sie gequält das Gesicht. Mehr denn je war Peter überzeugt, dass sie Nikolas begegnet war.

»Hast du das Amulett noch?«

Sie zeigte es ihm. Während Peter es in der Hand hielt, überschwemmten ihn uralte Erinnerungen wie eine große Flut ein ausgetrocknetes Flussbett. Auf dem Schaum dieser Flut schwammen albtraumhafte Bilder. Flammen. Ein Wagen. Ein Wagen voller Sand. Eine Frau mit brennenden Haaren, die seinen Namen schrie. Ein Turm auf einer Anhöhe. Ein Wagen parkte davor. Dann plötzlich ein gleißendes Licht. Licht überall.

*Hoathahe Saitan! Seth. Creutzfeldt. Behemot. Baphomet. Pazúzú. Blavatsky. Wearily Electors. Er hat viele Namen. Du kennst ihn. Er kannte dich. Häschen in der Grube, erinnere dich! Oxiavala holado, telocahe hoel-qo! Streng dich an!*

Peter erinnerte sich, dass er den Namen Seth bereits ein Mal in seinem Leben gehört hatte. In einer Zeit, die nur noch als schmutzige Schaumspur an den Rändern seiner Erinnerungen haftete.

Die Zeit vor seinem fünften Geburtstag.

*Hoathahe Saitan! 306. Wearily Electors.*

»Edward Kelly, sagst du?«, fragte Maria plötzlich.

»Ja, warum?«

Sie zögerte. »Als John Dee im 16. Jahrhundert angeblich die Sprache der Engel entdeckte, hatte er ein Medium, einen Edward Kelly. Einen verurteilten Betrüger, dem zur Strafe ein Ohr abgeschnitten worden war.«

Peter dachte wieder daran, dass Kelly in Misrian behauptet hatte, sehr alt zu sein. Dass er viel Zeit gehabt hätte, all die Sprachen zu lernen.

»Du meinst, er war sechshundert Jahre alt? Ich bitte dich, Maria!«

Maria zuckte mit den Schultern. »Natürlich. Was hat dieser Kelly gesagt?«

»*Wearily Electors – müde Kurfürsten.*«

Es war grammatikalisch falsch. Es ergab überhaupt keinen Sinn. Aber was keinen Sinn ergab, konnte immer noch ein versteckter Code sein.

»Hast du was zu schreiben?«, fragte er Maria unvermittelt. Sie reichte ihm ein Blatt Papier und einen Stift. Peter schrieb WEARILY ELECTORS oben auf das Blatt.

»Was bedeutet das?«, fragte sie.

»Keine Ahnung. Vielleicht ein Anagramm.«

Er strich es durch, schrieb WEARILYELECTORS und probierte mit Marias Hilfe nacheinander sämtliche halbwegs sinnvollen Begriffe durch, die sich aus dieser Buchstabenkombination ergaben. Peter nahm an, dass es sich um das Anagramm eines englischen Begriffs handeln musste. Möglicherweise bestand er ebenfalls aus zwei Worten. Als er das Papier fast komplett mit Worten und Gekritzel bedeckt hatte, hielt er stöhnend inne. Er dachte an Kelly, der ihm an der Boje entglitten und in die große Dunkelheit eingetaucht war. Kelly, schmutzig, ausgemergelt, misshandelt, ein Schatten des Kelly, den er vor langer Zeit in Misrian kennengelernt hatte.

Elektrisiert richtete sich Peter auf. Er sah Kelly vor sich, wie er damals in der Jurte vor Ellen angegeben und krudes Zeug über den Schatz der Templer verbreitet hatte. Kelly hatte einen Namen genannt.

»Helena Blavatsky«, sagte er laut und versuchte, den Namen aus der Buchstabenkombination WEARILY ELECTORS zu bilden. Fehlanzeige. Aber Kelly hatte noch einen weiteren Namen genannt.

*Na los, streng dich an. Erinnere dich.*

Peter starrte auf die Buchstabenkombination. Dann sah er den Namen vor sich, schrieb ihn in die letzte freie Ecke und umkringelte ihn.

ALEISTER CROWLEY

»*Der* Aleister Crowley?«, fragte Maria.

Peter nickte. »Englischer Okkultist des frühen 20. Jahrhunderts«, referierte er. »Logengründer, Kaballist, Bergsteiger, drogensüchtiger Betrüger und Pornograf. Soweit ich weiß, hat der Mann nichts weiter hinterlassen als Schulden, Ekel, Strafanzeigen und eine hanebüchene Legende um seine eigene Person, die später dankbar von der New-Age-Bewegung aufgenommen wurde. Es ergibt keinen Sinn. Es ergibt alles keinen Sinn!« Peter knüllte den Zettel zusammen. »Scheiße!«

Maria sah ihn mitfühlend an, strich ihm sanft über den Kopf. Eine vertraut-zärtliche Geste, die Peter überraschte.

»Die Begegnung mit Nikolas muss furchtbar für dich gewesen sein.«

Peter nickte schweigend.

»Und dieses Medaillon hat er dir auch noch abgenommen. Jetzt fangen wir wieder von vorne an.«

Peter sah sie an. »Ja, Nikolas hat das Medaillon. Aber ich habe immer noch das hier ...«

Er zog etwas aus der Hosentasche und legte es in Marias Handfläche. Es war die kleine weiße SIM-Karte.

# LXVII

## EIN JAHR ZUVOR ...

*7. Juli 2010, Trastevere, Rom*

W̌ollen Sie Papst werden, Kardinal?«

»Woher haben Sie diese Nummer?«

»Das spielt keine Rolle«, sagte der Mann, der sich als Aleister Crowley vorgestellt hatte, in tadellosem Spanisch. »Wir müssen uns treffen. In einer Stunde. Das *Tre cani* in Trastevere. Sie kennen das Lokal ja.«

»Ich muss gar nichts!«, raunzte Kardinal Menendez in sein privates Handy, dessen Nummer nur vier Leuten im Vatikan bekannt war. »Ich werde Sie ...«

»In einer Stunde, Kardinal. Wenn Sie noch jemals Papst werden wollen.«

Die Verbindung wurde abgebrochen. Menendez legte sein Handy wütend weg und versuchte, den seltsamen Anruf zu ignorieren und sich wieder auf seine Ansprache zum eucharistischen Kongress in Köln zu konzentrieren. Es gelang ihm jedoch nicht. Denn Menendez hatte ein feines Gespür für die Stimme der Macht. Die feinen Nuancen in Haltung und Tonfall, die einen Menschen untrüglich als Teil entweder der gehorsamen Masse oder jener kleinen Elite von Führern verrieten, zu der er sich selbst auch zählte. Die Stimme am Telefon war gewohnt gewesen, Befehle zu erteilen, die bedingungslos befolgt wurden. Eine Stimme, in der eine Bedrohung mitschwang, der sich auch jemand wie Menendez nicht entziehen konnte. Zumal, wenn diese Stimme ein unerhörtes Angebot machte.

Eine Stunde später traf der Kardinal in der kleinen, eleganten *Trattoria* auf der anderen Seite des Tibers ein. Das *Tre Cani* war wegen seiner Fischspezialitäten und seiner Diskretion ein beliebter Treffpunkt bei hohen kurialen Beamten und römischen Politikern. Der Wirt begrüßte Menendez mit einer devoten Verbeugung und führte ihn durch das vollbesetzte Lokal zu einem Tisch am Ende des Raumes, wo ihn ein kahlköpfiger Mann um die sechzig erwartete. Er trug einen weißen Anzug und wirkte wie ein ehemaliger Soldat.

»Kardinal«, begrüßte ihn der Mann, ohne sich zu erheben, und deutete auf den freien Stuhl. Er bestellte eine Flasche von Menendez' bevorzugtem Ribeira del Duero und sah den Kardinal dann wieder an.

»Sind Sie Crowley?«

»Sie können mich so nennen. Falls Sie nach unserem Gespräch Nachforschungen über mich anstellen wollen, wird Ihnen das jedoch nichts nützen.«

»Was wollen Sie?«

Der Mann, der sich Crowley nannte, trank einen Schluck Wasser. »Nein, Kardinal, was wollen *Sie*?« Crowley legte einige Papiere auf den Tisch. »Lesen Sie.«

Menendez warf nur einen kurzen Blick auf die Papiere, ohne sie anzurühren. Er erkannte flüchtig das Transskript eines Gesprächs und seinen eigenen Namen.

Crowley lächelte dünn. »Nun gut, dann erkläre ich es Ihnen. Ich vertrete eine internationale Gruppe, die an einem baldigen Wechsel in der Kirchenführung interessiert ist. Und an diesem Punkt berühren sich unsere Interessen.«

Crowley wartete ab, bis der Wirt den Wein entkorkt und auf einen ungehaltenen Wink von Menendez eilig ausgeschenkt hatte.

»Was ist das für eine Gruppe?«

Crowley winkte ab. »Entscheidend ist nur eines: Sobald Johannes Paul III. tot ist, können Sie Papst werden.«

Crowley nippte an dem schweren Rotwein und sah ungerührt zu, wie Menendez blass wurde.

»Tot?«, ächzte der Kardinal.

»Ein Unfall, ein Attentat eines Fanatikers – es gibt viele Gefahren für einen Papst.«

In diesem Moment kehrte Menendez' Verstand zurück. Der Gedanke schoss ihm durch den Kopf, wie der letzte Idiot geradewegs in eine offene Falle zu laufen. Es war ein beinahe beruhigender Gedanke, dass dieser Crowley nur irgendein investigativer Journalist oder ein Spitzel von Laurenz war, der dieses absurde Gespräch mit versteckter Kamera gerade aufzeichnete, um ihn anschließend öffentlich zu diskreditieren. Oder zu erpressen.

Crowley schien seine Gedanken erraten zu haben.

»Sie wissen es besser, Kardinal. Sie wissen doch längst, wer ich bin.«

Menendez erhob sich aschfahl. »Das Gespräch ist beendet.«

»Bleiben Sie sitzen!«, zischte Crowley und tippte auf die Papiere vor Menendez. »In diesen Unterlagen finden Sie das Protokoll eines vertraulichen Gesprächs der Führung des Opus Dei, in dem Sie, Kardinal, genau diesen Punkt erörtern.«

Menendez wurde übel. »Das waren nur … Gedankenspiele.«

»Für die allein man Sie exkommunizieren könnte. Von einer Strafverfolgung ganz abgesehen.«

»Das hat keinerlei Beweiskraft.«

»Muss es auch nicht, Kardinal. Das wissen Sie. Es reicht, wenn die Presse es in die Hand bekommt. Und glauben Sie mir, es wird Geständnisse geben, die die Echtheit dieses Gesprächs bestätigen.«

»Sie sind ja wahnsinnig!«

Crowley trank erneut von dem Wein. »Ich biete Ihnen die Chance Ihres Lebens. Sie werden der nächste Papst sein.«

Menendez stöhnte. »Und was ist der Preis?«

Crowley lehnte sich zurück. »Loyalität. Absolute Loyalität.«

# LXVIII

*16. Mai 2011, Köln*

Ein für diese Jahreszeit unübliches Sturmtief hatte den Westen Deutschlands im Griff, knickte Bäume wie Streichhölzer und radierte den frisch gepflanzten Frühling aus den Vorgärten. Die Cessna Citation landete zwischen zwei Kaltfronten und wurde im Anflug ziemlich hin und her gerüttelt. Dennoch setzte der Pilot die Maschine sicher auf der Landebahn 14R des Flughafens Köln/Bonn auf. Wieder gab es keine Probleme bei den Kontrollen im abseits von den großen Terminals gelegenen General Aviation Terminal. Ein junger Japaner im schwarzen Anzug, der sich als Akiro vorstellte, erwartete Peter und Maria und führte sie zu einem Mietwagen vor dem Gebäude.

»Sie kennen den Weg?«, fragte er.

*Der Weg. Hast du ihn nicht längst verloren?*

»Natürlich.« Peter zögerte. Etwas lag ihm noch auf dem Herzen. »Darf ich Sie etwas fragen, Akiro?«

»Bitte.«

»Haruki – der Mann, der in Montpellier für mich gestorben ist ...«

»Sie müssen sich nicht schuldig fühlen, Sir«, sagte Akiro steif. »Es ist unser Job.«

»Wissen Sie, ob Haruki Familie hatte?«

»Niemand von uns hat Familie.«

»Was wird mit seiner Leiche geschehen?«

»Sie ist bereits auf dem Weg nach Japan. Die Firma hat alles organisiert.«

*Die Firma.*

Peter ahnte bereits, von welcher Firma Akiro sprach. Die Frage war nur, welches Interesse der Nakashima-Konzern eigentlich daran hatte, sein Leben zu retten. Und in welcher Beziehung er zu einem zurückgetretenen Papst, zu Don Luigi und zu Maria stand, die ihn angelogen hatte. Doch dies waren im Moment nur die unbedeutendsten aller Fragen, die sich Peter auf der Fahrt zu einem Einfamilienhaus in Köln-Königsforst stellte, wo er sich endlich ein paar Antworten erhoffte. Über sich. Über seine Albträume. Über Nikolas. Seine Eltern.

Ja, er kannte den Weg. Wenigstens diesen noch. Er wusste, wo er die Autobahn verlassen, an welchen Ampeln er abbiegen musste. Er wusste sogar noch, wo die fest installierten Radarfallen standen. Er zeigte Maria im Vorbeifahren seinen Schulweg und die vielen kleinen Stellen, die noch mit Erinnerungen an eine glückliche Zeit aufgeladen waren. Die alte Eisdiele. Die Bushaltestelle, wo er Sandra Hirschfeld geküsst hatte. Der Stromkasten, hinter dem er sich vor Christoph Nieven versteckt hatte. Maria klatschte in die Hände vor Begeisterung. Nach einer halben Stunde Fahrt erreichten sie das vertraute Haus am Ende einer kleinen Sackgasse, halb verborgen am Waldrand. Peter wusste, wo er parken konnte. Er wusste, dass keine zwanzig Meter in den Wald hinein ein Baum mit einer Markierung stand, die ein dreizehnjähriger Junge dort eingeritzt hatte. Er wusste, dass unter diesem Baum etwas vergraben lag, das all das enthielt, was dieser dreizehnjährige Junge damals hatte loswerden wollen: seine Kindheit, seine Albträume. Er wusste, dass es nichts genutzt hatte. Dass er seine Kindheit wieder ausgraben musste. Falls sie überhaupt noch da war.

Peter fuhr noch eine Runde, um sicherzugehen, dass das Haus seiner Eltern nicht von der Polizei observiert wurde, konnte jedoch nichts Auffälliges entdecken.

*Du hast ohnehin keine Wahl.*

Seine Mutter öffnete ihm, noch ehe er an der Haustür geklingelt hatte.

»Peter!« Sie fiel ihm um den Hals und musste sich dabei wie

immer auf die Zehenspitzen stellen. Lutz Adam, sein Vater, tauchte in seinem uralten weinroten Lieblingspullover in der Tür auf und umarmte Peter ebenfalls herzlich.

»Ich möchte euch Schwester Maria vorstellen«, erklärte Peter und zog Maria näher. »Sie ... hilft mir gerade bei meinen Recherchen.«

Er wusste, dass seine Mutter ihm die Lüge sofort ansah. Und er wusste auch, dass seine Mutter ihm noch etwas anderes angesehen hatte. Sie streifte Peter mit einem seltsamen Blick – dann schnappte sie sich entschlossen Maria und verschwand mit ihr im Haus.

»Herzlich willkommen, Maria! Sie sind doch bestimmt hungrig?«

»Ich sterbe vor Hunger!«

Sein Vater sah ihn von der Tür aus an. »Du wirst wegen Mordes gesucht. Die Polizei war schon hier.«

»Beobachten sie das Haus?«

Sein Vater schüttelte den Kopf.

»Ich bin kein Mörder, Papa. Ich werde euch alles erklären.«

Sein Vater nickte. Doch statt den Weg freizugeben, reichte Lutz Adam seinem Sohn einen Spaten. »Grab es erst aus. Deswegen bist du doch hier, oder?«

Peter nickte beklommen. »Woher ...?«

»Ich wusste, dass dieser Tag einmal kommt«, sagte sein Vater. »Weißt du die Stelle noch?«

»Ich glaube, ja.« Peter nahm den Spaten und ging in den Wald. Nach einer Weile kehrte er mit einer alten, verblichenen Tupper-Box zurück.

Peter öffnete die kleine Plastikbox auf dem Esstisch seiner Eltern. Sein Vater, seine Mutter und Maria sahen zu, wie er vorsichtig verschiedene Gegenstände nebeneinander auf den Esstisch legte: Zwei Figuren aus bunter, gebrannter Knetmasse, die einander wie Zwillinge glichen und an den Händen verbunden waren. Eine zusammengefaltete Zeichnung, die ein dämonisches Gesicht zeigte, umrahmt von Symbolen, die Peter inzwischen erschreckend vertraut waren. Ein Plastikskarabäus vom Flohmarkt mit der Tet-Hieroglyphe auf dem Rücken. Einen kleinen, zerschlissenen Stoffhasen.

*Häschen in der Grube.*

Genau, wie Kelly gesagt hatte. Die kleine Plastikbox wisperte ihm die Antworten zu, man musste nur genau hinhören. Den entscheidenden Schritt tun. Peter griff nach seinem alten Stoffhasen. Flunki, der Hase. Er roch muffig, der Stoffpelz hatte längst seine Farbe verloren, ein Ohr war aufgeplatzt, die Füllung quoll heraus.

*Lieber, alter Flunki!*

Peter sah seine Eltern an. »Ihr habt immer gesagt, dass der Hase das Einzige war, was ich nach dem Unfall bei mir trug.«

»So haben uns das die Schwestern im Heim berichtet«, bestätigte sein Vater.

Peter betrachtete den kleinen Hasen, der über viele Jahre sein bester Freund gewesen war, sein Beschützer in dunklen Nächten, sein Totem, seine letzte Verbindung zu seinen biologischen Eltern, sein Ein und Alles. Er drehte das kleine Stofftier hin und her, bis er die feine Naht entdeckte. Peter atmete durch.

*Du hast es immer gewusst, all die Jahre.*

»Verzeih mir, Flunki.«

Entschlossen legte er den Hasen auf den Tisch, nahm ein Taschenmesser und schlitzte den alten Stoff auf der Rückseite auf. Seine Mutter schrie entsetzt auf.

»Was machst du denn da, Peter?«

Aber Peter ließ sich nicht beirren. Vorsichtig wie ein Chirurg tastete er im Innern der Füllung herum.

Bis er es fand. Ein kleines, verschlossenes Plastikröhrchen, kaum größer als der Finger eines vierjährigen Jungen. In dem Röhrchen steckte etwas. Peter öffnete den Verschluss und zog ein sehr dünnes, gefaltetes und gerolltes Stück Papier heraus. Es war dicht bedeckt von einer winzigen, akkuraten Handschrift. Ein Brief, über dreißig Jahre alt. Ein Brief von seiner Mutter.

*Lieber Peter,*

*wenn du diesen Brief findest, werde ich schon lange tot sein. Ich bete dafür, dass du vergessen konntest; dass du eine schöne Kindheit hattest und ein Mann geworden bist, einen Beruf hast, der dich ausfüllt, eine Frau, vielleicht Kinder. Ich bete dafür, dass du glücklich bist. Dass du diesen Brief niemals findest. Denn wenn du ihn findest, bedeutet das, dass du in größter Gefahr bist.*

*Mir bleibt nicht mehr viel Zeit. Dein Vater und ich müssen fliehen, aber ich fürchte, es ist bereits zu spät. Deswegen kann ich dir nicht alles erklären. Ich kann dir nur diese eine Warnung durch die Jahrzehnte hindurch schicken.*

*Flieh, Peter! Sofort! Rette dein Leben, lösche alle Spuren aus, rette dich und die Deinen! Hüte dich vor einem Mann, der sich Seth oder Crowley nennt. Er will dich töten. Hüte dich vor Zimmer 306. Hüte dich vor dem Temple of Equinox. Hüte dich vor dem Symbol des Lichts, du weißt schon, welches. Hüte dich vor Edward Kelly. Vor allem aber hüte dich vor deinem Bruder Nikolas. Ja, du hast einen Bruder, Peter, deinen Zwilling. Aber er steht längst unter Seths Einfluss. Seth braucht einen von euch, wofür genau, wissen wir nicht. Wir hoffen nur, dass wir wenigstens dich noch retten können.*

*Sie nennen sich die Träger des Lichts. Dein Vater und ich haben auch zu ihnen gehört. Seth will die Prophezeiung des Malachias erfüllen und das Vermächtnis von Madame Blavatsky antreten. Dein Vater und ich konnten verhindern, dass er eine furchtbare alchemistische Formel in die Hände bekommt. Aber wir wissen nicht, wie lange ihn das noch aufhält. Solange die Siegel sicher sind, ist Hoffnung. Rette dein Leben, Peter, traue niemandem, denn die Träger des Lichts sind überall. Wenn du Hilfe brauchst, dann wende dich an Franz Laurenz, er ist Pfarrer in Duisburg, er weiß Bescheid.*

*In Liebe,*
*Deine Mutter*

Als er den Brief gelesen hatte, sah er seine Eltern an, die beklommen das Schlimmste erwarteten, und reichte ihnen den Brief. Zeit für Erklärungen.

Elke und Lutz Adam hörten ihrem Sohn schweigend zu, unterbrachen ihn, entgegen ihrer Gewohnheit, kein einziges Mal, während Peter berichtete, was er in den letzten Wochen erlebt und gesehen hatte. Nur an dem Schmerz in ihren Gesichtern erkannte Peter, was er ihnen gerade antat. Es dämmerte bereits, als Peter seinen Bericht beendete.

»Was willst du jetzt tun?«, fragte sein Vater leise.

»Ich weiß es nicht. Habe ich denn noch eine Wahl?«

Lutz Adam wechselte einen Blick mit seiner Frau.

»Wir lieben dich, Peter. Wir würden es nicht aushalten, wenn dir etwas zustößt. Aber darüber hast du dich schon immer hinweggesetzt, schon als kleiner Junge. Du hast dich immer in Gefahr gebracht, und du hast es immer irgendwie überstanden. So, wie es aussieht, bist du so etwas wie ...«

Er zögerte.

»Auserwählt«, fügte Peters Mutter leise hinzu.

Ihr Mann nickte. »Und das bedeutet, dass du vermutlich wirklich keine Wahl hast. Du bist intelligent, du hast eine militärische Ausbildung und du hast noch eine Rechnung mit diesen *Trägern des Lichts* offen. Wer auch immer dieser Seth ist, tritt ihm in den Arsch. Bring diese Sache zu Ende, mach Schluss, räum auf.«

Peter sah seinen Vater an. Er hatte ihn noch nie so reden gehört. Sein Vater, der Friedensaktivist. Sein Vater, der ewige Nörgler, den er so oft für schwach gehalten hatte in seinem weinroten Pullover, mit seinen Flugblättern und Unterschriftensammlungen.

»Das ist aber noch nicht alles«, sagte Peter bedrückt. »Ihr seid hier nicht mehr sicher. Wenn die *Träger des Lichts* mich nicht finden, werden sie sich an euch halten. Ihr müsst weg von hier. So schnell wie möglich.«

Es dauerte einen Moment, bis sein Vater begriff. »Wie stellst du dir das vor?«, polterte er los. »Das ist unser Zuhause hier! Den Teufel werden wir tun, uns von irgendeiner Sekte vertreiben zu lassen.«

»Es tut mir leid«, stöhnte Peter. »Aber hier schwebt ihr in Lebensgefahr!«

»Wo sollen wir denn hin?«, fragte seine Mutter leise.

Peter schwieg. Er wusste es auch nicht.

»Am besten so weit weg wie möglich«, erklärte Maria. »Vielleicht haben Sie ja einen Ort, an den Sie schon immer einmal reisen wollten. Man wird sich um alles kümmern.«

»Ich werde auf keinen Fall von hier weggehen!«, erklärte Peters Vater brüsk.

Maria wandte sich an Peter. »Kannst du uns kurz alleine lassen?«

»Warum?«

»Bitte, Peter!«

Seufzend erhob sich Peter. Als Maria ihn nach einer Stunde wieder ins Wohnzimmer holte, saßen seine Eltern blass aber gefasst zusammen auf dem Sofa und hielten sich an den Händen. Ein ungewohntes Bild.

»Neuseeland«, erklärte Peters Vater rau. »Eine kleine Farm, ein paar Schafe, nichts Großes.«

»Neuseeland?«, rief Peter entgeistert. »Schafe? Ihr?«

»Wir haben eigentlich schon immer davon geträumt«, erklärte Peters Mutter. »Erinnerst du dich, als wir vor vier Jahren die große Neuseelandreise gemacht haben? Dort hat es uns gefallen.« Sie wandte sich an Maria. »Ist das machbar?«

»Ich denke schon«, sagte Maria.

Peter bekam den Kloß nicht aus dem Hals. Er wandte sich an Maria.

»Was hast du ihnen gesagt?«

»Die Wahrheit. Es ist auch nur vorübergehend, bis die Gefahr vorbei ist.«

»Und das Haus und alles?«

»Mach dir keine Sorgen. Sobald alles vorbei ist, werden sie hierher zurückkehren können.«

»Ich habe das nie gewollt!«, rief Peter erschüttert. »Nur weil ich eine Scheiß-Vision hatte und weil irgendwelche Irren einen Kampf gegen die Kirche führen. Es ist nicht eure Schuld!«

»Genauso wenig wie deine«, sagte seine Mutter und umarmte ihn. »Wenn alles vorbei ist, wirst du uns in Neuseeland besuchen. Und vielleicht bringst du Schwester Maria ja dann wieder mit.«

Peters Eltern zeigten Maria das kleine Gästezimmer unter dem Dach und zogen sich dann zurück. Peter zog wie früher in das kleine Gartenhäuschen, das er sich mit sechzehn Jahren ertrotzt hatte. Als er endlich allein war, riss seine Selbstbeherrschung auf wie dünnes Papier.

*Edward Kelly. John Dee. Aleister Crowley. Madame Blavatsky. Malachias. Bernhard von Clairvaux. Thot. Hermes Trismegistos. Manetho. Nicolas Flamel. Seth. Nikolas. Träger des Lichts. Hoathahe Saitan!*

Namen des Bösen. Namen des Todes. Ein Berg aus Namen, Schmutz, Unrat und Tod lastete auf ihm, raubte ihm den Atem. Peter krampfte sich zusammen und weinte. Krümmte sich auf dem kleinen Bett und wimmerte gegen seine Verzweiflung an, gegen die Namen, gegen die Erinnerungen und gegen die Schuld. Er verfluchte diesen Gott, der ein unheimliches Spiel mit ihm spielte, der ihm Visionen und den Tod schickte, der ihm den Bruder genommen und ihn als Killer zurückgeschickt hatte. Der ihm Ellen genommen hatte und nun zum zweiten Mal seine Eltern nehmen würde. Keuchend vor Wut und Schmerz wand sich Peter auf dem Boden des kleinen Gartenhäuschens. Und beschloss, dass er es diesem Gott zeigen würde. Dass er nicht gewillt war, weiter nach seinen Regeln zu spielen. Dass er sich sein Leben zurückholen würde.

Er richtete sich gerade wieder auf, als es leise an der Tür klopfte.

*Maria!*

»Kann ich reinkommen?«

Sie stand draußen im Garten, ein Schatten in der Nacht in einem Pyjama seiner Mutter. Im matten Licht der Beleuchtung vom Haus wirkte ihre Gestalt fast durchscheinend, klein und verletzlich. Sie hielt das Amulett in der Hand. Peter unterdrückte den Impuls, sie zu umarmen und an sich zu ziehen.

»Na klar. Kann eh nicht schlafen. Willst du was trinken?«

Maria schüttelte den Kopf und setzte sich aufs Bett.

»Du hast geweint.«

»Schon wieder okay.«

Peter sah auf das Amulett, das sie die ganze Zeit über in der Hand hielt, fast zärtlich und scheu.

»Ich muss dir was sagen«, begann Maria wieder. »Das Amulett ... Ich weiß jetzt, was es ist.«

»Ja und?«

»Es ist ...« Sie suchte nach dem richtigen Wort. »... eine Art Speicher.«

»Verstehe ich nicht.«

»Als du auf der Insel warst, hatte ich eine Vision«, fuhr sie fort. »Ich habe Jesus gesehen. Ich habe die Jungfrau Maria gesehen. Nein, lach nicht, ich meine es ernst.«

»Ich lache nicht, Maria. Ich kenne mich inzwischen ein bisschen aus mit Visionen.«

Sie nickte ernst. »Während ich das Amulett in der Hand hielt und betete, zogen die Jahrhunderte an mir vorbei, und ich war Teil von allem. Dieses Amulett, Peter, ist ein Gedächtnis. Es speichert alles, was je mit ihm geschehen ist. Ich weiß, das klingt verrückt, aber es gibt Physiker und Biologen, die so etwas in der Art tatsächlich postulieren. Sie gehen davon aus, dass alle Dinge in der Welt eine Art Feld um sich herum verbreiten, über das sie mit ähnlichen Dingen kommunizieren. Über diese morphogenetischen Felder werden, so nehmen einige Wissenschaftler an, Form-Informationen übertragen. Und zwar unabhängig von Raum und Zeit.«

»Das klingt nach Hokuspokus, Maria!«, unterbrach Peter sie. »Warum bemühst du auf einmal die Naturwissenschaften? Warum bleibst du nicht bei Gott und sagst, dass das Amulett eine Art Kommunikator zu Gott ist?«

»Weil es das nicht ist, zum Henker!«, fauchte sie ihn an. »Um mit Gott in Kontakt zu treten, brauche ich kein Amulett. Nimm mich ernst, verdammt noch mal! Dieses Amulett *tut* etwas. Es ist eine Art ... *Gerät*. Ich weiß nicht wie es funktioniert, aber man kann es *benutzen*. *Ich* kann es benutzen. Ich habe es vorgestern noch einmal probiert, mit dem gleichen Ergebnis. Es ist ein Gedächtnis. Es ist wunderbar und schrecklich zugleich. Und es enthält ein furchtbares Geheimnis.«

»Welches?«

Maria schüttelte den Kopf. »Es war alles so verwirrend. Aber vor allem habe ich eines gesehen ...«

Sie zögerte wieder, als bereite ihr das, was sie zu sagen hatte, geradezu körperliche Schmerzen.

»Was?«, hakte Peter nach.

»Das Böse«, flüsterte Maria. Sie wirkte erschüttert. Peter setzte sich zu ihr und strich ihr eine Strähne aus dem Gesicht.

»Erzähl mir, was du gesehen hast.«

Maria schüttelte heftig den Kopf. »Nein, ich erzähle dir, was ich *nicht* gesehen habe. Ich habe Gott nicht gesehen.« Sie weinte jetzt. Zitterte am ganzen Körper und schrie es fast aus vor lauter Verzweiflung. »Gott war nicht da! Er war *nie* da.«

Peter nahm Maria in den Arm, hielt sie fest. Ganz fest.

»Schschsch. Ganz ruhig. Du irrst dich. Das klingt vielleicht komisch aus meinen Mund, aber ich glaube, Gott war da, irgendwo, die ganze Zeit. Du hast ihn nur nicht erkannt.«

Maria sah ihn an. »Das klingt überhaupt nicht komisch.«

Er hielt sie im Arm, ganz nah. Durch den Stoff des Pyjamas

hindurch spürte er, wie weich sie war. Wie warm und wie nah, ganz nah. Er konnte sie riechen. Er strich ihr eine Strähne aus dem Gesicht, legte ein Ohr frei. Sie ließ es geschehen, weinte jetzt auch nicht mehr, rückte aber auch nicht ab. Peter küsste das Ohr, dieses wunderbar kleine, zart beflaumte Ohr, küsste es, so sanft er konnte. Ein Schauder lief durch Marias Körper, aber sie rückte immer noch nicht von ihm ab. Im Gegenteil. Sie wandte ihm ihr Gesicht zu – und erwiderte jetzt seinen Kuss. Ohne Scheu, drängend und leidenschaftlich tranken sie voneinander wie Verdurstende. Mit einem kleinen Laut griff sie in seine Haare, ließ seinen Mund nicht los. Wortlos und in großer Eile zogen sie sich gegenseitig aus. Maria umschlang ihn mit Armen und Beinen, presste ihn an sich, und hörte nicht auf ihn zu küssen. Nie mehr.

Er spürte sie, roch sie, schmeckte sie, hörte ihre kleinen Laute, die zeigten, dass sie noch da war, ganz da, während er nicht aufhörte, sie zu streicheln, und weiche Stellen an ihr entdeckte, das tiefe Grübchen am Halsansatz, die Kniekehlen, die Innenseite ihrer Arme. Sie hielt den Atem an, als er langsam in sie eindrang. Ohne Eile bewegten sie sich, bis sie einen gemeinsamen Rhythmus fanden. Sie flüsterte etwas. Seinen Namen.

»Was?«

»Beweg dich nicht.«

»Warum?«

»Einfach so.«

So lagen sie. Ewig. Regungslos. Ihre Pulsschläge vermischten sich. Bis sie ihre Bewegungen wieder aufnahmen und nicht mehr aufhörten, bis sie die Augen schloss und sich auf einmal zurückkrümmte, bis ihr Keuchen in einen lauten Seufzer überging, einen tiefen, kehligen Seufzer, in dem das Leben und die Lust der ganzen Menschheit lag, bis er fortgerissen wurde, weit, weit fort aus dem Universum heraus und er sich voll und leer zugleich fühlte und alles klar wurde und er für eine Sekunde die Antwort kannte, in diesem einen Augenblick, als sie beide gemeinsam laut aufstöhnten und die Welt den Atem anhielt.

Von: laurenz@mailforfree.tv
An: c.kaplan@hekhalshelomo.il
16. Mai 2011 12:03:11 GMT+01:00
Betr.: Treffen

Lieber Chaim Kaplan,
ich bin in Jerusalem. Leider erreiche ich Sie nicht. Bitte rufen Sie mich an, ich brauche Ihre Hilfe. Es ist dringend!!!

Franz Laurenz

---

Von: c.kaplan@hekhalshelomo.il
An: laurenz@mailforfree.tv

16. Mai 2011 13:22:20 GMT+02:00
Betr.: RE: Treffen

Lieber Franz Laurenz,
Nicht am Telefon. Kommen Sie in die Synagoge.

Shalom

Ihr C. K.

Chaim Kaplan
Chief Rabbi of Jerusalem ABD
Hekhal Shelomo
85 King George St. POB 2479
Jerusalem 91087
Israel

Als er wieder erwachte, war sie verschwunden. Von draußen blendender Sonnenschein. Peter hielt für einen Moment den Atem an und sah er auf seine Uhr.

*Zwölf Uhr?*

Er hatte über elf Stunden fest und traumlos geschlafen. Peter fühlte sich ausgeruht und wach wie lange nicht mehr.

Beim Anziehen fiel ihm die kleine SIM-Karte in die Hände. Peter betrachtete sie einen Moment, dann steckte er sie in das Smartphone, das Haruki ihm gegeben hatte und startete eine *App*, die ihm den Inhalt des Chips anzeigte.

Die Karte enthielt vier Dateien. Bei der ersten handelte es sich um eine Liste mit einundzwanzig Namen, von denen er nur zwei kannte. Der erste war Kardinal Fernando Torres, Bischof von Santiago de Compostela. Peter hatte ihn einmal interviewt. Der zweite bekannte Name lautete: Peter Adam.

Was Peter nicht überraschte, auch wenn er keine Ahnung hatte, was die einundzwanzig Namen miteinander verband. Er hielt sie für eine Art Blacklist. Die zweite und dritte Datei waren Abbildungen alchemistischer Traktate im JPEG-Format. Die vierte Datei zeigte ein Quadrat aus fünfundzwanzig Feldern, in die jeweils ein alchemistisches Symbol eingetragen war.

Peter kopierte die Dateien in den Speicher des Telefons und wollte den Chip bereits wieder wechseln, als das Smartphone plötzlich vibrierte. Perplex starrte Peter auf das vibrierende Gerät in seiner Hand. Die Nummer des Anrufers war unterdrückt.

»Ja?«

»Ich wusste, dass Nikolas diesmal versagen würde.«

*Seth!*

Peters erster Impuls war, sofort wieder aufzulegen.

»Tun Sie das nicht, Peter!«, sagte Seth scharf im Hörer. »In dem Augenblick, als Sie die Karte eingelegt haben, habe ich Sie ohnehin bereits geortet. Lassen Sie uns reden.«

»Worüber?«, presste Peter hervor.

»Sie haben etwas, das mir gehört. Ich will es zurückhaben. Ich will auch das Amulett. Und ich will Sie. Wir müssen reden.«

»Zum Beispiel über den Mord an meinen Eltern?«

»Wenn Sie möchten.«

»Kein Interesse«, sagte Peter rau.

»Oh, ich denke doch. Wenn Sie die nächsten vierundzwanzig Stunden überleben wollen.«

Peter erwiderte nichts. Seth sprach ruhig weiter.

»Haben Sie sich Ihre Beine angesehen? An den Beinen zeigt es sich immer als Erstes.«

»*Was?*«, keuchte Peter.

»Das Virus in Ihnen. Es ist fast so alt wie das Leben, und der modernen Medizin dennoch völlig unbekannt. Es ist nicht ansteckend, aber es kann Sie auch niemand heilen. Nur ich.«

Das Jucken am Bein nahm wieder zu. Peter merkte, wie sein Mund austrocknete.

»Sie lügen!«

»Lassen wir dieses Hin und Her, Peter. In vierundzwanzig Stunden sind Sie tot. Kommen Sie ins Domhotel in Köln. Dr. Creutzfeldt erwartet sie dort. Suite 306.«

Kapitel 10

# DIE SIEBEN SCHALEN DES ZORNS

# LXIX

---

Von: creutzfeldt@ordislux.np
An: master@ordislux.np
16. Mai 2011 18:17:54 GMT+04:45
Betr.: Paket

Meister!
Das Paket hat die Zentrale soeben planmäßig verlassen.

Im Lichte mit Euch.

Creutzfeldt

---

Von: creutzfeldt@ordislux.np
An: master@ordislux.np

16. Mai 2011 21:11:04 GMT+04:45
Betr.: Paket

Meister!
Das Paket ist soeben dem Kurier übergeben worden.
Die Lieferung wird planmäßig erfolgen.

Im Lichte mit Euch.

Creutzfeldt

---

*17. Mai 2011, Köln*

Nachdem er sich im Bad eingeschlossen hatte, untersuchte er seine Beine. Er entdeckte eine kleine juckende Stelle an seinem linken Fuß. Eine leichte Rötung nur, wie eine unbedeutende Druckstelle. Aber Peter wusste es besser. Er wusste, dass er nicht mehr viel Zeit hatte.

Im Haus duftete es bereits nach Kaffee und frischen Brötchen. Peter hörte die Stimme seines Vaters aus der Küche und kurz darauf Marias Lachen. Sie lachte wie über einen guten Witz. Seine Mutter begrüßte ihn mit einem Kuss.

»Sie ist sehr nett«, flüsterte sie. »Bring sie bitte nicht noch mehr in Schwierigkeiten.«

Peter ging nicht darauf ein. Als er in die Küche trat, biss Maria gerade herzhaft in ein Leberwurstbrot. Sie trug wieder ihr Ordenshabit und lächelte ihn an mit einem Ausdruck, in dem Peter weder Schuld noch Scham entdeckte. Im Gegenteil. Maria wirkte leuchtend, gefasst und entschlossen wie …

… *eine Heilige.*

Unendlich schön, unendlich fern. Peter wagte nicht einmal, sie zu berühren. Maria erwiderte seinen Blick mit einem zärtlichen Ausdruck, den Peter als Nachsicht deutete. Wie gegenüber einem Kind, das eine einfache Tatsache noch nicht verstanden hatte.

Die Tatsache, dass es keine gemeinsame Zukunft gab.

Die Tatsache, dass es noch nicht einmal mehr eine zweite Nacht geben würde. Die Tatsache, dass es aus war.

»Guten Morgen!«, rief ihm sein Vater entgegen. »Zieh nicht so ein Gesicht, sondern iss erst mal was.«

Seine Mutter brachte ihm Kaffee und Spiegeleier wie früher.

Ohne rechten Appetit begann Peter zu essen, behielt Maria die ganze Zeit über im Auge, bis sie verlegen wegblickte.

»Ich lass euch mal allein«, sagte sein Vater und verzog sich aus der Küche. Kurz darauf sah Peter seine Eltern Hand in Hand im Garten stehen. Sie nahmen Abschied. Ein Anblick, der ihm das Herz zerriss.

»Ich habe mit einem von Nakashimas Leuten telefoniert«, erklärte Maria leise. »Es ist bereits alles organisiert. Heute Mittag kommt ein Wagen, der deine Eltern abholt.«

Peter nickte beklommen. Die Stelle an seinem Fuß juckte.

»Was ist los?«, fragte Maria.

Peter zwang sich, nicht mehr an das Jucken zu denken. »Seth weiß, wo ich bin«, sagte er. »Er hat mich eben angerufen.«

Entsetzen ließ den Glanz in Marias Gesicht mit einem Schlag erlöschen. »Was?«

»Er will mich sprechen. Er will, dass ich einen Dr. Creutzfeldt treffe. Noch heute. In einem Hotel in Köln.«

»Du darfst da auf keinen Fall hingehen!«

»Und warum nicht?«, erwiderte er trotzig. »Es gibt keinen direkteren Weg, ein paar Antworten zu bekommen.«

»Es gibt keinen direkteren Weg in den Tod, du Idiot!«

»Na, wie schön, dass wir unsere alte Fassung wiederhaben«, murmelte Peter sarkastisch.

»Was soll das denn jetzt bitte heißen?«

»Ach, vergiss es. Entschuldige.« Peter schob seinen Teller beiseite. Er hatte eine Entscheidung getroffen. »Ich werde da nicht hingehen. Ich weiß selbst, dass das eine Falle ist.«

Er legte die Ausdrucke der Bilddateien und der Namensliste auf den Tisch, die er kurz zuvor noch am Computer seines Vaters gemacht hatte. »Das habe ich auf dem Chip gefunden.«

»Das sind alchemistische Symbole«, erklärte Maria. »Die Alchemisten haben jeder Chemikalie, jeder Apparatur und jedem Prozess ein Symbol zugeordnet.«

»Woher weißt du so was?«

»Mein Vater hat sich ein bisschen dafür interessiert. Er hat mir viele der Symbole erklärt, als ich klein war. Wie eine ausgestorbene Sprache.«

Peter wurde neugierig. »Dein Vater, soso. Du hast noch nie über deine Eltern gesprochen. Wieso hat sich dein Vater mit Alchemie beschäftigt?«

»Aus beruflichem Interesse. Er war ... eine Art Therapeut.«

»Eine Art Therapeut? War? Geht's vielleicht auch etwas deutlicher?«

Maria ging nicht darauf ein, sondern deutete auf verschiedene Symbole der Formel. »Hier in der ersten Ecke, das ist das alchemistische Zeichen für Quecksilber. Das da rechts oben bedeutet Schwefel, das links unten ist Königswasser zum Lösen bestimmter Metalle. Hier unten rechts haben wir den Zinnober, und dort in der Mitte unser bekanntes Kupfersymbol. Die anderen Zeichen scheinen mir für die zu verwendenden Apparate und Prozesse zu stehen.«

»Also ein Rezept? Eine Kochanweisung?«

»Kann sein. Nur ohne Proportionsangaben. Auf diese Weise schützten die Alchemisten im Mittelalter ihre ›Patente‹.«

Peter sah sich wieder die Formel an. »Was glaubst du, bezeichnet diese Formel? Das Geheimnis des Goldmachens?«

Maria zuckte die Schultern. »Das Zeichen für Gold kommt gar nicht vor. In der Alchemie geht es immer um Transformation. Die Alchemisten glaubten, die Basis der materiellen Welt sei die *materia prima*, eine chaotische Urmaterie, der Rohzustand der Welt, aus dem die vier Elemente hervorgegangen sind: Feuer, Erde, Wasser, Luft. Da diese Elemente gemeinsame Eigenschaften teilen, ist Umwandlung möglich. Dazu postulierten die Alchemisten ein mächtiges Mittel, das die Verwandlung eines Materials in ein anderes bewirken konnte – den *Stein der Weisen*. Die Alchemisten glaubten, dass auch Metalle und Mineralien, aus den vier Elementen bestehen und beliebig umgewandelt werden können. Dieser Theorie zufolge sollten durch die Vereinigung von Schwefel und Quecksilber die verschiedenen Metalle und Mineralien entstehen, je nach Verhältnis und Reinheit. In vollkommener Reinheit und vollkommenem Gleichgewicht vereint würde das perfekteste Metall entstehen – Gold. Die Umwandlung anderer Metalle in Gold wurde später als Metapher für die Seele verstanden, die befreit von ihrem bleiernen Zustand ihr eigenes Licht erkennt – das Licht des reinen Geistes. Nur wenige Alchemisten glaubten, dass sie tatsächlich Blei zu Gold machen könnten. Die anderen frustrierten Möchtegern-Goldmacher, die sich in einem Labyrinth aus Fantasien, Halluzinationen, Visionen und Träumen verstrickten, entdeckten durch ihre überreizte Imagination etwas ganz anderes: das Unterbewusste.«

Peter schenkte Maria Kaffee nach. »Und was, wenn es Nicolas Flamel am Ende doch gelungen ist, Gold zu machen, und die *Träger des Lichts* haben seine Formel gefunden?«

»Glaubst du das, Peter?«

»Nein. Das ergibt auch gar keinen Sinn. Mit künstlich hergestelltem, hochreinem Gold könnten sie die gesamte Weltwirtschaft angreifen. Der Goldpreis würde rapide fallen. Die USA und die größten Volkswirtschaften der Welt wären mit einem Schlag bankrott. Die Welt würde im Chaos versinken. Wenn sie das könnten, wieso sollten sie so umständlich den Vatikan angreifen?«

»Auf der anderen Seite könnte das die Apokalypse sein, von der Kelly gesprochen hat«, vermutete Maria.

Peter schüttelte den Kopf. »Ich glaube, die *Träger des Lichts* suchen etwas noch viel Wertvolleres als Gold.«

»Das Amulett«, sagte Maria.

Peter nickte. »Oder das, was das Amulett versiegelt. Kelly hat von neun Siegeln gesprochen, die gebrochen werden müssen, um die Apokalypse herbeizuführen. Unser Amulett ist nur eines davon. Der zentrale Schlüssel. Die Frage ist: Wer hat die anderen acht?«

Maria tippte auf die Namensliste.

»Aber warum einundzwanzig Namen?«, fragte Peter. Er dachte nach, versuchte, sich zu erinnern. »Wenn nur ein Körnchen Wahrheit in dem ist, was Kelly im Delirium gefaselt hat, dann glauben die *Träger des Lichts* an die Existenz des Templerschatzes. Dieser Schatz ist vermutlich nichts Materielles, sondern ein uraltes Wissen, das die Templer im Heiligen Land entdeckt und später nach ihrer Zerschlagung aufgeteilt und über die Jahrhunderte erfolgreich verborgen haben. Erst, wenn die *Träger des Lichts* also im Besitz aller neun Siegel sind, haben sie die Macht, die sie anstreben. Die Zerstörung des Vatikans ist der entscheidende Schritt dahin.«

Maria tippte auf die alchemistische Formel. »Und was ist damit?«

Peter verstand mit einem Mal. »Ich Idiot!«

»Was denn?«

»Siehst du nicht? Das Quadrat hat fünfundzwanzig Felder. Wie das Sator-Quadrat. Vielleicht ist hier wieder die wahre Formel chiffriert. Das Kupfersymbol in der Mitte stößt uns doch geradezu mit der Nase darauf!«

Rasch zeichnete er, wie schon zuvor, das Symbol des Kupfers in das Quadrat ein. Die Felder, die von den Enden des Zeichens berührt wurden, ergaben eine Reihe von alchemistischen Zeichen, die teils wie Buchstaben, teils wie verkümmerte Hieroglyphen wirkten:

℮⇧A ⚛Rp⇡⚗

»Und was ist das?«, fragte Maria.

»Vielleicht eine alchemistische Formel? Sag du es mir!«

Maria sah sich die Formel genauer an. »Am Ende steht seltsamerweise Zinnober.«

»Wieso ist das seltsam?«

»Zinnober, also Quecksilbersulfit, galt als nicht besonders edle Verbindung aus Quecksilber und Schwefel. Vielleicht finden wir hier einen Hinweis.« Maria griff nach den Ausdrucken der alchemistischen Texte.

»Schau mal, hier ist oft vom roten Quecksilber die Rede!«, rief Maria. »Aber Quecksilber ist niemals rot, außer in seiner Sulfitform als Zinnober!« Sie überlegte. »Vielleicht ist damit nur eine Stufe des Umwandlungsprozesses gemeint. Die *Rötung* war in der Alchemie nach der *Weißung* und der *Gelbung* die dritte Stufe bei der Umwandlung von Metallen. Außerdem liest es sich so, als ob dieses rote Quecksilber eine verheerende Reaktion entfalten könne. Feuer, Rauch, giftige Dämpfe …«

»*Red Mercury!*«, rief Peter. »Rotes Quecksilber! Verdammt, wie konnte ich das vergessen!«

Maria sah ihn irritiert an. »Ich verstehe nicht.«

»Kelly hat in Misrian davon gesprochen! Er hat behauptet, es sei ein alchemistischer Supersprengstoff auf Basis eines geheimnisvollen Pulvers, des *Weißen Brotes* der Ägypter. In den späten Vierzigerjahren, zu Beginn des Kalten Krieges, haben die Sowjets dann angeblich einen Supersprengstoff zum Zünden sehr kleiner Atombomben entwickelt. Codename *Red Mercury*.

Schon kleinste Mengen davon sollen angeblich die zehntausendfache Wirkung von TNT gehabt haben. Das Ganze war nichts weiter als antisowjetische Propaganda, aber trotzdem haben sich an diesem Begriff seitdem die wildesten Verschwörungstheorien entzündet.« Peter tippte aufgeregt auf die Formel. »Was, wenn dieser geheimnisvolle, hochexplosive Stoff wirklich existiert?«

»Du glaubst, die Russen hätten Alchemie betrieben? Das ist doch absurd.«

»Ich sage doch, es war reine Propaganda. Aber was, wenn Kelly recht hatte und die Alchemisten einen verheerenden Sprengstoff erfunden hätten?«

»Glaubst du, das ist der legendäre Templerschatz? Eine Superbombe?«

»Ich musste nur gerade wieder an meine Vision denken. Der ganze Vatikan fliegt in die Luft. Dazu braucht man einen Sprengstoff von der Wirkung einer kleinen Atombombe.«

»Wozu sollten die *Träger des Lichts* den Vatikan in die Luft sprengen wollen?«

»Weil sie nur so an das eigentliche Geheimnis hinter den neun Siegeln kommen. Was auch immer dieses Geheimnis ist – ich glaube, dies hier ist die Formel für *Red Mercury*. Und wenn das stimmt, dann sind die *Träger des Lichts* im Besitz einer furchtbaren Waffe.«

Maria blieb skeptisch. »Was macht dich da so sicher?«

»Ich weiß, es klingt absurd, aber alles andere ergibt noch weniger Sinn. Morgen beginnt das Konklave. Wenn man die katholische Kirche angreifen will, gibt es keinen besseren Zeitpunkt für einen Anschlag.«

»Das weißt du alles schon seit deiner Vision.«

»Ja, aber jetzt wissen wir auch, wer dahintersteckt, und wir wissen, mit welchen Mitteln der Anschlag möglicherweise durchgeführt wird. Bleibt die Frage, ob die Bombe schon im Vatikan ist.«

»Es sind sieben Bomben«, sagte Maria unvermittelt. Sie war totenbleich im Gesicht. »Ich habe sie gesehen.«

»Was sagst du da?«

»Sieben«, wiederholte Maria tonlos. »Ich habe sie in meiner Vision gesehen. Ich habe sie erst für die sieben Schalen der Apokalypse gehalten, aber tatsächlich sind es sieben kleine Kapseln, kaum größer als eine Tintenpatrone für einen Füller.«

»Dann müssen wir sofort nach Rom zurück und mit Don Luigi sprechen.« Peter wollte aufstehen, doch Maria hielt ihn zurück.

»Das ist noch nicht alles.« Maria wirkte plötzlich elend. Die Erinnerung an ihre Vision schien sie aufs Tiefste zu erschüttern. »Ich habe einen Kardinal gesehen. In einem Flughafen. Er wäscht sich die Hände. Seine Hände sind voller Blut. Er trägt die sieben Bomben bei sich.«

»Hast du erkannt, welcher Flughafen das war?«

Maria schüttelte den Kopf.

»Versuch, dich zu erinnern, Maria! Bitte!«

Maria schüttelte heftiger den Kopf. »Es ging alles zu schnell.«

Peter überlegte kurz, griff dann zu dem Handy, das er in Montpellier erhalten hatte und wählte Don Luigis Nummer.

»Peter!«, hörte er die erfreute Stimme des Paters am anderen Ende der Leitung. »Endlich! Sind Sie noch in Köln?«

»Ja, Pater. Aber ich brauche Ihre Hilfe. Sind inzwischen alle wahlberechtigten Kardinäle zum Konklave angereist?«

»Warum wollen Sie das wissen, Peter?«

»Bitte, Don Luigi! Können Sie das herausfinden?«

»Bleiben Sie einen Augenblick in der Leitung.«

Peter hörte ein Klicken und dann eine Wartemelodie. Nach zwei Minuten war Don Luigi wieder in der Leitung.

»Die wahlberechtigten Kardinäle sind alle in Rom.«

*Verdammt!*

»Alle bis auf einen«, fuhr Don Luigi fort. »Kardinal Madhav

Bahadur aus Nepal ist erst heute Morgen aus Katmandu abgeflogen. Er landet um 20.55 in Rom.«

»In Rom. Scheiße.«

»Ja, aber da Kardinal Bahadur gerne first class mit Lufthansa fliegt, steigt er in Frankfurt um. Seine Maschine landet dort um 16.32 Uhr.«

Seine Eltern packten bereits die nötigsten Sachen. Sie wirkten ruhig und konzentriert. Als ob sie sich auf einen Urlaub vorbereiteten, auf den sie sich nicht mehr recht freuten. Peter staunte, wie gelassen sie akzeptierten, dass sie ihre Freunde nicht mehr anrufen konnten. Dass sie alle Brücken abbrechen mussten. Dass sie von heute an auf der Flucht waren. Sie schienen Maria vollkommen zu vertrauen.

»Kann ich euch irgendwie helfen?«, fragte Peter hilflos.

Seine Mutter schüttelte den Kopf. »Wir kommen schon klar.«

»Du bist immer noch die schlechteste aller Lügnerinnen, Mama. Woher nimmst du nur diese Scheißtapferkeit? Warum machst du mir keine Vorwürfe?«

»Würdest du dich dann besser fühlen?«

Peter schwieg. Elke Adam lächelte und strich ihrem Sohn über die Wange. »Man muss den Dingen ins Auge sehen, auch dem Unausweichlichen. Und wir sind schließlich in guten Händen. Wichtig ist nur, dass du auf dich aufpasst. Und auf Maria. Wir tun das nur, weil wir glauben, dass wir dir damit helfen.«

»Was hat Maria euch gestern Abend gesagt?«, wollte Peter wissen.

»Sie hat von ihrer Vision berichtet. Sie sagte, dass die Jungfrau Maria ihr versichert habe, dass wir uns alle wiedersehen werden.«

»Du hast nie an so was geglaubt, Mama!«, rief Peter.

Seine Mutter strich ihm über die Wange wie einem Kind. »In den letzten Tagen hat sich vieles verändert. Es ist nicht sosehr die Vision, die mich überzeugt hat. Es war Maria. Wir haben verstanden, dass wir wirklich in Lebensgefahr sind. Aber vor allem haben wir verstanden, dass wir dich noch mehr in Gefahr bringen, wenn wir hier bleiben. Wir tun das für dich, Peter.«

Um halb zwei rief Franz Laurenz erneut auf Peters Handy an und kündigte einen Wagen an, der Peters Eltern in Kürze abholen würde.

»Der Fahrer heißt Saneaki. Er wird Ihre Eltern mit dem Nötigsten versorgen, Pässen, etwas Geld, und sie dann außer Landes bringen. Sie kennen das ja bereits, Peter.«

»Ich weiß«, sagte Peter. »Wann werde ich meine Eltern wiedersehen?«

»So bald wie möglich. Um das Haus und den Besitz Ihrer Eltern wird man sich kümmern. Machen Sie sich keine Sorgen, Nakashima-san ist ein vorzüglicher Gastgeber. Ich hatte in den letzten Wochen selbst das Vergnügen.«

»Wollen Sie mir erzählen, dass das im Grunde ein Urlaub ist?«

»Nein, Peter. Aber hören Sie mir jetzt bitte zu, ich gebe Ihnen noch einige wichtige Instruktionen, an die sich Ihre Eltern unbedingt halten müssen.«

Peter hörte Laurenz genau zu. »Eine Sache noch«, sagte er, als Laurenz das Gespräch schließlich beenden wollte. »Seth hat mich angerufen. Er hat mich ins Domhotel in Köln bestellt. In Suite 306.«

Peter konnte hören, wie Laurenz ausatmete.

»Gehen Sie da nicht hin, Peter. Das ist eine Falle. Nach unseren Informationen hält sich Seth in Rom auf.«

»Ich weiß. Ein Dr. Creutzfeldt erwartete mich dort. Ich glaube, ich kenne ihn von der Ile de Cuivre.«

»Wir schicken jemand, der das überprüft. Viel Glück, Peter.«

Eine halbe Stunde später erschien eine schwarze Lexus-Limousine vor dem Haus. Der Fahrer stellte sich als Saneaki vor und half Peters Eltern, die beiden Koffer einzuladen, die sie mitnehmen durften.

Es wurde ein kurzer Abschied. Peter wusste, dass es ein Abschied für immer war: Das Jucken an seinem Bein machte ihm klar, dass er seine Eltern nie mehr wiedersehen würde.

*Und sie wissen es auch. Sie wissen es und fahren trotzdem.*

Für einen Moment befiel Peter der wahnsinnige Impuls, mit in die Limousine zu steigen. Einfach mit ihnen für immer zu verschwinden. Ein Impuls so mächtig wie das Leben.

*Scheiß auf Seth, Scheiß auf die Kirche, Scheiß auf die ganze Welt! Wenn du sie liebst, warum tust du's dann nicht?*

Er kannte den Grund. Solange die *Träger des Lichts* ihren Plan ungehindert verfolgen konnten, gab es auf Dauer keine Sicherheit. Nicht für ihn, nicht für seine Eltern. Nirgendwo. Wenn er überhaupt noch etwas für seine Eltern tun wollte, dann musste er sich seiner Aufgabe stellen. Und die lautete absurderweise: Rette die Kirche!

Ein ganzes Leben endete mit zwei kurzen und innigen Umarmungen vor einer japanischen Luxuslimousine. Zum ersten Mal in all den Jahren sah Peter seinen Vater weinen.

»Tu uns einen Gefallen und stirb nicht, hörst du?«, sagte er, als er sich wieder gefangen hatte. Es sollte wie ein Scherz klingen.

»Na klar«, brachte Peter mühsam hervor. »Ich liebe dich auch, Papa.«

Peters Eltern umarmten auch Maria. Peter sah, wie seine Mutter ihr etwas ins Ohr flüsterte, und wie Maria daraufhin rot wurde.

»Was hat sie zu dir gesagt?«, wollte Peter wissen, als der Lexus mit seinen Eltern das Grundstück verlassen hatte.

»Sie ... hat mich gesegnet«, log sie.

# LXX

*17. Mai 2011, Domhotel, Köln*

Ein japanischer Zimmerkellner bewegte sich fast lautlos durch die weitläufigen Flure des ehrwürdigen Domhotels. Die beste Adresse der Stadt, direkt gegenüber dem Kölner Dom gelegen, gehörte zwar seit einigen Jahren zum Nakashima-Konzern, war aber in Ambiente und Stil unverändert geblieben. Allein an dem internationalen Personal merkte man, dass in dem traditionsreichen Luxushotel ein neuer Wind wehte. Der rote Teppichboden dämpfte die eiligen Schritte des Zimmerkellners, aber das wäre gar nicht nötig gewesen. Der Mann hatte gelernt, sich leise zu bewegen. Die wenigen Gäste, denen er im dritten Stock begegnete, begrüßte er jedes Mal mit einer Verbeugung. Bis er vor Suite 306 stand.

Der Zimmerkellner klopfte dezent aber vernehmlich an und wartete ab, bis ein hagerer Mann mittleren Alters in einem schlecht sitzenden weißen Anzug öffnete, der am Abend zuvor unter dem Namen Dr. Raymond Creutzfeldt mit britischem Pass eingecheckt hatte.

»Ja?«

Der Mann an der Tür wirkte nervös und sah prüfend den Flur entlang. Der Zimmerkellner reichte ihm einen verschlossenen Briefumschlag. »Dr. Creutzfeldt, Sir. Eine Nachricht von Mr. Adam. Er wartet unten in der Lobby.«

Der Mann namens Creutzfeldt musterte kurz den Kellner vor sich.

»Soll raufkommen«, sagte er heiser. »Ich erwarte ihn.«

»Er hat mich gebeten, Ihnen erst diese Nachricht zu übergeben und um eine Antwort zu bitten. Wenn Sie so freundlich wären. Ich kann gerne warten.«

»*Ilasa Saitan!*«, fluchte der Engländer, riss den Umschlag ungehalten und misstrauisch auf und starrte verblüfft auf ein weißes Blatt Papier. Der Zimmerkellner hatte nur auf diesen kurzen Moment der Ablenkung gewartet. Mit einer schnellen, kurzen Bewegung schlug er ohne zu zögern dem Gast aus Suite 306 vor den Kehlkopf und stieß ihn zurück ins Zimmer. Der Mann stürzte röchelnd zu Boden. Der Zimmerkellner schloss die Tür der Suite so sanft, dass ein Herbstblatt nicht zerdrückt worden wäre und zog eine Pistole mit Schalldämpfer aus dem Hosenbund, die er auf den Gast richtete.

»Ganz ruhig«, sagte er mit einer Stimme so sanft wie das Fallen von Kirschblüten. »Wir müssen uns nur ein wenig unterhalten.«

Weiter jedoch kam er nicht, denn ebenso lautlos wie seine Schritte und ohne, dass er noch Zeit für einen letzten Gedanken gehabt hätte, erlosch sein Leben im nächsten Augenblick. Er spürte nicht einmal mehr, wie das Geschoss von hinten seinen Schädel durchschlug.

Sein Mörder, der sich im Bad der Suite versteckt hatte, steckte seine ebenfalls schallgedämpfte Waffe wieder ein und half dem Mann am Boden auf.

»Das war sehr unvorsichtig, Mr. Kelly«, sagte Creutzfeldt.

# LXXI

*17. Mai 2011, Casina del Giardiniere, Vatikanstadt*

Don Luigi sah in die Mündung einer SIG P220 mit Schalldämpfer. Er wirkte nicht einmal überrascht.

»Sie müssen das nicht tun, Oberst Bühler«, sagte er leise.

»Doch, Pater. Ich habe keine Wahl.«

Urs Bühler zielte unverwandt auf die Stirn des Jesuitenpaters. Vor einer Stunde hatte er eine SMS mit einer unmissverständlichen Aufforderung erhalten, und nein, er hatte keine Wahl, wenn er Leonies Leben retten wollte. Er hatte schon lange keine Wahl mehr.

»Es wird immer so weitergehen«, sagte Don Luigi, immer noch ohne sich zurühren. »Und am Ende sind auch Sie tot.«

»Hier geht es nicht um mich, Pater.«

Don Luigi sah, dass der Oberst der Schweizergarde mit den Tränen kämpfte.

»Nein, es geht um Ihre Schwester«, sagte der Pater ruhig, trotz seiner Angst. Er sah, dass die Hand mit der Waffe für einen Moment zitterte.

»Was wissen Sie über meine Schwester?«, fragte Bühler mühsam.

»Ach, Oberst. Sie sollten mich doch besser kennen. Ihre Schwester ist ein ganz besonderer Mensch. Sie ist die Sonne! Hat Sie Ihnen jemals von den Engeln erzählt, die zu ihr kommen?«

»Halten Sie die Schnauze, Pater!«, zischte Bühler und umkrampfte die Waffe fester.

Don Luigi schüttelte den Kopf. »Ihre Schwester, Oberst, hat eine Gabe. Und deswegen können DIE sie auch nicht am Leben lassen, genauso wenig wie Sie und mich.«

»Schließen Sie die Augen, Pater, und sprechen Sie ein Gebet.«

Don Luigi sah Bühler ungerührt an. »Sie sind ein Mann Gottes, Bühler, genau wie ich. Sie wollen das nicht tun, also tun Sie's auch nicht. Vertrauen Sie mir. Wir können Ihre Schwester vielleicht noch retten.«

»Wer ist wir?«, zischte Bühler.

»Legen Sie die Waffe weg, dann erkläre ich es Ihnen«, sagte plötzlich eine Stimme hinter ihm.

Bühler wirbelte herum und schoss. Mit einem pfeifenden *Plopp* schlug das Projektil in den Putz des alten Gärtnerhäuschens ein. Gleichzeitig jagten fünfzigtausend Volt aus einer Taserpistole durch Bühlers Körper. Zuckend sackte der Oberst der Schweizergarde vor Don Luigi zusammen.

»Ich hasse diese Dinger«, sagte der Mann mit der Taserpistole.

»Sie kommen spät, Eure Heiligkeit.« Don Luigi kniete sich vor Bühler nieder und fühlte seinen Puls. »Helfen Sie mir, wir haben nicht viel Zeit.«

Franz Laurenz legte den Taser beiseite und half Don Luigi, den massigen Schweizer zu fesseln.

»Wie oft soll ich Ihnen noch sagen, dass Sie mich nicht mehr mit Eure Heiligkeit ansprechen sollen, Don Luigi!«

Nach einigen Minuten kam Oberst Bühler stöhnend wieder zu sich. Er schien sich nicht einmal zu wundern, als er den zurückgetretenen Papst vor sich sah.

»Wie sind Sie in den Vatikan gekommen?«, fragte er bloß.

»Durch den *Passetto*«, erklärte Laurenz, als sei das selbstverständlich. »Aber ich kann nicht lange bleiben. Ich muss mit Ihnen reden, Oberst.«

Bühler wandte sich ab. »Töten Sie mich, Heiliger Vater. Dann muss Leonie vielleicht nicht mehr leiden.«

»Reden Sie keinen Schwachsinn, Oberst Bühler!«, fuhr Laurenz ihn an. »Sehen Sie mich an! Ich will Ihnen etwas zeigen.«

Don Luigi reichte Laurenz einen Laptop, auf dem das Video eines Überwachungssatelliten zu sehen war. Bühler erkannte die Insel Poveglia. Er sah ein *Vaporetto* an der Insel anlegen. Ein Mann stieg aus und ging an Land. Dieser Mann war er.

»Wir wussten zunächst nicht, wo Leonie gefangen gehalten wurde«, erklärte Laurenz. »Wir wussten nur, dass sie entführt worden war. Es war nur logisch, dass man Sie damit unter Druck setzen würde, also haben wir Sie observiert, Oberst.«

»Wer sind die?«, ächzte Bühler, während er sich selbst auf der Insel beobachtete.

»Alles zu seiner Zeit, Oberst. Ich will Ihnen jetzt etwas anderes zeigen.«

Laurenz klickte das Video weg und schaltete um auf eine andere Aufnahme, die erneut die Laguneninsel aus der Vogelperspektive zeigte. »Das ist jetzt eine Echtzeitaufnahme. Schauen Sie genau hin.«

Bühler starrte auf das Monitorbild. Kein Ton zu hören, alles lief völlig lautlos ab, gespenstisch lautlos. Bühler sah, wie zwei Schnellboote in dem *Canaletto* anlegten, der Poveglia in zwei Hälften teilte. Zehn bewaffnete Männer in militärischer Ausrüstung sprangen an Land und drangen in das Gebäude des Tempels ein, den Bühler entdeckt hatte. Alles unter bedrückender Lautlosigkeit. Ein Stummfilm. Doch Urs Bühler wusste, dass dies nur eine trügerische Illusion war. Er wusste, dass es dort auf Poveglia gerade um Leben und Tod ging. Um das Leben seiner kleinen Schwester. Er stöhnte. Wenig später drang plötzlich Rauch wie von einer heftigen Explosion aus dem Gebäude. Drei andere Gestalten flohen aus dem okkultistischen Tempel und wurden von Männern des gelandeten Kommandotrupps erschossen. Kurz darauf trugen zwei Männer des Kommandotrupps eine kleine Gestalt aus dem Gebäude.

»Leonie!«, wimmerte Bühler entsetzt.

Laurenz zoomte das Bild näher auf die kleine Gestalt. Nun erkannte Bühler, dass sie sich bewegte. Der Mann, der sie trug, setzte sie vorsichtig auf dem Boden ab und deutete nach oben in den Himmel. Und dann – dann sah Urs Bühler, Kommandant der Schweizergarde, wie seine kleine Schwester Leonie zu ihm hinaufblickte und ihm zuwinkte.

Laurenz klickte das Bild weg und sah den Oberst an, der nun hemmungslos weinte.

»Diese Leute werden Leonie an einen sicheren Ort bringen, Oberst. Sie werden sie schon bald wiedersehen.«

Bühler riss sich zusammen und sah Laurenz an. Plötzlich wieder misstrauisch und feindselig.

»Sie meinen, jetzt haben *Sie* sie in Ihrer Gewalt und können von mir verlangen, was Sie wollen.«

»Nein, Oberst«, erklärte Laurenz ruhig. »Ich erpresse Sie nicht. Wenn Sie wollen, können Sie morgen schon mit einer neuen Identität mit Leonie zusammen sein und all das hier vergessen.«

»Was wollen Sie dann?«

Laurenz atmete aus. »Ich habe Sie immer als guten Christ und hervorragenden Soldat geschätzt. Ich frage Sie nur, ob ich weiterhin auf Sie zählen kann. Ob Sie bereit sind, die Leute zu bekämpfen, die Leonie das angetan haben. Ob Sie bereit sind, die katholische Kirche zu retten. Ich bin nicht mehr Ihr Papst, Oberst Bühler. Ich kann Ihnen weder Befehle erteilen, noch kann ich Ihnen mehr anbieten als Leonies Sicherheit. Möglicherweise werden Sie und ich und Don Luigi diesen Kampf nicht überleben. Ich frage Sie trotzdem, Oberst, denn ich habe nicht mehr viele Leute im Vatikan, denen ich noch vertraue.«

Bühler sah dem Mann vor sich fest in die Augen und verstand, dass dieser Mann, der noch bis vor wenigen Wochen sein Papst gewesen war, bereit war, einen Krieg zu führen. Er sah, dass dieser Mann keine Angst mehr kannte. Dass dieser Mann gefährlich war. Gefährlich und überzeugend.

»Sagen Sie mir, was Sie von mir erwarten, Eure Exzellenz.«

# LXXII

*17. Mai 2011, Flughafen Frankfurt*

Die ganze Fahrt über dachte er an seine Eltern, an Momente seiner Kindheit, seine Einschulung, einen Urlaub in Frankreich, einen Streit mit seinem Vater. Die Trauer, sie niemals wiederzusehen und das Gefühl, daran schuld zu sein, wucherten in seiner Brust zu einem erstickenden Gespinst. Doch mit den Erinnerungen kehrte ein mächtiger Impuls zurück, so alt wie die Menschheit. Ewige, unbeugsame Hoffnung. Der Wunsch, nicht zu sterben. Jedenfalls nicht an einem geheimnisvollen Virus in seinem Körper. Noch nicht jetzt.

*Du hast diese ganze Scheiße nur auf dich genommen, um dein Leben zurückzukriegen. Dann hol es dir, verdammt noch mal, jetzt auch zurück!*

Er wollte leben. Leben, leben, leben. Er wollte seine Eltern wiedersehen, er wollte seinen Beruf wieder ausüben, er wollte wieder ohne Angst erwachen können und er wollte Maria nicht verlieren. Aber dazu gab es nur einen Weg – er musste Seth treffen. Bald.

*Sobald du die Bombe hast.*

Kurz nach sechzehn Uhr erreichten sie den Frankfurter Flughafen, ohne ein einziges Mal von der Polizei angehalten worden zu sein. Peter parkte den Passat am Terminal 1 und eilte mit Maria durch die Ankunftshalle zu einem der Informationsschalter. Ein junger Japaner in der gelbgrünen Sicherheitskleidung des Bodenpersonals begrüßte sie mit hessischem Akzent und führte Peter in einen Toiletteraum, wo er ihm zwei Chipkarten für den Sicherheitsbereich übergab.

»Achten Sie darauf, dass niemand Sie kontrolliert«, schärfte er Peter ein. »Die Fotos stimmen nämlich nicht. Und ziehen Sie das hier über, damit fallen Sie weniger auf.« Er zog seine Sicherheitsweste aus und reichte sie Peter. »Ihrer Begleiterin wird das allerdings kaum was nützen in ihrem ... Kostüm.«

»Wir passen auf«, versicherte ihm Peter, obwohl er keine Ahnung hatte, wie das aussehen sollte. Marias »Kostüm« konnte im Sicherheitsbereich wirklich zu einem Problem werden.

Peter sah auf seine Uhr. 16:48. Auf der großen Anzeigetafel wurde die Lufthansamaschine aus Katmandu als »gelandet« angezeigt.

»Wir müssen uns beeilen. Er wird die Maschine gleich verlassen und direkt zu den V.I.P.-Lounges gehen«, erklärte Peter.

»Woher willst du das wissen?«

»Er reist first class mit einem Diplomatenpass. Ich glaube kaum, dass er im öffentlichen Bereich auf seinen Anschluss wartet.«

Peter sah sich in der Halle um und entschied sich für den Zugang zu den Gepäckbändern. Der war zwar am belebtesten, aber Peter hoffte, dass man hier hauptsächlich auf Personen achtete, die den Bereich *verließen*. Als sie den Sicherheitsbereich betraten, stutzte eine junge Polizistin mit Schussweste und einer automatischen Waffe bei Marias Anblick. Peter rief ihr zu, dass die Schwester ein Problem mit ihrem Gepäck habe, und die Beamtin winkte sie durch. Peter merkte jedoch, dass sie ihnen hinterhersah.

»Ich bin zu auffällig«, flüsterte Maria. »Vielleicht solltest du alleine gehen.«

»Nein. Dein Habit wird uns noch nützlich sein.«

Peter achtete darauf, patrouillierenden Polizeibeamten aus dem Weg zu gehen. Zügig zog er Maria durch die Ankunftshalle zu den Ankunftsgates. Durch die getönten Scheiben der Halle sah er, dass der Airbus 380 soeben seine Parkposition erreicht hatte. Peter orientierte sich kurz und studierte einen ausgehängten Etagenplan mit den eingezeichneten Fluchtwegen.

»Er kommt gleich raus!«, drängte Maria.

»Moment!« Peter zog Maria zu dem Etagenplan. »Ich erkläre dir jetzt den Ablauf.«

»Ach, haben wir jetzt wieder das Kommando?«

»Das ist kein Spaß, Maria! Hör mir genau zu!«

»*Oui, mon général!*«

Sie lächelte ihn an. Entwaffnet lächelte Peter zurück und genoss den kurzen Moment dieser Vertrautheit.

»Ich bin ganz Ohr«, erklärte sie und hörte ihm schweigend zu, nickte nur hin und wieder, während Peter auf verschiedene Punkte auf dem Etagenplan deutete, die sie sich einprägen sollte. Sie hatte auch keinerlei Einwände mehr. Peter argwöhnte, dass ihr dieses Spiel womöglich sogar Spaß machte.

»Pass bloß auf!«, schärfte er ihr ein. »Er reist unter Diplomatenstatus. Womöglich ist er bewaffnet.«

»Peter, er ist Kardinal!«, entrüstete sich Maria.

»Kardinal oder nicht«, ergänzte Peter. »Er trägt eine Megabombe bei sich.«

»Ich bin kein Baby!«, zischte Maria. Sie wollte schon losgehen, als er sie noch einmal zurückhielt.

»Was denn noch?«

»Nichts«, sagte er, zog sie an sich und küsste sie. Maria zuckte panisch zurück.

»Bist du wahnsinnig? Man sieht uns doch!«

Peter zuckte mit den Achseln. »Viel Glück«, sagte er.

Maria sah sich um. Eine Gruppe orthodoxer Juden, die gerade aus New York angekommen waren, steuerte auf sie zu. Maria seufzte, beugte sich noch einmal vor und küsste Peter zurück. Und nicht nur flüchtig, sondern innig und warm und ganz und gar bei ihm. Ein Kuss, der Abschied und Willkommen bedeuten konnte. Peter spürte ihren Körper an seinem und dachte an die letzte Nacht, als sie ihm näher gewesen war als er seit Langem sich selbst.

»Aber damit wir uns verstehen – damit muss ab sofort Schluss sein!«, raunte sie.

Peter grinste. »Ich warte unten auf dich.«

Peter sah noch, wie sie ihre Haube zurechtzupfte und mit einem freundlichen Nicken an der verblüfften jüdischen Reisegruppe vorbeiging.

*Geh nicht, Maria! Bleib bei mir. Bleib für immer.*

Peter spürte wieder das Jucken an seinem Bein. Und mit dem Jucken merkte er plötzlich, dass er schwitzte. Im gleichen Moment überfiel ihn die Übelkeit und schnürte ihm den Hals zu. Er wandte sich um, eilte zu den Toilettenräumen. Keine Sekunde zu früh schloss er sich in einer Kabine ein und erbrach sich krampfartig in die Schüssel. Seine Beine zitterten, sein Gesichtsfeld verengte sich, er sah wieder jenes allzu vertraute gleißende Licht, dieses alles verzehrende Licht, seinen grauenhaften Engel aus Schmerz und Agonie und Schuld, der gekommen war, um ihn zu bestrafen für den Tod und das Leid und die Lust, für alles, was er in seinem Leben anderen Menschen angetan hatte. Das Licht war die Strafe. Das Licht und der Schmerz. Peter ging in die Knie, musste sich an der Schüssel festhalten, kämpfte gegen die Ohnmacht an.

*Nicht jetzt! Gott, bitte nicht jetzt!*

Stöhnend und zitternd erbrach er einen weiteren Schwall. Danach ging es ihm etwas besser. Kraftlos aber erleichtert stellte Peter fest, dass ihm der volle Migräneanfall diesmal offenbar erspart blieb. Als das gleißende Licht vor ihm nach unendlich langer Zeit verblasste und die tanzenden Flecken vor seinen Augen verschwanden, sah er, dass er Blut erbrochen hatte.

Keuchend versuchte er, sich aufzurichten, als sein Handy klingelte.

»Ja?«

»Peter, hier ist Laurenz. Wo sind Sie?« Die Stimme des Ex-Papstes klang gepresst. Sofort sprangen Peters Instinkte an, und das Zittern in den Beinen verschwand.

»Am Frankfurter Flughafen. Was ist los?«

»Es gab eine Schießerei in Suite 306. Der Kontaktmann von Nakashima ist tot. Creutzfeldt ist verschwunden.«

Peter fluchte gepresst. »Haben Nakashimas Leute irgendwas in der Suite gefunden?«

»Nein. Wo ist Maria?«

»Sie nimmt gerade Kardinal Bahadur in Empfang.«

»Verdammt, Peter, sie ist in größter Gefahr! Seth weiß, dass Sie in Frankfurt sind! Sie müssen Sie da rausholen.«

»Bin schon unterwegs.«

»Warten Sie, Peter, ich muss Ihnen noch etwas sa...«

Aber das hörte Peter schon nicht mehr. Er steckte das Handy ein und stürmte aus der Toilettenkabine. Im Waschraum erwartete ihn eine Frau mit einer gezogenen Waffe.

»Keine Bewegung, Mr. Adam!«

Peter fror auf der Stelle fest und starrte die Frau an. Die Frau, die ihn fast ertränkt hätte.

»Sie machen einen großen Fehler, Miss Bertoni.«

# LXXIII

*17. Mai 2011, Temple of Equinox, Rom*

*Das Leben ist Schmerz. Der Schmerz entspringt dem Hass. Ohne Hass kein Leben. Hass und Schmerz sind die Elixiere des Lebens, ewige Quelle und Nahrung des Lichts. Das Licht ist der Weg und das Ziel. Das Alpha und Omega des Lebens. Aus dem Licht ist alles geboren, im Licht wird alles verglühen. Niemals ermüdend, niemals endend singt der Hass die Hymnen des Lichts, und Schmerz ist seine Stimme. Das Licht hat gesprochen: Du bist mein Hass, und du bist mein Schmerz. Brüder sollt ihr sein, ewige Brüder im Licht.*

Nikolas setzte die Klinge der Machete so sachte wie den Fuß eines Käfers auf seinen linken Unterarm. Die Klinge hauchte nur auf seinen Arm. Wie der Flügelschlag eines matten Schmetterlings. Interessiert beobachtete Nikolas, wie sich dennoch bereits eine feine rote Linie auf der Haut abzeichnete. Ohne Druck bewegte Nikolas die Klinge ein wenig. Die rote Linie wurde größer, und zu beiden Seiten wellte sich die Haut auf wie eine zu früh geöffnete Knospe. Nikolas spürte den Schmerz wie feinen Sand durch seinen Arm rieseln und zog die Klinge jetzt sanft um den Unterarm herum, bis das Blut aus einer klaffenden Wunde tropfte, freudig begrüßt von einem Ring aus frischen Narben.

*Schmerz ist die Substanz des Lichts. Schmerz ist Nahrung des Hasses. Nur wer den Schmerz kennt, ist würdig, dem Licht zu dienen.*

Während er zusah, wie das Leben zäh und widerwillig aus ihm heraustropfte, um Platz für noch mehr Hass und Schmerz zu schaffen, stellte sich Nikolas das Schicksal als Schollen verkrusteten Lichts vor, kontinentalen Platten gleich, die auf einem Magma aus Licht und Schmerz dahintrieben. Zwei dieser

Schicksalsplatten waren gegeneinandergeprallt, hatten ein Beben ausgelöst und sämtliche Gewissheiten seines Lebens mit einem Ruck zertrümmert.

Peter Adam in Montpellier zu verschonen, war Verrat gewesen. Seth hatte ihn umgehend zurück nach Rom zitiert und ihm befohlen, den Tempel bis auf Weiteres nicht zu verlassen. Nikolas hatte die letzten Tage mit Fasten verbracht und damit, sich in den Arm zu schneiden. Nein, er wollte sich nicht töten. Was auch immer seine Aufgabe im Großen Plan sein mochte – er hatte sie noch nicht erfüllt.

Warum hatte er Peter Adam nicht töten können? Eine Stimme hatte ihn gerufen, als er seinem Zwillingsbruder gegenübergestanden hatte. Die Stimme seiner Mutter.

*Reinige dich von allen Leidenschaften, bade dein Fleisch in Licht und Schmerz und tilge die Sehnsucht in dir. Tilge die Stimme deiner Mutter. Tilge das Bild deines Bruders.*

Der *Temple of Equinox*, offiziell eine eingetragene hermetische Loge in der Tradition des *Golden Dawn* mit einer schlampig gestalteten Webseite im Stil der Neunzigerjahre und sogar gelegentlichen öffentlichen Jour fixes, bildete die Zentrale des Ordens in Rom. Die römische Villa in der Via Vincenzo Monti lag kaum einsehbar hinter einem hohen Zaun und einem subtropischen Garten, vis-à-vis einem Karmeliterinnenkloster. Wie auf der Ile de Cuivre und auf Poveglia gab es ein abhörsicheres, bunkerartig ausgebautes Untergeschoss, einen achteckigen Saal mit dem *Sigillum Dei*, sowie Zellen für die ständigen Ordensmitglieder. Hier in Rom und auf Poveglia hatte Nikolas die letzten fünf Jahre verbracht, in engen klosterartigen Zellen ohne jeglichen Komfort.

Nikolas legte die Machete beiseite und verband sorgfältig die klaffende Wunde am Unterarm. Er war gerade fertig, als es klopfte und Seth unaufgefordert eintrat. Nikolas warf sich sofort zu Boden.

»Steh auf«, sagte Seth knapp. »Setz dich, wir müssen reden.«

Gehorsam setzte sich Nikolas auf seine Pritsche und wartete demütig ab, bis Seth ihn ansprach. Seth rückte sich den einzigen Stuhl im Raum zurecht und platzierte sich direkt vor ihn, sodass Nikolas ihm in die Augen schauen konnte. Oder musste.

Seth deutete auf den frischen Verband. »Wie ich sehe, vernachlässigst du deine Übungen nicht.«

Nikolas nickte nur demütig.

»Dein Verrat verdiente Strafe«, fuhr Seth fort. »Im Grunde hätte ich dich töten müssen.«

»Macht mit mir, was Ihr wollt, Meister.«

»Aber ich wusste, dass du Peter Adam nicht töten würdest.«

Das verwirrte Nikolas. »Warum habt Ihr mich dann geschickt, Meister?«

»In Kellys letzter Offenbarung hat mir das Licht enthüllt, dass dein Bruder Teil des Großen Plans ist, der die Prophezeiung des Malachias erfüllen wird. Peter sollte echtes Zaudern in dir erkennen. Und ich wollte, dass du weißt, was Verzagtheit und Zweifel sind, und dass du lernst, sie zu überwinden. Allerdings gibt es schlechte Nachrichten. Peter Adam ist nicht zu seiner Verabredung mit Creutzfeldt in Köln erschienen. Aber viel schlimmer ist: Wir haben Poveglia verloren. Und damit auch den Schweizer.«

Nikolas starrte seinen Meister an. Die Nachricht war alarmierend. Obwohl Nikolas gelernt hatte, sich an nichts zu binden, weder an Orte, noch Menschen, noch Erinnerungen, war ihm die Laguneninsel so etwas wie eine Heimat geworden.

»Das ist ein Desaster, Meister! Was ist passiert?«

»Laurenz. Er organisiert offenbar den Widerstand.«

»Ich werde ihn töten, Meister.«

»Nein, das erledige ich selbst, sobald Laurenz mich gefunden hat. Er hätte die Warnung von Kampala nicht ignorieren sollen. Wichtig ist im Augenblick nur herauszufinden, wer hinter ihm steht. Ich glaube nicht, dass es einer der Geheimdienste ist.«

»Ihr habt einmal von einem zweiten Orden gesprochen, Meister.«

»Das ist nur eine alte Templerlegende. Das Licht hat einen zweiten Orden nie erwähnt.«

»Was ist mit Menendez?«

»Er hat seinen Auftrag erfüllt und wird es weiter tun. Aber wir dürfen uns keine Schwäche mehr leisten.«

»Meister, glaubt mir, ich …«

»Nein, hör zu, Nikolas. Morgen werde ich beschäftigt sein. Während des Konklaves wirst du mein Stellvertreter sein.«

Die Ungeheuerlichkeit dieser Ankündigung verschlug Nikolas schier die Sprache.

»Was … Wieso ich, Meister?«

»Weil ich dich dein ganzes Leben auf diese Aufgabe vorbereitet habe. In spätestens zwei Tagen sind wir am Ziel. Falls ich sterbe, wirst du den Großen Plan fortführen.«

Beklemmung schnürte Nikolas den Hals zu. Beklemmung und ein unvertrauter Schmerz. Die Vorstellung, dass auch der Meister eines Tages ins Licht zurückkehren musste. Aber auch der Stolz, dass der Meister ihm verziehen und ihn auserwählt hatte.

»Was ist mit Creutzfeldt? Er ist würdiger.«

»Creutzfeldt hat andere Aufgaben. Kardinal Bahadur landet in dieser Minute in Frankfurt. Creutzfeldt wird das Paket dort wie geplant in Empfang nehmen. Das Paket und Peter Adam. Sobald Creutzfeldt Peter in den Tempel gebracht hat, wirst du mit ihm sprechen. Dir wird er vertrauen, Nikolas.«

»Mir? Ich wollte ihn töten!«

»Nein, du hast ihn glaubhaft verschont. Du bist sein Bruder. Du wirst ihm klarmachen, dass er ein Teil von dir ist, ein Teil von uns. Wenn er sich zum Licht bekennt, dann behandelst du ihn.«

»Und wenn er sich dennoch weigert?«

»Dann wirst du zusehen, wie das Virus deinen Bruder auffrisst, Nikolas. Wie dein Bruder bei lebendigem Leib verfault. Dieser Schmerz wird dich reinigen und dich stark machen für die Aufgabe, die dir bevorsteht.«

Nikolas nickte. »Ich habe verstanden, Meister. Ich bin bereit. Aber wenn Ihr mich zu Eurem Stellvertreter bestimmt – sollte ich dann nicht ...«

Seth schnitt die Frage mit einer herrischen Geste ab. »Nein, Nikolas. Das Licht hat nur mir den Großen Plan enthüllt. Falls ich falle, wirst du den Kontakt neu aufbauen. Das Licht wird dich prüfen und nur, wenn es dich für würdig befindet, wird es dir den Plan enthüllen.«

»So sei es«, sagte Nikolas. Seth erhob sich von dem Stuhl und wandte sich zum Gehen.

»Meister?«, rief ihm Nikolas nach. Seth wandte sich noch einmal um.

»Ich habe in den letzten Tagen viel nachgedacht.«

»Zum Beispiel über was?«

»Über dieses Virus. Ihr habt mir nie davon erzählt. Wann habt Ihr es Peter injiziert?«

Seth lächelte. »Du denkst mit, Nikolas, das freut mich. Es war niemals nötig, Peter dieses Virus zu injizieren. Es ist einer der ältesten Bestandteile des menschlichen Erbguts. Ein schlafendes Gen. Niemand weiß, wo es herstammt oder was es bewirkt. Nicht jeder Mensch hat es. Aber es ist wundervoll. Wenn es durch kohärentes blaues Licht einer bestimmten Frequenz aktiviert wird, führt es in kurzer Zeit zu einem qualvollen Tod. Leben und Tod, Nikolas, sind nur Funktionen des Lichts, das weißt du doch. Peter wurde bereits mit diesem Virus geboren – genauso wie du.«

# LXXIV

*17. Mai 2011, Flughafen Frankfurt*

Maria wusste, dass immer zuerst die Passagiere der first class die Maschine verließen, also beeilte sie sich. Als sie das Gate erreichte, strömten bereits die ersten Personen heraus. Der Kardinal trug nur eine schlichte Soutane mit goldenem Kreuz vor der Brust. Ein groß gewachsener Inder mit vornehmen Gesichtszügen und, wie oft bei Indern höherer Kasten, einem vererbten Ausdruck von Arroganz im Gesicht. Er trug einen Aktenkoffer aus Aluminium bei sich, den er fest umklammert hielt.

»Eure Eminenz!« Maria stellte sich dem Kardinal in den Weg und streckte ihre Hand aus. »Schwester Maria von den Barmherzigen Schwestern der allerseligsten Jungfrau und schmerzhaften Mutter Maria«, begrüßte sie den Kardinal auf Englisch. »Ich soll Sie in Empfang nehmen und zu Ihrer Maschine nach Rom bringen.«

Kardinal Bahadur sah Maria misstrauisch an. »Davon ist mir nichts bekannt.«

»Eine kurzfristige Anweisung aus Rom von Kardinal Menendez persönlich.«

Bahadur stieß einen ärgerlichen Laut aus. »Was glaubt der Kardinalstaatssekretär? Dass ich mein Flugzeug nicht alleine finde? Oder ist er etwa besorgt, dass ich das Konklave verpassen könnte, um ihn zu wählen?«

»Verzeihen Sie, Eure Eminenz. Ich habe nur den Auftrag, Sie zu begleiten. Wenn Sie das nicht wünschen, dann ...«

»Schon gut«, fuhr ihr der Kardinal ins Wort. »In Gottes Namen!«

Maria merkte, dass er auf ihre Brüste starrte. Nicht der erste Kardinal, dem das passierte. Diesmal jedoch hielt sich ihre Empörung in Grenzen. Im Gegenteil senkte sie diesmal nicht den Kopf vor Wut, sondern sah den Kardinal mit dem gleichen herausfordernden Ausdruck an, den sie oft bei römischen Frauen bemerkt hatte, wenn sie flirteten.

»Ich begleite Sie in die V.I.P.-Lounge. Wenn Sie mir bitte folgen würden. Soll ich Ihren Koffer nehmen?«

Sie griff nach dem Aktenkoffer, doch Bahadur entzog ihn ihr hastig.

»Das ist nicht nötig, Schwester.«

»Hier entlang, bitte.«

Maria begleitete den Kardinal den ganzen Flugsteig entlang. Bahadur zog sein Handy heraus und drückte eine Nummer.

»Ja, ich bin's. Ich bin gerade in Frankfurt gelandet ... Warten Sie.« Er wandte sich an Maria. »Ist die Maschine nach Rom pünktlich?«

»Ja, Eure Eminenz.«

Bahadur sprach wieder in sein Mobiltelefon. »Ja ... Ich weiß Bescheid. Ich werde da sein ... Nein, im Moment begleitet mich eine Schwester von den ...«

»Eine Clemensschwester«, soufflierte Maria.

»Ja, eine Schwester«, wiederholte Bahadur ins Telefon, ohne Maria zu beachten. »Anweisung aus Rom ... Herr im Himmel, wieso sollte sie ein Problem sein?«

Maria zuckte zusammen, versuchte aber, sich nichts anmerken zu lassen.

»Was?«, zischte Bahadur in sein Telefon. »Moment!«

Er reichte Maria das Telefon. Maria zögerte.

»Nun gehen Sie schon ran!«

Maria nahm das Telefon entgegen. »Ja? Mit wem spreche ich?«

»Schwester Maria!«, schnarrte eine alte, männliche Stimme, die Maria vor Angst zusammenzucken ließ. Eine Stimme, die sie bereits in ihrer Vision gehört hatte. Die Stimme der Hure Babylon. »Sie sind es tatsächlich! Wo ist Peter Adam?«

Panik brandete ihr augenblicklich durch den Körper wie eine große Flut, die alles mitreißen würde, alle Vernunft, alle Zuversicht, alle Hoffnung. Übrig blieb nur ein Gedanke.

Atmen. Leben. Finden.

»Das ist sehr freundlich von Ihnen!«, rief Maria bemüht vergnügt ins Telefon, während sie gleichzeitig krampfhaft versuchte, den winzigen Ein/Aus-Schalter zu ertasten. »Aber es macht wirklich keine Umstände. Gott mit Ihnen.«

Sie hatte den kleinen Schalter gefunden. Noch während sie das Gespräch unterbrach, schaltete sie das Handy aus und reichte es Bahadur zurück.

»Ich habe noch nie von Kardinal Seth gehört«, sagte sie.

Bahadur antwortete nicht. Ohne einen Blick auf das Display zu werfen, steckte er sein Handy ein und eilte weiter.

Im Terminal angekommen deutete Maria auf eine Sicherheitsschleuse. »Hier entlang, bitte.«

»Moment!« Kardinal Bahadur deutete auf die Hinweisschilder über ihnen. »Zu den Lounges geht es da lang.«

»Ich soll Sie in den Sonderbereich für Diplomaten bringen.«

Bahadur sah sie misstrauisch an.

»Die Sicherheitskontrollen sind verstärkt worden«, erklärte Maria. »Im Moment werden auch die V.I.P.-Lounges kontrolliert. Außerdem sind die üblichen Lounges heute ziemlich voll mit islamischen Gästen.«

Bahadur überlegte kurz, dann folgte er Maria durch die Sicherheitsschleuse zu den Fahrstühlen. Die Tatsache, dass sie eine Karte für den Security-Bereich besaß, schien ihn zu beruhigen. Im Fahrstuhl bemerkte Maria wieder seine Blicke, ließ sich jedoch nichts anmerken. Sie drückte auf den Knopf für das nächste Stockwerk, wo Peter wie verabredet warten würde, und bereitete sich vor, in Deckung zu gehen.

*Bing!* Die Fahrstuhltür öffnete sich. Aber keine Spur von Peter. Nervös blickte Maria in den Flur, der zu den Büros der Flughafenverwaltung führte.

»Was ist?«, fragte Bahadur gereizt. »Sind wir endlich da?«

»Ich glaube, ich habe mich verfahren«, entschuldigte sich Maria und ließ den Lift wieder nach unten fahren. Fieberhaft überlegte sie, wo Peter sein mochte. Falls er nicht auftauchte, würde sie handeln müssen. Sofort.

Der Fahrstuhl hielt.

»Verzeihen Sie, Eure Eminenz«, sagte Maria und tat das, was sie einst in Todesangst bei einem LRA-Sergeant in Uganda getan hatte – sie trat dem Inder mit aller Kraft zwischen die Beine und schlug ihm gleichzeitig den Ellenbogen ins Gesicht. Röchelnd und mit blutender Nase sackte der Kardinal zusammen. Gleichzeitig öffnete sich die Fahrstuhltür mit einem freundlichen *Bing*. Maria entriss dem Kardinal den Koffer und wollte ins Freie stürzen, als sie brutal zurück in den Fahrstuhl gestoßen wurde. Ein Mann mit kurzen roten Haaren und einer schallgedämpften Waffe stand vor ihr. Ohne zu zögern schoss er dem zusammengekrümmten Kardinal zweimal in den Kopf. Dann zielte er auf Maria. Instinktiv und ohne an den tödlichen Inhalt zu denken, hielt sie den Aktenkoffer schützend vor den Kopf und spürte zwei heftige Schläge, die ihr den Koffer fast aus der Hand rissen. Maria schrie. Kaltblütig senkte der Rothaarige die Waffe auf Marias Brust. Maria schickte ein kurzes Gebet zur Heiligen Jungfrau und erwartete den Tod.

Und der Tod kam.

Aber nicht zu ihr, sondern zu dem Rothaarigen. Maria hörte nur das Ploppen und sah eine blutige Blume auf der Brust des Mannes blühen. Mit einem starren, verwunderten Ausdruck sackte der Mann vor Maria zusammen, getroffen von einem Schuss in den Rücken. Hinter ihm stand eine Frau. Und hinter der Frau erkannte Maria Peter. Er stürzte zu ihr hin und half ihr auf.

»Maria! Bist du verletzt?«

Immer noch unter Schock schüttelte sie den Kopf. »Der Koffer!«, stammelte sie.

Peter nahm ihr den Koffer ab, der von zwei Schüssen zerbeult, aber ansonsten unversehrt war. Peter half ihr auf die Füße. Sie zitterte.

»Komm, wir müssen hier verschwinden!«

»Wer ist die Frau?«, flüsterte Maria.

»Das ist Alessia Bertoni vom israelischen Geheimdienst. Den Rest erkläre ich dir unterwegs.«

# LXXV

*17. Mai 2011, Nekropole, Vatikanstadt*

Kardinal Menendez hatte Gott verloren. Nicht erst in den stickigen Tiefen der Nekropole, in denen er seit Stunden sich selbst verfluchend herumirrte. Auch nicht erst, seit er seine Kirche und sich selbst an einen Mann namens Crowley und eine namenlose dämonische Organisation verkauft hatte. Nein, er hatte Gott schon vor langer Zeit verloren, wie einen geliebten Talisman, den man jahrelang mit sich herumgetragen hat, bis er so selbstverständlich zu einem gehörte, das man ihn vergaß und seinen Verlust erst bemerkte, wenn es längst zu spät war. Kardinal Menendez hatte Gott verloren, irgendwo in dem Gewebe der Macht, das den Vatikan wie ein unsichtbares Labyrinth durchzog. Jenes Geflecht aus Intrigen, Gefälligkeiten und verschwiegenen Kriegen, in dem er sich so lange mit großem Geschick bewegt und sich eingebildet hatte, dass er allein sich darin niemals verirren würde. Dass er die Fäden selbst in der Hand habe. Dass er auserwählt sei.

Dabei hatte der Kardinal übersehen, dass die Fäden in diesem Gespinst der Macht nur so trieften von einem Gift, das bei der kleinsten Berührung die Seele zersetzte. Wie eine Spinne, die ein unglückliches Insekt verdaute und nur eine entleerte Soutane in Schwarz oder Purpur zurückließ als tückischen Köder für ihr nächstes Opfer.

Wann und wo genau er Gott im kurialen Machtgefüge verloren hatte, hätte der Kardinal nicht sagen können, denn in der Welt der Kurie war Gott ein so allgegenwärtiges und täglich beschworenes Etikett in Worten und Bildern, ein geschütztes Patent, eine so eingeführte und milliardenfach erfolgreiche Marke, dass der Kardinal wie schon viele vor ihm den Fehler begangen hatte, die Verpackung mit dem Inhalt zu verwechseln. Als er den Verlust Gottes schließlich bemerkte, empfand der Kardinal zunächst nur Ärger, denn er glaubte zu diesem Zeitpunkt damals schon, so etwas wie ein Anrecht auf Gott zu besitzen. Als Kardinal. Als Kandidat auf das höchste Amt der Kirche. Aber wo auch immer Gott war – er ignorierte die Wut des Kardinals und blieb verloren.

Allerdings hatte der Kardinal auch nicht lange nach ihm gesucht. Er empfand den Verlust Gottes zunächst als so wenig schmerzlich wie den Verlust eines Feuerzeugs. Also machte er genau so weiter wie zuvor. Alles lief bestens. Bis zu dem Tag, als Franz Laurenz zum Papst gewählt wurde und der Kardinal niemand hatte, dem er seine Wut, seine Verzweiflung und seinen Selbsthass entgegenschreien konnte. Niemand, den er verantwortlich machen konnte. Niemand, der ihn noch erlösen konnte.

Mit diesen Erinnerungen an Scham des Verlustes irrte Kardinal Menendez keuchend und trotz der Kühle schwitzend durch die engen Gänge der vatikanischen Katakomben, vorbei an den Grabnischen links und rechts, den sorgfältig aufgeschichteten Gebeinen und den lateinischen Inschriften. Die Luft war feucht und stickig, ließ sich kaum atmen. Das Licht der wenigen Deckenlampen reichte nur wenige Zentimeter in die Dunkelheit und verstärkte das Gefühl entsetzlicher Verlorenheit. Während Kardinal Menendez durch die verwinkelten Gänge hetzte und seine Eitelkeit und seine Gier verfluchte, spürte er, dass Gott auch ihn längst verloren hatte und ebenso achtlos auf ihn verzichten konnte. Das machte den Kardinal wütend.

»Ich habe dich geliebt!«, schrie er in das Dunkel der Katakomben. »Ich habe dir mein Leben geopfert. Du hast mich auserwählt! Dann steh mir jetzt auch gefälligst bei!«

Aber Gott schwieg. Keuchend sackte Kardinal Menendez auf einer Stufe zusammen und überlegte zum ersten Mal seit Jahren, ob es noch etwas gab, mit dem er Gott gnädig stimmen und ihn demütig bitten konnte, zu ihm zurückzukehren.

Er sah auf den Plan, den Crowley ihm am Vormittag überreicht hatte, zusammen mit einem Koffer, dessen Inhalt er an den vorgeschriebenen Markierungen platzieren sollte. Drei Markierungen hatte er bereits abgearbeitet. Im Licht der Taschenlampe versuchte Menendez nun, die Karte zu lesen und sich zu orientieren. Als er sich wieder erhob, hatte er eine Entscheidung getroffen. Er wollte Gott wiederfinden. Hier und jetzt in dieser Unterwelt in der Simon Petrus vor zweitausend Jahren begraben worden war, der Fels, auf dem seine Kirche stand. Die Kirche, die er, Antonio Menendez, verraten hatte. Er wollte Gott wiederfinden. Er wollte es wirklich. Aber Gott hielt zuvor noch eine Prüfung für ihn bereit.

Menendez erhob sich, erfrischt und gestärkt von seinem Entschluss, und eilte im Licht seiner schweren Stablampe weiter, zurück zu den ersten Markierungen. Er kam nur langsam voran, verlief sich einige Male und musste sich ständig neu orientieren. Er war allein in dieser Unterwelt, denn wegen der Sicherheitsmaßnahmen vor dem Konklave war die Nekropole für Touristen gesperrt. Allein mit sich und dem Grauen, das er in einem Koffer mit sich trug.

Als er die Stelle der ersten Markierung schließlich erreichte, traf ihn aus dem Nichts der Schein einer Taschenlampe.

»Wer sind Sie?« Die fremde Stimme klang genauso erschrocken wie der Kardinal. Menendez richtete den Strahl seiner Taschenlampe auf den Mann, erkannte ihn jedoch nicht.

»Ich bin Kardinal Menendez«, erwiderte er so fest und scharf, wie es ihm möglich war. »Wer, in Gottes Namen, sind *Sie*?«

Der Mann vor ihm senkte die Taschenlampe. »Oh, Eure Eminenz, ich habe Sie nicht gleich erkannt! Was, um alles in der Welt, machen *Sie* denn hier unten?«

Menendez schätzte den Mann, der ihn in der Unterwelt des Vatikans überrascht hatte, auf etwa Mitte vierzig. Ein freundliches, italienisches Gesicht mit Vollbart und einer modischen

Brille. Ein typischer italienischer Gelehrter. Er trug Jeans und einen Fleece-Pullover gegen die Kälte hier unten. Neben ihm auf dem Boden entdeckte Menendez eine Tasche mit Werkzeug. Der Mann streckte dem Kardinal die Hand entgegen.

»Professor Sederino vom Archäologischen Institut der Universität Rom. Wir sind uns schon einmal begegnet, Eure Eminenz.«

Der Kardinal ergriff die ausgestreckte Hand nicht und musterte den Mann prüfend. Tatsächlich erinnerte er sich jetzt wieder an das Gesicht des Archäologen.

»Was machen Sie hier, Professor?«

Sederino räusperte sich verlegen. »Tja, ich ... es geht um eine Untersuchung, die ich vor einem halben Jahr begonnen habe und leider nicht fortsetzen konnte. Aber was machen Sie eigentlich hier unten, Kardinal?«

Der Professor sah irritiert auf den Koffer, den Menendez bei sich trug.

»Ich komme oft hier herunter zum Meditieren.« Etwas Besseres fiel Menendez auf die Schnelle nicht ein. Der Archäologe schien es auch nicht recht zu glauben.

»Aha.«

»Sind Sie allein?«

»Äh ... ja, natürlich. Hören Sie, Kardinal, ich weiß, ich sollte nicht hier unten sein während des Konklaves, aber Papst Johannes Paul III. hatte mir ... nun ja, die Erlaubnis entzogen, diesen Teil der Nekropolis weiter zu erforschen. Und nach seinem Rücktritt ... also ...«

»... dachten Sie, dass ein päpstliches Verbot nicht mehr gelte!«

Sederino verzog gequält das Gesicht. »Ich bin Wissenschaftler, Kardinal. Ich hoffe, Sie haben dafür Verständnis. Außerdem habe ich hier vorhin etwas gefunden. Etwas äußerst Seltsames. Ich wollte gerade wieder zurück, um den Fund zu melden.«

Menendez spannte sich alarmiert an. »Was ist es?«

»Hier, sehen Sie.« Sederino reichte dem Kardinal eine kleine durchsichtige Ampulle, die eine zähflüssige rote Substanz enthielt. »Es lag hier drin.« Der Professor deutete auf ein kleines Kästchen, das in eine Handfläche passte. Das Kästchen enthielt eine Aussparung für die Ampulle und darüber eine kleine Leuchtdiode. Auf der Oberseite des Kästchens prangte ein goldenes Kreissymbol. Ein Kreis mit einem kleineren Kreis im Zentrum. Das ewige Zeichen für Licht.

»Was soll das sein?«

»Ich habe keine Ahnung, Eure Eminenz. Es lag hier. Sehen Sie? Hier in der Grabnische.«

»Ein Tourist wird es vergessen haben.«

Sederino blickte den Kardinal verwundert an. »Das? Seit wann tragen Touristen Ampullen mit roten Flüssigkeiten in seltsamen Kästchen mit Leuchtdioden bei sich. Überhaupt – Ich war gestern schon hier, da lag es noch nicht dort. Nein, dieses Ding beunruhigt mich sehr. Wir sollten umgehend die Schweizergarde informieren.«

»Geben Sie es mir«, sagte der Kardinal so ruhig wie möglich. »Ich werde mich darum kümmern.«

Sederino sah jetzt wieder auf den Koffer des Kardinals und Menendez wusste, dass er sich eine Menge Fragen stellte. Jedenfalls gab er die Ampulle nicht heraus.

»Ist vielleicht besser, ich behalte es einstweilen. Ich möchte nicht, dass Sie womöglich zu Schaden kommen, Eure Eminenz.«

Menendez überlegte kurz, dann nickte er.

»Gut, Professor. Dann begleite ich Sie zur Kommandantur. Nehmen Sie Ihre Sachen und lassen Sie uns gehen.«

»Natürlich, Kardinal.« Sederino wandte sich um und bückte sich nach seiner Tasche.

In diesem Moment entließ Kardinal Menendez Gott endgültig aus seinem Leben. Es war keine bewusste Entscheidung, mehr ein Reflex aus Verzweiflung, erwachsen aus dem Gift des Bösen, das längst an seiner Seele fraß. Als sich der junge Professor von ihm abwandte, fasste der Kardinal seine schwere Stablampe fester, holte einmal aus und schlug zu so fest er konnte.

Mit einem gepressten Laut sackte der Archäologe vornüber. Seine Beine zuckten heftig. Menendez trat näher und schlug erneut zu. Hart, gezielt, ungerührt. Und noch mal. Und noch mal. Und noch mal. Er schlug das Gesicht des Mannes zu einem blutigen Brei. Mit jedem Schlag verfluchte er seinen Vater und seinen Gott, weil sie ihm nie eine Wahl gelassen hatten. Er schlug weiter auf den Kopf des Mannes ein, bis der Schädel aufplatzte und blutige Gehirnmasse bei jedem Schlag auf seine Soutane spritzte. Als er schließend keuchend innehielt und auf das Blutbad zu seinen Füßen starrte, empfand Kardinal Menendez weder Reue noch Furcht. Nur eine entsetzliche Leere und die Gewissheit, dass die Tür zur Erlösung gerade hinter ihm zugefallen war. Dass Gott sich endgültig von ihm abgewandt hatte. Und zum ersten Mal in seinem Leben, für einen kurzen Moment nur, fühlte Kardinal Menendez sich wirklich frei.

# LXXVI

*17. Mai 2011, Flughafen Frankfurt*

»Wie ist Ihr richtiger Name?«, rief Peter, während sie auf das Vorfeld zu einem Wagen hetzten, der mit aufblinkenden Scheinwerfern und deutlich über den vorgeschriebenen dreißig Stundenkilometern auf sie zuraste.

»Major Rahel Zeevi«, stieß die Frau hervor, die Peter als Alessia Bertoni kennengelernt hatte.

»Ich hab Sie fast für C. I. A. gehalten.«

»So kann man sich irren.«

Der Wagen hielt mit quietschenden Bremsen. Peter drückte Maria, die immer noch Bahadurs Koffer umklammert hielt, auf den Rücksitz und setzte sich neben sie. Rahel Zeevi warf sich auf den Beifahrersitz, und der Wagen schoss sofort wieder los übers Vorfeld, hielt sich aber jetzt an die auf dem Flughafen vorgeschriebene Höchstgeschwindigkeit.

»Was zum Teufel geht hier vor?«, schrie Maria.

Rahel Zeevi wandte sich zu ihr um. »Franz Laurenz hatte gestern ein Gespräch mit Chaim Kaplan, dem Großrabbiner von Jerusalem, der umgehend den Ministerpräsidenten informiert hat. Als wir von der Veränderung der Bedrohungslage erfuhren, reagierten wir sofort.«

»Ist das etwa schon die Entschuldigung, dass Sie mich fast ertränkt hätten?«, schrie Peter.

»Nein«, sagte die Israelin kühl. »Wir haben Sie für eine Bedrohung gehalten und entsprechend gehandelt. Seien Sie froh, dass ich Sie noch rechtzeitig hier raushole.«

Peter fluchte und versuchte, sich zu beruhigen. Das Jucken breitete sich inzwischen über seinen gesamten Körper aus. Auch die Übelkeit kehrte zurück.

*Was ist da passiert? Was ist schiefgelaufen?*
Aber das war die falsche Frage. Viel wichtiger war eine andere Frage. Warum eine Megabombe in einem Koffer, der zweimal beschossen wurde, nicht explodierte.

»Halten Sie an!«

»Wenn Sie hier rauskommen wollen, bevor die deutsche Polizei Sie schnappt, müssen wir uns beeilen.«

»HALTEN SIE AN, VERDAMMT NOCH MAL!«

Rahel Zeevi gab dem Fahrer einen kurzen Befehl, und der Wagen hielt neben einer Passagiertreppe.

Peter wandte sich zu Maria um. »Gib mir bitte den Koffer.«

Sie schüttelte den Kopf.

»Bitte, Maria, es ist wichtig!«

Sanft aber nachdrücklich entwand er ihr den Metallkoffer, der mit einem Zahlenschloss gesichert war.

*Natürlich. Scheiße.*

»Geben Sie mir Ihre Waffe, Rahel! Na los, machen Sie schon!«

Misstrauisch schaute die Israelin auf den Koffer. »Was ist da drin?«

»Nicht, Peter!«, flüsterte Maria.

»Na, los, Rahel, geben Sie schon her!«

Zögernd reichte die Mossad-Agentin ihm ihre Walther.

»Aber machen Sie schnell!«

Peter sprang aus dem Wagen und sah sich um. Noch war nirgendwo Polizei zu sehen, aber das würde sich bald ändern. Keiner der Busfahrer oder Mitarbeiter des Bodenpersonals, die an ihnen vorbeifuhren, schien jedoch den Mercedes zwischen den abgestellten Passagiertreppen zu bemerken. Peter legte den Koffer auf den Boden und zielte auf das Schloss. Der Koffer hüpfte einmal, als das Geschoss das Schloss zertrümmerte. Der Deckel sprang auf. Der Koffer war innen mit Schaumstoff ausgepolstert. Sieben kleine Ovale in der Größe von Tintenpatronen waren aus dem grauen Material herausgeschnitten worden. Sieben

Ovale für sieben Bomben aus rotem Quecksilber. Aber sie waren alle leer.

»Verdammte Scheiße!«, stöhnte Peter.

In der Ferne hörte er Polizeisirenen.

»Steigen Sie ein!«, drängte Rahel Zeevi. »Wir müssen hier weg, bevor das deutsch-israelische Verhältnis den Bach runtergeht.«

Auf dem militärischen Teil des Flughafens wartete eine viermotorige Lockheed C-130 Hercules der israelischen Luftwaffe. Kaum hatten sich Peter, Maria und Rahel Zeevi auf den harten Sitzen entlang der Bordwand angeschnallt, ließ der Pilot die Triebwerke an. Unendlich träge und quälend langsam, wie Peter schien, quälte sich die bullige Transportmaschine über die Rollwege zur Startbahn. Erst als sie abhoben, atmete Peter auf.

*Vielleicht ist es noch nicht zu spät! Mein Gott, wenn es dich gibt, hilf mir, dass es noch nicht zu spät ist.*

Den ganzen Flug über kämpfte Peter verzweifelt gegen das Jucken, den Schwindel und die Übelkeit an. Maria ließ sich ein Medipack geben und setzte ihm eine Spritze.

»Was ist das?«

»Cortison. Das wird dir vorläufig helfen. Aber du brauchst dringend einen Arzt!«

Peter lächelte sie an und schüttelte den Kopf. »Dich brauche ich, Maria«, flüsterte er heiser. »Nur dich.«

Drei endlose Stunden später landeten sie in Rom. Ein Wagen der israelischen Botschaft brachte sie erneut an den Kontrollen vorbei aus dem Flughafen und weiter in die Stadt. Als sie das St.-Anna-Tor in der vatikanischen Mauer erreichten, stieg Rahel Zeevi aus und sprach mit einem der Schweizergardisten. Kurz darauf erschien Urs Bühler. Peter griff nach Marias Hand, spannte sich an. Doch der Oberst schenkte Peter nur einen kurzen harten Blick und winkte den Wagen dann kommentarlos durch.

Auf dem Weg zum Gärtnerhäuschen sah Peter überall bewaffnete Schweizergardisten und Beamte der Gendarmerie patrouillieren. Der Bereich um das Gästehaus Santa Marta, wo die wahlberechtigten Kardinäle ab morgen wohnen würden, war hermetisch abgeriegelt. Ohne Zwischenfälle und Kontrollen erreichten sie das kleine vertraute Gärtnerhäuschen, das inmitten der ganzen Sicherheitsmaßnahmen wie ein grotesker Fremdkörper einer untergegangenen Idylle erschien.

»Da sind Sie ja!«, rief Don Luigi, der sie an der Tür erwartete und umarmte Maria und Peter herzlich. »Gott sei gedankt, dass ihr lebt!«

»Wir haben leider keine guten Nachrichten«, sagte Peter.

»Darüber sprechen wir in Ruhe. Kommt erst mal rein!«

Ein gut gelaunter roter Kater begrüßte sie schnurrend.

»Vito!«, rief Maria erfreut aus, presste den Kater, der sich pro forma sträubte, an ihre Brust und drückte ihre Nase in sein Fell. »Alter, fetter, liebster Vito!«

Zum ersten Mal seit sehr langer Zeit hörte Peter sie wieder lachen. Während Don Luigi sie in das kleine Wohnzimmer mit dem schäbigen Siebzigerjahre-Mobiliar führte, verschwand Peter in der Toilette. Beim Pinkeln sah er, dass sein Urin sich blutig verfärbte. Aus dem Wohnzimmer hörte er Marias Lachen

*Wie du lachst, Maria. Hör bitte niemals auf zu lachen!*

Er wurde erwartet. Als Peter Don Luigis Wohnzimmer betrat, umarmte Maria gerade ein älteres Paar. Sophia Eichner trug die Haare offen, was sie vorher nie getan hatte. Franz Laurenz war statt der weißen Soutane des Papstes jetzt mit einem dunklen Anzug und einem hellen Hemd mit offenem Kragenknopf bekleidet. Er wirkte überhaupt nicht mehr wie der ehemals mächtigste Mann der katholischen Kirche, sondern eher wie ein pensionierter Politiker, frisch aus dem ersten Urlaub seit Jahren.

Maria löste sich von Franz Laurenz und räusperte sich. »Peter«, sagte sie. »Darf ich dir meine Eltern vorstellen.«

# Kapitel 11
# DAS DING UNTER DEM STEIN

# LXXVII

# EIN JAHR ZUVOR ...

*10. September 2010, Gulu, Nord-Uganda*

Seit Tagen schon streifte die Hyäne im Lager herum. Zwar hielt sie sich in respektvoller Entfernung zu den Hütten und improvisierten Zelten aus alten Plastikplanen, aber sie ließ sich weder von den Steinen der Kinder vertreiben, noch von einzelnen Warnschüssen der Blauhelme. Aus irgendeinem Grund hatte sie ihr Rudel verlassen oder war verstoßen worden. Sie wirkte nicht verletzt. Weder humpelte sie, noch trug sie irgendwelche Wunden eines Kampfes mit einem Löwen. Aber sie war allein, ausgemergelt und gefährlich. Bislang hatte sie noch niemanden angefallen. Es schien fast, als sei sie nur hergekommen, um zu verhungern – so wie alle hier. Die Acholi im Lager schienen sie nicht besonders zu fürchten und nannten sie respektvoll *Maama Empisi*, Mama Hyäne. Immerhin war es seit dem Auftauchen der Hyäne nicht mehr zu Übergriffen der LRA gekommen. Einige der älteren Acholi betrachteten sie daher schon als einen Schutzgeist des Lagers. Nachts hörte man ihr heiseres Bellen, tagsüber sah man sie am Rand des Lagers durch Staub und Trostlosigkeit trotten. Niemals überquerte *Maama Empisi* die breite Straße, die das Lager in zwei Hälften spaltete und zur einen Seite nach Gulu, zur anderen in den sicheren Tod führte. Ein rätselhaftes Tier, diese Hyäne, immer auf der Suche nach irgendetwas. Oder irgendwem.

Von der Stelle aus, an der Maria gerade saß, konnte sie sehen, wie *Maama Empisi* sich in den Schatten einer verkrüppelten Schirmakazie legte. Für einen Moment dachte sie, die Hyäne starre sie an. Als hätte sie eine Botschaft für Maria, die sie ihr bei nächster Gelegenheit persönlich überbringen musste.

Maria wandte sich wieder der zwölfjährigen Joan zu.

»Du musst keine Angst haben. Es wird alles gut.«

»Und wenn sie mich nicht mehr wollen? Ich würde mich selbst ja auch nicht mehr wollen.«

»Gott ist mit dir, Joan. Gott wird dir deine Familie zurückgeben.«

Dabei war Maria nicht sicher, ob Joans Familie sie wieder aufnehmen würde. Denn Joan hatte getötet. Sie hatte viele Menschen getötet, zum Teil auf bestialische Weise abgeschlachtet. Vor vier Jahren hatte ein Trupp der *Lord's Resistance Army* Joans Dorf überfallen. Sie hatten Joans Eltern aus der Hütte gezogen, hatten das achtjährige Mädchen gezwungen, ihre Eltern zu töten. Wen interessierte noch die Verzweiflung, die Qualen, die Joan erlitten hatte. Wen interessierte noch, dass Joan anschließend vier Jahre lang von LRA-Offizieren vergewaltigt worden war. Wen interessierte, dass sie vier Jahre lang Todesängste ausgestanden hatte. Denn fest stand: Sie hatte ihre Eltern getötet. Fest stand: Sie hatte vier Jahre in der LRA gedient. Dass sie unter dem aufputschenden Einfluss des *Gun-Juice* regelmäßig Dörfer und die Flüchtlingscamps überfallen und in regelrechter Raserei Dutzende von Menschen getötet hatte. Manchmal nur für ein Paar Gummistiefel oder ein T-Shirt. Fest stand aber auch, dass Joan ihren Glauben nie verloren hatte. Jeden Abend hatte sie zu Gott gebetet, ihn um Vergebung angefleht. Bis er sich gnädig gezeigt und ihr die lebensgefährliche Flucht ermöglicht hatte. Gott, so war sich Joan sicher, hatte ihr den Weg in das Auffanglager für traumatisierte ehemalige Kindersoldaten gezeigt. Gott hatte sie zu Maria geführt, die sie nun zurück zu ihrer Familie brachte. Oder zu dem, was von Joans Familie noch übrig war.

Seit über zwanzig Jahren überzog Joseph Kony den Norden Ugandas und die Grenzregionen mit unvorstellbarem Terror, ausgeübt von Kindersoldaten auf *Gun-Juice*. Um die Acholi vor dieser brutalsten aller afrikanischen Rebellenmilizen zu schützen, hatte die ugandische Regierung zwei Millionen Menschen aus ihren Dörfern in riesige Flüchtlingscamps umgesiedelt. Tatsächlich waren die Acholi dem LRA-Terror in diesen Camps nur umso mehr ausgesetzt. Ohne Wasser, Nahrung und Medikamente, fern ihrer angestammten Ackerflächen, nur notdürftig von internationalen Hilfslieferungen versorgt, gingen sie in den Camps elend zugrunde. Wenn die LRA sie nicht vorher abschlachtete.

Für Maria hatte der Satan ein Gesicht – das von Joseph Kony. Umso mehr dankte sie Gott, dass Joan dieser Hölle entkommen und bereit war, ihrer Familie gegenüberzutreten. Doch Gottes Hilfe allein würde diesmal nicht reichen. Es brauchte ein Versöhnungsritual. Ein *Mato Oput*.

Maria nahm die zitternde Joan an die Hand und führte sie zu einer niedrigen Lehmhütte, die beim nächsten Regen wieder fortgespült werden würde. Vor der Hütte warteten Joans Großeltern, ein Onkel mit seinen Söhnen und eine alte Acholischamanin namens Nafuna, die das Ritual vorbereitete. Joans Familie hatte sich zunächst geweigert, sie wieder aufzunehmen. Sie fürchteten sich vor Joan. Bis Maria, die katholische Nonne, ein *Mato Oput* vorgeschlagen hatte. Maria arbeitete nun schon seit vier Jahren als Missionsschwester im Busch, aber immer noch staunte sie über die afrikanische Tradition der Vergebung und Versöhnung. Schwerste Verbrechen konnten mit einfachen Ritualen vergeben und verbindlich ausgesöhnt werden. Eines davon war das *Mato Oput*.

»Ich bringe euch Joan«, erklärte Maria. »Joan hat viele Menschen getötet. Aber sie hat ihren Glauben an Gott nie verloren, und sie wünscht sich nichts so sehr, als wieder zu ihrer Familie zurückzukehren. Sie wünscht Vergebung.«

Auf ein Zeichen der Schamanin hin legte Joan ein Hühnerei vor sich ab und zertrat es. Danach überschritt sie einen Zweig, der zwischen ihr und der Hütte lag und musste einen bitteren Kräutersud trinken, den die Schamanin gebraut und in einer großen Schale vor die Hütte gestellt hatte. Nachdem Joan die Schale mit dem widerlichen Sud bis zur Neige geleert hatte, klatschten ihre Familienmitglieder kurz in die Hände und Joan umarmte Maria unter Tränen. Dann nahm ihre Großmutter sie an die Hand und führte sie in die Hütte. Damit war das Ritual beendet. Joan war wieder von ihrer Familie aufgenommen worden. Sie hatten ihr vergeben, ihre Eltern und viele andere Mitglieder ihres Stammes getötet zu haben.

Nafuna erhob sich und kam auf Maria zu. Maria verbeugte sich und begrüßte die alte Frau respektvoll auf Luganda. »*Oli otya, Nafuna?*«

»*Bulungi*«, erwiderte die alte Frau. Sie berührte Maria an der Wange und deutete in die Ferne. »Sieh!«

Als Maria sich umwandte, sah sie *Maama Empisi* in einiger Entfernung. Die Hyäne stand einfach da und starrte Maria an.

»Sie wartet auf dich.«

»Wieso auf mich?«

»Sie hat gehört, dass du aus bösen Geistern gute Geister machen kannst. Sie hat gehört, dass du große Macht hast, Maria.«

»Nafuna, ich bin nur eine Nonne!«

»Nein, Maria, du bist viel mehr. In dir ist ein großer Zauber. *Maama Empisi* will von dir erlöst werden.«

Maria hatte genug Zeit in Afrika verbracht, um zu wissen, dass es keinen Sinn hatte, mit einer Schamanin über christliche Erlösungsvorstellungen zu argumentieren. Sie verstand, dass Nafuna ihr etwas sagen wollte.

»Sag mir, wie ich *Maama Empisi* helfen kann, Nafuna.«

Die Schamanin spuckte auf den Boden.

»Komm mit.«

Nafuna brachte Maria durch das Lager auf ein freies Stück ödes Buschland. Fahrspuren durchkreuzten den lehmigen Boden wie wirre Kritzeleien eines wahnsinnigen Gottes. Die Sonne stand hoch am Himmel, in der Ferne ballten sich dunkle Wolken, die das Ende der Trockenzeit ankündigten.

Die einsame, dürre Hyäne trottete den beiden Frauen in sicherem Abstand hinterher bis zu einem flachen Felsen, der aus dem Boden herausragte wie ein großes steinernes Auge. Nafuna führte Maria an der Hand zu diesem Felsen und wischte den Staub von einer Stelle. Darunter erkannte Maria eingeritzte Zeichen. Zeichen, die sie aus einem Buch kannte.

»Es ist ein heiliger Stein«, erklärte Nafuna. »Aus diesem Stein ist alles entstanden, die ganze Welt, der Busch, die Bäume, das Gras, die Tiere, die Menschen. Und mit der Welt gebar der Stein einen Zauber, einen mächtigen Zauber, der Leben schenkt und den Tod bringt. Danach war der Stein sehr erschöpft, und deswegen schläft er nun.«

»Wer hat diese Zeichen dort eingeritzt?«

»Die Geister unserer Ahnen«, erklärte Nafuna. »Um uns zu warnen.«

»Warnen wovor?«

»Vor dem, was unter diesem Stein schläft.«

»Was hat sie damit gemeint?«, fragte Don Luigi später am Abend.

»Sie nannte es das Gift der Erde«, berichtete Maria weiter. »Böse Geister. Es ist seltsam, ich kenne Nafuna schon eine Weile, aber bislang hat sie sich immer sehr distanziert zu mir und den anderen Missionsschwestern verhalten. Erst seitdem die Hyäne durch das Camp streift, hat sich etwas verändert. Sie hat meine Nähe geradezu gesucht.«

Don Luigi nippte schweigend an einem Eistee. Er schwitzte, und in seiner khakifarbenen Wanderhose, dem gleichfarbigen Hemd und den Wanderstiefeln sah er etwa so seriös aus wie ein Abenteurer aus einem B-Movie. Maria trug wieder ihr hellgraues Habit mit der Haube, die sie trotz der Hitze nie absetzte.

»Was denken Sie, wieso hat sie Ihnen diesen Stein gezeigt, Schwester?«, fragte Don Luigi.

Maria hob die Schultern. »Das hat sie nicht gesagt. Sie sagte, *Maama Empisi* habe gewollt, dass ich den Stein sehe.«

Sie saßen auf der Terrasse der Missionsstation, in der Maria seit zwei Jahren Kindersoldaten betreute, die es geschafft hatten, der LRA zu entkommen. Die Mission lag an der Kidepo-Gulu Road im Zentrum von Gulu, der Hauptstadt des gleichnamigen Distrikts im Norden Ugandas. Fast hundertfünfzigtausend Menschen, die meisten von ihnen Acholi, lebten in dieser staubigen Stadt mit niedrigen Häusern und breiten Straßen. Die meisten Häuser waren von der Straße kaum zu erkennen, lagen verborgen hinter kleinen Nutzgärten. Handygeschäfte, kleine Bazare und Kneipen, Beautysalons, Autowerkstätten und marode Tankstellen zogen sich entlang der drei Hauptstraßen, durch die nur noch wenig Verkehr floss. Die meisten Menschen waren zu Fuß oder auf uralten Fahrrädern unterwegs. Und unterwegs waren sie immer in diesem Land, so schien es Maria. Jetzt gerade, kurz vor Sonnenuntergang, strömten Tausende von Kindern aus den Lagern in die Stadt, um die Nacht in Sicherheit zu verbringen. Aus Angst, nachts von der LRA überfallen und entführt zu werden, nahmen diese *Night Commuters* oft stundenlange Fußmärsche auf sich. Abends hin, morgens zurück. Maria sah, wie diese Kinder, die nichts mehr besaßen und die sich später gemeinsam in den Schlaf singen würden, an einer Bar am Straßenrand vorbeizogen. Aus der Bar wehte Popmusik herüber. Die parkenden SUV und die Security am Eingang verrieten, dass diese Bar den Mitarbeitern der internationalen Hilfsorganisationen sowie den Soldaten des kleinen UN-Schutztruppenkontingents vorbehalten war. Dort gab es Hamburger, Steaks, Bier und Cola im Überfluss.

Don Luigi trank wieder von seinem Eistee. »Was hat Nafuna noch gesagt?«

Maria sah den Pater misstrauisch an. Seit einem halben Jahr reiste der Chef-Exorzist des Vatikans als päpstlicher Sonderbotschafter durch die ganze Welt, vor allem durch Afrika. Im Augenblick begleitete er die Delegation des Papstes bei seiner Afrikareise. Ohne jede Ankündigung war er am Nachmittag mit einem UN-Hubschrauber in Gulu gelandet und hatte ihr Schwarzbrot und eine Dose selbst gebackener Kekse von ihrer Mutter mitgebracht. Maria kannte Don Luigi bislang nur flüchtig, aber sie wusste genug über den geheimnisvollen Jesuitenpater, um sicher zu sein, dass er nicht als Keksbote unterwegs war. Tatsächlich hatte Don Luigi sie gleich darauf nach ungewöhnlichen Begegnungen mit Schamanen ausgefragt.

»Nach was suchen Sie eigentlich?«

»Aber das wissen Sie doch, Schwester«, erwiderte der Pater. »Dämonen. Das ist doch mein Job.«

Maria seufzte. »Nafuna sprach von einem Zauber, den der Stein zusammen mit der Welt geboren hätte. Einem mächtigen Zauber, der sowohl heilen und Leben schenken als auch töten könne. Dieser Zauber halte die Welt im Gleichgewicht. Aber alle tausend Jahre erwache der Stein, und die bösen Geister darunter brechen hervor, um diesen Zauber an sich zu reißen.«

Don Luigi nickte, als sei ihm das nur allzu bekannt. »Ich würde Nafuna gerne kennenlernen.« Er lächelte jetzt sogar. »Wie es aussieht, sind wir so etwas wie Kollegen.«

## 11. September 2010, *Kampala, Uganda*

Das Nakivubo-Stadion von Kampala platzte aus allen Nähten. Zehntausende von Menschen drängten und quetschten sich auf den Tribünen und Rängen, und weitere Hunderttausende füllten den Platz und die Straßen vor dem Stadion. Die Menschen sangen und skandierten, schwenkten weiß-gelbe Fahnen entlang der Zufahrtsstraße zum Stadion und brachen in tosenden Jubel aus, als die Wagenkolonne mit dem Papamobil ins Stadion einfuhr. Kampala erlebte den Ausnahmezustand, und die Ursache dafür war ein Mann in leuchtend weißer liturgischer

Kleidung, prächtig bestickter *Dalamtik* und *Casula*, eine weißgoldene Mitra auf dem Kopf und das *Pedum* in der Hand, den Stab des Bischofs von Rom. Wie ein Popstar stand Papst Johannes Paul III. vorne auf der Bühne an einem Altar, segnete den Wein und das Brot und sprach zu den jubelnden Zehntausenden im Stadion, wie er schon auf seinen ersten drei Stationen in Afrika gesprochen hatte. Ungeheuerliche, einfache Worte, die im krassen Gegensatz zu seiner prunkvollen Erscheinung standen. Worte, von denen der Papst hoffte, dass sie nun endlich auch in Jerusalem, Mekka und Tokio verstanden werden würden. Eine Botschaft, die Millionen von Menschen mit Hoffnung und Zweifel gleichermaßen erfüllte. Der genaue Wortlaut des Skandals raste bereits seit Tagen als Topnachricht um den Globus, füllte Nachrichtensendungen, bestimmte Leitartikel und bescherte dem Papst einen unversöhnlichen Feind in den eigenen Reihen.

»… stellen wir fest, dass die Verwendung von Kondomen zur Verhinderung von tödlichen Krankheiten oder ungewollten Schwangerschaften in keinem Widerspruch zur Lehre der Kirche und des Neuen Testa…«

Weiter kam er diesmal nicht. Denn in diesem Moment fielen die Schüsse.

# LXXVIII

*17. Mai 2011, Casina del Giardiniere, Vatikanstadt*

Franz Laurenz reichte ihm die Hand. »Ich freue mich, dass Sie leben, Peter. Ich weiß, das wirkt jetzt wie ein Überfall, aber wir haben wichtige Dinge zu besprechen.«

Peter starrte Laurenz sprachlos an. Den Mann, der ihn in einen Brunnen hatte werfen lassen. Den ehemaligen Papst. Marias Vater.

Laurenz hielt seine massige Hand immer noch ausgestreckt, aber Peter ergriff sie nicht. Laurenz verstand.

»Ich hatte nie die Absicht, Ihnen etwas anzutun. Ich gebe zu, ich habe Ihnen misstraut. Ich musste Sie in Sizilien irgendwie aus dem Verkehr ziehen, da Sie mich aufgestöbert hatten.«

Sophia Eichner kam auf Peter zu und reichte ihm ebenfalls die Hand. »Wir kennen uns noch nicht, Herr Adam. Aber Maria hat nur Gutes über Sie berichtet. Danke, dass Sie sie beschützt haben.«

Peter ergriff ihre Hand, die ihn an die seiner Mutter erinnerte. Zart, aber doch voller Kraft. Er sah kurz zu Maria hinüber, die ihn nervös beobachtete, und setzte sich dann Laurenz gegenüber auf eines der Sofas. Don Luigi erschien mit einem Teller *Panini* und einer Flasche Rotwein. Maria stürzte sich sofort ausgehungert auf die belegten Brote. Auch Peter merkte nun, wie hungrig er war und griff nach einem *Panino* mit Schinken. Don Luigi setzte sich etwas abseits und zündete sich eine MS an.

»Sie haben bestimmt viele Fragen«, sagte Laurenz.

»Sind meine Eltern in Sicherheit?«

»Ja«, bestätigte Laurenz und setzte sich jetzt ebenfalls. »Sie müssen sich keine Sorgen mehr machen. Es ist alles gut gegangen. Ihre Eltern sind vor Seth sicher, glauben Sie mir. Sie werden sie so bald wie möglich wiedersehen.«

»Das können Sie? Als Ex-Papst?«

Laurenz nickte. »Sonst säßen Sie heute auch nicht vor mir.«

»Und jetzt soll ich mich bei Ihnen bedanken oder was?«

Laurenz seufzte. »Wir sollten etwas klarstellen, Peter. Ich bin Ihr Freund. Und Sie haben nicht mehr viele Freunde.«

Peter trank von Don Luigis Rotwein und wandte sich an Maria.

»War dein Vater schon immer so ein Kotzbrocken?«

Er entdeckte plötzlich gewisse Ähnlichkeiten zwischen ihr und Laurenz. Einen Knick im kleinen Finger. Die kleine Erhebung auf dem Nasenrücken. Die Farbe der Augen. Der Ausdruck von Sturheit und Entschlossenheit in ihrem Gesicht, der im Gegensatz zu den weichen Zügen stand, die sie ganz deutlich von ihrer Mutter hatte. Genau wie die Hände.

*Warum ist dir das nicht längst aufgefallen?*

Maria grinste. »Er kann auch ganz nett sein.«

»Erklären Sie mir, wie das geht?«, rief Peter. »Wie kann ein Papst Vater werden?«

Sophia Eichner lachte hell. »Es war doch genau umgekehrt: erst Vater, dann Papst!«

Peter fragte sich, ob sie ihn auf den Arm nahm, sah aber ein, wie dämlich seine Frage gewesen war.

Laurenz seufzte und faltete rastlos seine Hände. »Ich war noch nicht einmal Kardinal, als Maria auf die Welt kam, und stand damals noch nicht so in der Öffentlichkeit. Ich weiß, dass ich jahrelang mit einer Lüge gelebt habe und nicht so für Maria da sein konnte wie andere Väter. Aber irgendwie ist es Sophia und mir gelungen, einen Weg zu finden. Die meiste Kritik zog Sophia ohnehin nur auf sich, weil sie evangelisch ist.« Laurenz lachte.

»Sich Rat bei einer protestantischen Akademikerin zu holen, gilt in kurialen Kreisen als schwerere Sünde als ein mehr oder weniger offenes Verhältnis.«

»Richtig problematisch wurde es erst mit meiner Wahl zum Papst.«

»Sie hätten ja ablehnen können.«

»Die Wahl zum Stellvertreter Christi auf Erden ist eine unmenschliche Bürde – aber man lehnt sie nicht ab!«, sagte Laurenz aufgebracht. »Außerdem hatte ich eine Mission.«

»Franz!«, tadelte ihn Sophia Eichner. Sie machte eine beschwichtigende Geste und wandte sich an Peter. »Um die Gerüchte zum Schweigen zu bringen, wurde ich zur offiziellen Haushälterin des Papstes erklärt. Die Gerüchte verstummten zwar nicht, aber ich hatte nun wenigstens einen offiziellen Status, der meine Anwesenheit im Apostolischen Palast rechtfertigte. Zwar beklagten gewisse kuriale Kreise ständig, ich könnte zu viel Einfluss auf den Papst haben, aber vor allen den Römern schien es zu imponieren, dass der Papst in dieser Sache nicht nachgab. Wirklich schlimm war nur, ständig mit einer Lüge leben zu müssen.«

»Musste Maria deswegen unbedingt ins Kloster gehen?«, fragte Peter.

»Das war ihre Entscheidung«, antwortete Sophia Eichner. »Glauben Sie, dass sich Maria irgendetwas von irgendwem vorschreiben ließe? Wir konnten sie ja noch nicht einmal überzeugen, sich mit uns in Sicherheit zu bringen.«

Peter sah zu Don Luigi, der ununterbrochen rauchte, als ginge es darum, das Wohnzimmer dadurch dämonenfrei zu halten.

»Wussten Sie davon, Pater?«

»Natürlich. Ich kannte zwar nie das ganze Ausmaß der Bedrohung, aber ich wusste, wer Maria ist.«

»War das der Grund für Ihren Rücktritt?«, fragte Peter den ehemaligen Papst.

»Ja und nein. Seth hat versucht, mich mit meiner Vaterschaft zu erpressen. Aber der Rücktritt war vor allem eine Flucht und ein taktischer Zug, um Seths weit fortgeschrittenen Pläne zu durchkreuzen.«

»Wer ist Seth?«

»Ich weiß es nicht«, stöhnte Laurenz. »Bei Gott, ich wünschte, ich wüsste es. Ich bin ihm nie begegnet.«

»Sie lügen.«

»Es ist die Wahrheit, Peter. Alles, was wir wussten, ist, dass Seth einem sethianischen Orden vorsteht, der sich *Träger des Lichts* nennt. Eine ursprünglich frühchristliche gnostische Gemeinschaft, die an die Apokalypse des Adam und das sogenannte Ägypterevangelium glaubte. Die Gruppe war lange Zeit völlig unbedeutend. Wir haben es Ihnen zu verdanken, dass wir inzwischen mehr wissen. Wir konnten eine Insel in der Lagune von Venedig identifizieren, wo die Gruppe ein Zentrum unterhielt. Mithilfe von Mr. Nakashima konnten wir dort eine Geisel retten und eine Festplatte sicherstellen. Die meisten Dateien müssen noch entschlüsselt werden, aber wir wissen inzwischen ein wenig mehr über die *Träger des Lichts*. Wir wissen, dass sie sich als Nachfolgeorden der Templer verstehen. Wir wissen, dass sie sich im 16. Jahrhundert zu einer okkulten Sekte gewandelt haben. Ihr erster Ordensführer war John Dee.«

»Der Mann, der mit dem *Sigillum Dei* Kontakt zu den Engeln aufnahm?«

Laurenz nickte. »Zusammen mit seinem Gehilfen Edward Kelly hat er aus einer harmlosen gnostischen Splittergruppe ein gefährliches okkultes Netzwerk geschaffen. Don Luigi und ich gehen inzwischen davon aus, dass John Dee irgendwie in den Besitz eines Manuskriptes von Nicolas Flamel gelangt ist. 1357 erwirbt Flamel angeblich ein geheimnisvolles Buch mit verschlüsselten alchemistischen Rezepturen. Er braucht einundzwanzig Jahre, um es zu dechiffrieren. Den entscheidenden Hinweis dazu gibt ihm ein jüdischer Gelehrter in Santiago de Compostela, der das Werk als *Buch Abrahams des Juden, Prinz, Priester-Levite und Astrologe* identifiziert. Angeblich soll Flamel 1382 dann die erste Metall-Transmutation gelungen sein. Er stirbt jedenfalls viele Jahre später als reicher Mann.«

»Aber woher stammte das Buch?«, rief Don Luigi dazwischen und gab gleich darauf die Antwort. »Wir vermuten, dass es auf Hermes Trismegistos zurückgeht, oder auch Manetho oder Thoth genannt. Diese Vermutung legt die nachträglich angebrachte Hieroglyphe auf der Rückseite des Amuletts nahe. Aber vermutlich ist das Wissen noch viel älter. Ein offenbar extrem gefährliches Wissen, denn wer auch immer damit in Verbindung kam, schien alle Anstrengungen unternommen zu haben, es zu chiffrieren. Nur eingeweihte Adepten sollten die ganze Wahrheit verstehen können.«

Don Luigi hustete hart und drückte die nächste MS im bereits überquellenden Aschenbecher aus. »Wir nehmen an, dass Hugo von Payens Teile davon im Sinai entdeckte.«

»Und Hugo von Payens berichtet umgehend Bernhard von Clairvaux davon«, ergänzte Peter. »Der gründet flugs den Templerorden, ermöglicht den zweiten Kreuzzug – und alles nur, um an dieses Geheimnis zu gelangen. Und Malachias muss sterben, weil er dieses Geheimnis in seinen Visionen gesehen hatte und den Papst davon unterrichten wollte.«

»Die Frage ist, ob die Templer dieses Geheimnis tatsächlich gefunden haben«, sagte Don Luigi.

»Ich glaube nicht«, sagte Peter. »Nach dem, was ich auf der Ile de Cuivre erlebt habe, suchen die *Träger des Lichts* fieberhaft nach etwas, das offenbar mit der Zerschlagung der Templer verloren ging. Mit ihren magischen Experimenten im 16. Jahrhundert ist John Dee und Edward Kelly der Durchbruch auch nicht gelungen. Aber 1852 stieß Helena Blavatsky, ebenfalls eine *Trägerin des Lichts*, im Himalaja auf ein uraltes Buch in einer unbekannten Sprache.«

»Woher wissen Sie das alles, Peter?«

»Kelly hat es mir in Turkmenistan verraten. Ich habe mich wieder daran erinnert. Ich erinnere mich inzwischen an so manches. Zum Beispiel an eine seltsame Sprache, die ich verstehe. Kelly nannte sie Henochisch. Die Sprache der Engel und Dämonen.«

»Sagten Sie Kelly? Edward Kelly?«

»Ich weiß nicht, ob das sein richtiger Name war. Er ist jetzt tot. Kelly hat jedenfalls viel von ›Madame‹ gesprochen. Demnach hat Madame Blavatsky damals das verborgene Wissen der Templer wiederentdeckt. Aber auch sie kam mit der vollständigen Entschlüsselung nicht recht voran.«

»Nach ihrem Tod führte Aleister Crowley ihre Nachforschungen fort«, ergänzte Don Luigi, »und gründete dazu seinen eigenen Orden, den *Temple of Equinox*. Ein neues Etikett, nichts weiter.«

*Aleister Crowley! Wearily Electors Hoathahe Saitan!*

»Woher wissen Sie das?«, fragte Peter verblüfft.

»Durch Oberstleutnant Bühler, dem Kommandanten der Schweizergarde«, erklärte Laurenz. »Nach dem Mord an Ihrer amerikanischen Kollegin hat er Nachforschungen aufgenommen, die ihn zu einem internationalen Firmengeflecht geführt haben. Das hätte ihn und seine Schwester Leonie um ein Haar das Leben gekostet.«

»Dann weiß Bühler Bescheid?«

»Er ist auf unserer Seite. Im Augenblick leitet er zusammen mit Major Zeevi eine Operation gegen die mutmaßliche Basis der *Träger des Lichts* in Rom.«

Peter lehnte sich zurück und dachte nach. Auch wenn sich die vielen rätselhaften Bruchstücke der letzten Wochen nun nach und nach zusammenfügten, ergab das alles für ihn immer noch keinen Sinn. Er merkte, wie müde er war. Aber zum Schlafen, das wusste er, würde er noch lange nicht kommen. Mit einem Ruck erhob er sich aus dem weichen Sofa.

»Entschuldigen Sie mich einen Moment, ich muss mal an die frische Luft.«

Ohne eine Antwort abzuwarten, trat er in den kleinen Garten hinter dem Haus, in dem Don Luigi seine Orchideen hegte. Peter atmete die laue Nachtluft, lauschte dem fernen, vertrauten Rauschen des römischen Verkehrs und sog den Duft des

Jasmins ein, der sich an der Rückseite des Häuschens hochrankte.

*Rom. Deine Stadt.*

»Müde?«

Maria stand plötzlich hinter ihm. Ein Schatten nur. Gar nicht greifbar.

»Ich wollte nur einen Moment alleine sein.«

»Oh, entschuldige.«

»Nein, schon gut. Ich …«

Sie trat etwas näher zu ihm. »Was?«, flüsterte sie leise.

Ihr Gesicht jetzt wieder nah vor seinem. So nah. Ein Hauch von Lavendel lag plötzlich in der Luft.

»Du bist so weit weg«, sagte er.

»Bin ich das?«

»Unendlich weit weg.«

Sie küsste ihn. Berührte seine Lippen kaum, wie ein erschöpftes Schattenwesen, das sich für einen Moment auf seinem Mund ausruhte.

»Und jetzt?«

Peter schluckte. »Besser.«

Sie hakte sich bei ihm unter, zitterte leicht wie nach einem kühlen Windhauch und blieb dicht bei ihm. »Ich hätte es dir eher sagen sollen.«

»Schon in Ordnung.«

»Wie findest du sie?«

»Deine Eltern?« Peter lachte plötzlich. »Frag mich das später noch mal.«

»Wann denn?«, fragte sie zurück und Peter hörte den koketten Tonfall heraus.

»Bei unserer Hochzeit.«

*Idiot!!!*

Sie atmete laut aus und verpasste ihm mit der flachen Hand einen Klaps auf den Hinterkopf.

»Idiot!«, zischte sie und verschwand wieder im Haus.

# LXXIX

*17. Mai 2011, Temple of Equinox, Rom*

Urs Bühler hatte den Tod oft genug zu sich, zu Kameraden und zu *Targets* kommen sehen. An einigen war er vorbeigegangen, bei anderen war er geblieben. Ein ungebetener, launischer, hungriger Gast, der Einlass bekam, wo er um Einlass begehrte. Der Tod, das hatte Urs Bühler gelernt, ließ sich nicht abweisen, wenn es so weit war. Und wenn er es sich genau überlegte, hasste Urs Bühler das Sterben und das Töten fast noch mehr, als er die Italiener hasste. Jedenfalls in diesem Moment, zusammengezwängt mit fünf Männern in einem SUV, der mit Höchstgeschwindigkeit durch Rom raste.

Urs Bühler fürchtete sich nicht vor dem Tod. Nicht mehr. Aber seit er der Schweizergarde beigetreten war, hatte er sich als besserer Mensch gefühlt. Ein Mensch, der bereit war, sich seine Vergebung vor Gott zu erarbeiten. Ein Mensch, der nie mehr töten musste. Aber wie es aussah, hatte Gott sein Urteil über Urs Bühler bereits gefällt.

Als Offizier der Fremdenlegion hatte Urs Bühler etliche Kommandooperationen geleitet. Er wusste, wie man so etwas plante und durchführte. Er wusste nur zu gut, dass jeder Einsatz, und sei er noch so gut geplant, Unwägbarkeiten und unkalkulierbare Risiken barg. Tödliche Risiken. Es gab keine Routine in diesem Job. Urs Bühler hatte erlebt, wie perfekt geplante Operationen mit perfekt ausgebildeten Leuten in einem mörderischen Desaster endeten, nur weil die Aufklärungsabteilung auf den Satellitenbildern links und rechts verwechselt hatte. Die leichte Nervosität vor dem Einsatz gehörte dazu wie die schusssichere Weste. Die Anspannung schärfte die Sinne und würde sich später während der Operation vollkommen auflösen.

Dennoch verspürte Bühler im Fond des SUV auf dem Weg in die Via Vincenzo Monti einen unangenehmen Druck im Magen. Es war nicht die Angst, die ihm Sorgen machte. Nur Idioten und Psychos hatten keine Angst vor einem Einsatz. Nein, Urs Bühler musste sich eingestehen, dass es schlimmer war: Er empfand unbändige Rachegefühle gegen Seth und die Leute, die Leonie misshandelt hatten, er wollte, dass sie alle starben. Der Rachedurst legte sich wie ein schmieriger Film auf seine äußerliche Kaltblütigkeit und lähmte seine Konzentration. Bühler wusste, dass er mit diesem Gefühl die gesamte Operation und sein Team gefährdete. Im Grunde hätte er Rahel Zeevi, die die Operation leitete und ihn nur widerwillig als Teil des Teams akzeptiert hatte, sofort darüber informieren und aus der Operation aussteigen müssen. Dennoch schwieg er und versuchte, sich auf seine Aufgabe zu konzentrieren.

Um 23:40 Uhr blockierten zwei schwarze SUV die Zufahrt zur Via Vincenzo Monti in beiden Richtungen, während weitere Einsatzfahrzeuge den Verkehr weiträumig umleiteten. So spät in der Nacht rechnete Rahel Zeevi nicht damit, dass es auffallen würde, wenn kein Auto mehr die kleine Straße passierte.

Die Männer sammelten sich an beiden Enden der Straße und warteten ab, bis der Aufklärer, der das Haus von einem geparkten Wagen gegenüber observierte, das Zeichen gab.

Bühler konnte die Villa in der Mitte der Straße erkennen. Im ersten Stock brannte Licht. Als er sich wieder umwandte, sah er die israelische Agentin auf sich zukommen. Sie sah gut aus in der schusssicheren Weste und mit der Knarre an der Hüfte, fand Bühler, verdammt gut. Und sie war ja noch nicht einmal mehr Italienerin. Dennoch mochte er sie nicht.

»Alles in Ordnung mit Ihnen, Oberst Bühler? Sie wirken angespannt.«

»Ich bin okay.«

Sie nickte. »Gut. Sobald Team Alpha und Bravo im Haus sind, rücken Sie mit Ihrem Team nach. Keine übereilten Racheaktionen, ist das klar? Wen auch immer wir dort vorfinden, wir brauchen ihn lebend.«

Bühler nickte nur.

»Oder haben Sie damit ein Problem, Oberst?«

»Es ist Ihre Show, Major Zeevi.«

»Sie sagen es.«

Sie wandte sich ab und sprach leise mit den Männern ihres Teams. Allesamt israelische Elitesoldaten. Bühler wunderte sich immer noch, dass der israelische Geheimdienst so ohne Weiteres eine Operation auf italienischem Staatsgebiet durchführen konnte, aber wie es aussah hatten sich die Verhältnisse gründlich verändert.

Bühler kontrollierte die Ausrüstung seiner fünf Leute und wiederholte den besprochenen Ablauf. Die jungen Schweizer nickten schweigend. Bühler wusste, dass er sie mit diesem Einsatz überforderte, auch wenn sie sich freiwillig gemeldet hatten. Zwar hatten alle fünf eine Einzelkämpferausbildung in der Schweizer Armee absolviert, aber keiner von ihnen hatte jemals einen echten Einsatz erlebt.

»Wir bleiben zusammen«, schärfte er ihnen ein. »Wir machen das genau so, wie ihr es trainiert habt. Niemand schert ohne meinen Befehl aus dem Trupp aus. Und wir lassen niemand zurück, ist das klar?«

Die Männer nickten.

»Dann *Go*.«

Über Funk kam Code Grün. Rahel Zeevi bewegte sich mit einem Team von fünf Männern geduckt und zügig auf das Haus zu, während von der anderen Seite der Straße Team Bravo vorrückte. Vor dem Haus gingen beide Teams in Position und sondierten die Lage. Bühler sah, wie zwei Männer in den Garten eindrangen. Kurz darauf erhielt er den Befehl zum Vorrücken. Gleichzeitig drangen die beiden ersten Teams ins Haus ein. Mit einem dumpfen Knall wurde die Haustür gesprengt. Bühler hörte über Funk gekeuchte Kommandos. Sie sicherten

Raum für Raum, offenbar ohne auf Gegenwehr zu stoßen. Bühler spürte einen bitteren, metallischen Geschmack im Mund. Irgendwas stimmte dort drüben nicht. Bühler trieb seine Männer an.

Plötzlich Schüsse. Eine Salve aus einer Maschinenpistole und dann die Antwort. Bühler hätte sogar die beiden Fabrikate nennen können. Er fluchte leise und beeilte sich. Als er mit seinem Team die Villa erreichte, hörte er, dass im ersten Stock immer noch geschossen wurde. Dann Stille.

»Gesichert!«, hörte er eine heisere Stimme aus dem Funk. Und dann Rahel Zeevis Stimme.

»Status?«

»Alpha drei und vier hat's erwischt.«

»Status *Target*?«

»Tot.«

»Verdammt!«

Es überraschte Bühler, dass sie plötzlich Nerven zeigte. Sie wurde ihm fast ein bisschen sympathisch.

»Bühler, wo sind Sie?«

»Vor dem Haus jetzt.«

»Bleiben Sie, wo Sie sind. Sichern Sie das Gelände. Team Bravo zu mir. Augen auf! Wir sind hier noch nicht durch!«

Bühler überlegte. Dann gab er seinen Männern Zeichen, und sie verteilten sich mit ihren Sturmgewehren um das Haus, das von Rahel Zeevis Teams immer noch durchsucht wurde. Bühler konnte die Kegel der Scheinwerfer in den beiden Obergeschossen sehen, hörte weiterhin die heiseren Kommandos im Funk.

»Alpha Eins für Charlie Eins«, flüsterte Bühler in sein Headset. »Major, können Sie verifizieren, ob das Haus einen Keller hat? Wenn ja, dann sollten Sie sich den ansehen.«

»Funkdisziplin, Charlie Eins!«, schnauzte sie ungehalten zurück. Bühler unterdrückte mühsam das Schimpfwort, das ihm auf der Zunge lag. Dennoch hörte er, wie die Israelin zwei Leute anwies, sich den Keller anzusehen.

»Alpha Eins für Bravo Zwei«, kam wenig später die Meldung. »Das sollten Sie sich ansehen, Major.«

Bühler hielt es kaum aus, einfach nur untätig im Garten der Villa zu patrouillieren, die offenbar bis auf eine einzige bewaffnete Person völlig verlassen gewesen war.

Kurz darauf Rahel Zeevis Stimme. »Verdammte Scheiße, was ist das? ... Bühler?«

»Ja.«

»Kommen Sie rein. Nur Sie. Ich bin im Keller.«

Bühler ahnte bereits, was ihn erwartete. Er gab seinen Leuten Zeichen, die Positionen zu halten und hetzte los.

»Team Alpha, Team Bravo!«, hörte er plötzlich die Stimme der schönen Israelin aus dem Funk und auch die Panik, die in ihrer Stimme mitschwang. »Das Objekt sofort evakuieren. Das ist ein Befehl!«

Bühler sprintete um das Haus herum. Er hatte den Eingang gerade erreicht, als er den Lichtblitz sah. Er schien das gesamte Haus auszufüllen und drang durch sämtliche Fenster hinaus ins Freie. Bühler sah direkt in das gleißende, bläulich-weiße Licht einer ersterbenden Sonne. Fast gleichzeitig, noch bevor er die Explosion überhaupt hörte, traf ihn die Druckwelle und riss ihn von den Füßen. Fensterscheiben zerplatzten, Türen wurden in ihren Angeln zerfetzt. Das ganze Mauerwerk schien sich für einen Moment nach außen zu blähen, aber das war nur eine Illusion. Denn in den ersten Sekunden sah Bühler gar nichts. Er hörte nur den dumpfen Schlag, der wie eine titanische Faust auf das Gebäude einschlug und den Westflügel zertrümmerte.

Als er wieder einigermaßen sehen konnte, rappelte er sich auf. Innerhalb weniger Sekunden registrierte sein geschultes Wahrnehmungsvermögen verschiedene Dinge: den zerstörten Westflügel. Das Feuer im Obergeschoss. Das eingestürzte Dach. Den abgerissenen Fuß neben sich. Die Stille im Funk. Mit einem Blick vergewisserte er sich, dass der abgerissene Fuß nicht seiner war, dann rief er über Funk seine Leute. Sie meldeten sich –

bis auf einen, der die Westseite kontrolliert hatte. Bühler befahl ihnen, sich zurückzuziehen und am Ende der Straße zu sammeln. Dann stürmte er in das Gebäude.

Verwüstung wohin er blickte. Nie zuvor hatte Bühler etwas Derartiges gesehen. Obwohl die Detonation das Gebäude nur verhältnismäßig gering beschädigt hatte, schien das Mobiliar in einem Augenblick verpufft zu sein, wie von dem Lichtblitz geradezu ausradiert. Die Räume wirkten vollkommen leer, die Wände schwarz verkohlt, der Boden übersät mit kleinen, brennenden Trümmern aus Holz und Möbelresten. Die Luft war erfüllt von einem beißenden Dunst, der die Schleimhäute angriff. Leichen konnte Bühler keine entdecken.

»Rahel! Hören Sie mich?«, brüllte er in das Headset, als er die Treppe hinab in den Keller stürmte. »Major Zeevi! Alpha Eins! Rahel, hören Sie mich? Wo sind Sie?«

Keine Antwort. Seltsamerweise wirkte der Keller viel weniger beschädigt als der Rest der Villa. Offenbar hatte das Zentrum der Detonation irgendwo im ersten Stock gelegen. Dennoch hatte Rahel hier unten etwas Alarmierendes entdeckt. Wie schon in Poveglia sah Bühler lange Reihen von Regalen, in denen zerborstene Gefäße standen. Ohne lange suchen zu müssen, fand Bühler den Raum für die Rituale, der von einem massiven, blutbefleckten Opferstein mit eingeritzten Symbolen beherrscht wurde. Aber dafür hatte Bühler im Moment keinen Blick, denn seine ganze Aufmerksamkeit richtete sich auf eine Gestalt, die sich stöhnend hinter dem Stein regte.

»Rahel!«

Bühler kniete vor der jungen Frau nieder, die mit schmerzverzerrtem Gesicht versuchte, sich an dem Stein hochzuziehen. Er sah sofort, dass jede Hilfe zu spät kam.

»Helfen Sie mir auf, Oberst! Ich muss ...« Ihre Stimme war nicht mehr als ein verbissenes Hauchen. Mit jedem Wort sickerte das Leben aus ihr heraus und vermischte sich mit der Blutlache zu Bühlers Füßen. Bühler versuchte, sich zu beherrschen und ergriff ihre Hand. Eine schöne, kräftige Hand, die einmal einer schönen jungen Frau gehört hatte. Rahel Zeevi alias Alessia Bertoni, die Frau, die ihm Peter Adam unter der Nase aus dem Verhör entführt hatte.

»Nicht sprechen, Rahel!«

»Helfen Sie mir auf die Beine, Bühler!«

Doch da waren keine Beine mehr, nur noch blutiges, verbranntes Fleisch. Die Explosion hatte ihr die Beine von der Hüfte an abwärts abgerissen und ihre rechte Gesichtshälfte verstümmelt. Rahel schien es gar nicht zu bemerken. Erst an seinem Blick schien sie zu erkennen, wie es um sie stand.

»Es ist ... noch nicht zu Ende«, hauchte sie.

»Nein, Rahel, das ist es nicht. Aber wir werden es zu Ende bringen, glaub mir.«

Sie quälte sich ein Lächeln ab. »Duzt du mich etwa?«

Bühler schwieg und hielt nur weiter ihre Hand. Rahel sammelte wieder Kraft für ihre letzten Worte.

»Es ist ... erst der Anfang.«

»Nicht sprechen, Rahel. Ich bring dich jetzt hier raus.«

»Lass das!« Ihre Stimme klang plötzlich wieder kräftiger und schärfer. »Hör mir zu. Es ist erst der Anfang!« Sie schluckte mühsam. »Ich ... habe etwas gesehen, bevor ... die Scheiße hier losging.«

Bühler riss sich zusammen. »*Was* hast du gesehen, Rahel?«

Sie sah ihn an mit einem Ausdruck, in dem Bühler das Grauen der Hölle erkannte.

»Die Bombe ...«, presste sie heraus. Und mit dem letzten Hauch, mit dem das Leben sie endgültig verließ, fügte sie hinzu: »... Peter Adam.«

# LXXX

*17. Mai 2011, Casina del Giardiniere, Vatikanstadt*

Was ist mit dem Amulett, das Sie in der päpstlichen Wohnung versteckt haben?«, fragte Peter, als er ins Haus zurückkehrte. Sophia Eichner hatte sich zurückgezogen. Maria saß neben ihrem Vater auf dem Sofa und sah Peter düster an.

»Hast du davon gewusst, Maria?«

Sie schüttelte den Kopf und wechselte einen kurzen Blick mit ihrem Vater.

»Ich kannte nie die Bedeutung des Amuletts und der Texte, die Sie im *Appartamento* gefunden haben«, erklärte Laurenz. »Erst durch Ihre und Marias Nachforschungen verstehe ich langsam, was mir aufgebürdet wurde. Ich wusste natürlich von dem Amulett, aber ich habe mich all die Jahre nur als Bewahrer dieser Dinge angesehen.«

»Waren Sie gar nicht neugierig?«

»Doch. Aber ich habe bald verstanden, dass meine persönliche Neugier eine Gefahr für die Kirche bedeuten könnte. Sehen Sie, als junger Mann habe ich mich für mystische Symbolik interessiert. Ich habe sogar vor vielen Jahren ein Buch darüber geschrieben. Bei diesen Forschungen stieß ich auf etwas, das mich sehr beunruhigte. Bestimmte Symbole schienen in direkter Verbindung zu biblischen Offenbarungsvisionen und zu Prophezeiungen wie der des Malachias zu stehen. Sie verkündeten übereinstimmend das Ende der Welt. Es wird Sie kaum überraschen, dass dieses Ende immer mit einer totalen Sonnenfinsternis zusammenfällt. Wie die meisten Theologen hielt ich diese Offenbarungen aber lange Zeit für reine Allegorien. Düstere, moralische Ermahnungen, Infektionen der Seele. Dafür haben wir ja heute das Fernsehen. Kurz nachdem ich zum Papst gewählt wurde, entdeckte ein Handwerker bei Renovierungsarbeiten jedoch dieses Amulett und die Texte. Und wieder sah ich dieses Symbol, das ich inzwischen als Zeichen für den Untergang identifiziert hatte. Die Pergamente zu entschlüsseln war mir unmöglich. Also dachte ich mir: Wer von deinen Vorgängern auch immer diese Dinge hat einmauern lassen – er wird seine guten Gründe gehabt haben. Daher habe ich die Artefakte in der nächsten Nacht persönlich wieder eingemauert. Ich kann so was, wissen Sie. Fortan war ich wachsamer. Ich beschäftigte mich mit der vierten Prophezeiung von Fátima, mit der Liste des Malachias und anderen Prophezeiungen, die im vatikanischen Geheimarchiv lagern. Daraus schloss ich, dass das Amulett eine Art Siegel ist, das zusammen mit weiteren ähnlichen Siegeln etwas verschließt, das eine apokalyptische Gefahr für die Welt darstellt. Aus den Pergamenten, die ich gefunden hatte, schloss ich, dass die Alchemisten des Mittelalters, allen voran Nikolas Flamel, dem Geheimnis sehr nahegekommen waren. Ohne ihm von dem eingemauerten Amulett zu erzählen, bat ich Don Luigi um Hilfe. Er sollte herausfinden, um was für eine Gefahr es sich möglicherweise handelte. Seine Berichte aus aller Welt waren alarmierend.«

Don Luigi schaltete sich wieder ins Gespräch ein. »Ich hatte bei verschiedenen Exorzismen im letzten Jahr deutliche Hinweise auf eine verstärkte dämonische Aktivität festgestellt. Einige der Dämonen, die ich exorzierte, nannten plötzlich Namen. Im Auftrag Seiner Heiligkeit bin ich daraufhin um die Welt gereist, um diese Personen ausfindig zu machen. Daraus ist eine Liste von einundzwanzig Namen entstanden. Möglicherweise sind es aber noch mehr.«

Peter zog ein zusammengefaltetes Papier aus der Tasche und reichte es Don Luigi. »Diese Liste?«

Don Luigi starrte auf das Blatt und reichte es an Laurenz. »Wo haben Sie das her?«

»Von Seth. Wer sind diese Leute?«

»Wir wissen es nicht«, gestand Laurenz und deutete auf einige der Namen. »Acht von ihnen sind inzwischen auf bestialische Weise ermordet worden. Ich hatte befürchtet, dass Seth bereits im Besitz dieser Liste ist.«

»Nach allem, was ich herausfinden konnte«, fuhr Don Luigi fort, »litten all diese Leute in den letzten Jahren unter quälenden Visionen, die mit dem Untergang der Kirche in Verbindung stehen. Bei einigen zeigten sich rätselhafte Zeichen und Symbole auf dem Körper. Wie Wundmale oder eine Art Ausschlag.«

»Es waren immer dieselben Zeichen«, erklärte Laurenz. »Einige davon erkannte ich aus meinen Forschungen von früher wieder. Sie tauchen auch in frühesten Felsritzungen auf. Manche von ihnen schienen eine Art Karte darzustellen. Am deutlichsten aber waren die Spiralsymbole. Sie stellen ziemlich sicher Sternenkonstellationen dar. Das Erstaunliche ist, dass es sich dabei um Sternenkonstellationen handelt, die erst viele zehntausend Jahre später eintraten. Jede von ihnen markiert eine Sonnenfinsternis, jeweils in einem Abstand von ungefähr tausend Jahren. Und die nächste – ist morgen.«

Laurenz schwieg. Don Luigi zog an seiner MS.

»Kurz vor meinem Rücktritt habe ich diese Namensliste noch an Kardinal Torres in Santiago de Compostela weitergeleitet«, ergänzte Laurenz. »Ein guter Freund. Er wusste von der Gefahr, und ich hatte gehofft, dass er den Kampf, den ich aufgeben musste, fortführen würde. Leider war er eines der ersten Opfer.«

Peter rieb sich das Gesicht. »Das heißt, Sie haben eine Liste von einundzwanzig Leuten, von denen acht bereits tot sind, und Sie wissen nicht, was die Liste bedeutet.«

Laurenz und Don Luigi sahen sich an.

»Wir haben eine Vermutung«, sagte Laurenz vorsichtig. »All diesen Leuten, und das schließt Sie ein, Peter, ist die Apokalypse offenbart worden. Don Luigi hat einige dieser Leute sprechen können. Daraus ergibt sich ein vages, aber erschreckendes Bild.«

Er sah wieder zu dem Jesuitenpater hinüber, und Don Luigi fuhr fort.

»All diese Leute haben das Böse gesehen. Es schläft an verschiedenen Orten auf der Welt, gebannt von der Macht Gottes.«

»Und dem Amulett«, ergänzte Maria.

Peter stieß einen ungehaltenen Laut aus. »Ihr wollt doch nicht sagen, dass dieses Amulett von Gott stammt!«

»Nein, Peter«, erklärte Laurenz. »Niemand weiß, woher es stammt. Es scheint sehr alt zu sein. Don Luigi hatte eine Analyse in Auftrag gegeben. Leider wurde der Doktorand, der die Untersuchung durchführte, ebenfalls ermordet. Ich habe jedoch eine Kopie einer E-Mail mit seinen Ergebnissen.«

Laurenz reichte Peter die E-Mail von Giovanni Manzoni weiter, dessen Leiche Urs Bühler in Suite 306 entdeckt hatte. Peter überflog die Nachricht und stieß einen verblüfften Laut aus.

»Wenn das stimmt, können Sie Gott wirklich vergessen.«

Laurenz griff ärgerlich mit der linken Hand durch die Luft, als wolle er eine lästige Fliege zerquetschen. »Lassen wir Gott für eine Weile aus dem Spiel und konzentrieren uns auf die Fakten.«

»Wer ist Yoko?«, fragte Peter mit Blick auf die ausgedruckte E-Mail.

»Dr. Tanaka leitet eine Forschungsabteilung des Nakashima-Konzerns. Der Nakashima-Konzern hat auf meine Anregung hin im letzten Jahr einen hoch dotierten Preis für die Entwicklung oder Entdeckung völlig neuartiger Materialien ausgelobt. Ein Versuch, um herauszufinden, ob womöglich noch mehr Amulette dieser Art existieren. Bislang wurde Dr. Tanaka jedoch nichts Vergleichbares angeboten. Ohne die Unterstützung von Mr. Nakashima allerdings wären wir alle hier bereits tot.«

»Schon seltsam, dass ein japanischer Milliardär dabei hilft, die katholische Kirche zu retten.«

»Finden Sie, Peter?«

Peter ignorierte den tadelnden Ton.

*Benimm dich doch nicht, wie ein trotziger Oberschüler vor seinem Schuldirektor!*

»Also gut«, begann er nach einer Weile wieder. »Die Fakten: Das Amulett ist künstlichen Ursprungs. Sein Material weist sensationelle und rätselhafte Eigenschaften auf, die an kein bekanntes künstliches oder natürliches Material erinnern. Außerdem ist das Amulett, wie Maria erlebt hat, eine Art Speicher, ein Gedächtnis und kann Visionen auslösen. Vielleicht …«, er zögerte, es auszusprechen. »Vielleicht ist es ja extraterrestrischen Ursprungs.«

»Das können wir im Moment nicht ausschließen«, bestätigte Laurenz. »Aber ich glaube, dass wir es hier eher mit einer sehr alten irdischen, wenngleich unbekannten Kultur zu tun haben, die vor langer Zeit untergegangen ist. Eine Kultur, die dem göttlichen Wirken viel näherstand als wir. Eine Kultur, die über ein großes Wissen verfügte.«

»Ein Wissen, das die Templer im Orient wiederentdeckt und später wieder versteckt haben? Den Stein der Weisen? Rotes Quecksilber?«

»Ich glaube, es ist viel schlimmer«, sagte Maria und sah ihren Vater an.

# LXXXI

# EIN JAHR ZUVOR ...

*11. September 2010, Kampala, Uganda*

Das Inferno begann mit einer Maschinengewehrsalve. Ein trockenes Husten wie aus dem Nichts von irgendwo aus der Zuschauermenge im Stadion. Papst Johannes Paul III. stand frei an einem Mikrofon und sah, wie neben ihm Kerzen und Gefäße auf dem Altar unter der Wucht der großkalibrigen Munition zerplatzten, wie das große vergoldete Holzkreuz zersplitterte und das Altartuch wie von einer wütenden Faust zerfetzt wurde. Johannes Paul III. sah die Garbe auf sich zurasen. Eine kurze heftige Böe, ein metallischer tödlicher Wind. Keine Chance. Starr vor Erstaunen, das Manuskript seiner Predigt immer noch in der Hand, unterbrach er seine Ansprache, hörte den Aufschrei von Tausenden von Menschen und sah, wie die Menge links von ihm sich auf der Tribüne teilte wie das Meer vor Moses. Dann brach die Hölle über ihn herein. Mit einem ohrenbetäubenden Knall traf die Boden-Boden-Rakete den Altar neben ihm und löschte die Bühne in einem Feuerball aus, wie ein heimtückisches Raubtier, das lange und geduldig genug gewartet hatte. Der Druck der Explosion riss den Papst von den Beinen. Hitze brandete über sein Gesicht, entflammte die weiße Soutane und füllte seine Lungen. Im Fallen sah Johannes Paul III., wie zwei ugandische Diakone durch die Luft gewirbelt wurden und zerfetzt wieder auf die Bühne aufschlugen. Feuer und Rauch überall. Brennende Leichenteile. Geschrei. Kommandos.

»*Go, go, go!*«

Und immer noch Schüsse. Immer noch Feuer, Feuer und Hitze überall. Johannes Paul III. lag auf der geborstenen Bühne und atmete Feuer. Als er an sich herabsah, erkannte er, dass er brannte. Eilig, aber doch ohne Hast, riss er sich die brennende Soutane vom Leib. Die Explosion einer weiteren Rakete erschütterte das, was von der Bühne noch übrig war, ein weiterer Feuerball blähte sich in den ugandischen Nachmittag, eine Blase aus Hitze und Tod, die sich immer weiter ausdehnte und die schockierte Menschenmenge als dumpfe Druckwelle traf. Dann brach die Panik aus. Tausende von Menschen versuchten gleichzeitig, dem Inferno zu entkommen und über die steilen Tribünen aus dem Stadion zu flüchten. Während vorne die Bühne in Feuer und Rauch aufging, starben auf den Tribünen bereits Hunderte von Menschen, totgetrampelt von einer Flut aus Menschen, die von oben nach unten drückte und die niemand stoppen konnte.

Die Schüsse hatten aufgehört. Von der brennenden Bühne stieg Rauch auf, verkohlte Leichenteile und geborstene Holzstücke lagen herum. Sicherheitsleute, Polizei und Priester in liturgischen Gewändern rannten durcheinander, schrien sich Kommandos und Hilferufe zu. Überall sah man Menschen mit schweren Verbrennungen und Verstümmelungen unter Schock.

Alexander Duncker, der wegen einer Unpässlichkeit diesmal nicht an der Messe teilgenommen und nur von der Seite zugeschaut hatte, stürzte zu der brennenden Bühne, wo irgendwo in all dem Feuer und Rauch der Papst sein musste. Oder das, was von ihm noch übrig war.

Als er schreiend und weinend auf die brennende Bühne kletterte, sah er schließlich als Erster das Wunder. Das Wunder von Kampala.

Aus dem Flammenmeer auf der Bühne trat ein Mann. Nackt, mit verkohlten Haaren und Schürfwunden im Gesicht, aber sonst unverletzt. Fassungslos starrte Duncker den Mann an, der das Inferno überlebt hatte und der nun geradewegs auf ihn zukam.

»Ich bin in Ordnung, Alexander! Bringen Sie mir ein Mikrofon. Rasch.«

Diese simple Anweisung löste Dunckers Starre. Wie von Sinnen stürzte er davon und rief nach einem Mikrofon. Inzwischen hatten auch die Sicherheitsleute und Polizisten den unverletzten, nackten Papst entdeckt, schrien und zeigten auf ihn.

Nackt wie der erste Mensch, den Gott erschaffen hatte, trat Johannes Paul III. an den Rand der zerstörten Bühne, die hinter ihm immer noch brannte. Und augenblicklich stoppte die Flut auf den Tribünen. Die Menschen hielten in ihrer kopflosen Flucht inne und starrten den weißen Mann an, dem irgendwer nun ein Mikrofon reichte. Stille senkte sich über das Stadion, als der Mann die Arme ausbreitete und furchtlos und mit klarer Stimme zu all jenen sprach, die diesen Anschlag überlebt hatten.

»Fürchtet euch nicht!«, rief der Papst klar und deutlich ins Mikrofon. »Denn der Herr ist mit euch.«

## 11. September 2010, *Flüchtlingslager nahe Gulu, Nord-Uganda*

Kurz bevor Maria und Don Luigi die Stelle im Busch mit dem flachen Monolith erreichten, wurde ihr Toyota-Pick-up von belgischen Blauhelmsoldaten gestoppt.

»Was ist los, Sergeant DeFries?«, fragte Maria einen der Soldaten.

»Sie können hier nicht weiter, Schwester. Es gab letzte Nacht einen Überfall der LRA. Wir müssen die Stelle erst noch fotografieren und die Zeugen befragen.«

»O mein Gott!«, rief Maria alarmiert. »Gab es Tote?«

»Zwölf. Alles ältere Leute, was schon seltsam ist. Was ebenfalls seltsam ist: Die alten Leute scheinen sich letzte Nacht alle um so einen Felsbrocken versammelt zu haben. Sieht aus, als ob es sie bei einer Art Ritual erwischt hätte.«

Maria wechselte einen verzweifelten Blick mit Don Luigi und wandte sich dann wieder an den belgischen UN-Soldaten.

»Ich muss die Stelle sehen, Sergeant. Bitte! Es ist wichtig!«

DeFries zögerte.

»Bitte, Sergeant!«

DeFries zuckte mit den Schultern. »Ihre Entscheidung.«

In Begleitung von DeFries standen Maria und Don Luigi kurz darauf an dem flachen Felsbrocken, den Nafuna Maria am Vortag gezeigt hatte. Ein UN-Soldat fotografierte die Stelle und trug die Position in eine Karte ein. Zwei weitere Blauhelmsoldaten befragten eine Gruppe von Acholi, die sich in einiger Distanz niedergelassen hatte und furchtsam auf die Stelle des Massakers starrte. Die Leichen der alten Leute waren noch nicht abtransportiert worden und lagen so da, wie ihre Verwandten sie am Morgen entdeckt hatten. Man hatte sie enthauptet und ihnen Arme und Beine abgetrennt. Die Köpfe hatte man in einem Kreis auf den Stein gelegt. Getrocknetes Blut bedeckte den Fels und machte die eingeritzten Zeichnungen unkenntlich. Maria erkannte Nafunas Kopf sofort wieder, in dessen Ausdruck sich immer noch unsagbares Grauen widerspiegelte. Die verstümmelten Rümpfe und Gliedmaßen der Opfer bildeten einen Kreis um den Stein herum, umschwirrt von Schwärmen von Fliegen, die sich auf den blutigen Sand stürzten.

Maria sank kraftlos zu Boden und weinte erschüttert, flehte die Heilige Jungfrau um Kraft an, dieses Leid ertragen zu können. Bis Don Luigi sie sachte berührte.

»Maria, Sie müssen sich etwas ansehen.«

Maria sah auf.

»Kommen Sie!« Don Luigi half ihr auf und führte sie um den einsamen Monolithen herum.

»Ist das der Fels, den Nafuna Ihnen gezeigt hat?«

Maria nickte. »Ja, warum?«

»Schauen Sie, dort im Sand.«

Als Maria sich die Stelle auf der anderen Seite des Steins genauer betrachtete, stieß sie einen erschrockenen Laut aus. Vor dem Stein dehnte sich eine breite Mulde aus, etwa so groß und in der gleichen Form wie der ganze Fels selber. Und in dieser Mulde befand sich ein Loch, das in die Erde führte, kaum groß genug für ein Kind.

»Der Stein wurde bewegt!«, rief Maria fassungslos aus.

»So sieht es aus«, sagte Don Luigi. »Er muss mindestens an die hundert Tonnen wiegen. Ich hab die Soldaten gefragt, ob sie Fahrspuren oder sonst irgendwelche Hinweise auf Maschinen in der Umgebung gefunden haben. Nichts! So einen Stein rückt man nicht einfach so zur Seite. Zwölf alte Leute schon gar nicht.«

»Wer dann?«, hauchte Maria.

»Ich weiß es nicht.« Don Luigi deutete auf das Loch in der Mulde. »Aber wer auch immer diesen Fels bewegt hat, er wollte etwas freilegen.«

»Was ist das?«, fragte Maria zitternd, obwohl sie die Antwort bereits ahnte.

Don Luigi hob gelassen die Schultern. »Das Tor zur Hölle«, sagte er in der Seelenruhe eines Mannes, der täglich mit Dämonen kämpfte. »Beziehungsweise eines der Tore, so wie es aussieht. Ohne einer Untersuchung vorweggreifen zu wollen, würde ich wetten, dass dieses Loch sehr tief nach unten führt.«

»Und was ist dort unten?«

»Nichts. Nicht mehr. Was auch immer dort unten war – es ist ja letzte Nacht an die Oberfläche gekommen.«

*27. Februar 2011, Apostolischer Palast, Vatikanstadt*

Über ein halbes Jahr nach dem »Wunder von Kampala« nahm Johannes Paul III. den offiziellen Abschlussbericht der ugandischen Regierung über die Untersuchung des Anschlags entgegen. Verschiedene Geheimdienste hatten an der Untersuchung mitgewirkt, dennoch hatte die ugandische Regierung darauf bestanden, ihn als Erfolg einer nationalen Anstrengung zu verkaufen. Das Ergebnis war demnach eindeutig: Der Anschlag ging auf ein Kommando der *Lord's Resistance Army* zurück, befohlen von Joseph Kony persönlich. Wie das großkalibrige Maschinengewehr und der Raketenwerfer überhaupt in das Stadion gelangen konnten – diese Antwort blieb der Bericht schuldig. Immerhin hatte man einige Verdächtige festgenommen, die während der Untersuchungshaft unter »unglücklichen Umständen« zu Tode gekommen waren.

Das größte Rätsel jedoch blieb nach wie vor, wie Papst Johannes Paul III. den Anschlag fast unverletzt überlebt hatte. Tausende von Menschen hatten gesehen, wie die Rakete die Bühne traf und in ein Flammenmeer verwandelte. Sie hatten in ihrer Panik und Agonie sogar noch gesehen, wie die weiße Soutane des Papstes Feuer fing. Johannes Paul III. selbst hatte keine Erklärung für sein Überleben. In den wenigen Interviews, die er zu dem Vorfall gab, beteuerte er immer wieder, sich nur noch vage daran zu erinnern, dass er sich die brennende Soutane vom Leib gerissen hatte. Er erinnerte sich an das Feuer, das ihn ganz und gar eingehüllt hatte. Er verschwieg den Journalisten jedoch, dass er in der Flammenhölle im Stadion von Kampala nicht allein gewesen war. Allein und im Angesicht des Todes inmitten der Flammen hatte Papst Johannes Paul III. einen Engel gesehen. Ein furchtgebietendes Wesen, das keine Vision gewesen war, sondern ein reales Wesen mit einem Körper. Und dort, einsam zwischen den Flammen, hatte Johannes Paul III. den Beweis gesehen, dass der Mensch nicht allein war in der Welt. Dass Erlösung und Verdammnis keine Illusionen neuronaler Prozesse waren. Dass Gut und Böse nicht nur Vorurteile Gottes waren. Sie waren real. Sie hatten eine Substanz.

Papst Johannes Paul III. warf den Bericht der Untersuchungskommission ärgerlich in den Papierkorb. Es interessierte ihn nicht, wer das Maschinengewehr und den Raketenwerfer bedient hatte. Ihn interessierte nur das Warum. Darauf gab der Bericht keine Antwort. Aber nach dem, was der Papst im Feuer gesehen hatte, nach dem, was er in der Kammer unter der Nekropole entdeckt hatte, und nach allem, was seine Tochter und Don Luigi über den Fels im ugandischen Busch berichtet hatten, bestand für ihn ohnehin kein Zweifel mehr daran, dass die Bedrohung, der er sich stellen musste, noch weit größer war.

Noch am gleichen Tag empfing Johannes Paul III. einen jungen polnischen Jesuiten und eine junge amerikanische Benediktinerschwester zu einer Privataudienz. Der junge Pole sollte in Kürze als erster Priester ins All fliegen. Schwester Anna aus Queens, New York, galt als hervorragende Bergsteigerin und hatte bereits zwei Achttausender bestiegen.

»Ich habe Sie beide um diese Unterredung gebeten, weil ich Sie mit einer besonderen Aufgabe betrauen will«, begann er nach dem üblichen Begrüßungszeremoniell und nachdem Alexander Duncker den Raum verlassen hatte. »Ich will ehrlich zu Ihnen sein: Diese Mission ist gefährlich, und sie muss streng geheim bleiben. Das Wohl der Kirche und der ganzen Welt hängen möglicherweise davon ab.«

Die beiden jungen Ordensleute sahen den Papst gespannt, aber ohne Erschrecken oder Angst an.

»Sie können natürlich ablehnen, und es wird Ihnen daraus keinerlei Schaden entstehen«, fuhr der Papst fort. »Sobald Sie diesen Raum verlassen, hat dieses Gespräch niemals stattgefunden.«

Er wartete ab. Der polnische Jesuit wechselte einen kurzen Blick mit der Ordensschwester.

»Um was geht es, Heiliger Vater?«

»Sie sollen etwas für mich aufspüren. Sie, Bruder Pawel, von der ISS aus, und Sie, Schwester Anna, direkt vor Ort. Ich kenne die genaue Position nicht, aber es befindet sich in Nepal. Im Himalaja. Im Annapurnagebiet.«

Schwester Anna strahlte bei dem Wort Annapurna. Auch Pawel Borowski wirkte nur neugierig.

»Was sollen wir für Sie aufspüren, Heiliger Vater?«

Johannes Paul III. räusperte sich. »Die Hölle.«

# LXXXII

*17. Mai 2011, Casina del Giardiniere, Vatikanstadt*

Schweigen spannte sich im Wohnzimmer des Exorzisten aus, nachdem Laurenz die Geschichte des vergangenen Jahres erzählt hatte, immer wieder ergänzt durch Kommentare von Maria und Don Luigi. Der rote Kater sprang maunzend auf Marias Schoß und ließ sich genüsslich durchkraulen. Don Luigi öffnete ein Fenster und entließ den kalten Zigarettenrauch in die Nacht wie matte, besiegte Dämonen. Aber die Dämonen waren noch lange nicht besiegt, sie krochen juckend über Peters Haut und erinnerten ihn daran, wie wenig Zeit ihm noch blieb.

»Ich habe Bruder Pawel und Schwester Anna geradewegs in den Tod geschickt«, gestand Laurenz leise. »Ihr Tod gab letztlich den Ausschlag für meinen Rücktritt. Das Einzige, was ich noch tun konnte, war, die Namensliste an Kardinal Torres zu schicken und den Kater mit einem Hinweis auf das Versteck in der Wand freizulassen. Ich wusste, dass Vito früher oder später bei Don Luigi und Maria aufkreuzen würde.«

Laurenz schwieg eine Weile, dann fuhr er wieder fort. »Ich war sträflich naiv. Ich habe lange geglaubt, dass Kardinal Menendez und das Opus Dei hinter den Aktivitäten der *Träger des Lichts* stehen. Sie hätten allen Grund gehabt, meinen Sturz und meinen Tod zu betreiben. Nach meiner Rückkehr aus Afrika habe ich sofort entsprechende Ermittlungen veranlasst. Menendez hat getobt. Zu Recht. Eine Verwicklung des Opus Dei oder Kardinal Menendez persönlich in das Attentat, bei dem zweihundertdreißig Menschen ihr Leben verloren, ließ sich nicht nachweisen. Ich habe mich geweigert, zu akzeptieren, dass eine noch mächtigere Gefahr existiert. Ich habe das ganze Ausmaß der Bedrohung zu spät erkannt.«

Laurenz wirkte plötzlich erschöpft. Sogar seine stets rastlosen Hände ruhten nun auf seinen Beinen wie versprengte Zugvögel, die nach einem langen Flug über einen endlosen Ozean auf sicherem Grund eine Rast einlegten.

*Ein alter Mann.*

»Der Satan ist in der Welt«, fuhr Laurenz leise fort. »Ich habe das plötzliche Auftauchen des Amuletts und der Pergamente damals als Warnruf verstanden. Seitdem habe ich mit Don Luigis Hilfe Beweise zusammengetragen. Stück für Stück und im Geheimen. Prophezeiungen, die Nag-Hammadi-Evangelien, historische Randnotizen, Akten von Ketzerprozessen – überall fanden sich Hinweise. Keine leichte Aufgabe für einen Papst, der ständig unter Beobachtung steht. Ich habe lernen müssen, dass ich kaum jemand vertrauen kann, nicht einmal meinem Privatsekretär. Als ich die Augen vor der Wahrheit nicht mehr verschließen konnte, habe ich die wichtigsten religiösen Führer des Judentums und des Islam um Hilfe beim Kampf gegen das Böse gebeten. Zunächst leider nur mit mäßigem Erfolg. Erst durch das, was Sie herausgefunden haben, Peter, konnte ich Rabbi Kaplan und Scheich al Husseini schließlich überzeugen. Ohne Rabbi Kaplan hätten wir Sie heute nicht retten können.«

»Also war ich die ganze Zeit Teil Ihres Plans?«, fragte Peter. »Dann wussten Sie von meiner Herkunft?«

Laurenz schüttelte den Kopf. »Ich hatte keine Ahnung, glauben Sie mir. Ich beginne erst langsam, die Zusammenhänge zu verstehen, und immer noch bleibt vieles völlig rätselhaft. Gott hat dem Bösen Schranken gesetzt. Sie, Peter, all die Personen auf der Liste und all die, die wir noch nicht gefunden haben, scheint er auserwählt zu haben, dem Satan entgegenzutreten. Gott braucht Sie, Peter.«

Peter atmete aus. »Sie sagen also, dass das Böse etwas Materielles ist. Etwas, das sich vor Urzeiten Nester in dieser Welt gebaut hat, in denen es tausend Jahre schläft und irgendwann wieder erwacht.«

Laurenz nickte.

Peter schüttelte unwirsch den Kopf. »Ich glaube das nicht. Das ist absurd!«

»Können Sie sich vorstellen, wie schwer es für mich war, das zu akzeptieren?«, sagte Laurenz. »Ich glaube fest an die Auferstehung des Leibes Christi und der Heiligen Jungfrau, genau wie ich an die Existenz des Satans glaube. Aber dennoch war das Böse an sich für mich immer etwas zutiefst Menschliches. Etwas, mit dem der Mensch von Anbeginn an infiziert ist. Etwas, zu dem er sich frei bekennen oder von dem er sich abwenden kann. Etwas, das allein durch die Barmherzigkeit Gottes in Grenzen gehalten wird. Aber zu akzeptieren, dass das Böse eine *Substanz* hat, dass es sich an verschiedenen Orten der Welt verbirgt, aus dem Boden heraussickert wie giftige Miasmen aus einem erloschenen Vulkan, ein Parasit, der an der Welt nagt und sich von ihr nährt, ein *Wesen*, das nicht durch das Wirken Gottes, sondern durch magische Zeichen und Siegel daran gehindert wird, emporzubrechen und die Welt ungehindert zu verschlingen – das war eine unerträgliche Vorstellung.«

»Ich glaube es immer noch nicht!«, erklärte Peter.

»Und was glauben Sie dann?«

*Ja, was glaubst du? Woran glaubst du eigentlich noch?*

Peter zögerte. »Ich glaube, dass dieses *Böse* nur ein Etikett ist. Was auch immer Sie in der Nekropole entdeckt haben, was auch immer unter diesem Stein in Uganda oder sonst wo verborgen liegt, was auch immer die *Träger des Lichts* suchen – es wird etwas sehr Reales sein. Unerklärlich vielleicht – aber real. Genauso real und von Menschen gemacht wie dieses Amulett. Genauso real wie Seth und die *Träger des Lichts*. Real, rätselhaft, mächtig, gefährlich und – vergänglich.«

»Du meinst, was es auch ist, es lässt sich vernichten?«, fragte Maria.

»Genau das meine ich. Vernichten, neutralisieren, erklären, analysieren, einordnen, einsperren, auf den Mond schießen, umwandeln. Vielleicht liegt darin das Geheimnis der Alchemie. Sie haben daran geglaubt, dass sich alles umwandeln lässt. Warum sollte ein ehemaliger Papst dann nicht auch daran glauben, dass sich etwas Böses in etwas Gutes umwandeln ließe.«

Er sah, dass Sophia Eichner ihn jetzt anlächelte.

»Ich bete dafür, dass Sie recht behalten«, seufzte Laurenz. »Aber ich fürchte, Sie irren sich.«

Peter straffte sich. »Wie auch immer. Die Gefahr ist dennoch viel konkreter. Die *Träger des Lichts* sind vermutlich im Besitz einer verheerenden alchemistischen Waffe.«

In knappen Worten berichtete Peter, was er über die alchemistischen Formeln und das Rote Quecksilber herausgefunden hatte.

»Zusammen mit dem, was Sie herausgefunden haben, Laurenz«, endete er, »ergibt das für mich nur eine ziemlich simple Schlussfolgerung: Die *Träger des Lichts* suchen etwas, das im Vatikan verborgen liegt. Möglicherweise den Templerschatz, ich weiß es nicht. Das Amulett ist jedenfalls nur ein Teil davon. Deswegen greifen sie die Kirche an. Ganz konkret und direkt. Sie planen einen Anschlag auf das Konklave. Und zwar mit einer alchemistischen Bombe, die den Vatikan vernichten und die versammelten Kardinäle töten soll. Und zwar morgen. Und diese Bombe, winzig klein und dennoch vermutlich von der Sprengkraft einer kleinen Atombombe, ist bereits in Rom. Möglichweise schon im Vatikan. Wenn wir das verhindern wollen, dann sollten wir uns allmählich auf die Suche machen.«

»Der gesamte Vatikan wurde in den letzten Tagen von Spezialeinheiten durchsucht«, wandte Don Luigi ein. »Vor allem der Bereich um die Sixtinische Kapelle. Man hat keinerlei Hinweise auf eine Bombe gefunden.«

»Es sind sieben«, erklärte Maria. »Und sie sind sehr klein.«

»Das ist Unfug!«, rief Laurenz dazwischen. »Das ergibt doch alles keinen Sinn. Wenn Seth wirklich Rotes Quecksilber und

Gold herstellen kann, warum geht er dann so umständlich vor? Nein, ich glaube, es geht ihm um etwas ganz anderes.«

»Und woran denken Sie?«, hakte Don Luigi nach.

Laurenz schwieg. Entweder, weil er es selbst nicht wusste, oder weil er seine Vermutung für zu ungeheuerlich hielt.

»Vielleicht haben Sie recht«, sagte Peter langsam. »Diese Bomben könnten auch nur eine weitere falsche Fährte sein. Ich habe in den letzten Tagen oft darüber nachgedacht, wie leicht es war, Seth dieses Medaillon mit dem Chip abzunehmen, auf dem wichtige Dateien unverschlüsselt gespeichert waren. Irgendwie zu leicht. Meine ganze Flucht von der Ile de Cuivre lief irgendwie zu glatt.«

»Allerdings ist da immer noch Ihre Vision, Peter!«, wandte der Exorzist ein.

»Was sollten die *Träger des Lichts* denn sonst wollen?«, rief Maria.

Laurenz wollte gerade zu einer Antwort ansetzen, da klingelte sein Handy.

»Es ist Bühler«, sagte Laurenz nach einem Blick auf das Display und nahm das Gespräch an. »Oberst Bühler. Wie ist die Lage?«

Peter konnte sehen, wie Wolken des Grauens sich während des kurzen Gesprächs über Laurenz' Gesicht legten. Der ehemalige Papst sagte selbst nicht viel, hörte Bühlers hastigem Bericht nur zu.

»Ja, schicken Sie mir das Foto«, sagte er zum Schluss. Als er schließlich auflegte, hatte sein Gesicht jede Farbe verloren.

»Sie haben den Tempel gestürmt, aber es kam zu einer Katastrophe. Rahel Zeevi und ihre Leute sind tot. Der Tempel ist innen vollkommen verwüstet. Oberst Bühler hat im Keller jedoch noch etwas gefunden. Er wird mir gleich ein Foto schicken.«

Laurenz wartete ab, bis sein Mobiltelefon kurz piepte und den Empfang einer Bildnachricht anzeigte. Er starrte das Bild einen Moment sprachlos an und reichte das Telefon dann an Don Luigi weiter.

»Können Sie etwas damit anfangen, Pater?«

Don Luigi betrachtete das Foto kopfschüttelnd und reichte das Handy an Peter weiter. Auf dem Bild erkannte Peter einen Opferaltar, ähnlich dem auf der Ile de Cuivre. Doch statt des *Sigillum Dei* war auf seiner Oberfläche etwas anderes eingeritzt. Die vertrauten Spiralsymbole, das Kreissymbol und das Kupferzeichen im Zentrum. Die Anordnung der Symbole irritierte Peter und erschien ihm dennoch zugleich vertraut. Unter der Zeichnung stand etwas geschrieben. In jenen henochischen Schriftzeichen, die wie eine Kreuzung aus keltischen Runen und mittelalterlichen Minuskeln wirkten.

*Hoathahe Saitan. Hoathahe Seth. Hoathahe Peter Adam.*

»Für was halten Sie das, Peter?«

Peter stöhnte. »Keine Ahnung.«

*Er ruft dich. Wie lange willst du noch warten?*

»Sie sehen blass aus, Peter. Alles in Ordnung mit Ihnen?«

Peter kämpfte gegen die Übelkeit an. »Danke, ist nur die Müdigkeit. Ich ... geh mal kurz raus.«

»Ich komme mit dir!«, sagte Maria und erhob sich.

»Nein!«, wehrte Peter ab. »Ich würde gern einen Moment alleine sein. Bitte.«

Allein in Don Luigis Kräutergarten kauerte er sich dann in den Schatten eines jahrhundertealten Olivenbaums. Kraftlos sackte er in die Knie und erbrach erneut einen blutigen Schwall. Mit zitternden Knien blieb er so hocken – und weinte. Verzweifelt und erdrückt von dem Leid, das ein gnadenloses Schicksal ihm, seinen Eltern und all den Menschen aufgebürdet hatte, die ihm etwas bedeuteten. Er weinte um sich, weil ihm nicht mehr viel Zeit bleiben würde. Er weinte in der Gewissheit, dass es längst zu spät war. Für die Kirche, die Welt, für ihn und Maria. Und während er sich so unter dem Olivenbaum in Krämpfen wand, spülte sein gequältes Gedächtnis ein vergessenes Bild an die Oberfläche seiner Erinnerung. Peter sah einen Turm. Einen Leuchtturm auf einer sanften, grünen Anhöhe. Vor dem Turm parkte ein Wagen. Und in dem Wagen saßen seine Mutter und Nikolas. Sie lachten und spielten ein Abzählspiel mit den Händen. Peter wusste sofort, dass sie seine Mutter war. Er hatte es immer gewusst. Als er sich dem Wagen näherte, wandte sie sich zu ihm um und sagte etwas.

*Sprich lauter, Mama. Was willst du sagen? Ich kann dich nicht hören. Sprich bitte lauter!*

Sie wiederholte es. Sie wiederholte es noch einmal. Wieder und wieder. Das Geheimnis seiner Existenz.

Als das Bild sich auflöste, zog Peter zitternd die kleine SIM-Karte aus der Tasche und setzte sie erneut in sein Mobiltelefon ein. Er musste nicht lange auf eine Reaktion warten. Schon nach wenigen Augenblicken vibrierte sein Handy.

»Da bist du ja, Bruder. Ich habe mich schon gefragt, wie lange du noch warten willst.«

»Ich will Seth sprechen.«

»Das geht nicht. So kurz vor dem großen Tag ist der Meister beschäftigt.«

*Hoathahe Saitan.*

»Wo ist er?«

»Warum kommst du nicht vorbei und ich erkläre dir alles? Du wirst gebraucht, Peter.«

»Wo sind die Bomben, Nikolas?«

»Vergiss sie, Peter. Es geht um weit größere Dinge, das weißt du doch inzwischen.«

»Ich erinnere mich wieder an den Turm, Nikolas. Weißt du? Der Turm. Ich weiß jetzt, wer wir sind.«

Er konnte hören, wie Nikolas am anderen Ende der Leitung scharf einatmete. »Ich weiß genau, wer ich bin.«

»Blödsinn, Nikolas. Du träumst jede Nacht von diesem Turm. Du weißt gar nichts. Aber ich weiß es jetzt.«

»Was willst du, Peter? Du wirst sterben, wenn du nicht bald zu mir kommst. Ich kann dir helfen.«

»Ich will eine Antwort. Wo ist Seth?«

»Woher willst du wissen, dass ich dir die Wahrheit sage?«

*Sag es!*

»Weil ich dich kenne, Nikolas. Du bist ich. Ich würde merken, wenn du lügst.«

Nikolas zögerte. Peter konnte förmlich spüren, wie die Saat, die er gepflanzt hatte, aufging.

»Wirst du dann zu mir kommen? Allein?«

*Tu es nicht. Tu es nicht!*

Peter atmete durch. »Ja.«

Als Peter auch nach einer halben Stunde nicht zurück war, ging Maria besorgt in den Garten, um nachzuschauen. Kurz darauf kehrte sie aufgelöst zurück.

»Peter ist verschwunden.«

»Was?« Don Luigi sprang aus seinem Sessel auf. »Wo ist er hin?«

»Maria kämpfte gegen die Tränen an und reichte ihrem Vater einen Zettel mit einer Nachricht in Peters hastig hingeworfener Handschrift.

»Das lag unter dem Olivenbaum.«

*Liebste Maria,*
  *lieber Franz Laurenz, liebe Sophia Eichner*
  *lieber Don Luigi, mein Freund,*

*ich habe keine Wahl. Wenn wir die Apokalypse noch irgendwie verhindern wollen, gibt es keinen anderen Weg. Ich werde mich mit Nikolas treffen und tun, was ich tun muss. Ich werde meinen Bruder töten, wenn mir dazu noch Zeit bleibt.*

*Sie, Laurenz, müssen Seth töten. Ich weiß, Sie sind ein Mann des Glaubens. Aber glauben Sie mir, Sie haben keine Wahl. Finden Sie ihn. Seth ist hier. Hier irgendwo im Vatikan. Töten Sie ihn. Sie hatten recht, Laurenz. Seth will die Kirche gar nicht vollständig vernichten. Im Gegenteil, er will viel mehr. Er will Papst werden.*

*Peter*

## LXXXIII

Worüber habt ihr gesprochen? Über eure Mutter. Sie war mit euch an diesem Leuchtturm. Ein Urlaub an der Nordsee? Nein, eine Flucht. Nikolas erinnert sich nur mühsam. Aber auch er hat diese Träume. Der Blick in Nikolas' Augen. Ohne Glanz und Farbe. Ist das dein Bruder? Fragt er sich genauso. Er wirkt nervös, als fürchte er, mit dir erwischt zu werden. Was lächerlich ist, wer soll euch an diesem Ort schon erwischen. Ihr seid allein. Du versuchst, ruhig zu bleiben. Nicht daran zu denken, dass er Ellen getötet hat. Dass ihre letzte Agonie mit seinem Anblick verbunden war. Deinem Anblick. Er spricht von Licht und Hass und Schmerz. Du verstehst kein Wort, aber du hörst zu, denn du willst verstehen. Und du verstehst allmählich. Ihr tauscht Bruchstücke eurer Erinnerungen, wie bei einem Kartenspiel früher auf dem Schulhof, auch wenn sie durch die Zeit so beschädigt sind, dass sie nicht mehr richtig passen. Was nicht passt, wird passend gemacht. Hat Lutz immer gesagt in seinem weinroten Pullover. Nikolas sagt: Ich bin der Schmerz. Der Schmerz ist das Licht. Du siehst Nikolas vor dir in jenem Auto am Leuchtturm. Du sagst: Du hast noch nie viel gelacht. Du erinnerst ihn an den Unfall, der kein Unfall war, sondern Mord. Die Frage lautet: Warum wir? Weiß er auch nicht. Er macht dir ein Angebot, du sagst: Nein, danke. Er spricht von Macht und davon, dass du ihm nichts vormachen kannst. Kannst du nicht? Du fragst ihn nach dem Virus in deinem Körper. Er wiederholt sein Angebot. Und dann? Du sagst etwas. Du machst einen Fehler. Plötzlich Schmerz. Und Licht. So viel Licht.

Peter schlug die Augen auf. Die Welt um ihn herum war in intensives blaues Licht getaucht. Er war gefesselt, sein Mund verklebt mit breitem Gewebeband. Atmen war nur mühsam durch die Nase möglich. Seine Hände ertasteten Stein, dicht um ihn herum. Überall Mauern. Kaum Luft. Keuchend versuchte Peter, sich zu bewegen, und stieß sich den Kopf. Als er endlich realisierte, wo er sich befand, überschwemmte ihn schlagartig die Panik.

## Kapitel 12
# KONKLAVE

# LXXXIV

*18. Mai 2011, Vatikanstadt*

Das Konklave begann mit einer Sonnenfinsternis. Als die hundertachtzehn wahlberechtigten Kardinäle am Morgen des 18. Mai in den Petersdom einzogen, um zusammen mit kirchlichen Würdenträgern, Diplomaten und hochrangigen Vertretern aus Politik und Gesellschaft die Papstwahl mit der feierlichen Messe *Pro eligendo papa* einzuleiten, schob sich der Mond vor die Sonne. Das Licht verdunstete aus der Ewigen Stadt und hinterließ nichts als bleierne Dämmerung. Der römische Verkehr kam zum Erliegen, Römer, Touristen und Pilger starrten schweigend durch schwarze Folien in den Himmel, die Katzen auf der Piazza Argentina verkrochen sich in die antiken Ruinen, und die Vögel in den Parks verstummten. Während im Petersdom ein Knabenchor die Messe mit einem gregorianischen Choral einläutete, legte sich draußen beklemmendes Schweigen über die Stadt. Für einen langen, dunklen Moment hörte die Welt auf, sich zu drehen. Die über siebentausend Journalisten aus aller Welt vergaßen die Papstwahl und richteten ihre Kameras nach oben, als ob dieses seelenlose astronomische Ereignis ein Zeichen göttlichen Wirkens sei. Als ob Gott persönlich klarstellen wollte, was er von dieser Papstwahl hielt.

Doch mit mechanischer Präzision endete das Naturschauspiel bereits nach neunzehn Minuten wieder. Das Licht kehrte nach Rom zurück und damit auch die unerschütterliche Zuversicht der Römer an die Ewigkeit ihrer Stadt. Die Kameras senkten sich wieder, als seien sie enttäuscht darüber, dass Gott keine medienwirksame Sintflut geschickt habe, und die Menschen, die sich auf dem Petersplatz zusammendrängten, hofften auf einen neuen Papst, der die Kirche ins 21. Jahrhundert und in eine bessere Welt führen würde. Und manch einer unter ihnen hoffte womöglich, dass sich die Prophezeiung des Malachias nicht erfüllen und dieses Konklave nicht der Anfang vom Ende der katholischen Kirche sein würde.

1274 hatte Papst Gregor X. festgelegt, dass sich das Kardinalskollegium so lange *con claudere* gemeinsam einzuschließen hatte, bis ein neuer Papst gewählt war. Um am Kardinalskollegium teilnehmen zu können, durfte ein Kardinal das achtzigste Lebensjahr noch nicht erreicht haben. Kirchenrechtlich konnte zwar jeder männliche Katholik zum Papst gewählt werden – aber das war nur eine theoretische Möglichkeit, da die Wahl allein unter den abgeschotteten Kardinälen stattfand.

Das Gebot der Abschottung erforderte inzwischen enorme Sicherheitsmaßnahmen. Neben der Gefahr eines terroristischen Anschlags galt es zu verhindern, dass Informationen über die Papstwahl nach außen durchsickerten. Abhörspezialisten der italienischen Polizei hatten unter Leitung von Oberst Bühler die Sixtinische Kapelle und das Gästehaus Santa Marta auf elektronische Wanzen und hochempfindliche Mikrofone abgesucht, unter Teppichen, in Stuhlpolstern, Wasserleitungen und Glühbirnen. Die gesamte Umgebung wurde auf Lasermikrofone geprüft, die noch aus vierhundert Metern winzige Vibrationen von Fensterglas und anderen Oberflächen messen konnten. Während des Konklaves galt für die beteiligten Kardinäle striktes Handy- und Computerverbot. Ebenso verboten waren *Simonie* genannte Schmiergeldzahlungen und Wahlkampf. Bühler hatte im Gästehaus und in der Sixtinischen Kapelle Störsender installieren lassen, die jede Kommunikation per Handy unmöglich machten. Die größte Gefahr, dessen war sich Bühler bewusst, ging jedoch von Spionen innerhalb des Vatikans aus. Zwar drohte jedem, der die Abläufe im Konklave an die Öffentlichkeit trug, die Exkommunikation, aber Bühler wusste so gut wie jeder andere Vatikan-Insider, dass es immer wieder undichte Stellen gab.

Nach der gescheiterten Operation der vergangenen Nacht galt ohnehin allerhöchste Alarmbereitschaft. Spezialisten verschiedener internationaler Geheimdienste durchsuchten die Sixtinische Kapelle und die umliegenden Gebäude fieberhaft auf versteckte Minibomben. Doch weder die Hunde noch die modernsten elektronischen Sprengstoffsuchgeräte schlugen an. Das amerikanische Militär stellte ein neuartiges Gerät zur Verfügung, das Boden und Wände von Gebäuden mit einer Neutronenquelle bestrahlte und das Antwortspektrum an Gammastrahlen analysierte. Aber auch nachdem die Geräte auf Quecksilber kalibriert worden waren, schlug keines von ihnen Alarm.

»Kamera drei mal auf Kardinal Kotoński in der zweiten Reihe. Was ist mit dem?«

»Sieht aus, als wäre er eingeschlafen, Herr Oberst.«

»Können Sie sehen, ob er atmet?«

»Moment ... Positiv, Herr Oberst. Der Kardinal atmet.«

Urs Bühler verfolgte die Messe aus der Einsatzzentrale der Schweizergarde. Von seinem Platz vor der Monitorwand aus überblickte er das Innere der Basilika, den Petersplatz, die Sixtinische Kapelle und das Gästehaus. Seit Leonies Befreiung wirkte der Schweizer wie ausgewechselt: energetisch, aufgeladen, zu allem entschlossen, furchtlos. Trotz des Schlafmangels der letzten Tage, trotz des Todes von Rahel Zeevi. Oberstleutnant Steiner registrierte, dass Bühler seine Dienstwaffe inzwischen immer bei sich trug.

Um 10.05 Uhr, nachdem die Kardinäle paarweise vor den Altar über dem Petrusgrab getreten waren und ihre Plätze im Halbrund um den Altar eingenommen hatten, begann Kardinal Menendez mit der Messe. Menendez wirkte erschöpft und bleich, er musste die Predigt oft unterbrechen, um sich zu räuspern. Dennoch wurde es die größte Rede seines Lebens.

»Die Barmherzigkeit Christi gibt es nicht umsonst. Man bekommt sie nicht im Schlussverkauf oder durch fortgesetzte Banalisierung des Bösen in den Medien. Christus trägt die ganze Last des Bösen, seine ganze vernichtende Kraft. Er verbrennt das Böse für uns im Feuer seiner leidenden Liebe.

Der Satan ist allgegenwärtig, er ist real. Jeden Tag entstehen neue Sekten, um uns mit Verschlagenheit in die Irre und von der Liebe Christi wegzuführen. Der klare Glaube dagegen wird als Fundamentalismus hingestellt. Alles ist relativ, und damit erfüllt sich Satans Plan: die Diktatur des Relativismus, die keine endgültige Wahrheit und Liebe mehr anerkennt, die nur noch das Ego und die absolute und unmittelbare Bedürfnisbefriedigung heiligt. Die Liebe Christi aber ist kein Konsumartikel, sie überstrahlt alle Moden, Trends und Ismen. Die Liebe Christi allein liefert uns das Kriterium, zwischen wahr und falsch zu unterscheiden, zwischen Betrug und Wahrheit. Nur der feste, unerschütterliche Glaube stiftet Einheit und verwirklicht sich in der Liebe.

Alle Menschen wollen Spuren hinterlassen. Aber was bleibt? Das Geld nicht, die Gebäude nicht, die Bücher auch nicht. Das einzig Ewige ist die unsterbliche Seele – Gottes Geschenk an den Menschen. Die bleibende Frucht unserer Existenz ist daher, was wir einander in den Seelen gesät haben – die Liebe. Das Wort Gottes, das die Seele öffnet. Also bitten wir den Herrn, dass er uns helfe, denn nur die Liebe zu Gott wird die Erde umgestalten von einem Tal der Tränen zu einem wahren Garten Gottes.

Aber in dieser Stunde bitten wir den Herrn vor allem, dass er uns wieder einen Hirten nach seinem Herzen schenke, einen Papst, der zur Erkenntnis Christi führt, zu seiner Liebe, zur wahren Freude. Amen.«

Die Fernsehkameras fuhren nacheinander die Gesichter der Kardinäle Europas, Afrikas, Asiens, Amerikas und Australiens ab, aber bei keinem Gesicht verweilten sie länger. Längst galten die Kardinäle Menendez, Alberti und Schiekel als Favoriten. Inzwischen war auch der Warschauer Kardinal Kotoński, immerhin schon neunundsiebzig, wieder aufgewacht und starrte hinauf zu der Alabastertaube über der *Cathedra Petri* und weiter zu dem Spruchband unter der Kuppel, das auf Latein und Griechisch verkündete: »Du bist Petrus der Fels, und auf diesen Felsen will ich meine Kirche bauen!«

Zeitgleich mit Bühler verfolgten Don Luigi und Franz Laurenz im Gärtnerhäuschen die Bilder auf einem Computermonitor. Don Luigi glich die Namen sämtlicher hundertachtzehn Kardinäle mit den Aufnahmen der Kameras ab. Aber auf keinen der Männer in Purpur passte die Beschreibung, die Peter Adam über Seth gegeben hatte.

»Das ist doch auch Unsinn!«, rief Laurenz. »Ich kenne diese Kardinäle alle seit Jahren! Einige von ihnen habe ich persönlich ernannt. Keiner davon ist Seth!«

»Vielleicht will Seth gar nicht selbst Papst werden, sondern benutzt einen der Kardinäle als Strohmann.«

Franz Laurenz sah den Pater an. »Und wer käme Ihnen da in den Sinn?«

Don Luigi zögerte. Schließlich aber tippte er mit einem Finger auf das Kamerabild, das den Altar zeigte. Laurenz atmete hörbar aus.

»Das glaube ich nicht. Menendez ist machthungrig, eitel und skrupellos. Aber er würde sich nie mit dem Satan verbünden.«

»Was macht Sie da so sicher, Eure Exzellenz? Menendez ist der Favorit der Wahl, er hat in den letzten Wochen einen aggressiven Wahlkampf geführt. Wenn Seth auf einen Strohmann setzt, dann käme zuallererst Menendez infrage.«

»Aber wenn Menendez sich seiner Wahl ohnehin sicher ist, wozu sollte er sich dann an Seth verkaufen?«

»Vielleicht wird er erpresst?«

Laurenz stöhnte. Obwohl Menendez immer sein schärfster Kritiker gewesen war, obwohl er mit Unterstützung des Opus Dei massiv gegen ihn als Papst intrigiert hatte, schätzte er den

Spanier immer noch als Mann der Kirche und guten Christen. Ein Hardliner, gewiss, aber kein Verräter der Kirche. Dennoch ließ sich die Vermutung des Jesuiten nicht ganz von der Hand weisen. Nicht in der momentanen Situation.

»Ich muss mit Menendez sprechen«, sagte Laurenz.

»Wie soll das gehen? Die Kardinäle werden hermetisch abgeschottet und bewegen sich während des Konklaves nur zwischen der Sixtinischen Kapelle und der Casa di Santa Marta hin und her.«

»Bühler wird mich da reinbringen.«

»Das ist Wahnsinn!«, polterte Don Luigi unvermittelt los. »Jedermann kennt Sie! Sie können da nicht rein! Sie sind der zurückgetretene Papst! Und wenn meine Vermutung zutrifft, wären Sie dort in Lebensgefahr!«

Laurenz sah Don Luigi an und legte ihm eine Hand auf die Schulter. »Wie lange kennen wir uns, Don Luigi?«

»Müssen über zwanzig Jahre sein, Eure Exzellenz.«

»Dann sollten Sie mich besser kennen. Ich *muss* mit Kardinal Menendez sprechen. Finden Sie einen Weg, mich in das Gästehaus einzuschleusen. Heute noch.«

Nach der Messe schritten die Kardinäle hinüber zur Casa di Santa Marta zur Mittagspause. Das moderne Gästehaus verfügte über hundertfünf Suiten und sechsundzwanzig Einzelzimmer. Der Komfort war bescheiden, aber im Vergleich zu den improvisierten Bretterverschlägen der vergangenen Konklaven in den Stanzen Raffaels geradezu luxuriös. Ebenso einfach wie gut war das Essen von Chefkoch Puglisi. Es gab italienische Hausmannskost, viel Gemüse und zum Nachtisch gelegentlich ein *Gelato*. Während des Konklaves hatte nur ein streng ausgewählter Personenkreis Zugang zum Gästehaus. Wie die Kardinäle wurden auch diese Hilfsköche, Reinigungskräfte und Pflegerinnen ständig von Schweizergardisten auf unerlaubte Handys oder Aufzeichnungsgeräte untersucht. Trotz all dieser

Sicherheitsvorkehrungen jedoch blühte bereits der Handel mit Insiderinformationen. Eine Information über das genaue Stimmenverhältnis etwa war fünftausend Euro wert. Der Zugang zu den Zimmern sämtlicher Kardinäle, um dort diskrete Nachrichten oder Angebote zu hinterlassen, kostete zwanzigtausend Euro, und der Preis stieg täglich.

Während der Empfangschef den Kardinälen ihre Zimmer zuwies, führte Menendez ein letztes Telefonat.

»Kompliment für Ihre Predigt«, sagte die Stimme am anderen Ende der Leitung. »Vielleicht etwas zu volkstümlich und unter Ihrem Niveau, aber wie es aussieht, haben Sie den Nerv getroffen.«

»Erwarten Sie, dass ich mich für dieses Kompliment bedanke?«, erwiderte Menendez steif.

»Nein. Durchaus nicht. Haben Sie den Generalschlüssel, Kardinal?«

»Ja«, sagte Menendez rau und spürte wieder den schlechten Geschmack im Mund, der ihn seit Tagen nicht mehr verließ. Ein Gefühl hatte sich seiner bemächtigt, das dem Spanier bislang vorher völlig unbekannt gewesen war, ihn nun aber ganz und gar durchdrang wie Fäulnis ein altes Stück Holz: Selbstekel. Am Morgen im Bad hatte Kardinal Menendez zum ersten Mal erlebt, was es hieß, seinem Spiegelbild nicht mehr in die Augen blicken zu können. Gegen seine Natur und seine Erziehung fühlte er sich mit einem Mal verdorben, wertlos und klein. Abfall vor den Füßen Gottes. Unwürdig seines Amtes. Ein Verräter seiner Ahnen und seines Standes. Ein Versager. Ein Nichts.

»Gut«, sagte die Stimme. »Welche Zimmernummer?«

»Zweiunddreißig.«

»Ich werde Sie heute Abend dort aufsuchen und das Geld bringen.«

»Das ist *Simonie*!«, ächzte Menendez. »Das werde ich nicht tun.«

»Sie werden weiterhin genau das tun, was ich Ihnen befehle,

Kardinal. Ich habe die kleine Botschaft Ihrer Predigt schon verstanden, aber bitte, so naiv sind Sie doch nicht, Menendez, oder?«

»Ich kann die Wahl auch so gewinnen«, flüsterte Menendez heiser ins Telefon. »Kein Geld! Bitte! Das könnte nach hinten losgehen.«

Eine Weile herrschte Schweigen auf der anderen Seite. Menendez hörte den Mann nur atmen. Dann meldete er sich wieder.

»Also gut. Halten Sie sich trotzdem bereit. Ihr Wahlkampf ist erst vorbei, wenn Sie die weiße Soutane tragen. Für den Fall, dass Sie die Wahl absichtlich oder aus mangelnder Überzeugungskraft verlieren sollten, werden Sie gar keine Soutane mehr brauchen, Kardinal. Wenn Sie scheitern, werden Sie die Sixtinische Kapelle nicht lebend verlassen.«

# LXXXV

*18. Mai 2011, Santa Croce in Gerusalemme, Rom*

Atmen. Finden. Leben.

»Gegrüßet seist Du, Maria, voll der Gnade, der Herr ist mit Dir. Du bist gebenedeit unter den Frauen, und gebenedeit ist die Frucht Deines Leibes, Jesus, den du, o Jungfrau, vom Heiligen Geist empfangen hast.«

Maria kniete abseits von neugierigen Blicken in einer Seitenkapelle der Pilgerkirche, in der Peter ihr das Leben gerettet hatte, und ließ erneut Perle für Perle des Amuletts im Gebet durch ihre Finger gleiten. Sie sah keine andere Möglichkeit, Peter zu finden. Und finden musste sie ihn, so viel war klar. Seit Peter in der Nacht spurlos verschwunden war, hatte sie kein Auge zugetan. Der zerstörte Tempel und Suite 306 schieden aus. Inzwischen wurden sie rund um die Uhr überwacht. Da sie keinerlei Anhaltspunkte hatte, wo Peter sich mit seinem Zwillingsbruder treffen würde, verfiel Maria auf eine Idee, die ihr im ersten Moment anmaßend und töricht erschien: Sie wollte die Heilige Jungfrau mithilfe des Amuletts um Hilfe bitten. Wenn sie ihr einmal erschienen war, warum dann nicht auch ein zweites Mal?

Im Halbdunkel der Kapelle betete sie um das Leben des Mannes, den sie liebte. Die vierundfünfzig Perlen des Amuletts tropften durch ihre Finger wie das Blut Christi, den sie inbrünstig um Vergebung und Erlösung bat. Das Amulett war ihr inzwischen ein vertrauter Begleiter geworden, ein greifbarer Quell der Hoffnung und des Glaubens. Aber auch ein Quell des Schmerzes und der Verzweiflung, denn sie fürchtete sich vor den Bildern der Visionen. Sie fürchtete sich vor der Stimme der Heiligen Jungfrau, die sie verraten hatte, und sie fürchtete sich vor dem Tod. Dennoch blieb ihr keine andere Wahl. Atmen. Finden. Leben. Beten. Hoffen. Glauben. Bitten. Bis zum *Salve Regina*. Bis zu der Vision, die auch diesmal wieder mit furchtbaren apokalyptischen Bildern von Tod und Zerstörung einsetzte.

Maria sah die sieben Schalen des Zorns, und sie waren leer. Ausgegossen über einer Welt, die in Flammen stand, zum Untergang verdammt. Sie sah einen Mann in einem Apartment in New York, der verzweifelt versuchte, ein besserer Mensch zu werden. Sie sah, wie er von Nikolas ermordet wurde. Sie folgte Nikolas hinaus aus dem Apartment, begleitete ihn durch die Straßenschluchten von Manhattan und weiter nach Santiago de Compostela, wo er einen Kardinal bestialisch folterte. Maria wollte die Augen verschließen vor diesem grauenhaften Bild, doch eine Stimme rief ihr zu: »Schau hin, Maria! Folge dem Tod!«

Also riss sie sich zusammen, murmelte weiter ihre Gebete und erblickte nun weites Buschland. Eine Hyäne, die einsam um den Leichnam einer afrikanischen Schamanin herumstreunte, ohne sie jedoch zu zerfleischen. *Maama Empisi*. Irgendetwas schien die Hyäne aufzuschrecken, denn sie sah Maria plötzlich direkt an.

»Fürchte dich nicht!«, sagte die Hyäne mit der Stimme der Heiligen Jungfrau. »Denn du bist nicht allein.«

Maria erschrak über dieses gotteslästerliche Bild der Muttergottes als Hyäne, doch sie betete unbeirrt weiter.

»Heilige Jungfrau, ich bitte dich!«, flüsterte sie. »Ich weiß, ich habe dich und meinen Glauben verraten. Aber ich bitte dich trotzdem. Vergib mir. Hilf mir, den Mann zu finden, den ich liebe. Und wenn es mein Tod wäre.«

Ohne Antwort wandte sich die Hyäne ab und trottete zurück in den Busch. Das Bild verschwand und machte erneut Platz für Nikolas, der eilig durch das nächtliche Rom lief. Maria folgte ihm bis zu einem Gebäude, das ihr seltsam vertraut vorkam. Sie wollte Nikolas nachgehen, doch irgendetwas hielt sie davon ab.

Sie blieb einfach auf der Straße stehen und wartete. Sie wartete, bis sie endlich begriff, dass sie Peter gefunden hatte.

Blass und erschöpft wie nach einem unmenschlichen Kampf verließ Maria die Kirche und nahm sich ein Taxi.

»Zum *Cimitero del Verano*! Schnell! So schnell es geht!«

Der Fahrer wunderte sich nicht darüber, dass die junge Nonne zum römischen Hauptfriedhof wollte. Er verkniff sich allerdings die Frage, warum sie es in ihrem Alter denn damit so eilig habe. Schimpfend lavierte er sein Taxi durch den römischen Verkehr und verbreitete sich nebenbei über die Wahlchancen der einzelnen Kardinäle wie über ein Sportereignis.

»Was halten Sie von Kardinal Alberti? Den Turiner, den Juve-Fan. Glauben Sie, er kann den Spanier schlagen? Oder dieser Deutsche. Skiekel. Spricht man das so aus? Na ja, mein Fall ist er nicht. Zu viel zack-zack, schnell-schnell. Obwohl ich den alten mochte, also den, der zurückgetreten ist. Der war gut. Aber nun braucht die Welt wieder einen Italiener als Papst, was meinen Sie? Ich hoffe, dass Alberti das Rennen macht, bloß nicht der Spanier. Ich habe hundert Euro auf Kardinal Alberti gesetzt.« Er lachte und skandierte einen Fußball-Schlachtgesang: »Juve, Juve! Alberti, Alberti!«

»Geht das nicht schneller?«, drängte Maria.

»Schwester, Sie sehen doch, was los ist! Rom steht Kopf! Ich tue, was ich kann.«

Im Rückspiegel sah er, wie die Nonne ein Handy hervorzog, eine Nummer drückte und dann irgendetwas auf Deutsch sagte.

»Papa, ich bin's! Ich glaube, ich weiß, wo Peter steckt. Ich brauche deine Hilfe.«

Nach einer quälenden Dreiviertelstunde erreichten sie endlich den Haupteingang des Zentralfriedhofs in der Via Verano. Kopfschüttelnd sah der Fahrer der jungen Nonne nach, die wie von Teufeln gehetzt auf den Friedhof stürmte. Er bekreuzigte sich dreimal und bat den heiligen Christopherus um ein paar wohlhabende amerikanische Touristen, die er zur Feier des Konklaves durch die ganze Stadt kutschieren konnte.

Maria irrte über das weitläufige Areal des Friedhofs, vorbei an den monumentalen Gruften römischer Patrizierfamilien, die sich wahre Grabtempel errichtet hatten. Nervös und in wachsender Panik wartete sie am Grab von Vittorio De Sica, den ihr Vater als junger Kinogänger verehrt hatte, bis sich ein Mönch näherte, die Kapuze weit ins Gesicht gezogen und in der Hand eine offenbar schwere Tasche.

»Don Luigi ist gefahren wie der Henker, aber es ging nicht schneller«, entschuldigte sich ihr Vater. »Wo steckt er?«

»Ich weiß es nicht genau! Ich habe nur den Haupteingang gesehen. Aber ich habe eine Vermutung.«

»Na, dann los!«

Ein paar Besucher des Friedhofs wunderten sich über die junge Nonne und den älteren Mönch mit der schweren Tasche, die in großer Eile über das Friedhofsgelände hetzten. Eine Gruppe koreanischer Touristen machte Fotos von den beiden, aber niemand erkannte Laurenz unter der Kapuze oder wäre auf die Idee gekommen, die beiden gar für Vater und Tochter zu halten.

Maria steuerte den Bereich der Grabnischen an, in denen in Italien traditionell die weniger Wohlhabenden bestattet wurden. Lange Reihen hoher Mauern, in denen man die Toten auf mehreren Stockwerken in schubladenartigen Nischen bestattete, die mit einer Zement- oder Marmorwand verschlossen wurden. Vor den Nischen legten die Angehörigen Blumen ab oder klebten Fotos des Verstorbenen an die Wand. Manche dieser schachtartigen Gräber waren übersät mit Fotos und sogar Fanartikeln des AS Roma.

Und jedes Grab trug eine Nummer.

Sie mussten nicht lange suchen. Maria fand die Nummer 306 in einer neuen Gasse aus Schubladengräbern, von denen erst wenige belegt waren. Grab 306 lag in der dritten Reihe, gerade noch so hoch, dass ein groß gewachsener Mann es erreichen konnte. Es war belegt, aber die Wand sah aus, wie frisch gemauert.

»Das muss es sein!«

»Bist du dir sicher, Maria?«

»Um Himmels willen, nein!«, schrie sie ihren Vater an. »Aber jetzt mach schon!«

Franz Laurenz sah sich um. Sie waren allein. Noch.

Entschlossen zog Laurenz ein Stemmeisen und einen schweren Hammer aus der Tasche, die er die ganze Zeit mit sich schleppte, und begann, ohne Umschweife, die Grabnische aufzustemmen. Doch obwohl der Putz noch frisch war, keuchte er nach wenigen Schlägen. Maria riss ihm das Werkzeug aus der Hand und hämmerte wie von Sinnen auf die Wand ein.

»*Eh*, was zum Teufel machen Sie da?«

Laurenz wirbelte herum. Ein junger Friedhofsgärtner rannte auf sie zu. Ohne lange nachzudenken, ging Laurenz ihm entgegen und schlug ihn mit einem gezielten rechten Haken nieder.

»Vergib mir, mein Sohn.« Dann wandte er sich wieder zu seiner Tochter um. »Beeil dich, Maria!«

Verzweifelt und wie besessen schlug Maria auf die frisch gemauerte Wand ein, bis sich die ersten Brocken lösten. Danach ging es leichter. Ihr Vater kam ihr zu Hilfe, schlug die letzten Stücke aus der Wand.

Intensives bläuliches Licht, das von einer Art Leuchtdiode in einer Ecke der Grabnische erzeugt wurde, sprühte ihnen aus dem Dunkel des Schachts entgegen, trug Schweißgeruch und den Gestank von Erbrochenem hinaus in den strahlenden römischen Mittag, den kein Wölkchen mehr trübte. Maria starrte entsetzt in die Grabnische, die gerade groß genug für einen Sarg war. Aber sie enthielt keinen Sarg. In der billigen Grabstätte aus Fertigbeton mit der Nummer 306 regte sich stöhnend eine gefesselte und geknebelte Gestalt.

# LXXXVI

*18. Mai 2011, Sixtinische Kapelle, Vatikanstadt*

Um 16.52 Uhr wurden die wahlberechtigten Kardinäle vereidigt. Einzeln traten sie in die Mitte der Sixtinischen Kapelle und gelobten mit der Hand auf dem Evangeliar, sich gewissenhaft an die Vorschriften zur Papstwahl zu halten, wie sie in der Apostolischen Konstitution *Universi Dominici Gregi* in zweiundneunzig Paragrafen festgelegt waren. Jeder von ihnen gelobte, für den Fall, dass er zum Papst gewählt würde, das Petrusamt in Treue auszuüben und unermüdlich die Freiheit des Heiligen Stuhls zu verteidigen. Aber vor allem schworen sie, strikte Geheimhaltung über die Wahl zu wahren und ihre Entscheidung unabhängig von äußeren Einflüssen zu treffen. Jedermann im Vatikan wusste, dass dieser Teil des Eides nur eine leere Formel war. Geheimhaltung und Unabhängigkeit hatte es in der zweitausendjährigen Geschichte des Papsttums noch nie gegeben.

Die gesamte Papstwahl ruhte seit Jahrhunderten auf den drei Säulen Kardinalskollegium, Zweidrittelmehrheit und Konklave und galt als eines der stabilsten und ausgewogensten Wahlverfahren überhaupt. Das komplizierte Procedere war das Ergebnis jahrhundertelanger penibler Verbesserungen. Jede Vorschrift die Antwort auf einen Missstand, der einmal die Einheit der Kirche gefährdet hatte. Jeder Papst hatte das Verfahren an die Anforderungen seiner Zeit angepasst.

Um 17.52 Uhr befahl der päpstliche Zeremonienmeister Erzbischof Arturo Cechi: »*Extra omnes!*« Alle, die nicht zum Konklave gehörten, hatten die Sixtinische Kapelle nun zu verlassen. Die Tür zur Kapelle wurde von Bischof Cechi für die Dauer des Konklaves verschlossen und versiegelt.

Die hundertachtzehn Kardinäle nahmen in zwei Reihen an den Längsseiten der Kapelle Platz. Vor jedem Platz stand ein Namensschild. Daneben lagen eine Bibel, das Büchlein *Ordo rituum conclavis*, das den Ablauf der Wahl beschrieb, weiße Blätter für Notizen und eine rote Ledermappe mit dem päpstlichen Wappen.

Als die alten Herren in Purpur endlich ihre Plätze eingenommen hatten, erhob sich Kardinal Giovanni Sacchi, der in seiner Funktion als Camerlengo die Wahl leitete.

»Liebe Brüder, ich begrüße euch zur Wahl unseres neuen Pontifex, die wir mit Gottes Hilfe und im Vertrauen auf Christus jetzt beginnen wollen. Gibt es zum Ablauf der Wahl noch irgendwelche Fragen?«

Niemand meldete sich.

»Dann werden wir gleich zum ersten Wahlgang schreiten.«

Während drei zuvor aus den Reihen der Kardinäle ausgeloste Wahlhelfer die Wahlzettel verteilten, ließ Menendez seinen Blick über das versammelte Kollegium schweifen. Obwohl Wahlkampf und Werbung ausdrücklich verboten waren und wie ein Bruch der Geheimhaltungspflicht mit Exkommunikation bestraft werden konnten, wusste er, dass einige von ihnen, vor allem Alberti und Schiekel, nichts unversucht gelassen hatten, um über die Presse und direkte Gespräche ein günstiges Klima für ihre Wahl zu schaffen. Er selbst hatte bereits mit jedem einzelnen der hundertsiebzehn Kardinäle gesprochen und durch offene Versprechen und versteckte Drohungen seinen Anspruch auf das Petrusamt deutlich gemacht. Er hegte keinerlei Zweifel mehr, dass die meisten von ihnen seinen Namen auf ihren Zettel schreiben würden. Gerade deshalb wäre eine offene Bestechung verheerend gewesen. Menendez nahm sich vor, Stärke zu zeigen und sich wie ein Führer zu verhalten, wenn Seth ihn am Abend aufsuchen würde. Möglicherweise würde er ihn ja bereits als gewählter Papst empfangen können.

Um zum Nachfolger Petri gewählt zu werden, war eine Zweidrittelmehrheit nötig. Menendez rechnete damit, dass er diese neunundsiebzig Stimmen möglicherweise nicht im ersten Wahlgang erreichen würde. Allerdings hatte es seit hundert Jahren kein Konklave mit mehr als fünfzehn Wahlgängen gegeben. Menendez hoffte auf eine zügige Wahl.

Am ersten Tag des Konklaves waren zwei Durchgänge vorgesehen. Kandidatenlisten gab es nicht. Jeder Kardinal schrieb den Namen seines favorisierten Kandidaten mit möglichst verstellter, aber dennoch lesbarer Schrift auf einen vorbereiteten Zettel mit dem Aufdruck *Eligo in Summurum Pontifecem – Ich wähle zum Höchsten Pontifex*. Die Zettel wurden zweimal gefaltet. Ihrer Rangfolge entsprechend traten die Kardinäle nun einzeln an den Altar. Menendez sah Kardinal Alberti, der seinen Wahlzettel deutlich in die Höhe hob, sich kurz zum Gebet niederkniete und mit dem Ausspruch »Ich rufe Christus, der mein Richter sein wird, zum Zeugen an, dass ich gewählt habe, von dem ich glaube, dass er nach Gottes Willen gewählt werden sollte« seinen Zettel in die Urne steckte.

Auf die gleiche Weise gaben alle Kardinäle nacheinander ihre Stimme ab. Anschließend wurde die Urne von einem Wahlhelfer verschlossen und gerüttelt. Zusammen mit den beiden anderen Wahlhelfern wurden die Stimmen ausgezählt, die Anzahl der Zettel mit der Anzahl der notierten Namen verglichen, und das Ergebnis an den Camerlengo übergeben.

»Ich verkünde das Ergebnis des ersten Wahlgangs!«, rief Kardinal Sacchi lauter als nötig, denn das Gemurmel und Geraune der Kardinäle war inzwischen vollkommen verstummt. Menendez spannte sich an und erwischte sich dabei, dass er mit den Zähnen knirschte.

»Kardinal Alberti – 48 Stimmen. Kardinal Schiekel – 42 Stimmen. Kardinal Menendez – 28 Stimmen.«

Ein Raunen ging durch die purpurnen Reihen als der Camerlengo die Sensation verkündete. Den Eklat. Nur 28 Stimmen für Menendez, den Favoriten. Weniger als ein Drittel. Eine schallende Ohrfeige. Alle Blicke richteten sich auf den Spanier, der schlagartig leichenblass geworden war. Dass ausgerechnet Alberti, den Menendez für einen versoffenen Populisten hielt, fast die absolute Mehrheit erhalten hatte, traf ihn noch mehr als seine eigene Niederlage. Äußerlich jedoch völlig unbewegt, nickte er dem korpulenten und wie immer jovialen Turiner Kardinal zu, der ihm gegenüber auf der anderen Seite der Kapelle saß.

»Damit hat kein Kandidat die nötige Zweidrittelmehrheit erreicht«, verkündete Sacchi der Form halber. Nach alter Tradition wurden die verbrauchten Wahlzettel in einem kleinen Ofen in einer Ecke der Kapelle verbrannt. Nach einer erfolglosen Wahl wurden Pech sowie einige Chemikalien dazugegeben. Kurz darauf ging ein enttäuschtes Raunen durch die auf dem Petersplatz versammelte Menge, die gemeinsam mit Hunderten von Fernsehkameras gebannt einen unscheinbaren Schornstein auf dem Dach der Sixtinischen Kapelle beobachtete, aus dem jetzt schwarzer Rauch quoll. Die *fumata*, das Rauchzeichen.

In der Sixtinischen Kapelle begann der zweite Wahlgang.

# LXXXVII

*18. Mai 2011, Cimitero del Verano, Rom*

An einer der vielen Wasserstellen des Friedhofs machten sie kurz halt, damit Peter trinken konnte. Er verschluckte sich oft und hustete. Ein paar Besucher des Friedhofs wurden auf das seltsame Trio aufmerksam.

»Beeilen Sie sich, Peter!«, drängte Laurenz.

»Du siehst doch, wie es ihm geht!«, zischte Maria ihren Vater an. »Trink langsam, Peter! Schön langsam. ... und jetzt beeil dich, verdammt noch mal!«

Peter sah sie aus den Augenwinkeln an, während er gierig aus einem Wasserhahn am Wegrand trank.

*Maria. Du hast mich gefunden, Maria.*

»Du fluchst ja schon wieder, Maria«, sagte er und richtete sich hustend auf. »Wo soll das noch enden?«

Nach einer Nacht der Agonie, eingemauert und geknebelt in einer Grabnische, litt er unter Krämpfen und starker Austrocknung. Die Knöchel seiner Hände waren aufgesprungen und blutig von seinem verzweifelten Kampf, sich aus dem engen Gefängnis zu befreien. Seine Kleidung war staubig und verdreckt. Aber er lebte. Nachdem er getrunken hatte, fühlte er sich auch wieder besser. Sogar das Jucken war verschwunden und mit dem Jucken auch die Übelkeit.

*Was ist mit dem Virus? Bist du noch krank? Wie viel Zeit bleibt dir?*

Ehe der junge Friedhofsgärtner, den Laurenz niedergestreckt hatte, Alarm schlagen konnte, hatten sie den Friedhof verlassen und rannten auf Don Luigis Fiat zu, der bereits vor dem Eingang wartete. Während der Pater sich in den römischen Verkehr einfädelte, berichtete Peter in aller Eile, was passiert war.

»Er wollte mich hier auf dem Friedhof treffen.«

»Nikolas?«

»Ja, Nikolas. Ich glaube, er war genauso neugierig auf mich, wie ich auf ihn. Ich habe ihm von meinen Erinnerungen an unsere Mutter berichtet. Ich wollte von ihm mehr über Seth und die *Träger des Lichts* erfahren. Ich …« Peter stockte. »Ich wollte ihn töten. Aber er kam mir zuvor. Ich weiß nicht, wie er mich ausgeknockt hat, aber irgendwann bin ich in diesem Grab aufgewacht.«

Maria strich ihm zärtlich über das Haar. Ihr Vater registrierte es, sagte aber nichts.

»Warum hat er dich nicht sofort getötet?«, fragte sie. »Warum hat er dich in dieses Grab eingemauert?«

Peter rieb sich das Gesicht. »Ich habe die ganzen letzten Stunden darüber nachgedacht. Ob das ein besonderer Sadismus war oder ein Ritual. Ich glaube inzwischen, vielleicht wollte er mich gar nicht töten, sondern nur für eine Weile aus dem Verkehr ziehen. Kommt Ihnen das nicht bekannt vor, Laurenz?«

Franz Laurenz ignorierte die Anspielung. »Was war das für ein blaues Licht?«, wollte er wissen.

*Das blaue Licht. Hat dich das blaue Licht geheilt?*

»Keine Ahnung. Aber ich vermute, dass dieses Licht das Rote Quecksilber zündet.«

»Woher wissen Sie das?«

»Ist nur eine Vermutung. Nikolas hatte die Bomben in einem Koffer dabei. Sie befinden sich jeweils in einem kleinen Kästchen zusammen mit einer ähnlichen Leuchtdiode wie die in dem Grab. Nikolas hat überhaupt die ganze Zeit von dem *Licht* gesprochen, von der Reinheit des Hasses und des Schmerzes, von Seth, dem Meister und immer wieder vom *Licht*. Er klingt vollkommen wahnsinnig.«

»Aber das heißt, dass die Bomben noch nicht im Vatikan sind!«, stellte Maria fest.

»Jetzt schon«, erwiderte Peter. »Bevor Nikolas mich aus dem

Verkehr gezogen hat, wollte er mich überzeugen, die Seiten zu wechseln. Er hat von großer Macht gesprochen, die Seth uns beiden verleihen würde. Aber dazu müssten wir zuvor noch die Bomben im Vatikan platzieren. Außerdem will er immer noch das Amulett.«

»Wo genau sind die Bomben jetzt?«, fragte Laurenz.

Peter zögerte. »Welcher Bereich ist noch von außen zugänglich und würde Sinn ergeben, wenn man den Vatikan vernichten und das Kardinalskollegium töten wollte?«

Laurenz schien ratlos. »Bühler und seine Leute haben alles untersucht und patrouillieren rund um die Uhr. Es ist unmöglich, auch nur in die Nähe der Sixtinische Kapelle oder der angrenzenden Gebäude zu gelangen.«

»Nicht ganz«, sagte Don Luigi plötzlich, während er einem heranrasenden *Motorino* auswich.

»Was soll das heißen?«

»Was, wenn er die Bomben *unter* der Sixtinischen Kapelle deponiert? In der Nekropole.«

»Auch die Zugänge zur Nekropole werden von den Schweizergarden bewacht. Da kommt niemand rein.«

»Und was ist mit dem Zugang unter der Engelsburg?«

»Was für ein Zugang unter der Engelsburg?«, fragte Peter nervös.

Laurenz wandte sich zu ihm um. »Die Totenstadt unter dem Vatikan ist riesig und sehr alt. Viel älter natürlich als die heutigen Staatsgrenzen. Die Katakomben reichen bis zur Engelsburg. Archäologen haben dort kürzlich einen Zugang freigelegt.«

»Scheiße, warum sagen Sie das denn erst jetzt? Bringen Sie mich da sofort hin!«

»Verstehen Sie nicht, Peter? Die Nekropole ist ein gigantisches Labyrinth! Wenn wir die Bomben wirklich noch finden wollen, bevor sie hochgehen, dann brauchen wir eine Karte! Hat Nikolas irgendwas gesagt, wo er die Bomben platzieren will?«

Peter dachte nach und schüttelte den Kopf.
*Die Karte. Du hast die Karte doch längst!*
»Rufen Sie Bühler an!«, rief Peter. »Ich glaube, ich weiß, wo wir suchen müssen.«


## 18. Mai 2011, Castel Sant'Angelo, Rom

Der Kommandant der Schweizergarde erwartete sie an einem Seiteneingang der Engelsburg und führte Peter und Maria ohne Fragen in einen Raum im Untergeschoss, der nicht öffentlich zugänglich war. Laurenz und Don Luigi nahmen den Passetto di Borgo, um unbemerkt in den Vatikan zurückzukehren.

Bühler breitete eine topografische Karte auf einem Tisch aus und legte eine Folie mit einer weiteren topografischen Karte darüber.

»Also, das hier ist eine Karte der Nekropole – soweit sie erforscht ist. Und auf der Folie sehen Sie maßstabsgetreu das darüberliegende Gelände. Hier, sehen Sie? Das ist der Petersdom.«

Peter sah sich beide Karten genau an und wandte sich dann an Maria. »Gib mir das Amulett.«

»Warum?«

»Maria, bitte! Gib's mir!«

Zögernd reichte sie ihm das Amulett. Mit dem Kupfersymbol nach oben legte Peter es in die Mitte der Karte, genau über die Basilika des Petersdoms.

»Was ist das?«, fragte Bühler, als er das Amulett sah.

»Die Karte für die Bomben«, erklärte Peter. »Allerdings noch im falschen Maßstab. Geben Sie mir einen Stift!«

Peter zeichnete grob ein großes X in die Karte, quer über den ganzen Vatikan und mit dem Petrusgrab als Mittelpunkt. Dann zeichnete er nach Augenmaß die beiden äußeren Querstriche des Kupfersymbols mit den kreisförmigen Enden ein und anschließend den zentralen Querstrich mit den viereckigen Enden.

»Woher willst du wissen, dass das der richtige Maßstab ist?«, fragte Maria.

»Gar nicht. Ist nur eine Annäherung. Schau mal!« Er deutete auf das Symbol. »Das sind sechs Querstriche. Zusammen mit dem Mittelpunkt also sieben Markierungen. Das könnte hinkommen.«

»Aber selbst, wenn du recht hast, brauchen wir die genauen Positionen, Peter! Das da unten ist ein Labyrinth! Wie willst du auf diese Weise sieben Minibomben finden?«

*Gute Frage.*

Peter sah sie ratlos an. Bühler verstand. Und er verstand auch, was zwischen Peter Adam und dieser Nonne ablief.

»Ich schicke ein Sprengstoffteam los«, sagte er. »Die werden alle infrage kommenden Bereiche durchsuchen.«

Er wollte die Karten schon wieder einrollen, doch Peter hielt ihn zurück.

»Warten Sie, Bühler. Nikolas wird irgendwo da unten sein. Wenn Sie jetzt die Kavallerie runterschicken, besteht die Möglichkeit, dass er die Bomben sofort zündet.«

Bühler zuckte mit den Wangenmuskeln. Der Einwand gefiel ihm nicht, ganz und gar nicht. Er ahnte bereits, was das bedeutete.

»Also, was schlagen Sie vor?«

# LXXXVIII

*18. Mai 2011, Casa di Santa Marta, Vatikanstadt*

Die schwarze *fumata* verkündete am Abend des ersten Wahltages, dass die Kardinäle sich auch im zweiten Wahlgang nicht hatten einigen können. Während Touristen und Römer nach und nach den Petersplatz verließen, um die Restaurants und Trattorien der Ewigen Stadt zu bevölkern und bei *Saltimbocca*, einem schweren *Primitivo* oder einer *Birra Moretti* über den Ablauf des Konklaves zu spekulieren, begab sich Antonio Menendez auf direktem Wege ins Gästehaus Santa Marta. Er hatte im zweiten Wahlgang diesmal nur zweiundzwanzig Stimmen erhalten, während Alberti es inzwischen auf einundsechzig gebracht und damit bereits die Marke der absoluten Mehrheit geknackt hatte. Alberti galt nun als Favorit, so viel stand fest. Das Kardinalskollegium hatte sich von Menendez abgewandt, als witterten sie, dass Gott dies schon lange getan hatte. Menendez wusste: Sobald Schiekel einsah, dass auch er nicht mehr gewinnen konnte, würde er sich für Alberti starkmachen, und die Wahl war entschieden. Möglicherweise schon im nächsten Durchgang.

Kardinal Menendez war nicht der Mann, der schnell aufgab. Er hatte sich ein Leben lang für einen unerbittlichen Kämpfer gehalten. Niederlagen hatten ihn nur stärker gemacht und seinen Ehrgeiz geweckt, umso heftiger zurückzuschlagen. Das Leben war für ihn immer ein nie enden wollender Kampf gewesen, der nur einen Sieger anerkannte: ihn. Aber Antonio Menendez wusste auch, wann das Spiel aus war. Er wusste, dass Gott nun endlich begonnen hatte, ihn zu strafen – gerade erst begonnen.

Während die anderen Kardinäle sich zum Abendessen versammelten, zog Menendez sich in seine kleine Suite mit der

Nummer zweiunddreißig zurück und betete. Zum ersten Mal seit Jahren betete er wieder wie als junger Mann, mit der ganzen Inbrunst eines verzweifelt Suchenden. Kardinal Menendez betete unter Tränen zu einem Gott, den er vor langer Zeit verloren hatte. Und als er sich irgendwann wieder aufrichtete, hatte er eine Entscheidung getroffen. Kardinal Menendez hatte verstanden, dass es nur einen Weg zurück zu Gott gab, und er war bereit, ihn zu gehen. Er war bereit, reinen Tisch zu machen vor dem Kardinalskollegium, vor der Kirche und der ganzen Welt. Er war bereit, Gottes Strafe anzunehmen. Er sammelte sich und setzte sich an den kleinen Schreibtisch. Dort schrieb er einen kurzen Brief, den er säuberlich adressierte und in einer der Schubladen versteckte. Dann wartete er auf seinen Gast.

Während die Kardinäle beim Abendessen über den Eklat von Menendez' schlechtem Abschneiden diskutierten, gelang es Franz Laurenz, unbemerkt in das Gästehaus einzudringen. Niemand nahm groß Notiz von dem Mönch mit der Kapuze, den Oberst Bühler persönlich in das Haus ließ. Sämtliche Hilfskräfte waren zu sehr damit beschäftigt, kein Wort der Diskussion im Speisesaal zu verpassen.

Als er im zweiten Stock angekommen war, klopfte Laurenz leise aber vernehmlich an die Tür von Zimmer zweiunddreißig. Doch auch nach dreimaligem Klopfen erhielt er keine Antwort. Er zog den Nachschlüssel hervor, den ihm Bühler beschafft hatte. Es dämmerte bereits, als Laurenz in das Zimmer des Kardinals schlüpfte. Im goldenen Licht des römischen Sonnenuntergangs sah Laurenz seinen ehemaligen Kardinalstaatssekretär nackt auf dem Bett liegen. Er erkannte den Spanier nicht gleich, denn sein Kopf war ihm vom Rumpf abgetrennt worden und klemmte zwischen den hageren Schenkeln des Mannes, das eigene Glied im Mund. Der Mörder des Kardinals hatte es jedoch nicht dabei bewenden lassen. Mit dem Blut seines Opfers hatte er etwas an die Wand geschmiert.

ICH BIN PAN.
ICH BIN DEINE GATTIN,
ICH BIN DEIN MANN,
ZIEGE DEINER HERDE,
ICH BIN GOLD,
ICH BIN GOTT,
FLEISCH AUF DEINEM BEIN,
BLUME AUF DEINER RUTE.

Laurenz starrte einen Moment schockiert auf diesen gotteslästerlichen, pornografischen Spruch und dann wieder auf den bestialisch zugerichteten Kardinal. Ein Gebet sprechend trat er ans Bett, löste den Kopf des Kardinals vorsichtig aus der demütigenden Position und bettete ihn auf das blutdurchtränkte Kopfkissen. Unaussprechlicher Schrecken lag in dem Ausdruck des toten Spaniers.

»Mein Gott, Antonio, was haben die mit Ihnen gemacht!«

Ergriffen kniete der ehemalige Papst vor dem Bett nieder, um für die Seele des Mannes zu beten, den er einst für seinen größten Feind gehalten hatte. Das Letzte, was er für ihn tun konnte.

Mühsam richtete Laurenz sich wieder auf. Er fühlte sich auf einmal alt. Zu alt und hilflos, um die Apokalypse noch abwenden zu können. Ob und in welcher Weise Menendez mit den *Trägern des Lichts* kooperiert hatte, würde sein Geheimnis bleiben. Es wurde Zeit zu gehen.

Als Laurenz sich zur Tür wandte, fiel sein Blick auf den Sekretär an der Wand. Er hatte die Türklinke schon in der Hand, aber etwas ließ ihn zögern. Er trat an den kleinen Schreibtisch heran. Auf dem obersten Blatt der bereitgelegten Briefbögen hatte Menendez vor seinem Tod noch etwas gezeichnet. Laurenz stieß einen überraschten Laut aus, als er das Symbol sah. Drei kurze Spiralen, im Dreieck angeordnet und in der Mitte miteinander verbunden, die ewig umeinander zu kreisen schienen.

Die Triskele, das mystische Symbol der Dreifaltigkeit. Laurenz wusste, dass Menendez sich oft über sein Interesse an mystischen Symbolen lustig gemacht hatte. Dass er nun als letzte Lebensäußerung ausgerechnet Laurenz' Lieblingssymbol gewählt hatte, konnte nur eines bedeuten.

»Was wollten Sie mir noch sagen, Antonio?«

Hastig durchwühlte Laurenz den Schreibtisch. Er fand den Brief schließlich zwischen den Blättern des Neuen Testaments in einer der Schubladen. Er war auf Latein verfasst und adressiert an: Franz Laurenz, Ioannes Paulus PP. III.

*Lieber Herr Laurenz, Eure Exzellenz,*

*vergebt mir. Ich habe die Kirche verraten, ich habe Euch verraten, ich habe Gott verraten. Aber ich bin bereit, Gottes gerechte Strafe zu empfangen. Ich weiß nicht, wie viel Zeit mir noch bleibt, deswegen schreibe ich euch diese Zeilen in aller Eile ...*

Laurenz las den Brief zweimal. Und noch ein drittes Mal. Dann steckte er ihn sorgfältig in eine Tasche seiner Kutte und schlug das Kreuzzeichen über der Leiche des Kardinals, der kurz vor seinem Tod Gott noch wiedergefunden hatte. Es wurde Zeit zu gehen. Denn Franz Laurenz wusste jetzt, wer Seth war und wo er ihn finden würde.

# LXXXIX

*18. Mai 2011, Nekropole, Vatikanstadt*

Die Angst, lebendig begraben zu werden. Wieder einmal. Peter versuchte, sich auf Bühler zu konzentrieren, der geduckt durch die schmalen Gänge der Totenstadt hetzte, in der rechten Hand die entsicherte SIG P220. Dennoch: Die Enge, die Dunkelheit und die muffige Luft, aufgeladen mit Tod und Ewigkeit, erinnerten ihn mit jedem Schritt an seine furchtbarsten Albträume. Er ahnte aber, dass ihm das Schlimmste noch bevorstand.

*Denk nicht daran! Hör auf, zu denken! Lauf weiter!*

Wie ein riesiges Wesen sogen die endlos verzweigten Katakomben ihre Schritte ein, ihr Keuchen und das Licht von Bühlers Stirnlampe, und atmeten diese Zeichen des Lebens als drückendes Schweigen wieder aus. Sie waren Fremdkörper in dieser Welt der Toten. Parasiten, die dieser Organismus ebenso verdauen würde, wie er es seit Jahrhunderten mit allem Lebendigen getan hatte. Hier unten war der Tod etwas, das man greifen konnte. Er hatte eine Substanz. Ein schleichendes Gift, das man mit jedem Schritt einatmete und von dem es keine Heilung gab.

Maria hatte darauf bestanden mitzukommen. Weder Peter noch Bühler hatten es ihr ausreden können. Selbst Bühlers Einwand, dass sie aus seiner Sicht nur eine Last darstelle, hatte sie nur mit einem abschätzigen Blick quittiert. Nun gab es ohnehin kein Zurück mehr.

Bühler schien sich in der Nekropole auszukennen, denn er musste sich an den Kreuzwegen nur kurz anhand der Karte orientieren. Zu Anfang hatte Peter noch versucht, sich die Richtung zu merken. Doch trotz seines guten Orientierungssinns hätte er bereits nach wenigen Minuten den Rückweg nicht mehr gefunden.

Erstaunlicherweise waren die Bomben leichter zu finden als erwartet. Sie verrieten sich selbst. In den Bereichen der Nekropole, die Peter auf der Karte vage markiert hatte, stießen sie nach und nach auf kleine Kästchen, verborgen in Grabnischen und Mauerecken, aus denen es verräterisch bläulich glomm. In jedem dieser Kästchen lag eine Ampulle mit einer zähen roten Flüssigkeit unter einer starken blauen Leuchtdiode. Peter war inzwischen überzeugt, dass das Licht eine Art Zünder des Roten Quecksilbers sein musste.

*Und es konnte dich heilen.*

Bühler steckte eine Ampulle nach der anderen ein und trat so lange auf die Kästchen ein, bis das blaue Licht erlosch. Sechs Kästchen. Sechs Ampullen, die in der Dunkelheit rötlich glimmten, wie bizarre fluoreszierende Wesen aus der Tiefsee, aufgeladen von einem blauen Licht.

Sechs Schalen des Zorns. Eine fehlte noch.

»Stopp! Still!«

Bühler machte ein Zeichen und schaltete sofort seine Lampe aus. Peter versuchte, flach zu atmen, und lauschte ebenfalls in die Dunkelheit. Dann hörte er die Schritte. Ganz deutlich. Er zeigte nach links, wo man einen Durchgang mit einem spätrömischen Relief erkennen konnte, hinter dem es steil abwärts ging. Ein schwacher Lichtschimmer schwappte zu ihnen herauf.

Bühler entsicherte seine Waffe und ging voraus. Peter sah, wie die Gestalt des Oberst den Durchgang passierte. Dann hörte er plötzlich einen erstickten Laut. Ein Schuss zerplatzte ohne Echo in der stickigen Luft. Maria stieß einen kurzen Schrei aus. Peter wandte sich zu ihr um.

»Geh zurück«, flüsterte er. »Leise!«

»Peter? Bist du da?«, hörte er jetzt eine vertraute Stimme hinter dem Durchgang. »Peter!«

Peter antwortete nicht. Er hörte Keuchen hinter dem Durchgang und dann Schritte, die sich rasch entfernten. Der schwache Lichtschein erlosch.

»Geh zurück, Maria!«, flüsterte Peter eindringlich. »Bitte! Versteck dich in einer der Kammern.«

Sie schüttelte energisch den Kopf. Peter sah die Verzweiflung in ihrem Gesicht. Und noch etwas anderes. Zum ersten Mal erkannte er, wie sehr sie ihn wirklich liebte. Er beugte sich vor und küsste sie. Dann kroch er vorsichtig auf den Durchgang zu, bis er Bühlers Gestalt auf der steilen Treppe erkannte. Der Schweizer stöhnte.

»Wo hat er Sie erwischt?«

»An der Schulter. Aber ich glaube, er hat auch was abgekriegt.«

Trotz der Dunkelheit erkannte Peter eine klaffende Schnittwunde an Bühlers Schulter, die heftig blutete.

»Wo ist er jetzt?«

»Weg, glaube ich. Er hatte es eilig.«

Peter wollte dem Schweizer aufhelfen. »Ich bring Sie hier raus, Bühler.«

Doch der Oberst wehrte den Griff ab. »Lassen Sie das. Hier ...« Er drückte Peter die SIG in die Hand. »Ich bringe die Ampullen hier raus. Holen Sie sich die siebte und machen Sie den Bastard kalt. Auch wenn's Ihr Bruder ist.«

»Geh schon, Peter!« Marias Stimme ganz nah. Rau und verändert, wie von einem anderen Menschen. Sie beugte sich über den Oberst. »Können Sie aufstehen?«

In der Dunkelheit roch er den Duft ihrer Haare unter der Haube, spürte die Wärme, die ihr Gesicht abstrahlte. Es schien das Einzige, das diese entsetzliche Dunkelheit noch davon abhalten konnte, ihn zu erdrücken. Mühsam richtete Peter sich auf.

»Ich liebe dich, Maria.«

# XC

*18. Mai 2011, Castel Sant'Angelo, Rom*

Sein hebräischer Name bedeutete *Wer ist wie Gott?*, und diese Frage schleuderte er mit Donnerstimme allen Feinden des Herrn, allen Zweiflern und Hochmütigen entgegen. Der Erzengel Michael zog sein Schwert, um die Dämonen abzuwehren, die aus den Tiefen der Hölle empordrängten, um die Kirche Gottes zu vernichten. Allein und mit weit ausgebreiteten Flügeln machte er sich bereit zum Kampf gegen das Böse, das aus seinem Jahrtausendschlaf erwacht war. Besprüht vom goldenen Licht der Natriumscheinwerfer stand der Erzengel Michael auf der Spitze der Engelsburg, eingefroren in einer ewigen, unerschütterlichen Geste, Symbol einer wehrhaften Kirche. Er hielt Wache über dem nächtlichen Rom, der Ewigen Stadt, die mit ihren Autos, Taxis, *Motorini*, Essensdüften und dem Gelächter seiner Bewohner achtlos um ihn herumbrandete, nicht ahnend, in welcher Gefahr sie schwebte.

Der Mann in der Mönchskutte, der dem Ruf des Erzengels folgte, fühlte sich gerade unsagbar klein und schwach. Ein Moment des Zauderns überkam ihn beim Anblick der Engelsstatue. Das Gefühl, es nicht schaffen zu können. Doch der Erzengel hatte ihm im Inferno von Kampala beigestanden, also durfte er sich seinem Ruf jetzt nicht entziehen. Auch wenn er seinen Glauben dafür verraten und töten musste. Er hatte keine Wahl.

Franz Laurenz verbarg den kostbaren *Saif* unter der Mönchskutte und eilte durch den Passetto di Borgo. Der arabische Krummsäbel war über vierhundert Jahre alt, eine einseitig geschliffene Klinge aus hundertfach gefaltetem Damaszenerstahl, in der Form fast wie ein japanisches *Katana*, und verziert mit einem eingeätzten Spiralsymbol. Eine elegante leichte Waffe, hart, federnd, nahezu unzerstörbar. Sie schnitt sogar durch Stahl. Laurenz besaß sie schon sein Leben lang. Oder sie ihn, denn der Tod wählte sich sein Werkzeug immer selbst.

Den Säbel fest an die Hüften gepresst, eilte Laurenz durch die menschenleere, dunkle Festung, hinauf auf die Terrasse der Burg an die Seite des Erzengels.

»Sie haben sich Zeit gelassen, Laurenz!«
»Aber hier bin ich nun, Mr. Crowley.«

Wie Laurenz beim Nähertreten sehen konnte, trug der Mann, der ihn auf der Terrasse erwartete, eine weiße Mönchskutte mit einem großen goldenen Kreissymbol auf der Brust. Das Zeichen des Lichts, das Laurenz vor langer Zeit auf die Spur einer hermetischen Sekte gebracht hatte, die er zu lange unterschätzt hatte.

Crowley hielt ein *Katana* locker seitlich abgestreckt in der Hand und rührte sich auch nicht, als Laurenz näher kam. Laurenz schätzte, dass sie etwa gleich alt sein mussten. Er erinnerte sich nicht, den kahlköpfigen Mann je zuvor gesehen zu haben, aber er hatte beim Boxen gelernt, seinen Gegner mit einem Blick zu taxieren und erkannte sofort, dass dieser Mann dort trotz seines Alters gut trainiert war. Die Art, wie er das Schwert hielt, deutete darauf hin, dass er mit dieser Waffe umzugehen wusste. Laurenz zog den *Saif* aus der Scheide, nahm eine kampfbereite Position ein und sprach ein Gebet. Im nächsten Augenblick machte Crowley einen Satz auf ihn zu und eröffnete den Kampf mit einem Dachschlag. Laurenz trat instinktiv einen Schritt zur Seite, hielt den Säbel quer über dem Kopf und ließ den Schlag, der ihm den *Saif* fast aus der Hand schmetterte, an der Klinge abgleiten. Ein hässliches Geräusch, Stahl auf Stahl.

»Ich bin Pan!«, schrie Crowley und drehte sich blitzschnell wieder weg. »Ich bin Crowley! Ich bin Seth! Ich bin der Hass! Ich bin das Licht! Ich bin … der Untergang!«

Er setzte zu einem diagonalen Eber-Schlag an, den Laurenz erneut parierte.

»Ich wusste, dass Sie fechten können, Laurenz!«, schrie Seth.

»Ich habe immer gewusst, wer Sie wirklich sind. Sie haben alle getäuscht. Aber mich konnten Sie nie täuschen!«

Jetzt ging Laurenz zum Angriff über. Den *Saif* in beiden Händen haltend setzte er, so hart er konnte, eine Reihe von Schlägen, die Seth alle parierte. Laurenz hatte sein Können nie in einem Kampf auf Leben und Tod beweisen müssen. Aber der Orden, dem er schon ein Leben lang angehörte und dem er alles verdankte, hatte stets Wert darauf gelegt, dass alle Mitglieder mit einem Schwert umgehen konnten. Das Wichtigste war eine aufrechte Körperhaltung, fester Stand und ein mutig gestreckter Schwertarm. Aufrechte Haltung und gestreckte Arme demonstrierten Stärke und führten mit den Jahren zu innerer Sicherheit. Durch das Fechten wie das Boxen hatte Laurenz früh gelernt, sein Handeln stets mit Absicht zu verbinden. Die Dinge nie tatenlos auf sich zukommen zu lassen. Zu wissen, dass alles in Bewegung und in Veränderung begriffen ist. Sich von Schwierigkeiten oder Schmerzen nicht behindern zu lassen. Das Notwendige, Unausweichliche zu akzeptieren.

Unbemerkt vom nächtlichen römischen Treiben und dem trägen Strom des Tiber tobte auf der Terrasse der Engelsburg ein tödlicher Zweikampf. Konzentriert und erbittert droschen die beiden Männer mit ihren Schwertern aufeinander ein. Schon nach kurzer Zeit keuchten und schwitzten beide heftig. Laurenz' Schwertarm schmerzte, als würde er ihm herausgerissen. Dennoch ließ keiner von beiden in seiner Härte und Konzentration nach, denn jeder von ihnen wusste, dass der kleinste Fehler tödlich sein konnte. Laurenz parierte Hieb auf Hieb, ließ Seth ins Leere laufen und nutzte den Schwung zu einer erneuten Attacke. Keuchen erfüllte die Nacht, die warme Luft wimmerte bei jedem Schlag, die Klingen spuckten Funken. Bis sich die beiden Männer nach einer Parade keuchend gegenüberstanden, Klinge an Klinge, und Laurenz fand, dass es langsam Zeit für die schmutzigen Tricks wurde. Eine Sache, die er auf den Straßen von Duisburg gelernt hatte.

Er spuckte Seth ins Gesicht.

Diese unvermittelte kindische Attacke überraschte Seth vollkommen. Laurenz spürte, dass der Druck des *Katana* für den Bruchteil einer Sekunde nachließ. Er stieß den Mann in der weißen Kutte von sich und zog den *Saif* einmal diagonal von oben durch. Die Klinge spaltete Seths Gesicht, raubte ihm das linke Augenlicht, zerfetzte seine Nase, zerteilte seinen Mund, und bewies Laurenz, dass er es immer noch mit einem Menschen zu tun hatte. Einem Wesen Gottes, zu Leid und Sterblichkeit verdammt. Seth schrie auf, sein Blut spritzte auf Laurenz' Kutte. Dennoch versuchte er, den nächsten Schlag von Laurenz zu parieren. Vergeblich. Laurenz setzte mit aller Härte nach und schlug seinem Gegner das *Katana* aus der Hand. Seth taumelte gegen die steinerne Brüstung der Terrasse. Laurenz stand keuchend und mit erhobenem Säbel vor ihm.

»Sie müssen mich jetzt töten Laurenz«, ächzte Seth, blind vor Schmerz und Blut.

»Ich weiß.«

»Aber Sie können es nicht.«

Laurenz hielt den *Saif* immer noch zum Schlag erhoben. »Es ist ohnehin vorbei, Seth. Wo sind die Bomben?«

Seth straffte sich und zischte Laurenz an. »Sie sind verloren! Ich bin der Schmerz und der Hass. Ich bin das Licht! *Hoathahe Saitan*!«

Laurenz holte zum tödlichen Schlag aus.

»Der Herr sei Ihrer Seele gnädig.«

Doch noch in der Bewegung sah er, wie der verstümmelte Seth sich seltsam grotesk verrenkte und mit einer letzten Kraftanstrengung über die Brüstung wälzte. Ehe er ihn mit einem letzten Streich töten konnte, hatte sich Seth von der Engelsburg gestürzt, wo unten der Tiber in der Nacht glitzerte. Kein Schrei. Kein Aufprall. Seth fiel dorthin, wo er hergekommen war – in die endlose Nacht.

Laurenz sank kraftlos auf die Knie und sprach ein Gebet,

bat seinen Gott um Vergebung und Erlösung. Er betete für die Seele des Mannes, den er getötet hatte und für seine eigene. Er betete, bis ein Lichtstrahl ihn von oben traf, vermischt mit dem Dröhnen von Rotorblättern. Laurenz schaute auf in das gleißende Licht und sah die Silhouette des Hubschraubers über sich schweben, gleich neben der Statue des Erzengels Michael.

»Keine Bewegung!«, brüllte ihm eine sehr irdische Lautsprecherstimme von oben zu. »Legen Sie das Schwert weg! Sie sind verhaftet!«

# XCI

*18. Mai 2011, Nekropole, Vatikanstadt*

*Wie lange rennst du ihm schon hinterher?*

Peter wusste es nicht. Er hatte inzwischen jedes Zeitgefühl und jede Orientierung verloren, genauso wie den Glauben daran, dass irgendwo über ihm noch eine Welt existierte. Dennoch stolperte er weiter den Schritten und dem Keuchen einer Gestalt hinterher, die er nie zu fassen bekam. Wie in einem Albtraum, der niemals enden würde. Endlose, verwinkelte Gänge und steile Treppen, die immer tiefer hinabführten. Immer tiefer.

Aber er lief weiter, folgte den Schritten seines Bruders, der die siebte Ampulle bei sich trug. Er taumelte durch den Albtraum seines Lebens, stolperte durch das Gespinst seiner Ratlosigkeit und das Dickicht seiner Erinnerungen, das mit jeder Entdeckung in den letzten Wochen nur dichter und undurchdringlicher geworden war. Mit jeder Antwort wucherten neue Fragen hervor, wie Häupter einer monströsen, unbesiegbaren Hydra. Also konnte man genauso gut weiterlaufen. Taumeln. Stolpern. Rennen. Laufen. Weiterlaufen.

*Weiterlaufen. Weiter. Laufen.*

Geradewegs in die Falle.

Für einen fatalen Moment fiel Peter nicht auf, dass er Nikolas' Schritte nicht mehr hörte. Er rannte einfach geradeaus weiter, ohne das Gitter neben sich zu bemerken. Als er in die kleine Krypta stürmte und gegen eine Wand prallte, war es schon zu spät. Ein metallisches Geräusch. Peter wirbelte herum und feuerte blindlings zweimal in die Dunkelheit. Im Aufblitzen des Mündungsfeuers erkannte er ein Gitter, das hinter ihm zuschlug. Ein Schloss schnappte zu. Peter feuerte erneut, doch die

Hülse klemmte im Lauf fest. Er stürzte zu dem Gitter und rüttelte an den Eisenstäben. Keine Chance.

»Nikolas!«, brüllte er in das Dunkel. »NIKOLAS!«

Keine Antwort. Nur ein heiseres Husten. Peter kämpfte die Panik nieder, die ihn schlagartig würgte.

»Es ist aus, Peter.« Die Stimme seines Bruders klang gepresst.

»Warum, Nikolas? Warum die Kirche?«

»Es geht um etwas Größeres, Peter.«

»Um was?«

Nikolas schwieg. Peter konnte seine gekrümmte Gestalt hinter dem Gitter erkennen.

»Es gibt einen Weg, Nikolas. Lass uns zusammen hier rausgehen.«

Er hörte seinen Bruder leise lachen. »Wie naiv du bist, mein Bruder. Du enttäuschst mich. Warum bist du mir nur gefolgt? Ich habe dich doch gerettet. Zwei Mal.«

»Du hast mich lebendig begraben!«

»Aber zusammen mit dem Licht. Das Licht hat das Virus deaktiviert. Ich habe dich geheilt, Bruder.«

»Soll ich dir jetzt etwa dafür danken?«

Nikolas antwortete nicht mehr. Peter konnte ein leises Stöhnen hören. Offenbar hatte es ihn doch schwerer erwischt.

»Unsere Mutter war schön, nicht wahr?«

»Ja, das war sie, Nikolas. Sie wollte uns schützen bis zuletzt. Erinnerst du dich wieder an sie?«

»Ich muss jetzt gehen, Peter.«

*Halt ihn auf! Lass ihn nicht gehen!*

»Wo ist die siebte Bombe, Nikolas? Sprich mit mir!«

Wieder das heisere Lachen. »Weißt du das noch immer nicht?«

»Wo ist sie, verdammt?«

»*Du* bist die siebte Bombe, Peter! Für den Fall, dass etwas schiefläuft. Und jetzt bist du genau da, wo sie platziert werden sollte.«

Die Panik war jetzt ein Raubtier, das seine Eingeweide zerfleischte.

»Was soll das heißen, ich bin die Bombe?«

»Schau dir deine linke Hand an.«

Peter betrachtete seine Handfläche. Jetzt erst fiel es ihm auf. *Scheiße!*

Ein schwaches rötliches Glimmen, kaum zu erkennen, selbst in der Dunkelheit seines Verlieses. Ein kleiner rötlicher Schimmer aus der Mitte seiner Handfläche, wie ein strahlendes Wundmal.

»Verdammt! Verdammte Scheiße! Wie habt ihr das gemacht?«

»Sie wurde dir auf der Ile de Cuivre implantiert.« Nikolas' Stimme klang erschöpft.

»Warum habe ich nichts davon gemerkt? Keine Schmerzen, keine Schnittwunde, nicht mal eine verdammte Naht?«

»Wir haben bessere Verfahren. Es ist nur eine kleine Ampulle. Aber sie wird ihren Zweck erfüllen. Das Licht hat das Rote Quecksilber bereits aktiviert. Du kannst die Reaktion nicht mehr aufhalten. In ein paar Stunden ist alles vorbei. *Hoathahe Saitan!*«

Peter konnte hören, wie Nikolas sich stöhnend aufrichtete. Wie seine Schritte sich langsam entfernten.

*NEIN! Nein, Nein, Nein!*

»GEH NICHT!«, brüllte Peter in das Dunkel. »Nikolas! Bleib hier! Bitte, bleib hier!«

Doch Nikolas verschwand. Verschwand ohne Gruß, ohne Abschied aus seinem Leben. Ließ ihn zurück wie ein nutzlos gewordenes Geschenk. Mit der Stille, die sich auf Peter absenkte, verdichtete sich auch wieder die Dunkelheit. Das Einzige, was Peter in der Dunkelheit sah, war ein schwaches rötliches Glimmen in seiner Handfläche.

Von: c.kaplan@hekhalshelomo.il
An: o.madar@gov.il
BCC: alhusseini@pcirf.sa
19. Mai 2011 7:03:11 GMT+02:00
Betr.: Laurenz

Sehr geehrter Herr Ministerpräsident,
ich muss Sie erneut um Ihre Unterstützung bitten. Wie ich soeben erfahre, ist Franz Laurenz von den italienischen Behörden verhaftet worden und wird derzeit vernommen.
Ich brauche Ihnen nicht zu verdeutlichen, was das im Nachgang der Operation »Tempel« bedeutet.

C. K.
Chaim Kaplan
Chief Rabbi of Jerusalem ABD
Hekhal Shelomo
85 King George St. POB 2479
Jerusalem 91087
Israel

---

Von: alhusseini@pcirf.sa
An: c.kaplan@hekhalshelomo.il
19. Mai 2011 8:29:43 GMT+03:00
Betr.: Re: Laurenz

Verdammt, Jude, dann tu doch was!

Sheik Abdullah ibn Abd al Husseini
The Permanent Committee for Islamic Research and Fataawa
Makkah Al-Mukarramah
PO Box 8072
Saudi-Arabia

# XCII

*19. Mai 2011, Vatikanstadt*

Innerhalb eines Tages hatte sich Rom verändert. Der Himmel spannte sich noch genauso blau über den sieben Hügeln wie am Vortag, die Luft war noch genauso warm, und der Tiber floss immer noch genauso unerschütterlich und träge durch sein Bett wie immer. Aber dieser Tag begann stiller als jemals sonst. Kaum Verkehr auf den Straßen. Als spüre die Ewige Stadt, dass ihre Tage nun endlich gezählt waren und ihr Untergang bevorstand. Eine namenlose, unnatürliche Last bedrückte die Menschen, die über die Via della Conciliazione zum Petersplatz pilgerten, um zu beten und auf die nächste *fumata* zu warten. Als wüssten sie, dass der Tag gekommen sei, an dem alle Offenbarungen sich erfüllen würden. Schweigen lastete über dem Petersplatz. Selbst die allgegenwärtigen Fernsehteams wirkten weniger geschäftig als sonst, richteten ihre Kameras auf die Sixtinische Kapelle und gaben mit gedrückter Stimme nur knappe Kommentare an ihre Redaktionen durch. Obwohl niemand dieses Gefühl benennen konnte, teilten doch alle eine seltsame Beklommenheit, die sich wie ein Schatten auf jedes Gemüt legte. Das Gefühl, dem Ende nah zu sein.

Während Franz Laurenz, Urs Bühler und eine junge Clemensschwester namens Maria immer noch von der italienischen Polizei verhört wurden, diskutierten die Kardinäle im Gästehaus Santa Marta das mysteriöse Verschwinden von Kardinal Menendez. Der Kardinal war am Morgen nicht zum Frühstück erschienen. Als man sich nach mehrfachem Klopfen schließlich dazu durchgerungen hatte, seine Suite zu öffnen, fand man nur ein unberührtes Bett vor. Weder hatte irgendjemand gesehen, wann und wie der Kardinal in der Nacht das

Gästehaus verlassen hatte, noch wusste man, wo er war. Es gab keinen Brief, keine Erklärung, keine Spur. Selbst die Spezialisten der römischen Gendarmerie fanden keinen Hinweis auf eine Entführung. Die Kleidung des Kardinals hing ordentlich im Schrank, Menendez selbst schien sich in Luft aufgelöst zu haben.

Gleichzeitig sickerten beunruhigende Gerüchte ins Gästehaus. Der Kommandant der Schweizergarde sei in der Nacht in einem Krankenhaus verhaftet worden. Ebenso wie Franz Laurenz, der zurückgetretene Papst. Die Gerüchte verdichteten sich zu wilden Spekulationen um Mord und Verschwörung. Viele der Männer in purpurnen Soutanen beteten, einige weinten sogar.

»Wir müssen das Konklave unterbrechen, bis diese Dinge geklärt sind!«, forderte Kardinal Molohan aus Dublin mit dröhnender Stimme und heizte die allgemeine Erregung damit nur noch an.

»Nein!«, rief Kardinal Alberti, der den Moment seines Lebens gekommen sah. »Wir sind angetreten vor Gott, um einen Papst zu wählen. Und genau das werden wir tun. Wozu gibt es ein Konklave? Damit wir vor Gott und nur vor Gott eine Wahl treffen, unberührt vom Treiben der Welt ringsum. In der Geschichte der Kirche hat es viele Konklaven gegeben, umbrandet von Intrigen und Krieg. Es ist unsere heilige Pflicht, diese Wahl zu Ende zu führen. Indem wir das Konklave fortsetzen, senden wir eine Botschaft an alle Gläubigen in der Welt: Wir sind stark! Unsere Kirche ist stark!«

Die ungewohnt herrische Ansprache verfehlte ihre Wirkung nicht. Die Kardinäle schwiegen in Zustimmung.

»Lasset uns beten!«, rief Kardinal Alberti. Er war nun überzeugt, dass er den nächsten Wahlgang gewinnen würde.

Wenig später schritten die nunmehr hundertsiebzehn Kardinäle von der Casa di Santa Marta hinüber zur Sixtinischen Kapelle, um die Wahl des neuen Papstes fortzusetzen. Jeder von ihnen spürte die gleiche Beklommenheit in seinem Herzen, die gleiche namenlose Verzagtheit, die auch die Menschen auf dem Petersplatz ergriffen hatte. Keiner der Kardinäle ahnte jedoch, dass ihr Schicksal und das der Kirche in diesem Augenblick nicht *in* der Sixtinischen Kapelle entschieden wurde, sondern tief unter ihr, in den Eingeweiden des Vatikans. Jenem verdammten Ort, den ein Mann namens Petrus vor zweitausend Jahren entdeckt und mit einem blauen Amulett für alle Zeiten versiegelt hatte.

»Peter! Peter, wo sind Sie?«
Die Stimme schreckte ihn aus der Apathie, die ihn seit Stunden umklammert hielt und dabei war, ihm die letzte Lebenskraft abzupressen, den letzten Funken Hoffnung.
Peter Adam löste sich mühsam aus der gekrümmten Haltung, in der er die letzten Stunden verbracht und auf das Ende gewartet hatte, und lauschte in das Dunkel.
»Peter!«
Eine zweite Stimme. Näher jetzt. Vertraut.
*Maria. Komm nicht näher, Maria.*
Nur langsam tropfte die Erkenntnis in sein Bewusstsein, dass diese Stimmen keine weiteren Sinnestäuschungen waren, keine neuen Ausgeburten seiner überreizten Fantasie. Diese Stimmen waren real, greifbar. Und sie kamen näher.
»Peter, bist du da?«
»Hier bin ich!« Seine Stimme zunächst nur ein Krächzen. Peter musste heftig schlucken, sammelte den letzten Rest an Speichel, den er noch aufbrachte, räusperte sich und brüllte los, so laut er noch konnte.
»HIER BIN ICH! HIER! HIER!«
Hastige Schritte. Und dann – dann stand sie am Gitter. Ein wunderbarer, duftender Schatten, ein Glimmen der Hoffnung inmitten der größten Verlorenheit.
»Maria!« Peter stammelte ihren Namen, streckte seine Hand

durch die Gitter, um sie zu berühren. Erst als sie seine Hand ergriff, glaubte er, dass sie es wirklich war.

Jemand rüttelte an dem Gitter. Peter erkannte jetzt auch Laurenz neben Maria.

»Wo … waren Sie?«, krächzte Peter.

»Wir wurden leider aufgehalten. Ohne meine Freunde in Jerusalem und Mekka hätten wir's nicht geschafft. Hat Nikolas Sie da eingesperrt?«

Peter krächzte irgendetwas.

»Warum hat er Sie nicht getötet?«

»Papa, was soll das! Er lebt!«

Peter zeigte Maria und Laurenz seine linke Handfläche, die jetzt heller als zuvor glühte. Maria stieß einen Laut des Entsetzens aus.

»Was, in Gottes Namen, ist das?«

»Die Bombe«, erklärte Peter heiser. »Sie wird bald hochgehen. Bringt euch in Sicherheit.«

»*De manu mercurii!*«, flüsterte Laurenz. »Die Prophezeiung des Malachias für mich. Aus Merkurs Hand. Oder auch: aus der Hand des Quecksilbers. Mein Gott!«

Er wirkte verzweifelt.

»Sie hätten es nicht verhindern können«, sagte Peter leise.

Laurenz riss sich zusammen. »Treten Sie einen Schritt zurück!«

Peter gehorchte stumm und sah, wie der ehemalige Papst einen orientalischen Säbel unter seiner Kutte hervorzog. Er holte aus und hieb mit großer Wucht auf das Vorhängeschloss ein. Peter sah Funken sprühen. Ein klirrendes, metallisches Geräusch. Fast gleichzeitig riss Laurenz das Gitter auf. Maria stürzte zu Peter hin und umarmte ihn.

»Mein Gott, du lebst!«

Peter drückte sie sanft von sich. »Nein. Ich bin tot. Ihr müsst gehen. Da läuft irgendeine Reaktion ab. Ich glaube, es ist bald so weit.«

»Reden Sie keinen Unsinn!« Laurenz packte Peter. »Wir bringen Sie jetzt hier raus, und dann sehen wir weiter.«

Peter schüttelte Laurenz unwirsch ab. »Sie wissen genau, dass die Zeit nicht mehr reicht. Es gibt keinen Ausweg. Ich werde hier sterben.«

*Und vielleicht ist das für alle sogar das Beste.*

Peter blickte in seine leuchtende Hand, die ihn töten und den Vatikan vernichten würde. »Machen Sie schon! Verschwinden Sie! Bringen Sie Maria hier raus, solange noch Zeit ist.«

Peter sah wieder auf zu Maria und zu Laurenz. Zu Laurenz, der immer noch den *Saif* in der Hand hielt.

*Der Säbel.*

Ein Gedanke kam ihm, furchtbar und wahnsinnig und hoffnungsvoll zugleich. Der Gedanke, dass es vielleicht doch noch eine Lösung geben könnte. Eine Chance auf Leben.

Peter blickte Laurenz an. Und Laurenz verstand.

Auch Maria deutete Peters Blick richtig. »Nein, Peter! Mein Gott, das kannst du nicht tun!«

Peter reagierte nicht darauf und blickte Laurenz weiter fest an, keuchend vor Todesangst und Hoffnung.

»Das wird nicht reichen«, sagte Laurenz. »Wenn die Sprengwirkung wirklich so groß ist, müssen Sie die Bombe an einen tieferen Ort bringen.«

»Haben Sie einen Vorschlag?«

Laurenz reagierte nicht, starrte nur auf den *Saif* in seiner Hand.

»Bei Gott, Laurenz, haben Sie einen Vorschlag?«, schrie Peter ihn verzweifelt an.

Laurenz atmete durch. »... Ja.«

»Dann tun Sie's. Jetzt!«

Peter legte seine leuchtende Hand auf einen kleinen Steinvorsprung an der Wand und lehnte sich etwas zurück. Er sah Marias verzweifeltes Gesicht. Laurenz zögerte.

»Verdammt, Laurenz, uns läuft die Zeit davon!«

Laurenz verzog gequält das Gesicht und atmete einmal durch. »Herr, vergib mir!«

Peter sah noch, wie der ehemalige Papst mit dem *Saif* ausholte. Ein flüchtiges metallisches Aufblitzen – dann kam das grelle Licht des Schmerzes zu ihm. Ein markerschütternder Schrei zerriss die Stille der Katakombe wie Papier.

Ein Schrei, den die Kardinäle hoch über der Nekropole in der Sixtinischen Kapelle nicht hörten. Sie hatten gebetet und füllten bereits ihre Wahlzettel für den ersten Durchgang des Tages aus, als heftig gegen die versiegelte Tür zur Kapelle gehämmert wurde.

»Aufmachen! ... Im Namen Gottes, macht auf! Aufmachen!«

Die Kardinäle starrten erschrocken auf die Tür. Unruhe breitete sich aus.

»Aufmachen, um Himmels willen!«

Ohne den Einspruch von Kardinal Alberti zu beachten, trat der Camerlengo zur Tür.

»Wer ist da?«

»Pater Gattuso! Ihr kennt mich. Macht auf!«

Der Camerlengo zögerte. Er sah sich noch einmal um und erkannte Furcht in den Augen der Kardinäle.

»Sacchi! Lassen Sie die verdammte Tür zu!«, donnerte ihn Kardinal Alberti an.

Der Camerlengo wandte sich ab und öffnete die Tür.

Don Luigi stürmte in die Kapelle, wie von tausend Teufeln gehetzt.

»Raus hier!«, schrie er. »Alle raus! Sofort!«

Der Schmerz pumpte in wilden Stößen durch seinen Körper. Maria hatte ihm den Stumpf notdürftig verbunden, dennoch spürte Peter, wie das Blut und alles Leben mit jedem Schritt aus ihm herausströmte. Halb ohnmächtig vor Schmerz taumelte er

Maria hinterher, die steile Treppe hinab, immer tiefer. Seine rechte Hand hielt die abgehackte und leuchtende linke fest umklammert, wie etwas Fremdes.

*Vaunala cahisa conusata das daox cocasa ol Oanio yore vohima. Hoathahe Saitan!*

»Kannst du noch?«, rief Maria ihm zu.

Peter antwortete nicht, stolperte nur weiter, Maria hinterher, bis sie das Ende der Treppe erreichten. Sandiger Boden. Eine große Kammer öffnete sich vor ihnen. In dem dämmerigen, rötlichen Licht, das seine linke Hand verbreitete, erkannte Peter entsetzliche Zeichen und Symbole an den Wänden. Nischen, in denen Gefäße standen. Ein großer Stein in der Mitte mit einem eingeritzten Symbol. Das Zeichen des Lichts.

*Hoathahe Saitan!*

Mit dem schwindenden Rest seines Bewusstseins verstand Peter, dass alle Mythen wahr waren. Alles, was Menschen je über das Böse erzählt und geschrieben hatten, war wahr. Sie hatten eine der Pforten zur Hölle erreicht. Es wurde Zeit, sie wieder zu verschließen.

Mit letzter Kraft legte Peter seine blutende linke Hand auf dem Opferstein ab. Einen unendlichen Moment lang starrte er fassungslos auf seine Hand, auf das Zeichen und auf die Symbole an den Wänden. Dem Ort, an dem alles endete, an dem keine Liebe mehr galt.

Maria berührte ihn am Arm. »Komm.«

Hastig, die purpurnen Soutanen in Panik gerafft, stürzten die Kardinäle aus der Sixtinischen Kapelle, allen voran Kardinal Alberti. Als Letzter eilte Don Luigi aus der Kapelle, die von einem Genie zum Ruhme Gottes und des Lebens ausgemalt worden war. Er warf einen letzten Blick zurück zu dem Mann mit dem Schwert, der unbemerkt von den flüchtenden Kardinälen die Kapelle betreten hatte und einsam und aufrecht unter dem Deckenfresko mit der Erschaffung Adams stand. Ein letzter Blick. Ein Abschied. Kein Wort. Dann schloss Don Luigi die Tür und eilte den Kardinälen hinterher.

Als die Menschen vor dem Petersdom sahen, wie die Kardinäle in heillosem Entsetzen auf den Petersplatz rannten, brach eine Woge der Panik aus. Ein Schrei aus Tausenden von Kehlen rollte über das Oval des Platzes. Ohne zu verstehen, was überhaupt vor sich ging, aber mit der Gewissheit, dass sich nun erfüllte, was ihnen ihr Gefühl schon den ganzen Morgen über signalisiert hatte, wandten sich die Menschen ab und flohen von diesem verfluchten Ort. Allein in der ersten Minute nach Ausbrechen der Panik wurden Dutzende totgetrampelt.

Viele Tausende mehr starben jedoch kurz danach, als ein Donnerschlag den ganzen Petersplatz erschütterte, wie von der Faust Satans getroffen. Der Boden unter dem Petersdom wölbte sich, als ob ein riesiger Dämon darunter hervorbrechen wollte. Mit einem Lichtblitz und einer furchtbaren Detonation zerbarst die Kuppel des Petersdoms. Im gleichen Augenblick erfasste die Druckwelle auch die angrenzenden Gebäude, die Sixtinische Kapelle und den Apostolischen Palast und zermalmte sie. Eine gewaltige Staubwolke stieg unter den einstürzenden Gebäuden hervor und blähte sich in den Himmel, raste über den Petersplatz hinweg, weiter die Via della Conciliazione entlang und in die anliegenden Seitenstraßen, wie ein gieriges, hungriges Tier der Hölle. In der Nähe parkende Autos wurden in die Höhe geschleudert, Trümmerteile von Gebäuden regneten auf die Menschen nieder, die es nicht schnell genug vom Platz wegschafften. Der Tod war ein Regen aus Mauertrümmern, Staub und Druck.

Nach kaum einer Minute war alles vorbei.

*»Auf der Via della Conciliazione regiert das Chaos. Von überall rasen Ambulanzen heran, auf den Straßen liegen Leichen und Trümmerteile, es sieht aus wie auf einem Schlachtfeld. Vor etwa einer halben Stunde erschütterte eine gewaltige Detonation den gesamten Vatikan. Augenzeugen berichten von einem gleißen-*

*den Lichtblitz, der die Kuppel des Petersdoms zerfetzte. Die Druckwelle tötete Tausende von Menschen, schleuderte Gebäudetrümmer und parkende Autos mehrere Hundert Meter weit. Über die Hintergründe dieses verheerenden Anschlags lässt sich zur Stunde nichts sagen, auch nicht über das Schicksal der hundertsiebzehn Kardinäle, die sich in der Sixtinischen Kapelle zum Konklave versammelt hatten. Klar ist im Augenblick nur eines: Der Vatikan, das Zentrum der katholischen Kirche, existiert nicht mehr.«*

# XCIII

*28. Juni 2011, Vatikanstadt*

Weißer Rauch. Nicht aus einem Schornstein, sondern aus einer offenen Feuerschale, sichtbar für die ganze Welt.

Das Konklave endete unter freiem Himmel, an einem schwülen Sommertag, in den Ruinen der Sixtinischen Kapelle. Ein Zeichen an die Gläubigen in der Welt, dass Mauern vergänglich waren, aber nicht die Kirche. Einen Monat nach der Katastrophe benötigten die überlebenden hundertneun Kardinäle nur noch einen einzigen Wahlgang, um ihren neuen Papst zu wählen, und sie wählten mit überwältigender Mehrheit den Mann, der die Kirche vor einer noch größeren Katastrophe bewahrt und vor dem Untergang gerettet hatte. Der Kardinaldekan weihte ihn noch an Ort und Stelle zum Bischof und fragte ihn dann, wie es das Verfahren vorschrieb: »Luigi Gattuso, ich frage dich: Nimmst du deine kanonische Wahl zum Papst an?«

Don Luigi, Jesuit, Exorzist und ehemaliger Sonderbeauftragter des letzten Papstes, kniete vor dem Kardinaldekan, sichtlich bewegt durch das Vertrauen des Kardinalskollegiums und die Last des Amtes, das ihm bevorstand. In den letzten Wochen war er zum Medienstar aufgestiegen. Don Luigi, der Mann, der die Kirche vor dem Anschlag einer okkulten Sekte gerettet hatte, die es trotz höchster Sicherheitsvorkehrungen geschafft hatte, eine Bombe in den Vatikan zu schmuggeln. Urs Bühler, Kommandant der Schweizergarde, der das Schlimmste unter Einsatz seines Lebens verhindert hatte, wurde als Held gefeiert und nahm kurz darauf seinen Abschied. Er kündigte an, sich zukünftig nur noch um seine behinderte Schwester kümmern zu wollen. Die Weltöffentlichkeit erfuhr niemals, dass Urs Bühler kurz vor seiner Festnahme im Krankenhaus sechs Ampullen mit einer rötlich leuchtenden Substanz an eine japanische Wissenschaftlerin übergeben hatte, die den brisanten Stoff wenig später mit einem einfachen Verfahren neutralisierte.

Als Drahtzieher galt nach ersten vorläufigen Ermittlungen ein deutscher Journalist namens Peter Adam, der bei dem Anschlag selbst offenbar ums Leben gekommen war. Seine Motive blieben im Dunkeln. Die Experten rätselten auch über die Art des Sprengstoffes, der die Wucht einer kleinen Atombombe hatte. Das italienische Verteidigungsministerium konnte jedoch keinerlei Radioaktivität messen. Mysteriös blieb auch die Verwicklung des zurückgetretenen Papstes Johannes Paul III. in den Anschlag, der kurz zuvor in Rom aufgetaucht und offenbar ebenfalls in den Trümmern der Sixtinischen Kapelle umgekommen war. Allerdings hatte man bislang weder seine Leiche noch Teile davon bergen können. Ebenso wenig wie die zerschmetterte und verstümmelte Leiche eines Mannes namens Aleister Crowley. Über eine junge Nonne namens Maria, die seit dem Anschlag ebenfalls als verschollen galt, berichteten die Medien erst gar nicht mehr. Sie galt nur als ein weiteres der vielen tausend Opfer des Anschlags.

Vieles blieb im Dunkeln, bedeckt vom Staub des zerstörten Petersdom. Die Ermittlungen kamen nur schleppend voran. Immer deutlicher schien sich jedoch abzuzeichnen, dass es sich bei der okkulten Sekte namens *Temple of Equinox* um eine kleine Gruppe radikalisierter Kirchenfeinde handelte. Die italienische Polizei präsentierte bereits erste Verdächtige.

»Ja, ich nehme die Wahl an!«, sagte Don Luigi mit fester Stimme. Und wie es der Anstand gebot, fügte er eine Formel hinzu, mit der er seine Unwürdigkeit gegenüber diesem höchsten Kirchenamt bekundete: »Ich bin in die Tiefe des Meeres geraten, die Flut verschlingt mich. Armselig bin ich und schwach, ich vernehme deine Stimme, o Herr, mit Furcht und Zagen.«

»*Quo nomine vis vocari?*«, fragte der Kardinaldekan daraufhin. »Wie willst du dich nennen?«

Don Luigi blickte über die Trümmer der Sixtinischen Kapelle und weiter zu der Ruine des Petersdom hinüber, die wie ein verstümmelter Zahn aus Schutt und Trümmern ragte.

»Viele Prophezeiungen haben sich erfüllt«, sagte er leise und überraschend statt einer Antwort. »Aber die Kirche ist dennoch nicht untergegangen. Zum Zeichen unserer Stärke und der Erneuerung unserer Kirche will ich mich also nennen: Petrus II.!«

– ENDE –

---

Von: petrus@ordislux.np
An: master@ordislux.np
29. Juni 2011 13:14:05 GMT+01:00
Betr.: Bericht_001

Die Suche läuft.

*Hoathahe Saitan!*

P. II.

---

# Epilog

*20. Mai 2011, Insel Sylt, Deutschland*

Der Nebel, der von der Nordsee her ins Land kroch und auf den Dünen lastete wie ein großes Unheil, erstickte jeden Laut, jede Bewegung. Die einsetzende Ebbe ließ Hunderte von toten Tausendfüßlern am Strand zurück, und der Geruch des Strandhafers und der Hagebuttenbüsche, die Klage einer verlorenen Möwe wirkten wie die letzten Zeichen von Leben. Kein Windhauch verwehte die klammfeuchten Schwaden, die sich träge im Dünengras verfingen und sich immer dichter zusammenballten. In wenigen Stunden würde die Sonne den Nebel vollständig auflösen und Platz schaffen für Urlauber und Wochenendausflügler, die auf befestigten Bohlenwegen durch die hellen Sanddünen spazieren konnten. Jetzt aber, so früh am Morgen, war die Sonne nur ein kalter, blasser Fleck, irgendwo über dem Watt am nördlichsten Ende Deutschlands.

Vom Ersten Weltkrieg bis in die Fünfzigerjahre war der Ellenbogen auf Sylt Militärgebiet gewesen. Noch bis in die Achtzigerjahre hatte die NATO die Landzunge am Nordende der Insel im Oktober und November als Luft-Boden-Schießplatz genutzt, und noch immer lagen überall Munitionshülsen im Dünensand. Inzwischen waren die militärischen Anlagen jedoch fast vollständig verschwunden, und der Sylter Ellenbogen war zum Vogelschutzgebiet erklärt worden. Es gab kaum Häuser, Autoverkehr war nur eingeschränkt gestattet, das Betreten der Wanderdünen streng verboten. Offiziell befand sich die fünfhundert Meter lange Halbinsel mit den malerischen Dünen im Privatbesitz einer Erbengemeinschaft. Kaum jemand wusste jedoch, wem die Landzunge tatsächlich gehörte.

Die morgendliche Stille und der zähe Nebel wurden jäh vom Dröhnen von Rotorblättern zerrissen. Trotz der schlechten Sicht sank der Hubschrauber tiefer, wirbelte Sand und Feuchtigkeit auf und landete auf einer bemoosten Betonplatte in den Dünen. Wie alles ringsum wurde auch er augenblicklich vom Nebel verschluckt. In aller Eile sprangen zwei bewaffnete Männer in schwarzen Kampfanzügen aus dem Helikopter und sicherten die Stelle, während die Turbine des Hubschraubers weiterhin im Leerlauf lief.

»*Go, go, go!*«, rief einer der Männer und winkte. Für einen Moment wurde eine kleine, kaum sichtbare Tätowierung an seinem Handgelenk sichtbar. Ein dreiarmiges Spiralsymbol. Eine Triskele.

Auf das Kommando des Mannes kletterten vier weitere Männer heraus und halfen einer Frau, die einen Kopfverband und den linken Arm in einer Schlinge trug, beim Aussteigen. Dann hoben sie gemeinsam eine Trage aus dem Hubschrauber, auf der ein schwer verletzter Mann mit einem Armstumpf lag, angeschlossen an Infusionsschläuche und ein Beatmungsgerät. Zu viert und ohne ein Wort zu wechseln trugen sie den Amputierten etwa zehn Meter weiter, wo einer der schwarz gekleideten Soldaten den Dünensand neben der Betonplatte wegschaufelte. Sie legten eine gut getarnte Stahlplatte frei, auf der ein dreiarmiges Spiralsymbol prangte. Als die Männer die Platte anhoben, wurde darunter ein steiler Treppenabgang sichtbar, der tief hinunter in eine alte Bunkeranlage führte.

Die Männer trugen den Patienten, den Ärzte in Rom wegen seiner schweren Verletzungen in ein künstliches Koma versetzt hatten, so vorsichtig es bei der gebotenen Eile ging hinunter in den Bunker, während ihnen die verletzte Frau folgte und die beiden Bewaffneten die Stelle weiter sicherten. Erst nachdem drei der Männer aus dem Bunker zurückgekehrt waren und die Stahlplatte wieder verschlossen und getarnt hatten, verließen sie ihre Posten. Gemeinsam kletterten die fünf zurück in den

Hubschrauber, der unmittelbar darauf wieder mühsam aus dem Nebel aufstieg und nichts als Stille zurückließ.

Das Ganze hatte keine zehn Minuten gedauert.

**Werde Teil der Bastei Lübbe Welt**

www.lesejury.de

Lesen, rezensieren, Bücher gewinnen

Lerne Autoren, Verlagsmitarbeiter und andere Leser kennen

**BASTEI LÜBBE**
www.luebbe.de